# Ruf der Dunkelheit

## Band 1 - Erwachen

von Dennis Kaisel

**Buchbeschreibung:**

Der rätselhafte Tod einer jungen Frau ruft die Kriminalkommissarin Clara Mork und ihren Partner auf den Plan. Was anfangs wie eine Überdosis aussieht, entpuppt sich schnell als Rätsel für die Gerichtsmedizin. Die Ermittlungen führen Clara in die Gothicszene und zu weiteren mysteriösen Morden. Als die erste Leiche verschwindet, wird ihr der Fall entzogen. Doch lassen die Toten sie nicht los und Clara steigert sich immer tiefer in die Wirrungen der Gegebenheit hinein, bis hin zur Obsession. Zunehmend wird es schwieriger, Berufliches und Privates voneinander zu trennen. Das Wespennest, in das sie sticht, nimmt sie schließlich vollends in Beschlag und stellt sie vor die Wahl zwischen Leben oder Untot... mit allen Konsequenzen.

Wie viel Mensch steckt im Vampir?

Wie viel Monster im Menschen?

Diesen und viel mehr Fragen muss Clara sich stellen beim Abstieg in ihren eigenen Abgrund. Auf der Suche nach dem, was hinter dem Schleier des Sichtbaren liegt, muss sie in erster Linie sich selbst kennenlernen.

**Über den Autor:**

Dennis Kaisel, 1985 in Essen geboren, ist gelernter Bankkaufmann. Im Anschluss an die Ausbildung in Köln wechselte er aus beruflichen Gründen 2007 nach Frankfurt am Main, wo er bis heute lebt und arbeitet. Die Bankenbranche hat er zu Gunsten der IT verlassen.

Mit Ruf der Dunkelheit, dem ersten Band der Clara-Reihe, schrieb er seinen ersten Roman in der Welt der Vampire. Dieser erzählt nicht nur die Suche einer frankfurter Kriminalkommissarin nach einem tieferen Sinn im Leben und in der Welt. Sondern bindet den Leser gezielt ins Geschehen ein. Neben der detailreichen Geschichte stehen interessante Charakter mit Wiedererkennungswert im Vordergrund. Die Sphäre der Blutsauger ist mit einer eigenen Mythologie in die reale Welt eingegliedert.

Zum Schreiben kam er, nachdem er im Familienurlaub 2018 seiner Frau von den ersten Gedanken berichtet. Da ihm in vergleichbaren Romanen die psychischen und körperlichen Aspekte der Verwandlung zu kurz kamen, entschied er sich, einen anderen Fokus zu legen. Um diese Lücke zu füllen, arbeitete er eine eigene Idee aus. Mit dem Feedback seiner Frau, entwickelte er sie so zu der Geschichte rund um die Polizistin Clara und ihren ganz persönlichen Abstieg in den seelischen Abgrund und ihrer Rückkehr.

Herausgeber: Dennis Kaisel
Starkeradweg 48
65843 Sulzbach

Autor: Dennis Kaisel,
E-Mail: dennis@kaisel.eu
Homepage: www.kaisel.me
Twitter: @dekai85

Coverdesign by Juliane Schneeweiss (www.juliane-schneeweiss.com)
Bildmaterial (c) shutterstock.com @Stone background @linagifts @Julia Lemba

ISBN Hartcover: 979-8-719537-47-4
Druck: Amazon Media EU S.à r.l., 5 Rue Plaetis, L-2338, Luxembourg

**Prolog**

30. Mai 1818, Wien

Die Oper war zu Ende, das Staatstheater verlassen. Der Saal hatte sich geleert und die Bühne war geräumt. Die Requisiten von den Helfern verstaut und die Schauspieler waren dabei sich umzuziehen und abzuschminken. Orchester und Dirigent verluden die Instrumente und lobten einander für die gelungene Uraufführung. Die meist gut und besser betuchten Gäste hatten an diesem Abend einige vergnügte Stunden verbracht und begaben sich auf den Weg nach Hause.

Ebenso wie das Theater waren die meisten Straßen in dieser milden wiener Nacht im Jahre 1818 verlassen. Wenige Straßenzüge vom Opernhaus entfernt traf man nur vereinzelt Menschen. Unter ihnen eine Familie aus gutem bürgerlichem Hause. Er, ein erfolgreicher Geschäftsmann und sie, Sekretärin eines Buchhalters. Jetzt war sie Hausfrau, denn der gesellschaftlichen Gepflogenheit folgend, sollte eine Frau aus gutem Hause nicht arbeiten. Gemeinsam mit ihrer erwachsenen Tochter hatten sie die Uraufführung der Oper „Das Rosenmädchen“ von Peter Joseph von Lindpaintner besucht, um deren Verlobung zu feiern.

Als Familienfeier geplant, endete der Abend in einem Desaster. Nur wenige Straßen von ihrem Wohnhaus entfernt passierte die Familie, sorglos und noch immer vom Bühnenstück und der Musik berauscht, eine schmale Gasse. Kaum mehr als ein Durchgang zwischen zwei Häusern, der nicht finsterer hätte sein können. Lachend und summend bemerkte niemand die Schemen, die sich aus der Dunkelheit lösten und die ganze Familie in die Schwärze zogen. Schnell waren Messer zur Hand, die Brust und Bauch des Vaters lautlos zerstachen. Er war tot, noch bevor er in den Armen seiner Angreifer zu Boden sank. Den Körper zogen sie tiefer in die Dunkelheit und ließen ihn achtlos fallen. Später würde es der Polizei wie ein Raubmord erscheinen, doch es ging weder um das Geld in den Taschen noch um den Schmuck an den Hälsen der Frauen. Es war nur die pure Mordlust und der Rausch der niedersten Triebe.

Mutter und Tochter wurden gepackt und bekamen mit blutgierigen Klingen die Kleider vom Leib geschnitten. Zu viele Hände begrapschten und schlugen sie, zerrten an ihren Gliedern und Unterröcken. In der Dunkelheit verloren sie einander schnell aus den

Augen und auch festhalten half nicht. Zu kräftig waren die Arme, die sie trennten.

Blind in der Schwärze der Gasse, getrennt von Vater und Mutter und umfasst von Gliedern, fest wie Schraubstöcke, war das Reißen von Stoff das Erste, das die junge Frau in ihrem Schock wieder wahrnahm. Gefolgt von erstickten Schreien oder zumindest dem Versuch davon. Doch nicht lange, denn die verzweifelten Rufe nach Hilfe wurden ebenso rasch ausgelöscht, wie das Leben des Vaters. Ein schnelles, schneidendes Geräusch in der Luft, dann wechselte der erstickende Laut zu einem gurgelnden Ertrinken in der Finsternis vor ihr. Klebrig feuchte Tropfen landeten in ihrem Gesicht und auf ihrem entblößten Dekolletee. Erst wenige Spritzer, dann ein ganzer Schwall, als hätte man ihr ein warmes Glas Wasser entgegen geschüttet.

Schon stieg ihr der Geruch nach Eisen in die Nase und mit einem Donnerschlag wurde ihr bewusst, dass sie ab diesem Moment eine Waise war. Die aufsteigende Panik unterdrückte alle weiteren Gedanken und lähmte die junge Frau.

Doch Fortuna war wie immer unberechenbar. Manchmal drehte sie in den schrecklichsten Situationen das Rad zum Guten. Bisweilen jedoch auch zum Schlechten. In ihrem Fall gewährte das Schicksal eine Erleichterung der Qualen, indem sie die Frau von ihrer Furcht übermannen ließ. Keine Gedanken, keine Gefühle und keine Wahrnehmung mehr. Eingeschlossen im Nichts, getrennt von allem und jedem um sie herum, spürte sie nicht, wie sie geschändet und aufs Menschenunwürdigste erniedrigt wurde. Sie spürte keinen Schlag ins Gesicht, keinen Tritt, keinen noch so festen Griff an ihrer Brust. Keines der Messer, die ihre Schnitte sogar an den intimsten Stellen ihres Körpers hinterließen. Gelähmt, taub und stumm bot sie keinerlei Gegenwehr. Sie war keine herausfordernde Beute für die Schemen aus der Dunkelheit.

Sie ließen von ihr ab, nachdem sie sich befriedigt hatten. Die nackte, blutige und geschändete Frau warfen sie achtlos auf die Leichen ihrer Eltern und verschwanden in den Schatten, aus denen sie gekommen waren.

Eine Ewigkeit später, als die Schwärze der Nacht durch das Blau der Morgendämmerung abgelöst wurde, schwand der kalte Griff der Panik und das Bewusstsein kehrte zurück. Mit ihm brandeten alle Empfindungen gegen die zarte Schutzmauer, die ihr Geist aufgebaut hatte. Schnell brachen die Dämme und Qualen brannten auf. Die Haut schmerzte und pochte. Im Inneren fühlte sie sich zerrissen und als sie zaghaft versuchte sich zu bewegen, durchdrangen die Ergebnisse der Folter sie. Gebrochene Knochen verschoben sich knirschend und jagten neue Schmerzen durch Arme und Rippen. Kraftlos sank sie wieder in sich zusammen und kam ächzend auf dem toten Körper ihrer Mutter zu liegen. Die junge Frau spürte warmes Blut aus unzähligen Wunden sickern und aus ihrem Schoß hinauslaufen. Die Schmerzen lähmten ihren Körper, aber in ihrem Geist war alles wieder präsent.

Die Angst um ihr eigenes Leben und das traurige Schicksal ihrer Eltern war in ihrem Kopf vorherrschend. Mutter und Vater waren tot, sinnlos geschlachtet und sie war kaum besser behandelt worden. Eine schmerzhafte Welt war es, die Menschen hervorbrachte, die einander solche Schlechtigkeiten antaten. Mit ihrem Leben hatte sie in diesem Moment abgeschlossen. Wenn nur die Schmerzen und die unaussprechliche Trauer aufhörten, die ihr Herz lähmte, dann würde sie lieber jetzt als gleich sterben.

Dass sie den Tod vor Augen hatte, war ihr bewusst, denn nun spürte sie jeden Stich, Schlag und Tritt, der ihr zugefügt worden war. Jeden Stoß der Angreifer, ob von vorne oder von hinten. Sie schmeckte Blut in ihrem Mund und etwas, das sie nicht einordnen konnte, salzig und geleeartig. Sie war überzeugt, dass der menschliche Körper nicht für eine solche Tortur gedacht war und zwangsläufig früher oder später aufgab. Dann würde sie endlich sterben und Frieden finden.

So sehr war sie von dem Gedanken mitgerissen, dass sie den Tod schon vor sich sah. Er kam zu ihr als hochgewachsener Mann im schwarzen Mantel und den Zylinder tief ins Gesicht gezogen. Statt Sense stützte er sich auf einen Gehstock mit silbernem Knauf. Der Tod kam in der Gestalt eines Mannes von guter Herkunft zu ihr. Sie lächelte und hustete blutigen Schleim aus. Anstatt nach ihrer Seele zu greifen, kniete er vor ihr und sah sie an, begutachtete sie mit durchdringendem Blick. Sie spürte es mehr, denn die Augen sah sie nicht. Das Gesicht war in völlige Schwärze gehüllt. Hätte die junge Frau über die Kraft verfügt, so wäre sie peinlich berührt gewesen. Sie fühlte sich nicht nur körperlich nackt, sondern auch seelisch entblößt. Aber so musste es wohl sein, wenn man dem leibhaftigen Tod gegenüberstand.

Dann endlich streckte er die Hand im schwarzen Lederhandschuh nach ihr aus und sie erwartete die Erlösung. Er strich ihr eine verklebte

Strähne aus dem Gesicht und streichelte zärtlich ihren den Kopf. Eine liebevolle Berührung, die jeden Schmerz auslöscht.

*Ich bin bereit. Bitte, bring es zu Ende*, dachte sie.

Doch mit einem Mal war da eine andere Stimme in ihrem Kopf. Klar und deutlich hörte sie sie, aber es war nicht ihre eigene, die zu ihr sprach. Sie erweckte ihren Mut aufs Neue, mit dem, was sie sagte. Die Worte nahmen das Leid von ihrer Seele. Stattdessen spürte sie eine nie gekannte Leichtigkeit in ihrer Brust. Sie ahnte nicht, dass es der Stillstand des Herzens war, der es so leicht werden ließ. Und während der Blutfluss in ihren Adern zum Erliegen kam und die Schwerelosigkeit nach und nach von ihrem Körper Besitz ergriff, lächelte sie den Tod an. Zufrieden mit sich und der Welt, die sie endgültig bereit war zu verlassen. Es war Ok. Es war gut. Nichts hatte jetzt mehr Gewicht. Drüben war kein Platz für Trauer oder Schmerz, nur endlose Zufriedenheit.

Jäh wurde sie aus der traumhaften Schwebe gerissen und in die harte Realität zurückgeholt, als ihr Herz wieder zu schlagen ansetzte. Es kam einem Donnerschlag in ihren Ohren gleich. Dann noch einer. Und noch einer. Der Rhythmus kehrte holpernd zurück. Kräftiger als sie es je für möglich gehalten hatte, pumpte ihr Herz Blut durch ihren Körper. Pulsierend spürte sie sich zucken. Das Gefühl kehrte in ihre Glieder zurück und sie fühlte ihr eigenes Gewicht, das auf der toten Masse ihrer Mutter lag. Sie roch das Blut, das in der Nacht vergossen worden war, genauso deutlich, wie den Schweiß und den Urin der Angst. Sie witterte den Samen der Männer, die sie angegriffen hatten. Fünf verschiedene Noten spielten in ihren Nüstern. Sie roch die verlauste Katze, die einige Meter weiter in der Gasse die groteske Szene beobachtete. Sie erschnüffelte den Straßenköter mit der madenverseuchten Wunde hinterm Ohr, der am Ende der schmalen Straße wiederum die Katze belauerte.

Sie hörte, wie ihr Atem ging, wie ihr Herz schlug und das Blut in ihren Venen rauschte. Die junge Frau öffnete die Augen und sah die Gasse und alles darin wie am helllichten Tag. Aber schärfer, kontrastreicher und mit satteren Farben. Die Welt um sie herum nahm wieder Gestalt an. Doch etwas fehlte.

Der Schmerz. Sie spürte, dass ihr Körper lädiert war. Die Knochen gebrochen, die Haut zerschnitten und Organe gerissen. Aber es tat nicht mehr weh. Keine Pein fügte ihr ein Leid zu, weder körperlich noch seelisch. Dabei wusste sie, was zuvor passiert war, soweit sie es eben mitbekommen hatte. Sie verstand, dass sie sterben wollte und gelitten hatte. Aber nun war es so, als stünde sie außerhalb jedes spürbaren Schmerzes.

„Steh auf, Margarete. Steh auf und folge mir“, grollte die tiefe Stimme des gesichtslosen Todes.

Und Margarete stand auf und folgte.

# Teil I

## Der Kreis öffnet sich

## Kapitel 1

02. Mai 2016, Frankfurt am Main

„Der Tote ist männlich, ca. 1,81 Meter groß, Hautfarbe weiß, leichte Sonnenbankbräune, Mitteleuropäer. Vermuteter Todeszeitpunkt: Zwischen 23:30 und 01:30 in der Nacht vom 30.04.2016 auf den 01.05.2016."

Dr. Metzen sah auf die Uhr über der Eingangstür von Obduktionssaal 3. Nach der roten Digitalanzeige war es 19:03. Sie hatte seit einer halben Stunde Feierabend und könnte schon fast zu Hause sein. Sie freute sich darauf, die Schuhe auszuziehen, sobald sie durch die Wohnungstür war. Dann duschen, was Bequemes anziehen und mit einem leichten Weißwein und Netflix auf die Couch.

Sie schaute wieder auf die Leiche vor sich, die auf einem Edelstahltisch lag und das vor ihren Augen in der Luft baumelnde Diktiergerät. Sie seufzte. Die Toten verfügten über jede Menge Zeit. Sie kannten keine Termine mehr, hatten nicht noch schnell etwas zu erledigen oder zu einer bestimmten Frist an einem bestimmten Ort zu sein. Es sind immer nur die Lebenden, die solch eine Hektik verbreiten. So auch dieses Mal in Form ihres Chefs. Sie könne sich doch „noch schnell einen" ansehen. Staatsanwaltliche Anordnung.

Wie oft hatte sie schon ihren Kollegen und Vorgesetzten gesagt, dass durch „nur mal schnell" genauso zügig wichtige Details übersehen werden konnten. Dann wurde die Einstichwunde einer Spritze am Oberschenkel für ein Muttermal gehalten. Nichts Auffälliges. Und wenn andere Einzelheiten ebenfalls nicht zur Kenntnis genommen oder gar nicht mehr geprüft wurden – man hat sich ja unterschwellig schon eine Meinung über das Ergebnis der Obduktion gebildet – dann verschwand womöglich ein schweres Delikt unbemerkt in der Aktenschublade.

Sie hatte vor einiger Zeit mal einen Artikel über die Überlastung vieler Gerichtsmediziner und der daraus resultierenden Nachlässigkeit gelesen. Bei Stichproben war erschreckend oft festgestellt worden, dass falsche Diagnosen erstellt wurden, bis hin zu nicht erkannten Morden. Einen solchen Fehler wollte sie nicht begehen, auch nicht, wenn der Feierabend schon in greifbarer Nähe war. Und doch verfluchte sie sich, dass sie kurzfristig Arbeit für Stunden annahm. Sie seufzte tief.

„Gewicht ca. 85kg, ca. 30 Jahre alt. Haarfarbe braun, Augenfarbe braun. Der Körper ist äußerlich in einem guten, oberflächlich unversehrten Zustand. Muttermale: Im Gesicht unter dem linken Auge, ca. 2mm, unauffällig. Unter dem rechten Mundwinkel ca. 1mm, unauffällig. Am linken Ohr, Rückseite des Ohrläppchens ca. 3mm, unauffällig."

Dr. Metzen seufzte ein drittes Mal. Nur schnell, ja klar. Nur mal schnell einen Körper nach Muttermalen untersuchen und beurteilen. Dann einmal von vorne mit Narben, wie alt, woher könnten sie stammen? Zeigten sich frische beziehungsweise heilende Wunden? Sonstige Besonderheiten wie Fixernarben, Tätowierungen oder Ähnliches. Schließlich die innere Leichenschau mit der Untersuchung der Organe und der Probenentnahme für die Toxikologie. Nur mal schnell, dauert dann schnell mal ein paar Stunden. Kein Wunder, dass Kollegen spät am Nachmittag dazu neigten rasche, oberflächliche Blicke auf die Toten zu werfen, um pünktlich in den Feierabend zu gehen.

„Am Hals keine Muttermale. Auf Schultern und Torso…"

Sie brach ab und sah auf. Etwas hinter ihr brummte rhythmisch. Reflexartig legte sie die Hand auf die linke Gesäßtasche, in der sie für gewöhnlich ihr Handy trug. Es war nicht da, denn sie hatte es, wie alle anderen persönlichen Gegenstände auf den Vorbereitungstisch an der Wand gelegt. Es brummte weiter. Dr. Metzen schaltete das Diktiergerät ab, das an einem Band von der Decke hing und schlenderte zu ihrem Handy hinüber. Unterwegs zog sie die Gummihandschuhe aus und warf sie in den offenen Mülleimer, der neben dem Tisch stand. Oder zumindest in die Nähe, sie traf fast nie und beim Aufräumen las sie die Handschuhe regelmäßig vom Boden auf.

Auf dem Handydisplay prangte ein ihr bekannter Name: Markus Schütter. Ein Lächeln stahl sich auf ihr Gesicht. Nicht nur, dass die Ablenkung bei der Obduktion ihr recht kam. Nein, es war sogar eine angenehme. Mit Markus redete sie gerne, sie verstanden sich seit Jahren sehr gut. Leider sprachen sie nur allzu oft über Berufliches. Aber mit der Zeit der Zusammenarbeit war der Kriminaloberkommissar ihr zu so etwas wie einem Freund geworden. Sie nahm das Gespräch an.

„Hallo Markus, habe ich Glück und du rufst mich um diese Zeit aus privaten Gründen an?"

Sie kannte die Antwort bereits, Markus war einer der Kriminalisten, die es schafften, trotz Familienlebens immer im Dienst zu bleiben, ohne das eines von beiden darunter litt. Zumindest dachte er das,

Christiane hatte da eine andere Meinung. Doch die Hoffnung starb bekanntlich zuletzt.

„Hallo Christiane, ich wünschte, es wäre so. Aber wenn ich dich im Dienstschluss störe, sag Bescheid. Meine neue Freundin hier wird schon nicht weglaufen. Sie hat viel Zeit."

„Feierabend, was ist das?"

„Oh, also doch noch in der Sandburg?"

Das war bei den Gerichtsmedizinern und der Mordkommission ein Synonym für das Gebäude, in dem die Rechtsmedizin untergebracht war. Ein alter Bau mit dicken Sandsteinmauern etwas außerhalb der Innenstadt.

„Ja, ich habe mir dummerweise einen auf den Tisch gelegt, statt mich selbst auf die Couch zu setzen."

„Um die Uhrzeit noch? Willst du nicht nach Hause?"

„Nee, ist zu unordentlich da. Hier ist wenigstens alles sortiert und an seinem Platz. Und die Gesellschaft erst, so gute Zuhörer… man kann sich vieles von der Seele reden, ohne unterbrochen zu werden. Genügend Schlafplätze gibt es auch und niemand schnarcht."

„Aber kein Netflix."

„Verdammt, stimmt. Dann muss ich wohl doch früher oder später nach Hause. Aber du rufst nicht an, um makabre Sprüche auszutauschen. Wie war das mit der neuen Freundin? Sieht sie gut aus? Wer ist sie? Wann stellst du sie mir vor? Was willst du mir über sie erzählen?"

„Tja, kennenlernen wirst du sie früher, als dir lieb ist. Sie ist eher still, daher weiß ich jetzt noch nicht so viel von ihr. Ein junges Ding, schätzungsweise Anfang oder Mitte zwanzig, zierlich und schmal, etwas zu kurz geraten für meinen Geschmack, aber wir haben uns trotzdem gefunden. Treibt sich anscheinend in der Gothicszene rum. Du weißt schon, dunkle Klamotten mit vielen Nieten, Ketten und Ösen, schwarze Haare, weiße Grundierung im Gesicht und auch sonst viel schwarzes Make-up."

„Wie der Pinhead. Ja, ich habe ein Bild im Kopf, danke."

Christiane Metzen schmunzelte, jetzt waren sie ja doch wieder bei makabren Witzen und dummen Sprüchen. Aber sie hatte es sich schnell angewöhnt, um mit all dem Tod und den Schicksalen dahinter klarzukommen, ohne in tiefe Depressionen zu verfallen.

„Hellraiser, genau. Nur ohne die offenen Wunden. Sie ist jedoch mehr der elegante Typ, aber egal. Christiane, pass auf, die Kleine ist schon eingetütet und auf dem Weg in die Sandburg. Clara und ich sind ebenfalls in 15 Minuten da. Ich möchte mir mit dir ein paar Details an der Leiche anschauen und deine Meinung dazu hören. Ich denke, dass der Staatsanwalt so oder so eine Obduktion anordnen wird. Dann wäre es mir sehr recht, wenn du die durchführst."

„Zieh' ne Nummer, Markus und setz dich ins Wartezimmer. Du wirst dann aufgerufen. Ich habe im Übrigen sehr kompetente Kollegen, die können sogar Sektionen durchführen."

„Ja, ich weiß, ich weiß. Und ich würde dich auch nicht ansprechen, wenn es mir nicht mein Bauchgefühl vorschlagen würde."

„Hat dein Gefühl auch einen konkreten Grund?"

„Schau sie dir an. Wenn du dann noch zweifelst, übergib die Sektion einem Kollegen."

„Soll mich das jetzt neugierig machen?"

„Braucht es nicht, bist du schon."

„Verdammt. Wir arbeiten zu lange zusammen", Christiane seufzte, „Obduktionssaal 3."

„Danke. Bis gleich."

Dr. Metzen legte auf. Ok, das Gute war, der Abend schien doch interessant zu werden. Markus kam zu ihr in die Gruft unter der Sandburg und er hatte etwas Spannendes im Gepäck. Das weniger Gute war, seine Kollegin kam mit. Christiane konnte nicht so recht sagen warum, aber aus irgendeinem unerfindlichen Grund mochte sie Clara nicht. Die junge Kommissarin war ihr bei jedem Aufeinandertreffen ein Dorn im Auge. Dabei war sie stets professionell und freundlich. Gestritten hatten sie bisher auch nicht. Und dennoch mochte sie Clara nicht. Na ja, dieses Treffen würde ebenso vorübergehen. Jetzt nutzte sie die Zeit fürs Erste und kümmerte sich um ihren neuen Freund, der da nackt auf dem Sektionstisch lag und nur auf sie wartete.

Clara Mork und ihr Kollege kamen etwas später als gedacht in der Sandburg an. Kaum hatte sie den Dienstwagen auf dem Parkplatz abgestellt, der für Mitarbeiter von Ermittlungsbehörden reserviert war, sprang Kriminaloberkommissar Markus Schütter schon aus dem Auto. Von unterwegs hatte er mit der Gerichtsmedizinerin Frau Dr. Metzen telefoniert und ihren Besuch angekündigt. Sie und Markus kannten sich schon lange, das wusste Clara, seit sie mit ihm zusammenarbeitete.

Aber dass sie sich so vertraut waren, überraschte sie immer wieder aufs Neue.

Markus hatte darauf bestanden, dass sie schon mal losfuhren, er würde dann von unterwegs anrufen. Ihren Einwand, dass in der Gerichtsmedizin um diese Zeit doch niemand mehr anzutreffen sei, hatte er weggelächelt. Erst nach der Hälfte des Wegs griff er zum Telefon und rief Dr. Metzen an, die offenkundig doch noch arbeitetet.

Das Gespräch war geprägt von einem morbiden Humor. Obwohl Clara nur eine Seite der Unterhaltung mitbekam, dachte sie sich weite Teile der Antworten. Sie mochte die Gerichtsmedizinerin, doch das schien nicht auf Gegenseitigkeit zu beruhen. Warum, wusste Clara nicht. Christiane Metzen war eine attraktive Frau mittleren Alters mit bissigem Humor. Traf sie auf Markus, war es so, als würden langjährige Schulfreunde aufeinandertreffen und mit markigen Sprüchen um sich werfen. Aber beide wussten dennoch genau, wann der Humor aufhörte und es Zeit war, ernst zu werden. Clara fragte sich oft, ob sie nicht als Paar zusammenpassten. Wahrscheinlich eher nicht, dafür waren sie sich zu ähnlich. Gleichwohl, eine gewisse Verbindung schienen sie zu haben.

Clara stellte den Motor ab, stieg aus dem Auto und ließ die Tür hinter sich zu fallen. Auf der anderen Seite streckte Markus sich und gähnte laut.

„War ein langer Tag. Sicher, dass du unbedingt heute noch mit Dr. Metzen sprechen musst?", fragte Clara, während sie auf die Fernbedienung des Autoschlüssels drückte, um die Türen zu verriegeln. Ihr Kollege war bereits um das Auto herum auf dem Weg zu ihr.

„Müssen sicherlich nicht, aber ich denke, dass es mich nicht loslassen wird, wenn ich meine Fragen nicht heute stellen kann. Und noch eine wachgelegene Nacht will ich nun wirklich nicht."

„Na dann..." Clara zuckte mit den Achseln, „Einmal pünktlicher Feierabend soll aber auch ganz gut für die Erholung sein, habe ich gehört."

„Ja, ja... am Ende wirst du es mir danken. Können wir dann?"

Es war im Grunde keine Frage, denn er stand schon an der Eingangstür und hatte den Rufknopf für die Sicherheitszentrale gedrückt. Um diese Zeit war der Empfang nicht mehr besetzt und wer das Gebäude betreten wollte, musste sich dort anmelden. Während Clara die Stufen zum Eingangsportal der Sandburg emporstieg, hatte Markus dies mit kurzen Worten erledigt. Ein Vorteil, wenn man jahrelang gedienter und bekannter Ermittler war. Stimme und Tonfall reichten zur Identifizierung an der Gegensprechanlage aus.

Der Öffner summte, galant hielt er ihr die Tür auf und Clara stand in der Eingangshalle der Gerichtsmedizin. So alt und ehrwürdig das Gebäude von außen schien, so modern war es von innen. Der Boden mit hellem Marmor ausgelegt, wenige Schritte vor ihr ein Empfangstresen aus Glas und moderner Technik. Von der Empfangshalle aus führten links und rechts kurze Gänge in die angeschlossenen Flügel. Der eine Gebäudeteil enthielt hauptsächlich die Büros der Ärzte, Assistenzen und weiteren Angestellten. Dazu noch ein paar Besprechungsräume und die Kantine. Der andere, die Hörsäle, Lagerräume und eine Bibliothek. Hinter dem Empfang führte eine breite Treppe ins Obergeschoß. Zusammen mit dem hell, freundlich und modern eingerichteten Eingang vermittelte das Gebäude erst einmal den Eindruck eines zeitgemäßen Teils der Universität. Man musste sich schon bewusst daran erinnern, dass im Keller die sprichwörtlichen Leichen lagen. Und dass es Sinn und Zweck war, diese aufzuschneiden und auseinanderzunehmen. Oder eben junge Leute genau darin auszubilden.

Doch Clara und Markus interessierten sich in diesem Moment wenig für die Architektur oder die Ästhetik des Baus. Sie schritten direkt an dem Tresen vorbei und ließen die pompöse Treppe links liegen.

Ihr Ziel war das kleine Treppenhaus im rechten Flügel, von dem aus sie in den Keller gelangten. Hier war alles steriler und nüchterner. Es gab keinerlei Verzierungen, nur präzise, medizinische Neutralität. Selbst das Licht schaffte keine behagliche Umgebung, sondern stellte lediglich die bestmögliche Beleuchtung sicher. Nicht mehr, aber auch nicht weniger.

„Wo müssen wir jetzt eigentlich hin?“, fragte Clara. Hier unten fühlte sie sich immer unwohl. Dem Tod zu begegnen war ihr als Ermittlerin nicht neu. Aber in den Kühlräumen und den Obduktionssälen bekam der Tod eine andere Präsenz. Alles hier war darauf ausgerichtet. Als lebender Mensch schien man hier nur geduldeter Eindringling zu sein.

„Saal 3“, war die knappe Antwort.

Ob es Markus ähnlich erging wie ihr, konnte sie beim besten Willen nicht sagen. Vielleicht war es das Mehr an Lebens- und

Berufserfahrung oder er ließ sich nicht anmerken, dass auch ihm dieser Ort unheimlich war.

Schweigend gingen sie den Flur entlang. Weiter hinten lag der große Kühlraum, davor die Obduktionssäle. Zum Glück gab es hier unten Bewegungsmelder, welche die Beleuchtung steuerten. So war sichergestellt, dass es immer hell erleuchtet war, egal wo man hinging. Doch in Wahrheit hatte es rein praktische Gründe. Wer Leichen durch den Flur schob und mit ihnen arbeitete, der sollte oder wollte nicht auch noch Lichtschalter bedienen. Es bestünde die Möglichkeit diese zu kontaminieren und Keime und Krankheiten zu verbreiten. Man wusste ja nie, womit man in Kontakt kam.

Vor Saal 3 blieb Markus stehen und wartete auf Clara, bevor er die Hand auf den Türöffner legte. Sie schlenderte ein paar Schritte hinter ihm, obwohl der Flur breit genug war, um nebeneinander zu gehen. Aber es schien Clara angemessener, zurückzubleiben, es fühlte sich sicherer an. Außerdem redete sie sich selbst ein, dass es mit ihrer Ausbildung zusammenhing, dass sie den Rücken ihres Partners schützte.

*Seltsam, wie irrational Ängste oft sind*, dachte sie sich, *im ganzen Gebäude befinden sich nur drei lebende Menschen und keiner davon stellt eine Gefahr dar. Und trotzdem ist es beklemmend hier unten. Die Angst vor Toten oder dem Tod?*

„Bereit?", brummte Markus plötzlich neben ihr, als hätte er ihr Unwohlsein gespürt. Obwohl er oft kühl und makaber wirkte, unter der Oberfläche war er sehr empathisch. Das hatte Clara jedoch erst lernen müssen. Sie nickte still und Markus drückte den Türöffner.

Mit einem leisen Zischen schob sich die elektronische Tür zur Seite und gab den Blick in den Obduktionssaal frei. Die Lichtstimmung war hier kaum besser als im Flur. Jedoch fühlte es sich gut an, hier einen weiteren Menschen zu sehen. Na ja, strenggenommen zwei. Eine lebte, der andere war tot.

Dr. Metzen hob den Kopf und schaltete das Diktiergerät aus. Sie ging um den Tisch herum auf ihre Besucher zu und zog dabei die Gummihandschuhe aus.

„Guten Abend Sherlock und Dr. Watson."

„Guten Abend, Mary Shelley", antwortete Markus.

Sie grinste.

„Touché. Hmm, obwohl ich kein neues Leben aus den Toten schaffe."

„Aber du nimmst sie auseinander. Das ist die notwendige Vorstufe."

„Mary Shelley war die Autorin, nicht Dr. Frankenstein selbst", warf Clara ein und bereute es sofort, als sie Christianes strafenden Blick auf sich spürte.

„Na, meinetwegen", Dr. Metzen, wandte sich wieder an Markus, „Deine neue Freundin ist noch nicht da, sollte aber bald eintreffen."

Sie warf die Gummihandschuhe zum Mülleimer und verfehlte ihn wieder einmal.

„Ach, verdammt", murmelte sie, dann an ihre beiden Besucher gewandt, „Ich würde euch ja fragen, ob ihr einen Kaffee wollt, aber ich habe ohnehin keinen hier."

Sie griff nach ihrem Pager auf dem Vorbereitungstisch und führte ihre Gäste in den hinteren Teil des Sektionsraumes. Hier gab es ein paar Stühle aus Aluminium und einen kleinen runden Tisch. Genauso schmucklos und auf das Wesentliche reduziert wie der Rest des sterilen Raumes, aber es war immerhin möglich, sich hier zu dritt hinzusetzen. Sonderlich oft wurden die Stühle anscheinend nicht genutzt und Clara konnte es niemandem verdenken. Wer setzt sich schon auf einen Plausch zum Kaffee kaum fünf Meter von einer Leiche entfernt hin?

Trotzdem war sie dankbar, dass sie dort auf die Nachricht des Leichentransportes warten konnten und nicht um den Sektionstisch herumstanden. Sie schaute auf die Uhr über der Tür. Es war 19:56.

„Also, Markus, was kannst du mir zu deiner neuen Freundin sagen? Was genau soll mein uneingeschränktes Interesse wecken?"

Er grinste: „Das habe ich doch bereits geweckt, ohne dir irgendetwas zu sagen."

„Du willst mich auf kleiner Flamme garen, bis die Leiche endlich hier ist, was?"

Der Pager piepste.

„Wenn man vom Teufel spricht."

Dr. Metzen, stand auf und bestätigte die Nachricht mit einem Knopfdruck. Der Pager verstummte.

„Ich geh sie dann mal in Empfang nehmen. Kommt ihr mit oder wartet ihr hier?"

Sie kamen alle mit. Clara wäre zwar gerne mit Markus im Sektionssaal geblieben, um ihm noch mal auf den Zahn zu fühlen, aber dass sie jetzt zu dritt gingen, war ihr ebenso recht. So klar war ihr in diesem Fall nicht, aus was ihr Kollege und Mentor solch ein Geheimnis machte. Sie kannte seine Eigenart, nicht immer alle Informationen sofort preiszugeben und schätzte dies aus ermittlungstaktischer Sicht. Aber hier schien er etwas gesehen zu haben oder zu vermuten, was er sogar vor ihr und Dr. Metzen verdeckt hielt, bis der richtige Zeitpunkt gekommen war. Nur warum? Testete er sie oder die Ärztin? War es nur wieder einer seiner morbiden Scherze? Clara vermochte es nicht zu bestimmen.

In der Anlieferung organisierte Dr. Metzen die Übergabe des Leichnams und unterzeichnete die notwendigen Papiere, während der Fahrer und sein Helfer den schwarzen Leichensack auf eine fahrbare Liege wuchteten.

„Manchmal bin ich verwundert, wie ähnlich die Überführung eines menschlichen Leichnams einer Paketzustellung ist“, sagte sie mit Blick auf die Überführungspapiere, „Hier ist ihre Post, bitte unterschreiben. Danke schön und guten Tag noch.“

Clara zog eine Augenbraue hoch.

„Nur, dass die menschliche Lieferung hoffentlich mit mehr Respekt behandelt wird als so manches Paket.“

„Ja… das bleibt zu hoffen“, antwortete Dr. Metzen.

Sie stellte sich ans Kopfende des Sacks und öffnete den Reißverschluss etwas, um einen schnellen Blick hineinzuwerfen. Clara folgte ihrem Beispiel aus Neugierde, dabei hatte sie die Leiche schon am Tatort gesehen.

Das Mädchen sah aus, wie Markus es am Telefon beschrieben hatte: Schwarze Haare, weißes Make-up mit schwarzen Details, inklusive schwarzem Lippenstift. Sie trug ein schwarzes Kleid mit Rüschen und Spitze. So wie Markus es dargestellt hatte, erwartete Dr. Metzen zweifelsohne schwarzen Lack oder Kunstleder mit einem unverschämt tiefen Ausschnitt. Eben ganz so wie Clara die Hellraiser-Filme in Erinnerung hatte. Aber in dem Fall wurde sie sichtbar enttäuscht. Die Kleidung, zumindest das, was sie durch den halb geöffneten Reißverschluss sahen, war durchaus geschmackvoll. Auch das hatte Markus erwähnt, wie sie sich nun erinnerte.

Dr. Metzen schob den Verschluss wieder hinauf und ging um die Trage herum. Sie legte das Klemmbrett mit den rudimentären Daten der Toten auf den Leichensack zwischen die Füße und die Hände auf die Griffe.

„Also, zurück in Saal 3, ein kurzer Blick meinetwegen und dann kommt sie in den Kühlraum. Ich habe da noch einen liegen, den ich gerne heute fertig machen würde."

„Keine Angst, wir wollen deinen Feierabend nicht länger verzögern als notwendig."

„WIR wollten das schon mal gar nicht, Markus. DU hast darauf bestanden, Dr. Metzen heute Abend noch zu Rate zu ziehen."

„Danke. Wenigstens eine, die weiß, dass der Dienst ab und zu mal endet", pflichtete sie Clara bei.

„Ja, ja, ist ja schon gut."

Den Rest des Weges zum Obduktionssaal legten sie schweigend zurück. Markus öffnete die Türen und Dr. Metzen schob die Trage. Clara lief daneben her und versuchte nicht daran zu denken, wie dünn die Grenze zwischen Leben und Tod manchmal war. In diesem Fall, ein paar Zentimeter Luft und nur wenige Millimeter schwarzer Kunststoff.

Als die Tür zum Obduktionssaal 3 mit einem Zischen zur Seite glitt, sprangen die Deckenlichter wieder an. Dieser kurze Moment, da die Tür offenstand, aber die Bewegungssensoren noch nicht reagierten, wirkte wie aus einem Horrorfilm. Das Licht aus dem Flur fiel hinter den Dreien in den Raum und zeichnete ihre überlangen Umrisse auf den Boden. Die Einrichtung wurde nur schwach beleuchtet und in den verwinkelten Schatten hätte überall Alles lauern können. Der irre Chirurg mit der Knochensäge, die Krankenschwester mit der Luft gefüllten Spritze, der frisch sezierte Leichnam, der sich entschied, nicht tot zu bleiben. Aber einen kleinen Bruchteil einer Sekunde später sprangen die Neonröhren an, leuchteten den Raum gleichmäßig aus und all diese Vorstellungen waren verschwunden. Alle Schatten wurden auf ein Minimum zurückgedrängt. Hier gab es keine Möglichkeit mehr sich zu verstecken. Clara atmete hörbar aus. Ihr war gar nicht bewusst, dass sie die Luft angehalten hatte.

Falls es die anderen mitbekommen hatten, ließen sie sich nichts anmerken. Sie ärgerte sich trotzdem darüber. Immerhin war sie Mordermittlerin, verdammt. Heute war nicht ihr erster Tag und erst recht nicht ihr erster Fall. Leichen hatte sie schon öfter gesehen, war regelmäßig in der Sandburg und hier im Keller zu Besuch. Und trotzdem fühlte sie sich ausgerechnet hier immer wie an ihrem ersten Tag. Wie eine blutige Anfängerin, die Tod und Teufel scheute. In solchen Momenten fragte sie sich, ob Markus sie überhaupt geeignet für den Job hielt.

Gemeinsam schoben sie ihren jüngsten Fall in die Mitte des Raums und stellten die Trage neben dem Seziertisch ab. Dr. Metzen griff wieder nach dem Reißverschluss, hielt aber einen Moment inne.

„Na, dann wollen wir mal. Willst du mir jetzt sagen, was an ihr so außergewöhnlich ist?"

„Nein. Schau sie dir an und gib eine erste Schätzung ab."

Dr. Metzen seufzte, Markus konnte so stur sein. Zu allem Überfluss wusste er, dass er sie schon die ganze Zeit über am Haken hatte. Das sah Clara ihm deutlich an.

Die jüngere Ermittlerin nahm das Klemmbrett von den Füßen der Toten und schaute auf die Notizen. Nichts Bahnbrechendes war notiert, nur das, was sie bereits wussten, ahnten oder selbst sahen. Sie ließ den Blick schweifen, fand jedoch nichts in unmittelbarer Umgebung, wo sie es hätte ablegen können. Auf den Seziertisch zu der anderen Leiche womöglich. Doch das schien ihr sehr unpassend, also behielt sie es in der Hand.

In einer einzigen fließenden Bewegung öffnete Dr. Metzen den Leichensack. Sie war tatsächlich nicht sehr groß gewachsen, so dass im Fußteil des Sacks viel Platz war. Alle drei schauten schweigend auf sie herab und Clara vermutete, dass es Dr. Metzen ähnlich erging, wie ihr selbst. Sie suchte akribisch nach Besonderheiten, die Markus gesehen, aber allen anderen bisher verschwiegen hatte. Clara zumindest fand im Moment nichts.

Die junge Frau im Gothiclook lag unbeteiligt vor ihnen und schwieg eisern zu ihrem Geheimnis. Das schwarze Kleid bildete einen starken Kontrast zu ihrer blassen Haut und die hellen Leuchtstoffröhren über ihnen verstärkten den Eindruck. Ihre Füße steckten in wadenhohen, schwarzen Lederstiefeln mit vielen Schnallen und einem hohen Blockabsatz. Es war zwar Anfang Mai und die Tage konnten angenehm warm werden, aber die Nächte waren oft noch kühl. Trotzdem trug sie offenbar unter dem Kleid keine Strumpfhose. Zumindest eine Schwarze hätte Clara erwartet, wurde jedoch enttäuscht. Über Hände und Unterarme trug sie dünne, spitzenbesetzte Handschuhe, die Ellenbeugen und Oberarme aber freiließen. Erst die Schultern waren dann wieder von den Trägern des Gothickleides bedeckt.

Dr. Metzen verließ die Gruppe kurz, um sich ein neues Paar Gummihandschuhe anzuziehen, und stellte sich dann wieder an ihren

Platz. Sie griff nach dem Arm der Frau, hob diesen kurz an und legte ihn sanft zurück. Anschließend tastete sie den Körper im Ganzen ab, respektvoll und professionell. Mit ihrer kleinen Stabtaschenlampe in praktischer Stiftgröße leuchtete sie der Toten in die Augen. Schließlich beugte sie sich etwas tiefer und warf einen Blick auf die Innenseite der Ellenbeuge. Prüfend drückte sie dort auf ein paar Stellen und sah dann Markus direkt an.

„Ich sehe weder Schuss- noch sonstige frische Wunden. Auch keine Spuren von Blut. Von außen betrachtet sind alle Gliedmaßen intakt. Keine Knochenbrüche, weder im Torso noch im Nacken. Allgemein macht sie einen körperlich gesunden ersten Eindruck. Wenn also Gewalteinwirkung von außen nicht die Todesursache war, tippe ich auf eine Überdosis von-was-auch-immer-die-Kids-sich-heutzutage-so-spritzen?"

„Wieso meinst du, dass sie sich etwas gespritzt hat, Christiane?"

„Verheilte Einstiche in der Ellenbeuge", sagte Dr. Metzen sachlich und deutete auf die Stellen, auf die sie zuvor gedrückt hatte, „Hier sind einige. Und am anderen Arm ebenso. Schlecht gesetzte Nadeln. Hier, siehst du? Der hier hat sogar eine Einblutung gegeben. Ein blauer Fleck, der aber schon fast abgeheilt ist."

Clara folgte dem Fingerzeig. Ja, da war ein leichter gelbgrüner Schimmer unter der Haut. Im schlechten Licht am Tatort hatte sie das gar nicht gesehen. Ein schneller Blick auf das Klemmbrett verriet ihr, dass dieser blaue Fleck auch zuvor nicht notiert worden war.

„Wann soll sie gestorben sein?", Dr. Metzen sprach Clara direkt an.

„Laut Notiz wird ein Todeszeitpunkt vor ca. 24 Stunden vermutet. Zwischen 20 und 22 Uhr am 01. Mai 2016 steht hier. Aber das glaube ich nicht."

Dr. Metzen und Markus schauten sie verwundert an.

„Ach, und wieso nicht?"

Dr. Metzens Stimme klang etwas entrüsteter, als sie beabsichtigt hatte. Prinzipiell stimmte sie der ersten Einschätzung ihres Kollegen vor Ort auch nicht zu, aber es ärgerte sie, dass die junge Polizistin sich anmaßte, sich auf ihr Fachgebiet vorzuwagen.

„Gestern war es den ganzen Tag frisch und es hatte zeitweise geregnet. Am 30. April jedoch war es noch sehr sonnig und tagsüber sogar heiß. Unsere Tote hier ist für warmes Wetter gekleidet. Selbst, wenn sie an einem Tanz in den Mai teilgenommen hatte, falls es das in der Gothicszene gibt, würde man sich für den Nachhauseweg in der

Nacht oder den frühen Morgenstunden etwas zum Überziehen mitnehmen. Vielleicht sogar eine Strumpfhose entweder anhaben oder ebenfalls einpacken. Sie hat aber weder Jacke noch Nylons an, noch ist weitere Kleidung in ihrer Nähe gefunden worden. Daher vermute ich, dass sie bereits am 30. April getötet wurde. Tagsüber oder in den frühen Abendstunden, bevor es sich abkühlt."

In Markus Gesicht sah sie, dass die Zahnräder in seinem Kopf liefen und versuchten Gedanken und Vermutungen mit den neuen Informationen in Verbindung zu bringen. Wahrscheinlich erinnerte er sich an das Wetter vor zwei Tagen. Oder versetzte sich in die Kleiderwahl einer Frau hinein, die so alt war, wie seine Tochter. Natürlich hatte ihre Argumentation Lücken. Nicht jeder Mensch ist gleich kälteempfindlich, manche planen beim Feiern nicht ein, dass sie gegebenenfalls nachts bei anderen Temperaturen wieder nach Hause kamen. Und vor allem, wenn Drogen im Spiel waren, war es möglich, dass sie sich schlicht betäubt hatte und von der Kälte oder dem Regen gar nichts mitbekommen hatte. Dann war ihr das Wetter praktisch egal. Clara kannte Markus gut genug und wusste, dass er diese Lücken in seine Überlegungen einbezog. Aber für ein erstes Brainstorming war ihre Theorie erstmal ausreichend. Solange es keine validen Gegenargumente gab.

Dr. Metzens Mimik hingegen verriet nicht, was sie dachte, schien aber etwas aufzulockern.

„Ich stimme ihnen zu, Frau Mork. Der Tod ist bereits früher eingetreten, auch wenn ich das eher thanatologisch beurteilen möchte. So sind zum Beispiel keine Pupillenreaktionen sichtbar, was auf einen Tod vor mehr als 17 oder 18 Stunden hinweist. Der Rigor Mortis ist bereits wieder abgeklungen, sonst hätte ich den Arm nicht so einfach bewegen können. Abhängig von Ort und Temperatur tritt die Lösung der Totenstarre erst nach 48 Stunden ein. Erschreckend daran ist, dass der Kollege vor Ort das nicht erkannt hat. Das sollte jeder Mediziner wissen. Und wieso ist sie überhaupt noch angezogen? Die erste Beurteilung muss vollständig entkleidet durchgeführt werden!"

„Ok, ich danke euch Beiden. Dann können wir also davon ausgehen, dass sie seit gut zwei Tagen tot ist. Aber die entscheidende Frage hast du schon gestellt, Christiane, woran?"

„Ja, und du bist uns immer noch eine Vermutung schuldig, weswegen ich mir deine neue Freundin unbedingt heute anschauen musste."

„Richtig. Also, wie du schon gesagt hast, gibt es keine Anzeichen für äußere Gewalt. Fixen ist eine Idee, aber lass mich dir als Medizinerin eine Frage stellen: Wo sind die Leichenflecke?“

Dr. Metzens Augen weiteten sich. Sie sah zur Leiche hinab, schob ihr das Kleid den Oberschenkel hinauf und hob es an. Nichts, oder fast nichts. Auf der Unterseite des Beins befand sich nur ein schwacher blassrosa Schimmer. Sie drückte darauf, aber nichts geschah.

„Blass…“, murmelte sie und schaute zu Markus auf, „Verblutet?“

„Das will ich von dir wissen, Christiane“, gab er den Ball zurück.

Jetzt war der Fall mit einem Schlag doch interessant geworden. Eine drogenabhängige, junge Erwachsene aus der Gothicszene klang zu sehr nach Klischee, um großes Ermittlerinteresse zu wecken. Aber eine drogenabhängige, junge Erwachsene aus der Gothicszene, die verblutet, ohne eine Wunde zu haben? Oder nur einen Blutspritzer am vermuteten Tatort zu hinterlassen? Das waren zu viele Kuriositäten, um unbeachtet zu bleiben.

Sofort überprüfte Dr. Metzen noch ein paar Standardprozeduren und murmelte dabei immer wieder etwas vor sich hin, bis Markus sie unterbrach.

Sie brachten die tote Frau gemeinsam in den Kühlraum und kehrten in den Sektionssaal 3 zurück.

„Also, schaust du sie dir an, sobald die Anordnung der Staatsanwaltschaft vorliegt? Oder willst du es immer noch an einen Kollegen geben?“

„Das übernehme ich schon.“

Sie warf einen wehmütigen Blick auf die Leiche auf dem Sektionstisch und anschließend auf die Uhr. Es war mittlerweile 20:43. Wenn Markus nicht dazwischengekommen wäre, würde sie vermutlich gerade den Körper zu vernähen und in spätestens einer Stunde auf ihrer Couch sitzen. Aber so war es nun mal nicht. Daher gab es heute kein Netflix für sie.

Sie kehrten zu den Stühlen im hinteren Teil des Saales zurück. Clara setzte sich und unterdrückte ein langes Gähnen. Dr. Metzen saß ihr gegenüber und nickte nur. Auch sie war furchtbar müde, aber ihr Arbeitstag noch nicht beendet. Clara eröffnete das Gespräch mit der logischen nächsten Frage.

„Ab wann ist Blutverlust tödlich?“

„Das ist abhängig von Größe, Gewicht und allgemeinem Gesundheitszustand. Davon ausgehend, dass der Mensch durchschnittlich viereinhalb bis sechs Liter Blut besitzt, bei einem ebenfalls mittleren Gewicht von 60-80kg, entspricht das rund sechs bis acht Prozent des Körpergewichts. Derzeit gilt allgemein ein Liter Blutverlust als kritisch, aber kurierbar. Das kommt ca. 20% gleich. Ab 40%, also gut zwei Litern, muss umgehend eine Bluttransfusion erfolgen, am besten mit Erythrozytenkonzentrat. Ein Verlust von 50% des Blutes ist dann in der Regel tödlich."

„Gut, danke."

Markus schien immer noch nicht an einen Feierabend zu denken und verharrte in der Rolle des Ermittlers.

„Bleiben wir mal bei den 50%. Bei einer kleinen, zierlichen Person, weiblich, Anfang zwanzig, können wir dann von drei Litern als tödlichen Verlust ausgehen?"

„Ja, das können wir", Dr. Metzen nickte.

„Gut. Und nehmen wir weiter an, dass es sich bei dem Blutverlust um einen echten Verlust handelt. Also, das Blut hat den Körper verlassen und kam nicht durch eine innere Blutung zustande."

„So wie es scheint, ist das hier der Fall, ja. Es sind zu wenige und zu blasse Totenflecken zu sehen, um der ursprünglichen Menge an Blut im Körper zu entsprechen."

„Bleiben die Fragen: Wo ist das Blut hin? Wie hat es den Körper verlassen und was hat den Blutverlust ausgelöst?", fasste Clara die bisherigen Erkenntnisse zusammen.

Ein paar Minuten diskutierten sie, kamen aber schnell zu dem Ergebnis, dass sie auf eine umfangreiche Autopsie warten mussten. Im Moment stellten sie nur Fragen, ohne eine Antwort zu finden.

Dann verabschiedeten sich die beiden Ermittler und überließen die Gerichtsmedizinerin dem Abschluss ihrer angefangenen Arbeit. Es tat Clara leid, dass sie und Markus sie so lange von ihrer laufenden Obduktion abgehalten haben und sie die Zeit nacharbeiten musste. Zugleich war sie jedoch unendlich dankbar, jetzt selbst Feierabend zu haben. Wahrscheinlich würde sie sich heute früher schlafen zu legen.

Markus fuhr sie heim. Unterwegs redeten sie nicht viel, was Clara nur allzu recht war. Sie war zu müde, um sich zu unterhalten und schweren Gedanken nachzuhängen. Als er sie einige Minuten später vor ihrem Wohnhaus rausließ, verabschiedeten sie sich voneinander und Clara marschierte umgehend auf die Haustür zu. Normalerweise überprüfte sie beim Heimkommen den Briefkasten. Aber der durfte heute einen Tag länger warten. Außer Werbung erwartete sie nichts darin zu finden. Sie kramte ihren Schlüsselbund aus der Tasche und rieb sich die Augen. Kontaktlinsen waren schon etwas Großartiges, aber je länger man sie trug, desto unangenehmer wurden sie. Sie ermüdeten damit auch viel schneller.

Sie fingerte den Schlüssel ins Schloss und drehte sich beim Öffnen der Tür noch mal zur Straße um. Der Dienstwagen stand immer noch da. Typisch Markus, er würde erst losfahren, wenn sie das Licht in ihrer Wohnung einschaltete und er sicher war, dass sie im zweiten Stock angekommen war.

Als sie die Haustür hinter sich ins Schloss fallen hörte, war sie bereits in der ersten Etage angelangt. In der Kehre im Treppenhaus ging sie absichtlich nah am Fenster vorbei, damit Markus sie sah. Einerseits war es gut zu wissen, dass sie sich auf ihren Partner verlassen konnte und dass er auf ihre Sicherheit bedacht war. Andererseits war es ihr hin und wieder zu viel Bevormundung. Immerhin war sie eine erwachsene Frau. Eine 33-jährige ausgebildete Polizistin. Sie trug eine Waffe bei sich und kannte sich in einigen Selbstverteidigungstechniken aus. Man sollte meinen, dass sie auf sich aufpassen konnte, oder?

Vor ihrer Wohnungstür blieb Clara kurz stehen und lauschte. Ein Grinsen stahl sich auf ihr Gesicht. Die Nachbarn von gegenüber hatten wieder eine dieser Nächte, in denen sie es wild miteinander trieben. Zumindest gemessen an den Geräuschen, die Sie und Er da von sich gaben. Ein älteres Ehepaar, dass es zwei bis drei Mal die Woche feierte, dass die Menopause endlich vorüber war. Es war daher nicht das erste Mal, dass Clara die beiden beim Sex hörte und würde sicher auch nicht das letzte Mal sein. Sie war froh, dass sie aus Erfahrung der vorherigen Male wusste, dass sie nichts mehr hören würde, sobald sie ihre Wohnungstür hinter sich geschlossen hätte.

Sie öffnete, trat durch die Tür und warf sie wieder zu. Ruhe. Wie erwartet. Clara schaltete das Licht ein, lief zum Fenster und sah zur Straße hinunter. Kaum stand sie dort, erstrahlten bei dem Auto vor der Eingangstür die Scheinwerfer und der Motor startete. Geistesabwesend zog Clara die Vorhänge zu und machte sich auf direktem Weg ins Bad. Mit ihren Gedanken war sie bereits im Bett, als sie ihrer Abendroutine nachging.

Sie fühlte das Gewicht ihrer Decke auf sich liegen und den Druck der Matratze unter sich. In wenigen Minuten war es so weit, dann konnte sie sich endlich hinlegen und schlummern. Doch ihrem Körper ging das offenbar nicht schnell genug. Der wollte *jetzt* schlafen. Jede Bewegung kam einem Kraftakt gleich und bis sie sich umgezogen hatte, schienen Ewigkeiten zu vergehen. Aber dann war es so weit, sie lag im Bett und der gnädige, selige Schlaf hatte schon Besitz von ihr ergriffen, noch bevor ihr Kopf das Kissen berührte. Der Tag war zu Ende.

## Kapitel 2

Clara erwachte praktisch in der gleichen Position, in der sie sich hingelegt hatte. Gefühlt war es erst ein paar Minuten her, dass sie sich schlafen gelegt hatte, als der Wecker sie aus ihren Gedanken riss. Oder besser einem Traum.

In diesem war sie mit Markus und Dr. Metzen im Obduktionssaal 3, vor ihr die Liege mit dem Gothicmädchen und dahinter der Stahltisch mit der männlichen Leiche, an der die Gerichtsmedizinerin gearbeitet hatte. Das Mädchen war aber nicht in einem Leichensack, sondern lag bar auf der Liege. Dr. Metzen hielt das Klemmbrett in den Händen, während sie sich leise über all die Fehler der ersten Untersuchung und falsch ausgefüllte Felder beschwerte. Markus starrte teilnahmslos auf die beiden Leichen und schüttelte hin und wieder kaum merklich den Kopf. So, als glaubte er nicht, was er da sah. Er wirkte hilflos und das stand ihm gar nicht zu Angesicht.

Clara selbst hielt eine Nadel in der Hand. Eine von denen mit den grünen Flügelchen und dünnem Schlauch, die zum Blutabnehmen verwendet wurden.

„Einstiche in der Ellenbeuge. Einige alt, andere recht frisch. Der hier ist schlecht gesetzt. Hat einen blauen Fleck ergeben.“, murmelte Dr. Metzen neben ihr.

„War sie Blutspenderin?“, hörte Clara sich fragen.

„Vom Blutspenden verblutet man nicht.“

„Durch Fixen doch auch nicht.“

Clara sah wieder auf die tote Frau herab. Aber sie lag nicht mehr auf der Liege wie zuvor, sondern nackt auf der Erde, hinter einem Gebüsch im Park versteckt. Zusammengekauert, als versuchte sie sich vor der Kälte der Nacht zu schützen. Es war der vermeintliche Tatort. Oder zumindest der Ort, an dem sie gefunden wurde, nur dass sie beim Auffinden nicht nackt war.

Ein Blick über die Szene bestätigte ihr, ja, sie war am Fundort. Aber dieses Mal allein. Clara kniete nun und betrachtete die Tote.

Die Knie angewinkelt, die Arme um den Körper geschlungen, den Kopf auf die Brust gelegt und mit dem Rücken zu Clara lag sie dort. Die berühmte Fötusstellung. Sie sah dünn aus, mager sogar. An Schultern und Rückseite zeichneten sich deutlich die Knochen unter der Haut ab und einige Rippen waren an der Seite zu erahnen.

Verzweiflung. Das war das Erste, das Clara bei dem Anblick einfiel. Ein Mensch, der sich nicht mehr zu helfen weiß, sich selbst aufgegeben hat und sich in seinem inneren Schmerz von der Welt zurückzieht. Möglichst klein zusammengerollt, hinter einem Busch versteckt, um niemandem zur Last zu fallen und still, heimlich und leise zu sterben.

Aber der Wecker riss Clara unbarmherzig aus dem Schlaf und die Erinnerungen an den Traum verblassten. Einen Moment starrte sie an die Decke und fragte sich, was unter der Oberfläche lag. Wo trugen die Ermittlungen sie dieses Mal hin. Zunächst wohl zu den Eltern der jungen Frau, immer verbunden mit der Frage, wie gut kannten sie ihr Kind? Aber dazu musste man sie erst einmal identifizieren. Und die Todesursache zu kennen wäre auch von Vorteil.

Also würde es sie und Markus wohl zunächst wieder in die Sandburg führen. Aber Fortschritte kämen erst, wenn die Staatsanwaltschaft die Gerichtsmedizin beauftragt eine Sektion vorzunehmen. Bis es so weit war, würde sie mit Markus und Dr. Metzen einige Theorien durchspielen. Sie hatten Fotos zu begutachten, Berichte zu lesen und zu schreiben und Recherchen anzustellen, die zumindest das grobe Umfeld der namenlosen Toten betrafen.

Sie war ja anscheinend der Gothicszene zugetan, also würden sie sich dazu informieren. Wie groß ist sie? Und wo sind hier die Hot Spots? Welcher inneren Geisteshaltung folgt die Szene, welcher Spiritualität oder welchen Idealen? Wie ist sie Ermittlungsbehörden gegenüber eingestellt und gibt es bereits Informanten?

Mit diesen Fragen im Kopf stand Clara dann endlich auf. Ihre Glieder fühlten sich immer noch viel zu schwer an und sie hatte das Gefühl hart zu arbeiten, um den Weg ins Badezimmer zu schaffen. Aber nach der Dusche war es deutlich besser. Erfrischt und hungrig begab sie sich eine halbe Stunde später auf den Weg zur Arbeit.

Der Fußweg von 20 Minuten war ihr jeden Morgen sehr willkommen. Er half ihr mit freiem Kopf im Büro anzukommen und Clara vertrat die Meinung, dass es gut war, schon früh kräftig und viel frische Luft zu atmen, um den Kreislauf in Schwung zu bekommen. Nach der Arbeit lief sie ebenso gerne zurück, um abzuschalten und den Tag nicht mit nach Hause zu nehmen. Schlimm genug, dass ihre Freunde und Bekannte sie immer gerne zu neuen Fällen und Ermittlungen befragten. Sie erklärte dann, dass sie nicht zu jeder Akte alle Informationen habe und selbst wenn nicht darüber reden dürfe.

Und außerdem habe sie jetzt Feierabend. Aber sie versuchten es trotzdem immer wieder.

Als Clara vor der Tür zu ihrem und Markus Büro stand, hörte sie ihn telefonieren. Er war schon da, wie erwartet. Mit grimmiger Stimme feuerte er abgehackte Sätze auf seinen Gesprächspartner. Lauter als es notwendig war, immerhin sprach er in ein modernes Telefon und nicht in eine Dose am Ende einer Schnur. Aber sie wusste, dass es seine übliche Masche war, wenn er sich offiziell mit irgendwem auseinandersetzte, der ihn nicht oder nicht gut kannte. Autoritär, leicht aggressiv und möglichst kurz angebunden. In seiner Vorstellung vermittelte das einen dringenden Eindruck, damit Anfragen und Aufträge schnell und ohne lange Nachfragen oder Diskussionen erledigt wurden. Und im Falle von Befragungen sofortige Antworten verlangten. Wer widersprach schon einem erfahrenen, aggressiven Kriminaloberkommissar oder würde lügen?

Clara aber wusste, dass sein Stil bei den meisten Leuten nur einen unfreundlichen Eindruck hinterließ. Der Erfolg gab ihm recht, dennoch hatte er nicht den gewünschten Ruf, sondern den des ewig schlecht gelaunten, unfreundlichen Ermittlers der Mordkommission. Mit dem musste man zwar zusammenarbeiten, aber niemand wünschte sich das. Clara erntete oft mitleidige Blicke, wenn sie zusammengesehen wurden.

Sie öffnete die Tür. Markus stand vor seinem Schreibtisch und drehte sich im selben Moment zu ihr um. Er deutete ihr mit erhobenem Zeigefinger einen Augenblick zu warten, bevor die morgendliche Begrüßung startete. Schnell und leise schlüpfte Clara durch die Tür und schloss sie ebenso lautlos wieder hinter sich.

Der Raum war klein, fast schon winzig. Ein schlichtes Zweipersonenbüro in der dritten Etage der Polizeihauptstelle. Schlecht klimatisiert und noch schlechter isoliert. Im Sommer war es unerträglich heiß, da die Fensterseite nach Süden wies. Aber schon ab einer Außentemperatur von knapp 16°C musste man die Heizung aufdrehen, da die Innentemperatur dem Ruf der Natur folgte.

In der Mitte des Raums nahm der Doppelschreibtisch den meisten Platz ein. Wobei das eine nette Beschreibung war, im Grunde waren es nur zwei normale Schreibtische, die gegenübergestellt wurden und gleich ausgerüstet waren. PC, Flachbildmonitor, Telefon, ein kleines

Schreibtischschränkchen unter diesem und hinter jedem von ihnen ein deckenhoher Aktenschrank.

Neueste Sparmaßnahme: Es gab nur einen Papierkorb, den sie sich teilten. Im Fall von Clara und Markus kein Problem, sie arbeiteten in der Regel an den gleichen Themen und hatten ein gutes Verhältnis zueinander. Doch sie wusste, dass es in anderen Büros mit mehreren Personen schon Unmut deswegen gab. Kleinlichkeiten, aus Claras Sicht, aber so waren Menschen nun mal. Gib ihnen etwas – und sei es noch so belanglos wie ein eigener Papierkorb – dann werden sie es nicht wieder hergeben wollen.

Ruhig fuhr der PC hoch, wenigstens die waren neueren Datums und mit guter Hardware ausgestattet. Leise und schnell, so bereitete die PC-Arbeit fast wieder Spaß. Und solange die Laderoutinen der Anmeldung liefen und die Standardprogramme hochfuhren, lehnte sie sich entspannt zurück.

„Nein! Sofort!"

Markus ließ den Telefonhörer krachend auf die Station aufschlagen. Das gehörte zur Show, auch wenn Clara überzeugt war, dass das Jeweilige gegenüber davon gar nichts mitbekam. Für das andere Ende war die Leitung nur tot und für sie war es ein Wunder, dass der Hörer nicht schon längst zerbrochen war.

„Guten Morgen. Du versprühst wieder beste Laune zum Start in den Tag?", säuselte sie süffisant grinsend.

„Klar, ich tu, was ich kann. Und ebenfalls einen guten Morgen."

„Wem hast du denn gerade den Tag versüßt?"

„Der Dokumentenabteilung. Ich habe eine Kopie des Totenscheins, der Untersuchungsergebnisse und des Berichts der Spurensicherung von gestern Abend angefordert."

„Die Unterlagen sind doch niemals jetzt schon fertig!"

Markus grinste: „Das hat der junge Kerl am Telefon auch gesagt. Ist mir schon klar. Aber er muss ja nicht wissen, dass ich das weiß. Er soll nur das Gefühl haben, sich beeilen zu müssen."

„Also ein typischer Markus?"

„Was denkst du wohl?", er erhob sich ächzend, „Ich geh runter mir einen Kaffee holen. Kommst du mit?"

Der PC war zwischenzeitlich hochgefahren und startbereit. In der rechten Ecke der Taskleiste tauchte ein kleiner Briefumschlag auf, was Clara verriet, dass schon die ersten E-Mails eintrafen, und auf ihrem

Telefon blinkte eine rote Leuchte, was sie an verpasste Anrufe erinnerte.

Sie zuckte mit den Schultern: „Was denkst du wohl?"

Mit einem Becher heißen Kaffees in der Rechten und einer halb gerauchten Zigarette in der Linken stand Clara neben Markus. Er band sich die Schuhe neu im Raucherhof der Polizeihauptverwaltung. Ein recht ansehnlich angelegter Hof, der offenbar als eine Mischung aus Garten und Busbahnhof erdacht worden war. Ein, mit Betonplatten ausgelegter geschwungener Weg wand sich durch eine kleine Grünanlage mit niedrigen Bäumen, Büschen und Rasenfläche. Hin und wieder standen am Wegesrand Wartehäuschen. Wie an einer Bushaltestelle, nur ohne die Zigarettenwerbung, für den Fall, dass Raucher bei ihrem 2-Minuten-Spaziergang aus heiterem Himmel von einem Unwetter heimgesucht wurden.

Markus richtete sich wieder auf und streckte ihr die Hand entgegen: „Danke fürs Halten."

Clara reichte ihm die Zigarette zurück. Es fühlte sich seltsam an, als Nichtraucherin eine Kippe zwischen den Fingern zu halten. Und sie war froh, dass er den Glimmstängel zurücknahm und sich gleich einen tiefen Zug gönnte.

„Also Clara, du hattest gerade erwähnt, dass dir an dem Gothicgirl etwas seltsam vorkam. Was meinst du und wie kommst du drauf?"

„Richtig, wir haben auf die Schnelle ein paar Einstiche gesehen. Jüngere und ältere, daher vermuten wir, dass sie Drogen konsumiert hat. Doch das wissen wir nicht. Klarheit haben wir diesbezüglich erst nach der Obduktion. Ich glaube, wir lassen uns hier von Vorurteilen leiten. Könnte sie nicht auch Blutspenderin gewesen sein?"

Markus starrte mit leerem Blick auf die glühende Spitze der Zigarette und wog Claras Worte ab.

„Nun gut" grübelte er, „Erst ans Fixen zu denken ist sowohl geprägt von Berufserfahrung als auch von Vorurteilen ihrer Kleidung wegen. Das gebe ich zu. Dennoch scheint es mir die wahrscheinlichste Theorie, gerade wegen der Erfahrung mit ähnlichen Fällen. Ja, Klarheit wird erst die toxikologische Untersuchung bringen. Aber wie bist du auf den Gedanken überhaupt gekommen?"

*Die Wahrheit? Weil ich es geträumt habe.*

„Wegen ihrer Blutarmut. Vom Fixen verblutet man nicht. Selbst, wenn man die Nadel schlecht setzt."

„Vom Blutspenden aber auch nicht."

Ein Lächeln wollte sich ihrer Mundwinkel bemächtigen, doch Clara hinderte es mit ausreichender Willenskraft daran, mehr als ein Zucken zu werden. Der gleiche Dialog wie in ihrem Traum oder zumindest nahe dran.

„Ja, das ist aber tatsächlich eine interessante Fragestellung. Wenn sie verblutet ist, wo ist das Blut? Wenn nicht am Fundort, wo dann? Und warum ist ihre Kleidung nicht blutig? Wir können deine Theorie ja mal im Hinterkopf behalten, falls die toxikologische Untersuchung negativ ist."

Sie nahm einen Schluck von ihrem Kaffee. Er war schon wieder kalt und schmeckte furchtbar, aber es war nicht mehr viel im Becher und wegschütten würde sie ihn ohnehin nicht. Daher kämpfte sie sich durch die letzten paar Züge. Markus hatte derweil seine Zigarette aufgeraucht und war zum nächsten Aschenbecher vorgegangen. Auf dem Weg zurück zum Eingang kam Clara an ihm vorbei und gemeinsam schlenderten sie ins Gebäude und zu ihrem Büro.

Oben angekommen, setzte Markus sich wieder hinter seinen Schreibtisch und fing kurz darauf an, heftig auf die Tastatur einzuhacken. Ein Schmunzeln huschte über Claras Gesicht, Markus hatte sich in all den Berufsjahren, in denen er mit Schreibmaschine oder PC gearbeitet hatte, noch immer nicht das Zehnfinger-System angeeignet. So tippte er nach wie vor die Buchstaben mit dieser etwas zu langen Pause zwischen den Anschlägen. Manchmal schaffte er eine Reihe von schnellen Eingaben, dann schien er aber aus dem Rhythmus zu kommen und suchte das nächste Zeichen.

Sie selbst öffnete ein paar weitere Programme und überflog die ersten E-Mails als ihr Blick wieder auf den kleinen, rot-blinkenden Briefumschlag am Telefon fiel. Mit einer schnellen Bewegung drückte sie darauf und auf dem Display erschien Name und Nummer des Anrufers: von Waldeck, Martin.

Martin von Waldeck war Kriminalhauptkommissar, somit Leiter der Mordkommission und Claras und Markus Vorgesetzter. Was der wieder wollte? Clara drückte die Wählentaste und leitete so den Rückruf ein. Sie hörte nur ein einziges Freizeichen, dann war der Anruf schon angenommen.

„Hallo Frau Mork, danke für den Rückruf", ohne Umschweife kam er auf den Punkt, „Zwei Sachen, zum einen habe ich ihren Bericht zum

Fall Rudrow gelesen. Sehr ausführlich, besten Dank. Ich finde, er beleuchtet sehr gut, wie Sie die Informationen zusammengetragen haben und die einzelnen Punkte miteinander verknüpften. Wenn Sie zustimmen, würde ihn gerne als Lehrbeispiel in einer der nächsten Nachwuchskräfterunden besprechen. Anonymisiert versteht sich."

Clara war überrascht, das war doch nur ein normaler Bericht. Sie fühlte sich aber geehrt. Daher stimmte sie zu. Außerdem war es immer gut, bei den Nachwuchskräften bekannt zu sein. Den jungen Leuten mangelte es häufig an so etwas wie Lebenserfahrung. Daher ließen sie sich davon beeinflussen, wenn sie später mal auf einen der Ermittler stießen, von dessen Fällen sie im Lehrmaterial gehört hatten. Immerhin wären die nicht besprochen worden, wenn sie nicht etwas Besonderes darstellten. Also, hatte der Ermittler hier einiges geleistet, oder etwa nicht? Ein wenig Prestige würde ihr schon nicht schaden.

„Klasse", setzte Martin fort, „Das andere ist bezüglich ihres Urlaubs. Ich habe da ein personelles Problem und wollte fragen, ob sie die beiden Wochen am Stück benötigen, oder eine davon verlegen könnten?"

Von Waldeck war ein guter Vorgesetzter. Er förderte seine Leute, aber forderte auch viel von ihnen. Doch dafür bekamen sie ebenso viel zurück. Er hielt den Beamten den Rücken frei, wenn sich die Staatsanwaltschaft zu sehr in die Ermittlungen drängte. Aber, er sprach Probleme und Fehler direkt an. Und mit dieser unverblümten Art hatten einige Kollegen Schwierigkeiten.

Nur selten redete er um das Thema herum, so wie jetzt. Dann kam viel, wenn und könnte und vielleicht, obwohl für von Waldeck die Entscheidung bereits gefallen war. Das man eine echte Wahl hatte, kam eher selten vor. Daher vermutete Clara, dass jetzt ohnehin eine Zustimmung von ihr verlangt wurde, oder besser eine Relativierung ihres Urlaubs. Da sie den aber nur eingetragen hatte, damit ihr Jahreskontingent auf dem Papier verplant war, erklärte sie sich mit einer Verlegung grundsätzlich einverstanden.

Nachdem das geklärt war, folgte ein wenig Smalltalk und Clara nutzte die Gelegenheit, ihrem Chef einen kurzen Abriss zu dem gestrigen Leichenfund zu geben. Es war eine Vorwarnung, dass demnächst wieder ein Kontakt zur Staatsanwaltschaft anstand. Die Ermittlungen und Fragestellungen bisher deuteten auf eine angeordnete Obduktion hin. Er bedankte sich für den Hinweis. Solche

Vorabinformationen nahm er immer gerne an. Sie verabschiedeten sich und Clara widmete sich wieder ihren E-Mails. Dann meldete sich Markus zu Wort.

„Weißt du, was mich an der Toten von gestern stört?“

Er saß im Bürostuhl weit nach hinten gelehnt und starrte an die Decke. Seine Denkerposition.

„Verrat es mir, Markus.“

„Das sie nicht tot aussah.“

„Wie bitte?“, Clara verstand ihn nicht.

„Na, ihre Erscheinung eben. Gestern am Fundort habe ich es das erste Mal gedacht und später in der Leichenhalle wieder. Sie sieht nicht so tot aus, wie ich es erwartet hätte. Bleich ja, das war natürlich durch ihren Schminkstil und die komplementäre Kleiderfarbe verstärkt. Aber ich meine ihre ganze Ausstrahlung, ihre Aura, wenn du so willst. Es wirkte so, als wäre da noch ein Hauch von Leben drin. Wie bei jemanden im tiefen Koma. Der sieht aus wie tot, aber man hat das verwirrende Gefühl, dass da noch Leben sein muss.“

„Können Tote eine Ausstrahlung haben?“

„Echt jetzt? Das ist das Einzige, was dir dazu einfällt?“

Clara kam ins Philosophieren, als sie antwortete.

„Nein, ich verstehe, was du meinst, es war nur das Erste, was mir als weitergehende Frage dazu durch den Kopf geschossen ist. Na gut, ich spiele mit: Ich kann nicht behaupten, dass sie nicht so tot aussah, wie sie sollte. Aber, ich finde, ihr Gesicht sah nach einem inneren Schmerz aus. Verzweiflung vielleicht. Die Enttäuschung eines nicht erfüllten Wunsches und die Erkenntnis einen schweren Fehler begangen zu haben. Aber auch, dass diese Einsicht zu spät kam, um noch etwas zu ändern. Als hätte sie sich in tiefster Agonie dem unausweichlichen Schicksal gefügt.“

„Wow, ich wusste doch, dass es sich lohnt laut zu denken. Das hast du alles aus ihrem Gesicht gelesen?“

Im ersten Moment was Clara nicht sicher, ob es aufrichtige Bewunderung oder Sarkasmus war. Sie antwortete dennoch.

„Na ja, es ist mehr eine Art… hmmm… Intuition? Sie sah halt für mich so aus, wie sie für dich eben nicht ganz tot aussah. Aber vielleicht reden wir ja vom Gleichen. Sie hat bei uns beiden eine Art Eindruck erweckt. Bei dir so, bei mir anders.“

„Hm, na gut. Ich werde mal darauf achten, wenn wir wieder in der Sandburg sind. Ich denke nämlich, dass wir sehr bald die Gelegenheit haben werden unsere Eindrücke zu überprüfen."

„Ach, hast du schon mit Dr. Metzen gesprochen?"

„Nein, seit gestern Abend nicht mehr. Aber, wenn ich richtig liege, wird sie sich heute ihren neuen Gast nochmal etwas genauer anschauen und mich dann anrufen. Inoffiziell versteht sich."

Als wäre hier ein Stichwort im Theater gefallen, das eine Erweiterung der Szene oder einen neuen Auftritt auslöst, klingelte Markus Handy. Bevor er ranging, hielt er es kurz hoch, so dass Clara den Namen des Anrufers auf dem Display las, Christiane Metzen.

„Wenn man vom Teufel spricht", sagte Markus grinsend und nahm das Gespräch an.

„Hallo Christiane, wir haben gerade von dir gesprochen."

Die Antwort hörte Clara nicht, aber seine Miene verfinsterte sich und fror ein. Was immer in dieser Sekunde, oder weniger gesagt wurde, sorgte dafür, dass sich die Stimmung im Raum schlagartig abkühlte. Markus starrte einen Augenblick leer in das Büro und hörte konzentriert zu.

„Einbruch?", war seine erste Reaktion, eine knappe Frage, weder schockiert noch entrüstet.

Kurze Stille, in der er auf die Antwort hörte.

„Videoüberwachung?"

Wieder eine Pause.

„Wir kommen sofort vorbei. Unterwegs werde ich überlegen, ob wir die Spurensicherung mitbringen."

Dann legte er auf und war im gleichen Moment aufgestanden. Clara brauchte keine Aufforderung. Sie erkannte die Dringlichkeit der Situation und hatte mit einer schnellen Handbewegung ihren PC gesperrt und im nächsten Augenblick das Telefon auf ihr Diensthandy umgeleitet.

Sie wartete mit der Hand auf der Türklinke, bis Markus sich seine Jacke übergeworfen hatte. Für sich selbst hatte Clara ihren Mantel über den Arm geworfen, sie würde ihn dann auf dem Weg zum Auto anziehen. Als sie im Flur auf den Aufzug warteten, griff sie sich an den Hinterkopf und zog ihren Pferdeschwanz fester. Es war eine automatische Bewegung, die sie sich angewöhnt hatte, wenn sie sich auf ihre Joggingrunde vorbereitet hatte. Seitdem gehörte es wie das

Schuhe zubinden zum Ritual, bevor sie die Wohnung verließ. Oder eben das Büro.

„Also, was ist passiert?“, fragte sie.

„Christiane kann die Leiche nicht mehr finden. Sie sagt, sie haben alle Kühlboxen geöffnet, aber in keiner ist das Mädchen. Keiner der Kollegen hat heute früh eine Sektion an ihr vorgenommen. Keiner weiß, dass sie überhaupt da war, außer Christiane, uns und den Fahrern gestern.“

„Wie kann denn eine Leiche aus dem Kühlraum einer Leichenhalle verschwinden, ohne dass jemand etwas davon mitbekommt? Ich meine, sie wird ja wohl kaum aufgestanden sein und sich einen Weg nach draußen gesucht haben.“

„Deswegen die Frage nach Einbruchspuren.“

Der Aufzug kam an und als sich die Türen öffneten, klingelte Claras privates Handy. Sie nutzte die Gelegenheit, um den Mantel über zu werfen, und fischte dann das Telefon aus der Innentasche. Ein Blick verriet ihr, dass es sich bei dem Anrufer um ihre langjährige und beste Freundin aus Kindertagen handelte. Für gewöhnlich unterhielt sie sich gerne mit ihr, auch wenn sie es nicht leiden konnte, im Dienst privat angerufen zu werden. Aber hin und wieder war das in Ordnung, schätzte sie. Immerhin machte sie dafür keine Raucherpausen. Es war im Grunde nur gerecht. Da es jetzt aber unpassend wäre, ein fröhliches Schwätzchen zu halten, und im Aufzug, spätestens in der Tiefgarage die Verbindung ohnehin abreißen würde, lehnte sie den Anruf direkt ab. Sabine sprach ihr dann sicherlich kurz auf die Mailbox und heute Abend rief sie in Ruhe zurück.

Sie hatte erwartet, dass Markus schnell durch die Stadt rasen würde und dabei so konzentriert war, dass sie während der Fahrt ihren eigenen Gedanken nachhängen konnte. Aber stattdessen war er moderat unterwegs, etwas zügiger als erlaubt, doch weit weg von dem, was Clara erwartet hatte. Und schweigend fuhr er auch nicht.

„Wer klaut denn Leichen? Das sind ja zustände, wie zu Da Vincis Zeiten.“

„Du meinst, als jüngst beerdigte von zwielichtigen Gestalten wieder ausgegraben und an nicht weniger fragwürdigen Forscher zu Studienzwecken verkauft wurden?“, folgte Clara seinem Gedanken.

„Ja. Wer macht so was heute noch? Und warum?“

„Das werden wir wohl herausfinden müssen. Und es gibt keine andere Möglichkeit? Hat sie die Tote vielleicht nur verlegt?“

„Man verschludert Schlüssel oder Bücher, aber keine 50kg schwere menschliche Körper.“

„Ich meine ja nur. Was ist, wenn Christiane sie versehentlich in einen Untersuchungssaal geschoben hat, weil sie sich nach der aktuellen Obduktion den Neuzugang noch mal anschauen wollte. Und hat es dann einfach vergessen. Aus Müdigkeit zum Beispiel, es war ja schon spät und Dr. Metzen hatte auch einen langen Tag.“

„DU hattest wohl einen langen Tag. Wir haben sie alle drei zusammen in den Kühlraum gebracht!“

Markus war verärgert. Zurecht, wie Clara zugab. Denn jetzt da er es sagte, fiel es ihr wieder ein. Sie war selbst dabei, als Dr. Metzen die fahrbare Trage in die Öffnung der Kühlkammer schob. Sie hatte bei diesem schrillen Quietschen zusammengezuckt, als die Tür des Alkovens sich wieder schloss. Und hatte kommentiert, dass da nicht nur ein Tropfen Öl fehlte, sondern eine ganze Kanne. Daher schwieg sie für den Rest der Fahrt. Es war besser, sich nicht zu blamieren. Stattdessen riss sie sich zusammen und war wieder die professionelle Ermittlerin. Konzentrieren auf die Fakten und nicht spekulieren, was andere eventuell, vielleicht getan oder gedacht haben könnten. Das waren immer zu viel Wenns und Vielleichts. Das war keine gute Polizeiarbeit.

Nur wenige Minuten später standen sie auf dem Parkplatz vor dem alten Sandsteingebäude. Dieses Mal brauchten sie sich nicht mit der Klingel oder der Sicherheitszentrale aufzuhalten. Nicht mal am Empfang meldeten sie sich an. Den Mitarbeitern dort waren sie bekannt, schließlich hatten sie sich schon unzählige Male zuvor angemeldet, ihre Ausweise vorgezeigt und angegeben, wohin oder zu wem sie gingen. Aber nicht so jetzt. Nun marschierten sie zügig durch das Foyer und direkt in Richtung des rechten Flügels und zu dem altbekannten Treppenhaus.

Wie anders es hier doch am Tage war. Menschen, junge und alte, drängten sich durch die Flure. Studenten und Doktoranden, Lieferanten und Seminarbesucher. Der Empfang war vollends damit beschäftigt die Ankommenden anzumelden und Fragen zu beantworten. Auf den großen Treppen war ein geschäftiges Auf und Ab und die Luft war erfüllt mit einer Kakophonie aus Gesprächen,

Lachen und dem Gong der Studenten und Dozenten an den Beginn des nächsten Vortrags erinnerte.

Markus hatte die Hand gerade auf die Türklinke zum Treppenhaus gelegt und wollte diese öffnen, als Dr. Metzen aus dem hinteren Teil des Flures seinen Namen rief. Er hielt inne und sah auf. Einen Moment später hatte er sie im Gedränge erblickt und ließ die Klinke los. Wenn Christiane Metzen nicht unten war, brauchten sie nicht in den Keller. Clara war heilfroh.

„Ah, Markus, da seid ihr ja. Danke, dass ihr so schnell kommen konntet."

Dr. Metzen klang erleichtert, aber auch etwas nervös.

„Christiane, bitte sag mir, dass du sie wiedergefunden hast."

„Nein, leider nicht. Aber lass uns nach unten gehen. Da können wir uns vielleicht etwas besser und ruhiger unterhalten."

Clara seufzte und schaute den Flur entlang. Niemand schien Notiz von ihnen zu nehmen, obwohl Dr. Metzen regelmäßig gegrüßt wurde. Aber es war offensichtlich, dass sie keine Zeit für Flurgespräche mit Studenten hatte.

Markus öffnete nun doch die Tür und trat hindurch. Von der anderen Seite hielt er sie den beiden Frauen auf und wartete, bis sie im Treppenhaus standen. Christiane Metzen war bereits den halben Weg nach unten vorangegangen. Schnell folgten Clara und Markus hinterher und sie hatte die Tür im Untergeschoß geöffnet, bevor die obere Tür wieder ins Schloss gefallen war.

Hier im Kellergeschoß war nun mehr Leben als am Abend zuvor, wenn auch nicht annähernd so sehr, wie im Empfangsbereich oder den Fluren. Es war alles hell erleuchtet und man konnte von einem Ende des Ganges bis zum anderen schauen, ohne dass es eine Ecke gab, die weniger beleuchtet war als der Rest.

Hier standen einige Studenten zusammen und diskutierten fachlich, während sie auf ihren Dozenten warteten, um eine Lektion in Sachen Anatomie zu erhalten. Dort stand ein Arzt vor einer leeren Trage und nutzte sie als improvisierten Schreibtisch. Und aus der anderen Richtung, ungefähr an der Stelle, wo eine Etage darüber das Foyer war, kam Anne Bergmann auf die Dreiergruppe zu.

Im Laufe der letzten Jahre hatte Clara so einiges über Anne Bergmann herausgehört. Teilweise in direkten Gesprächen mit ihr, wenn Markus und Christiane sich eine Weile privat unterhielten und es ihr zu langweilig wurde, auf ihren Kollegen zu warten. Dann hatte sie sich in das Vorzimmer begeben und einen Plausch mit der Assistentin angefangen. Es waren stets sehr freundliche Gespräche in lockerer Atmosphäre. Doch da war dieses seltsame Funkeln in Annes Augen, dass Clara bis heute nicht Einordnen konnte. Anderes hatte sie natürlich auch von Markus und Dr. Metzen in Erfahrung gebracht.

Sie war Dr. Metzens persönliche Assistentin und immer adrett und geschäftsmäßig gekleidet. Sie hätte genauso in einer Bank tätig sein können. Der 25-jährige Blondschopf arbeitete seit ihrer Ausbildung zur Fachkraft für Bürokommunikation in der Gerichtsmedizin und hatte den letzten Teil unter Dr. Metzen absolviert. Anschließend hatte sie sich dafür eingesetzt, die junge Frau direkt zu übernehmen. Frau Bergmann hatte daher zwar keinen medizinischen Hintergrund, war aber ein großes Organisationstalent und hatte ihren und Dr. Metzens Terminkalender fest im Griff. Keiner ihrer Termine, von dem sie erfuhr, ging unter, so dass Christiane immer informiert, vorbereitet und pünktlich war. Es gab so gut wie nie Überlappungen von Sitzungen und wenn wurde dies kurzfristig mit Dr. Metzen abgestimmt, an welchem sie teilnehmen würde. Sie plante grundsätzlich etwas Freiraum zwischen den Terminen ein. Immerhin musste auch eine Gerichtsmedizinerin mal für kleine Mädchen und konnte sich nicht von einem Gebäudeteil zum anderen teleportieren. Sie setzte sich sehr bestimmt durch, wenn es um Terminverhandlungen ging oder darum, lästige Anfragen abzublocken. Und gleichzeitig lag es Anne, fein zu reden, um das Beste für ihre Chefin herauszuschlagen. Für all dies wurde sie von ihrer Dr. Metzen hochgeschätzt.

Ein Notizbuch in der Hand begrüßte sie die Besucher freundlich, wandte sich dann aber schnell ihrer Chefin zu.

„Christiane, gut, dass ich Sie hier treffe. Ich habe die Lieferdokumente überprüft und mit dem Leichentransport telefoniert. Die konnten zwar bestätigen, dass sie im Auftrag von Kriminaloberkommissar Schütter und Kommissarin Mork hier eine Leiche angeliefert haben und dass sie von ihnen Dreien angenommen wurde. Aber, der Lieferschein lässt sich nicht mehr finden. Auch der Durchschlag bei uns ist nicht im Eingangskörbchen."

Clara stutzte immer, wenn sie hörte, dass Leute in Gesprächen zwar den Vornamen und dann doch wieder ein förmliches „Sie" verwendeten. In ihren Ohren klang das falsch. Entweder Vorname und Du oder Nachname und Sie, aber gemischt wirkte es zu fremdartig.

Anne Bergmann schob ihre Brille ein Stück die Nase herauf und schlug ihr Notizbuch auf.

„Ich werde jetzt noch mal den Schreibtisch in der Leichenhalle überprüfen. Vielleicht ist er ja heruntergefallen oder zwischen andere Unterlagen geraten. Ach ja, und Dr. Mikkelson bittet Sie in sein Büro, sobald die Kommissare auf Sie verzichten können. Bei der Mittagsbesprechung habe ich Sie vorsorglich entschuldigt. Damit ist ihr nächster Termin erst um 14:45. Die Planungsrunde der Vorträge für den kommenden Monat. Konferenzraum 7."

Damit übergab sie Dr. Metzen einen Ausdruck, den sie in ihr Notizbuch gelegt hatte. Ein aktueller Auszug aus ihrem Terminkalender.

„Vielen Dank, Anne. Halten Sie mich auf dem Laufenden, falls die Dokumente auftauchen. Wir sind fürs Erste in Sektionssaal 3."

„Mach ich."

Damit nickte sie jedem der drei zum Abschied zu und schritt dann geradewegs den Flur hinunter auf die Leichenhalle zu. Zwar hätten sie den Weg zu viert gehen können, da der Sektionssaal 3 auf halbem Weg zwischen Treppenhaus und Kühlraum lag, aber ohne es auszusprechen, waren sich alle drei einig, dass man lieber unter sich blieb.

Aus der Ferne sah Clara, wie eine Gruppe Studenten Anne etwas zurief, als diese die Tür zum Büro öffnete. Sie verharrte abrupt, mit der Hand an der Türklinke, wandte den Kopf zu der Gruppe um und antwortete ihrerseits. Die lachte schallend und klopfte einem Studenten auf die Schulter, der selbst anscheinend nichts mehr zu lachen hatte. Anne wiederum verschwand, ohne sich umzuschauen im Büro.

Clara wusste, dass der Schreibtisch in der Leichenhalle nicht direkt bei den Kühlkammern war, sondern in einem kleinen separierten Arbeitsraum davor. Er wurde von allen genutzt, die dort zeitweilig zu arbeiten hatten. Zum Beispiel, um Anlieferungen zu dokumentieren, ohne erst in das eigene Büro zu wandern. Das war zwar ein Vorteil, aber ebenso ein Nachteil. Denn bei einem solchen geteilten Arbeitsplatz fühlt sich niemand dafür verantwortlich, diesen ordentlich und sauber zu halten. Das kleine Büro hatte eine Glasscheibe zur Leichenhalle hin, so dass man von dort den ganzen Raum überblicken konnte. Der einzige Nutzen, den Clara darin erkannte war, dass man so die Nummer des Kühlfachs sah, falls man sich nicht mehr sicher war, wo ein Toter untergebracht war.

Der Sektionssaal war aufgeräumt und sauber. Dieses Mal lag dort keine Leiche auf dem Tisch und wartete drauf, mittels des typischen Y-Schnitts aufgeschnitten zu werden. Heute wurden nirgends Organe entnommen, vermessen und gewogen. Und nichts deutete darauf hin, dass dies vor einem halben Tag hier geschehen wäre. Die drei bewegten sich direkt zu der kleinen Sitzgruppe im hinteren Teil des Raumes und nahmen Platz.

„Also, ihr wart dabei. Ihr könnt bezeugen, dass der Transport ankam, dass ich die Dokumente ausgefüllt und unterschrieben habe. Und wir haben die junge Tote gemeinsam hierhergebracht. Ihr habt sie gesehen. Wir haben kurz über Auffälligkeiten gesprochen und sie anschließen zusammen in den Kühlraum zurückgebracht. Richtig bis hier her?“

Sie klang hörbar irritiert. So, als würde sie an sich selbst zweifeln.

„Ja, das können wir alles bestätigen“, antwortete Clara ihr und wurde dafür mit einem freundlichen Nicken belohnt.

„War nach uns noch jemand hier?“, Markus verhielt sich vollkommen unbeeindruckt.

Er war in die Ermittlerrolle geschlüpft. Kühl, sachlich, zielstrebig und von persönlichen Freundschaften nicht abgelenkt. Manchmal fragte sich Clara, ob er auch gegen seine eigene Familie so emotionslos ermitteln konnte. Aber, das war unmöglich. Da man ihm dann Befangenheit unterstellen würde, zöge man ihn nicht zu solchen Ermittlungen hinzu. Genau das könnte hier ebenso passieren, wenn die verschwundene Leiche offiziell würde. Ein heikles Thema.

„Nein, ich habe niemanden mehr gesehen.“

„Bis wann warst du hier beschäftigt?“

„Hmmm, ihr seid gegen Viertel vor neun gegangen. Ich war dann noch zwei Stunden mit der Sektion zugange und habe danach aufgeräumt und sauber gemacht, bevor es in den Feierabend ging. Das war so gegen Mitternacht.“

Clara warf einen Blick zum Sektionstisch, auf dem letzte Nacht ein Toter gelegen hatte. Dann zur Tür und schließlich wanderten ihre Augen zu der Uhr darüber. Es war 11:55.

„Der Flur ist absolut nicht einsehbar, nicht einmal Licht sieht man unter der Tür durchscheinen. Und zwischen 20:45 und 00:00 liegen über drei Stunden. Das ist viel Zeit, um allein und unbemerkt den Flur entlangzulaufen, die Leichenhalle zu betreten und mit einem Sack auf der Schulter aus dem Gebäude zu marschieren“, überlegte sie laut.

„Das stimmt“, entgegnete Markus, „aber der Eingangsbereich und der Parkplatz ist zum Glück videoüberwacht. Dazu müssten wir dann von der Sicherheit entsprechendes Material bekommen können.“

Clara notierte sich das.

Am Nachmittag standen sie zusammen mit dem Schichtleiter der Gebäudesicherheit im Überwachungsraum und starrten auf viele Monitore. Die einzelnen Livebilder der Überwachungskameras zeigten, was im Gebäude vor sich ging. Clara war überrascht. Es gab mehr Kameras im Komplex, als sie gedacht hatte. Die Eingangshalle wurde direkt aus unterschiedlichen Blickwinkeln überwacht. Flure, sowohl von der einen als auch von der anderen Seite und den Parkplatz konnte man anscheinend weder betreten noch verlassen, ohne mindestens von einem elektronischen Spion entdeckt zu werden. Zusätzlich zu dem reinen Bild wurden das Datum, die Uhrzeit, bis auf die Millisekunde genau, und eine eindeutige Kennung der jeweiligen Kamera eingeblendet.

Auf einem der unzähligen Bildschirme war der Flur vor den Sektionssälen und der Leichenhalle zu sehen. Laut Zeitstempel war es 20:40 am 02.05.2016. Clara sah drei Gestalten am hinteren Ende des Flurs aus einer Tür heraustreten und sich auf die Kamera zu bewegen. Natürlich wusste sie, dass es Dr. Metzen, Markus und sie selbst waren, aber dennoch starrte sie gespannt weiter auf den Monitor. Auf halben Weg blieben die drei stehen und die Gerichtsmedizinerin öffnete die Tür zum Sektionssaal 3. So weit, so unauffällig.

„Ok, das sind wir, wie wir von der Leichenhalle zurück zum Untersuchungsraum gehen“, kommentierte Markus das Offenkundige.

Aber es gehörte zu seinen Eigenarten laut zu denken und damit andere Gedanken anzustoßen. Oft genug hatten sie im Ermittlungsteam zusammengesessen und Markus Reflexionen zugehört. Plötzlich warf dann jemand etwas Passendes in den Raum. Eine Eingebung gab die andere und in der Summe fanden sich dadurch Möglichkeiten. Und daraus ergaben sich dann neue Stränge, in die ermittelt werden konnte.

„In wenigen Minuten verlassen Frau Mork und ich den Saal wieder. Dann bitte etwas schneller vorlaufen lassen, so dass wir sehen, was auf dem Flur nach uns passierte“, wies Markus die Sicherheitsleute an.

Gesagt, getan. Wortlos spulte der Mitarbeiter der Überwachungstechnik die Aufnahme in höherem Tempo ab. Der junge Mann wirkte auf Clara etwas nervös, aber nicht, wie ein Verdächtiger im Verhör. Mehr eher wie jemand, der es nicht gewohnt ist, dass ihm die Polizei bei der Arbeit auf die Finger schaute. Wobei sich strenggenommen niemand für seine Arbeit interessierte, sondern nur für das, was auf den Monitoren passierte.

Die Minuten des Zeitstempels verflogen, aber der Flur blieb leer, bis die Zeitschaltuhr die Deckenlampen ausschaltete. Dann war der Bildschirm schwarz, bis auf die unerbittlich weiterzählende Uhr am unteren Rand. Plötzlich wurde das Licht wieder eingeschaltet. Kurz hatte Clara den Eindruck, dass alle im Raum die Luft anhielten und erwarteten eine Gruppe betrunkener jugendlicher den Flur entlangrennen zu sehen, die es auf den Kühlraum abgesehen hatten. Aber stattdessen betrat Dr. Metzen den langen Gang und schob eine Bare vor sich her. Es war 23:47, wie sie gesagt hatte, bereitete sie sich auf ihren Feierabend vor und brachte den untersuchten Körper zurück. Um 00:03 war sie erneut an der Kamera vorbeigelaufen und aus dem Bild verschwunden.

Minuten lang war wieder nur ein Standbild des leeren Flurs zu sehen, bis die Lichter verlöschten. Die Schwärze des Bildschirms schien immer drückenden zu werden. Oder war es die Anspannung der vier Menschen im Raum? Obwohl Clara und Markus hier waren, um etwas auf den Überwachungsbändern zu sehen, war es doch eine Überraschung, als dann der Flur tatsächlich wieder in Licht getaucht wurde. Sie notierte sich die Zeit, 02:34 und ein paar Sekunden. Aber zu sehen war im Grunde nichts. Nichts, außer des Ganges. Letztlich war es der Schichtleiter, der aussprach, was alle dachten:

„Warum sind die Lichter angegangen, wenn niemand im Flur ist?“

„Gibt es eine Kamera auf der anderen Seite? Könnte jemand unter oder hinter der Kamera stehen und den Bewegungsmelder ausgelöst haben, aber nicht im Blickfeld sein?“, fragte Clara und schien schon die Antwort zu geben.

„Ja, die gibt es. Wir überwachen fast alles aus zwei Richtungen, um genau so etwas entdecken zu können. Warten sie.“

Der junge Techniker schien jetzt gelöster zu sein. Anscheinend war es die angespannte Stille, die ihm zusetzte. Geübt drückte er ein paar Knöpfe auf der Schalttafel vor ihm. Es erinnerte Clara eher an das Mischpult eines DJs als an einen überdimensionierten und funktionsreichen Videorecorder. Wenige Sekunden später sahen sie den Flur aus der anderen Perspektive. Hellerleuchtet, zur gleichen Zeit und doch menschenleer.

Ungläubig starrten alle auf die Zeitstempel. Uhrzeit und Datum stimmten überein. Aber der Flur blieb auch nach dem dritten Kontrollblick leer.

Clara wandte sich an den jungen Mann: „Spulen sie noch mal beide Aufnahmen zurück, kurz bevor das Licht angeht. Das war", sie schaute schnell auf ihre Notizen, „gegen 02:34. Dann bitte ab 02:33 im normalen Tempo laufen lassen."

Beide Aufzeichnungen liefen im Schnelllauf zurück und die Monitore wurden schlagartig wieder dunkel und die Wiedergabe einsetzte.

*Jetzt ein plötzlicher, lauter Tusch und von unten kommt ein gelber Text eingeflogen*, dachte Clara und wollte sich den Gedanken am liebsten aus dem Kopf schlagen. Wortwörtlich. Wie konnte sie jetzt nur an Star Wars denken?

Die Minute schien endlos zu dauern und die Blicke aller vier wechselten ständig von einem Monitor zum anderen und wieder zurück. Auf einem der beiden musste doch jetzt zu erkennen sein, was genau der Bewegungsmelder registriert hatte. Dann war es so weit und sie zeigten den Flur in künstliches Licht getaucht. Und doch leer.

„Wie kann das sein? Kann ein Tier das ausgelöst haben? Eine Maus oder so?", Markus schien ebenso überrascht.

„Hmm, ich werde das mal überprüfen lassen. Aber es würde mich doch wundern. Und man müsste dann je wenigstens einen Schatten am Boden entlang huschen sehen, oder?"

Die Frage war vom Schichtleiter an den Mitarbeiter gerichtet. Der wurde völlig aus den Gedanken gerissen und drehte sich abrupt zu seinem Chef um. In den Augen sah Clara, wie der Kopf arbeitete. Entweder er konnte für sich nicht einordnen, dass nichts zu sehen war, oder er hatte etwas gesehen, dass er nicht glaubte. In dem Fall würde er es aber nicht zugeben, wenn sie ihn anspräche. Daher verfasste sie nur eine Notiz, um den Gedanken festzuhalten, und beließ es erstmal dabei. Sie würde das mit Markus besprechen.

„Ja. Die Kameras sind besser als noch vor einiger Zeit. Die lösen viel höher auf. Eine Ratte oder eine Maus, müssten zu sehen sein. Sogar als solche zu erkennen und nicht nur als formloser Schatten, wenn sie den Flur lang gelaufen käme. Selbst, wenn sie nur unter der ersten Kamera sitzt und lediglich den Bewegungsmelder ausgelöst hat, müsste man dort etwas sehen können."

Dabei deutete er auf eine Stelle auf den zweiten Bildschirm, wo schätzungsweise die erste Kamera war.

„Ok, schauen wir uns den Rest der Nacht an", schlug Markus vor, „vielleicht kommt ja doch noch etwas ins Bild, bevor wir hier weiter in Panik verfallen."

Die ersten Minuten schauten sie sich in normalem Tempo an. Ein menschenleerer Flur, weder aus der einen noch aus der anderen Perspektive war etwas zu sehen. Und als die Zeitschaltuhr dann die Lichter wieder löschte, war sogar viel weniger zu erkennen. Das Tempo wurde erhöht. Doch in den nächsten Zeitrafferstunden blieb der Monitor schwarz. Bis dann plötzlich eine Bildstörung auftrat. Sie dauerte nur wenige Millisekunden, im Zeitraffer schien es wie ein kurzer Blitz auf dem Bildschirm. Danach war der Flur wieder erleuchtet, aber eben so leer wie zuvor.

„Stop!", riefen Clara und Markus wie aus einem Munde.

Doch es war gar nicht notwendig. Der junge Techniker hatte reagiert und das Band angehalten. Sofort notierte Clara sich die Zeit. Gestoppt wurden bei 04:58. Das Bild lief in doppelter Geschwindigkeit wieder zurück, es flimmerte kurz und dann war der Monitor erneut dunkel.

„Jetzt normal vorwärts. Da war doch eben etwas. Eine Bildstörung, oder ein Kameraausfall?", murmelte Markus vor sich hin.

„Nein, bei einem Ausfall hätten wir eine Alarmmeldung bekommen", war die Antwort des namenlosen Schichtleiters. Sein Ton verriet, dass er sich persönlich angegriffen fühlte.

Dennoch hatte Markus recht. Nach etwa einer Minute der Dunkelheit gab es ein Bildrauschen auf beiden Monitoren, wie damals bei analogem Fernsehempfang. Es dauerte nicht mal eine halbe Sekunde und dann war das Bild wieder klar. Nur, dass statt der Schwärze der Flur bestens ausgeleuchtet war.

„Wann tritt die Bildstörung auf?", fragte Markus.

Clara schaut wieder auf die Uhr am unteren Rand des Bildschirms und setzte zu einer Antwort an. Doch der junge Techniker kam ihr zu vor.

„Um 04:38:23:050."

„Nein, um kurz vor fünf. Hier."

Clara tippte auf den Zeitstempel im Monitor. Die drei Männer im Raum folgten ihrem Fingerzeig. Und vom Techniker war ein deutliches „Häää?“ zu hören.

„Das kann nicht sein. Der Recorder sagt, dass er erst bei 04:38:23:050 ist. Schauen Sie“, er deutete seinerseits auf einen Zeitstempel.

Aber nicht im Bild, sondern in der Aufnahmekontrolle. Abspielzeit: 04:38:23:050.

„Zurückspulen, langsam“, war Markus schlichter Befehl und er duldete weder Aufschub noch Widerrede.

Das spürte der Techniker und ließ die Aufnahme Bild für Bild rückwärtslaufen.

04:58:00:050

04:58:00:040

04:58:00:030

04:58:00:020

04:58:00:010

04:58:00:000

04:57:59:990

04:57:59:980

04:57:59:970

04:57:59:960

Helles Bildrauschen, unmöglich etwas zu erkennen, nicht mal der Boden des Flures.

Dunkles Rauschen, einfach nur schwarz mit unterschiedlich hellen grauen Pünktchen.

04:38:23:050

04:38:23:040

04:38:23:030

04:38:23:020

04:38:23:010

04:38:23:000

04:37:22:990

04:37:22:980

„Halt! Habe ich das gerade richtig gesehen? Fehlen da 20 Minuten der Aufzeichnung?“, in Markus Stimme klang so etwas wie Überraschung, aber auch Ärger mit.

Es war der Schichtleiter, der antwortete: „Das kann doch nicht sein. Es gab keinen Ausfallalarm, die Aufnahme ist kontinuierlich weitergelaufen."

Clara sah auf die Abspielkontrolle.

„Ja und nein. Sehen sie, hier sind Aufnahmekontrolle und Zeitstempel wieder gleich. Aber nach der Störung weichen beide um die 20 Minuten ab. Wie kann das sein? Sind die Zeiten nicht aneinandergekoppelt oder so?"

„Nein, die Kameras haben eine eigene Uhr, die sie auf dem Monitor dort sehen. Und die Aufnahmeeinheit hier hat ebenfalls eine. Das ist Absicht, um Manipulation entdecken zu können."

Markus war nicht zufrieden mit der Antwort: „Ok, wir haben hier einen potenziellen Eingriff aufgedeckt. Und jetzt?"

„Ich mache eine Sicherungskopie der betreffenden Stelle der Aufnahmeeinheit und der Kameradaten. Dann gehen die zur Klärung an die Datenforensiker."

„Gut, machen Sie uns bitte auch eine Kopie von den Aufnahmen beider Kameras", sprang Clara schnell ein.

Sie wusste, dass Markus das zwar ebenso gefordert hätte, aber in einem nicht so angemessenen Ton. Und sie wollte es sich mit dem Sicherheitstechniker nicht verscherzen, vielleicht benötigten sie bei der Sache mal seine Unterstützung. Kurze Wege waren manchmal zielführender.

„Natürlich. Haben sie einen USB-Stick dabei, dann…"

„Hey, mal langsam hier! Wir geben nicht einfach so Daten oder Aufnahmen heraus! Oder ist das hier etwa eine offizielle Ermittlung, Frau Kommissarin?", polterte der Schichtleiter dazwischen und sammelte direkt noch mehr Sympathiepunkte bei ihr.

Sichtlich überrascht und verärgert starrte Clara ihn an. Als sie etwas erwidern wollte, kam ihr dieses Mal Markus zuvor.

„Wie sie wissen, sind wir wegen einer verschwundenen Leiche hier. Eine Leiche, die aus IHREM Sicherheitsbereich verschwunden ist. Zu einer Zeit, als SIE hier die Fäden in der Hand halten sollten, Herr Willst! Und dazu kommt, dass es sich dabei um eine Leiche handelt, in deren Todesfall wir ermitteln. Also ja, dies IST Teil einer offiziellen Ermittlung. Und sie können uns jetzt direkt helfen und sich schnellstmöglich daran machen die Lücke in ihrem Sicherheitssystem zu finden und zu schließen. Oder sie machen es unnötig kompliziert und sind schneller als sie denken können Teil unserer Ermittlungen! Wählen sie ihren Weg mit bedacht."

Da gab es nichts zu überlegen, der Schichtleiter, der endlich wieder einen Namen hatte, kooperierte und willigte ohne Weiteres ein. Eine Sicherungskopie mehr oder weniger schadete schon nicht. Und erst recht nicht, wenn sie in den Händen der Kriminalpolizei war.

Später am Nachmittag saß Clara allein im Büro und tippte ihre bisherigen Ergebnisse zusammen. Markus war unten und rauchte. Viel hatten sie bisher nicht. Eine junge tote Frau aus der Gothicszene mit ungeklärter Todesursache. Vermutet wurde Verbluten. Diese ließ sich aber nicht weiter klären, da es an einer Leiche mangelte, die man untersuchen könnte. Den Umstand, wie sie verschwunden war, vermochten sie aber nicht klären, weil das Videomaterial dazu nichts hergab. Verkompliziert wurde das zusätzlich dadurch, dass es einen Zeitraum von 20 Minuten gab, in denen die Aufnahme der Überwachungskameras gestört war. Daraufhin hatte die Kamera die Aufzeichnung ausgesetzt. Die Vermutung lag aber nahe, dass in der Zeit jemand den Flur betreten hatte. Denn was man dennoch klar ausmachte, war, dass das Licht im Gang eingeschaltet wurde. Das dunkle Bildrauschen wurde zu einem hellen. Und die 20 Minuten könnten durchaus reichen, für den Weg zur Leichenhalle und zurück.

Als der Techniker Clara und Markus den USB-Stick mit der Sicherungskopie gebracht hatte, hatte er erwähnt, dass ausnahmslos alle Kameras in und vor dem Gebäude zur selben Zeit dieselbe Störung hatten. Zu unwahrscheinlich für einen echten Zufall? Vielleicht. Vielleicht aber auch nicht, wenn es zum Beispiel an einer elektrischen Spannungsspitze im System lag, welche die empfindliche Elektronik der Kameras lahmlegte. Aber alle zu gleich für denselben Zeitraum? Das wurde in der Sicherheitszentrale der Sandburg überprüft. Man würde sich dann wieder bei der Kripo melden.

Alles in allem nur Spekulationen und Stochern im Nebel. Sie speicherte ihre Notizen und griff nach dem USB-Stick. Zum Glück verwendete man in den sensiblen Bereichen der Kripo und der Sandburg die gleichen verschlüsselten Geräte. So konnte sie mit ihrer Freischaltung den fremden Datenträger an ihrem PC verwenden. Sicherheitstechnisch nicht sauber, aber sie hatte nicht vor diesen Umstand groß publik zu machen.

Es dauerte nur einen kurzen Augenblick und sie hatte Zugriff auf die gespeicherten Dateien. Insgesamt waren es drei Videos, die ihnen so zugespielt wurden. Einmal die hochaufgelöste Aufzeichnung jeder einzelnen Kamera und dazu ein bearbeitetes Video, das beide Aufnahmen zeitgleich nebeneinander abspielte.

Zunächst wandte sie sich aber der ersten Aufnahme zu, die sie vor Stunden schon betrachtet hatte. Ein dunkles Bild, es wurde hell, der Flur war zu sehen. Etwas später erneut dunkel. Stunden danach rauscht das Bild und als es wieder klar wurde, war der erleuchtete Gang zu sehen. Die Zeit hatte einen Sprung von 20 Minuten vollzogen. Es half nichts. Das Rätselraten ging weiter.

Sie ließ das Video in Vollbild auf ihrem großen Monitor laufen. Die Auflösung war beeindruckend, wenn man es sich auf einem HD-Bildschirm anschaute. Dr. Metzen hatte gerade den Sichtbereich des elektronischen Auges verlassen und war in den wohlverdienten Feierabend gegangen. Sie wartete, bis das Licht im Flur verlosch und dann suchte Clara die Stelle, an der es wieder anging. Das ein Tier dies ausgelöst hatte, hielt der Techniker für eher unwahrscheinlich, hatte aber auch keine bessere Erklärung.

Hier war der Moment, das Licht im Flur flackerte auf und tauchte diesen in das typische Neonröhrenlicht, bei dem alles gleich hell ausgeleuchtet ist. So, als wäre hier kein Schatten erlaubt. Und doch kam es ihr seltsam vor.

Sie stoppte die Wiedergabe und betrachtete das eingefrorene Bild mit etwas Abstand. Irgendetwas war ungewöhnlich an der Szene, sie konnte es aber nicht ganz erfassen. Wie bei diesen „Finde die Unterschiede"-Rätsel in der Fernsehzeitung. Man erfasst sofort, dass etwas anders ist, aber um zu erkennen, wo genau die Differenzen sind musste man sich jedes Detail einzeln anschauen.

Clara ließ die Aufnahme ein paar Sekunden weiterlaufen und stoppte wieder. Sprang zurück und wiederholte den Vorgang. Zu sehen war nichts. Aber etwas war mit dem Licht. Ein Bereich des Bildes schien dunkler zu sein, nur wenige Nuancen. So, als würde ein Schatten von Streulicht erhellt werden. Oder als hielte man die Hand vor eine Neonröhre. Zum Abdunkeln zu wenig, aber man hätte doch das Gefühl, dass sich das Licht im Raum ändert.

Die Wiedergabe lief weiter, dieses Mal mit halber Geschwindigkeit und Clara betrachtete sie einige Sekunden lang von ihrem Platz aus. Dann stand sie auf, stellte sich hinter ihren Stuhl und schaute den

Ausschnitt des Videos erneut an. Und nochmal mit weiter reduziertem Tempo.

Bei jedem Durchlauf gewann sie Gewissheit. Da war etwas und es bewegte sich den Flur entlang. Von der Kamera weg, hin zur Leichenhalle. Ein formloser Schemen, ein Schatten, kaum sichtbar im Licht der Leuchtstoffbeleuchtung. Und er war schnell, erst bei einem Viertel der normalen Abspielgeschwindigkeit nahm sie die Bewegung als solche überhaupt wahr. Dennoch war es zu flüchtig, um von der Kamera erfasst zu werden, HD-Auflösung hin oder her.

Sie stoppte die Wiedergabe und sprang nochmal zurück zu dem Moment, als das Licht anging. Jetzt da sie wusste, wonach sie suchte, sah sie sich das Ganze in normalem Tempo an. Doch so war es kaum zu erkennen. Wieder und wieder betrachtete Clara die Szene und trotz gewonnener Erkenntnis war bestenfalls ein winziges Aufflackern eines Schattens zu erahnen. Ein Schemen auf der Wand und dem Boden, der sich anscheinend gleichzeitig von der Kamera bis zur Tür der Kühlkammer zog. Und genauso schnell wieder verschwunden war, wie er auftauchte. Es war leicht, dies einfach als kurzes Flackern der Lampen abzuschmettern und nicht weiter zu beachten. Aber Clara wusste es besser.

Sie suchte ein paar Szenen heraus, in welchen der Schemen sich stärker von der Wand abhob und erstellte jeweils Bildschirmfotos davon. Vielleicht würde es reichen, um Markus Aufmerksamkeit darauf zu lenken. Außerdem konnte sie so zeigen, dass es sich tatsächlich um eine Bewegung handelte.

Als sie das letzte Bild hatte, wurde sie unsanft in die Realität zurückgerissen. Ihr Handy auf dem Schreibtisch klingelte. Clara zuckte zusammen und unterdrückte zeitgleich einen spitzen Schrei. Beinahe hätte sie vor Schreck ihre PC-Maus über die Tischplatte geworfen. Nur gut, dass Markus nicht im Büro war. Aber wo war er eigentlich? Sie entschied, sich dieser Frage zu widmen, sobald sie den elektronischen Quälgeist abgestellt hatte, der immer noch fröhlich zwitschernd ihre Aufmerksamkeit forderte. Und wieder einmal nahm sie sich vor den Klingelton in etwas Erträglicheres zu ändern.

Sie warf einen Blick auf das Handy, es war Sabine. Kurz überlegte sie, ob sie das Gespräch ablehnte, andererseits brauchte sie mal eine Pause. Clara nahm es an, schloss die müden Augen und lehnte sich weit im Stuhl zurück.

## Kapitel 3

Sabine war eine willkommene Abwechslung. Sie sprachen über ihre neueste Verabredung mit irgendjemandem, den sie im Internet kennengelernt hatte. Clara war bei so etwas immer skeptisch, daher versprach Sabine ihr, sich kurz vor und nach dem Date bei ihr zu melden. Dass man sich am Wochenende treffen und Clara alles im Detail erfahren würde, war obligatorisch. Aber auch eine kurze Beratung zum passendsten Outfit für heute Abend wurde diskutiert. In ihren Augen schoss Sabine etwas über das Ziel hinaus, wenn sie sich bei der ersten Verabredung zum Thema Kleidung Gedanken zur Unterwäsche machte. Gleichzeitig beteuerte sie aber, dass er sie ja gar nicht zu sehen bekommen würde. Claras pragmatischer Ansatz, keine weiteren Überlegungen anzustellen und einfach etwas Bequemes drunter zu ziehen, wurde jedoch strickt abgelehnt. So war ihre Freundin nun mal, Outfits mussten von Kopf bis Fuß und in allen Kleiderlagen aufeinander abgestimmt sein. Auch wenn nicht geplant war, dass mehr als die äußere Schicht zu sehen sein würde. Dennoch verkomplizierte es die Abstimmung, falls die gewählten Schuhe zwar zum Kleid, aber nicht zum BH passten. In Claras Augen unnötige, für Sabine jedoch sehr wichtige Details.

Es störte sie nicht, dass es sich nur um Themen ihrer Freundin drehte. Im Gegenteil es war Clara sogar recht. Die beiden kannten sich schon seit der Grundschule und waren seither die besten Freundinnen. Nicht einmal hatten sie den Kontakt zueinander verloren, wenn er auch zeitweise etwas seltener geworden war. Das war damals, als Clara Polizeianwärterin war. Die Ausbildung hatte sie viel Zeit gekostet und sie vertröstete Sabine so manches Mal. Aus den Augen verloren haben sie sich jedoch nie. Aber wenn sie jetzt von sich hätte erzählen müssen, wäre es ihrer besten Freundin sicherlich aufgefallen, dass sie etwas beschäftigte. Das führte dann zu vielen bohrenden Fragen und mindestens genauso vielen Ausflüchten. Sabine fiel es schwer zu akzeptieren, dass Clara über Berufliches nicht sprach und nicht durfte.

Nach dem Gespräch stand Clara auf und streckte sich ausgiebig. Sie hasste es, ewig am PC zu sitzen und endlose Berichte zu schreiben oder von anderen zu lesen. Ihr bereitete der aktive Teil der Arbeit deutlich mehr Spaß. Dort hielt sie mit Begeisterung lange durch. Aber die notwendige PC-Zeit war einfach nichts für sie. Sie würde nie verstehen, wie einige ihre Hobbys am PC auslebten. Sie stundenlang YouTube schauten, chatteten oder spielten. Warum das alles allein zu Hause am Heimcomputer machen, wenn man genauso mit Freunden ins Kino gehen konnte? Sich bei einem Spaziergang im Park unterhalten oder einen Abend mit Gesellschaftsspielen in trauter Runde verbringen, das waren ihre Freizeitbeschäftigungen. Na ja, aber jedem das seine. Wahrscheinlich verstanden viele auch nicht, dass sie sogar eher bei Regen durch den Park oder im Wald joggte, als ein Fitnessstudio zu betreten.

Sie schob das Arbeiten am PC, solange es möglich war, vor sich her und erledigte es dann halbherzig. Was oft genug dazu führte, dass sie einen Bericht mehrmals anfasste, bis er abgabereif war. Insofern war das Lob ihres Chefs heute früh tatsächlich eines.

Markus war immer noch nicht zurückgekehrt. Clara schaute auf die Uhr. Sie hatte eine Viertelstunde mit Sabine telefoniert und davor eine halbe Ewigkeit auf das Video gestarrt, also war ihr Partner doch schon seit über einer Stunde rauchen. Sie nahm sich fest vor, ihm zu zeigen, was sie entdeckt hatte und seine Meinung dazu zu hören. Vielleicht hatte er eine simple und gute Erklärung für das, was sie dort sah. Vielleicht war sie aber auf irgendetwas gestoßen.

Sie griff zum Telefon und drückte auf die Kurzwahltaste, mit der sie sein Diensthandy erreichte. Es dauerte wie immer eine Weile, bis er endlich ranging.

„Ja?"

Kurz angebunden und keine Begrüßung? Dann störte sie ihn bei irgendetwas.

„Ähm, wo genau treibst du dich denn rum? Ich bin da
auf etwas gestoßen und bräuchte mal deine Meinung dazu."

„Bin gleich zurück. Muss nur noch schnell was klären."

„Ok, bis gleich."

Ja, Markus war eindeutig beschäftigt und definitiv nicht draußen im Hof zum Rauchen. Er war im Gebäude, das hörte Clara an den Hintergrundgeräuschen. Es dauerte dennoch eine halbe Stunde, bis er wieder zurück ins Büro kam. Als sich schließlich die Tür öffnete, war Clara damit beschäftigt einige Notizen zu Papier zu bringen und so ihre Gedanken zu sortieren. Selbst das war ihr lieber, als stundenlang am PC zu sitzen. Strukturiertes aufarbeiten von Gedankengängen, Anmerkungen zu Personen, Ereignissen und Orten verfassen und Verbindungen dazwischen herstellen. Ja, das mochte sie. So etwas stellte man an einer Pinnwand dar oder mit Kollegen zusammen beim

Brainstorming in einem Besprechungsraum. Alles war besser, als am PC langweilige Texte zu schreiben. Auch, wenn es leider notwendig war.

Aus den Gedanken gerissen schaute sie auf und sah ihren Kollegen an, der die Tür hinter sich schloss. Er wirkte angespannt und sehr müde.

„Ah, da bist du ja wieder. War eine lange Zigarette, was?"

„Ja, wenn es mal nur eine gewesen wäre. Ich habe unten Martin getroffen und durfte dann zu ihm ins Büro kommen. Er war nicht amüsiert darüber, dass uns die Leiche eines potenziellen Mordfalls abhandengekommen ist. Ich habe ihm die Situation von gestern Abend und heute Vormittag in der Sandburg erklärt. Ich denke, er hat verstanden, dass uns keine Schuld trifft, denn die Tote wäre ja so oder so dorthin gebracht worden. Aber er wird uns von dem Fall abziehen, da ich ja eine freundschaftliche Verbindung zu Christiane habe, die gestern die Papiere unterschrieben hat. Nicht, dass uns persönliche Bande bei der Ermittlung beeinflussen."

„Oh shit! Dann dürften wir aber an gar keinem Fall mehr mit Dr. Metzen zusammenarbeiten."

„Das habe ich ihm auch gesagt. Das Problem ist nur,
dass jetzt etwas schief gegangen ist. Solange es zielführend ist und in geordneten Bahnen läuft, kräht da kein Hahn nach. Aber jetzt...?", Markus ließ sich erschöpft auf seinen Stuhl sinken, „Jetzt sind wir den Fall los. Alles was wir bisher haben, wird zusammengetragen und an Martin übergeben. Er wird dann morgen ein neues Team bestimmen."

Markus seufzte schwer. Die Enttäuschung stand ihm ins Gesicht geschrieben.

„Apropos, du sagtest, du hast da was?"

„Ja, ich hatte mir die Videos noch mal genauer angeschaut. Ich kann es nicht erklären, aber es scheint, als wäre da etwas im Flur gewesen, als das Licht das erste Mal wieder anging. Aber es ist unglaublich schnell."

„Also, doch eine Ratte oder Maus?"

„Nein, größer. Es wirft einen Schatten an die Wand. Vielleicht ein Mensch in leicht gebückter Haltung. Ist schwer zu sagen bei dem Blickwinkel. Und ohnehin zu schnell, um etwas zu erkennen."

„Ich kann dir nicht ganz folgen."

„Dachte ich mir. Ich zeig es dir."

Markus stellte sich hinter sie und beugte sich leicht vor, um einen besseren Blick auf ihren Monitor zu werfen. Zunächst rief Clara die

Screenshots auf, die sie von den Standbildern hatte. Und zeigte ihm den Farbunterschied, den sie dort wahrnahm.

„Hier siehst du das? Das sieht für mich wie ein Schatten an der Wand aus, der aber von der restlichen Beleuchtung im Raum überstrahlt wird. Und hier, auf dem Boden, an der gleichen Stelle ist auch eine Verdunklung zu sehen.“

Mit einem grübelndem „Hmmm“, quittierte Markus ihre Vermutung.

„Ok, ich dachte mir schon, dass dich ein Bild nicht überzeugen wird. Daher habe ich mehrere gemacht, zu unterschiedlichen Zeitpunkten der Aufnahme. Hier und hier.“

Sie rief zwei andere Bilder auf den Bildschirm und deutete wieder auf einen Schemen an Wand und Boden.

„Wie du siehst, bewegt es sich tatsächlich weiter. Von der Kamera weg und hin zum anderen Ende des Flures.“

„Ok, ich sehe, was du meinst. Es ist kaum zu erkennen, wenn man nicht weiß, wo man hinschauen muss. Kannst du mir das auf der Aufnahme zeigen?“

„Klar.“

Clara hatte sich vorbereitet und die entsprechende Stelle des Videos vorab herausgesucht. Ein Klick auf die Playtaste war alles, was benötigt wurde. Das Video lief in normalem Tempo los.

„Ich kann nichts erkennen, aber das war doch der Moment, wenn ich mir den Zeitstempel im Screenshot ansehe, oder?“

„Ja. Wie gesagt, es ist zu schnell. Davon rede ich ja. Bei halber Geschwindigkeit kann man es erahnen. Aber erst bei einem Viertel kann man es wirklich wahrnehmen. Warte.“

Ein paar weitere Klicks später hatten sie die Aufnahme einige Male gesehen, jeweils in unterschiedlichem Tempo. Markus schien überrascht und doch nicht ganz überzeugt. Wie und was bewegte sich so schnell? Er stimmte Clara zu, dass sie irgendetwas gefunden hatte, aber ohne zu wissen was, ohne es einordnen zu können, war diese Information nahezu wertlos. Was sollten sie ihrem Chef erzählen? Wir sehen etwas in dem Flur, aber können nicht sagen, was es ist, wohin es sich bewegte und nicht mal, ob es überhaupt relevant für uns ist. Den letzten Punkt ließ Clara nicht gelten, das wussten sie zu diesem Zeitpunkt der Ermittlungen nie.

„Nichtsdestotrotz, werden wir den Fall abgeben, Clara. Es gefällt mir nicht, aber wir sind raus. Hoffen wir, dass sich unsere Nachfolger ebenso intensiv mit den Rätseln beschäftigen. Für heute bleibt uns leider nichts mehr zu tun, als alles sauber zu dokumentieren und dann in den Feierabend zu gehen."

„DU sprichst von Feierabend? Ist es so schlimm gelaufen bei Martin."

„Ja. Nein", er seufzte, „ich verliere nicht gerne und einen Fall weggenommen zu bekommen fühlt sich wie eine schwere Niederlage an. Martin ist fair, das weißt du so gut wie ich, aber auch er muss sich an die Regeln halten, die er nicht beeinflussen kann. Ich mache ihm da keinen Vorwurf. Aber große Motivation löst das jetzt auch nicht bei mir aus. Also, Fall abschließen, Feierabend machen und morgen neu starten."

Anderes blieb ihnen tatsächlich nicht übrig. Sie teilten sich auf und dokumentierten, notierten und querverwiesen bis alles, was sie bisher erreicht hatten in einer elektronischen Akte verschwand. Anschließend waren sie dann gar nicht mehr so weit von einem regulären Feierabend entfernt. Markus schlug vor, Clara wieder nach Hause zu fahren, aber sie lehnte ab. Die paar Schritte wollte sie gehen und wenn sie schon früher heimkam, dann plante sie, eine kleine Runde durch den Park zu joggen.

Tatsächlich aber musste sie den Kopf frei bekommen. Markus empfand es als Niederlage einen Fall zu verlieren. Und für sie war es unerträglich, tatenlos zuschauen zu müssen. Natürlich arbeiteten ihre Kollegen ebenso daran. Markus und sie waren nicht die einzigen Polizisten in der Mordkommission. Aber sie hatte schon oft erlebt, dass Fälle wie Kinder behandelt wurden. Die Eigenen waren einem die Liebsten. Alles was dann von außen kam, wurde bestenfalls als Stiefkind betrachtet und nicht mit der gleichen Hingabe betreut. Obwohl wenn sie keine Kinder hatte, war es für Clara absolut unverständlich. Hier ging es um menschliche Leben, nicht nur das des Opfers war dahin, sondern auch das der Hinterbliebenen. Aus eigener Erfahrung wusste sie, dass ungeklärte Todesfälle viele quälende Fragen aufwarfen und die Angehörigen über Jahre belasteten, bis hin zur seelischen Zerstörung.

Ihr selbst und ihrem Vater erging es kaum anders, als ihre Mutter bei einem Autounfall ums Leben kam. Damals wurde es als Selbstmord abgetan, denn es gab weder einen Unfallgegner, noch schien es wahrscheinlich, dass sie ausgerechnet gegen den einzigen Baum auf einer einsamen Landstraße fuhr. Clara war damals gerade mal elf Jahre alt. Ihr Vater akzeptierte es nicht, dass der Fall ad acta gelegt wurde. Doch hatte er nichts, um Anderes zu beweisen.

Als einige Jahre später auch ihr Vater unter ungeklärten Umständen ums Leben kam, stand sie plötzlich allein da mit einem Berg an offenen Fragen. Die Polizei ermittelte damals zwar in verschiedene Richtungen, aber zu einem Ergebnis kamen sie nicht. Letztendlich wurde der Fall in der Schublade versenkt. Ein Cold Case, einer von vielen.

Damals beschloss Clara, Polizistin zu werden. Denn sie wollte es besser machen. Ihr würde das nicht passieren. Es war ihr ein inneres Bedürfnis, den Hinterbliebenen ihre Fragen zu beantworten und einen Täter zu präsentieren. Wenn sie den Fall abzugeben hatte, dann würde sie das der Möglichkeit berauben, ihr Versprechen einzulösen. Das musste sie jetzt erstmal verarbeiten. Und das beste dazu war eine Runde durch den Park zu joggen.

Auf dem Heimweg rief Sabine sie wie versprochen vor der Verabredung an. Clara vergewisserte sich, dass alles in Ordnung war. Ihre Freundin beharrte darauf, noch mal zu erklären, was sie anhatte und warum. Sie verabredeten sich zum nächsten Telefonat in drei Stunden. Clara blieb dann nichts mehr übrig, ihrer Sabine einen schönen Abend zu wünschen und kurz zu erwähnen, dass sie gleich joggen ging. Sollte etwas sein, würde sie zurückrufen, sobald sie wieder zu Hause war.

Kurz bevor sie ankam, setzte der Regen ein. Nicht aus dem sprichwörtlichen heiteren Himmel, nein, er war durchaus angekündigt. Aber in Gedanken vertieft und mit einem Telefonat beschäftigt, hatte Clara nicht bemerkt, wie der wolkenverhangene Himmel immer dunkler und dunkler wurde. Sie beschleunigte ihre Schritte, um nicht allzu nass zu werden. Der Plan in den Park zu gehen blieb aber bestehen, denn ihre Sportkleidung durfte ruhig durchnässt werden. Das war Funktionskleidung, die das ohne Probleme vertrug. Nur ihre Alltagskleidung hielt sie gerne trocken und sauber.

Vor der Haustür drückte sie sich unter das Vordach und kramte ihren Schlüssel hervor. Die Post würde heute wieder warten müssen, bis sie vom Sport zurück war. Jetzt wollte sie erstmal nach drinnen.

Wenige Augenblicke später war sie in ihrer Wohnung und warf den Schlüsselbund in die Schlüsselschüssel neben der Wohnungstür. Nur Minuten danach stand sie umgezogen und bereit wieder im Wohnzimmer der kleinen Zweiraumwohnung. Ihr Blick fiel auf den

Anrufbeantworter, der mit einem rot blinkenden Lämpchen verzweifelt um Aufmerksamkeit bettelte. Clara hatte das Telefon und den elektronischen Annahmesklaven stumm geschaltet. Wer sie persönlich erreichen wollte oder musste, der hatte ihre Handynummer. Das Festnetz diente im Kern nur der Tarnung. Die einzigen Anrufe, die dort eingingen, waren von ihrer Bank, Behörden oder Journalisten, die hofften, dass Ermittler privat mehr von ihren Fällen erzählen. Sie beschloss, das hektische Blinken zu ignorieren und ebenso wie die Post erst nach zehn oder zwölf Kilometern zu beachten. Wahrscheinlich kam sogar noch eine heiße Dusche davor.

Ihre Runde begann immer schon in der Wohnung. Dort stellte Clara mit routinierten Handgriffen ihren Fitnesstracker ein, sprang zum Test ein paarmal leicht auf der Stelle und dann lief sie los. Durch das Treppenhaus, vor die Tür und von dort aus durch ein paar Straßen und mit einem mehr oder weniger umfangreichen Umweg in den nahegelegenen Park. Gemäß ihrer Fitness-App war eine Runde in der Grünanlage 2578m lang. Sie führte vorbei an Rosengärten, einem Spielplatz für Klein- und Grundschulkinder, sowie einem für größere Kinder oder besser Jugendliche, inklusive eines Skateparks. Auf dem Rückweg dann durch eine schattige, überwucherte Allee, dahinter verschiedene Blumenbeete und eine große Liegewiese.

Ihr gefiel die Runde, selbst wenn die Wege im Regen matschig waren. Man traf immer abwechslungsreiche Leute. Im Sommer hatte man auf der Wiese manchmal Glück und durfte im Vorbeijoggen einen Blick auf schöne Körper werfen. Einmal hatte ein Paar auf einer Picknickdecke sogar zwischen all den anderen Sonnenanbetern ein Schäferstündchen. Nur provisorisch mit einer Decke bedeckt, hatten sie sich nicht an den krampfhaft wegschauenden Erwachsenen gestört. Die spielenden Kinder hatten es vermutlich nicht mal mitbekommen. Aber für Clara und viele andere waren die Bewegungen unter der Decke sehr eindeutig. Einerseits hatte sie das Paar für ihre Abenteuerlust und den Mut bewundert. Andererseits fand sie es der Kinder wegen äußerst unpassend. Sobald sie an der Liegewiese vorbeikam, schaute sie schmunzelnd zu der Stelle. Wenn dann dort zufällig jemand sein Plätzchen in der Sonne reserviert hatte, grinste sie breit und fragte sich, ob derjenige auch nur ahnte, was an genau diesem Ort mal passiert war. Aber das traf auf alles und jeden zu. Wer wusste schon, ob nicht die Parkbank, auf der man saß, der Badesee, in dem man schwamm, oder eben das Fleckchen Erde auf dem man sich niedergelassen hat, nicht schon mal von jemand anderem zu einer intensiven Vereinigung genutzt wurde? Man wusste ja nicht mal bei der eigenen Wohnung, was der Vormieter wo oder mit wem getrieben hatte. Bei genauerer Betrachtung wollte sie das nicht auch wissen.

Clara war an eben jener Liegewiese vorbei, als ihr Blick auf einen Busch am Wegesrand fiel. Weit genug vom Weg entfernt und in einer Kurve gelegen, dass er nicht groß beachtet wurde. Er war schlicht da. Aber ausreichend üppig, dass man dahinter oder sogar darin die sprichwörtliche Leiche verbergen konnte. An keinem anderen Tag wäre ihr ein solcher Gedanke in den Kopf gekommen. Aber mit dem Wissen der letzten 48 Stunden und der vagen Erinnerung an ihren Traum der vergangenen Nacht, war es ihr unbehaglich, daran vorbeizujoggen. Zu ähnlich war die Szene ihrem aktuellen Tatort. Na ja, jetzt nicht mehr IHRES. Sie verlangsamte ihre Schritte und kam in einer Pfütze mitten in der Kurve zu stehen. Der Busch zog ihre Blicke magisch an und ohne es zu realisieren, trabte Clara auf ihn zu.

Ein großer ausladender Rhododendron, von dessen Blättern das Wasser, wie bei einer Wasserskulptur, von Etage zu Etage tropfte. Das Stückchen Wiese, auf der er stand, war durchnässt und sie sackte bei jedem Schritt ein wenig ein. Wären ihre Schuhe und Socken nicht schon nass gewesen, dann hätte sie das aus ihrer Trance gerissen. Aber so watete Clara stur über die Wiese auf den Rhododendron zu und um ihn herum. Sie erwartete eine junge, leblose Frau auf der Rückseite zu finden, in einem schwarzen Kleid, das so gar nicht zum aktuellen Wetter passte. Stattdessen fand sie: nichts.

Es war ein Busch im Park. Einer von Hunderten. Hatte sie wirklich gedacht, hier einen neuen Tatort vorzufinden? In den letzten Jahren seit sie in der Mordkommission arbeitete, hatte sie viele Orte eines Verbrechens gesehen. Einige waren abscheulich und sie bedauerte die Tatortreiniger. Andere fast schon harmonisch arrangiert und kamen ohne Blut aus. Aber keiner glich je dem Vorherigen. Selbst bei Serienmorden, wenn der Mörder pedantisch die Szenerie orchestrierte, war es nie gleich. Warum hätte es jetzt anders sein sollen? Aber dennoch sie hatte wieder das Bild der jungen Frau im Kopf, die sich in schierer Verzweiflung im Moment des Todes selbst umarmte. Als hätte die Welt keine Liebe oder Gnade für sie übrig. Mit einem kräftigen

Kopfschütteln löste sie sich von den Gedanken. Hier war nichts, nur ein Busch.

Sie beendete ihre Runde um den Rhododendron und kehrte auf den Weg zurück. Zunächst mit einem gemächlichen Trap setzte sie ihr Sportprogramm fort und steigerte langsam das Tempo, bis sie ihre Geschwindigkeit wieder erreicht hatte. Der Regen hatte etwas nachgelassen und stellenweise kam sogar die wärmende Sonne hervor. Obwohl sie größten Teils durchnässt war, spürte sie dies kaum. Funktionskleidung war schon eine grandiose Erfindung. Erst an einer dieser sonnigen Stellen zuckte sie zusammen, als ihr dann doch Wasser vom Pferdeschwanz in den erwärmten Nacken tropfte. Es schüttelte sie und Clara beschloss, dass es heute eine kurze Runde werden würde. Nur diese eine durch den Park und dann nach Hause. Vielleicht ein Bad statt einer Dusche zum Abschluss. Da wartete ja noch ein Buch darauf weitergelesen zu werden. Und was war besser, als aus dem Regen herauszukommen, in eine heiße Wanne hineinzuschlüpfen und in einem entspannenden Roman abzutauchen. Manchmal musste man die harte Realität um sich herum vergessen. Besonders dann, wenn sie einen nicht losließ und so wie jetzt, die übliche Ablenkung nichts mehr brachte. Der Plan war beschlossen und Clara eilig auf dem Heimweg.

Der nächste Tag im Büro war wieder so etwas wie Alltag, wenn das in der Mordkommission denn möglich war. Da Markus und sie den Fall abgegeben hatten, war Zeit, sich ausgiebig um die bisher liegengebliebene Ablage zu kümmern. Akten vervollständigen, Berichte abschließen und an Besprechungen teilnehmen. Tatsächlich wurde zwar immer gestorben, aber nicht jeder Tod war ein Mord und daher steuerte sie auf einige ruhige Tage zu. Das hatte den Vorteil, dass sowohl Markus als auch sie selbst dazu kamen, ein paar Überstunden in Freizeit umzuwandeln. Er freute sich über Zeit mit seiner Familie und Clara traf sich mal wieder mit Sabine, statt immer nur zu telefonieren.

Da bei ihrer Freundin einiges passierte in letzter Zeit, gab es viel zu besprechen. Sie selbst gönnte sich sogar eine Verabredung über Tinder. Sie hatte es nicht auf einen One-Night-Stand abgesehen, sondern wünschte sich einfach mal wieder ausgehen und einen schönen Abend haben. Einfach mal ein Tête-à-Tête haben und vielleicht sogar umworben werden. Ihr Gegenüber musste ja nicht sofort wissen, dass sie nicht vor hatte mit ihm ins Bett zu steigen. Möglicherweise würde es passieren, falls die Chemie und die Stimmung passten. Aber es war nicht ihre primäre Absicht. War es nie, wenn sie die Tinder-App öffnete. Doch es tat manchmal gut das Gefühl zu bekommen, begehrt zu werden.

## Kapitel 4

Aber wie so oft kam die Ruhe vor dem Sturm. Und so mancher beginnt zunächst als laues Lüftchen, dass sich langsam aufbaut. In diesem Fall kam der erste Wind auf, als Markus sie schon früh zu Hause anrief, bevor sie sich auf den Weg ins Büro begeben hatte.

„Guten Morgen, Clara. Du brauchst nicht ins Büro kommen, ich steh unten vor der Tür und warte im Auto. Wir haben einen Fall."

„Dir auch einen guten Morgen. Hab ich dich geweckt? Nein, schon gut, ich bin eh schon fast auf dem Weg zur Tür raus. Da bin ich beruhigt, wie war dein Wochenende, Clara? Danke gut… So beginnt man für gewöhnlich ein Gespräch, besonders vor Dienstbeginn."

„Du hast ja recht, sorry. Ich gelobe Besserung."

„Schon gut, Markus. Ich bin gleich draußen. Kannst du in deiner Aufregung so lange warten, oder willst du schon mal loslegen mir zu sagen, warum du mir das nicht im Büro sagst, wenn wir offiziell im Dienst sind?"

Sie hörte ein Schnauben am anderen Ende des Telefons. Das bedeutete vieles. Von einem scherzhaften Schmollen bis zu einem beleidigten Ja war das Spektrum weit.

„Ich kann warten. Bis gleich dann."

Er hatte aufgelegt. Aber gemessen am Tonfall war es eher Ersteres, hoffte Clara.

Vor der Tür stand der Dienstwagen mit Markus am Steuer. Halb auf dem Gehweg, halb auf der Straße hielt er im absoluten Halteverbot, was aber niemanden groß störte. Selbst bei einem flüchtigen Blick sah man, dass der Wagen nur schnell dort hingestellt wurde, um jemanden einzusammeln, und in wenigen Augenblicken wieder weg sein würde. Als Clara die Haustür öffnete, hörte sie schon, wie der Motor angelassen wurde. Um Markus nicht unnötig warten zu lassen, lief sie schnellen Schrittes auf den Wagen zu und stieg ein. Er wiederum wartete nicht, bis sie sich angeschnallt hatte, sondern fuhr direkt an und das Auto polterte auf die Straße. Sie warf ihm einen strafenden Blick zu, sagte aber nichts. Er schien es nicht mal zu bemerken.

„Also, Markus, hier bin ich. Gerade auf dem Weg ins Büro. Wo fahren wir stattdessen hin?", fragte sie, während sie nach dem Gurt fingerte.

„Raus aus der Stadt. Na ja, nicht ganz raus. In Richtung Höchst. Wir haben eine neue Leiche. Wurde heute früh gefunden. Die Spurensicherung ist schon vor Ort. Martin hat mich direkt angerufen und möchte, dass wir ebenfalls umgehend hinfahren."

„Höchst? Im bewohnten Teil oder dem Industriepark? Klingt spontan nach Drogen- oder Bandenproblemen mit Todesfolge. Was haben wir bisher?"

„Klischeehaft, aber nett formuliert. War auch mein erster Gedanke. Wir wissen, dass es sich bei dem Toten um einen jungen Mann handelt, ungefähr 18 Jahre alt. Gefunden hinter den Abfallcontainern eines geteilten Gewerbegebietes. Von einem Mitarbeiter eines Möbelhauses, der den Containerbereich aufgeschlossen hat."

Eine Pause entstand und Clara wartete darauf, dass mehr kam. Doch vergebens.

„Ok, das ist nicht so viel."

„Na ja, wir wissen erst seit einer Stunde davon. Aber da ist noch etwas. Auffälligstes Merkmal des Toten bei Fund ist anscheinend seine Kleidung. Viel schwarz, viele Schnallen und Nieten, bleich geschminktes Gesicht... klingelt da was?"

„Zwei junge tote Gothics in knapp zwei Wochen?"

„Genau. Es ist zwar zu früh für weitere Thesen, aber ich habe trotzdem ein paar Theorien. In absteigender Wahrscheinlichkeit: Als Erstes dachte ich an neue Drogen, die hier einem Feldtest unterzogen werden. Dann an so etwas wie Tötung im Affekt, weil sich ein paar junge Leute böse in die Wolle gekriegt haben. Oder drittens, es macht jemand Jagd auf Gothics. Gegenthesen?"

Thesen und Antithesen. Das war ihre Art an einen Fall mit wenig Informationen heranzugehen. Einer fing an und stellte auf Grund der Brocken, die ihnen vorlagen, ein paar Theorien auf. Der andere hatten die Aufgabe als Advocatus Diaboli diese zu zerpflücken. Das hieß zwar nicht, dass sie die Thesen dann nicht mehr verfolgten, aber sie versuchten so regelmäßig die Prioritäten festzulegen. Heute war Clara die Anwältin des Teufels und gab Kontra.

„Ein Drogentest mit solchen Nebenwirkungen wäre sehr schlecht fürs Geschäft. Wenn sich unter den Junkies rumspricht, dass man von dem Zeug stirb, bricht der Kundenstamm schneller weg, als einem lieb sein kann. Außerdem ist diese These sehr klischeebehaftet. Das kannst du besser, Markus. Tötung im Affekt? Mitten im Nirgendwo? Sonntag nachts ist im Gewerbepark nichts los. Da müssten sie sich dort verabredet haben, um sich gegenseitig die Köpfe einzuschlagen. Dann ist es mit dem Affekt aber nur schwer begründbar. Immerhin könnte man ja vorwerfen, dass mit der Verabredung zur Prügel billigend in Kauf genommen wurde, dass jemand zu Schaden kommt. Und zum Letzten kann ich nur sagen: Viel zu früh für solche Theorien. Außerdem schätze ich, dass diese Hassverbrechen eher zum Ziel hätten, möglichst viel Schaden anzurichten und nicht alle paar Wochen mal einen zu erwischen."

„Also? Bessere Ideen?"

„Noch nicht. Wie gesagt, es ist echt nicht viel bisher. Was wissen wir über die Umgebung? Gibt es irgendetwas in der Nähe, dass man mit der Gothicszene in Verbindung bringen könnte?"

„Das werden wir herausfinden."

„Aber die Ähnlichkeit dieses Falls mit dem anderen aus der Szene muss auch Martin aufgefallen sein. Warum gibt er uns das, wenn wir zuvor abgezogen wurden? Sind wir etwa rehabilitiert?"

„Nicht das ich wüsste. Aber ich denke, dass ihm einfach die Leute fehlen und wir keinen aktuellen Fall haben. Wenn sich herausstellt, dass es mit dem anderen eine echte Verbindung gibt, wird er die zusammenführen und wir sind wieder raus."

„Wie motivierend", Clara verschränkte die Arme vor der Brust.

Wenige Minuten später fuhren sie an der weiträumigen Sperrung vorbei in das Gewerbegebiet. Die ersten Journalisten waren schon vor Ort und hofften auf ein paar Informationsstückchen, auf die sie sich stürzen konnten. Zum Glück wurden sie von der Absperrung und einigen Beamten zurückgehalten. Nicht auszudenken, wenn sie wie die Geier um einen Tatort herumhüpften und Fotos schossen. Vielleicht sogar irgendetwas bewegten, damit es dramatischer auf den Bildern aussah. Dass dann keine verwertbaren Spuren mehr gefunden wurden, oder sie in gänzlich andere Richtungen zeigten, war für die Sensationsfotos egal. Später regte man sich dann noch wunderbar über die unfähige Polizei auf, die es nicht schaffte in dem Fall ordentlich zu ermitteln und den Mörder zu finden. Das sicherte die Folgestory und war alles schon vorgekommen.

Sie wurden auf einen Parkplatz geleitet und stellten den Wagen neben einigen anderen Dienstwagen ab. Manche waren in Zivil, die meisten jedoch die offiziellen blau-silbernen Polizeiautos. Sogar ein Krankenwagen war vor Ort, um den Toten später abzutransportieren.

Beim Aussteigen ließen beide die Tür nur zu fallen. Hier war jede Menge Polizei anwesend, da würde nichts abhandenkommen. Clara war noch dabei sich einen Überblick zu verschaffen, da hatte Markus sich schon eine Zigarette angesteckt.

Der geteilte Platz für diverse Müllcontainer war durch einen hohen Lattenzaun abgetrennt und das Tor dorthin mit einem Vorhängeschloss abgeriegelt. Jetzt stand es offen und ein geschäftiges Treiben war in und um den Müllplatz. Die Leute in weißen Schutzanzügen staksten wie Störche um etwas herum und schossen Fotos. Einige Meter abseits standen rauchende Rettungssanitäter und warteten auf ihren Einsatz. Ein Beamter in gehobenem Alter telefonierte und gab parallel ein paar Anweisungen. Das konnte nur der Einsatzleiter sein.

Wortlos teilten sich Clara und Markus auf. Er marschierte zum Einsatzkoordinator, um sich auf den neuesten Stand der Dinge bringe zu lassen. Sie zu den weißen Störchen. Je näher sie kam, desto mehr verlangsamte Clara ihre Schritte. Sie wollte nicht, dass sie unvorsichtigerweise Spuren verwischte, die noch nicht dokumentiert waren. Außerdem hatten die Männer in Weiß so die Gelegenheit ihre Anwesenheit zu bemerken. Das empfahl ihr ihre Erfahrung. Manchmal war das Sichtfeld in den Schutzanzügen eingeschränkt und in der Regel waren die Kollegen hochkonzentriert. Wenn dann plötzlich jemand neben ihnen auftauchte, erschraken sie schon mal ungewollt.

Erst beim Näherkommen bemerkte sie, dass es drei Spurensicherer waren, jedoch stand einer teilnahmslos mit einem Klemmbrett in der Ecke des Müllplatzes. Gelegentlich schrieb er sich zwar Notizen auf, schien aber nicht bei der Sache zu sein.

Sie holte ihr Notizbuch hervor und sprach ihn an: „Guten Morgen. Clara Mork, Mordkommission. Was haben wir hier?“

Er sah von seinem Klemmbrett auf und schien im ersten Moment verwirrt zu sein, als verstand er die Frage nicht. Dann klärte sich sein Blick und er fokussierte auf Clara.

„J-Ja, Entschuldigung. Ich war etwas abwesend“, er räusperte sich und setzte gefasster fort, „Der Junge ist 17 oder 18 Jahre alt. Weiß, deutscher Staatsbürger, circa 1,73 groß und heißt Timo Haider. Todesursache unklar. Weder Stich- noch Schussverletzungen erkennbar. Kein Blut am Fundort oder an der Kleidung.“

Sie stutzte kurz.

„Moment mal, sie haben schon einen Namen? Liegt hier irgendwo ein Ausweis herum?"

Der Mann wirkte wieder betroffener und hielt sich an seinem Klemmbrett fest.

„Nein. Ich habe ihn erkannt. Er ist ein Freund meines Sohnes. Sie gehen in die gleiche Klasse und machen gerade beide diese „No-Live, No-Future-Gothic-Phase" durch."

*Interessant. Vielleicht lässt sich darüber ja mehr herausfinden.*

„Das tut mir leid zu hören. Waren sie gut befreundet?"

„Eher lose über gemeinsame Interessen. Wenn man es denn so nennen mag. Timo war ein paarmal bei uns zu Hause und ich weiß, dass sie hin und wieder in diese Gothic-Disco hier in der Nähe gegangen sind."

„Hier in der Nähe?"

„Ja, südlich von hier, die Straße aus der Stadt raus. So ziemlich das letzte Gebäude müsste es sein. Eine alte Industrieanlage, die sie umgebaut haben. Ich bin mal nach der Arbeit hingefahren, weil ich wissen wollte, wo mein Sohn sich rumtreibt, wenn er vom „Club" spricht."

*Zwei Treffer in einem Gespräch? Wie groß kann der Zufall sein? Wenn jetzt noch etwas Gutes kommt, spiele ich heute Abend Lotto!*

„Wissen sie, wie der Club genau heißt?"

„Weiß nicht. Irgendwas mit „Garden" oder so? Black Garden? Death's Garden? Keine Ahnung."

„Danke. Das lässt sich sicher herausfinden. Könnte es sein, dass die beiden zufällig gestern zusammen dort waren?"

„Nein, Ben war den ganzen Abend zu Hause."

Clara nickte und beendete ihre Notizen mit dem Namen des Kollegen. Zur Sicherheit notierte sie Datum und Uhrzeit, falls sie sich doch verhört hatte, konnte sie so über die Einsatzplanung Genaueres herausfinden.

Derweil wurden die letzten Fotos geschossen und bevor der herbeigerufene Mediziner die erste Begutachtung durchführte, hatte sie die Gelegenheit die Gesamtszene zu betrachten. Der junge Mann lag an einen Container gelehnt, halbsitzend auf dem Boden. Man hätte denken können, dass er sturzbetrunken war und seinen Rausch äußerst unbequem ausschlief. Er war komplett in schwarz gekleidet, sogar die Nieten und Schnallen an seiner Hose waren geschwärzt. Clara ging in die Hocke und betrachtete den Jungen aus der Nähe. Er wirkte sehr bleich. Klar war er blass geschminkt und auch bei ihm war der Kontrast zu Kleidung und Make-up besonders stark. Aber es war mehr. Um genau zu sein, waren es die Augen. Sie standen offen und starrten leer an Clara vorbei in den blauen Frühlingshimmel. So nah wie möglich rutschte sie an die Szene heran und betrachtete sie genauer. Er trug keine Kontaktlinsen, wie man es so oft von Gothics hörte. Weder weiße noch in einer anderen Farbe noch klare als Brillenersatz. Nichts hatte er in den Augen. Und trotzdem wirkte es so unnatürlich, wie sich das haselnussbraun vom Weißen abhob.

Dann erkannte sie es. Das Weiß war, was sie störte. Es war zu hell, zu makellos. Man konnte jedem Menschen in die Augen schauen und die feinen Arterien auf der Lederhaut sehen. Manchmal sogar kleine Strukturen, wenn es eine verheilte Verletzung gab. Und bei einer Krankheit hatte das Weiß bei manchen einen gelblichen Einschlag. Aber hier, bei diesem Jungen, war es nur weiß. Nichts anderes. Perfekte weiße Murmeln mit glasigen, nussbraunen Kreisen darauf. Es sah so aus, als wären die Arterien in den Augen und im ganzen Gesicht blutleer. Bedingte das die Schwerkraft, wenn ein Toter halb aufrecht saß? Abwarten, wie das Urteil der Gerichtsmedizin ausfiel, aber vorerst notierte sich Clara ein paar Gedankenstützen.

Wieder im Büro glichen sie und Markus ihre Notizen, Informationen und Erkenntnisse ab. Das Meiste war deckungsgleich und der Rest wurde ergänzt. Anschließend fütterte Clara die Polizeidatenbanken mit dem Namen des Toten.

„Also, wir haben bisher die Vermisstenmeldung der Eltern von gestern Nacht. Ansonsten ist nichts eingetragen. Der Junge ist, von der Kleidung mal abgesehen, absolut unauffällig gewesen“, fasste sie kurz zusammen.

„War schon jemand bei den Eltern?“

„Nein, zumindest gibt es keine Notiz in der Akte dazu. Das sollten wir dringend nachholen. Die Botschaft ist schlimm, aber die Ungewissheit schlimmer.“

„Als Vater sag ich dazu ja, auch wenn mir die Erfahrung erspart blieb“, er klopfte auf den Schreibtisch, „und ich hoffe, das bleibt auch so. Ich fahre hin.“

„Ok, dann schaue ich mal, was ich über diesen Club in Erfahrung bringen kann. Vielleicht haben die ja so etwas wie eine Gästeliste.“

Markus war aufgestanden und hatte sich seinen Mantel übergeworfen. Auf dem Weg zur Tür wünschte er ihr noch viel Erfolg. Dabei ließ er deutlich erkennen, dass er nicht glaubte, dass sie welchen haben würde. Doch was wusste der alte Polizist schon? Manche Clubs führten tatsächlich eine Gästeliste. Nicht für alle Gäste, aber für diejenigen, die einen schnellen Einlass wünschten oder Plätze reserviert hatten.

Nach einer ersten groben Recherche hatte sie Namen und Ansprechpartner identifiziert. Der Club hieß in der Tat Death‘s Garden und führte eine schwarze Rose als Logo im Namen. Auf ihrer Webseite stellte sich die Disco als offen für jedes Publikum dar. Sie beschrieb in groben Zügen die Musikrichtung. Zu den Texten untermalten sie alles mit einigen Bildern einer tanzenden Menge, Einzelbilder lachender Menschen oder kleinen Gruppen. Obwohl die porträtierten Leute alle in uniformes Schwarz gekleidet waren, herrschte zugleich ein ausgeprägter Individualismus. Niemand sah einem anderen auch nur ähnlich.

Der, laut Impressum angegebene, Inhaber war ein Viktor Uljanov, allerdings erreichte sie ihn unter der Telefonnummer nicht. Auch eine Datenbankabfrage verlief erfolglos.

*Warum laufen alle mehr oder weniger dubiosen Clubs unter osteuropäischer Führung? Ein Schelm wer Böses denkt.*

Sie wurde aus ihren Gedanken gerissen, als ihr Handy sich meldete. Es war Markus.

„Hi, was gibt’s?“

„Hallo Clara, ich wollte nur Bescheid geben, dass ich jetzt auf dem Rückweg bin.“

„Schon? Das war aber ein kurzer Besuch bei den Eltern. Oder waren sie nicht da?“

„Kurz? Schau mal auf die Uhr.“

Sie schaute auf die Uhr. Es war später, als sie gedacht hatte. Ganze drei Stunden später. Offenbar war sie tiefer abgetaucht, als die wollte.

„Oh, hmmm, Ok. Ich hoffe, es war trotz der Länge halbwegs handhabbar. Wie haben sie es verkraftet?“

„Nicht so leicht, aber das war abzusehen. Der Polizeipsychologe ist noch vor Ort. Ich hatte ihn direkt mitgenommen. Gibt‘s bei dir etwas Neues?“

„Hmm, ja, ich habe Club und Besitzer identifiziert. Aber noch keinen Kontakt zu ihm herstellen können. Ein gewisser Viktor

Uljanov. Die Datenbank gibt auch nichts her. Laut Homepage ist der Club heute geschlossen und erst am Freitag wieder geöffnet. Ich spiele mit dem Gedanken mich dort mal umzusehen."

„Moment, heute oder am Freitag?", Markus klang besorgt.

„Wer weiß, vielleicht beides? Aber heute mit Sicherheit", sie zuckte mit den Schultern, obwohl ihr Kollege es nicht sah.

„Dünnes Eis, Clara. Wenn du dort privat auftauchst, ist das zwar deine Sache, aber du kannst dann nicht auf deinen Dienstausweis vertrauen. Wenn wir da offiziell hingehen, sollten wir schon etwas mehr haben."

„Moment mal… WIR? Willst du etwa mitkommen? Und hey, in der Nähe gab es einen Leichenfund. Oberflächlich betrachtet gibt es eine Verbindung zur Szene, da ist es doch nur konsequent, dass man sich mal umhört, ob der Junge gekannt wurde", protestierte sie.

„Schon, aber du bist auf Wohlwollen angewiesen. Wenn sie dir keine Gästelisten geben, bekommst du nichts ohne Beschlagnahmung. Dann wird der Club offiziell Ermittlungsgegenstand und das sollten wir nicht leichtfertig machen. Und ja, bei einem dienstlichen Besuch komm ich natürlich mit."

„Ein Vorschlag zur Güte. Ich nehme mir jetzt ein Auto aus dem Fuhrpark und fahre mal spontan hin. So kann ich mir schon mal einen Eindruck von der Lage und der Umgebung machen. Am Freitag bin ich dann privat dort, zum Feiern natürlich. Ich bleibe nicht lange, nur rein und umsehen. Gefühl für den Laden und die Leute bekommen und schon geh ich wieder. Am Montag können wir dann überlegen, ob es sich lohnt nochmal gemeinsam hinzugehen. Offiziell natürlich. Ich melde mich auch davor und danach bei dir, wenn es dich beruhigt."

*Aber eigentlich freue ich mich darauf, mal allein ins Feld zu ziehen und zu ermitteln. Ein bisschen Vertrauen schadet dir nicht.*

Sie hörte förmlich, wie Markus ihre Worte abwog, und stellte sich das Mahlen seiner Zähne bildlich vor.

„Wenn ich dagegen bin, wirst du erst recht hingehen, oder?"

„Natürlich", flötete Clara grinsend.

„Na, dann macht es ja keinen Unterschied. Also gut", er seufzte, „Melde dich aber wirklich bei mir."

„Na klar. Pass auf, mit Blick auf die Uhr, ich buche mir jetzt ein Auto und fahre schnell hin. Wir sehen uns dann in gut einer Stunde wieder im Büro."

Immer wieder war es von großem Vorteil, dass die Behörde einen eigenen Fuhrpark von zivilen Fahrzeugen unterhielt. Zum einen als Schutz der Ermittler, damit diese nicht mit dem privaten Auto zu Tatorten, Zeugen oder Verdächtigen fuhren. Es war ja möglich, dass sich jemand Fahrzeugtyp und Kennzeichen merkte und zurückverfolgte. Dann wäre der Beamte privat in Gefahr. Zum anderen konnte so auch kurzfristig an mehreren Orten zugleich ermittelt werden. Clara nutzte die Gelegenheit zu Letzterem und fuhr knappe 20 Minuten später auf den großen Parkplatz eines flachen Industriebaus am Rande der Stadt.

Das Gebäude war unscheinbar. Es wirkte auf den ersten Blick verlassen, denn die hohen Fensterbögen waren von außen mit geschwärzten Brettern vernagelt und die großen Lieferantentore an der Front mit schweren Ketten und Schlössern versehen. Andererseits war das ganze Gebäude in einem guten Zustand. Keine Graffitis, keine Anzeichen von Randale auf dem Grundstück. Kein illegal abgeladener Müll oder entsorgte Autos. Im Gegenteil, die Fassade war offenbar neu verputzt und in verschiedenen dunklen Grautönen gestrichen. Bei genauerem Hinsehen erkannte Clara, dass Schattenrisse von Pflanzen, Bäumen und Blumen aufgemalt waren. Ein dunkel stilisierter Garten eben. Allerdings fragte sie sich, wie um alles in der Welt man das nachts erkannte.

Der Parkplatz war sauber und aufgeräumt. Die Parkbuchten waren mit deutlich sichtbarer weißer Farbe auf den Boden eingezeichnet. Nicht erst kürzlich, aber doch gepflegt. Es standen jedoch keine Autos vor dem Gebäude. Daher stellte sie den Dienstwagen auf einem Parkplatz direkt vor der Wand ab. Sie stieg aus und ließ den Blick nochmals langsam über das Gelände schweifen. So sauber und aufgeräumt, dass es schon fast fehl am Platz wirkte. Sie hatte das Gefühl bekommen, vor einem Musterhaus zu stehen und gleich an einer Besichtigung teilzunehmen. Aber nicht vor einem Gothic Club, in dem nachts schwarz gekleidete junge Erwachsene mit Piercings und Tattoos feierten.

*Wo geht's hier eigentlich rein? Und wo wird gefeiert? In der großen Lagerhalle oder gibt es hier eine Art Gewölbekeller? Wäre ja passend.*

Ihrer eigenen Frage folgend lief sie über den Parkplatz und links um das Gebäude herum. Hier führte eine Einfahrt in den Hinterhof, wo ein paar weitere Stellplätze eingezeichnet waren. Ein einziges Auto stand hier. Ein schwarzer Golf. Schwarze Fenster, getönte Rücklichter, lag tief auf der Straße auf seinen ebenfalls schwarzen Felgen. Sie tippte das Kennzeichen schnell in eine SMS und schickte es an Markus. Er würde schon selbst auf die Idee kommen es prüfen zu lassen.

*Passend zum Setting. Wie oft wirst du nachts und in der Dämmerung übersehen? Ich höre schon all die fluchenden Autofahrer, die sich erschrecken, wenn du plötzlich im Blickfeld auftauchst.*

Hier im Hinterhof fand Clara den gesuchten Eingang. Über eine breite Stahltreppe gelangte man mit nur fünf Schritten vor eine große, metallbeschlagene Doppeltür. Auch diese war geschwärzt und fügte sich nahtlos in das Gesamtbild ein. Hier gab es weniger Fenster, dafür aber kleinere, eher normale. Vermutlich waren dahinter früher mal Büros, Toiletten oder Aufenthaltsräume der Lagerarbeiter. Jetzt waren sie von außen vergittert und von innen mit schwarzer Folie beklebt, so dass hier kein Blick nach drinnen möglich war.

Die rechte Türhälfte hatte ein Sichtfenster auf Augenhöhe, das mit einen Schieberiegel verschlossen war. Wahrscheinlich öffnete man den Riegel nur von innen.

*Hmm, Zugangskontrolle? Nur für bekannte Leute und deren Begleitung? Oder doch für jedermann? Das werde ich dann am Freitag herausfinden.*

Über dem Eingang stand der Name des Clubs zusammen mit der schwarzen Rose. Dabei fiel Clara auf, dass auch hier alles unnatürlich sauber und aufgeräumt war. Vielleicht nur ein Vorurteil, denn sie war in ihrer Jugend nie in der Gothicszene gewesen. Aber in ihrer Vorstellung wimmelte es hier von Graffitis, Schmierereien und Müllresten. Stattdessen gab es nichts davon. Nicht mal Plakate und Werbung von Mottopartys, Alkoholika oder Musiklabels waren hier zu finden. Keine achtlos fortgeworfene Getränkedose, keine Spuren kürzlichen Drogenkonsums und nicht einmal Zigarettenkippen.

Sie beendete ihre Runde und kehrte zum Auto zurück. Ihre Fingerspitzen hatte gerade die Türklinke berührt, da gab ihr Handy ein ersticktes Piepsen von sich. Eine Nachricht war eingegangen. Das Auto musste einen Moment warten. Sie drehte sich um, lehnte sich an die Autotür und zog das Mobiltelefon hervor. Markus hatte geantwortet.

*>>Zugelassen auf Viktor Uljanov, aber ansonsten absolut sauber.<<*

Clara zögerte kurz, als sie überlegte, ob sie antworten sollte, entschied sich dann aber dagegen. Sie war ja praktisch schon auf dem Rückweg und würde sogar vor der verabredeten Stunde wieder im Büro sein. Schnell verschwand das Handy in der Hosentasche und Clara selbst im Auto. Als sie dann vom Parkplatz rollte und auf dem

Weg zurück zum Gewerbepark war, kam ihr eine Idee. Statt direkt zum Büro zu fahren, schlug sie einen kleinen Umweg ein und fuhr zum Tatort von heute früh. Es dauert nur drei Minuten mit dem Auto, bei der erlaubten Geschwindigkeit. Der Fundort der Leiche lag sogar nahezu auf direktem Weg in die Stadt zurück. Nur einmal von der Ausfallstraße abbiegen und schon war man im Gewerbepark. Zu Fuß wäre das in zehn oder fünfzehn Minuten zu schaffen. Hieß das, dass das Opfer nach dem Clubbesuch hier vorbeigelaufen war oder hierhergebracht wurde? Vor oder nach der Tötung? Nachher würde man länger brauchen, wenn man einen leblosen Körper mit sich herumschleppt. Je nach Uhrzeit und etwas Glück, könnte das aber dennoch ungesehen passiert sein.

Clara fuhr den Parkplatz vor einem Möbelhaus in der Nähe an. Sie parkte so, dass sie die Hauptstraße, die in und aus der Stadt führte, gut einsah. Sie wollte kurz ihre Gedanken festhalten und griff nach ihrem Notizbuch auf dem Beifahrersitz. Als sie wieder aufschaute, sah sie einen pechschwarzen Golf in die Stadt fahren. Das Nummernschild erkannte sie zwar nicht, aber von der Gesamterscheinung her war sie sicher, dass es der Wagen vom Death‘s Garden war. Er fuhr mit erhöhter Geschwindigkeit in die Stadt hinein. Auch das notierte sie sich mit Datum und Uhrzeit. Es mochte alles Zufall gewesen sein, aber vielleicht eben auch nicht. Wer wusste schon, ob das nicht doch mal wichtig werden würde.

Zurück in der Mordkommission parkte sie den Wagen in der Tiefgarage des Polizeigebäudes und nahm den Aufzug. Markus war im Büro damit beschäftigt auf die Tastatur einzuhacken, als sie die Tür öffnete.

„Hallo, Markus. Da bin ich wieder. Siehst du, war halb so schlimm."

„Ja, ja, ist schon gut. War es wenigstens aufschlussreich? Über das Kennzeichen jedenfalls war nicht Neues herauszufinden."

Clara hing ihren Mantel auf und setzte sich an ihren Schreibtisch.

„Na ja, sagen wir mal interessant."

„Inwiefern?"

„Also, entweder ich habe ein sehr, sehr falsches Bild der Gothicszene und die sind nur äußerlich schwarz, aber innerlich zutiefst grün. Oder der Club ist nicht ganz so sauber, wie er von außen erscheint."

„Muss ich das jetzt verstehen?", grunzte er.

„Pass auf, der Club ist so sauber und ordentlich, dass ich die Verantwortlichen gerne als Putzkräfte einstellen würde. Dort ist nichts, aber auch gar nichts, was darauf hindeutet, dass dort jemals Menschen zum Feiern hingehen. Geschweige denn Jugendliche, die überall ihre Zeichen und Markierungen hinterlassen. Es ist alles so sauber und ordentlich, dass es schon auffällig ist. Kein Zigarettenstummel, keine Bierdosen oder andere Getränkeüberreste. Keine Graffitis, nicht mal Papierfetzen von was auch immer. Am Eingang hängen keine Plakate von Veranstaltungen und sowohl Parkplatz als auch Fassade sind so ordentlich, dass man meinen könnte der Club wird nächste Woche erst eröffnet. Dafür ist das Gebäude aber von außen gegen jede Art von Blicken abgeriegelt."

„Hmm, also legt Herr Uljanov viel Wert auf ein gepflegtes Äußeres?"

„Ha ha, sehr witzig. Aber keine Ahnung. Für einen Club finde ich es allemal seltsam. Oder aber, wie gesagt, die sind im Inneren furchtbar grün und räumen brav jeder hinter sich selbst auf. Ich bin mal gespannt, wie es am Freitag ist, wenn sich dort etwas mehr Leben befindet. Heute jedenfalls war ich allein dort. Glaube ich zumindest."

„Glaubst du?", Markus wurde hellhörig und schaute sie intensiv an.

„Na ja, es gibt einen zweiten Parkplatz hinter dem Gebäude. Ich vermute mal für Inhaber und Angestellte. Dort stand der schwarze Golf, den du überprüft hast. Ich habe vor Ort niemanden gesehen, aber ich bin mir sicher, dass derselbe Wagen später an mir vorbeigefahren ist. Er schien es eilig zu haben in die Stadt zu kommen."

„Also du meinst, dass man dich dort bemerkt hat? Wie sicher bist du dir, dass es der gleiche Wagen war?"

„Das ist das Problem. Ich konnte kein Kennzeichen erkennen. Aber die Gesamterscheinung ist schon sehr auffällig unauffällig."

„Verstehe. Sonst noch etwas?"

„Hmm, ja vielleicht. Auf dem Rückweg war ich noch am Fundort von heute Morgen. Mit dem Auto waren das nur ein paar Minuten. Also auch zu Fuß ein Katzensprung. Das gibt viel Raum für Möglichkeiten, die den Fundort und den Club als Tatort verbinden. Aber nichts Stichhaltiges."

„Ok, also zu früh zum Spekulieren. Aber lass uns doch gleich ein paar Theorien durchgehen. Zuvor habe ich aber noch eine Info von Christiane. Sie hat einen Blick auf den Jungen werfen können, obwohl die Sektion noch nicht angeordnet wurde. Trotzdem hat sie mir schon mal eine oberflächliche Gemeinsamkeit mitgegeben. Auch die zweite Gothicleiche scheint verblutet zu sein und das Blut ist spurlos verschwunden."

Clara hielt inne.

„Also, zwei mysteriöse Tote in ein paar Tagen, beide verbluten ohne Blut zu verlieren und kommen aus demselben Umfeld? Klingt schwer nach einem Zusammenhang. Ich weiß nur nicht, ob das gut oder schlecht ist."

„Richtig. Wir werden den Fall wohl wieder abgeben. Du bist dann also am Freitag ganz privat dort, falls du immer noch hinwillst."

*Jetzt erst recht, Markus. Jetzt erst recht.*

„Hmmm, der Anreiz sinkt gerade", log sie.

Gemeinsam spielten sie Claras erste Gedanken durch und hielten einige der wahrscheinlichsten Möglichkeiten für die Akte kurz fest. Die anderen schafften es nur in eine Randnotiz. Alles war notiert unter der großen Überschrift „Spekulation". Weder sie noch Markus wollten so etwas in einer offiziellen Akte. Aber da sie den Fall übergeben würden, gaben sie ihren Kollegen so viele Informationen wie möglich mit. Dazu gehörten ihrer Ansicht nach auch Ideen. Eine Art textbasiertes Brainstorming. Was die anderen Ermittler daraus machten, war ihre Sache.

## Kapitel 5

Wie vorhergesagt, war der Fall bald wieder abgegeben und es folgte ein anderer. Clara bekam mit, dass später eine weitere Leiche gefunden wurde, die mit den beiden Vorherigen in Verbindung gebracht wurde. Drei Tote und ein verschwundener Körper warfen kein gutes Licht auf die Mordkommission. Aus dieser Perspektive war Clara froh, nicht die zuständige Ermittlerin zu sein. Trotzdem wurden bald schon interne Ermittlungen angestellt, die auch sie, Markus und Dr. Metzen betrafen. Aber ihr Vorgesetzter hielt Schlimmeres von ihnen ab.

Das Rätsel verblieb jedoch ungelöst. Nirgends fand sich ein Hinweis auf den Verbleib der verschwundenen Toten. Fast so, als hätte es die Leiche nie gegeben. Sie war und blieb spurlos verschollen.

Was aus den drei Gothictoten geworden war, hat sie dann nicht mehr verfolgen können. Vermutlich wurden in dem Fall die Ermittlungen pausiert, bis sich neue Erkenntnisse ergaben. Das leuchtete Clara nie so recht ein. Wie sollte es denn bitte weitere Antworten geben, wenn nicht ermittelt wurde? Aber leider wurden auf diese Weise immer wieder mal Fälle pausiert. Alle paar Monate tauchten sie in der Wiedervorlage auf und der entsprechende Ermittler führte dann einige Telefonate. Schnell stellte er fest, dass es nichts Neues gab und unterbrach die Untersuchungen erneut. Natürlich kam es vor, dass Fälle nach Jahren wieder neu aufgerollt wurden und zu einer Verhaftung und Verurteilung führten. Aber das waren die großen Ausnahmen.

Auch ihr privater Abend im Death‘s Garden brachte kaum Einsichten aus einer Ermittlerperspektive. Für sie persönlich war es jedoch ein vollkommen neues und einschneidendes Erlebnis.

In ihrem Kleiderschrank fand sie ein schwarzes Kleid, schulterfrei mit Korsage. Als sie es aus dem Schrank angelte, fragte sie sich unweigerlich, wann oder warum sie es gekauft hatte. Ihr üblicher Kleiderstil war vollkommen anders. Und trotzdem passte es nicht zu ihrer Vorstellung der Gothicszene. Sie hätte gerne Fledermausärmel oder mehr Spitze daran gesehen. Dieses hier war eher schlicht gehalten.

Alles in allem versuchte sie, zu improvisieren, und spielte mit schwarzen Strumpfhosen und High Heels genauso, wie mit halterlosen Strümpfen und Lederstiefeln. Letzten Endes kombinierte sie und entschied sich für eine normale Nylonhose und die Lederstiefel. Das

Kleid war lang genug und etwas ausgestellt, so dass man ihr Schuhwerk nicht auf Anhieb sah. Ihre Beine erst recht nicht. Daher war ihr die Bequemlichkeit wichtiger als Sexappeal. Da sie keine weiße Grundierung hatte, versuchte sie einfach mehr und intensiveres Schwarz in ihrem Gesicht unterzubringen. Es fehlte ihr jedoch an Übung und die Vorstellungskraft, wie eine typisches Goth aussah. Daher war sie mit dem Ergebnis nicht zufrieden. Aber die Erkenntnis, es nicht besser zu vermögen, führte dazu, dass sie es dabei beließ.

Mit einem Taxi fuhr sie in den Gewerbepark und lief den Rest zum Death‘s Garden. Der Blick des Fahrers durchbohrte sie förmlich, jedes Mal, wenn er in den Rückspiegel sah. Und Clara konnte sich nicht des Eindrucks erwehren, dass er öfter als nötig zu ihr schaute. Trotzdem mit dem eigenen Auto zu fahren, war von vorneherein ausgeschlossen. Markus hatte angeboten, sie hinzubringen, aber sie wollte nicht, dass ihr Kollege sie in ihrem improvisierten Gothicoutfit sah. Geschweige denn, dass jemand sich über die erwachsene Frau wunderte, die sich von ihrem Vater zur Party fahren ließ. Das würde doch nur mehr ungewollte Aufmerksamkeit auf sie lenken. Die Blicke des Taxifahrers waren schon ausreichend.

In Sichtweite des Clubs angelte Clara ihr Handy aus der kleinen Handtasche und schrieb Markus die versprochene Nachricht. Den Rest des Abends würde sie auf sich zurollen lassen.

*Ich bin wahrscheinlich die älteste und schlechteste Gothicfrau in diesem Club. Ob ich überhaupt reingelassen werde? Wenn nicht, geh ich gleich wieder heim und schäme mich für den lächerlichen Versuch. Und nochmal, wenn Markus mich danach fragt.*

Clara verlangsamte ihre Schritte, denn mit jedem Weiteren wuchsen ihre Zweifel. Sie hatte im Vorfeld recherchiert und versucht, etwas über den Ruf des Clubs bei Partygängern und die Gothicszene im Allgemeinen herauszufinden. Aber außer auf der Webseite und weniger Bewertungsportalen war über das Death‘s Garden bestenfalls nebulöse Informationen zu finden. Und was die Subkultur selbst anging, war das Hilfreichste, dass die Mitglieder netter waren als ihr Ruf. Sie ließ es auf sich zukommen. Was blieb Clara anderes übrig?

Das Death‘s Garden hatte erst eine halbe Stunde offiziell geöffnet und doch war hier nichts wieder zu erkennen. Der vordere Parkplatz war bis auf eine Hand voll Lücken belegt. Zwischen den Autos, an der Wand des Gebäudes und vor dem verriegelten Lieferantentor standen jede Menge schwarz gewandeter Menschen. Einige rauchten, andere tranken, aber alle waren in kleinen oder größeren Gruppen zusammen. Es war klar ersichtlich, man kannte sich hier. Die Szene war anscheinend übersichtlich, was Clara das beklemmende Gefühl gab, ein unwillkommener Eindringling zu sein. Hin und wieder marschierte eine Gruppe geschlossen zur Durchfahrt in den Hinterhof. Sie vermutete, dass sie sich jetzt um Einlass bemühten.

Sie hörte Bässe in schnellen, harten Rhythmen über den Parkplatz zu ihr herüberwehen. Dennoch ließ sich nicht erkennen, welche Art von Musik innen gespielt wurde. Hin und wieder hatte sie nichts gegen ein paar Lieder des guten, alten AC/DC oder Aerosmith Rocks. Vielleicht noch Deep Purple. Aber bei Metal winkte sie meist nur ab. Was hier lief, konnte sie nicht abschätzen, doch ihre Ohren taten ihr bereits jetzt leid, nicht nur wegen der Lautstärke.

Als Clara den Parkplatz betrat, hatte sie augenblicklich das Gefühl, dass sie die Blicke auf sich zog. Sie war doch sicherlich so auffällig wie das sprichwörtliche schwarze Schaf unter all den weißen. Nur das sie hier das weiße Schaf unter den schwarzen war. Ihr eigener Blick wurde angezogen von der Fassade des Gebäudes. Der dunkle Grundton hob sich kaum gegen den Nachthimmel ab, so dass das Gemäuer selbst fast unsichtbar wirkte. Fast, weil die am Tage schwer sichtbaren Schattenrisse der aufgemalten Blumen deutlich fluoreszierend in die Dunkelheit strahlten. Es schien so, als wüchsen riesige schwarze Pflanzen, die an den Umrissen leuchteten, der Nacht entgegen. Ein Garten, der nur in der Finsternis erblühte. Der Garten des Todes.

*Ein versteckter, geheimen Garten? Wow.*

In Gedanken versunken und immer noch die Fassade anstarrend, geschah, was sie gerne vermieden hätte. Clara wurde unversehens angesprochen und schrak zusammen. Sie riss den Kopf herum und starte einer jungen Frau in das kreidebleiche Gesicht. Sie war ein Stück kleiner als sie selbst, wenn auch nicht viel. Das schwarze Haar trug sie zu zwei dicken Zöpfen links und rechts abstehend, den Rest ihres Outfits verbarg sie aber unter einem dunklen Samtmantel. Die Fremde verkniff sich das Grinsen gar nicht erst. Sie wirkte frech, jedoch aufrichtig interessiert.

„Entschuldigung, ich wollte dich nicht erschrecken."

Clara räusperte sich. Sie hatte zwar überlegt, was sie sagen würde, sollte sie in ein Gespräch verwickelt werden. Aber da hatte sie sich mehr an der Bar gesehen, bei einem Drink und im Dialog mit dem

Barkeeper oder einem aufdringlichen Gast. An eine junge Frau Anfang zwanzig vielleicht sogar darunter jedenfalls nicht.

„Ähm, ja, kein Problem. Ich… ähm…"

Sie wurde weiter freundlich und erwartungsvoll angelächelt, nur die richtigen Worte fielen ihr nicht ein. Als das Mädchen das Gespräch wieder aufnahm, war Clara froh und erleichtert.

„Du bist neu hier. Dein erster Besuch im Garden?"

„So offensichtlich?"

„Mach dir nichts draus. Wir alle waren irgendwann das erste Mal hier. Und am Anfang starrt jeder fasziniert zur Wand. Und so manch einer ist gegen die Lampe gelaufen."

„Welche Lampe?", Clara schaute sich um und bemerkte erst jetzt, dass sie nur eine Sekunde davon entfernt war in einen Laternenpfahl zu laufen, während sie die Fassade des Clubs angaffte.

„Oh mein Gott!", stieß sie hastig hervor, „Danke, das wäre wohl echt peinlich geworden."

„Nein, nein, schon gut. Wir passen ja aufeinander auf. Ich bin übrigens Roxy."

Sie hielt Clara auffordernd die Hand entgegen. Ein schwarzer Nylonhandschuh bedeckte sie und verschwand dann im Ärmel des Mantels. Als sie die Geste mit ihrer ergriff, fühlte Clara sich mit einem Mal sowohl ruhiger als auch unglaublich fehl am Platz. Trotzdem, der erste Kontakt war geglückt, irgendwie.

„Hi Roxy. Ich bin Clara", sie räusperte sich, „Roxy, ist das die Kurzform von Roxana?"

„Freut mich, Clara. Nein, Roxy ist nur Roxy. Eigentlich heiße ich Margarete, aber na ja… den Namen benutze ich nicht", sie zuckte mit den Achseln, „Soll ich dich ein bisschen herumführen und dir alles zeigen? Den Garten des Todes hast du ja schon bewundert. Mehr gibt es hier draußen aber auch nicht zu sehen. Und ich kann weiter aufpassen, dass du nicht gegen Lampen läufst."

Roxy lachte und ihr Gesicht strahlte sympathisch dabei. Ein ehrliches und freundliches Lachen, das Clara sofort in ihren Bann zog. Sie war schon jetzt von der fremden Frau angetan. Sie stimmte zu und ihre neue Bekannte bot ihr einen Arm zum Unterhaken. Gemeinsam marschierten sie über den Parkplatz zu der Einfahrt, die sie in den Hinterhof führte. Die junge Frau winkte einer Gruppe anderer zu und Clara vermutete, dass Roxy zu ihnen gehörte. Oder umgekehrt. In jedem Fall würde sie den Rest der Clique dann bald kennenlernen. Doch vorerst waren sie nur zu zweit unterwegs.

Im Hinterhof hatte sich eine kleine Menschenmenge angesammelt, die alle darauf warteten, die Stahltreppe hinauf und durch die Tür zu gehen. Mit Roxy im Arm sah sich Clara unauffällig um. Der Golf stand wieder an seinem Platz flankiert von zwei weiteren Autos. Eines selbstverständlich ebenfalls schwarz, das Model erkannte sie jedoch nicht. Das andere ein silberner Mercedes. Die restlichen Parkplätze bleiben frei.

Die Musik war hier deutlicher zu hören, aber durchaus auf einem Pegel, dass man sich unterhalten konnte, ohne sich anzuschreien. Erst, als die Tür geöffnet wurde, stieg der Geräuschlevel. Er fiel jedoch genauso schnell wieder, wenn die Tür geschlossen war.

Clara spürte, dass sie nervös wurde. Aber eine positive Anspannung, wie der Moment, wenn man das erste Mal in eine unbekannte Achterbahn steigt.

*Auf was hab ich mich hier nur eingelassen?*

„Also, liebe Clara, hier ist der Eingang, wie du unschwer erkennen kannst. Der Eintritt ist frei, dafür sind die Getränke etwas teurer. Man muss zwar nichts trinken, aber es ist schon unhöflich, die ganze Nacht kostenlos zu feiern. Daher gilt das ungeschriebene Gesetz, das man im Club immer ein Glas in der Hand hat“, sie grinste Clara an, „Nein, natürlich nicht. Aber es IST ungehörig, nichts auszugeben.“

„Ok, regelmäßig was trinken. Verstanden.“

„Fein. Man kann natürlich auch immer mal raus gehen, frische Luft schnappen und wieder rein. Wenn man schon drin war, muss man sich nicht erneut hintenanstellen, sondern kann an der Schlange vorbeigehen. Man bekommt nämlich einen Stempel, den zeigt man vor und gut ist. Da meckert dann auch keiner, der noch hinten steht. Es gibt drinnen eine Garderobe, an der man sein Zeug abgeben kann. Muss aber nicht. Falls doch, gibt's dafür dann ein Märkchen. Erspar dir den Stress, jedes Mal hinzurennen, wenn du an die Luft willst, sondern geh einfach so für ein paar Minuten raus. Wird dich nicht umbringen.“

Während sie Roxy zuhörte, schaute Clara auf die Tür. Es war schon eine Weile niemand mehr eingelassen worden.

„Sind die streng bei der Auswahl des Publikums? Hier stehen so viele und kaum einer geht rein.“

„Na ja, die Gäste bedingen sich selbst. Es wird reingelassen, wer zu denen passt, die schon drin sind. Aber natürlich gibt es einen gewissen Nasenfaktor. Bei bekannten Gesichtern wird eher mal ein Auge zu gedrückt."

Das Prinzip fand Clara Ok. Neu war ihr nur die Erkenntnis, dass es offenbar unterschiedliche Arten von Gothics gab. Passte der eine schwarz gekleidete Typ besser oder schlechter zu einem anderen?

Sie sah zweifelnd an sich herab, als Roxy sich von ihrem Arm löste und vor sie stellte. Mit den Händen fasste sie Clara an den Oberarmen und sah ihr fest in die Augen.

„Keine Angst. Das wird schon klappen. Du siehst gut aus."

Sie lächelte dankbar: „Danke, wenn du meinst, dann lass es uns versuchen. Drinnen musst du aber auch bei mir bleiben. Ich bin neu hier. Also nicht nur im Death's Garden."

Roxy schmunzelte wieder ihr freundliches, gewinnendes Lächeln. Diese Mischung aus frech-fröhlicher Mundpartie und Augen, die so unfassbar viel Lebenserfahrung ausdrückten. Viel mehr, als Clara einer Frau, die kaum die Volljährigkeit überschritten hatte, zutraute.

„Ich weiß. Das merkt man dir an. Aber das ist Ok. Jeder hat irgendwann den ersten Schritt gemacht und du bist ins kalte Wasser gesprungen und sofort hier aufgetaucht. Auch das merkt man dir an. Aber glaube mir, diejenigen, die schon länger dabei sind, werden deinen Mut zu schätzen wissen. Und dir den Respekt entgegenbringen, den du damit verdient hast", sie knuffte Clara lachend in die Seite, „Und außerdem bin ich ja auch noch da."

Dann hakten sie sich wieder beieinander ein und traten in die Reihe der Wartenden.

Im Inneren des Clubs war es warm und man spürte einen beständigen Luftzug. Die Klimaanlage hatte bereit ihren aussichtslosen Kampf gegen dicke, heiße Luft aufgenommen. Noch ging es, aber die Rechnung war einfach: Je mehr Leute und je später der Abend, desto effektloser die Lüftung.

Clara und ihre neue Freundin harren zwanzig Minuten draußen aus. In der Zeit hatten sich auch die anderen aus Roxys Bekanntenkreis dazugesellt und so fand sich die Ermittlerin inmitten einer Gruppe von fünf jungen Leuten wieder. Wie sich herausstellte, sortierten sich die beiden Männer mehr der Subkultur der Industriel-Gothics zu, während

Roxy und die anderen zwei Frauen sich zu den Schwarzromantikern rechneten.

Sie hätte nie gedacht, dass sie sich hier auf Anhieb so wohl fühlte. Aber Clara hatte den Eindruck, dass sie schon lange dazugehörte. Sie wurde von allen freundlich in Empfang genommen und man bemühte sich, ihr den ersten Kontakt mit der schwarzen Szene so angenehm wie möglich zu gestalten. Dazu gehörte, dass sich Roxy rührend um sie kümmerte, ihr alle Fragen so gut sie konnte beantwortete und im Club herumführte.

An der Garderobe gab sie ihren Samtmantel ab und erhielt die versprochene Marke. Mit einer schnellen Bewegung und einem Augenzwinkern ließ Roxy sie in ihrem Dekolleté verschwinden. Unter dem Mantel trug die junge Frau ein Vollbrustkorsett aus schwarzem Stoff mit blutroten Rüschen und Verzierungen. Es endete in einem leicht ausgestellten, knöchellangen Spitzenkleid. Ihre Füße steckten offenbar in schwarzen Lackstiefeln, verschwanden aber größtenteils ungesehen unter dem Kleid. Wie sie feststellte, war es Claras eigenem Outfit nicht vollkommen unähnlich. Das beruhigte sie.

Die anderen setzten sich schnell ab. Zum Teil in Richtung Tanzfläche, zum Teil an die Bar. Aber man vereinbarte, sich später wieder zu treffen. „Wie immer", war alles, was zur genauen Bestimmung des Ortes beigetragen wurde. Doch was gab es mehr zu sagen, wenn man sich in einer festen Gruppe am gleichen Ort traf?

Während sich die beiden Frauen ihren Weg durch den Club bahnten und Marilyn Manson sein Cover von Tainted Love aus den Boxen über ihnen schmetterte, gewann Clara einen Eindruck von den inneren Dimensionen des Clubs. Ihr war klar, dass es sich um eine alte Industrieanlage handelte, aus der man sämtliche Maschinen entfernt hatte. Aber der Raum, der sich daraus ergab, war gigantisch. Die zentrale Tanzfläche wurde gleich von mehreren Bars umrahmt. An der Stirnseite gab es eine kleine Bühne, auf der auch das DJ-Pult aufgebaut war und im hinteren Teil des riesigen Raumes war eine Ruhezone abgetrennt. Eine bunte Mischung verschiedenster Sofas, Couchtischen und niedrigen Stühlen bildete eine eigenwillige Kombination. Augenscheinlich waren alle Möbel kostengünstig beim Sperrmüll gefunden worden und wiesen mal mehr, mal weniger starke Gebrauchsspuren auf. Den Gästen war es egal. Hier saßen schon einige in ihren schwarzen Outfits, tranken und unterhielten sich.

Für Clara waren die Anblicke faszinierend, da alles neu war. Und es überraschte sie immer wieder aufs Neue, dass es hier gesellschaftlich absolut akzeptiert war, wenn eine junge Frau in Hotpants, Stiefeln und kaum mehr als einem Bustier auf dem Sofa saß und sich zwanglos unterhielt. Natürlich alles in Lackleder. An jedem anderen Ort hätte Clara es für einen sexuellen Ausdruck gehalten oder die Frau vielleicht sogar direkt dem horizontalen Gewerbe zugeordnet. Aber hier schien es einfach nur ihr bevorzugter Kleidungsstil zu sein. Kein Zeichen eines bestimmten Interesses oder gar ein Angebot. Sie wurde hier weder besonders umworben noch beachtet. Sie war nur im Gespräch mit anderen Goths, die sie anscheinend kannte, aber niemand baggerte sie an.

Clara bemerkte, dass sie sich dennoch unweigerlich fragte, ob die gleiche Frau in derselben Kleidung, aber einem anderen Club, nicht das Problem von zu vielen falschen Verehrern hätte. Hier schien Roxy recht zu behalten. Man passte aufeinander auf und akzeptierte jeden in der kompletten Individualität. Ohne Einschränkung.

Sie schlängelten sich gemeinsam weiter durch die wachsende Menge, bis sie die Bar in der Ruhezone erreichten. Ihr erster Drink an diesem Abend. Sie freute sich bereits darauf, mit Roxy anstoßen zu können und den Start in den Partyabend offiziell zu begießen.

Dabei fiel Clara auf, dass ihre Begleitung hier zu den bekannteren Gesichtern gehörte. Wohin sie auch kamen, sie wurde immer direkt mit Namen angesprochen. Selbst als sie einen Bloody Mary Spezial bestellte.

„Spezial? Klingt interessant. Den probiere ich auch mal."

Roxy deutete dem Mann hinter der Theke kurz zu warten. Dann lächelte sie die Neue sympathisch und strahlend an und sagte zu ihr: „Nein, Clara, ich denke nicht, dass du den trinken willst."

„Nicht? Hmmm, schade. Warum nicht? Ich mag Bloody Mary und je mehr Tabasco, desto besser."

„Das ist super. Dann nimm einen normalen und Frank hier wird dir extra Tabasco reinmachen. Aber der Spezial ist nun wirklich nichts für dich. Vielleicht irgendwann mal, wenn du öfter hier bist und dich hier auch allein zurechtfindest."

„Hmm, was ist so Besonderes an dem Spezial?"

Frank, der Bar Keeper, hatte den Wink mit dem Zaunpfahl verstanden und war damit beschäftigt zwei Cocktails zu mixen. Roxy selbst sah Clara weiter fest in die Augen und für einen Moment hatte sie den Eindruck, dass das liebe Lächeln einfror. Aber nur einen winzigen Augenblick.

„Er ist speziell und steht nicht auf der Karte. Frank macht ihn mir zuliebe. Und nur für mich."

Sie stockte und spürte, wie ihr Blick über Roxys Gesicht wanderte, als würde sie etwas suchen. Sie kannte dieses Gefühl. Das Gleiche tat sie, wenn der Instinkt ihr sagte, dass ein Verdächtiger bei der Befragung nicht die Wahrheit erzählte. Oder zumindest nicht die Ganze. Zugleich bemerkte sie aber auch, dass genau dieser Zweifel in ihrem Inneren sich zersetzte und so schnell auflöste, wie er gekommen war. Roxy kannte sich hier besser aus. Sie war Gast und das erste Mal überhaupt hier. In diesem Sinne ordnete sie sich den Gepflogenheiten hier unter. Außerdem hatte Roxy ja gesagt, dass sie vielleicht später mal in den Genuss kommen würde, den Spezialcocktail zu probieren. So lange wartete sie dann auch noch.

„Hmmm, na gut. Dann vertraue ich dir da mal. Also, einen normalen Bloody Mary."

„Gut. Mit extra viel Tabasco für dich, meine Liebe."

Die junge Goth lächelte zufrieden.

Roxy nahm die Cocktails vom Barkeeper entgegen und reichte einen an Clara weiter. Sie stießen an und wünschten sich gegenseitig einen schönen Abend.

Während die beiden Frauen so in die Nacht starteten, wechselten um sie herum immer wieder mal die Gäste. Obwohl sie sich auf das Gespräch mit ihrer neuen Bekannten konzentrieren musste, da die Lautstärke zugenommen hatte, fiel es Clara doch auf, dass der Wechsel des Publikums mit der Musik zusammenhing. Der DJ war bemüht, abwechslungsreich durch das Portfolio zu führen und jedem Geschmack ein paar Lieder zu kredenzen, bevor er geschickt zum nächsten Stil überging. Und wessen Musik nicht gespielt wurde, der kam eben an den Bars mit anderen zusammen.

An ihrem ersten Abend im Death's Garden hielt Clara sich in diesem Sinne ebenfalls an ihre Führerin und passte sich damit ihrem Musikgeschmack an. Sie tanzten, als Roxy aufgeregt von ihrem Barhocker sprang und Clara bei den ersten Tönen eines Depeche Mode Liedes auf die Tanzfläche zerrte. Und sie saßen mit den anderen zusammen in der Ruhezone, wenn gerade kein Dark Wave lief.

Es war mittlerweile sehr voll in allen Bereichen und so war nicht genug Platz für die sechs. Aber das schien nie Problem zu sein. Innerhalb der Gruppe gab es keine Berührungsängste und so setzte sich Roxy wie selbstverständlich auf den Schoß eines der Jungs, während die andere junge Frau der Gruppe aufstand und Clara ihren Platz anbot. Sie selbst blieb dann schlicht neben ihr stehen. Für Clara war es etwas unangenehm und befremdlich, dass so ein Aufheben um sie entstand. Außerdem hatte sie ein schlechtes Gewissen, denn so beugte sich die Andere immer weit vor, wenn sie sich mit Roxy oder sonst wem unterhielt. Das führte unweigerlich zu tiefen Einblicken, die sie den Jungs auf der anderen Seite bot. Dennoch beobachtete Clara nicht, dass einer der beiden diese Gelegenheit ausnutzte und einen Blick riskierte. Es wirkte hier alles total normal und wie ein gewohnter, fast schon geschwisterlicher Umgang.

Als die Gruppe wieder auseinanderging, weil ein Teil tanzte und der andere zum Klo ging, setzten Clara und Roxy ihre Runde durch den Club fort. Roxy war hier nicht nur persönlich bekannt, anscheinend hatte sie sogar Zugang zu Gebieten, in die sonst kein normaler Gast kam. So fand sich Clara nach einigen Stunden im Club auf einem Geländer unter dem Dach wieder. Von hier aus hatte sie einen Überblick über den ganzen Tanzbereich. Hier waren sie oberhalb der Boxen, aus denen weiter eine Mischung aus New Wave, Dark Wave und Neue Deutsche Todeskunst dröhnte. Nicht Claras Musikstil, aber es gehörte eben zum Gesamtpaket.

Es war dennoch ein faszinierender Anblick, tausender schwarzer Gestalten, die sich in Schwarz- und Buntlicht bewegten. Trotz des einschüchternden äußeren Erscheinungsbildes lief alles absolut friedlich ab. Man begegnete sich respektvoll und freundlich und Clara hatte den Eindruck, dass es daran lag, dass jeder mehr auf sich bedacht war und sich zu Gunsten der Anderen zurücknahm. Da das aber alle so handhabten, gab es ausreichend Raum für jeden, um sich zu entfalten, ohne einander in die Quere zu kommen.

Roxy und sie rasteten hier oben kurz und Clara beschlich allmählich das Gefühl, sich in die Szene zu verlieben. Konnte es nicht mehr geben, dass so viel Freiheit für jeden bot und trotzdem so friedlich war? Warum musste außerhalb der schwarzen Szene alles auf Konkurrenz und Ellenbogenmentalität ausgelegt sein? In einer Welt, in welcher der schöne Schein mehr zählte als das tatsächliche Sein? Genau diese Frage stellte sie Roxy. Die wiederum dachte einen Moment nach und antwortete ihr schließlich ernst.

„Clara, ich verstehe, was du meinst. Aber ich weiß nicht, ob ich es dir erklären kann. Lass es mich so versuchen: Wir", sie deutete mit einer ausladenden Armbewegung über die Menge unter ihnen, „Wir sind uns unserer Vergänglichkeit bewusst. Wir wissen, dass wir alle ein unausweichliches Schicksal haben. Das Leben ist zu kurz und zu tragisch, um das bisschen Zeit mit Streit, Eifersucht, Hass und Intoleranz zu verschwenden. Jeder hier versucht ein guter Mensch zu sein. Manch einer möchte jeden Tag etwas besser werden. Und trotzdem wissen wir, dass jeder von uns irgendwann allein sterben wird. Den letzten Gang treten wir auf uns gestellt an. Und wenn sich unsere Augen schließen, dann wird niemand, der uns bis dorthin begleitet hat mitkommen können. Ich glaube, die Welt da draußen bietet keinen Platz für solche tiefgründige Gedanken. Dort muss alles und jeder funktionieren, damit unterm Strich die Rechnung aufgeht. Wenn es dann so weit ist, liegt man auf dem Sterbebett, bereut vieles und wünscht sich mehr Zeit, um offene Enden noch abzuschließen.

Aber wenn wir uns in unsere Outfits werfen, stundenlang vorm Spiegel stehen und schminken, dann brechen wir aus dieser schrecklichen realen Welt aus. Dann bekennen wir uns dazu, dass wir diese Werte und Normen ablehnen. Dann schlüpfen wir in die Rolle unseres zweiten Ichs. So können wir dann schwermütig philosophieren, über Tod und Teufel diskutieren, nihilistisch sein oder niederste menschliche Neigungen thematisieren. Und wir müssen dabei nicht auf gesellschaftliche Konventionen achten, denn durch unser Äußeres machen wir ja schon klar, dass wir anders sind und denken. Das wir nicht dazu gehören, auch wenn wir Teil des Ganzen sind. Dann wird aus einer Margarete eben eine Roxy. Und aus einer Bürofachangestellten eine Goth, die es liebt, sich viktorianische Kleider anzuziehen. Dann tanze ich zu Dark Wave, diskutiere über die unerträgliche Leichtigkeit des Seins und morgen mache ich wieder freundlich lächelnd Termine für meinen Chef. Kein bleiches Gesicht, kein schwarzer Lippenstift. Nur Margarete, die Teil der Welt ist, die sie nicht versteht. Kannst du mir folgen?"

Jetzt war es an Clara innezuhalten und nachzudenken, bis sie schließlich ihre Gedanken geordnet hatte. Das war starker Tobak. Sie war weit entfernt davon zu verstehen, was Roxy ihr zu sagen versuchte.

„Du meinst, die Gothicszene ist nur deshalb so friedlich und freundlich, weil ihre Mitglieder außerhalb es nicht sein können?"

„Nein, das ist zu stark vereinfacht. Sicherlich gibt es hier auch Manager, Banker, Ärzte und Anwälte. Auf die mag es zutreffen, dass sie gerne anders sein wollen, aber die Gesellschaft, in der sie leben es nicht zulässt. Doch das sind nicht alle. Was ist mit den Jugendlichen, Schülern oder denen in Ausbildung? Berufseinsteigern und Studenten? Die sind nicht so tief verwurzelt in der Leistungsgesellschaft. Die könnten jeden Tag nett und freundlich sein. Warum sind sie aber Goths?"

„Rebellion? Nihilismus? Der Wunsch anders zu sein oder aufzufallen?", dachte Clara laut.

„Auch das mag für manche zutreffen. Aber der Punkt ist, dass es eben sehr individuell ist. Jeder hat so seinen eigenen Grund. Für einige ist es die Suche nach etwas, dass sie für eine tiefere Wahrheit halten. Für andere ein Ausbruchsversuch. Für dritte die Verneinung von Werten, Struktur und Normen. Was auch immer. Der kleinste gemeinsame Nenner aber ist: ‚Ich respektiere dich, so wie du bist, als Mensch. Bitte achte mich ebenso.' Mit anderen Worten, hier zählt nicht, was du draußen bist. Hier zählt nur, wie du dich verhältst, was du sagst und tust. Kurz: Wer du bist, nicht was."

„Ich verstehe."

„Wirklich? Die meisten brauchen eine Weile, bis sie das verstanden und verarbeitet haben."

Roxy schaute sie freundlich lächelnd an. In ihren Augen blitzte so etwas wie Melancholie und schwere Gedanken auf, aber darin war ein Schimmer der Hoffnung.

„Hmmm, dann werde ich das als Hausaufgabe mitnehmen und darüber nachdenken."

Clara lehnte sich über die Brüstung und starrte hinunter in das schwarze Meer. Schweigend verbrachten die Frauen hier oben ein paar Minuten, bis sie den Rückweg antraten. Der Stahlsteg, auf dem sie standen, führte zu einer schlichten Stahltür in der Wand und dahinter lag ein schmuckloses Treppenhaus. Auf halben Weg nach unten blieb Clara plötzlich stehen und wandte sich zu Roxy um. Die konnte gerade noch anhalten, ohne die Polizistin von der Treppe zu stoßen und sah sie überrascht an.

„Warum waren wir dort oben?", stieß Clara hervor.

„Bitte was?"

„Warum hast du mir das gezeigt? Das ist doch sicherlich ein gesperrter Bereich und nicht für jeden Gast gedacht. Warum kannst du dich hier frei bewegen? Bist du so bekannt hier? Oder gehört dir der Laden?“

Roxy lachte laut und lächelte sie anschließend an.

„Nein, ich bin weder Inhaberin noch Beteiligte. Aber ja, man kennt mich hier. Daher habe ich mehr Freiheiten als andere und die nehme ich mir gerne mal. Ich komme hier oben hin, wenn ich mal ein bisschen Zeit für mich haben will. Das ist nichts Besonderes. Und du folgst mir doch schon den ganzen Abend, warum also nicht auch hier her?“

Da war es wieder. Dieses Gefühl, dass mehr dahintersteckte. Sie sah es nur nicht. Aber da war die Überzeugungskraft, dieses Lächeln, dem man nicht böse sein konnte und das über jeden Zweifel erhaben war.

„Außerdem“, setzte sie fort, „habe ich das Gefühl, dass wir uns hier ohnehin öfter begegnen werden. Und da wir uns doch gut verstehen, warum nicht dann und wann hier oben gemeinsam chillen?“

Roxy drängte sich an ihr vorbei und Clara folgte. Zurück im Hauptraum mit den Bars, der Bühne und der Tanzfläche, war es für sie bereits wieder total unverständlich, wie sie an ihrer neuen Freundin hatte zweifeln können.

*Sie war den ganzen Abend so lieb zu mir. Hat mich herumgeführt, mich den anderen vorgestellt, mit mir getanzt und mich vor großen Peinlichkeiten bewahrt. Und als sie mir ihren besonderen Ort hier zeigen will, fällt mir nichts Besseres ein, als unlautere Absichten zu vermuten? Clara, du dumme Pute, was denkst du dir manchmal nur?*

Sie tranken gemeinsam Longdrinks und lümmelten sich auf ein Sofa mitten in der Ruhezone. Roxy erweckte nicht den Eindruck, dass sie ihr die Fragen übelnahm. Hin und wieder gesellten sich andere zu ihnen, weil dort gerade Platz war. So hatte Clara Gelegenheit, viele unterschiedliche Charaktere kennenzulernen, wenn auch nur flüchtig. In ihren Gesprächen streiften sie philosophische Themen genauso wie aktuelles Zeitgeschehen und riskierten einen kurzen Abstecher zur Mode. Die lärmende Musik geriet weiter in den Hintergrund, während die wechselnden Gesprächspartner einen immer größeren Raum einnahmen.

Die Zeit verflog und Clara fühlte sich unglaublich wohl. Zum ersten Mal seit langem erfuhr sie Annahme und Akzeptanz, ohne einem Leistungsdruck gerecht werden zu müssen. Sie wurde als Mensch wahrgenommen und verstanden. Sie wurde respektiert dafür, dass sie sich ein Herz gefasst hatte, ein mehr oder weniger passendes Outfit kombinierte und herkam, ohne zu wissen, was sie erwarten würde.

Dann fing ihr Blick etwas auf. Auf der Couch nebenan, war ein junges Pärchen eben damit beschäftigt sich gegenseitig die Mundhöhlen mit der Zunge abzutasten, was Clara nur beiläufig registrierte. Jedoch änderte sich die Situation, als sie ihren Blick schweifen ließ und er wieder bei diesem Pärchen ankam. Jetzt saß sie zurückgelehnt auf der Couch, den Kopf in den Nacken gelegt und die Augen geschlossen. Sie sah aus, wie betäubt. Er hatte ihr den Oberarm mit einem Lederriemen abgebunden. Den Unterarm hatte er sich in die Armbeuge geklemmt und ihr eine Nadel in die Ellenbeuge gesetzt. Aus einem dünnen Schlauch ließ er ihr Blut in ein leeres Longdrinkglas tropfen. Clara war entsetzt.

Als das Glas gut einen Finger breit gefüllt war, knickte er die Röhre ab und setzte das obskure Getränk an die Lippen. Mit einem großen Schluck trank er ihr Blut und Claras Entsetzen steigerte sich in puren Ekel.

In dem Moment, als er das Glas auf den Couchtisch vor ihnen stellte, erwachte auch sie wieder zu neuem Leben. Routiniert drückte sie eine Papierserviette in ihre Ellenbeuge, als er die Nadel aus ihrer Vene zog. Schlauch und Stechinstrument landeten mit einer beiläufigen Handbewegung neben dem Glas auf dem Tisch. Als er sich zu seiner Partnerin herüberbeugte und sie sich wieder küssten, war es so, als sei nichts gewesen.

„Was zum Teufel soll das?“, rief sie, „Du kannst doch nicht… Das ist doch…“

Ihr fehlten die Worte. War das legal? War es illegal? Sie hatte keine Ahnung. Aber es verstieß gegen ihr innerstes Empfinden. So etwas gab es schlicht nicht in ihrer Welt. Sie war im Begriff aufzustehen und diesem ekelhaften Paar ordentlich die Meinung zu sagen, als es ihr auffiel: Niemand anderes schien sich daran zu stören. Verwunderte Blicke, ja. Doch keiner reagierte so wie sie.

Roxy saß zwar neben ihr, war aber im Gespräch mit einem durchaus hübschen jungen Mann vertieft. Er war wie ein Gentleman aus viktorianischer Zeit gekleidet, mit Hose, Weste, Zylinder und Monokel. Alles natürlich in schwarz. Unter der Weste mit den Nadelstreifen hatte er anscheinend einen nackten Oberkörper. Da er definiert aussah, war es wenig verwunderlich, dass er eine gewisse Anziehung auf die Leute in seiner Umgebung ausübte. Das schien er genau zu wissen und für sich auszunutzen. Einem Flirt mit Roxy war er jedenfalls nicht abgeneigt.

In dem Moment aber, als Clara ihre Stimme anhob und versuchte aufzustehen reagierte Roxy sofort. Sie riss sich aus dem Gespräch und stand im nächsten Augenblick schon neben ihr. Sie folgte dem Blick ihres selbst erklärten Schützlings und sah Nadel, Schlauch und blutiges Glas. Clara schickte sich an, sich zu erheben als Roxy sich schnell und behände zu dem Paar bewegte. Offenbar hielt sie ihnen jetzt eine Predigt und scheuchte sie weg, denn sie standen ebenfalls auf und hoben abwehrend die Hände.

Die ganze Szene dauerte nur wenige Sekunden, aber für Clara schien es eine Ewigkeit zu sein. Ihre Neven waren durch den schockierenden Anblick zum Zerreißen angespannt und ihre Ermittlererfahrung und das Training spornten ihre Sinne zu Höchstleistungen an. Es schien ihr, als wären ihre Augen bemüht jede noch so kleine Regung aufzunehmen und ihre Ohren jedes einzelne Geräusch. Doch benebelt durch den Alkohol in ihrem Blut und die Kakophonie der Musik im Hintergrund, war sie außerstande einen klaren Gedanken aus den Eindrücken zu extrahieren.

So plötzlich, wie die Szene eskaliert war, so schnell hatte sie sich wieder beruhigt. Roxy stand vor ihr, nahm sie lächelnd in den Arm und drückte sie an sich. Dabei flüsterte sie ihr ins Ohr: „Komm wir gehen mal raus an die Luft."

Clara ließ sich nicht zwei Mal bitten. In ihrem Kopf kreisten die Gedanken um das Gesehene. Es drang ihr bis ins Mark, dabei hatte sie an Tatorten schon Schlimmeres erblickt. Damit kam sie besser zurecht, als mit der Erkenntnis, Blut zu trinken. Mit so etwas hatte sie sich nie beschäftigt und wollte es auch nicht. Jetzt, da sie dieses Paar in aller Öffentlichkeit dabei gesehen hatte, wurde sie dazu genötigt. Es wurde in ihre Gedanken gezwungen und in ihre Erinnerung eingebrannt. Sie war sich sicher, dass die den Anblick nie wieder vergessen würde. Wie das Blut das Glas hinabfloss, seine Lippen erreichte und im Mund verschwand. Ein Schluck, mehr war es nicht. Dann leckte er sich den Rest von der Oberlippe, mit der er nur kurz davor seine Freundin geküsst hatte und nur wenige Sekunden später wieder küssen würde. Unweigerlich hatte sie selbst den Geschmack von Blut im Mund.

Draußen war die Luft angenehmer. Kühl, fast frisch, aber im Vergleich zu der drückenden Wolke im Death's Garden, ließ es sich hier leichter atmen. Roxy führte sie ein Stück von der Stahltreppe weg und fort von anderen, die ebenfalls hier draußen standen. Für Claras Ohren war es eine Wohltat. Sie hatte sich zwar an den Musikstil mittlerweile gewöhnt, aber die Lautstärke quälte sie mehr, als sie gedacht hatte. Sie ergriff das Wort, noch bevor Roxy mit ihr stehengeblieben war.

„Hast du das gesehen? Er hat ihr einfach Blut abgezapft und getrunken? Kommt das hier öfter vor? Darf man das überhaupt?"

„Ganz ruhig, Clara. Tief durchatmen und erstmal wieder etwas Sauerstoff reinkriegen, ok?"

Sie machte es ihr vor und animierte sie lächelnd es ihr gleich zu tun. Clara folgte ihrem Beispiel und sah Roxy auffordernd an. Ihre Fragen standen noch immer im Raum.

„Geht's wieder? Gut. Also, ja ich habe es gesehen. Und ja, es kommt vor. Aber eher im Privaten. Hier im Club ist es nicht erlaubt. Und normalerweise wissen die Leute das auch."

„Echt? Das kommt öfter vor?", ihr Erstaunen kannte keine Grenzen.

„Sieh mal, die schwarze Szene ist sehr bunt. Es gibt viele verschiedene Strömungen und eine davon sind die Sanguiniker."

„Sangu- was?"

„Sanguiniker. Das sind bluttrinkende Vampire, ähm, Möchtegern-Vampire, innerhalb der schwarzen Szene. Es ist eine kleine Splittergruppe der Goths, wenn du so willst. Sie bleiben für gewöhnlich unter sich, wenn sie trinken wollen. Auf kleineren privaten Partys zum Beispiel. Oder nur zu zweit. Hier, in den öffentlichen Clubs, sehen wir das nicht gerne, weil es eben durchaus andere sehr verstören kann. Und die haben dann ein schlechtes Bild von dem Rest der Szene. Hast du ja selbst gemerkt. Und was das Dürfen angeht, solange es in gegenseitigem Einvernehmen geschieht, spricht nichts dagegen."

„Aber, wie kommt man dazu? Was soll das? Ist das eine Art seltener Fetisch oder so?"

„Falls du damit meinst, ob das sexuell indiziert ist, dann kann ich dir sagen nein, in der Regel nicht. Es geht nicht um Nähe oder Eins-Sein oder einverleiben. Es geht primär um den Wunsch, menschliches Blut zu trinken. Und wir reden da ja nicht von Mengen, sondern bestenfalls von einem oder zwei Schlucken."

Clara schluckte schwer und löste sich aus Roxys Armen. Sie schlug die Hände über dem Kopf zusammen und ging ein paar Schritte. Als sie sich wieder im Griff hatte, wandte sie sich zu ihr.

„Das muss ich erstmal verdauen. Das passt so gar nicht in meine Welt. Ich hab schon echt viel Scheiße gesehen und menschliche Abgründe. Aber jemand der das Blut von lebenden Menschen trinkt? Verdammt sind wir denn bei Twilight?"

„Na ja, vielleicht nicht gerade Twilight, doch in mancher Hinsicht in der Twilight Zone. Clara, was genau stört dich daran so? Versuch es mal zu beschreiben?"

„Was? Versuchst du etwa gerade DAS zu relativieren?", aufgebracht deutete sie mit dem Zeigefinger auf den Eingang des Death's Garden.

„Nein, ich möchte nur verstehen, was deine Abscheu antreibt. Ich habe den Eindruck, dass du einen recht angenehmen Abend hattest und es wäre ja schade, wenn du mit einem schlechten Gefühl wieder gehst. Und vielleicht deswegen nicht mehr wiederkommst."

Clara atmete tief durch und sah in Roxys beständig lächelndes Gesicht. Diese Frau strahlte eine unglaubliche Vertrauenswürdigkeit aus. Das Lächeln band den Blick an ihre Miene und man bekam das Gefühl, sich darin zu verlieren. Allein der Anblick dieses sympathischen, aufgeschlossenen und freundlichen Strahlens war genug. Was brauchte man mehr im Leben, wenn man ihr ins Gesicht schauen durfte?

„Ich… ich bekomme einen Ekel vom Blutgeschmack in meinem Mund. Ich glaube, deswegen finde ich die Vorstellung so furchtbar, dass sich jemand dem freiwillig aussetzt."

„Wahrscheinlich geht es vielen so, die es nicht selbst machen. Aber wer schon länger dabei ist, hat unsere Einstellung etwas besser verinnerlicht und lässt den Sanguinikern ihren Spaß. Es ist erstmal menschlich, sich gegen das zu wehren, was nicht in das eigene Weltbild passt. Aber es zeugt von einer gewissen Größe, wenn man sich dessen bewusstwird und versucht, auch das als Spielart des Lebens zu akzeptieren. Das heißt ja nicht, dass man es für sich übernehmen muss."

Clara sah nachdenklich zu Boden. Sie wollte Roxy glauben und konnte nachvollziehen, was sie sagte. Aber sie spürte, dass die Worte nicht in ihrem Inneren ankamen. Zu groß war der Bruch zwischen der Welt, wie sie in ihrer Vorstellung war und dem, was offenbar existierte.

Aber da war noch mehr. Etwas das Roxy vor wenigen Augenblicken gesagt hatte, aber was war es nur? Es schien ihr, als würde sie auf die letzten Minuten wie durch einen Nebelschleier zurückblicken. Der Vorfall mit dem bluttrinkenden Typen und seiner Freundin war erst vor kurzem und sie hatte sich furchtbar aufgeregt, aber sie erinnerte sich kaum noch daran. Es war ein zwiespältiges Gefühl zu wissen, dass da etwas war, das einen bleibenden Eindruck hinterlassen hatte. Und gleichzeitig konnte sie es nicht mehr absolut sicher benennen. Was komisch war, hatte sie sich doch gerade noch mit Roxy aufgelöst über das Trinken von Blut unterhalten.

Der Gedanke kam nicht mehr zurück und so zuckte sie innerlich mit den Schultern. Es würde ihr schon wieder einfallen, wenn es wichtig war. So viel hatte sie heute Abend nicht getrunken, dass es zu Lücken im Gedächtnis führen würde. Viel interessanter war, was die junge Goth zwischen den Zeilen gesagt hatte.

„Roxy?", fragte sie zögerlich.

„Clara?", kam eine kurze, aber freudige Antwort.

„Hast du gerade gesagt, dass du mich hier gerne wiedersehen möchtest?"

Sie lächelte Clara an.

„Ja, es wäre schade, wenn wir dich verschreckt hätten und du nicht mehr kommen würdest."

Ihr Blick wurde fester, fast durchbohrend, aber das freundliche Lächeln blieb.

„Du hattest einen schönen Abend. Du hast heute viele interessante Leute kennengelernt. Du wurdest gut und freundlich angenommen. Du passt auf deine eigene Art gut hier her."

„Hmmm, ja. Vielen Dank für die Worte, Roxy. Wenn ich es noch mal schaffe, dann komme ich gerne wieder. Und vielleicht hab ich mir dann auch etwas Adäquateres zum Anziehen besorgt. Ich hoffe nur, dass ich dich und die anderen dann wiederfinde und erkenne."

„Keine Sorge, es gibt keinen Dresscode. Solange du dich wohlfühlst in dem, was du trägst, ist es gut. Du findest uns dann schon, oder wir dich. Wir werden sehen."

Sie schaute in den Nachthimmel und Clara folgte unweigerlich ihrem Blick. Das tiefe Schwarz war einem Blau gewichen. Die Blue Hour, die bei Fotographen so beliebt ist. Bald würde die Sonne aufgehen. Roxy griff sich ins Dekolleté und holte ihre Marke hervor.

„Ich denke, ich werde dann mal meinen Mantel holen und mich auf den Heimweg machen. Bleibst du noch? Dann bring ich dich zu den anderen."

„Nein, ich denke, dass ich auch gehen werde. Das Taxi fährt mich sicher nach Hause und dann schlafe ich vermutlich den ganzen Samstag."

Roxy lachte hell.

„Ja, schlafen werde ich dann wohl auch bis zum späten Nachmittag."

Claras Begleitung drehte sich um und schlenderte zum Eingang, als sie selbst noch mal das Wort ergriff. Die Gelegenheit war günstig.

„Apropos sicher. Ich habe gehört, dass es Tote in der Gothicszene gab. Waren die auch von hier?"

Roxy stockte und wirkte zum ersten Mal an diesem Abend unsicher. In ihrem Gesicht erkannte Clara einen gewissen Zweifel. So, als würde sie die Frage und die möglichen Antworten abwägen. Die Ermittlerin in ihr sprang sofort darauf an und schrieb sich eine geistige Notiz, dass ihre neue Freundin zumindest etwas wusste, wenn auch nichts Stichhaltiges. Aber vielleicht kannte sie eines der Opfer. Das wäre dann schon mal ein Ansatz.

„Ja und nein", antwortete sie schließlich, „ich habe es auch mitbekommen. Ich denke, so etwas spricht sich schnell herum. Vor allem, wenn es anscheinend einem Muster folgt und man selbst auch irgendwie reinpasst. Ich habe beobachtet, dass der Club leerer war die letzten Male. Aber, kennen würde ich nicht sagen, nein. Vielleicht ist man sich hier mal über den Weg gelaufen. Aber du bist heute auch vielen Leuten begegnet und würdest wohl kaum behaupten, dass du sie deswegen kennst, oder?"

*Nach dem Kennen habe ich dich doch überhaupt nicht gefragt, meine Liebe.*

„Nein, das nicht. Aber ich dachte, die Szene ist nicht so groß, dass man dann vielleicht etwas persönlichere Kontakte hat."

„Klar, aber eben nicht zu jedem", sagte Roxy grinsend.

Clara war erstmal zufrieden, wenn auch mit dem Stich eines seltsamen Augenblicks. Im Prinzip hatte sie solche Antworten erwartet. Sie hoffte aber, dass sie unverfänglich genug gefragt hatte, um lediglich Interesse an der Situation zu bekunden. Doch es war zu früh, um jetzt schon so tief einzusteigen, und sich damit als Ermittlerin zu enttarnen. Sie mochte Roxy tatsächlich, sie war ihr sympathisch und in ihr wuchs der Wunsch eine Freundschaft zu ihr aufzubauen. Trotz der mindestens zehn Jahre Altersunterschied. Bei der jungen Frau fühlte sie sich selbst wieder wie 20. Außerdem hatte sie tatsächlich den Wunsch wiederzukommen und sich hier unbefangener zu bewegen. Aber sie musste Vorsicht walten lassen. Sonst gerieten ihre beruflichen Interessen schnell in einen Konflikt mit ihren privaten.

Daher wechselte sie das Thema, als sie die Stahlstufen des Eingangs emporstiegen und sich auf den Weg zur Garderobe der wartenden Schlange anschlossen. Roxy nahm ihren Mantel in Empfang und zusammen begaben sie sich wieder auf den Weg nach draußen. Dort sammelten sich allmählich mehrere Gruppen, um sich kurz darauf zu verabschieden und aufzulösen.

Die beiden Frauen taten es den anderen gleich. Während Roxy zu ihrem Auto lief, bot sie Clara an sie nach Hause zu fahren. Sie lehnte ab. Sie würde das Stück ins Gewerbegebiet laufen und dann von dort mit dem Taxi weiterfahren. Sie versicherte ihrer Begleiterin aber mehrfach, dass sie zurechtkommen würde und sehr wohl auf sich aufzupassen wusste. Dennoch war Roxy erst beruhigt, als sie erklärte, dass sie diverse Kampfsportarten beherrschte.

Auf dem Rest des Heimwegs verlangte ihr Körper schließlich den überfälligen Schlaf und Clara riss sich sehr zusammen, um nicht im Taxi einzuschlafen. Umso glücklicher war sie, als sie die Wohnungstür hinter sich schloss und nach einem Besuch im Badezimmer in ihr Bett fiel. In ihren letzten wachen Momenten griff sie zu ihrem Handy und wählte Markus in WhatsApp an. Eine kurze Anstrengung noch, dann hatte sie den versprochenen Text geschrieben: >Bin wieder zu Hause.<

## Kapitel 6

Dieser Abend war nun schon Monate her, aber er wirkte noch immer nach. Wenn auch auf eine sehr nebulöse Weise. Besonders jedoch nachdem sie von dem dritten Toten erfahren hatten. Clara setzte alles daran, Akteneinsicht zu bekommen. Es war zwar nicht so leicht wie erhofft, aber letzten Endes gelang es ihr, einen Blick hineinzuwerfen. Es war ein Mann, Mitte dreißig, der anscheinend von außerhalb kam. Was genau sie erwartet hatte, vermochte sie nicht so recht zu sagen. Aber in dem Moment, da sie von diesem Toten erfahren hatte, überkam sie ein ungutes Gefühl. Ganz so, als erführe man von einem Zugunglück und vermutet, dass ein Freund darin verwickelt sein könnte, weil er zufällig auch diese Strecke fuhr. Clara fühlte einen großen Knoten im Magen, der sich erst löste, als sie sicher war, dass sie mit dem Opfer nicht bekannt war. Nur verstand sie nicht, warum ausgerechnet diese Info über einen Leichenfund ihr so zusetzte. Immerhin kannte sie niemanden aus der Gothicszene.

Von ihrem Abend im Death's Garden hatte sie kaum Erinnerungen, dafür aber einen fiesen Kater am nächsten Morgen, den sie sogar Montag früh im Büro noch gespürt hatte. Daher vermutete sie, dass in den paar Longdrinks, die sie hatte, unfreiwillig mehr war als Alkohol. In diesem Sinne war sie froh, dass sie gut nach Hause gekommen war und nichts Schlimmeres passierte.

Was sie noch wusste, war, dass sie sich mit ein paar Leuten und einem Barmann unterhalten hatte. Das man in der Szene zwar von den beiden bisherigen Toten wusste und sprach, die aber nicht weiter bekannt waren. Und sie erinnerte sich gut an das Gelände, den Parkplatz vor und hinter dem Gebäude, die Stahltreppe zum Eingang, die Warteschlange der Leute, die rein wollten.

Sie war sich auch sicher, dass sie den Abend nicht einfach nur ständig im Club hin und her gelaufen war, um sich mal hier oder dort zu unterhalten. Stattdessen meinte sie, sich daran zu erinnern, dass sie den ganzen Abend mit einer bestimmten Person verbracht hatte. Aber weder Name noch eine bessere Beschreibung als „sie trug ein schwarzes Kleid" wollte ihr einfallen.

Was ihr aber am intensivsten im Gedächtnis blieb, war die Tatsache, dass es eine kleine Splittergruppe gab, die sich gegenseitig Blut abnahmen, um es zu trinken. Allein der Gedanke daran, ließ sie sich schütteln und manchmal wurde ihr sogar schlecht.

Markus hatte sie davon berichtet, weil es zumindest in das Bild der ersten Toten passte. Doch ihr Kollege glaubte nicht so recht, dass es so etwas gab. Also recherchierte sie weiter und nach wenigen Minuten im Internet präsentierte sie ihm Berichte, Interviews und Foreneinträge, die sich genau damit beschäftigten. Alles aus der schwarzen Szene oder deren Umfeld. Markus akzeptierte ihre Beweisführung, warf aber ein, dass es zum einen trotzdem nicht mehr ihr Fall war. Und zum anderen in seinen Augen auch nicht weiter zur Lösung beitrug.

Der erste Teil war leider die harte Realität. Sie hatten den Fall abgegeben und konnten zwar die Informationen weiterleiten, durften selbst jedoch nicht eingreifen oder tätig werden. Über den zweiten Teil ließ sich streiten, was aber nicht sonderlich weit führen würde.

So holte die Welt sie wieder auf den Boden der Tatsachen zurück. Die schwarze Szene hatte sie ziehen lassen und Clara war erneut in der Leistungsgesellschaft. Hier zählte hauptsächlich, was man erreichte und nicht was man ideeller weise schuf. Ein neuer Fall kam und wurde bearbeitet. Neue Berichte und Aktennotizen, die geschrieben wurden. Neue Tatorte wurde besucht und neue Fotos begutachtet. In der Sandburg trafen neue Leichen ein und wurden von Dr. Metzen oder Kollegen obduziert. Alles lief wieder in den gewohnten Bahnen. Bald war der Sommer vorbei und der Herbst kündigte sich mit den ersten Regenschauern seit Wochen an.

Die Erinnerungen an den Abend im Death's Garden verschwanden immer mehr aus Claras Gedächtnis, bis nur noch ein paar Eindrücke übrig blieben. Zum Beispiel, dass es ein schöner Abend war, auch wenn sie sich nicht an Details erinnerte. Doch auch das Gefühl etwas zu vermissen. Etwas, dass nur für einen kurzen Augenblick das Herz berührte und einen bleibenden Eindruck hinterließ. Daher dachte sie gerne an ihren Abstecher in die Gothicszene der Stadt, wenn auch mit Schwermut und Sehnsucht. Doch raffte sie sich nie wieder dazu auf, den Garten des Todes erneut zu besuchen.

Was aber blieb, war das Interesse an dem Fall der ersten Toten. Die verschwundene Leiche. Zumal Markus und sie immer wieder dazu befragt wurden, die Akte ständig neu betrachtet wurde und nie zum Abschluss kam. Dies alles befeuerte ihr eigenes Interesse daran. Clara hakte bei jeder erneuten Befragung nach, ob man der Spur des Schemens auf der Videoüberwachung nachgegangen war. Was aber immer wieder verneint wurde. Da wäre nichts zu sehen. Es war enttäuschend und frustrierend, denn sie war sich sicher, dort etwas gesehen zu haben. Und sie sah es noch immer, wenn sie ihre Kopie der Aufzeichnung abspielte. Aber allein kam sie hier nicht weiter. Schlimmer noch, sie durfte nicht intervenieren.

Clara fühlte sich persönlich betroffen. Sie wusste, dass sie seit ihrem Abend im Death's Garden eine gewisse Sympathie für die Szene hegte und spürte den irrationalen Wunsch in sich, diese zu schützen. Nur, wie sollte sie eine ganze Subkultur unter ihren persönlichen Schutz nehmen? Da beruhigte sie sehr, dass keine weiteren Morde mehr auftraten. So plötzlich, wie sie aufkamen, so plötzlich verschwanden sie wieder. Nur drei Tote wurden mit dem Fall in Verbindung gebracht. Aber für keinen fanden sie einen Mörder.

Die Wende kam für Clara, als sie nicht mehr damit gerechnet hatte. Markus und sie waren an einer größeren Sache dran. Ein per internationalem Haftbefehl gesuchter Mörder hatte in ihrem Distrikt ebenfalls zugeschlagen. Wahrscheinlich war er nur auf der Durchreise und auf der Flucht vor den Ermittlungsbehörden. Die Vermutung war, dass ihm das Geld ausging, denn der Fall war ein klassischer Raubmord, aufgenommen durch die Überwachungskameras der U-Bahn. Das war Glück im Unglück, nur dadurch waren sie in der Lage ein Bild des Täters mit ihren Datenbanken abzugleichen und die spuckte den Hinweis aus „gesucht durch Interpol“.

Während Markus in einer Besprechung mit ihrem Chef Martin von Waldeck war, gab sie ihre Informationen zu dem Fall in die internationale Datenbank bei Interpol ein, um die Fahndung zu unterstützen. Sie war fertig, bevor Markus zurückkam, und vertrieb sich die Zeit in grenzüberschreitenden Fahndungsdateien. Aus reiner Neugierde und einem Impuls folgend fragte sie die offenen, ungeklärten Mordfälle in der Kategorie der „Purple Notices“ ab. Clara stockte, die Liste war schockierend lang.

Sie filterte sie nach bestimmten Mord- oder Tatortmerkmalen und allgemeinen Besonderheiten und war ein weiteres Mal erstaunt. Sehr viele ähnliche Tötungsdelikte, wie die des verbluteten Gothicmädchens waren in ganz Europa verteilt. Unter ihren Finger spürte sie ein aufgeregtes Kribbeln. Ihr Instinkt sagte ihr, dass sie hier auf etwas gestoßen war. Etwas, dass es zu verfolgen galt.

Schnell speicherte sie eine Kopie der Liste auf ihrem PC und sortierte ihre Gedanken. Schließlich rief sie die Kollegen an, denen der

Fall derzeit zugeordnet war. Die waren aber anscheinend unterwegs oder aus anderen Gründen nicht erreichbar, weswegen Clara nur eine E-Mail schrieb, mit dem, was sie gefunden hatte und die Kopie der Interpoltreffer anhing. Wenn die Kollegen mitdachten, dann kamen sie schon von allein auf die Idee, ihre Infos mit der großen Datenbank abzugleichen. Mehr als den Hinweis geben konnte sie nicht.

Oder besser wollte sie nicht. Natürlich hätte sie noch etwas erledigen können, jetzt, da sie allein im Büro war und ihr niemand auf die Finger schaute. Aber, genau das war der Punkt, sie wollte es nicht. Es war der Drang die Dinge wieder selbst in die Hand zu nehmen und nicht anderen zu überlassen. Eine Mischung aus Ehrgeiz und persönlicher Betroffenheit. Daher ließ sie die Liste erneut durchlaufen und betrachtete die Regionen, aus denen solche Fälle gemeldet wurden.

*Zentraleuropa, Großbritannien, Nordafrika, Mittlerer Osten, Westeuropa, Russland, Kanaren, Nord- und Südamerika. Also, praktisch weltweit? Eine globale Serie ähnlicher Morde?*

Sie betrachtete die Zeitpunkte der Eintragungen. Die meisten waren vereinzelt, doch hin und wieder traten Gruppierungen auf. Notizen kurz hintereinander mit nur wenigen Tagen Abstand.

*Seit 1980 gibt es fast jeden Monat irgendwo mindestens einen solchen Fall? Wer redet da noch von Zufall?*

Clara schrieb sich ein paar Notizen direkt in die Exceltabelle und leitete sich die Datei auf ihre private E-Mail-Adresse weiter. Sie wusste, dass es falsch war. Sie ahnte, dass das viele ihre Kollegen und Vorgesetzten schwer enttäuschen würde. Nicht zuletzt Markus. Aber sie hatte auch das Gefühl, dass sonst niemand an dem Fall weiterarbeiten würde, wenn sie es nicht in die Hand nahm.

Die Gewissensbisse kamen erst, als sie schon auf Senden gedrückt hatte. Hätte sie ihren Kollegen nicht wenigstens eine Chance geben sollen? Ließ sie sich hier zu sehr von privaten Gefühlen leiten? Wenn sie so befangen war, wie sie sich fühlte, dann konnte sie nicht neutral urteilen. Das lag in der Natur der Sache. Was also, wenn sie sich deswegen verrannte und vollkommen falsche Spuren verfolgte? Das würde wertvolle Zeit kosten, die sie nicht hatte. Zeit, die sie besser für ihren Fall verwendete. Davon abgesehen hatte sie soeben mindestens gegen interne Richtlinien verstoßen, wenn nicht Schlimmeres.

Andererseits, die Tat war getan. Jetzt gab es kein Zurück mehr. Und sie hatte die Kollegen ja soeben mit allem informiert, was ihr vorlag. Weitere Informationen hatte sie auch nicht. Und wenn sie die

Ermittlungen aufnahmen und selbst parallel dazu auch nachforschte – ganz privat natürlich – dann waren doch die Erfolgschancen doppelt so hoch, oder? Also machte sie weiter.

Als Markus zurück ins Büro kam, hatte Clara die Liste wieder von ihrem PC gelöscht und die verräterische E-Mail aus den gesendeten Elementen ebenso. Stattdessen brütete sie über den Infos zu ihrem aktuellen Fall. Sie spürte ihr Herz in der Brust schlagen, so heftig, dass es fast schmerzte. Das schlechte Gewissen plagte sie, doch sie blieb dabei: Kein Zurück.

„Das war aber ein langes Gespräch mit dem Chef."

„Ja, das auch. Und anschließend war ich noch eine Rauchen."

„Tztztztz... und du hast mich nicht nach einem Kaffee gefragt oder mir etwas mitgebracht?", sie schüttelte vorwurfsvoll den Kopf.

„Pffft... nein, ich war in Gedanken. Martin will uns beide in der Soko „Hells Kitchen" haben. Ich bin nicht so begeistert. Das ist nicht gerade mein Fachgebiet."

„Hells Kitchen? Ist die neu? Davon höre ich das erste Mal."

„Jain, die war bis gerade eben noch geheim. Mehr oder weniger. Sie existiert wohl schon ein paar Wochen. Bisher waren sie mit Planung und Organisation beschäftigt. Aber jetzt wollen sie auch tatsächlich was erreichen. Ich habe gerade erst davon erfahren."

„Ok, wir sind also so etwas wie Sonderermittler? Und was machen wir in Teufels Küche?"

„Drogen, Menschenhandel, illegale Prostitution, Bandenkrieg, Wirtschaftskriminalität, Korruption, Auftragsmord – da kommen wir ins Spiel – und ein paar Kleinigkeiten, wie Einbruchdiebstahl, Raub und Betrug."

Clara gingen die Augen über: „Wow, das ist ein großes Ding. Klingt nach organisierter Kriminalität. Eine Mafia?"

„Ja, gut möglich. Oder ein Syndikat. Und dazu kommt, dass es international ist. Das SEK ist dabei und wenn es nötig wird auch das GSG 9."

Markus seufzte. Sie verstand, dass ihm das nicht passte. Viel Arbeit und hohe Risiken, aber verurteilt werden würden letzten Endes wohl nur die kleinen Fische dieses großen Teiches. Den anderen würde man kaum etwas nachweisen können oder nur Bagatellen im Vergleich zu dem Rest. Solche Jobs waren frustrierend. Außerdem hatte Clara sich doch gerade etwas Eigenes vorgenommen. So was Großes konnte sie nun wirklich nicht gebrauchen. Das stahl ihr nur die wertvolle Zeit zu Hause.

„Puh. Und wann soll es losgehen?“

„Wir sind ab jetzt dabei. Morgen früh bekommen wir in Martins Büro das erste Briefing mit dem Gesamtkoordinator und werden ins Bild gesetzt. Dann wissen wir mehr. Bis dahin heißt es für uns jetzt, alte Fälle abschließen oder übergeben. Also noch viel Arbeit für heute.“

Markus setzte sich an seinen Schreibtisch und räumte unmotiviert, aber pflichtbewusst alles auf, was nicht unmittelbar mit der Soko Hells Kitchen in Verbindung stand. Clara lehnte sich in ihrem Stuhl zurück und verschränkte die Arme hinterm Kopf. Etwas Großes rollte auf sie zu.

Als sie am nächsten Morgen Martin von Waldecks Büro betraten, erwartete er sie bereits. Nach einer kurz angebundenen Begrüßung, die mehr der Wahrung der Form diente als der kollegialen Freundlichkeit, folgte eine Belehrung zur strengsten Geheimhaltung über alles, was sie im Rahmen ihrer Arbeit in der Soko Hells Kitchen erfahren würden. Sie durften weder im Privaten noch mit Kollegen außerhalb des Teams und erst recht nicht mit Reportern über Stand und Inhalt der Ermittlungen sprechen. Es war zwar unnötig, aber das Protokoll forderte von Martin das Stillschweigen dennoch einzufordern.

Nachdem beide ihre Verschwiegenheitserklärung unterzeichnet hatten, führte er sie in einen Vortragsraum. Hier wurden in aller Regel die Briefings für größere Gruppen von Ermittlern vorgenommen. Die Kinobestuhlung für bis zu einhundert Beamte, eine Leinwand, ein Beamer und eine mäßige Tonausstattung waren fester Bestandteil des Raumes.

Sie alle kannten den Weg und Markus führte die Gruppe. Jedoch sah man ihm an, dass er nicht begeistert war, der Soko zugeordnet zu sein. Er schlurfte unmotiviert durch die Flure des Präsidiums und knurrte bei jeder sich bietenden Gelegenheit. Vor der Tür blieb er kurz stehen, bis Clara und Martin zu ihm aufgeschlossen hatten. Bevor er sie öffnete, warf die junge Polizistin ihrem Partner und ihrem Chef einen Blick zu. Auch der hatte schon mal begeisterter ausgesehen.

*Was ist denn hier los? Hab ich was verpasst? Ich meine, ich freue mich jetzt auch nicht gerade, aber die beiden sehen aus, als würden sie am liebsten kündigen.*

Markus öffnete und trat zur Seite, damit sein Chef und Clara eintreten konnten. Im Inneren waren bereits viele Beamte versammelt, einige in Zivil, andere in Uniform und auf der Leinwand war die erste Seite einer Präsentation aufgelegt: >Sonderkommission „Hells Kitchen“ – Aufgaben, Ziele, Aufbau< stand dort.

Martin führte seine Leute den Mittelgang entlang in die vordere Reihe und begab sich selbst auf das Podest unterhalb der Leinwand. Neben dem Rednerpult waren drei Stühlen aufgebaut, zwei davon besetzt, so dass für Martin nur noch einer übrig blieb. Als er saß, stand ein untersetzter Mann auf und trat an das Pult. Die Frau, die neben ihm gesessen hatte, begrüßte Martin von Waldeck kurz mit einem Händedruck und reichte ihm ein Manuskript. Während Clara vermutete, dass es eine ausgedruckte Version der folgenden Präsentation war, setzte der Mann zur Begrüßung an.

„Guten Morgen zusammen“, seine tiefe sonore Stimme schallte aus den frontal angebrachten Lautsprechern, „ich will nicht viel Zeit verlieren, da noch Unmengen an Arbeit auf uns warten. Daher gehe ich gleich in medias res. Mein Name ist Heiko Oppmann. Ich komme vom BKA und ich bin Gesamtkoordinator der Sonderkommission Hells Kitchen und leite darüber die Resorts Drogen und Menschenhandel. Dies hier sind Laura Valentin, ebenfalls BKA. Sie leitetet die Resorts Wirtschaftskriminalität und Korruption. Und schließlich Martin von Waldeck, Leiter des Ressorts Kapitalverbrechen.“

Clara ließ den Blick durch den Raum schweifen. Er war zur Hälfte gefüllt. Viele Gesichter hatte sie noch nie gesehen. Klar kannte man nicht jeden, aber im Laufe der Zeit lief man sich bei den meisten Fällen doch über den Weg. Einige Kollegen von der Spurensicherung erkannte sie und auch den einen oder anderen aus dem Raubdezernat, aber der Rest war neu für sie.

*Leute vom BKA vielleicht?*

Jemand fing ihren Blick auf und nickte ihr lächelnd zu. Es war Ludwig Bethen von der Spurensicherung. Sie kannte ihn flüchtig und hatte bei dem einen oder anderen Fall mit ihm zusammengearbeitet. Seine Art, die Berichte zu schreiben, fand Clara bemerkenswert. Er hatte einen scharfen Blick für viele Details und brachte mit Erfahrung die Dinge zusammen, die allzu leicht übersehen wurden. Schnell setzte sie ebenfalls ein freundliches Gesicht auf und nickte zurück.

Es folgte ein wenig spannender Vortrag über die Aufgaben und Ziele, der ins Leben gerufenen Sonderkommission. Kaum überraschend für Clara war, dass es um die Austrocknung eines internationalen Sumpfes des Verbrechens ging. Möglichst viele verwertbare Informationen waren zu sammeln und zu sichten, die Hintermänner zu recherchieren und festzusetzen.

„Tja, wer hätte gedacht, dass sich die Polizei damit beschäftigt? Muss ein neues Aufgabenfeld sein", raunte sie Markus zu.

Sie konnte nicht anders als mit Sarkasmus auf solch offensichtliche Aufgaben zu reagieren, doch ihr Partner schnaubte nur verächtlich. Unsicher, ob es Zustimmung oder Ablehnung war, entschied sie, Markus heute einfach in Ruhe zu lassen.

Interessanter waren da die ausgeschriebenen Ziele der Soko, die von der Frau auf der Bühne vorgetragen wurden. Sie trug ein rotes Kostüm, flache Schuhe und die Haare zu einem strengen Zopf gebunden. In Kombination mit ihrer Brille wirkte sie wie die missmutige Sekretärin eines Firmenchefs, die wusste, was sie sich Geschäftspartnern gegenüber leisten konnte. Ihre Worte und ihre ganze Ausstrahlung forderten Aufmerksamkeit und gebührenden Respekt. Clara zweifelte nicht daran, dass sie Erfahrungen sowohl als Ermittlerin, wie auch als Führungskraft hatte. Wenn ihr Resort die Wirtschaft war, dann hatte sie sicherlich auch ausreichende kritische Gespräche mit Managern und Geschäftsführern geführt.

„... daher sind die Ziele der Sonderkommission wie folgt zusammenzufassen: 1. Aufstellung einer detaillierten Übersicht der Verflechtungen von Personen, Organisationen, Mittelsmännern und Opfern. Wer kennt wen, woher und warum? 2. Erstellen einer priorisierten Namenliste der Verdächtigen. Alle Köpfe dieser Hydra müssen am Ende einen identifizierten und belegten Namen haben. 3. Koordination der Zugriffe. Wir wollen nach Möglichkeit simultane Verhaftungen vornehmen. Dazu stehen uns im Inland die Kollegen von SEK und GSG 9 zur Seite. 4. Lückenlose Aufklärung aller Aktivitäten. Ich will zweifelsfrei wissen, wer, wann von wem geschmiert wurde und mit welchem Ziel. Wer wann von wem ermordet wurde und warum. Welcher Verdächtige sich wann, mit wem getroffen hat und was besprochen wurde. Gab es Verschleierungsaktionen, wenn ja welche und was wurde gedeckt? Gibt es Verbindungen in die Politik? Wenn ja, will ich das wissen, egal ob Bürgermeister einer Kleinstadt, Bundeskanzlerin oder andere Staatsorgane! 5. Aufklärung der Morde. Das geht mit Ziel 4 Hand in Hand, ist aber umfassend genug, um ein eigenes darzustellen. Warum? Wir haben derzeit über 400 dokumentierte Mordfälle, die sich mit den jetzigen Verdächtigen in Verbindung bringen lassen. Diese müssen aufgearbeitet und

Beweisketten zusammengefügt werden. Ein dickes Brett, aber vermutlich das, dass uns die meisten Beweismittel und Festnahmen zuführen wird. Damit kommen wir dann zum 6. und letzten Ziel: Verhaftungen. Ich will, dass jeder der im Rahmen der Ermittlungen in Verdacht gerät, mindesten zwei Mal intensiv von unterschiedlichen Beamten verhört wird. Und erst, wenn es keine Zweifel mehr an der Unschuld gibt, darf die Person dann endgültig entlassen werden. Ich weiß, dass wir damit pro forma die Grundsätze unseres Rechtsstaates… sagen wir… aufweichen. Aber lassen sie es mich so ausdrücken, nur wenn wir von der Schuldlosigkeit überzeugt sind, können wir sie tatsächlich aus dem Kreis der Verdächtigen ausschließen. Ist dann ja auch für die Person beruhigend, nicht wahr?“

Sie ließ diese Informationen erst einmal sacken. Bei einigen Polizisten musste das erstmal verdaut werden, dass die Unschuldsvermutung hier verkehrt wurde. Markus gehörte sicherlich ebenfalls dazu. Die Begründung jedenfalls fand Clara mehr als dünn, auch wenn sie den Feuereifer mit dem Frau Valentin sprach, durchaus nachvollziehen vermochte.

„Aber machen Sie sich keine Illusionen. Wir reden hier nicht von 20 Köpfen, die hier versuchen mafiaähnliche Verhältnisse zu schaffen. Wir schätzen derzeit weit über 300 potenziellen Verdächtigen und Tätern nur im Inland. Ein Netzwerk, dass seines Gleichen sucht. Um dem zu begegnen, haben wir diese Sonderkommission ins Leben gerufen, dessen Teil sie sind. Wie wir uns den Aufbau konkret vorstellen, wo sie sich wiederfinden und in welcher Berichtslinie, wird Ihnen nun Herr von Waldeck erläutern.“

Damit übergab sie an Martin und Clara spürte, wie Markus Aufmerksamkeit deutlich anstieg. Sie selbst fühlte sich recht angespannt. Sie hatte schon an größeren Fällen gearbeitet, auch dezernatsübergreifend, aber Sonderermittlerin, das war ein neuer Status.

Ihr Chef übernahm das Mikro und gab einen Abriss über den internen Aufbau und die Berichtslinien. Im Grunde war es wenig überraschend, wer heute in der Mordkommission war, der würde es auch in der Soko sein und bei den anderen Resorts sah es nicht besser aus. Nur, dass Clara und Markus jetzt mit Kollegen des BKAs zusammenarbeiteten. Zum Glück blieb aber Martin ihr Vorgesetzter. Insgesamt waren die Hierarchien angenehm flach, so dass Informationen und Erkenntnisse schnell und ungefiltert an die

Ressortleiter gegeben werden sollten. Nur dass bereits jetzt absehbar war, dass sich die beiden Ermittler mehr denn je in Meetings aufhalten würden, passte Clara gar nicht. Wie kam sie privat voran, wenn sie sich nur den Hintern platt saß und anhört, was andere erfahren hatten?

„... und abschließend, da sie die Struktur und Ihren Platz darin kennen, wollen wir sie ins Bild der Situation setzen."

Martin hatte bisher den langweiligsten Teil der Präsentation. Aber nun kamen endlich die Informationen, auf die sie alle gewartet hatten.

„Wir haben verlässliche Indizien und Beweise, dass viele Fälle von Korruption, Kartellbildung und Menschenhandel zusammenhängen. Ein Geflecht aus internationalen und branchenübergreifenden Firmen, welche die aktuelle Flüchtlingskrise ausnutzen, um aus Zwangsarbeit und Sklaverei Gewinn zu ziehen. Wer nicht zur Arbeit taugt oder sich weigert, wird mit Drogen gefügig gemacht oder in die Prostitution gezwungen. Die Hintermänner sind jedoch die gleichen. Was die hier genannte Arbeit angeht, so lässt sich sagen, dass zum Teil ein neuer Markt erschlossen wurde. Über Kontakte zu einschlägig bekannten Rauschgiftbaronen wurden Flüchtlinge zur Arbeit in Drogenküchen gezwungen. Den Kollegen der Betäubungsmittelabteilung gelang es nachzuweisen, dass es im Osten Deutschlands und den dortigen Nachbarländern ganze Labordörfer gibt, die daran arbeiten billigen Stoff mit starker Suchtwirkung zu erstellen und in Europa zu verteilen. Die süchtig gemachten Zwangsarbeiter stellen die selbst konsumierte Droge her. So ist sichergestellt, dass sie die Arbeit nicht boykottieren. Sie benötigen den Stoff ja für den Eigenbedarf. Der massige Überschuss geht in den Markt. Der andere Teil ist Sklaverei."

Er legte eine Pause ein. Das allein war schon viel Substanz zum Nachdenken und Abarbeiten. Organisierte Kriminalität, die auf der Straße im Drogenmilieu anfing und sich ihren Weg bis in die Chefetage von Wirtschaftskonzernen bahnte? Das war ein starkes Stück. Das auf den oberen Konzernetagen manche Entscheidungen nicht ganz sauber waren und erst recht nicht zum Besten der Belegschaft, das konnte Clara glauben. Das top Wirtschaftsleute auch zu gern gesehenen Kunden der Dealer zählten, war ein gut gepflegtes Gerücht. Und wie so oft war sicherlich auch etwas an dieser Legende dran. Aber dass, was Martin hier beschrieben hatte, gab dem Ganzen eine neue Dimension und verband zwei bisher getrennte Bereiche der Kriminalität.

„Wir wissen also, dass wir uns produzierende Firmen, zum Beispiel aus der Industrie, vornehmen müssen. Produktionssteigerungen ohne

Modernisierung der Anlagen? Vielleicht weil jetzt mehr Menschen dort arbeiten, ohne auf den Gehaltslisten aufzutauchen? Dazu dann Absprachen mit Zulieferern, weiterverarbeitenden Firmen, vielleicht sogar Kunden und eventuell Banken. Wir werden dort tief im Dreck wühlen und das wird sicherlich nicht angenehm. Über die Zwangsarbeiter kommen wir an die Schleuser heran, über diese an die Hintermänner, die das alles organisiert haben, über die an weitere Verbindungen in die Wirtschaft und das Drogenkartell. Soweit der Plan nach den derzeitigen Annahmen."

Wieder fügte er eine kurze Pause ein und gönnte sowohl sich selbst als auch den Zuhörern eine Atempause.

„Hinzu kommt dann die Aufarbeitung der Mordfälle, die ebenfalls mit diesem Geflecht zusammenhängen. Hierzu einige Hintergründe. Die Soko wurde vor ein paar Wochen zunächst zur Analyse der Situation und Planung zusammengezogen, als wir über Informanten die ersten Hinweise erhielten. Als Fragen gestellt wurden, verschwanden einige der Informanten plötzlich und tauchten wenige Tage später tot wieder auf… meist sehr unschön."

Auf der Leinwand wurde das Bild, das den hierarchischen Aufbau der Sonderkommission darstellte, abgelöst von ein paar schnell durchgeblätterten Tatortfotos. Sie zeigten Gehängte, die allerlei äußere Verletzungen aufwiesen. Von Prellungen, Blutergüssen, offenkundigen Knochenbrüchen bis zu Schnitten und abgetrennten Gliedmaßen war alles dabei. Auf den ersten Blick vermutete Clara, dass die toten Informanten gefoltert oder mindestens misshandelt wurden, bevor man sie tötete. Die einen mehr, die anderen weniger, aber alle hatten eines gemeinsam.

„Wie sie sehen, sind alle, ausnahmslos alle der verschwundenen Informanten mittels einer sogenannten kolumbianischen Krawatte hingerichtet worden. Für diejenigen, die noch nicht mit rituellen Morden im Banden- oder Mafiaumfeld zu tun hatten, damit meine ich die unterhalb des Kinns heraushängende Zunge. Eine typische Hinrichtung für Verräter. Es steht symbolisch für das lose Mundwerk und ist somit zugleich eine Warnung an andere. Dies wird verstärkt dadurch, dass alle Leichen in Brennpunkten des Banden- und Drogenmilieus gefunden wurden. Man hat sich nicht die Mühe gemacht, sie zu verstecken, das wäre der Warnung abträglich."

Clara schluckte schwer. Sie hatte einmal einen Toten mit einer so heraushängenden Zunge gesehen. Aber der Fall war bei ihr und Markus nur auf der Durchreise. Als klar war, dass es sich dabei um Bandenkriminalität handelte, wurde er in das entsprechende Resort weitergegeben.

„So wie es scheint, war das Beseitigen der Informanten der erste große Fehler. Denn mit den bisherigen Informationen und den auftretenden Toten führte er uns letztendlich dazu, diese Soko auf die Beine zu stellen. Im Rahmen der ersten Sondierungen und Sichtung alter Fälle ergab sich nach und nach ein Bild mit mehr Details. Letztlich ist der Umfang der Morde in diesem Komplex deutlich größer als erwartet, denn nicht nur wurden unliebsame Informanten beseitigt, sondern auch Zwangsarbeiter, Kuriere und allerlei Beteiligte, die ihren Nutzen überlebt hatten."

*Puh, das sind harte Worte, Martin. Aber eine kriminelle Organisation, die nicht davor zurückschreckt, auch eigene Mitglieder loszuwerden, wenn sie nicht mehr nützlich sind? Wow, das erinnert mich wirklich an eine Mafia.*

„Die weiteren Details für ihre Arbeit erfahren die Teams von den jeweiligen Ressortleitern. Zum Abschluss möchte ich ihnen aber nochmals versichern – und damit spreche ich auch für meine Kollegen hier", er wandte sich kurz zu Frau Valentin und Herrn Oppmann, „Sie alle sind hier, weil sie die top Referenzen mitbringen und ihre Vorgesetzten vollstes Vertrauen in Sie und ihre Fähigkeiten setzen. Sie sind die Besten in Ihrem Metier und genau die brauchen wir in dieser Sonderkommission."

Martin verließ das Rednerpult und setzte sich auf seinen Stuhl, während der Mann vom BKA die obligatorische Fragerunde einleitete. Viele Fragen gab es aber nicht, doch Clara war sich sicher, dass sie spätestens bei den Briefings mit den einzelnen Teams aufkamen.

## Kapitel 7

Die Soko „Hells Kitchen“ nahm umgehend ihre Arbeit auf, was für Martin und Clara zunächst einmal endlose Meetings bedeutete. Alle Beteiligten wurden im Detail auf den neusten Stand gebracht, zumindest was ihr eigenes Tätigkeitsfeld anging. Wenn sie nicht in irgendwelchen Konferenzräumen saßen, dann lasen sie eine Akte nach der anderen, schrieben sich gegenseitig Verweise dazu und tauschten sie aus. Gemeinsam mit Kollegen aus verschiedenen Forensikabteilungen saßen sie zusammen und diskutierten Tötungsvorgehen, analysierten Fundorte und Hintergründe der Opfer und leiteten Tatmuster ab.

Nach Monaten kleinteiliger Arbeit hatten sie letztlich fünf unterschiedliche Muster im Detail aufgearbeitet. Es war nun klar, dass egal wie groß das ganze kriminelle Geflecht war, es gab nur fünf Personen, die für die Morde verantwortlich waren. Jeder hatte seine speziellen Eigenarten, die in der Summe eine eindeutige Handschrift zeigten. Sie alle versuchten, sich gegenseitig zu kopieren und die Morde gleich zu agieren. Aber alle Verschleierung täuschte die erfahrenen Ermittlerteams nicht. Markus stimmte Clara zu, dass damit die tatsächliche Anzahl der Auftragsmörder verschleiert werden sollte und auch Martin folgte dieser Theorie. Doch bei all den Erfolgen mangelte es an Namen. Noch!

Die Zeit verstrich. Das Jahr neigte sich dem Ende und ein neues nahm seinen Lauf. Auf den Winter folgte der Frühling und die Soko „Hells Kitchen“ wies schließlich die ersten Verhaftungen aus den Bereichen Drogen und Menschenhandel vor. Mit diesen, so hoffte man, würde es dann früher oder später zu weiteren führen. Die Liste der Verdächtigen und Mitwisser wuchs praktisch jeden Tag. Und jedes Blatt und jeder Stein, den sie umdrehten, schien tiefer in den Sumpf zu leiten. Je genauer die Soko hinschaute, desto größer wurde das Netz aus organisiertem Verbrechen, Vertuschung und Korruption.

Insgesamt arbeiteten 125 Ermittler aus der ganzen Bundesrepublik in verschieden Teams zusammen. Clara und Markus waren bei den Mordermittlern unter der Leitung ihres Chefs Martin von Waldeck. Das erlaubte zwar die gewohnten Umgangsformen und kurze Kommunikationswege, doch die Arbeit an sich wurde dadurch nicht einfacher.

Für Clara war es eine spannende, aber auch sehr anstrengende Zeit. Privat kam sie kaum ihrem Sport nach, um sich mal abzulenken oder einen Ausgleich zu schaffen. Freunde treffen war nur möglich, wenn sie sich Urlaub dafür nahm und selbst mit Sabine schaffte sie nur ein paar wenige und kurze Telefonate in der Woche. Meist war sie einfach zu müde, um sich auf ausufernde Gespräche zu konzentrieren.

Und immer wieder brannte ihr der private Fall unter den Nägeln. So nannte sie ihre Recherchen in der Gothicszene, ihren privaten Fall. Manchmal fühlte sie sich dabei tatsächlich wie ein Privatermittler, wenn sie zu Hause über ihrem Wohnzimmertisch gebeugt stand, die Notizen ausgebreitet hatte und versuchte, den letzten Rest ihrer Konzentration zu fokussieren.

Dann lagen vor ihr Landkarten einzelner Länder und der Kontinente im Ganzen. Verschiedene Pivottabellen, die sie aus der Interpoldatei angefertigt hatte und Aufzeichnung zu der schwarzen Szene. Deren Subkulturen, prägenden Personen und Namen, welche sie aus der aktuellen Ermittlungsakte entnommen hatte. Sogar eine Kopie der Akte hatte sie heimlich erstellt und nach Hause geschmuggelt. Mit jeder illegalen Zweitschrift und den beschafften Informationen fiel es ihr leichter. Die Hemmschwellen sanken. Sie war nicht erwischt worden und das motivierte sie zu Weiterem.

Aber es ging auch nicht so schnell vorwärts, wie sie es sich erhofft hatte. Oft war sie sehr müde nach einem Tag mit endlosen Besprechungen und Terminen, Aktensichtungen und Vernehmungen. Dann hatte sie keine Kraft mehr, um über ihren Notizen zu brüten und das weitere Vorgehen zu planen. Es waren praktisch zwei Jobs, die sie versuchte, parallel zu erledigen und dabei beiden gerecht zu werden.

Anfangs hatte sie sich noch mit Markus ausgetauscht und wünschte sich von ihm zu hören, dass sie tatsächlich eine gute Idee oder Spur hatte und den aktuellen Ermittlern übergeben sollte. Aber ihre Hoffnung wurde enttäuscht. Markus war trotz der präsentierten Fakten nicht überzeugt. Für ihn waren noch zu viele Fragen offen und zu viele Annahmen getroffen. Doch jedes Mal, wenn sie forderte, dass er seine Kritikpunkte konkret erklärte, wich er nur aus und befahl ihre Konzentration zurück auf ihre eigentliche Arbeit. Das Schlimme daran war, dass sie ihm Recht geben musste. Sie HATTE einen Job zu erledigen.

Auch von Martin von Waldeck erhielt sie keinen Zuspruch. Im Gegenteil, ihr Chef forderte von ihr noch nachdrücklicher als ihre

Partner, dass sie sich bitte mit aller Kraft auf ihre Aufgaben in der Sonderkommission konzentrieren möge. Doch wenn sie ehrlich war, hatte sie von ihm nichts anderes erwartet.

„Wir jagen hier Mörder, Clara, keine Phantome! Ja, ich stimme dir zu, dass man hier ein Muster im Tatvorgang sehen könnte. Aber es gibt nach wie vor keinen verwertbaren Hinweis auf einen Täter. Bei keinem der Fälle. Nichts! Also lass die Fälle bitte bei den beauftragten Kollegen und bleibt mit Markus bei der Sache."

Also beschloss sie, alles in Eigenregie zu organisieren, auch wenn sie dafür den Rahmen ihrer Kompetenzen auszuweiten hatte. Darin hatte sie bereits etwas Erfahrung gesammelt. In ihrer Freizeit konnten ihr immerhin weder Markus noch Martin vorschreiben, womit sie sich beschäftigte. Trotzdem blieb ein Risiko, nicht nur wegen ihrer Übertretungen, sondern auch, dass sie sich zu sehr auf ihre Privatermittlungen konzentrierte. Dann würde sie entweder erwischt werden, oder von der Soko abgezogen, weil sie überlastet war. Das würde ihr zwar wieder mehr Zeit für ihre privaten Angelegenheiten und Ermittlungen verschaffen, aber gleichzeitig war sie vom Ehrgeiz gepackt. Man bekam nicht jeden Tag die Chance an einer bundesweiten Soko mitzuarbeiten. Sie wollte das Vertrauen in sie nicht enttäuschen. Und natürlich fürchtete sie, Markus nicht mehr unter die Augen treten zu können, wenn sie rausflog.

Es dauerte fast ein ganzes Jahr, aber dann fand sie heraus, dass wieder ein Mord geschehen war. Allerdings in einer anderen Großstadt, was es erschwerte, an Informationen zu gelangen. Aber, unmöglich war es nicht, nur etwas umständlicher. Er passte ins Muster und die lokalen Ermittler tappten ebenso im Dunkeln. Clara ließ nichts unversucht, um in Kontakt mit dem dortigen Ermittlerteam zu kommen. Ein kollegialer Austausch zu ähnlich gelagerten Fällen, mehr nicht. So erfuhr sie letztlich, dass dort derzeit zwei Morde, die solche Muster aufwiesen, zu einer Akte zusammengefasst waren. Sie wurden kurz hintereinander verübt, nur wenige Tage lagen dazwischen und beide betrafen Opfer, die der Gothicszene zu zuordnen waren.

Clara gab ihrerseits Informationen aus der Anfangszeit ihrer eigenen Ermittlungen in dem Fall weiter und nannte die Kollegen, die derzeit damit betraut waren. Sie hätte gerne mehr unterstützt, aber sie sah die Gefahr, sich durch eine unbedachte Äußerung zu verraten. Daher blieb sie bei diesen Auskünften. Ihre eigenen Vermutungen streute sie dennoch ein. Nur in kleinen Nebensätzen, dass sie mal überlegt hatte, die Interpoldatenbank zu überprüfen, ob es weitere ähnliche Fälle gab. Oder generell mal zentrale Behörden im Ausland zu kontaktieren. Sie hoffte, dass sie den Kollegen damit eine Idee in den Kopf pflanzte, die auf mehr Gehör stieß, als es bei ihr der Fall war.

Zum Austausch erhielt sie inoffizielle Akteneinsicht und war verblüfft über die tatsächlichen Ähnlichkeiten. Nicht nur das Opferprofil passte in das Schema. Nein, auch die Autopsieberichte lasen sich fast identisch. Mit der Ausnahme, dass es hier drei untersuchte Leichen gab und nicht nur zwei. Was aber auch nach einem Jahr noch unklar blieb, war der Tathergang. Wie verblutete jemand, der weder innere noch äußere Verletzungen aufwies und auch sonst keine Blutkrankheit bekannt oder nachweisbar war. Man ging zwar von einem Tötungsdelikt aus, aber es fehlte gänzlich an Hinweisen. In diesem Punkte gab Clara ihrem Chef zähneknirschend recht.

Mit den zusätzlichen Informationen aus einer anderen Behörde stand sie eines Freitagabends wieder vor ihrem Couchtisch und hielt eine Stadtkarte von Oslo in der Hand. Drei Orte hatte sie markiert und mit dem Datum versehen. Drei Morde wurden hier verübt. Drei Mal standen die Ermittler mit leeren Händen da.

*Drei junge Menschen sterben. Das Einzige, was sie verbindet, ist ihre Zugehörigkeit zu einer Subkultur, die in ihrer Toleranz und Friedfertigkeit ihres Gleichen sucht. Einen internen Streit kann man da wohl ausschließen. Wie aus dem Nichts kommt es zu diesen Todesfällen und so plötzlich, wie sie auftraten, so schnell zieht der Mörder weiter.*

Clara stockte. Etwas an diesem Gedanken fesselte ihre Aufmerksamkeit. Sie starrte an die Wand hinter ihrer Couch. Da hing ein Kunstdruck, „Der Wanderer über dem Nebelmeer". Ein Bild, das sie für seine Ruhe bewunderte. Gleichzeitig symbolisierte es für sie den Lohn nach getaner Arbeit. Ein Wandersmann begab sich auf einen beschwerlichen Aufstieg in ein Gebirge und wurde mit einem prachtvollen Ausblick belohnt.

Aber jetzt sah sie nur den Wanderer. Einer, der weiterzieht. Einer, der seine Heimat verlässt, um Neues zu sehen und Erfahrungen zu sammeln. Oder einer, der geht, um keine Spuren seiner Anwesenheit zu hinterlassen?

*Könnte es so einfach sein? Ist es dieselbe Person? Letztes Jahr, wie dieses Jahr? Nur der Tatort ändert sich? Ist er schlicht weitergezogen, nachdem etwas Gras über die Sache gewachsen ist? Der Modus Operandi spricht dafür.*

Clara griff nach dem Stapel der anderen Stadtkarten und breitete sie auf dem Boden vor sich aus. Bei allen waren die Fundorte mit dem Datum markiert und sie sortierte sie erneut. Zuerst nach Staaten, dann nach Zeit. Einzelfälle legte sie beiseite. Schnell hatte sie 13 Stapel zusammengestellt, 12 davon betrafen Länder in Europa und dem Mittelmeerraum, einer den Rest der Welt. Dieser enthielt zwar mehr potenzielle Fälle als jedes andere Land, dafür gab es dort keine offenkundige Häufung. Das mochte ein Mangel an Daten in der Interpoldatenbank sein, oder es war ein Fakt. Clara notierte sich ihre Sortierung und den Gedanken zur Vollständigkeit, damit es nicht vergessen wurde. Dann widmete sie sich den 12 einzelnen Stapeln.

*Jedes Jahr im September in Schottland. Jeden Oktober in Irland. Spanien im November. Frankreich im Dezember. Jeden Monat ein anderes Land, aber nie mehr als vier Morde und immer nur in einer Stadt. Das kann kein Zufall sein!*

Vor Aufregung spürte sie das Herz in ihrer Brust schlagen und fühlte, wie der Puls ihren ganzen Körper beben ließ. So mussten sich die Wissenschaftler am CERN gefühlt haben, als ihnen der Nachweis des Higgs-Bosons gelungen war.

Eilig beendete sie ihre Sortierung und betrachtete das Ganze. Vor ihr lag die Tatsache, dass es in jedem Monat, in vielen europäischen Ländern Fälle von toten Goths gab. Immer in Großstädten oder zumindest Ballungsräumen, die groß genug waren, dass sich dort eigenständige Szenen entwickelten. Und ausreichend weit voneinander entfernt, dass sich die Goths in Berlin keine Sorgen machten, wenn ein Jahr zuvor in München Szenenmitglieder getötet wurden. Falls sie denn überhaupt davon erfuhren.

Als sie fertig war, stand sie auf und schoss mit ihrem Handy ein Foto ihrer improvisierten Europakarte als Erinnerung. Anschließend notierte sie sich ihre Theorien für ihre Unterlagen. Sofort kehrten ihre Gedanken zurück zu diesem Kreislauf und kurz darauf versuchte sie unterschiedliche weitere Kombinationen und stellte neue Fragen auf.

Gab es eine Verbindung der Szenen der betroffenen Städte in einem Jahr oder waren sie zufällig gewählt? Warum die Gothicszene? Was war die Motivation dahinter? Rache oder schlichte Abneigung? Gab es einen Grund für die Auswahl von Monat und Land oder hatte es sich einfach so eingespielt? Wem oder was wurde hier im Jahreszyklus gefolgt? Es war so regelmäßig, vielleicht etwas Rituelles?

Ihr Handy klingelte. Brutal riss es sie aus ihren Gedanken und forderte unbarmherzig ihre Aufmerksamkeit. Hektisch sah sie sich um und suchte ihr Mobiltelefon. Sie folgte dem nervigen Ton und fand es unter einem Wust von Notizen. Aber schnell genug war sie dabei nicht. Einen verpassten Anruf prangerte das Display ihr an und mit wenigen Berührungen erschien die Anrufliste auf dem Bildschirm. Es war Markus. Noch bevor sie sich über den späten, privaten Anruf wunderte, hatte sie den grünen Hörer neben seinem Namen gedrückt und den Rückruf eingeleitet.

„Ah, du bist ja doch noch wach. Gut, ich hatte schon befürchtet, dass ich dich geweckt habe."

„Woher willst du wissen, dass du mich nicht geweckt hast, Markus?"

„Weil du zurückrufst. Ich tippe mal, du hättest sonst fluchend das Handy ausgeschaltet und in die Ecke geworfen. Was machst du gerade?"

Clara schnaubte verächtlich.

„Ja, wahrscheinlich hätte ich das. Nichts."

Das war gelogen und sie wusste, dass Markus das durchschauen würde.

„Glaub ich dir nicht. Also nochmal, was machst du gerade?"

„Ich liege masturbierend im Bett und wollte Es noch zu Ende bringen. Deswegen bin ich nicht sofort rangegangen."

Das war ebenso gelogen, aber sie hatte es so patzig vorgetragen, dass die Botschaft dennoch klar war. Markus würde nun zur Sache kommen und nicht erst Small Talk versuchen, von dem sie beide wussten, dass er nur aufgesetzt war.

„Aber was verschafft mir denn nun die späte Ehre deines Anrufs?", versuchte Clara es in versöhnlicherem Ton nochmal.

„Der Tod, meine Liebe, wir telefonieren doch immer nur über den Tod."

„Wir sind aber nicht im Dienst und der Tod kann sicherlich bis Montag warten. Und wenn es nicht in Teufelsküche gehört, sind wir beide eh nicht zuständig."

„Ich weiß", mehr sagte Markus nicht, aber an seinem Tonfall hörte sie, dass er angespannt war. Außerdem zog er gerade an einer Zigarette, er war also irgendwo draußen.

„Es gehört zur Soko und du stehst vor der Tür und willst mich abholen?“

„Ersteres ja. Wahrscheinlich. Zweiteres nein, denn wir haben Feierabend, wie du schon sagtest. Außerdem würde meine Frau mir die Eier abreißen, wenn ich jetzt noch mal zur Arbeit fahren würde.“

*Zu Recht.*

„Also, was dann genau?“

„Ich will dir nur schon mal Bescheid sagen, damit du dich für Montag wappnen kannst“, Markus seufzte schwer, „Ich fürchte, die Soko hat in ein Wespennest gestochen und die Wespen blasen zum Gegenangriff.“

„Markus, bist du die Sphinx, oder was? Seit wann sprichst du denn so in Rätseln? Was ist passiert?“

Wieder eine kurze Pause, in der er an der Zigarette zog.

„Es wird persönlich, Clara. Ludwig ist tot.“

Ludwig Bethen war innerhalb der Soko Hells Kitchen in der Mordermittlung und dort erfahrener Spurensicherer. Mit seinem scharfen Blick hatte er schon so manches Details entdeckt, dass im großen Ganzen später wertvolle Hinweise auf den Tathergang gab. Clara und Markus hatten schon vor der Soko mit ihm zusammengearbeitet.

„WAS?“, sie war entsetzt und hatte nicht vor das zu überspielen.

„Ja, so habe ich auch reagiert, als Martin mich gerade angerufen hatte.“

„War es sicher Mord und hat mit den Ermittlungen zu tun? Was wissen wir?“

„Seine Frau hat ihn als vermisst gemeldet, da er heute nach Feierabend nicht zu Hause ankam. Er hatte ihr aber noch eine Nachricht geschrieben, dass er für heute fertig sei und sich auf den Weg mache. Es wurde daher zunächst ein Unfall auf dem Heimweg vermutet. Ausgehend vom letzten Einsatzort…“

„Im Wald, wo wir heute waren?“, unterbrach Clara ihren Partner.

„…ja genau… hat man den Heimweg zurückverfolgen wollen. Das war aber nicht nötig, denn er wurde dort bereits gefunden. Erhängt an einem Baum, direkt über dem Fundort des aktuellen Falles.“

Clara sog heftig die Luft ein. Wieder spürte sie ihren Herzschlag, aber dieses Mal nicht vor Freude.

„Der Täter hat sich nicht mal die Mühe gemacht und Spuren verwischt. Es ist gut sichtbar, dass er durch den Wald geschliffen und absichtlich an diesem Baum über dem Tatort aufgeknüpft wurde."

„Le... lebte er noch?"

Schweigen, einen winzigen Moment zu lange. Und Clara schlug sich die freie Hand vor den Mund.

„Oh mein Gott...!"

„Wir wissen es nicht sicher, aber die Vermutung geht dahin, dass er lebend und bei Bewusstsein hochgezogen wurde."

Markus ließ ihr einen Moment, um das gehörte zu verdauen, bevor er fortfuhr.

„Wir vermuten, dass es aus dem Fokusbereich der Soko kommt, da er einen Zettel um den Hals hatte mit der Aufforderung die Ermittlungen umgehend einzustellen."

„Ich muss mich setzen... und was trinken. Weißt du, was das heißt?", Clara ließ sich auf den Boden sinken.

„Das wir einigen Leuten verdammt dicht auf die Pelle rücken. In die Enge getrieben greift man zu äußersten Mitteln zur Verteidigung."

„Wie geht es nun weiter?", fragte sie erschüttert.

„Martin wird am Montag den offiziellen und aktuellen Stand durchgeben und sich sicherlich morgen auch schon mit dem Polizeipräsidenten treffen. Ich glaube nicht, dass wir die Ermittlungen einstellen, aber vielleicht müssen wir das Team verkleinern, um... na ja..."

„Verrat? Du meinst, wir haben einen Maulwurf?"

„Ich weiß es nicht, Clara. Aber ich an Martins Stelle würde es in Betracht ziehen. Und sei es nur zur Sicherheit der übrigen Teammitglieder."

Wieder entstand eine Pause. Kein betretenes Schweigen, sondern mehr ein Raum, um das Gehörte zu verarbeiten. In der Zeit saß Clara vor ihrem Couchtisch und starrte das Bild des Wanderers an.

*Der Lohn für getane Arbeit ist nicht immer ein Moment der Ruhe und des Friedens...*

Sie fasste sich wieder, bedankte sich für die Information und beendete das Gespräch. Es war Zeit, das Schnapsregal zu öffnen.

## Kapitel 8

Nach dem Telefonat mit Markus räumte sie gar nicht erst auf, sondern goss sich nur ein großes Glas Cointreau ein. Er hatte recht, es wurde persönlich. Der Sumpf, den sie trockenlegten, war tiefer, als sie geahnt hatten. Das sich nun auch noch ein mordendes Sumpfmonster darin befand, hätte sie daher nicht überraschen sollen. Doch so lange nichts passierte, redete man sich gerne ein, dass es nicht so schlimm werden würde. Aber wenn einer aus dem direkten Kollegenkreis zu den Opfern zählte, dann wurde das vermeintliche Monster plötzlich sehr real. Und es war näher, als sie dachten.

Ihre Arbeit würde nun komplizierter werden. Markus hatte recht, Informationen wurden nur noch restriktiv weitergegeben und zusätzlich zu dem ganzen Komplex an organisiertem Verbrechen kümmerten sie sich auch um einen Mord an einem Ermittler. So wie Markus es berichtet hatte, war der Zusammenhang klar. Dass sie nicht mal versuchten zu vertuschen, bedeutete vermutlich, dass sich die Hintermänner sicher waren in dem, was sie vorhatten. Gleichzeitig verband Clara aber auch die Hoffnung damit, dass sie tatsächlich nähergekommen waren. Der oder die Täter sahen sich offenbar zum Handeln genötigt.

Sie nahm direkt mehrere Schlucke hintereinander und füllte das Glas wieder auf. Sie hatten wirklich in ein Wespennest gestochen. Wobei, gemessen an den Ausmaßen der Soko und der Tiefe, in der sie bereits ermittelten, waren es eher Hornissen. Entsprechend gefährlicher war die Reaktion.

Die Drohung kam an und zumindest Clara fragte sich ernsthaft, ob sie nicht um Entlassung aus der Soko bitten sollte. Aber auch hier meldete sich wieder ihr Ehrgeiz und verbot es ihr rigoros. Stur war sie und würde allein aus Trotz weiterermitteln. Dennoch verübelte sie es niemandem, der sich zurückzog. Viele der Kollegen hatten Familie. Es war das eine, bereit zu sein, das eigene Wohlergehen zu riskieren. Doch das der Partner oder der Kinder? Wohl kaum.

Nachdem sie am Grund des zweiten Glases angelangt war, entspannte sie sich ein wenig. Die Nachricht zog noch immer heftig an ihren Nerven, aber das Entsetzen wurde in seine Schranken zurückgewiesen. Oder kam zumindest nicht mehr so stark in ihrem Bewusstsein an. Zur Sicherheit goss sich Clara aber noch ein Drittes ein.

Nach diesem saß sie auf der Couch und starrte in ihre Küche. Ihr Körper fühlte sich schwer an und absolut unbeweglich, aber ihr Geist war gleichzeitig schön leicht. Irgendwie hatte sie das Gefühl, klar zu denken, als wäre ihr Verstand noch nüchtern. Doch sie wusste, dass es nicht so war. Sie hatte seit dem Mittagessen nichts mehr zu sich genommen und auch nach Feierabend in den Stunden bis zu Markus Anruf den Hunger komplett ignoriert. So viel, wie sie auf leeren Magen getrunken hatte, war sie definitiv nicht mehr nüchtern. Aber reif für ihr Bett war sie auf jeden Fall.

Sie wuchtete sich hoch und hielt sich unbeholfen an der Lehne ihrer Couch fest. Bevor sie ihren ersten Schritt Richtung Schlafzimmer wagte, wartete Clara, bis sich der Boden unter ihren Füßen stabilisiert hatte. Aber anscheinend entschied er sich erst, wenn sie den Fuß aufsetzte, ob er stabil blieb oder sich wie eine Hüpfburg anfühlte. Das verzögerte ihren Weg ins Bad und anschließend ins Bett. Clara war ausgesprochen froh, dass wenigstens dies stillstand.

Am nächsten Morgen erwachte sie mit leichten Kopfschmerzen. Leider fiel ihr sofort wieder ein, wo die herkamen, so dass auch der Anruf schnell an Präsenz gewann. Alles in allem entschied Clara, war es eine äußerst dumme Idee, die Nerven mit Alkohol zu beruhigen. Wann war es das jemals gewesen? Eine Weile blieb sie liegen und überlegte, ob sie müde genug war, wieder einzuschlafen. Vielleicht wären die Kopfschmerzen ja anschließend verschwunden. Andererseits drängte sich auch ihre Blase in ihr Bewusstsein und verlangte mehr Platz in ihrem Unterbauch, als ihr im Moment zugedacht war. Clara musste Wohl oder Übel aufstehen.

Der Weg ins Bad führte sie durch das Wohnzimmer. Verschlafen und verkatert schlurfte sie unmotiviert durch das Zimmer. Kurz warf sie einen Blick auf das Chaos, dass sie am Abend zuvor hinterlassen hatte. Der halbe Fußboden war bedeckt mit Ausdrucken und Stadtkarten. Und der Couchtisch mit jeder Menge weiterer loser Notizen. Bei dem Anblick graute es ihr ein wenig vorm Aufräumen, aber vielleicht ließ sich das noch etwas aufschieben, bis sie sich klarer fühlte. Dann würde es ihr sicherlich auch leichter fallen, den Überblick zu behalten. Oder sie beließ es dabei und schaute sich später am Tag noch mal ihre neuesten Erkenntnisse an. Viel später.

Doch als sie aus dem Bad herauskam, fühlte sie sich schon besser. Frisch geduscht stellte sich allmählich der Hunger ein, von dem sie vor einigen Minuten noch gedacht hatte, dass der heute nicht mehr zurückkäme. Aber jetzt stand sie in der Küche, kochte Kaffee und hatte sich zwei Brötchen vorbereitet. Der Duft des schwarzen Heißgetränkes stieg ihr in die Nase und ließ ihr das Wasser im Mund zusammenlaufen. Noch bevor er fertig gebrüht war, hatte sie schon das erste Brötchen aufgegessen. Clara stand in der Küche, hielt einen Teller in der Hand und starrte auf die Küchenanrichte hinab. Dort waren die Flasche Cointreau und das Glas von gestern Abend. Aber es war gespült und stand zum Trocknen kopfüber auf der Spüle. Dabei war sie sich sicher, dass sie beides auf dem Couchtisch hatte stehen lassen. Sie erinnerte sich daran, dass es ihr sehr schwergefallen war, von der Couch ins Bad und ins Schlafzimmer zu wanken. Aber dass sie dabei noch einen Abstecher in die Küche gemacht haben soll und die Muse hatte zu spülen, entzog sich ihrer Erinnerung.

Die Kaffeemaschine blubberte, als die Pumpe nur noch Luft nachzog und schaltete sich kurz darauf selbstständig ab. Geistesabwesend drehte Clara sich zu ihr um und griff mit der freien Hand nach der Kanne, um sich das frisch gebrühte Heißgetränk in die Tasse zu füllen. Den Teller mit dem zweiten Brötchen stellte sie ab und starrte mit dem Kaffee in der Hand in das Wohnzimmer hinüber. Sie hoffte, dass der Anblick ihrer Erinnerung auf die Sprünge half. Aber stattdessen fiel ihr etwas anderes auf. Die Couch war frei von Unterlagen. Das war ungewöhnlich, weil sie immer nicht benötigte Dokumente links und rechts neben sich auf die Sitzflächen legte. Dann war es einfacher, zur Not doch schnell etwas nachzuschauen. Aber jetzt war nichts dort.

Neugierig schlenderte sie mit der Tasse in der Hand die paar Schritte zu ihrer bequemen Sitzecke und betrachtete ihr geordnetes Chaos. Es waren ihre Unterlagen und ihre Notizen, was hatte sie anderes erwartet? Und doch störte sie etwas an dem Anblick, der sich ihr bot. Ganz so, als würde man eines dieser „Finde den Unterschied"-Rätsel anschauen. Man registrierte sofort, dass das linke Bild sich vom rechten unterscheidet, aber man musste genau hinschauen, um die Abweichungen zu finden. Genauso passte das Chaos ihrer Erinnerung nicht zu dem, was sie hier vor sich fand.

Sie hob die dampfende Tasse an die Lippen und pustete hinein. Der zurückschlagende Dampf ließ ihre Brille beschlagen und der Geruch schmeichelte ihrer Nase. Der Kaffee war noch immer zu heiß, um ihn zu trinken, aber auf diese Art tastete sie sich an die Trinktemperatur heran. Als die Brille wieder klar wurde, sah sie es.

Auf ihren neuesten Erkenntnissen zu der Verbindung von Monaten und Ländern, standen ein paar weitere Zeilen. Auf den ersten Blick schien es ihre Handschrift zu sein, aber sie war schlechter, irgendwie unsauber und hakelig. Als hätte sie mit der linken Hand geschrieben. Die Abstände der Zeilen und die Größe der Buchstaben passten nicht zu ihr. Und statt Punkten waren Striche über den Umlauten. Aber Clara setzte immer Punkte, so hatte sie es in der Schule gelernt und sich nie an die andere Variante gewöhnt. Es wirkte auf sie stets befremdlich.

Mit wachsendem Interesse und einer Spur Entsetzen betrachtete sie einen Zettel nach dem andren. Nicht alle waren mit zusätzlichen Notizen versehen, aber doch einige. Geistesabwesend nahm sie einen viel zu heißen Schluck Kaffee. Der plötzliche Schmerz an Lippen und Zunge brachte sie augenblicklich in die Realität zurück.

*Habe ich vor dem Weg ins Bad noch etwas notiert und weiß es nur nicht mehr? Aber, das ist doch nicht meine Schrift, nicht mal betrunken!*

Ein neuer, erschreckender Gedanke schoss ihr durch den Kopf: *War jemand hier?*

Es war unlogisch, warum brach man ein, nur um ihre Notizen mit einer schlechten Kopie ihrer Handschrift zu… ja was eigentlich? Korrigieren, ergänzen oder unbrauchbar machen?

Clara rief sich zur Besonnenheit auf und brachte mit etwas Mühe die Ruhe einer abgeklärten Ermittlerin auf. Sie betrachtete den Couchtisch bewusst nicht mehr als ihren in ihrer Wohnung, sondern als einen beliebigen an einem Tatort. Erneut pustete sie in den Becher und nahm einen Schluck Kaffee. Er war immer noch sehr heiß, aber trinkbar. Clara nutzte das bewusste Hitzeempfinden, um ihre Gedanken zu schärfen. Systematisch betrachtete sie ihre Ablagen und Notizen. Da war ihre improvisierte Europakarte auf dem Boden, ihr fehlten gestern Abend noch ein paar Monate, um das Jahr abzuschließen, doch diese waren nun ergänzt. Auf Zetteln nur, die aus ihrem Notizbuch gerissen wurden.

*Der Jahreskreis ist komplett, aber woher kommt die Information? Kroatien im Februar und Tschechien im April? Warum nicht Slowenien und Polen? Ist das geraten, oder steckt mehr dahinter?*

Da war der Stapel mit den nicht in Europa befindlichen Tatorten. Auch dieser war aufgeteilt in einzelne Länder und auf jedem lag ein herausgerissener Zettel. Sie las einige davon.

*Brasilien: Irrelevant, Tatorte zu weit auseinander, ungeordnet, vereinzelt, kein Zusammenhang.*

*New York, Los Angeles, Chicago, Las Vegas, Miami, Boston, Kentucky, Dallas, Denver, New Orleans (USA): Passt alles ins Raster, je eine Stadt, zeitlich beieinander, wahrscheinlich aber kein Bezug zur europäischen Serie.*

*Ägypten: Historisch-mythologisch interessant, Leichenfunde unter ähnlichen Umständen mitten in der Wüste? Von wem denn bitte? Arrangiert?*

*Indien: Die Slums der Großstädte sind ein Paradies für sadistische Mörder, die Polizei hat da nichts zu melden und bekommt nichts gemeldet, unzuverlässige Informationen.*

Außerdem waren dort Notizen zu Personen, Opfern und Namen, die sie mit der Gothicszene in Verbindung brachte. Auch hier fiel ihr Blick auf einige Neuerungen.

*Viktor Uljanov, existiert der überhaupt oder ist das ein Deckname? Klar tut er das!*

*Maria Imhoff, die verschwundene Leiche, wurde sie entführt/verschleppt? Wer hätte ein Interesse daran? Wo treffen sich die Toten, wenn sie nicht tot bleiben wollen?*

Clara stockte. Was waren das für seltsame Kommentare? Leichen wurden nicht entführt, allenfalls gestohlen. Über Uljanov wussten sie so gut wie nichts, das stimmte, aber das hieß nicht, dass er nicht existierte. Und was war mit den Kommentaren zu den Fällen außerhalb von Europa? Die interessierten sie nicht sonderlich. Einzig, dass die fehlenden Monate mit Ländern verknüpft waren, schien hilfreich zu sein. Aber da sie nicht wusste, wo die Informationen herkamen, war das vielleicht auch nur geraten und nicht verlässlich.

Den Kaffee hatte sie mittlerweile ausgetrunken. Je länger sie sich die Notizen besah, desto mehr war Clara der Überzeugung, dass sie nicht von ihr selbst stammten. Sie stellte die Tasse in die Küche und beschloss auf Spurensuche zu gehen. Wohnungstür und Fenster waren unversehrt. Weder von außen noch von innen erkannte sie die typischen Anzeichen eines Einbruchs. Es gab nicht den kleinsten Kratzer am Holz oder den Metallteilen. Ihr Schlüssel passte immer noch perfekt und öffnete und schloss tadellos. Die Scharniere sahen gut aus und sämtliche Dichtungsgummis waren noch fast wie neu.

Sogar das Mauerwerk um die Fenster sah sich Clara an und entdeckte nichts Auffälliges.

Es war zum verrückt werden. Der anscheinend geschickteste Einbrecher der Welt hatte nichts Besseres vor, als bei ihr einzusteigen und ihre Notizen zu ergänzen? Mit einer schlechten Kopie ihrer eigenen Handschrift? Nichts wurde gestohlen oder zerwühlt, nichts durchsucht oder beschädigt. Wie konnte das nur sein und was sollte es? Sie stand erneut in ihrer Küche und goss sich eine zweite Tasse Kaffee ein, während sie ihre nächsten Schritte überlegte.

Die Tatsache, dass bei ihr eingebrochen wurde, beschäftigte sie sehr. Niemand steckte das so einfach weg, wenn man weiß, dass ein Fremder in die Privatsphäre eingedrungen ist und man selbst schutz- und ahnungslos danebengelegen hat. Als Polizistin wusste sie auch, dass neben dem materiellen Schaden eines Einbruchs, die psychologische Belastung die Opfer zumeist viel mehr traf. Doch jetzt war sie Ermittlerin und zugleich die Geschädigte, was sie in eine emotionale Zwickmühle brachte. Und ihr Problem wurde ungleich größer, als Clara bewusst wurde, dass sie nicht mal zur Polizei gehen konnte. Was hätte sie auch sagen sollen? Es wurde ohne jede Spur eingebrochen, aber nichts entwendet. Stattdessen hat der Einbrecher die illegal angefertigten Fallkopien beschriftet und neusortiert. Das schien ihr nicht sehr ratsam.

Sie seufzte. Was gab es also zu tun? Markus schied ebenso aus, daher war sie hier auf sich gestellt. Clara starrte in den Kaffee und fühlte sich zum ersten Mal seit langer Zeit hilflos und einsam. Klar, sie würde heute noch mit Sabine telefonieren. Aber das half ihr in dieser Situation nicht weiter. Wahrscheinlich würde sie ihre Freundin anlügen und erklären, dass sie schon die Kollegen informiert hatte, damit sie beruhigt war. Dann würde sie vorbeikommen und sogar über Nacht bleiben. Paradox, so angenehm Clara den Gedanken auch fand, dass jemand Vertrautes hier wäre, so störend war es. Denn dann hatte sie keine Gelegenheit, sich weiter um die Notizen zu kümmern.

Einen Schluck Kaffee später war sie wieder auf dem Weg zum Couchtisch. Die Notizen ließen sie nicht los. Es war ihr immer noch nicht klar, wie jemand ohne jede Spur hereingekommen war. Aber was sie mehr beschäftigte, war der Gedanke, dass es nicht ein zufälliger Einbruch war. Genauso wenig glaubte sie, dass der Einbrecher bloß wieder gegangen war, weil er nichts von Wert gefunden hatte. Immerhin hatte sie ihren Schmuck zum Teil offen im Bad liegen und neben der Wohnungstür lag ihr Portemonnaie auf dem Sideboard. Direkt bei ihrem Handy und dem Schlüssel. Das zu übersehen war unmöglich. Aber da alles am Platz war, war für Clara der Fall eindeutig: Der Einbruch diente nicht dazu, sie um ihre Wertsachen zu erleichtern, sondern um ihr gezielt Informationen zukommen zu lassen. Die Frage war nur, ob hier geholfen, oder eine falsche Spur gelegt wurde.

Aber war das so viel wahrscheinlicher, als dass der geschickte Einbrecher schlicht kein Auge für Wertgegenstände hatte? Warum investierte jemand so viel Mühe, um ihr in einem Fall weiterzuhelfen, statt das Wissen direkt der Polizei zu melden? Erneut hielt Clara erschrocken inne.

*Das hieße aber, dass jemand weiß, dass ich in dem Fall privat engagiert bin! Und zwar bereits bevor hier eingebrochen wurde!*

Plötzlich schlug ihr das Herz bis in den Hals und die Nervosität ergriff Besitz von ihr. Für einen winzigen Augenblick stand sie kurz davor die Neutralität der Ermittlerin zu verlieren. Zu dem unguten Gefühl, einen Einbruch aus der Opferperspektive zu erleben, kam nun hinzu, dass sie sich ertappt fühlte.

Sie nahm einen großen Schluck Kaffee, aber dieses Mal spürte sie die Hitze des frischen Getränkes kaum. Zu weit weg war sie mit ihren Gedanken.

*Wenn es einen Mitwisser gibt und dieser mich erpressen will, werde ich das bald erfahren. Wenn er mich bei der Polizei anschwärzt ebenso. Ändern kann ich daran auch nichts mehr, in der Scheiße sitze ich so oder so. Auch wenn ich jetzt alles abbreche und die Ermittlungen beende. Vielleicht würde es helfen, alles zu verbrennen und die Daten zu löschen. Dann könnte ich immer noch behaupten, dass an den Anschuldigungen nichts dran ist.*

Aber sie wusste genau, dass sie dazu nicht fähig wäre. Ihr Stolz und ihr sturer Kopf trügen eher hohen Hauptes die Konsequenzen, um ihre Erfolge zu präsentieren, statt es so aussehen zu lassen, als sei nichts geschehen.

Erneut betrachtete sie die Neuerungen auf ihren Notizen. Nach und nach las sie alles durch, was sie fand. Sie studierte jeden Zettel mehrmals und suchte Botschaften zwischen den Zeilen. Sie sortierte ihre Informationen mit den Ergänzungen neu und malte sich sogar eine rudimentäre Europakarte.

In die Arbeit vertieft vergaß sie die Zeit. Erst als ihr Handy klingelte, löste sie ihre Gedanken von Fund- und Tatorten, Daten, Monaten und Jahreszahlen. Als sie aufstand, um ihr Telefon zu erreichen schmerzten ihre Glieder und ihr Magen beschwerte sich laut. Das Handydisplay verriet ihr, dass Sabine sie anrief und der kleine Telefonhörer mit der noch kleineren Drei daran, dass sie in der Zwischenzeit einige Anrufe verpasst hatte. In dem Moment fragte sich Clara, ob es nun auch ihr passiert war, dass ein Fall zur Obsession geworden war. Die Antwort war schnell gefunden: Ja.

Aber allein das Bewusstsein dessen würde sie nicht davon abhalten, dem Thema nachzugehen. Das war das große Problem mit ihrer Sturheit. Vielleicht hätte sie die Willenskraft aufgebracht, um sich von dem Fall loszusagen. Aber ihr sturer Kopf war der Meinung, dass einmal Angefangenes zu Ende gebracht werden sollte.

Clara nahm das Gespräch an.

„Hallo Sabine, schön von dir zu hören“, flötete sie in das Mikrophon und schlug ihre unschuldigste Stimme an.

„Hi, na erreicht man dich auch mal wieder?“, ihr Tonfall war scherzhaft, aber den Vorwurf hörte Clara dennoch deutlich heraus.

„Jaaa, ich weiß. Die Arbeit ist gerade nicht ganz ohne.“

„Weiß ich doch. Aber wenigstens am Wochenende könntest du doch mal wieder Zeit haben, oder etwa nicht?“

„Hmm, ja. Aber nach dem Ausschlafen und Einkauf und Haushalt, ist dann schon wieder Samstagabend. Und ehrlich gesagt ist mir dann auch nicht mehr nach Ausgehen. Ich bin da wirklich froh, wenn es mal etwas ruhiger läuft.“

„Klasse. Welch ein vortrefflicher Zufall, dass wir gerade Samstagabend haben. Und ausgehen muss nicht sein. Du kannst vorbeikommen und wir werfen ein oder zwei Filme ein. Kochen vorher noch zusammen und genießen einen Weißwein. So wie früher.“

„Süße, ich weiß, dass du es gut meinst. Mir fehlt die Zeit mit dir auch. Und ich verspreche hoch und heilig, dass ich mir wieder mehr Zeit für dich nehmen werde, wenn der Einsatz vorbei ist.“

*Und ich dann noch lebe.*

Sabine seufzte und Clara wusste, dass sie dieses Versprechen in den letzten Monaten zu oft gegeben hatte. Ihre Freundin klang betrübt.

„Ja, ich hoffe, dass es bald vorbei ist. Weißt du, es passiert gerade so viel und da wünsche ich mir einfach mal wieder ein intensives Gespräch mit dir.“

Ein Blick auf die Wanduhr in der Küche verriet ihr, dass es mittlerweile 17:12 war. Wow, war nicht eben noch Samstagvormittag? Wo war denn der Mittag hin? Sie schüttelte den Gedanken ab und seufzte innerlich. Dann fasste Clara sich ein Herz und ging einen Schritt auf Sabine zu.

„Ich warte eh gerade auf die Waschmaschine“, log sie, „und wollte es mir auf der Couch mit einem Buch bequem machen. Aber wir können die Zeit auch nutzen und ein bisschen quatschen. Was brennt dir denn auf dem Herzen?“

Es war ein fauler Kompromiss, der auf einer plumpen Lüge fußte. Vielleicht durchschaute Sabine sie, doch sie stieg bereitwillig darauf ein.

Eineinhalb Stunden später war Clara wieder auf dem neusten Stand, was ihre Freundin anging. Sie wusste nun von den seltsamen sexuellen Spielarten, die ihr neuer Freund bevorzugte. Und davon, dass Sabine sich nie hätte träumen lassen, dieses oder jenes auszuprobieren. Ganz zu schweigen, dass es ihr vielleicht auch ein bisschen Spaß gemacht hatte, ihren nackten Freund an einer Hundeleine durch die Wohnung zu führen. Und ihm sogar Befehle zu erteilen. Aber nur vielleicht. Sie wusste von deren gemeinsamen Urlaubsplänen im Sommer und von der Krankengeschichte Sabines Vaters. Von dem verschwenderisch großen Fernseher, den sich ihr Bruder letztens gekauft hatte und von allen Gerüchten, die es so in ihrem Freundes- und Bekanntenkreis zu berichten gab.

Clara selbst hatte nicht so viel zu sagen. Ihr Leben beschränkte sich im Moment auf die Arbeit, von der sie nichts erzählen durfte und schlafen, was nicht so sonderlich spannender Stoff für Geschichten war. Und natürlich auf ihre Ermittlungen auf eigene Faust. Darüber wollte sie aber nicht reden. Also erzählte sie dann doch vorsichtig von dem Einbruch letzte Nacht, beruhigte Sabine wie befürchtet und erklärte, dass es ganz sicher nicht mit ihrer Arbeit bei der Soko zusammenhing. Es war kein Einschüchterungsversuch oder Ähnliches. Insgeheim gab Clara jedoch zu, dass ihr dieser Gedanke gar nicht gekommen war.

Schließlich erklärte sich ihre Freundin einsichtig, dass sie auf Grund der Umstände verständlicherweise alles andere im Kopf hatte, aber nicht wann sie sich mal wieder zu einem Fernsehabend verabreden würde. Das war Clara nur recht und ebenso, dass Sabine sich anscheinend parallel zu ihrem Telefonat mit ihrem Freund zum „Gassi gehen“ verabredet hatte. Das Gespräch neigte sich allmählich dem Ende zu.

*Kochen, Wein und Serie mit der besten Freundin oder alternativ Sex mit einem Mann, der gerne wie ein Hund behandelt wird? Na, mir wäre da der Mädelsabend lieber, als sich nach diesem Vorspiel von hinten begatten zu lassen. Wahrscheinlich bellt und jault er auch noch dabei.*

Bei dem Gedanken lachte Clara laut. Nur gut, dass das Telefonat schon beendet war und sie sich ein leichtes Abendessen zubereitete. Kochen hätte man das nun wirklich nicht nennen können. Heißes Wasser aus dem Wasserkocher über eine Tüte Instantnudeln mit Hühnchengeschmack. Im Moment wartete sie darauf, dass die zehn Minuten Brühzeit verstrichen. Der Drang war groß, die Zeit für einen weiteren Blick auf die Unterlagen und Notizen zu nutzen, aber sie kannte sich selbst gut genug. Wenn sie dem Drang nachgab, dann würde sie das Abendessen vergessen. Also vertrödelte Clara die Zeit stattdessen damit, auf ihrem Handy YouTube Videos zu schauen, bis die Suppe eine akzeptable Trinktemperatur hatte.

Das Essen war genauso unbefriedigend, wie sie es befürchtet hatte. Es schmeckte fad und langweilig. Eben Wasser mit ein paar Nudeln und wenigen Krümeln, die Gewürze darstellten. Gerne hätte Clara ein Steak gegessen, medium gebraten mit grünen Bohnen im Speckmantel und Knoblauch-Kartoffelpüree. Dazu ein trockner Rotwein, Campo Viejo oder so. Ein Traum für gerade mal 50€ beim Steakhaus außerhalb der Stadt.

Als sie die Suppe gegessen hatte, waren Teller und Löffel schnell in der Spülmaschine verschwunden. Zunächst plante sie, beides schlicht und einfach nur auf die Spüle zu stellen und später wegzuräumen. Aber sie wusste, dass sie dann definitiv keine Lust haben würde, sich darum zu kümmern. Die zwei Sachen waren ja schnell verstaut und zur Belohnung hatte sie den ganzen Abend Zeit, sich in aller Ruhe um ihre Obsession zu sorgen.

Und wieder hockte Clara abwechselnd auf dem Boden oder über die Couch gebeugt und versuchte, sich einen Überblick zu verschaffen. Gerade als sie beschlossen hatte die Arbeit für heute zu beenden und morgen ausgeruht und mit neuer Kraft zu starten, fiel ihr ein Zettel in die Hände, der ihr zuvor nicht aufgefallen war. Er gehörte zu keinem Länderstapel, keiner Person oder Ereignis, das sie mit den Fällen in Verbindung brachte. Er war von anderen Blättern verdeckt. Doch was ihr sofort ins Auge fiel, war, dass dieser ausschließlich in der schlechten Kopie ihrer Handschrift verfasst war. Keine Ergänzung ihrer Notizen, es war ein gänzlich neuer Zettel. Clara las ihn.

*Weiterführende Fragen und Antworten:*

*Frage: Wie verliert man Blut, ohne Wunde oder Spuren? - Was wenn es eine gab, die verheilte, bevor der Tod eintrat?*

*Antwort: Vampirismus, also die Affinität zum Bluttrinken. Klingt unwahrscheinlich? Doch was, wenn das hier wörtlich gemeint ist?*

*Frage: Warum waren alle Opfer, hier und im Ausland, aus der Gothicszene?*

*Antwort: Weil Vampire sich in dieser Subkultur gut verstecken können und es sogar freiwillige Spender gibt.*

*Frage: Wie findet man einen Vampir?*

*Antwort: Gar nicht. Sie finden dich.*

*Feststellung: Alle Opfer sind verblutet, bestätigt durch die Gerichtsmedizin. Es gab kein Blut am Fundort oder der Kleidung. Keine Spuren oder Anzeichen eines Kampfes oder allgemeiner Gegenwehr. Die Opfer haben also den Freitod gewählt, oder ihnen wurde etwas im Austausch versprochen.*

*Frage: Was wurde ihnen angeboten?*

*Antwort: Selbst Vampir zu werden.*

*Was soll denn das ganze Vampir-Geschwafel? Wer auch immer das geschrieben hat, liest zu viele Romane?*

Doch Clara las weiter:

*Maria Imhoff hatte eine starke Neigung zu Vampirgeschichten. Ihr zu versprechen, dass man einen echten Vampir kannte, der sie ebenfalls verwandeln wolle, würde genau ihren wunden Punkt treffen. Sie war außerdem Blutspenderin, beim Roten Kreuz und im Death's Garden. Ein einfaches Opfer, geködert mit Verlockungen.*

*Dem Rattenfänger einmal erlegen, konnte sie sich nicht mehr selbst helfen. Also folgte sie dem Laut seiner Flöte in den Park und außer Sichtweite, mitten in der Nacht. Er stach ihr in die Halsschlagader und labte sich an ihrem Blut. Sie starrte wehrlos in den Nachthimmel und spürt die Kälte des Todes nach ihrem Herz greifen, das verzweifelt immer weniger Blut durch ihre Adern pumpt.*

*Der Motor versiegt, kurze Zeit später ist sie tot. Doch zu vor leckt er ihr die Wunde sauber. Kein Tropfen soll verloren gehen. Und sein Speichel stimuliert die letzten Reserven der Hautzellen und heilt die Verletzung. Sie ist verblutet, ohne Spuren des Blutverlustes zu hinterlassen.*

*Ganz ähnlich ist es bei allen anderen Fällen auch.*

Clara verdrehte die Augen.

*So ein Blödsinn. Wie soll ein Schnitt am Hals denn so schnell heilen? Außerdem hätte das doch DNA-Spuren hinterlassen.*

Sie zögerte.

*Wurde das überhaupt untersucht? Bei Maria Imhoff nicht, die ist verschwunden. Aber bei den anderen? Würde man versuchen Abstriche am Hals zu bekommen, wenn dort nicht offenkundig etwas zu sehen ist?*

Je länger sie nachdachte, desto mehr spürte sie diesen nagenden Zweifel in ihrem Kopf. Das Gefühl tief verborgen im Schädel, dass ihr beständig zuflüsterte: „Was, wenn doch?" Sie zweifelte nicht an sich oder dem, was sie bisher herausgefunden hatte. Aber mit jeder verstreichenden Minute wurde sie sich unsicherer, ob es wirklich so lächerlich war, was dort stand.

Diese Geschichte, sie weigerte sich bei allen Zweifeln, die hinterlassenen Texte eines Einbrechers als Fakten anzuerkennen, gab zumindest Antworten auf die offenen Fragen des Tathergangs. Sie blieb skeptisch, aber nicht mehr so sehr, wie sie es von sich erwartete. Es war irgendwie so, als hätte der Text ihr weitere Gedanken eingepflanzt, auf die sie sonst nicht gekommen wäre. Und zugleich fühlte es sich mehr wie Erinnerungen an, die schlicht wieder an die Oberfläche ihres Bewusstseins drangen.

Ihrem letzten Gedanken folgend griff Clara zu der Fallakte und suchte die Obduktionsberichte der anderen Leichen heraus. Es wurde zwar nach DNA-Spuren gesucht, aber nur an den typischen Stellen, die man bei Sexualverbrechen vermuten würde. Bei keinem der Toten wurde der Hals untersucht.

Clara stand auf und gönnte sich noch einen Kaffee. Mit einem neuen Becher in der Hand stand sie in der Küche und sah von dort aus in das Wohnzimmer.

*Fassen wir noch mal zusammen: Jemand steigt bei mir ein. Jemand, der aller Wahrscheinlichkeit nach bereits wusste, dass ich inoffiziell an einem fremden Fall ermittle. Jemand, mit umfangreichem Wissen, um die weltweit ähnlichen Fälle und sogar spezifischen Wissen zu den Morden vom letzten Jahr hier in Frankfurt. Ist es vielleicht sogar Täterwissen? Vielleicht, Insiderwissen aber auf jeden Fall. Doch wenn es von einem Mitwisser stammt, warum dann nicht die Aufzeichnungen vernichten oder unbrauchbar machen, um die Spuren zu verwischen? Will da jemand erwischt werden? Oder sind die Informationen bewusst gelegte falsche Fährten? Zweifel sind da wohl angebracht, aber so ganz vom Tisch fegen, will ich die Spuren nicht.*

Sie nahm einen Schluck des zu heißen Kaffees und wurde augenblicklich wieder daran erinnert, dass sie diesen Fehler schon einmal begangen hatte. Rastlos wanderte sie in ihrer Wohnung auf und ab. Dabei hielt sie sich an der Tasse fest, als sei es ein rettender Anker.

*Ok, nehmen wir mal an, dass die Informationen richtig sind, und tun wir so, als wären wir hinter einem mystischen Blutsauger her. Wie würde das die Situation verändern?*

Sie schüttelte den Kopf, als ihr die Absurdität dieses Gedankens bewusst wurde. Aber eine unbekannte Macht hielt ihn fest in ihrem Hirn verankert. Es würde erst loslassen, wenn sie ihn einmal zu Ende dachte.

Mit dieser Überlegung im Hinterkopf schlenderte Clara zurück ins Wohnzimmer. Den aktuellen Stand ihrer Gedanken und Ergebnisse hatte sie ohnehin schon mehrfach niedergeschrieben und mit dem Handy fotografiert. Sie würde nichts verlieren, wenn sie dem Gedankenspiel folgte und anderen Voraussetzungen nachging. Nach einem Blick auf die Uhr und einem kräftigen Schluck Kaffee begab sie sich ans Werk. Das Koffein hielt sie mindestens zwei weitere Stunden konzentriert, danach würde sie aber wirklich Schluss machen für heute und zu Bett gehen. Es war 23:34.

## Kapitel 9

Tatsächlich sortierte sie bis morgens um 3h die Unterlagen. Sie fertigte neue Notizen an und schrieb Gedanken auf. Clara notierte sich Schlussfolgerungen und korrigierte ihre bisherigen Aufzeichnungen. Am Ende fiel sie todmüde ins Bett und sah selbst noch hinter geschlossenen Augen Namen, Orte und Daten umherschwirren.

Zuvor hatte sie jedoch Türen und Fenster mit einzelnen Haaren präpariert. Wenn diese geöffnet würden, so wüsste sie zumindest, über welchen Weg bei ihr eingebrochen wurde. Sie musste nur nachsehen, wo die Haare verschwunden waren. Das hatte sie vor Jahren mal in einem Stephen King Roman gelesen. Vorausgesetzt natürlich, dass es noch mal geschähe. Clara konnte sich nicht vorstellen, dass irgendjemand zwei Mal hintereinander beim selben Opfer einstieg. Aber auf der anderen Seite wurde sie nicht bestohlen, sondern ihr wurde etwas hinterlassen. Vielleicht würde dieses Einbrecherphantom ja zurückkommen, um zu kontrollieren, ob sie die Informationen gefunden und verarbeitet hatte.

Doch selbst im Bett ließ der Fall sie nicht los. Ihre Gedanken kreisten um die neu konstruierten Theorien. So richtig freundete sie sich nicht damit an, dass all die Toten auf das Konto eines Vampirs gingen. Sicherlich gab es auch unter den Menschen echte Monster, Friedrich Haarmann zum Beispiel. Interessanterweise wurde er als „Vampir von Hannover“ bezeichnet. Der Fall aus dem Jahr 1924 war unter Kriminalbeamten hinreichend bekannt. Die Schilderungen Haarmanns nach seiner Verhaftung zeichneten das Bild eines grausamen Mörders, der seine Opfer Wort wörtlich mit Klauen und Zähnen tötete und die Leichen später ausweidete und zerstückelte. Ein echtes Monster unter den Menschen.

Es war denkbar, dass sie es hier mit so einer Art von Kreatur zu tun hatte und nicht mit etwas Übernatürlichem. Andererseits, wie wären dann die postulierten Heilungskräfte zu erklären? Wenn es ein soziopathischer Serienmörder war, hätte es Blutspuren geben müssen, oder zumindest eine Wunde. Wie sie es drehte und wendete, die Theorie eines bluttrinkenden Vampirs war zwar die seltsamste, aber die Einzige, die alles zusammenbrachte. Dennoch ärgerte es Clara, dass ihr nichts einfiel, dass alle Fäden zusammenhielt und trotzdem natürlich und rational erklärbar war. Wie ihr Vorgesetzter ihr schon damals sagte, sie jagten Menschen, keine Phantome.

Am nächsten Morgen erwachte sie erst kurz vor Mittag. Erholt fühlte sie sich aber nicht. Im Gegenteil, Clara gab Brief und Siegel darauf, dass sie wieder einen Kater hatte. Und dazu nur wenige Stunden Schlaf. Wie durch den sprichwörtlichen Fleischwolf gedreht, sah sie nicht nur aus, als sie in den Spiegel blicke. So fühlte sie sich auch. Und dann war da noch dieser grausige, intensive Traum.

Sie war nicht sie selbst, sondern schwebte irgendwie über allen Dingen, wie ein Geist, der beobachtete, aber nicht eingriff. Sie wurde in diesem Traum auch nicht von anderen wahrgenommen, als wäre sie gar nicht anwesend.

Clara stand mitten auf einem Dorfplatz. Der Boden war erdig und ohne jede Befestigung. Um ein großes Lagerfeuer herum waren Sitzbänke aus dicken Baumstämmen geschlagen und mit Fellen bedeckt. Es war Nacht, irgendwann im späten Herbst und das Feuer prasselte laut. Auf den Stämmen saßen Männer, Frauen und Kinder jeden Alters, aber sie waren seltsam gewandet. Ihre Kleidung bestand zum Teil aus grob gewebtem Stoff, Schafsfell und Ziegenleder, gehalten und gebunden von großen Metallschnallen an zierlosen Ledergürteln. Alle unterhielten sich leise, doch Clara verstand nicht, was gesagt wurde.

Die Hütten um den Dorfplatz herum waren groß und geräumig und aus massiven Holzstämmen gezimmert. Die Dächer mit Reet bedeckt. Es wirkte alles wie die Rekonstruktion eines Keltendorfes mit entsprechend gekleideten Statisten. Aber es fühlte sich so echt an.

Plötzlich stand ein alter Mann auf, gestützt auf einen knorrigen, mannshohen Stab und alle anderen verstummten. Seine Kleidung saß locker und er schien schon seit Jahren hinausgeschrumpft zu sein. Clara fiel auf, dass er aber dennoch mit einer Art Dolch bewaffnet war. Lose baumelte die Dolchscheide an seinem Gürtel und stellte die Beinkleider auf eine unnötige Probe. Er wirkte nicht, als könne er sich damit ordentlich verteidigen. Aber er schien großen Respekt bei allen anderen zu genießen und versprühte eine natürliche Autorität.

Clara kam näher und sah ihm ins Gesicht. Sie wusste, dass er sie nicht sah, so wie keiner der Anwesenden Notiz von ihr nahm. Also konnte sie sich genauso gut umsehen. Der Alte ließ den Blick über die Anwesenden schweifen und hob dann den Kopf in den Nachthimmel. Das linke Auge war trüb und tiefe Narben zogen sich vom Haaransatz darüber und die Wange bis hinunter zu seinem Mund. Es waren drei lange, gezackte Risse im Gesicht, die mehr nach einer Kralle als nach Schnitten von einer Klinge aussahen. In ihr wuchs die Gewissheit, dass sich ähnliche Spuren auch unter seiner Kleidung verbargen. Es wirkte so, als hätte er versucht, mit einem Bären zu kämpfen, und diesen Leichtsinn nur knapp überlebt.

Als er den Kopf wieder senkte und zur Dorfgemeinschaft sprach, spürte Clara, dass sie sich nicht getäuscht hatte. Dieser Mann hatte definitiv eine tiefgreifende Autorität inne und war sich der Verantwortung bewusst, die auf ihm lag. Es war sicherlich kein leichtes Los in dieser Zeit ein Dorf zu führen. Jeder Tag war ein Überlebenskampf und Entscheidungen mussten wohl überlegt getroffen werden. Ohne Umschweife kam er zum Punkt.

„Ihr wisst, dass die Sterne jene Nacht ankündigen. Der Ewige wird bald kommen und seinen Tribut fordern. Wir sind daher hier, darüber zu beraten und zu befinden, wer gehen soll."

Clara rechnete mit einem Aufstand oder zumindest kritischen Fragen, warum man überhaupt einen Tribut zahle oder ob man nicht etwas anderes aushandeln könne. Aber es gab nichts dergleichen, nur ein leises Murmeln. Ein Gemisch aus Aufregung und Zustimmung. Anscheinend waren die Situation und die Antwort auf das Warum allen bekannt. Außer ihr selbst.

Eine Frau, vielleicht in ihrem Alter, stand auf und die anderen verstummten abrupt wieder. Nach einer kurzen Weile nickte der greise Mann ihr zu. Sie ergriff das Wort.

„Wie ihr alle fürchte ich diese Nacht jedes Jahr. Jeder der gehen muss, wird in den kommenden Wochen und im Winter fehlen. Deshalb habe ich eine Entscheidung getroffen: Ich wähle mich selbst."

Sie sprach selbstsicher und unbekümmert und fügte nach einer kurzen Pause hinzu: „Mein Mann ist letzten Winter bei der Jagd gestorben. Mein Sohn ist ein stattlicher Mann geworden und hat seinen Platz unter euch eingenommen. Meine Tochter wird nächsten Sommer ein Alter erreichen, in dem sie sich einen Mann erwählen kann. Meine Kinder brauchen mich nicht mehr. Doch die Knochen schmerzen bei der Feldarbeit und ich bringe nicht so viele Kräuter zusammen, wie es dem Dorf gebührt. Aber ich benötige dennoch Essen und Feuerholz, ohne selbst ausreichend Beitrag leisten zu können. Wenn ich mit ihm gehe, ist der Verlust für die Gemeinschaft am geringsten."

Ein Raunen durchfuhr die Versammlung. Eine Jugendliche hielt jene Frau am Arm fest und starrte gebannt auf den Ältesten. Clara vermutete, dass es sich dabei um die angesprochene Tochter handelte. Aber sie war kaum mehr als 16 Jahre alt. Alles andere als heiratsfähig in ihren Augen. Auf der Kehrseite war dies hier eine Szene oder besser eine Zeit, als das vielleicht durchaus ein gutes Alter zur Familiengründung war. Vermutlich war sie selbst mit Mitte 30 schon alt in den Augen dieser Menschen.

„Du sprichst weise und dein Ansinnen ist edel. Es ehrt dich und deine Familie. Ich will es dem Ewigen vorschlagen. Wir werden sehen. Spricht jemand dagegen?“

Wieder glitt sein Blick über die anderen Anwesenden. Clara folgte ihm, aber es schien, dass niemand Einwände erhob. Alle starrten nur auf den Ältesten, als erwarteten sie eine Reaktion. Sie drehte sich um und sah einen Umriss einige Meter hinter dem alten Mann stehen. Es war der Schattenriss eines Riesen in einem schwarzen Kapuzenumhang. Breitschulterig kam er mit gemächlichen Schritten näher und blieb eine Armlänge hinter dem Ältesten stehen. Es war gespenstisch still, sodass das Knacken der Äste im Feuer Clara wie Pistolenschüsse erschien und sie zusammenzucken ließ.

Trotz des Lichtscheines sah sie nur den Mantel des Mannes, darunter die Hose und frühe Vorläufer von Lederstiefeln. Aber wo das Gesicht vom Feuer beleuchtet werden sollte, war nur tiefste Dunkelheit unter der Kapuze. Es wirkte unheimlich, dass sie nicht sah, was ihr Verstand aber zu sehen verlangte. Und so schien es allen anderen ebenfalls zu ergehen, die in dieselbe Richtung starrten.

„Ragnar!“, donnerte es aus der Kapuze, „Das Jahr ist rum. Du weißt, warum ich hier bin.“

Der alte Mann hatte endlich einen Namen. Er hielt sich eisern an seinem Stab fest. Clara erkannte nicht die geringste Bewegung, aber trotzdem spürte sie, dass er resignierte. Er hatte offenbar später mit dem Eintreffen gerechnet. Langsam drehte er sich um und im direkten Vergleich zu dem Hünen hinter ihm, wirkte er schmaler, kleiner und schwächer als zuvor. Der Riese überragte ihn um mindestens zwei Köpfe und seine Schultern waren doppelt so breit.

Die ganze Situation wirkte bedrohlich. Die Männer des Dorfes schienen nervös und angespannt, als stünden sie wenige Augenblicke vor einer Schlacht. Einige Frauen hatten Angst, verbargen sie aber unter einer stoischen Miene. Anderen erging es wie den Männern. Nervös huschten ihre Blicke umher und kehrten doch immer zu der riesigen Gestalt zurück. Sie waren in festes Leder gewandet und bewaffnet. Es waren Schildmaiden, Verteidigerinnen des Dorfes, ebenso wie die Männer. Die Kinder aber zitterten, einige weinten sogar. Keiner, auch nicht Clara, verübelte es ihnen.

„Reisender", antwortete Ragnar schließlich, „du bist früher als erwartet. Wir haben gerade zusammengesessen und…"

Die dunkle Gestalt legte dem Alten eine riesige Pranke auf die Schulter und Clara ahnte, dass der schmächtige Mann unter der Last zusammenbrechen würde. Aber er hielt stand.

„Alter Freund, dein Auge lässt dich im Stich, wenn du die Sterne nicht mehr recht erkennen kannst. Ich bin zur rechten Zeit zurückgekehrt. Und wenn ihr schon gesprochen habt, seid ihr auch nicht zu spät. Wie ist eure Entscheidung?"

„Vika, eine gute Frau des Dorfes, hat sich bereit erklärt, dich zu begleiten."

Eine kaum wahrnehmbare Bewegung unter der Kapuze zeigte, dass der Fremde in den Reihen der Dörfler nach Vika suchte. Nahezu zur selben Zeit löste sich die Frau aus dem Griff ihrer Tochter und stand erhobenen Hauptes auf. Der Riese, den alle nur Wanderer oder Ewiger zu nennen schienen, hob die Hand von Ragnars Schulter und hielt sie der stolzen Frau entgegen.

„Du bist Vika?"

„Ja, Wanderer."

„Komm her."

Sie wandelte mit festen Schritten an der Sitzreihe entlang, bis sie zwischen Clara und dem Dorfältesten stehen blieb. Unweigerlich wich sie zur Seite, war sich aber sicher, dass es nicht notwendig gewesen wäre. Trotzdem fühlte Clara sich nicht wohl im Zentrum dieser Situation zu stehen.

Während Vika unterwegs war, sah sie abermals eine Bewegung der Kapuze und wurde gleich bestätigt. Der Fremde sah sich unter den Anwesenden um. Suchte er nach einer Alternative zu der mutigen Frau? Vielleicht doch jemand Jüngeres?

Als die Frau endlich stehen blieb, sah die Kapuze Vika an und wandte sich wieder dem Ältesten zu.

„Ragnar, mein Freund. Ich sehe deine Leute verängstigt und in Waffen. Wie es scheint, haben viele deiner Männer kürzlich im Kampf gestanden und wachen in der Nacht. Willst du mir etwas sagen?"

„Es sind die Pikten. Wilde aus den Wäldern und Hügeln im Norden. Sie überfallen uns immer wieder, rauben unsere Vorräte, zerstören die

Felder und töten, wenn sie können, um uns zu schwächen. Jeder Verlust, ob Mann, Frau oder Kind, trifft uns hart. Wir bereiten uns auf den Winter vor, doch uns fehlen die Leute."

Unter der Kapuze brummte es, als würde ein Bär eine Überlegung anstellen. Dann sprach der Riese an die andere Frau gewandt, als hätte er Ragnar nicht gehört.

„Vika, stimmt es, dass du dich freiwillig angeboten hast?"

„Ja, so ist es. Meine Kinder sind groß und erfüllen mich mit Stolz. Aber ich kann nicht mehr ausreichend zur Dorfgemeinschaft beitragen, wie es richtig wäre. Daher ist mein Lebenszweck erfüllt."

„Hmm, ist dir klar, was deine Entscheidung bedeutet?"

„Ja, ich werde mit dir das Dorf verlassen und in den Tod gehen. Ich bitte nur um einen würdigen, ehrenvollen Übergang, Wanderer."

Clara spürte mehr Angst denn je in der Stimme der Frau, auch wenn sie selbstbewusst sprach. Sie fürchtete sich vor dem Tod. Vor dem Fremden und vor dem, was da kommen mochte, wenn sie mit ihm fortging.

Der Wanderer hielt ihr immer noch die Hand entgegengestreckt, als wolle er sie um einen Tanz bitten. Vika ergriff sie und trat ihm gegenüber. Hinter sich hörte Clara eine junge Stimme weinen. Ohne sich umzudrehen, vermutete sie, dass es ihre Tochter war. Ihre Mutter hatte soeben einen Pakt besiegelt, an dessen Ende unweigerlich der Tod stand.

„Du bist aufrichtig und stolz, Vika. Eine starke Frau aus einer starken Gemeinschaft. Euer Blut führt die Kraft vieler Ahnen. Und dein Blut ist es, das du mir als Tribut darbringst. Jeder Tropfen, der durch deinen Körper fließt, gehört nun mir!"

Er umschloss Vikas Hand mit seiner riesigen Pranke vollkommen. Für einen kurzen Augenblick dachte Clara, dass er sie ihr abdrehen würde, wie den Verschluss einer Flasche, um ihr Blut vor Aller Augen auf dem Boden zu verteilen. Und auch die Frau sog hörbar die kalte Nachtluft ein. Ihr wurde bewusst, welche Konsequenzen ihre Worte hatten. Danach kehrte Stille ein. Niemand sprach, keiner rührte sich, selbst das Wimmern der Kinder war verstummt. Doch das Gewicht all der Augen ruhte auf Vika und dem unbekannten Riesen.

„Aber nicht in diesem Jahr!", dröhnte es nach einer kurzen Pause.

Dann ließ er Vika los und legte beide Hände auf die Schultern des alten Mannes vor ihm. Dieses Mal sacke Ragnar tatsächlich etwas zusammen und klammerte sich an seiner Stütze fest. Ein Raunen rauschte durch die Anwesenden.

„Kein Tribut, alter Mann. Vor vielen Sommern waren wir uns einig, dass euer Dorf nicht über Gebühr belastet werden soll. Nun bedroht euch der Tod. Das Maß ist erreicht."

Das Raunen wurde lauter. Wurde der Tribut soeben tatsächlich ausgesetzt? Nur dieses Jahr oder auch die nächsten? Für immer? Clara sah sich um und schaute nur in fragende, ungläubige Gesichter. So etwas hatte noch niemand hier erlebt.

„Kein Tribut? Du lässt Vika leben?", fragte Ragnar fassungslos.

„Ich erhebe Anspruch auf ihr Blut, das sie mir freiwillig versprochen hat. Aber vorerst soll sie leben."

Staunen rundherum, dass man schon fast spürte. Als der Wanderer die Hände von den Schultern des Alten nahm, entspannte er sich ein wenig. Vika selbst schien es am meisten zu irritieren, da sie innerlich bereits mit ihrem Leben abgeschlossen hatte. Dass sie es nun fortsetzen würde, überraschte sie sichtlich. Selbst wenn es nur ein Jahr war, dass er ihr schenkte. Clara spürte aber, dass es ihr unangenehm war, immerhin hatte sie erst vor wenigen Augenblicken vor der ganzen Dorfgemeinschaft eingestanden, dass sie ihren Beitrag nicht mehr zu leisten im Stande war. Obwohl hier einige der Anwesenden deutlich älter waren als sie und weniger beitrugen, schien es Vika sehr zu zusetzen, nicht mehr mitzuhalten.

„Und nun, Ragnar, berichte mir von den Überfällen."

Ab diesem Moment entspannte sich die Gefühlslage aller. Es war, als entlud sich ein großes Seufzen in der Gemeinschaft. Das Thema der Tribute war vom Tisch. Zumindest in dieser Nacht.

Der Dorfälteste berichtete von Überfällen am helllichten Tag auf diejenigen, die auf den Feldern arbeiteten. Aber auch auf die Jäger in den Wäldern und direkte Angriffe nachts auf das Dorf. Manchmal aus dem Hinterhalt, manchmal dreist mit Ankündigung, so dass auf die Schnelle eine Verteidigung organisiert wurde. Aber die Pikten schienen über eine endlose Zahl zu verfügen.

Während der ganzen Zeit hörte der fremde Wanderer stumm und bewegungslos zu. Aus der undurchdringlichen Schwärze unter der Kapuze spürte Clara, dass er Ragnar fest anstarrte. Eine Regung oder Bewegung war für sie aber nicht auszumachen. Erst gegen Ende des Berichts hob sich die Kapuze des Fremden ein wenig und er hob gebieterisch die Hand. Der alte Mann verstummte sofort. Wieder allumfassende Stille, aber nur für einige Sekunden.

„Sie kommen. Fünf ihrer Leute, ein Spähtrupp. In den Feldern vorm Dorf. Ragnar, zieht euch in eure Häuser zurück, alle! Verschließt die Türen und kommt nicht vor dem Morgengrauen heraus!“

Nervosität bereitete sich aus und einige schauten sich Hilfe suchend um. Aber niemand setzte sich in Bewegung. Der alte Mann drehte sich, so schnell es ihm möglich war, zu den Seinen um und herrschte sie an.

„Los! In die Häuser und schließt die Türen, wie euch gesagt wurde!“

Die Autorität in seiner Stimme und die überraschende Lautstärke bewirkte, dass sich die Schockstarre löste und das Dorf, ohne nachzufragen, und in blindem Gehorsam in die Häuser zurückzog. Vika wollte sich gerade umdrehen und zu ihrer Tochter laufen, als der Wanderer nach ihrem Arm griff. Mit eiserner Faust hielt er sie fest. Erschrocken wandte sie sich wieder um.

„Noch nicht, Vika. Zeige noch einmal deinen Mut und bleibe einen Augenblick hier. Du wirst dann gleich bei deiner Tochter sein.“

Sie fügte sich. Nicht, dass ihr eine andere Wahl geblieben wäre. Sie warf ihrer wartenden Tochter einen sehnsuchtsvollen Blick zu, doch nickte schließlich. Das Mädchen bestätigte das Nicken und lief schnell zu ihrem Bruder, der in einer Haustür bereits wartete. Nur Ragnar, Vika und der fremde Riese blieben zurück.

Als der Dorfplatz leer war und man nur das Prasseln des Feuers hörte, zog er die Frau näher zu sich heran. Mit der anderen Hand hatte er blitzschnell den Dolch aus Ragnars Gürtelscheide gezogen. Der Dorfälteste fuhr erschrocken zusammen und Clara sah, dass sowohl er als auch Vika damit rechneten, dass die Frau sterben würde. Aber der große Kapuzenmann hob nur ihren Arm weit nach oben, so dass der Ärmel ihrer groben Jacke herabrutschte und ihren Unterarm freigab.

„Seid unbesorgt. Ich nehme mir nur in Maßen, was mir versprochen wurde.“

Dann schnitt er ihr eine tiefe Wunde in das weiße Fleisch. Ein scharfes Zischen war alles, was die wehrlose Frau von sich gab, als das rote Blut in breitem Fluss ihren Arm hinab lief. So schnell wie der Schnitt kam, so schnell zog der Wanderer den blutenden Arm zu sich heran und verbarg die Wunde unter seiner Kapuze. Ein schmatzendes Schlürfen war zu hören. Clara malte sich aus, wie er das frische Blut trank. Vika selbst gab ein leises Stöhnen von sich. Weniger aus Lust, sondern mehr, um einen dumpfen Schmerz zu unterdrücken. Sie hatte die Augen geschlossen, um all ihre Selbstbeherrschung aufzubringen. Es schien nicht angenehm zu sein. Aber was hatte sie erwartet? Clara dachte daran, wie es sich anfühlt beim Arzt Blut abgenommen zu bekommen. Der Nadelstich war das eine, doch wenn dann die Kanülen aufgezogen wurden und das Vakuum einem das Blut aus der Vene zog. Das fühlte sich irgendwie seltsam an, nicht unbedingt schmerzhaft, aber doch falsch. Wie erging es dann erst Vika in diesem Moment?

Ein paar Sekunden vergingen, vielleicht eine halbe Minute, bis der Mann ihren Arm wieder freigab. Erstaunt beobachtete Clara, wie der tiefe Schnitt nun kaum mehr als ein grober Kratzer war und sich immer weiter schloss. Einen kurzen Moment später, war nichts mehr zu sehen. Nicht mal eine Narbe blieb zurück. Die Frau betrachtete ungläubig ihren Unterarm und rieb sich die Stelle, aus der eben scheinbar unaufhaltsam, Blut geflossen war.

An den Fremden gewandt fragte Ragnar: „Warum schicke ich meine Leute in den Tod? Wenn wir uns in den Häusern verstecken, werden sie die einfach in Brand setzen!"

„Keiner deiner Leute wird heute Nacht sterben, mein alter Freund. Ich werde mich um die Pikten vor den Palisaden kümmern und ein Zeichen setzen. Ich bin mir sicher, dass sie verstehen werden und euch dann in Ruhe lassen. Geht jetzt in die Häuser."

Der letzte Satz klang strenger als alles, was Clara bisher von diesem Mann gehört hatte. Es war klar, dass er keinen Widerspruch duldete und ebenso wenig Aufschub gewährte. Vika und Ragnar war es anscheinend bewusst, denn ohne weiteres Wort griff die Frau dem Dorfältesten unter den Arm und geleitete ihn zu dem Haus, in dem zuvor ihre Tochter und ihr Sohn verschwunden waren.

Die Szene wechselte und Clara stand in einigem Abstand hinter dem fremden Wanderer auf einem weiten Feld. Bodennebel waberte über den kniehohen Gräsern und verbreitete eine unheilvolle Stimmung. Es war Nacht und dennoch sah sie alles, als wäre es in den frühen Morgenstunden. Sie sah sich um und stellte fest, dass sie auf einem Feld vor dem Dorf standen. Hinter ihr sah sie die mannshohen Palisaden des Schutzwalls und dahinter ragten ein paar Reetdächer über den Zaun. Das Lagerfeuer auf dem Dorfplatz tauchte alles in ein unheilvolles Licht.

Als sie wieder nach vorne sah, erkannte sie, dass fünf weitere Gestalten in einem Halbkreis um den großen Mann herumstanden. Sie verweilten in drei Metern Abstand zueinander und zu dem Wanderer. Alle fünf wirkten angespannt. Nicht ängstlich, sondern mehr die Art von Spannung, wie sie bei einem Wettkampf zwischen den Kontrahenten zu spüren war. Nur der Fremde schien die Ruhe selbst zu sein. Clara schwebte näher und sah, dass die fünf spärlich gekleidet, dafür aber mit blauer und schwarzer Farbe bemalt waren. Das mussten die Pikten sein, von denen im Dorf gesprochen wurde. Die Wilden, die sie terrorisierten.

Einer beging den Fehler den Anfang zu machen, als er ein Schwert zog, und die anderen folgten seinem Beispiel. Es war rußgeschwärzt und im Nebel und schwachen Mondlicht kaum zu erkennen. Perfekt vorbereitet für einen Hinterhalt bei Nacht.

Der Riese zeigte sich unbeeindruckt. Stattdessen breitete er die Arme ein wenig aus, als wolle er die Pikten willkommen heißen. Doch seine Finger formte er zu Krallen und wie, um diesen Eindruck zu verstärken, wuchsen die Fingernägel spitz zu. Sie bogen sich wie bei einer Raubkatze und ähnelte eher den Pranken eines Tigers als menschlichen Händen. Ob es den Wilden auffiel oder nicht, vermochte Clara nicht zu sagen, aber sie stürmten einer nach dem anderen auf ihn los. Die Schwerter erhoben für einen tödlichen Streich.

Doch dann ging alles sehr schnell. Zu schnell, um es gesehen zu haben. Aber dies war ja nur ein Traum, oder? Der Fremde beförderte sich mit einem großen Schritt auf den nächsten Angreifer zu und duckte sich unter dem niedersausenden Schwert hindurch. In der gleichen Bewegung hieb er die Klauen seiner Hand in den Unterbauch des Mannes. Mit einem Schritt hinter den Widersacher riss er ihm die Bauchdecke bis zur Brust auf und trat ihm in die Kniekehle. Der Wilde sackte auf die Knie und durch den Aufprall fielen seine Gedärme auf den Boden. Ungläubig starrte er sie an. Es war so schnell vorbei, dass er nicht mal Schmerzen zu spüren schien. Er gab keinen Laut von sich.

Noch bevor er starb, sprang der Wanderer mit ein paar schnellen Schritten auf den nächsten Späher zu und stieß ihn gegen den hinter ihm stehenden Clansbruder. Die Attacke war so heftig, dass sie zusammen zu Boden fielen und dem Fremden so wertvolle Zeit erkauften.

Er glitt an beiden vorbei, ohne sie weiter zu beachten, und packte den erhoben Schwertarm des Vierten. Er hatte keine Chance den Streich auszuführen, denn der große Mann riss den Arm herum und duckte sich hinter den Angreifer. Mit einer schnellen, kraftvollen

Bewegung rammte er die freie Hand bis zum Gelenk in den Rücken des Pikten. Clara sah es nicht, aber mit schrecklicher Gewissheit einer Träumenden wusste sie, dass er die Wirbelsäule des Mannes umfasst hatte. Sie spürte es in ihrer eigenen Hand, als führte sie den Angriff selbst aus. Clara fühlte, wie das Blut des Wilden daran herablief und wie sich der feste Knochen unter der glitschigen Schicht zerfetzten Gewebes anfühlte. Der Riese hob seinen wehrlosen Gegner mühelos an und hielt ihn wie einen Schild vor sich. Sie waren ihm fünf zu eins überlegen, doch Clara hatte den Eindruck, dass hier keinerlei Chancengleichheit bestand. Die Männer des Spähtrupps waren Opfer, keine Gegner. Nur wussten sie es nicht.

Der Fünfte war in seinem Angriff zu weit fortgeschritten und nicht mehr zu stoppen. Er hieb sein Schwert tief in den Schädel seines Mitkämpfers, der nun der Schild des Riesen war. Knirschend spaltete er sich und als letzte Reaktion drehte der Sterbende die Augen tief in die Höhlen. Er zog heftig an dem Schwert, doch es steckte fest. Er war nun schutzlos.

Der Wanderer warf die nunmehr nutzlose Leiche auf seinen Mörder. Der Griff des eigenen Schwertes schlug ihm dabei unterhalb der Nase ins Gesicht und brach einige Zähne heraus. Durch die Wucht des Aufschlags stolperte er und fiel rücklings zu Boden. Begraben unter dem toten Körper des Kameraden, lag er bewegungsunfähig und kämpfte darum, Luft zu bekommen. Sein Blut füllte Mund und Nase und zeigte ihm deutlich, dass er den Kampf schon bald verlieren würde.

Über den Sterbenden gebeugt spähte der fremde Riese in das Gesicht des Pikten, als würde er nach etwas suchen. Enttäuscht darüber, nichts zu finden, stellte er einen Fuß auf den Rücken der Leiche, die den am Boden liegenden festnagelte und das Atmen zusätzlich erschwerte. Dann beugte er sich gemächlich vor und griff mit der Hand in den blutgefüllten Mund. Fest packte er den Unterkiefer und riss ihn in einer endlos langsamen Bewegung aus dem Gesicht. Ein roter Schwall ergoss sich über den Hals und die Zunge schlug haltlos zuckend umher.

Clara wurde augenblicklich schlecht und in ihrem Inneren wuchs der Wunsch, das Bewusstsein zu verlieren und diesem Albtraum zu entfielen. In wenigen Minuten hatte sich ihre Meinung über den großen fremden Mann, mehrmals geändert. Von einer Art despotischen

Warlord, zu einem vernünftigen Landherren mit dem man reden konnte und nun zu einem blutdürstigen Monster.

Der Kontrolle über den Schluck- und Hustenreflex beraubt, sog der Pikte beständig sein eigenes Blut in Hals und Lunge und würde in den nächsten Minuten daran ersticken. Aber zwei der nächtlichen Angreifer waren noch immer zugegen und hatten die Zeit genutzt, um sich wieder aufzurappeln. Allerdings standen sie jetzt unschlüssig da. Sie sahen, dass der eine Gefährte in seinen eigenen Darmschlingen lag und der andere ohne Kiefer dabei war zu ersticken. Angreifen oder fliehen?

Der Fremde hielt noch immer den ausgerissenen Unterkiefer in der Hand und warf ihn beiläufig in das hohe Gras neben seinem ursprünglichen Besitzer. Die beiden Übrigen ließen augenblicklich ihre Schwerter fallen. Sie hatten ihre Entscheidung getroffen. In der gleichen Bewegung wandten sie sich um. Doch sie kamen nicht dazu loszurennen, denn der Wanderer stand schon zwischen ihnen und riss beide heftig an den Schultern. Erneut stürzten sie rücklings zu Boden. Er stellte sich mit dem Gewicht seines massigen Körpers auf den Fußknöchel des einen, während er mit der Hand den Unterschenkel des anderen packte. Der Knöchel gab unter dem plötzlichen Druck nach, brach und bog sich auseinander. Dieser Späher würde nirgends mehr hingehen oder gar fliehen. Bestenfalls, wenn er kroch.

Zufrieden damit, einen der Bewegungsfähigkeit beraubt zu haben, stemmte sich der Große mit dem Fuß auf die Hüfte des anderen. Das Bein, das er festhielt, hob er an und packte es mit beiden Händen. Es wirkte so, als würde er dem am Bodenliegenden helfen, es gegen einen Krampf zu dehnen. Als Clara aber den gequälten Schrei des Mannes hörte, war ihr schnell wieder klar, dass er keinerlei Hilfe von dem Riesen zu erwarten hatte. Das Bein wurde immer höher und höher gezogen, bis es mit einem Ruck den Widerstand gegen die unnatürliche Richtung aufgab. Es knickte kurz nach oben und der Mann schrie lauter als je zuvor. Dann zog der Wanderer mit kontrollierter Kraft weiter daran und mit einem feuchten Reißen löste es sich vom Körper. Mit einer fließenden Bewegung hob er das ausgerissene Bein hoch über den Kopf und ließ einen Sprühregen an Blut, Haut und Muskelfetzen auf den schreienden Mann niedergehen.

Während aus der gebrochenen und zerquetschten Hüfte das Blut in den Rasen gepumpt wurde, rauschte das abgetrennte Bein mit dem Oberschenkelknochen voran auf den gar nicht mehr so wilden Pikten herab. Der erste Hieb brach Nase und Jochbein, der zweite trieb die

Schneidezähne tief in den Rachen und der dritte ließ den Mann endgültig verstummen, als der Rest des Gesichtes dort landete, wo sich sonst das Gehirn befand.

Clara wollte sich nicht mehr nur übergeben, sie war sich sicher, nie wieder in ihrem Leben etwas zu essen. An zukünftigen Schlaf war gar nicht zu denken. Sie hatte schon übel zugerichtete Mordopfer gesehen. Aber bei einer solchen Hinrichtung dabei zu sein, zu sehen, was passierte und zu hören, wie Knochen splitterten und Gewebe riss, das war zu viel für sie. Und es war nichts anderes als eine Hinrichtung. Ein besseres Wort für diese ungleiche Schlacht, fiel ihr nicht ein. Aber war es überhaupt ein Kampf? Sicher, die Angreifer waren bewaffnet und fünf zu eins in der Überzahl. Doch gebracht, hatte es ihnen nichts.

Der letzte Überlebende der Pikte hatte die Exekution seines Stammesgenossen genutzt, um auf drei Gliedern davon zu kriechen. Das Bein mit dem gebrochenen Fuß zog er nur hinter sich her. Weit war er nicht gekommen. Doch die Panik war ein außergewöhnlicher Motor und trieb ihn vorwärts. Zumindest so lange, bis der Verteidiger des Dorfes sein lädiertes Bein packte und ihn zurückzog. Bei dieser unsanften Bewegung verdrehte sich der Fuß knirschend in eine unnatürliche Stellung, aber der Mann schien es kaum zu bemerken. Voller Entsetzen versuchte er sich an Gräsern und der bloßen Erde festzuhalten. Doch die Klaue des Wanderers zog mit höherer Kraft.

Er zog den Ängstlichen zu sich heran und setzte ihn auf. Der Mann versuchte rückwärts fortzukrabbeln, aber der Griff löste sich nicht. Dann packte die andere Klaue seine Brust und grub sich tief in Haut und Muskeln hinein. Clara war überzeugt, dass sie sehen würde, wie jemand sprichwörtlich das Herz aus der Brust gerissen bekam, aber es kam anders.

Der Kapuzenmann ließ das Bein los und hob die Hand, um den Pikten zu deuten, dass er ruhig sein soll. Zu ihrer Überraschung folgte er dem stummen Befehl, als wäre plötzlich jeder Schmerz und das Entsetzen von ihm abgefallen. Dann hörte sie die tiefe, dröhnende Stimme wieder.

„Sei still und hör mir zu. Du wirst in deinen Clan zurückkehren. Du wirst berichten, was du hier erlebt hast. Und sage auch das: Dieses Dorf und jeder seiner Bewohner steht für Generationen unter meinem Schutz. Betritt auch nur einer deines Clans dieses Land und sei es auch nur aus Versehen, so komme ich zu euch. Ich werde euch finden, egal wie tief ihr euch in der Erde verstecken mögt. Egal, wie weit ihr flieht.

Ich werde euch finden und niemand wird meinen Zorn überleben! Sei dir gewiss, du lebst nur, damit du diese Worte überbringst, also merke sie dir gut, sonst ist dein Leben verwirkt!“

Voller Panik starrte der Mann in die Schwärze unter der Kapuze. Clara war sicher, dass er dort nichts sah, und das verdeutlichte die unheilvolle Drohung umso mehr. Plötzlich schien er sich seiner Situation und der Schmerzen in Fuß und Brust wieder bewusst zu werden, denn er versuchte erneut sich aus dem Griff zu befreien, riss dabei aber nur die Haut unter den Klauen weiter auf. Blut floss aus tiefen Kluften über seinen Bauch und tränkte die Hose.

Mit der freien Hand aber langte der große Mann nach dem Gesicht. Nahezu zärtlich legte er sie auf die Wange und strich dem Pikten die Haare hinter sein Ohr.

„Damit du deine Aufgabe nicht vergisst, gebe ich dir noch eine Erinnerung mit. Wisse also, dass ich es ernst meine!“

Dann drückte er den Daumen in das linke Auge des Mannes, dessen klirrende Schreie die Nacht erfüllten. Seine Stimme überschlug sich und Clara fragte sich einerseits, ob man im Dorf hörte, was hier geschah. Immerhin waren die Schreie der sterbenden Männer äußerst laut. Und andererseits, ob der Überlebende seine toten Brüder darum beneidete, dass sie tot waren. Vielleicht war es das bessere Los, als verletzt und verstümmelt nach Hause zu kriechen.

Der Fremde stand auf und deutete dem halbblinden Mann zu verschwinden. Das ließ der sich nicht zweimal sagen und versuchte sein Bestes, um schnellstmöglich von dort wegzukommen.

Die Szene wechselte erneut. Clara stand im Morgengrauen an der Stelle, an der Stunden zuvor vier Männer in wenigen Augenblicken geschlachtet wurden. Ein humaneres Wort gab es nicht. Aber die Leichen lagen nicht mehr dort. Stattdessen sah sie in einiger Entfernung aus groben Ästen gefertigte Gestänge, an denen die Körper hingen. Oder besser das, was von ihnen übrig war. Da keine Seile oder andere Befestigungsvorrichtungen zu sehen waren, nahm sie an, dass die Toten gepfählt wurden. Ein Glück, dass sie schon zuvor tot waren. Ein drittes Mal wurde ihr schlecht. Aber dieses Mal wachte sie auf.

## Kapitel 10

Dass sie sich so unerholt und körperlich mies fühlte, führte sie auf den Traum zurück. Die Erinnerung verblasste zwar, aber der Ekel, mit dem sie erwachte, würde noch eine Weile bleiben. Außerdem hatte sie die schrecklichsten Bilder des Traums noch vor Augen. Der achtlos weggeworfene Unterkiefer, der Blutregen, der niederging, als das ausgerissene Bein immer und immer wieder als Keule geschwungen wurde. Und das ploppende Schmatzen, mit dem das Auge des Überlebenden platzte.

Als sie es endlich aus dem Bett geschafft hatte, wankte sie direkt ins Bad und hoffte, dass ihr Magen standhalten würde. Gegessen hatte sie nichts und getrunken noch weniger, dennoch war ihr furchtbar übel. Oder deswegen? Paradoxerweise wollte sie sich aber gar nicht vorstellen, etwas zu essen. Zu eindringlich waren die Traumbilder. Wieso zeigte ihr Verstand ihr sowas überhaupt? Wenn Träume die Verarbeitung von Erinnerungen und Erlebten waren, was zum Teufel dachte sich ihr Gehirn dann dabei, solche Bilder zu erstellen? Wann war sie jemals mit so etwas in Verbindung gekommen? Sie hatte niemals ein rekonstruiertes Keltendorf besucht. Geschweige denn, von solch einer Hinrichtung gehört.

Clara starrte in den Spiegel über ihrem Waschbecken und sah eine übernächtigte Frau, die mindestens zehn Jahre älter war als sie selbst. Tiefe Augenringe, fahles Gesicht und an den Schultern gemessen schwor sie, dass sie abgenommen hatte. Vielleicht war es besser, ein paar Tage den Fall ruhen zu lassen und sich Urlaub zu nehmen. Auch eine Auszeit aus der Soko, die ja jetzt mit neuen Problemen zu kämpfen hatte. Sie überlegte, Sabine zu fragen, ob sie mal ein verlängertes Wellness-Wochenende reizte. Ein paar Tage ausschlafen, Sauna, Pool, Massagen und gutes Essen, dann wäre sie bald wieder auf den Beinen.

Nach der Dusche und in frischer Kleidung fühlte sie sich schon besser und sogar der Hunger kam zurück. Also riskierte Clara ein leichtes Mittagessen und sah sich dabei eine Folge ihrer Lieblingsserie an. Zunächst fiel es ihr schwer, den Wust an Zetteln und Notizen zu ignorieren, aber sobald sie in der Stimmung der Serie eingetaucht war, hatte sie alles um sich herum vergessen. Sie vertrödelte anschließend sogar etwas Zeit mit Aufräumen und dem Abwasch, bevor sie den immer stärker werden Drang nachgab, sich doch mit ihren Unterlagen zu beschäftigen.

In Wirklichkeit wollte sie es nicht, doch es war wie ein innerer Zwang. Etwas das erledigt werden musste, damit sie sich besser fühlte. Nichts Lebensbedrohliches, aber Clara wusste, dass es ihr keine Ruhe ließ, bis sie sich endlich umfassend mit ihren Notizen befasst hatte.

*Aber was ist abschließend? Oder besser wann? Ist nicht genau dies das Problem mit Obsessionen, dass man nicht mehr aufhören kann? Weil es immer etwas gibt, das man nicht betrachtet oder aufgeschrieben hat?*

Sie seufzte und schaltete den Fernseher ab. Unverändert lag der Wust an Zetteln, Karten und Schreibblöcken vor ihr. Die Ordnung in diesem Chaos sah nur sie. Aber selbst ihr schien es nach der unruhigen Nacht doch recht abstrakt zu sein. Auch die Prämisse eines echten Vampirs wirkte auf sie befremdlich und sie war froh, dass sie genügend Sicherungen der alten Anordnungen hatte. So war sichergestellt, dass sie schnell wieder ihre vorherigen Gedanken aufnahm, wenn ihr nicht gefiel, wohin das hier führte.

Aber nun gut. Der Vampir war ein Experiment, so wollte sie es zumindest zunächst betrachten. Und diesem Versuch widmete Clara sich fürs Erste. Sie setzte sich auf die Couch und betrachtete ihre letzten Notizen von gestern Abend, um einen Einstieg zu finden.

Hypothesen:

Der gesuchte Täter des Falles aus 2016 ist derselbe, wie der im aktuellen Fall aus 2017 und aller weiteren europäischen Morde.

Es ist ein Einzeltäter.

Es ist ein Vampir, nicht metaphorisch, sondern trinkt und benötigt menschliches Blut.

Das Blut wird zum Überleben genutzt.

Fragen:

Wie viel Blut bräuchte er zum Überleben?

Wie lange hält eine „Dosis" bis man wieder welches benötigt?

Wie kann man sich (unauffällig) Blut beschaffen?

Muss es frisch sein oder gehen auch Blutkonserven?

Versuch von Antworten:

Zu 1.) 3x 3-4 Liter, sprich 9-12 Liter Blut

Zu 2.) einen Monat, also 28-31 Tage, dann wird Nachschub

Zu 3.) Dort, wo Bluttrinken bekannt und toleriert ist, wenn auch eine Seltenheit, in der Gothicszene

Zu 4.) keine Ahnung

Conclusio:

Der Täter – der Vampir – reist in eine Stadt, in der er zuvor noch nicht, oder schon lange nicht mehr wahr. Dies dient dem Verwischen von Spuren.

Er besorgt sich das notwendige Blut immer in drei Etappen kurz hintereinander á 3-4 Liter. Die Summe von bis zu 12 Litern Blut ist für die kommenden vier Wochen ausreichend.

Das Blut wird von Mitgliedern der Gothicszene genommen, da dort eine hinreichend hohe Toleranz gegenüber anderen Lebensstilen gelebt wird. Außerdem gibt es innerhalb der Szene Strömungen, die freiwillig Blut spenden und trinken. Es erweckt daher weniger Verdacht.

Anschließend wird in ein anderes Land und dort in eine andere Stadt gewechselt. Erneut verwischt das Spuren, da der Täter in der Fluktuation der Clubbesucher untergeht.

Es werden konstant 12 Länder besucht, bis der Zyklus wieder im gleichen Land ankommt. Um die dortige Szene nicht zu verunsichern, wird eine andere Stadt als im Jahr zuvor aufgesucht. So wird weitestgehend vermieden, dass man sich an ähnliche Vorkommnisse aus der Vergangenheit erinnert.

Dann beginnt es von Neuem.

Die Notiz las sie zwei Mal durch, da sie nicht glaubte, dass sie das aufgeschrieben hatte. Aber es war so. Sie sah sich selbst, wie sie Zeilen für Zeile notierte und sich in dem Moment schon für die Idee belächelt hatte. Jetzt, mit genügend Abstand, schien es noch unglaublicher zu sein. Alle Fäden waren verbunden, sie hätte mit sich zufrieden sein können, wenn es sich nicht um etwas Paranormales drehte. Damit kam sie nicht klar. Es war, als würde sie sich eine Verschwörungstheorie ausdenken, mit der alle Fragen beantwortet wurden. Wenn etwas nicht ins Bild passte, wurde die Theorie eben erweitert, so dass es doch wieder erklärt wurde. Anschließend ist dann die Basis der Erweiterung zugleich der Beweis, dass sie korrekt ist. Nur dass solch ein Zirkelschluss höchst unwissenschaftlich ist und – in ihrem Falle – keine Polizeiarbeit.

Aber hatte sie das Feld dessen nicht schon in dem Moment verlassen, als sie sich illegale Kopien von Akten und Notizen angefertigt und mit nach Hause genommen hatte? Sollte sie sich dann in den Bereich der Fiktion und wilder Theorien wagen, nur weil sie Fäden verbanden, die sie bisher nicht zu verbinden vermochte?

Das Notizbuch zur Seite legend starrte sie an die Wand in der Küche gegenüber. Claras Blick war leer, doch der Kopf umso voller.

*Was, wenn ich einfach den Verstand verliere? Was, wenn mir alles zu viel wird, die Arbeit, die SoKo, keine Zeit für einen Ausgleich oder Freunde. Und mein Hirn beißt sich an etwas fest? Wie etwa an ungeklärten Mordfällen, die mir weggenommen wurden. Jetzt krallt sich mein Geist wie ein Ertrinkender daran, um zum Selbstschutz Fortschritte zu erzielen. Selbst wenn dazu die Realität gebeugt werden muss? Das ist beängstigend. Was ist dann jetzt das kleinere Übel? Der Phantasterei nachgehen und wissen, dass mein Verstand mich narrt, um sich zu schützen? Oder in die Wirklichkeit zurückkehren, hier alles vernichten und hoffen, dass ich nicht in ein unhaltbares inneres Chaos stürze?*

*Wenn ich das nur jemandem zeigen und besprechen könnte. Jemand, der mir Feedback gibt und mir sagt, dass es Hand und Fuß hat oder eben Blödsinn ist. Beides wäre mir recht. Oder Beweise. Beweise, dass das was ich hier zu Tage bringe auch für andere Realität ist und nicht nur in meinem Hirn existiert.*

Clara schüttelte energisch den Kopf. Selbstzweifel brachten sie nicht weiter. Und war es nicht so, dass allein die Fähigkeit sich über den Geisteszustand kritisch Gedanken zu machen, den Wahnsinn ausschloss?

Sie erhob sich, um in der Küche Kaffee zu kochen. Doch sie kam dort nicht an. Beim Aufstehen blieb Clara mit dem Fuß am Couchtisch hängen und geriet ins Stolpern. Strauchelnd fing sie sich gerade noch ab, bevor sie sich an der Wand neben sich abstützte. So stürzte sie selbst zwar nicht, aber dafür riss sie einige der mühselig geordneten Notizen vom Tisch.

Seufzend ging Clara in die Hocke, wobei sie sich mehr über sich selbst ärgerte, als über das überschaubare Chaos, das sie angerichtet hatte. Mit ein paar schnellen Griffen waren die Zettel wieder aufgehoben. Zum Sortieren war nachher noch Zeit. Doch was war das?

Ein gelbes Blatt, beschrieben, aber nicht mit ihrer Handschrift und nicht mit der grausamen Imitation, die sie am Tag zuvor gesehen hatte. Es war eine gänzlich andere Schrift. Schwer zu sagen, ob von einer Frau oder einem Mann, das Schriftbild war sehr androgyn.

*Eine Hinterlassenschaft vom Einbrecher?*

Entsetzt fiel ihr ein, dass sie gar nicht geschaut hatte, ob ihre Haarfalle noch intakt war. Sie sprang auf, das gelbe Blatt noch immer in der Hand und schaut sich den Rahmen der Wohnungstür an. Die Haare waren fort. Sie sah genauer hin. Aber selbst auf dem Boden fand sie keine. Sie waren nicht bloß heruntergefallen, sondern die Tür war geöffnet worden.

Schnell auf den Beinen, sprang sie in wenigen Schritten zu den Fenstern. Hier war alles in Ordnung.

*Eindeutig! Durch die Tür! Der Einbrecher kam von dort herein.*

Das war eine wichtige Erkenntnis. Nun war sie im Stande weitere Vorkehrungen zu treffen und die Tür zu sichern. Etwas mulmig wurde ihr allerdings schon. In zwei Nächten hintereinander wurde bei ihr eingebrochen und sie hatte nichts, aber auch gar nichts davon mitbekommen. Nicht nur, dass jemand Fremdes in der Wohnung war und theoretisch all ihre privaten Sachen hätte durchwühlen können. Sie hätte bestohlen werden können, überfallen oder Schlimmeres und hätte es erst gemerkt, wenn es viel zu spät war.

Die Erkenntnis ließ sie erstarren und einen Plan reifen, sie würde heute Nacht nicht zu Hause schlafen. Vielleicht vertraute sie sich doch Sabine oder Markus an. Ihre Freundin würde zwar durchdrehen und hysterisch werden, ihr aber letztlich anbieten, bei ihr zu übernachten. Das wäre Ok.

Markus würde ruhig und besonnen sein. Vorbeikommen, sich ihre Vermutung anhören, warum sie davon überzeugt war, dass eingebrochen wurde und dann selbst noch mal alles anschauen. Das Problem war aber, dass sie keine Theorie hatte. Es waren Fakten, die dafürsprachen. Doch die konnte sie ihrem Kollegen nicht präsentieren, ohne sich selbst in schwerwiegende Probleme zu bringen.

Markus hätte die Ruhe und die richtigen Ideen, die Erfahrung als Polizist und natürlich Kontakte. Sabine hingegen die Empathie und die Agilität, sofort zu reagieren. Aber auch die nötige Naivität, nicht zu viele Fragen zu stellen und nicht zuletzt ein Gästebett.

Clara nahm sich vor Sabine anzurufen. Als sie durch den Raum schritt, um nach ihrem Handy zu greifen, flatterte das Blatt in ihrer Hand und erinnerte sie daran, weswegen sie so in Aufregung war. Daher blieb sie mitten vor der Ablage mit dem Festnetztelefon stehen und betrachtete das gelbe Papier. Augenblicklich vergas sie alles um sich herum und las den Zettel aufmerksam durch.

Die Botschaft enthielt ein Lob, für ihre akribische Arbeit. Dafür, dass sie mühevoll die Puzzleteile zusammengetragen und eingesetzt hatte. Aber auch eine kleine Korrektur ihrer notierten Conclusio: Das Blut würde gar nicht gebraucht werden. Aber man wolle es, ähnlich wie man die Finger nicht von Kaffee, Chips oder Süßigkeiten lassen könne.

Außerdem und das war vielleicht das Interessanteste an dieser mysteriösen Nachricht, enthielt sie den Vorschlag, sich mit einer Kontaktperson zu treffen. Eine Adresse mit einer genaueren Beschreibung, Datum und Uhrzeit waren notiert. Als Clara das las, wurde ihr schwindelig. Das war unmöglich ein Zufall. Aber was dann? Ein Einbrecher mit einem miesen Sinn für Humor?

Erschrocken glitt ihr der Zettel aus der Hand. Das durfte doch alles nicht wahr sein. Sie wurde verrückt und die Notiz war überhaupt nicht real. Das zumindest schien ihr eine deutlich plausiblere Erklärung zu sein. Dann gab es womöglich auch gar keinen Einbrecher, sondern sie schlafwandelte schlichtweg? Wahnsinn oder Überarbeitung, aber im Grunde machte es jetzt keinen Unterschied mehr. Die Verzweiflung ließ ihr Tränen in die Augen schießen.

Den Rest des Tages schlugen ihre Emotionen immer wieder vom einen in das andere Extrem. Mal kam ihr der Gedanke, dass sie sich über das formulierte Lob freute. Dann war sie sich sicher, dass der Zettel real war und sie auf der richtigen Spur. Obwohl es ihr dennoch Unbehagen bereitete, dass die Theorie Übernatürliches einschloss. Doch die Freude schlug auch genauso schnell wieder um, als Clara sich bewusst wurde, dass sie sich auf sehr dünnem Eis bewegte. Sie hatte keine Bestätigung, keine zweite Meinung. Nur eine gelbe Notiz mit einer fremden Handschrift und einen Haufen eigens beschriebener Zettel. Doch die durfte sie niemandem zeigen, wenn sie nicht die Absicht hatte, sich selbst in große Schwierigkeiten zu bringen. Ein Dilemma.

Als Clara sich gegen Abend an die Erkenntnis gewöhnt hatte, dass ihr überarbeiteter Geist ihr fiese Streiche spielte, schwang das Pendel der Emotionen wieder in die entgegengesetzte Richtung. Ein Gedanke kam ihr, eine Idee, mit der sie sich Gewissheit über die Situation verschaffen vermochte. Dazu benötigte sie aber Hilfe, jedoch weder von Markus noch von Sabine.

Clara las die Botschaft zum zwanzigsten oder dreißigsten Mal. Doch jetzt drehte sich ihr Interesse nicht um den sachlichen Inhalt, sondern um Datum und Uhrzeit des Treffens. Sie beschloss das Angebot anzunehmen. Dabei hoffte sie inständig, dass am Ende herauskam, dass sie sich nicht geirrt hatte. Für den Fall, dass doch… nun den Gedanken klammerte sie vorerst aus. Wer beschäftigte sich schon gerne mit der Möglichkeit verrückt zu sein, wenn es noch Hoffnung gab? Das Treffen war in einer Woche angesetzt, um Punkt Mitternacht.

*Was für ein vortrefflicher Zufall. Geisterstunde. Natürlich, was sonst? Immerhin waren Vampire nachtaktiv, oder?*

Doch als sie die angegebene Adresse recherchierte, staunte sie nicht schlecht. Den Namen der Straße kannte sie, es war eine sehr lange Verkehrsader, die quer durch die Stadt verlief. Die Hausnummer deutete darauf hin, dass der Treffpunkt weit außerhalb war. Möglicherweise sogar am Stadtrand oder dahinter. Doch eine gezielte Suche verriet ihr, was sie instinktiv schon geahnt hatte. Das Treffen sollte an einem wohlbekannten Gothic Club stattfinden.

Wer würde dort auf sie warten? Käme überhaupt jemand oder saß sie hier einem üblen Scherz auf? Und wenn die Zusammenkunft stattfand, wie würde sich die Situation entwickeln? Brauchte sie Schutz? Eine kugelsichere Weste oder würde eine Pistole ausreichen? Eine sorgenvolle Woche stand ihr bevor.

Die Zeit des Wartens plätscherte dahin. Clara sorgte sich nicht sonderlich darum, den Ermittlungen und Meetings der Soko zu folgen. Stattdessen beschäftigte sie sich mit Akten im Büro. Äußerlich war sie sehr bemüht, den Schein zu wahren und zeigte gute Miene zum bösen Spiel. Wenn Markus etwas bemerkte, dann ließ er sich seinerseits nichts anmerken. Die Zeit, die Clara sich erkaufte, in dem sie mit mehr oder weniger plausiblen Entschuldigungen bei den Besprechungen fehlte, investierte sie, um ein paar Gefallen einzufordern. Es war nicht leicht, aber am Ende bekam sie, was sie für ihren Plan benötigte.

Sie wog das kleine Ding in der Hand und erstarrte. Es war leichter, als ihre Pistole und doch war es für das Treffen am Death's Garden für sie von mindestens genauso großer Bedeutung. Es würde Klarheit bringen, auf die eine oder andere Weise.

Die Woche verstrich und Clara ertappte sich dabei, wie sie ernsthaft überlegte, ob sie sich für das obskure Treffen etwas passendes anziehen sollte. Sie war im Begriff den Gothic Club erneut zu betreten, an den sie so intensive Gefühle knüpfte. Auch wenn sie nach wie vor keine klaren Erinnerungen an jenen Abend zu fokussieren vermochte. Sie entschied sich, dass es unnötig war. Bequeme Alltagskleidung würde ausreichen, immerhin hatte sie im wahrsten Sinne des Wortes etwas zu verbergen. Bei einem Kleid oder Rock war das komplizierter. Unter einer Jacke jedoch verschwand ihr Schulterholster unbemerkt.

Zur rechten Zeit stieg sie in ihr Auto und fuhr gemächlich durch die Stadt. Nachts war ohnehin nicht viel los auf den Straßen und so plante sie ein paar unnötige Schlenker ein. Nur für den Fall, dass man ihr folgte. Wobei sie sich nicht sicher war, ob sie das eher von Markus oder ihrer Kontaktperson erwartete. Doch ihr Kollege wusste nichts von ihrer nächtlichen Aktion.

Als Clara im Death's Garden ankam, war es bereits nach Mitternacht. Der Parkplatz vor dem Gebäude war verlassen und sie fühlte sich an ihren ersten Besuch hier erinnert. Es schien eine Ewigkeit her zu sein, dass sie mit dem Dienstwagen hergefahren war, um zu sehen, wo das zweite Mordopfer seine letzten Stunden verbracht hatte.

Sie stellte den Wagen rückwärts in eine der Parkbuchten. So war es möglich schneller wegzufahren, sollte eine Flucht notwendig sein. Natürlich vorausgesetzt, dass sie es zurück zum Auto schaffte.

Laut Notiz trafen sie sich auf der Rückseite des Gebäudes, dort wo der Eingang in den Club war. Bevor sie aus dem Auto stieg, überlegte Clara rückwärts die Lieferzufahrt entlangzufahren. Wenn sie hinten parkte, war sie sogar schneller am Wagen. Letztlich entschied sie sich dagegen. Sie war nicht nur Polizistin mit Waffenschein und Dienstwaffe, sie war auch im Kampfsporttraining und joggte mehrmals die Woche im Park. Sie war in der Lage sich im Nah- und Fernkampf zu verteidigen und zur Not einen agilen Sprint hinzulegen. Das sollte für ihre Zwecke reichen.

Als sie ausstieg und die Tür hinter sich zu schlug, hätte sie sich am liebsten dafür verflucht. Musste die Tür denn so verdammt laut sein? Doch wahrscheinlich ergab es keinen Unterschied, immerhin war sie mit dem Auto hier und das allein hatte ihre Anwesenheit schon angekündigt. Dennoch hätte sie gerne etwas unauffälliger gehandelt. Nun war der Schaden aber angerichtet, also marschierte sie selbstsicher und festen Schrittes nach hinten. Was nutzte es, jetzt noch zu schleichen?

Clara überprüfte den Sitz ihres Waffenholsters und warf ihre Jacke darüber. Es war zu warm für eine Lederjacke, selbst mitten in der

Nacht. Aber es war die Einzige, unter der sie das Holster verbergen konnte und trotzdem schnell im Zugriff hatte. Zufrieden mit ihrer Vorbereitung lief sie los. Jeder Schritt hallte in der Nacht über den Parkplatz und hinüber in die Liefereinfahrt. So kam es ihr jedenfalls vor. Die Anspannung hatte alle ihre Sinne geschärft. Ihr Gehör schien mit einem Mal viel feiner die Nuancen zwischen dem Auftreten ihrer Ferse und dem Widerhall von der Wand auszumachen. Und das, obwohl diese nicht einmal zwei Meter von ihr entfernt war.

Aber sie wusste, dass es Blödsinn war. Für heute Abend hatte sie Turnschuhe mit einer weichen Sohle ausgewählt. Sie war kaum zu hören beim Gehen, doch das Adrenalin in ihrem Blut ließ all ihre Nerven vibrieren.

Am Ende der Zufahrt sah sie sich um. Eine einsame Laterne erhellte den Hof, so gut sie es vermochte, hatte aber ihre beste Zeit hinter sich. Der Parkplatz hier war leer, kein Mensch zu sehen, und nicht einmal Müllcontainer waren hier abgestellt. Der Ort wirkte verlassen, wenn man von den Plakaten und einer Handvoll achtlos weggeworfener Getränkedosen absah. Clara wusste, dass sie schon mal hier war, dunkel erinnerte sie sich an Menschenmassen und Musik, die aus der Halle vor ihr dröhnte. Aber auch daran, wie sauber es an dem Abend war. Wenngleich es nicht viel war, so bildete das bisschen Müll eine große Ausnahme. Doch jetzt lag das Gebäude still und einsam vor ihr.

Verunsichert schlich sie ein paar Schritte in den Hof hinein und fragte sich nicht zum ersten Mal, ob sie geradewegs in eine Falle tappte. Die Arme um sich geschlungen tastete sie unauffällig nach der Waffe unter der Jacke. Das Gewicht im Holster zu spüren und den Griff zu fühlen beruhigte sie ein wenig. Und da war noch etwas. Das kleine Aufnahmegerät mit dem Knopflochmikrophon, dass ihr ein Freund aus der Technikabteilung „ausgeliehen“ hatte. Der Gefallen, der eingefordert wurde und ihr Erlösung oder Verdammnis brachte. Vielleicht war es später wichtig, die Stimme identifizieren zu können oder sich an den exakten Wortlaut zu erinnern. Vorausgesetzt es war mehr zu hören, als sie selbst, wie sie Selbstgespräche führte. Clara drückte die Aufnahmetaste.

Aber dennoch wäre es ihr ungleich lieber, zu sehen, mit wem sie sich hier traf. Irgendeine Person zum Beispiel, das wäre dann wenigstens eine reale Bedrohung, doch hier war nichts und niemand um sie herum.

Die Beschreibung aus der Notiz war mehr als dürftig. Es war nicht einmal von einer konkreten Person die Rede. Nur ein vages „jemand" und die Zusage, dass es Informationen gab. Nicht gerade viel, um einen vertrauensvollen Austausch mit einem Informanten anzubahnen. Falls das hier überhaupt würdig war, als so etwas bezeichnet zu werden. Aber dennoch war Clara innerlich davon überzeugt, dass sie herkommen musste. Es war ein spürbarer Drang. Der Wunsch, die Wahrheit zu kennen, so sonderbar sie auch war.

*Was wird Sherlock Holmes nachgesagt? Wenn man alle anderen Möglichkeiten ausgeschlossen hat, dann muss das, was übrigbleibt die Wahrheit sein?*

Die gesamte Situation war skurril genug. Sie hatte sich darauf eingelassen zu akzeptieren, dass sie einen untoten Blutsauger suchte. Da würde ein nächtliches Treffen mit einem Fremden im Hinterhof einer Gothicdiskothek, nicht ins Gewicht fallen. Außerdem ging es darum, vermeintlich etwas über die Hintergründe nicht aufgeklärter Mordfälle zu erfahren. Was sollte da schon schiefgehen?

Bei dem Gedanken grinste Clara dümmlich und war sich nur allzu bewusst, wie nahe sie der Grenze zum Wahnsinn stand.

Sie schlenderte auf die Stahltreppe zu, denn hier war es am hellsten. Die Laterne ragte direkt neben den Stufen in die Nacht hinauf und gab ein beständiges Summen von sich. Immer noch niemand hier, doch Clara selbst war deutlich zu sehen. Ein Risiko, sicherlich. Aber notwendig, wenn das hier zu etwas führen sollte. Kurz bevor sie die unterste Stufe erreichte, drehte sie ab und stellte sich direkt unter die Lampe. In ihrem Rücken die Wand, neben ihr die kleine Mauer, welche die Treppe einfasste. Was vor ihr und auf der anderen Seite passierte, konnte sie nun einsehen.

Dachte sie zumindest. Als sie sich umdrehte, sah sie im Augenwinkel eine dunkle Gestalt am Rande des Lichtkegels der Laterne stehen und erschrak innerlich. Sie umfasste den Griff der Pistole fester, bereit sie jederzeit zu ziehen. Dabei schien es offenkundiger zu sein, als sie beabsichtigte, denn der schwarze Schatten hob beschwichtigend die Hände und trat einen kleinen Schritt näher.

Nun sah Clara, dass die zierlichen Hände in dünnen, schwarzen Nylonhandschuhen steckten. Ebenso die Beine, die unter einem gleichfarbigen, knielangen Petticoat im Gothicstil hervorkamen. Alles, Handschuhe, Rock und Strumpfhose mit feiner Spitze war in dunkle Farben gehalten. Ein kleiner Schritt und sie sah, dass die junge Frau, die ihr gegenübertrat, nicht gefährlicher war als sie selbst. Denn immerhin war Clara bewaffnet.

Der vermeintliche Petticoat entpuppte sich als einteiliges Kleid. Unten ein schwarzer, leicht durchsichtiger Spitzenrock und oben ein ebenso dunkles und besetztes Bustier. Die Schultern frei und ein Ausschnitt, der einiges versprach, doch mehr verhüllte. Ein perfekt ausbalanciertes Spiel aus verrucht und züchtig, aus „schau mich an" und „aber nicht zu sehr".

Die junge Frau kam etwas näher. Ihre Schritte wirkten unsicher und schüchtern, als wäre sie nicht sicher, ob sie hier sein wollte. Aber Clara kaufte es ihr nicht ab, denn zugleich spürte sie, dass von ihrem Gegenüber eine gewisse Präsenz ausging. Eine ausgestrahlte Stärke, die sie sofort Lügen strafte. Diese Frau war alles, aber nicht schüchtern und zurückhaltend. Sie schauspielerte nur.

Doch jetzt, da sie im Licht der Laterne stand, kaum fünf Meter von Clara entfernt, hatte sie das seltsame Gefühl, sie wieder zu erkennen. Es fiel ihr nur nicht ein, wen sie da vor sich hatte. Der Eindruck, sich zu kennen, war aber unbestreitbar und nagte an ihrem Verstand.

„Hallo Clara. Bitte erschieß mich nicht, das ist mein Lieblingskleid", klang ihre Stimme herüber. Auch sie wirkte aufgesetzt besorgt.

*Soll das witzig sein? Und woher weiß sie, dass ich eine Waffe bei mir trage? Oder geht sie nur davon aus, weil ich Polizistin bin?*

„Wer bist du?", war stattdessen die Frage, die ihr Kopf zuerst beantwortet haben wollte, damit dieses furchtbare Gefühl endlich aufhörte.

„Mein Name ist Roxy…"

*Roxy, Roxy, Roxy? Wer ist Roxy? Ich habe sie noch nie gesehen. Aber trotzdem… sie kommt mir so bekannt vor! Warum erinnere ich mich nicht?*

„… und ich bin hier, um mit dir zu reden und deine Fragen zu beantworten, soweit ich kann und darf. Was du dann daraus machst, ist deine Sache."

„Woher kennst du mich?"

„Von hier, vom Death's Garden. Du kamst letztes Jahr einen Abend her. Ich habe dich vorne am Parkplatz davor bewahrt gegen eine Laterne zu laufen. Dann haben wir die Nacht hier zusammen verbracht."

*Ich war hier… aber mit ihr? Das müsste ich doch wissen!*

Dabei fiel Clara auf, dass es ihr nicht gelang, ein Gesicht zu rekonstruieren. Sie war überzeugt, dass sie jemand begleitet hatte, aber sie erinnerte sich weder an einen Namen noch an das Geschlecht oder die Kleidung. Nur, dass jemand da war. Damals. Die ganze Geschichte wurde immer seltsamer und verwirrender, je mehr sie versuchte Ordnung in das Chaos zu bringen.

„Du sagst, du wurdest geschickt. Von wem?“

„Meinem Herrn.“

„Wer ist das?“

„Das kann ich nicht sagen.“

„Warum nicht?“

„Er erlaubt es nicht.“

*Na klar. Was auch sonst? Komm, lass uns die verrückte Polizistin verarschen, oder was?*

Clara seufzte. Sie bekam bereits nach wenigen Fragen das Gefühl, dass hier nichts weiter zu holen war. Zumindest nicht zu der Person im Hintergrund, sofern sie denn existierte. Und dabei hatte sie sich nicht mal warm gefragt, für ein echtes Verhör hatte sie bisher nur an der Oberfläche gekratzt. Dennoch würde sie ein paar weitere Fragen stellen, vielleicht ließ sich der Frau ja doch etwas entlocken.

„Ist dein Freund auch hier?“

„Du meinst meinen Herrn. Und nein, ist er nicht.“

„Wo ist der Unterschied?“, schoss es aus Clara heraus.

Im gleichen Moment war sie überzeugt, dass die Wortwahl auf einer seltsamen Art von Liebesspiel fußte. Vielleicht aus dem SM-Milieu.

*Vielleicht eine Art von Demütigung, die beide in ihren Rollen scharf macht? Los, verarsch die naive Polizistin und rede mich immer mit Herr an, Miststück! So in der Art?*

Jetzt war es an der jungen Frau resigniert zu seufzen.

„Es ist nichts Sexuelles. Wir sind kein Liebespaar. Außerdem ist die formelle Anrede >>Herr<< ein Honorifikum, das die Ehrung und Respekt zum Ausdruck bringen soll. Aber deswegen ist mein Herr noch lange nicht mein Freund.“

Der Ton war bestimmend mit leicht aggressiven Einschlägen. Ganz offenkundig war sie genervt. Es war dieses eine Mal zu viel, dass sie die Erklärung von sich abgab. Clara kannte das Gefühl nur zu gut.

*Schau an, doch nicht so schüchtern, wie du tust. Und Honorifikum? Wer sagt denn sowas heute noch? Gebildet oder eingebildet?*

Clara legte eine Pause ein, in der sie die Frau fest anstarrte. Sie wartete ab, wie sie auf non-verbalen Druck reagierte. Aber es passierte rein gar nichts. Stoisch starrte die Frau im Gothickleid zurück, ohne die kleinste Regung zu zeigen. Die perfekte Selbstbeherrschung, so war es Clara, die nach einer gefühlten Ewigkeit einknickte.

„Fein, also du kennst meinen Namen und hast mich angeblich schon mal hier getroffen. Du bist hier im Auftrag deines Herrn – wer auch immer das ist – um mir Informationen zu geben. Richtig so weit?", Clara versuchte, neutral zu reden und simple Fakten zusammenzutragen.

Sie wollte sich nicht in die Karten schauen lassen, um selbst nicht so nervös zu erscheinen, wie sie war. Die ganze Situation sagte ihr nicht zu. Doch nun hatte sie sich auf das Spiel eingelassen. Ihr erster Zug ging gehörig daneben, noch einmal sollte ihr das nicht passieren.

„Ja, das ist richtig."

„Wirst du von dir aus reden oder nur Fragen beantworten?"

„Wahrscheinlich beides. Aber du bist noch nicht im Hier und Jetzt angekommen. Du stellst noch zu viele Fragen zu deiner Situation, statt sie zu akzeptieren. Du bist noch nicht bereit für Antworten."

„Was soll das denn heißen?"

Die junge Frau schritt auf Clara zu, bis sie direkt vor ihr stand. Sie hätten sich jetzt ohne Probleme gegenseitig an die Schultern fassen können. Es war irritierend, denn es fühlte sich unbehaglich und zugleich vertraut an. Jemand, der ungefragt in ihre Wohlfühlzone eindrang. Aber jemand, dem sie es schon einmal erlaubt hatte. Ein überwältigend sympathisches Lächeln hellte das Gesicht der Goth mit einem Mal auf.

„Clara, akzeptiere folgende Fakten: Wir sind allein hier. Ich bin keine Bedrohung für dich. Mein Herr tut hier nichts zur Sache. Aber ich werde dir antworten, so gut ich kann. Was ich dir sage ist wahr, wenn auch schwer zu glauben. Zumindest, wenn man es das erste Mal hört."

„Hmm, na gut. Angenommen ich lasse mich darauf ein, was hast du dann zu sagen?"

Wieder ein Lächeln, immer noch sehr hell und freundlich, aber nicht mehr so einnehmend.

„Komm setzen wir uns", Roxy schlich um das kleine Mäuerchen herum und setzte sich auf die Stufen. Neben sich klopfte sie auf das Metall und bat Clara zu sich. Es war wie ein Gong, der sie aus einer Art Trance riss.

Stumm folgte sie der Aufforderung und ließ sich ebenfalls nieder. Der kalte Stahl drang kühl durch ihre Hose, aber es war schon in

Ordnung. Die Gefahr einer Blasenentzündung bestand nicht, wenn das hier nicht allzu lange dauerte. Und falls doch hatte Clara noch etwas Antibiotika von der Letzten im Schrank. Aber sie fragte sich, wie es für ihre Kontaktperson war. Rock und Strumpfhose waren deutlich dünner als ihre Jeans.

„Also", setzte Roxy nach einer kurzen Pause ein, „Du bist auf die Spur eines Wesens der Nacht geraten. Du verfolgst die Dunkelheit in den Schatten und hoffst, dennoch etwas zu finden. Ist das naiv oder beharrlich?"

Roxy winkte ab: „Egal. Ums kurz zu machen, verrate ich dir, was du suchst: Einen Vampir, der seine Selbstbeherrschung verloren hat. Das ist das Erste, das du akzeptieren musst. Darauf baut alles Weitere auf."

„Dass der Mörder angeblich ein Vampir ist oder dass Vampire existieren?"

„Lass die Spitzfindigkeiten, du weißt genau, was ich meine."

Wieder ein aggressiver Unterton. Das Thema war dieser jungen Frau offenbar sehr ernst. Um sie nicht zu verprellen und wertvolle Informationen zu verlieren, schwieg Clara und wartete darauf, dass Roxy weitersprach. Diese ließ sich etwas Zeit. Eine Kunstpause, damit sie sich an den Gedanken gewöhnte, dass die Frau in schwarz ihr nun von widernatürlichen Blutsaugern erzählen würde.

Schließlich setzte sie fort: „Ich verstehe deine Skepsis, Clara, mir würde es wohl nicht anders gehen. Aber lass mich versuchen es dir zu erklären. Und, wie ich schon sagte, ich gebe dir nur Informationen, was du dann daraus machst, ist deine Sache."

Roxy räusperte sich und holte Luft, als setzte sie zu einer langen Rede an.

„Du hast einen Mordfall untersucht, bei dem die Todesursache auf Verbluten zurückgeführt wurde. Aber es gab keine offensichtliche Wunde, die das verursacht haben könnte. Innerlich verblutet ist die Person ebenfalls nicht. Auch wenn du es nicht hören willst, die Erklärung dafür ist, dass das Blut den Körper verlassen hat, aber die zugefügte Wunde heilen konnte, bevor sie starb. Es ist so simpel und gleichzeitig so kompliziert, wenn man mit der Materie nicht vertraut ist, nicht wahr?"

*Du bist erstaunlich gut informiert. Todesursache, Tathergang und, dass die erste Leiche eine Sie war. Ich bin schon fast geneigt Täterwissen zu unterstellen.*

Stattdessen schnaubte Clara lediglich. Nicht verächtlich, eher ungläubig. Die Frau neben ihr ignorierte es, falls sie es gehört hatte.

„Der Täter ist ein Vampir und als solcher hat er eine extrem verstärkte Regeneration. Diese lässt sich auch kurzzeitig auf andere übertragen, z.B. durch Speichel bei einem Kuss. Oder, wenn man seine feuchten Lippen auf eine offene, blutende Wunde drückt und mit der Zunge darin rum pult."

Wieder eine kurze Pause zum Sacken lassen. Clara glaubte kein Wort. Das war alles viel zu fantastisch, um wahr zu sein. Und dennoch war diese Roxy davon überzeugt, dass sie die Wahrheit sagte. So sehr, dass sogar Clara es spürte.

„Die Opfer sterben also am Blutmangel. Der Tod tritt durch Herzversagen ein, aber der Moment zwischen kritischem Blutverlust und Herzstillstand reicht aus, um die Wunde mit der verstärken Regeneration zu schließen. Das Ergebnis ist ein toter Mensch, der verblutet ist, ohne eine offensichtliche Verletzung. Das ist die Lösung deines Rätsels. Sorry, für's spoilern."

„Nur, dass mir das niemand glauben wird und sich nicht nachweisen lässt."

„Für dich, leider ja."

*Für mich? Für andere etwa nicht?*

„Jetzt, da das Wie beantwortet ist, komme ich zum Warum."

„Ist das nicht offensichtlich?"

„So?", Roxy schien ehrlich überrascht und neugierig, welche Schlüsse Clara ziehen würde.

„Wenn wir von einem Vampir reden, ist doch klar, dass das Warum sich auf die Ernährung bezieht, oder? Vampire trinken Blut, nicht aus Spaß, sondern zum Überleben. So wie Menschen Wasser benötigen."

„Das… ist nur die halbe Wahrheit, vielleicht auch nur ein Viertel. Sieh mal, selbst wenn er das Blut zum Überleben bräuchte, könnte er doch einfach weniger nehmen, dafür aber von mehr Menschen, oder? Warum also jemanden deswegen töten?"

„Entweder zur Beseitigung von Zeugen oder…", Clara stockte, als ihr ein Gedanke kam.

„Ja… oder?" Roxy sah sie auffordernd an.

„…oder im Affekt. Er kann nicht aufhören, weil er in einer Art Rausch gerät. Aus Mordlust sozusagen."

Sie nickte anerkennend und starrte dann in schwarze Nacht vor ihnen.

„Genau. Der Geschmack von nur kleinsten Mengen Blut oder auch nur der Geruch lösen eine kaum zu bändigende Gier aus. Man muss es haben, mehr, am besten alles. Stell dir einen Hai vor, der einen Tropfen Blut auf Kilometer Entfernung wittert und schlagartig Hunger bekommt. Er wird seinen Weg zur Quelle suchen und gerät unweigerlich in den Angriffsmodus. So ähnlich muss es für einen Vampir sein, wenn er im wahrsten Sinne Blut geleckt hat."

*So ähnlich muss es sein? Du sprichst also nicht aus eigner Erfahrung? Also hältst du dich nicht selbst für einen Vampir? Was dann? Oder spekulierst du nur, um mich zu narren?*

Den Gedanken behielt sie vorerst für sich. Möglicherweise gab es später die Gelegenheit darauf zurückzukommen. Für den Moment war es wichtig, dass diese Roxy weitersprach und so viel wie möglich offenbarte.

„Und der Rausch ebbt erst ab, wenn der Mensch tot ist?"

„Vielleicht nicht mal dann. Es ist eine Menge Selbstkontrolle notwendig. Falls die nicht aufgebracht wird und weitere potenzielle Opfer in der Nähe sind, wird der Nächste angegriffen."

„Das heißt, ein unkontrollierter Vampir oder ein Vampir ohne Kontrolle, mordet immer weiter?"

„Das könnte passieren. Und Ähnliches ist hier passiert. Er hat wenig Selbstkontrolle und weiß um diese Schwäche. Daher verlässt er die Stadt nach ein paar Tagen und sogar das Land für ein Jahr."

*Wow, selbst davon weißt du? Jetzt bin ich von Täterwissen überzeugt!*

„Und reist einem bestimmten Plan folgend durch Europa. Jeden Monat ein anderes Land und eine andere Großstadt als im Jahr davor", führte Clara dennoch Roxys Rede fort.

„Und entkommt somit seit Jahren der Polizei, korrekt."

„Und nun? Was soll ich jetzt tun?"

„Zuhören, vielleicht hilft es dir dann die richtigen Schlüsse zu ziehen. Derjenige, auf dessen Spur du gekommen bist, sollte nie Vampir sein. Er ist ungestüm und hat einen schwachen Willen. Er ist ein Unfall, könnte man sagen. Er hatte nie die Anleitung eines Me…", Roxy stolperte über ihre eigene Zunge und räusperte sich, bevor sie wiederholte, „Er hatte keine Anleitung."

Clara sah sie skeptisch an. Der Satz stoppte ungeplant. Etwas schien ihr in den Kopf geschossen zu sein, dass sie lieber unausgesprochen ließ.

*Was verschweigst du, Kleine? Und woher hast du dein Wissen? Du bist überzeugt, dass es richtig ist. Aber woher kommt es, wenn nicht aus erster Hand?*

Roxy sprach weiter.

„Er ist aber nun mal, was er ist. Ohne Kontrolle gibt er dem Monster in sich nach und ist eine Gefahr für die Menschen und ein Problem für die übrige Gesellschaft."

„Moment mal! Die übrige Gesellschaft?"

„Die anderen Vampire, ja… aber das tut jetzt nichts zur Sache", Roxy wich der Frage aus.

*Ich denke schon. Dann ist die Gefahr größer als gedacht. Nicht nur wegen eines Vampirs muss man dann besorgt sein, sondern wegen… wie vielen genau? Hunderten? Tausenden?*

„Wie viele gibt es genau?", entschloss Clara sich in die Offensive zu gehen.

„Das ist doch unwichtig, du hast nur ein Problem mit dem einen hier. Die anderen fühlen sich an den Schwarzen Schleier gebunden und halten sich daran. Der hier nicht, sonst wüsstest du nichts davon."

„Was ist denn jetzt schon wieder der Schwarze Schleier?"

Die junge Frau sah sich hilfesuchend in der Dunkelheit der Nacht um und hob den Kopf schließlich zu den Sternen hinauf. War das ein Hauch von Verzweiflung? Ein Anflug von Unsicherheit in ihrem ganzen bisherigen Auftritt?

„Ach scheiße. Vergiss, dass ich das erwähnt habe, bitte. Das wichtige daran ist, dass nur von diesem einen Gefahr ausgeht."

Roxy warf ihr wieder ihr gewinnendes Lächeln zu und suchte Claras Blick. Jedoch war sie in ihren Gedanken versunken und achtete gar nicht auf die junge Frau neben ihr. Bis sie an der Schulter gepackt wurde. Da schrak sie zusammen und wandte sich Roxy zu.

„Ja, Clara? Tust du mir den Gefallen und vergisst den Schwarzen Schleier wieder? Der ist für unser Gespräch hier wirklich nicht wichtig."

Die Polizistin schüttelte sich kurz, als sei ihr ein Schauer über den Rücken gelaufen. Der Blick der jungen Frau war sehr intensiv und bohrte sich in ihre Augen.

Dann antwortete sie: „Hmm, na ja, neugierig bin ich schon. Aber ok, lass uns vorerst bei den Fakten bleiben und die Details später noch mal aufgreifen."

Roxy schien erleichtert und zufrieden.

„Ok, danke. Also konzentrieren wir uns, auf dass was wir haben: Ein unkontrollierter Vampir, der mordend seinem Trieb nachgibt. Ein weiterer Punkt ist aber – und das hörst du sicherlich nicht gerne – dass du ihn nicht wirst finden können. Und falls doch, wird es das Letzte sein, was du tust. Einen direkten Konflikt mit einem Vampir kannst du nicht überleben."

„Warum nicht?"

„Weil er stärker, schneller und zäher ist als du. Du wärst tot noch bevor du auf ihn zielen könntest."

„Also? Soll ich die Hände in den Schoß legen und das Ganze vergessen? Wozu dann diese Scharade? Warum mir dann diese Informationen geben?"

*Werde ich also doch nur verarscht hier? Verdammt, Clara, das kannst du doch besser!*

Roxy starrte auf den Boden zwischen ihren Füßen und Clara spürte einen inneren Konflikt. Dass sie gerne mehr sagen würde, aber irgendetwas sie zurückhielt.

„Wenn dir dein Leben lieb ist, hast du kaum eine andere Wahl", sie schaute auf und sah ihr ins Gesicht, „Clara, du wirst ihn weder finden noch fassen. Aber wenn du nicht loslässt, dann wird dich diese Obsession früher oder später in den Abgrund führen. Erst wird es dich deine Reputation und deinen Job kosten, später dann Freunde und Familie. Niemand wird dir glauben und dich als Verschwörungstheoretikerin abstempeln, die den Bezug zur Realität verloren hat. Enden wirst du dann mit Beruhigungsmitteln vollgepumpt in einer Klinik."

„Und warum hast du mir dann das alles erzählt, wenn ich jetzt nach Hause gehen soll, um all das wieder zu vergessen? So zu tun, als wäre das nie geschehen?", wiederholte Clara ihre Frage in schärferem Ton.

„Du musst nichts vergessen. Dann wäre das ja wirklich alles umsonst gewesen. Es soll deine Nerven beruhigen, damit du aus der Obsession herausfindest. Bitte verfolge das nicht weiter. Es ist unbefriedigend für dich, ich weiß. Aber es ist auch ein Versuch, dein Leben zu schonen."

„Vor wem? Dem Mörder, den ich eh nicht fangen kann, wie du sagst?"

„Ja, und… vor anderen."

„Andere? Andere, die mir gefährlich werden, wenn ich weiter ermittle? Diese ominöse Vampirgesellschaft?", Clara hob eine Augenbraue.

„Das ist doch jetzt nicht wichtig. Wichtig ist, dass du weißt, mit was du es zu tun hast. Wie die Morde ablaufen und warum ihr vor den Rätseln steht. Jetzt kannst du dein Gewissen mit den neuen Infos beruhigen, dich ausschlafen und dann mit voller Kraft und ohne Ablenkung der Soko dienen."

*Selbst davon weißt du?*

Clara war einen Moment sprachlos. Die Mitglieder der Soko Hells Kitchen waren zur Verschwiegenheit verpflichtet. Niemand durfte darüber reden, an einer Großermittlung beteiligt zu sein. Aber es sollte sie wohl weniger überraschen, dass der eine oder andere redet. Immerhin lag die Vermutung im Raum, dass es einen Maulwurf gab. Trotzdem beunruhigte es sie, dass diese Information bei einer jungen Gothicfrau gelandet war. Die darüber hinaus viel zu viel Wissen über andere Ermittlungen hatte. Clara brachte ihre Gedanken zurück in die Spur.

*Ich bezweifle, dass ich das kann. Dazu verschweigst du mir zu viel. Wer sind die anderen? Warum sollten sie mir gefährlich sein? Was haben sie mit dem Mördervampir zu schaffen? Und woher weißt du so viel über mich?*

„Deckt ihr ihn?", brach es schließlich aus Clara heraus. Gleichzeitig schob sie ihre rechte Hand unter die Jacke und griff nach der Pistole. Vorsichtig hob sie die Waffe im Holster an und drehte den Lauf in Richtung der Frau neben ihr. Wenn es gefährlich wurde, würde sie abdrücken, ohne erst ziehen zu müssen.

„Wie bitte?", ehrliches Entsetzen in Roxys Stimme.

„Du und deine Leute. Du hast anscheinend so viel Detailwissen und noch mehr, sonst würdest du mich nicht ablenken wollen und einigen Fragen ausweichen. Steckt ihr unter einer Decke? Woher nimmst du all dein Wissen? Wer soll mir gefährlich werden und wer hätte ein Interesse daran, dass ein wilder Vampir frei herumläuft?"

Das Taktieren hatte ein Ende. Von offensiv wechselte sie zu aggressiv und erhöhte den Einsatz. Wozu sich jetzt noch in Zurückhaltung üben?

Roxy hob beschwichtigend die Hände und schaute Clara an. Kurz flackerte der Blick auf ihre Brust. Ungefähr dort, wo Clara die Pistole umgriffen hielt und auf sie richtete.

„Ich verstehe die Fragen und den Unmut dahinter. Wirklich. Aber ich kann dir nicht mehr sagen. Ich KANN einfach nicht, selbst wenn ich wollte. Und nein, niemand hat ein Interesse daran, dass er frei herumläuft. Aber auch nicht daran, dass er von euch gefasst wird. Wenn ihr es überhaupt schafft."

Roxy seufzte resigniert.

„Wir haben bereits interne Kräfte angesetzt, die ihn zur Strecke bringen sollen. Und es ist sehr bedauerlich, dass es so lange dauert. Und ebenso, dass es keine andere Lösung gibt."

„Wer ist wir? Wer ist euch? Und wer sind diese internen Kräfte? Veranstaltet ihre jetzt auch noch eine Menschenjagd, statt mit der Polizei zusammen zu arbeiten?", ihre Stimme überschlug sich fast.

Für wen auch immer Roxy arbeitete, wer auch immer ihr „Herr" war, die Geschichte mit den Vampiren geriet mehr zu einer Farce. Clara hatte den Eindruck, dass sie hier auf eine Untergrundgesellschaft gestoßen war, die nur ihre eigenen Gesetze befolgte.

Bevor sie antwortete, starrte Roxy erneut reglos in die Dunkelheit vor ihnen, als würde sie sich auf etwas konzentrieren oder ihre Gedanken ordnen. Schließlich schien sie eine Entscheidung getroffen zu haben. Sie nickte und es wirkte auf Clara wie eine Bestätigung. Nur an wen?

„Nein, keine Menschenjagd. Im Gegenteil, es wird versucht ein Monster zu fangen und zu zügeln. Es ist ein über Jahrhunderte ausbalanciertes Gleichgewicht zwischen Menschen und Vampiren, dass hier gestört wird. Die menschliche Gesellschaft weiß nichts davon und die der Vampire will nicht, dass sie es erfahren. Daher hat sie es sich zur Aufgabe gemacht, das Geheimnis, dessen Teil sie sind zu wahren. Es ist also in deren… unserem Interesse, dass es keine wilden Vampire gibt. Niemand will dir persönlich etwas Böses, aber wenn du dich zu nah an die Höhle des Löwen wagst, kann es sein, dass er sie verteidigt. Das Geheimnis zu wahren wiegt schwerer, als dass dein Ehrgeiz befriedigt wird."

„In EUREM Sinne? Du gehörst also dazu? Soll das eine Drohung sein?"

Clara dachte an das Aufnahmegerät und hoffte, dass es funktionierte. Es würde zwar schwierig werden gute Argumente zu finden für das Wieso und Warum, aber wenn sie hier bedroht wurde, dann konnte sie selbst ebenso zur Löwin werden.

„Ja, in gewisser Weise zum Ersten. Nein zum Zweiten und Dritten. Ich bin kein Vampir, aber ich bewege mich am äußeren Rand ihrer Gesellschaft. Ich bin nicht unsterblich, falls du an so etwas denkst. Wenn du jetzt abdrückst, wird die Kugel mich treffen und womöglich töten. Das wäre mir aber nicht so recht, wie du dir vielleicht denken kannst."

Roxy lächelte schelmisch, wenn auch etwas verkniffen. Es war klar, dass sie meinte, was sie sagte. Sie hatte keine direkte Angst vorm Tod, aber sie suchte ihn auch nicht. Und irgendwoher wusste sie von der Pistole unter Claras Jacke.

„Und, Clara, du zielst mit einer Waffe auf mich, mitten in der Nacht, im Hinterhof einer Disco, weit und breit niemand außer uns beiden und außer Hörweite der nächsten Wohnhäuser. Und du fragst mich, ob ich dich bedrohe?", sie lachte ernsthaft amüsiert, „Dein Humor gefällt mir."

Es entstand eine unangenehme Pause, in der Clara wahrhaftig sprachlos war. Aus Roxys Perspektive wirkte es wohl so und dabei hatte sie sich Gedanken darum gemacht, ob sie hier in Gefahr war. Andererseits, nur weil sie es behauptete, hieß das nicht, dass die Frau in Schwarz tatsächlich allein hier war. Immerhin hatte sie hin und wieder in die Dunkelheit gestarrt, als würde sie dort etwas sehen oder hören und auf eine Rückmeldung warten. Vielleicht war sie genauso verwanzt, wie Clara selbst. Und wer sagte ihr, dass der geheimnisvolle Fremde im Hintergrund, der „Herr", nicht bewaffnet und gefährlich war?

Ihre Gedanken kreisten. Und fanden weder ein Ende noch einen festen Punkt, um sich festzuhalten. Ihre Nebensitzerin sah sie freundlich an. Abwartend, nicht lauernd. Sie gab Clara Zeit zu reagieren, ohne sie unter Druck zu setzen.

„Wie soll es also jetzt weiter gehen, Roxy?"

Sie schaute ihr in die Augen, in diese gutherzigen, sympathischen weißen Perlen mit dem dunkelbraunen Zentrum, bis sie schließlich eine Antwort bekam.

„Du gehst nach Hause, Clara. Du akzeptierst, dass es hier um mehr geht als um dein Ego. Du legst dich ins Bett und schläfst dich mal so richtig aus. Das hast du nämlich bitternötig. Du meldest dich morgen für ein oder zwei Tage krank im Büro. Irgendetwas, das jeder nachvollziehen kann, ohne weiter Fragen zu stellen. Magen-Darm oder so. Und vor allem, du vergisst alle Details zu heute Nacht. Wenn du dich ausgeschlafen hast, dann bist du fit und ausgeruht und weißt, dass du deine Antworten bekommen hast. Aber du lässt die schlafenden Hunde besser in Ruhe. Archivier all deine Recherchen und Ergebnisse, wenn du magst und lass es dann gut sein."

Sie löste den Blick und Clara schaute unweigerlich zu Boden. Vielleicht hatte Roxy ja recht, mit dem, was sie da sagte. Müde war sie alle Male.

Die Pistole gesichert ließ sie sie vorsichtig in den Halfter zurücksinken. Das Gespräch der letzten Minuten rückte schon in den Hintergrund, als sie beiläufig das Aufnahmegerät berührte. Sie würde sich einfach das Gespräch nochmal anhören, wenn Zeit war. Nicht heute, vielleicht auch nicht morgen. Irgendwann.

„Hmmm, Ok, wenn es sonst nichts zu besprechen gibt, werde ich nach Hause gehen“, hörte sie sich sagen.

Sie war gleichermaßen überrascht und zufrieden mit dem Abend. Clara gähnte und mit ihr auch Roxy.

„Gute Idee, ich werde mich anschließen. Um 6h klingelt der Wecker wieder und mein Chef mag es nicht, wenn ich zu spät komme. Schon gar nicht, weil ich nur verschlafen habe.“

Sie grinste und Clara hatte das Gefühl eine gewisse Verbundenheit zu spüren. Vielleicht, in einem anderen Leben zu einer anderen Zeit, wären sie so etwas wie Freundinnen geworden. Doch im Moment gelang es ihr nicht, dieses Gothicmädchen einzuschätzen. Tief im Inneren wünschte sich Clara, ihr wohl gesonnen zu sein. Aber es waren zu viele Fragen offen, als dass sie Roxy ohne Vorbehalte akzeptierte. So blieben, bei aller Sympathie und liebem Lächeln, Zweifel zurück.

## Kapitel 11

Am nächsten Tag erwachte Clara erst gegen 11h. Erschrocken fuhr sie hoch und warf einen raschen Blick auf den Wecker. Hatte sie gestern Abend vergessen, ihn einzuschalten? Nein, die Weckzeit stimmte und der Alarm war gesetzt. Aber er hatte nicht geklingelt. Oder doch? Nach dem Wachwerden, den Wecker auszuschalten und wieder einzuschlafen, war ganz und gar nicht ihre Art. Wie peinlich.

Unbeholfen warf sie die Decke von sich und schwang die Beine aus dem Bett. Gerade als sie aufstehen wollte, bemerkte sie, dass ihr Handy auf dem Nachttisch lag. Das war seltsam, normalerweise lag es im Wohnzimmer und lud über Nacht den Akku auf. Sie nahm es in die Hand und aktivierte das Display. Zwei WhatsApp-Nachrichten wurden ihr angezeigt. Eine war von Markus, die andere von Martin. Beide von kurz vor Sieben. Ihrer üblichen Weckzeit. Offenbar hatte Clara sich bei ihnen krankgemeldet für heute und morgen. Magen-Darm, wie es schien. Und beide forderten sie auf, zu Hause zu bleiben und sich auszukurieren. Markus setzte mit seinem derben Humor hinterher, dass sie schon genug Scheiße am Bein hätten, gefolgt von einem Zwinkersmiley.

*Aus Satzzeichen zusammengesetzt? Markus, das ist sowas von 2000er. Es gibt Emojis.*

Nun gut, zwei unverhoffte freie Tage, denn Clara hatte nicht vor sich die Blöße zu geben und doch ins Büro zu fahren. Nur um dort dann zugeben zu müssen, dass sie sich mal ausgeschlafen hatte. Das wäre nicht nur peinlich und unverschämt, sondern ebenso unnötig. Für die Kollegen der Soko galt so etwas, wie Vertrauensarbeitszeit. Außerdem forderte Martin alle regelmäßig auf, ihre Überstunden abzufeiern. Ein furchtbar schlechtes Gewissen hatte sie aber trotzdem. Nur was mit den Tagen anfangen? Rausgehen und sich mit Freunden im Café treffen? Besser nicht, wer wusste schon, wo die Kollegen wieder lauerten.

Sie stand auf und schaltete auf dem Weg ins Bad schnell die Kaffeemaschine ein. Duschen, Kaffee und Frühstück bei einer oder zwei Folgen auf Netflix und dann aufräumen. So stand es fürs Erste auf ihrer Agenda. Danach würde sie weitersehen.

Im Bad betrachtete sie ihren nackten Körper im Spiegel. In diesem Moment gefiel sie sich selbst nicht. Die Schultern so eingefallen und knochig, die Haut wirkte fahl und die Ringe um die Augen ließen sie mindestens zehn Jahre älter aussehen. Sie befühlte ihre Brüste und tastete sie gewohnheitsmäßig nach auffälligen Knoten ab. Das Gute war, es gab nichts zu fühlen. Das Schlechte jedoch, es gab nichts zu fühlen. Sie hatte nie mit Sabines Oberweite mithalten können. Das hatte sie mittlerweile akzeptiert. Obwohl Clara als Jugendliche oft neidisch auf ihre Freundin war, weil die ganzen interessanten Jungs nur Augen für Sabine hatten. Vielleicht aber auch nur für ihre Brüste. Doch bei der Vorbereitung auf den Sporttest als Polizeianwärterin und auch später, kam ihr ihr eigener sportlicher Busen sehr zu Pass.

Doch jetzt waren ihre Brüste weicher und dünner geworden. Auch ihnen fehlte es an Spannkraft und Clara hatte den Eindruck, dass sie nur unmotiviert an ihrem Körper hingen. Als hätten sie keine Lust mehr, sich in Szene zu setzen und Werbung für Clara zu schalten. Nicht, dass sie derzeit dafür in Stimmung war. Dennoch hatte sie einen gewissen Stolz auf ihre kleine, aber feine Oberweite entwickelt. Auch mit der ließ sich ein schönes Dekolletee zaubern, wenn ihr danach war. Jetzt jedoch waren die Indizien untrüglich, sie hatte abgenommen. Ungesund viel in kurzer Zeit.

Sie strich mit der Hand über den Bauch und kam zu dem gleichen Ergebnis. Weiter unten standen die Hüftknochen mehr vor, als ihr lieb war. Eine Rasur würde ihr auch mal wieder wohltun. Das nahm sie sich schon seit Wochen vor, aber wie so vieles an ihr, hatte sie auch das vernachlässigt. Doch heute hatte sie endlich wieder die Zeit, sich über ihren körperlichen Zustand Gedanken zu machen. Oder besser, sie nahm sie sich, dank der zwei freien Tage.

Abschließend drehte sie sich um und betrachtete ihre Rückseite. Eine positive Überraschung hatte sie nicht erwartet und so kam es auch nicht. Die Pobacken fühlten sich zu weich an und lag die Bananenfalte heute nicht tiefer als sonst?

Clara war unzufrieden. Mit sich im Allgemeinen und wenn sie sich so betrachtete, fand sie vieles, dass sie im Detail hätte nennen können. Körperlich und seelisch war sie erschöpft. Clara nahm sich vor, das zu ändern. Jetzt, nicht später. Kein Aufschieben mehr. Und anfangen würde sie mit regelmäßigem Essen.

Vielleicht war es eine gute Idee, das Frühstück ausfallen zu lassen und direkt mit dem Mittagessen zu beginnen? Eine Pizza bestellen? Das Abendessen würde sich zu gegebener Zeit finden. Und wenn ihr Energievorrat aufgefüllt und sie seelisch ausgeglichener war, dann würde sie morgen auch wieder ihr Sportprogramm aufnehmen.

Soweit der Plan. Es war ein guter Plan, übersichtlich, konkret und leicht umsetzbar. Er gefiel Clara. Und so stieg sie ein Stück zufriedener in die Dusche und nahm ihren Nassrasierer gleich mit.

An den Plan hielt sie sich. Zumindest bis nach dem Essen, Spinatpizza mit extra Käse und Knoblauch. Dann unterlief ihr der Fehler, den Couchtisch aufzuräumen. Sie sortierte alle Unterlagen nach Karten, Notizen, Akten und Fotos und holte ein paar alte Schuhkartons aus dem Schlafzimmerschrank. Fest entschlossen, die Stapel mit den Zetteln zu verpacken, fiel ihr ein, dass sie für das nächtliche Treffen gestern eine Notiz mit Ort und Zeit mitgenommen hatte. Der steckte sicherlich noch in der Jackentasche. Doch der Ordnung halber sollte auch der verschwinden. Also stand sie auf, marschierte zur Garderobe hinüber und tastete ihre Jacke ab.

Dabei klopfte sie auf das Aufnahmegerät, das ihr bis jetzt völlig entfallen war. Schnell holte sie es hervor und starrte es einen Moment lang an. Sie würde es zurückgeben müssen, sobald sie wieder im Büro war, daher war es unnötig, es zu verstauen. Die Kassette darin war jedoch ihre. Lächelnd trug sie den elektronischen Spion zur Couch hinüber. Kaum hatte sie sich gesetzt, da tasteten ihre Finger schon nach dem Eject-Knopf, um das Kassettenfach zu öffnen. Doch Clara zögerte einen Wimpernschlag zu lange. Dieser kurze Moment, der den Ablauf unterbricht und Raum für Gedanken schafft. In ihrem Fall eine Frage.

*Hat das Gerät eigentlich irgendetwas aufgenommen?*

Sie wusste ja, wie das Treffen gelaufen war, erwartete daher keine Überraschungen, aber der Wissensdurst einer Ermittlerin hatte sie gepackt. Statt das Tonband zu entnehmen, spulte sie es zurück. Während es rückwärtslief, stand sie auf und holte sich die Kopfhörer ihres MP3-Players und steckte sie in das Aufnahmegerät. Sie gehörte zu der aussterbenden Spezies, die noch ein internetfähiges Handy und einen MP3-Player besaßen.

Fertig vorbereitet spielte sie das Tonband ab. Doch was Clara dann hörte, zerriss die Welt, die sie für wahr gehalten hatte. Die Aufnahme spiegelte ein völlig anderes Gespräch wieder, als sie in ihrem Kopf hatte. Angefangen beim Namen des Kontaktes, mit der sie sich unterhielt. Sie war bisher fest davon überzeugt, dass es sich dabei um eine Rosie gehandelt hatte. Aber es blieb nicht bei einem falsch gemerkten Namen. Sie sprachen auch über Details und Themen, an die sie sich nicht erinnerte. Sie hörte ihre eigene Stimme und trotzdem war es, als würde Clara einer Fremden zuhören. An nichts von alle dem entsann sie sich.

Sie bemerkte Zweifel in ihrer Tonlage und doch auch Zuversicht. Meist im direkten Wechsel. Und immer, wenn Roxy ihr gesagt hatte, sie solle dieses oder jenes glauben, dann akzeptierte sie es vorbehaltlos. Doch stets mit einem überlegenden ‚Hmmm' vor ihrer Reaktion.

Sie lauschte dem Gesprächsverlauf und den Wendungen, die es immer wieder nahm. Wenn Claras Fragen zu kritisch wurden oder zu tief ins Detail gruben, dann sagte Roxy ein paar Worte und sie gehorche blind. Was war denn da los? So erkannte sie sich nicht wieder.

Am Ende spulte sie zurück und hörte es sich erneut an, diesmal etwas lauter, knapp unterhalb ihrer Schmerzgrenze, um vermeidliche Geräusche im Hintergrund zu hören. Doch da war nichts. Dann ein drittes Mal, aber jetzt saß sie an ihrem Laptop und transkribierte das Gespräch. Es dauerte Stunden, die Tonaufnahme von fast 30min in einen Text zu übertragen. Aber am Ende war sie zufrieden mit ihrer Arbeit. Obwohl es schon wieder Abend war, ließ die Neugierde sie nicht los. Ein letztes Mal hörte Clara sich die Aufnahme an und las dabei das Geschriebene mit, um zu kontrollieren, dass sie alles korrekt erfasst hatte. Dann hob sie ein paar Schlüsselbegriffe und Fragen hervor. Die zu recherchieren war der nächste Schritt. In absteigender Reihenfolge:

Schwarzer Schleier.
Vampirgesellschaft.
Wenn es Vampire gibt, wie entstehen sie?
Herr = Meister = Vampirmeister?

Dahin war der Plan, alles zu vergessen und auf sich beruhen zu lassen. Die Schuhkartons würden zwar vorerst gepackt bleiben, aber beendet war das Thema nun sicherlich nicht. Was ihr trotz alledem zu schaffen machte, war, dass sie sich so offensichtlich hatte manipulieren lassen. Es war klar, dass Clara hier auf irgendetwas gestoßen war. Etwas, dass diese Roxy zu decken oder schützen versuchte.

Mit der Erkenntnis und dem neugeborenen Ehrgeiz auch die letzten Lücken mit der Wahrheit aufzufüllen, entschloss sie sich, etwas zu wagen, für das man sie im Kreis von Kollegen und Freunden sicherlich schief anschauen würde. Sie öffnete den TOR-Browser auf ihrem

Desktop und begab sich ins Deep Web. Im Gegensatz zu den meisten anderen ihres Alters hatte sie keine Vorbehalte dagegen. Es war ein erweitertes Internet. Wobei das auch nicht stimmte. Das Internet war immer gleich groß, die herkömmlichen Browser nutzten nur nicht alle Möglichkeiten. Das machte das Deep Web aber deshalb nicht automatisch kriminell. Es war eine Frage der Nutzung. Richtig genutzt vergrößerte es den persönlichen Informationsraum.

Sicherlich, es hatte dunkle Ecken. Aber in Verruf gekommen war es in Claras Augen hauptsächlich durch die einseitige Berichterstattung in den Medien. Alle schrien nach Privatsphäre im Internet und dem Schutz ihrer Daten. Aber wenn man sich dann selbst darum kümmerte, hatte man plötzlich etwas zu verbergen. Die furchtbare Bigotterie der Ü30er Generation und Politiker, die noch älter waren. Trotzdem maßten sie sich an zu wissen, wie das Internet funktionierte. Und schlimmer noch, es anderen vorzuschreiben. Salopp gesagt: Die Generation Fax bestimmte, wie die Generation Internet das Cyberspace zu nutzen hatte. Ein Witz, wenn es nicht so traurig wäre. Und dabei zählte sich Clara nicht einmal zu den echten Internetprofis.

Dort, unter der Oberfläche des weitverbreiteten Internets der großen Suchmaschinen, las sie sich durch seitenlange Foreneinträge. Sie folgte kryptischen Links, die auf das berüchtigte ‚.onion‘ endeten. Wertungsfrei trug sie Informationen zusammen, egal ob offenkundige Spinnerei oder fundiertes Halbwissen. Alles, was ansatzweise zu ihrer Fragestellung passte, wurde erst einmal gesichtet. Streichen war später immer noch möglich.

Clara sammelte die ganze Nacht. Der Trott, dem sie abgeschworen hatte, nahm sie wieder fest in Beschlag. Ein paar wenige Stunden Schlaf am folgenden Morgen und ein hastig zusammengematschtes Frühstück zur Mittagszeit waren ihre einzigen Pausen. Dann dauerte es noch weitere Stunden die gekritzelten Notizen, Screenshots und kopierten Texte zu sichten und sortieren. Doch am Ende setzte Clara alles zusammen und aus den unzähligen Puzzleteilen ergab sich ein Bild. Unscharf und sicherlich nicht sehr belastbar, aber etwas war darauf zu erkennen. Ihr Verstand war nur noch nicht im Stande zu sagen, was es war.

Oder er wollte es nicht. Denn, über all dem schwebte ein Damoklesschwert. Die unangenehme Frage: Was, wenn es stimmte? Wenn es wahr war? Wenn es nicht nur eine Parallelgesellschaft innerhalb der Gothicszene gab, sondern diese auch noch aus untoten

Blutsaugern bestand, die ihren eigenen Regeln folgten? Die mitten unter den Menschen existierte und doch vor aller Augen verborgen war?

Lächerlich! Vielleicht. Aber was, wenn nicht? Es war dieser nagende Zweifel, der sie dazu trieb, weiter zu suchen. Wahrscheinlich, da war sie sich einigermaßen sicher, suchte sie nach dem Beweis, der diese krude Theorie widerlegte. Aber alles, was sie fand, untermauerte sie stattdessen. Vorausgesetzt man schenkte den Weiten des Internets mehr Glauben als dem eigenen Verstand. Und doch…

Clara sah auf den blinkenden Cursor in ihren zusammenkopierten Notizen. Wenn sie alles auf die Kernaussagen eindampfte, blieben gerade mal zwei halbwegs glaubhafte Thesen stehen:

Zum einen, dass der „Schwarze Schleier" eine Art Kodex ist, der zu Verschwiegenheit und Geheimhaltung anhält. Er ist Leitlinie und gibt ebenso eine Art Hierarchie vor.

Zum andern, dass dadurch eine eigene Gesellschaft entstanden ist mit eigenen Regeln und Gesetzen. Insbesondere, was die Schaffung neuer Vampire angeht und das Trinken oder gar Töten von Menschen. Diese Gesellschaft ist organisiert in Clans. Im Grunde Zusammenschlüsse von Vampiren einer Abstammungslinie und mit gleichen Interessen und Zielen.

*Was bedeutet das also? Vor allem im Zusammenhang mit dem Rest auf dem Tonband? Diese Roxy ist Teil einer solchen Gesellschaft. Aber was ist sie? Was ist ihre Aufgabe? Sie sagte, dass der Mörder ein Vampir ohne Anleitung ist. Ohne Meister. Ist er dann vogelfrei? Clanlos? Sie sagte, er sollte nie ein Vampir werden, wie ist er dann doch zu einem geworden? Wo sind die Clans? Sie müssen irgendwo zusammenkommen, oder sich austauschen, oder? So viele offene Fragen!*

Clara fuhr sich durch die Haare. In dieser Hinsicht hatte Roxy anscheinend recht, wenn sie weiterging, würde es sie einiges ihrer Reputation kosten. Und vielleicht auch ihren Verstand. Eine Entscheidung war fällig, und zwar bald, ob sie durch diese Tür ginge oder nicht. Wenn nicht, dann brauchte sie nichts weiter unternehmen, als alles wegzupacken und im Keller zu verstauen. Ganz so, wie sie es heute früh vorgehabt hatte. Niemand würde davon erfahren und sie wäre schlicht wieder die Kriminalkommissarin, die ihrem Job nachgeht.

Falls Clara die Pforte durchschritt, würde sie tiefer in eine Untergrundgesellschaft einsteigen. Vielleicht sogar tiefer als ihr recht war. Und was, wenn es dann kein Zurück mehr gab? Wenn sie im

Dunkeln des Untergrundes den Weg nach oben nicht mehr fand? Im Moment hatte sie keinen Plan B, kein Netz oder doppelten Boden. Wenn sie sich entschied, dann war der andere Weg verschlossen. Musste er sein, sonst würde sie tatsächlich wahnsinnig werden. Da war sie sich sicher. Sie hatte nur ein Leben und sah sich nicht in der Lage, zwei parallel zu führen.

Doch diese Entscheidung war noch nicht fällig. Bald, aber nicht sofort. Jetzt würde sie erstmal weiter Informationen sammeln und sich dem nächsten Thema zuwenden, den Clans.

Um Mitternacht traf sie die Erkenntnis, dass sie genau dort fortsetzte, wo sie 48 Stunden zuvor aufgehört hatte. Sie war wieder tief drin in der Recherche auf der Jagd nach einem Mörder, den sie weder finden noch fassen konnte. So hatte Roxy es ihr gesagt. Tiefer sogar, wenn man bedenkt, wie viel Neues sie in den letzten Stunden in Erfahrung gebracht hatte. Jetzt jedoch war sie am Ende, sowohl geistig als auch körperlich. Die Konzentration war endgültig dahin und Clara wollte nur noch ins Bett. Unter anderen Umständen hätte sie vermutet, dass sie nicht einschlafen würde, weil sich ihre Gedanken weiterdrehten. Aber heute wusste sie, dass sie schon im Reich der Träume wäre, sobald ihr Kopf das Kissen berührte. Sie war so erschöpft, als hätte sie wahrhaftig eine Magen-Darm-Grippe gehabt.

Mit einer gemeinsamen Anstrengung von Willen und Körper schaffte sie den Umweg über das Bad ins Bett, ohne zu stolpern und schlicht auf dem Wohnzimmerboden liegen zu bleiben. Das wäre zwar irgendwie peinlich. Aber andererseits war sie so erschöpft, dass es ihr schon egal war. Hauptsache schlafen.

*Vielleicht sollte ich mich morgen auch noch krankmelden. Und dieses Mal ungelogen.*

Als Clara erwachte, lag sie auf dem Bauch und horchte kurz in sich, ob sich ihre Blase meldete. Aber nein, ihr Körper war mit dem momentanen Zustand vollkommen zufrieden. Nur die Decke war ihr von den Schultern gerutscht und sie fror. Daher beschloss sie, sich umzudrehen und weiter zu schlafen. Jedoch verweigerten die Glieder ihrem Kopf die Gefolgschaft. Eine Meuterei, die ihren ganzen Körper erfasst hatte. Ihre Arme und Beine bewegten sich kein Stück, ihr Kopf ließ sich nicht drehen und nicht einmal die Augen öffneten sich. Zunächst dachte sie sich, dass es die Erschöpfung war, aber dann meldete sich ihre Intuition mit trotzigem Protest und meinte, dass sie sich ja nicht beim Sport verausgabt hätte. Ihre Muskeln sollten also normal funktionieren. Der Gedanke und dass sich nicht einmal die Augenlider bewegten, verursachte einen ersten Anflug von Panik.

Claras Herz schien jedoch wie gewohnt zu schlagen. Denn bei der Erkenntnis vollständig gelähmt zu sein und mit einer Angstattacke im Nacken, beschleunigte sich sein Rhythmus spürbar. Hart presste es sich gegen Lungen und Brustkorb. Claras Körpergewicht belastete es zusätzlich und gerne hätte sie ihrem Herzen Erleichterung verschafft. Doch alles, was sie spürte, war ihr Gewicht, die Decke über ihr und die aufwallende Panik.

Doch fühlbar war ebenfalls die Hand, die sich plötzlich auf Claras Schulter legte. Sanft, fast schon zärtlich, aber kalt spürte sie die Berührung durch den Stoff ihres Nachthemdes. Sie fühlte sich riesig an, doppelt so groß wie ihre Eigene. Wer auch immer der Eindringling war, saß hinter ihr auf der Bettkante. Und er war schwer, denn die Matratze bog sich deutlich in seine Richtung.

Wenn sie gekonnt hätte, wäre sie zusammengeschreckt, als plötzlich eine tiefe Stimme zu ihr sprach. Sie klang ruhig und vertrauensvoll, doch gleichzeitig lag darin auch Kraft und Autorität. Sowohl berechnende Kälte als auch die Weisheit von Äonen.

„Ruhig, Clara, dir wird nichts geschehen."

Obwohl sie wusste, dass es keinesfalls vertrauenserweckend war, wenn man nachts von einem fremden Mann geweckt wurde, übermannte sie doch eine innere Zuversicht, dass er meinte, was er sagte. Selbst jetzt, da er in ihre Wohnung eingebrochen war und auf dem Bett saß, während sie sich nicht zu bewegen vermochte. Er würde ihr nichts antun. Völlig angstfrei war sie dennoch nicht.

Sie wollte antworten, irgendwas, aber sie konnte nicht. Weder Mund noch Zunge gehorchten ihr. Der Fremde spürte ihren inneren Drang, denn er sprach mit sanfter Stimme weiter.

„Ist schon gut. Denk dir deine Antwort einfach. Ich werde zuhören."

*Ja klar, einfach denken? Was geht hier vor? Wer ist der Kerl? Warum kann ich mich nicht bewegen? Was will der von mir?*

„Viele Fragen, das verstehe ich. Aber eines nach dem anderen. Wer ich bin, tut nichts zur Sache. Namen halten nur ein Leben lang und sind schneller wieder vergessen. Ich hatte schon viele. Ich weiß, wovon ich rede. Heute nennen mich viele den Fremden, den Wanderer, den

Ewigen oder den Alten. Such dir etwas aus. Was ich von dir will ist viel wichtiger. Ich möchte nämlich, dass du dich entscheidest, Clara."

*Entscheiden? Wofür? Wogegen? Zwischen was?*

Die Worte des Fremden ergaben für sie keinen Sinn. Dass sie sich an einem Scheideweg befand, wusste sie selbst. Aber woher wusste der Einbrecher das? Wieso hörte er ihre Gedanken? War das vielleicht doch nur ein schräger Traum?

„Ruhig. Ich werde es dir sagen, alles offenlegen und dann wirst du dich entscheiden. Aber ich verspreche dir jetzt schon, es wird eine endgültige Wahl werden. Egal wie sie ausfällt, es gibt kein Zurück mehr."

Eine Pause. Clara wusste nicht, ob eine Antwort oder eine Zwischenfrage von ihr erwartet wurde. Sie wartete ab, denn in ihrem Kopf herrschte ein großer Kampf zwischen Leere und Chaos. Der Fremde war anscheinend zufrieden mit ihrem Schweigen.

„Gut", Clare spürte ein Wippen in der Matratze, vermutlich nickte der Fremde, „Du hattest die Tür zum Kaninchenbau bereits aufgestoßen. Du bist in das Labyrinth getreten und hast einen Weg gesucht. Je mehr du erfahren hast, desto weiter bist du vorangeschritten. Deine Neugierde und Beharrlichkeit machen dir alle Ehre. Dennoch hoffte ich, dass du nicht weitergehen würdest. Ich habe mich getäuscht. Also schickte ich dir ein Friedensangebot. Informationen, um deinen Wissensdurst zu stillen, so dass du anschließend dein Leben in Ruhe weiterführen kannst. Aber dein eigener Starrsinn stand dir im Weg."

Er lachte laut, so dass es im ganzen Schlafzimmer hallte und führte dann fort.

„Doch den Trick mit dem Aufnahmegerät habe ich nicht kommen sehen. Sehr raffiniert. Aber ich werde nicht zulassen, dass du dieses geheime Wissen in deinem Bewusstsein behältst. Nicht ohne Teil des Geheimnisses zu sein. Lange Rede kurzer Sinn, eines der beiden Leben, die du führst, wird sterben."

Wieder eine Pause, um die Worte sacken zu lassen. Es war keine Drohung, sondern eine Ankündigung für das, was kommen wird. Es klang nicht bösartig und es lag keine Mordlust in seiner Stimme. Sondern es war sachlich, neutral, als würde er nur von Fakten berichten, ohne persönlich beteiligt zu sein.

„Du kannst nach unserem Gespräch einschlafen und wirst in ein paar Stunden wieder aufwachen. Ausgeschlafen und erholt. Du wirst dich etwas matt fühlen, doch das liegt sicherlich an der Magen-Darm-Geschichte, die dich gestern beschäftigt hat. Aber morgen bist du wieder fit, gehst ins Büro und lebst dein Leben als Polizistin. Wirst Fälle lösen, Mörder fassen, Freunde treffen und vielleicht sogar eine Familie gründen. Das ist das eine Leben. Alles, was du in den letzten Wochen und Monaten herausgefunden hast, wirst du dann endgültig vergessen haben.

Oder du folgst dem weißen Kaninchen weiter, übertrittst die letzte Schwelle und lernst, dich in einer neuen Welt zurechtzufinden. Verborgen vor den Augen derer, die du kennst und liebst. Ein Leben im Geheimen mit anderen Regeln und neuer Moral. Clara Mork wird dann offiziell sterben und eine andere Clara wird wiedergeboren. Nur eines der beiden Leben hat eine Zukunft."

*Was ist jetzt das konkrete Angebot?*

„Das weißt du bereits. Ich biete dir die Hand. Ergreife sie und werde Teil der Gesellschaft der Vampire. Sei Mitglied des Untergrundes. Sieh es als Belohnung für deine Raffinesse und Beharrlichkeit. Schlag sie aus und kehre zu einem Leben als Kriminalkommissarin zurück. Beides ist nicht ohne Ehre. Und glaube mir, ich verstehe dich, egal, welchen Weg du wählst. Es gibt gute Gründe für das Eine wie für das Andere. Keine der Entscheidungen ist falsch. Sie haben nur unterschiedliche Konsequenzen."

*Wie soll ich mich da entscheiden? Und wann? Das ist doch unmöglich! Da gibt es so vieles zu bedenken.*

„Ich habe nicht gesagt, dass es einfach sein wird."

*Was ist, wenn ich Polizistin bleiben will? Könnte ich dann nicht auch das Wissen behalten? Ich kann es ohnehin niemandem sagen. Mir würde doch keiner glauben. Und vielleicht könnte ich unliebsame Ermittlungen abwenden? Wäre das nicht auch ein Weg?*

Hatte sie gerade ernsthaft daran gedacht, die Arbeit ihrer Kollegen zu sabotieren?

„Nein, dazu bist du schon zu tief im Kaninchenbau. Du bist Teil der Sache oder lässt es bleiben."

Claras Gedanken wurden von der Erkenntnis unterbrochen, dass sie nicht nur ein Gespräch in ihrem Kopf führte, sondern es auch absolut normal auf sie wirkte. Hilflos und bewegungslos hatte sie nichts Besseres zu tun, als mit einem fremden Einbrecher, über ein Leben als Vampirin zu diskutieren. Das musste ein Traum sein. Entweder das oder es war so weit, ihr Verstand hatte die Koffer gepackt und sich endgültig verabschiedet. Vielleicht war es besser, das Thema zu wechseln.

*Bist du bei mir eingebrochen?*

„Nein, das war nicht nötig. Du hast die Tür bereitwillig geöffnet."

*Unmöglich, das wüsste ich doch!*

„Nein, du weißt davon nur, was ich dich wissen lassen will. Nämlich nichts. So wäre es auch ohne das trickreiche Tonbandgerät gewesen."

*Wie soll das möglich sein?*

„Hypnose. Wie, glaubst du, lässt sich eine bluttrinkende Gesellschaft über Jahrhunderte geheim halten, wenn nicht durch Gedankenkontrolle? Wir werden nur gefunden, wenn wir es wünschen. Zum Beispiel, weil sich jemand als beharrlich und würdig erweist."

Plötzlich kam Clara ein Gedanke. Das Thema war zu seinem Ursprung zurückgekehrt. Aber einen Versuch würde sie noch unternehmen es umzulenken. Wenn sie scheiterte, dann gäbe sie sich weiter der Phantasie hin, ein echtes Gespräch zu führen.

*Was hatte es mit dem Traum auf sich?*

„Ich gewährte dir Einblicke in meine Vergangenheit aus längst vergessenen Tagen. Vor den Clans und vor dem Schwarzen Schleier."

*Warum?*

„Damit du verstehst."

*Was verstehe?*

„Dass ich kein blutdürstiges Monster bin, sondern sich Töten manchmal nicht vermeiden lässt, wenn man anderen helfen will. Dass wir älter sind, als die Sagen und Legenden behaupten. Und wieso sich manche Vampire und Clans verhalten, wie sie sich eben verhalten. Wir waren einst Götter und Könige in einigen Kulturen. Heute allzu oft nur noch Monster. Und leider gibt es immer wieder welche unter uns, auf die das zutrifft."

Es brachte offenbar nichts. Das Thema kam zu den Vampiren zurück, egal welche Richtung sie einschlug. Daher beschloss sie, ihren Widerstand aufzugeben und dieses interessante Phantasiegespräch laufen zu lassen. Mal schauen, wie es sich entwickelte.

*Welchem Clan gehörst du an?*

„Keinem, ich bin der Ewige, der Wächter, alt und neutral.

*Wächter von was?*

„Der Ordnung, des Schwarzen Schleiers und des Geheimnisses."

*Welches Geheimnis?*

Clara hörte ein Lächeln in der Stimme.

„Es wäre wohl kaum geheim, wenn ich es dir verriete, oder? Frag nicht weiter!“

*Welchem Clan würde ich angehören?*

„Das kommt darauf, zu welchen du Kontakt aufnimmst und für welchen du dich entscheidest.“

*Wann muss ich mich entscheiden?*

„Heute Nacht!“

*Und wenn ich es nicht tue?*

„Dann nehme ich es dir ab und du wirst morgen ohne Gedächtnis aufwachen und in dein altes Leben zurückkehren. So, wie ich es dir bereits sagte.“

*Wie lange habe ich Bedenkzeit?*

„Ich komme um 03:00 Uhr wieder. Das sind noch anderthalb Stunden. Dann ist deine Antwort fällig. Bis dahin lasse ich dir jemanden hier. Sie kann dir Gesellschaft leisten oder weitere Fragen beantworten. Ganz wie du willst. Es ist deine Zeit.“

*Ein Wachhund, damit ich nicht abhaue?*

„Glaubst du ernsthaft, ich bräuchte einen?“

Eine Pause entstand, zu kurz zum Nachdenken, aber lang genug, um das Ende des Gesprächs zu signalisieren.

„Bedenke Clara, was dir geboten wird, ist das Ende all deiner Sorgen, Probleme und Schmerzen. Alles, was du dafür tun musst, ist dein Leben und deine Lieben aufzugeben und hinter dir zu lassen. Das ist keine leichte Entscheidung.“

Mit diesen letzten Worten erhob er sich von ihrem Bett. Sie spürte deutlich, wie sich die Matratze wieder hob. Kaum hörbare Schritte umrundeten sie und verließen das Zimmer. Die Tür stand offen oder war zumindest nur angelehnt, denn sie hörte nicht, dass die Klinke betätigt wurde. Dabei stieg erneut ein starkes Unwohlsein in ihr auf, als sie realisierte, dass der Fremde gegangen war und sie allein zurückgelassen hatte. Sicherlich war es ein Teil des unangenehmen Gefühls, zu wissen, dass sie bewegungslos und blind auf ihrem Bett lag. Nur im Nachthemd und Unterhose bekleidet und kaum durch die dünne Sommerdecke geschützt. Dies alles war ihr schmerzlich bewusst. Aber in diesem Moment war es schlimmer, die Leere zu spüren, die sich aufgetan hatte, als er ihren Geist und das Zimmer verlassen hatte.

Das unangenehme Gefühl, allein zu sein, verblasste aber wieder schnell und unerträglich drängte sich die Erkenntnis auf, dass es hätte schrecklicher kommen können. Sie hatte schon Mordszenen gesehen, in denen eine Frau, ähnlich wie sie jetzt, an ein Bett gefesselt, vergewaltigt und brutal ermordet worden war. Das ihr das nicht passierte, war vielleicht nur Glück. Oder ehrliche, gute Absicht des Einbrechers. Sie vermochte es in diesem Augenblick nicht zu sagen und noch fühlte sie sich auch nicht sicher, denn bewegen war immer noch unmöglich. Und wer wusste schon, wer oder was im Wohnzimmer auf sie lauerte.

Clara hörte ein bekanntes Klicken. Die Wohnungstür wurde zugezogen. Hatte jemand ihre Wohnung verlassen oder betreten? Sie tippte darauf, dass der Einbrecher sich abgesetzt hatte, denn von innen hätte jeder die Klinke betätigt. Das hieß aber auch, dass sie allein war mit, wen auch immer der Fremde ihr hiergelassen hatte. Nur, wenn sie wie gelähmt war und diese ominöse Person nicht hereinkam, wie dann Fragen klären? Oder zu einer Entscheidung kommen?

Dazu nagte eine bisher ungeklärte Frage an ihr, wieso war sie bewegungsunfähig? Sie war nicht gefesselt, das spürte sie. Und selbst wenn, hätte sie zumindest die Augen aufschlagen können. Aber auch das verweigerte ihr der eigene Körper.

Eine Wahl treffen. Für Clara war es immer noch eine Unmöglichkeit. Insbesondere in der jetzigen Situation. Wie war es ihr möglich, sich einerseits gegen ihre Freunde zu entscheiden? Und wie gegen ihre Natur, die sie immer weiter vorantrieb in den sprichwörtlichen Kaninchenbau auf der anderen Seite? Sie war auf ein Geheimnis gestoßen, auf ein großes Rätsel und das zu lösen reizte sie schon genug, dass sie den Pfad weiter beschritt. Immerhin war sie deswegen Polizistin geworden. In der Mordkommission hatte sie darüber hinaus die Möglichkeit, sich den großen und schwierigen Fragen zu stellen. Eine Lösung zu finden, wo andere nur einen Fall sahen. Doch, wenn sie den angebotenen Weg entlang schritt, würde sie den Polizeidienst und alle Freunde, Bekannte und Kollegen hinter sich lassen.

Andererseits hatte sie nicht viele davon. Da war natürlich Sabine, ihre beste Freundin aus Kindertagen. Unzertrennlich in ihrer fast 30-jährigen gemeinsamen Geschichte. Das würde sie nicht einfach wegwerfen. Und da war Markus, der mit der Zeit von ihrem Kollegen und Mentor zu einem echten Freund gewachsen war. Die Arbeit mit ihm und seinem speziellen Humor würde ihr fehlen. Auch mit ihm verband sie einige Jahre und gemeinsame Erfahrungen.

Aber darüber hinaus? Ihre Eltern waren tot, Geschwister hatte sie keine und zum Rest der Familie kaum nennenswerten Kontakt. Alle, die sie im Übrigen kannte, waren höchstens als Bekannte zu bezeichnen. Mit niemandem sonst verband sie etwas, dass über gelegentliche Treffen und ein paar Cocktails hinausging. Nüchtern betrachtet musste sie eingestehen, dass ihr engster Kreis wirklich sehr übersichtlich war. Die seltenen Dates, die sich beim Onlinedating oder Tinder ergaben, zählte sie nicht. Das waren die sprichwörtlichen Nümmerchen zwischendurch. Sie wünschte sich zwar eine vertrauensvolle Beziehung, einen Seelenverwandten, mit dem sie nicht nur Bett und Hof teilte, sondern die Geheimnisse ihrer Seele. Aber bisher lief es dann doch immer nur auf das Eine heraus. Doch auch das war Ok. Clara war überzeugt, dass der Richtige sich schon finden würde. Jetzt gab es plötzlich die Möglichkeit, ihn ganz woanders zu suchen, als sie sich je hätte träumen lassen. Und wenn man dem Mythos der Unsterblichkeit glaubte, wäre sogar eine Beziehung für den Rest der Ewigkeit denkbar.

*Aber, will man wirklich ewig leben? Mich würde interessieren, wie die Welt in 100 Jahren aussieht, oder in 1.000 oder gar 100.000. Das ist eine verdammt lange Zeit und wäre dann immer noch nur der Anfang. Unvorstellbar!*

Sie drehte sich um, da ihr der Nacken schmerzte und stutzte. Moment mal. Sie konnte sich umdrehen? War der Bann also gebrochen? Von der Erkenntnis angestachelt riss sie die Augen auf und starrte in das Halbdunkel ihres Schlafzimmers. Durch das Fenster drang silbriges Mondlicht. Gerade genug, dass sie die Umrisse des Schranks, Nachttisch und der Tür erkannte. Nötig war das Licht allerdings nicht, denn sie kannte ihr Zimmer und wusste, wo die Möbel standen. Aber es war dennoch immer willkommen und hilfreich.

Sie schob die Decke von sich und sprang aus dem Bett. Einen kurzen Moment benötigte sie, um sich zu fangen, da ihr Kreislauf drohte sich der neu aufkommenden Hektik nicht zu beugen. Aber sie fixierte den dünnen Lichtspalt, der durch die angelehnte Tür drang und wartete ein paar Sekunden. Dann wurde es besser. Barfuß schlich sie auf das Licht zu und hob die Hand, um nach der Klinke zu greifen, als sie nochmals innehielt. Clara wurde bewusst, dass sie keine Ahnung hatte, was dort im Wohnzimmer auf sie wartete. Aber sie erkannte, dass sie in einem grauen Nachthemd keinen sonderlich wehrhaften Eindruck erweckte. Eine unangenehme Situation, halbnackt vor einem Fremden zu stehen. Aber sie würde den vermeintlich schutzlosen

Augenschein zu ihrem Vorteil nutzen. Irgendwann kam immer der Moment, in dem sich das Selbstverteidigungstraining auszahlte. Und mit etwas Glück war das Überraschungsmoment im Notfall auf ihrer Seite.

Schließlich griff sie nach dem Türgriff und zog sie auf, nicht hektisch, aber auch nicht schüchtern. Vieles hatte Clara erwartet zu sehen. Ein in schwarz gekleideter Hüne mit Machete und Hockeymaske war eine der Optionen, die ihr durch den Kopf gegangen war. Oder ein Typ im Anzug, der ihr wie ein Anwalt erklärte, was ihre Rechte und Pflichten wären, je nachdem, welchen Weg sie wählte. Womit sie aber nicht gerechnet hatte, war ein bekanntes Gesicht zu sehen.

Ihr gegenüber, am anderen Ende des Raumes stand Roxy vor ihrer Couch. Die junge Gothicfrau, die sie zwei Nächte zuvor getroffen hatte. Sie strahlte Clara an und war sichtlich erfreut, sie zu sehen. Mit großen Schritten kam sie um den Couchtisch herum und auf sie zu gestürmt. Aufrichtige Begeisterung leuchtet auf ihrer Miene.

„Hallo Clara, schön dich zu sehen“, lachte Roxy sie freundlich an.

Im hellen Licht ihres Wohnzimmers sah sie erst, wie fahl das Gesicht war. Gestern unter der Laterne kam es ihr gar nicht so bleich vor, aber jetzt dafür umso mehr. Der Kontrast zu ihrem schwarz-roten Gothicoutfit war kaum zu übertreffen. Die schwarzen, glänzenden Haare fielen ihr heute Nacht glatt in den Nacken und in den Ohren steckten rote Tropfen als Ohrringe. Eine weinrote Korsage mit feiner Spitze ließ den ohnehin flachen Bauch verschwinden und brachte ihre blassen Brüste zur Geltung. Auf ihnen lag eine silberne Kette um den Hals geschwungen. Schlichte Glieder, die einen großen roten Tropfen hielten. Anscheinend das passende Gegenstück zu den Ohrringen. Darunter ein knielanger schwarzer Seidenrock. Die Oberfläche war glatt aber am oberen und unteren Rand war er ebenfalls mit Spitzen besetzt. Die Füße steckten in wadenbedeckenden Lederstiefeln. Natürlich ebenso schwarz.

Sprachlos taumelte Clara ein paar Schritte in den Raum. Doch da war Roxy bereits bei ihr und schlang die Arme zur Begrüßung um sie. Zu viel Nähe von einer Fremden, aber es war zu spät, um sich zu wehren.

„Ich freu mich riesig, dich wieder zu sehen, ehrlich. Hab ich mir damals schon gedacht, als ich dich im Death's Garden getroffen hatte, dass du jemand besonderes bist, den ich gerne wieder sehen würde. Ich war damals sehr traurig, dass wir weitergezogen sind. Aber als er mich dann zu dir geschickt hatte, da wusste ich, dass es nicht das letzte Mal gewesen war. Doch da durfte ich nicht frei mit dir sprechen, sondern dir nur ganz bestimmte Antworten geben. Heute darf ich es aber. Wir können uns über alles unterhalten. Frag alles, was du wissen willst, ich darf dir alles sagen, was ich kann."

*Oh man, die kann ja reden wie ein Wasserfall. Halt doch mal die Luft an.*

Roxy löste sich von Clara und griff nach ihrer Hand, um sie zur Couch hinüberzuziehen.

„Komm, setzen wir uns. Wir haben nicht ewig Zeit. Also noch nicht. Das heißt, es kommt natürlich darauf an, wie du dich entscheidest. Oder hast du das schon?"

„Halt warte mal und mach bitte eine Pause. Du überforderst mich gerade."

„Oh, tut mir leid, ich bin nur so aufgeregt und freu mich so wahnsinnig. Ich weiß nicht, ob du dir das vorstellen kannst. Vielleicht nicht. Doch das kommt sicherlich noch. Ich will dich aber nicht beeinflussen oder verschrecken, deswegen bin ich jetzt mal ganz still."

Dann presste sie die Lippen aufeinander und machte mit ihrer Hand eine abschließende Bewegung vor ihrem Mund.

*Puh, das wird anstrengend. Lange 90 Minuten erwarten mich da wohl.*

„Also, Roxy, fangen wir mit den Grundlagen an: Wer war der Typ eben bei mir im Schlafzimmer?"

Clara war immer noch erstaunt, wie einfach es ihr fiel die Tatsache zu ignorieren, dass sie mit einer Fremden sprach. Einer, die bei ihr eingebrochen war und deren Partner Clara ein mysteriöses Angebot unterbreitet hatte. Irgendwo in ihrem Kopf spürte sie, dass ein Schalter umgelegt war. Sie hatte den ersten Schritt unternommen zu glauben, was man ihr über die Existenz von Vampiren gesagt hatte. Entweder das oder sie hatte den Verstand verloren. Paradoxerweise war beides für Clara ein akzeptabler Geisteszustand.

Mit einer umgekehrten Bewegung schloss Roxy ihren Mund wieder auf. Dabei sah sie etwas entrüstet aus.

„Der „Typ" ist der Alte, der Wanderer oder wenn es sein muss der Fremde. Doch niemals der Typ. Das wird ihm nicht gerecht."

„Ja, Ok, so hatte er sich mir auch vorgestellt. Aber hat er denn keinen Namen? Und welche Rolle spielt er hier?"

„Den Namen weiß ich nicht. Vielleicht weiß er es selbst nicht mal mehr. Er ist alt, sehr alt. Älter als ich auf jeden Fall und älter als alle anderen, die ich kenne. Aber alle zollen ihm uneingeschränkten Respekt. Ehrfürchtig, fast schon ängstlich. Seine Rolle lässt sich wahrscheinlich am besten damit beschreiben, dass er den Rat der 13 berät, falls gewünscht. Und dass er über die Einhaltung der Regeln wacht, allerdings mehr auf übergeordneter Ebene. Im Kleinen machen das die Enklaven und Clans selbst."

Clara nickte, ohne zu verstehen. Sie versuchte, dem Ganzen zu folgen, obwohl es ihr vorkam, als würde Roxy ihr hier etwas von bolivischen Bergdörfern erzählen. Also fragte sie weiter:

„Ich habe da zwar schon eine Vermutung, aber was genau ist dein Part hierbei? Wie passt du ins Bild, Roxy? Die Büroangestellte Margarete nehme ich dir jedenfalls nicht mehr ab."

In dem Moment, da sie es aussprach, war Clara absolut sicher, dass es stimmte, was sie sagte. Aber sie hatte keine Idee, woher sie diese Zuversicht nahm. Hatte Roxy ihr ihren wahren Namen schon einmal verraten?

Sie lächelte kokett, schlug die Beine übereinander und strich mit dem Zeigefinger langsam ihr Schienbein entlang. Über das Knie hinauf bis zum Saum ihres Rockes. Sie bediente klischeebesetzte Bilder, offenbar ganz bewusst, und fuhr sich mit der Zunge über die Oberlippe, bevor sie einen Schmollmund formte, und antwortete mit tiefer, sanfter Stimme.

„Nein? Könnte ich nicht doch eine fleißige Sekretärin sein? Loyal dem Chef ergeben… in allen Dingen?"

Clara schaute sie skeptisch an. Das Bild, das sie präsentierte, passte so gar nicht zu ihrem Outfit und wirkte unglaublich deplatziert. Aber die übertriebene Darbietung hatte etwas Witziges. Ein Lächeln zog sich über Claras Gesicht. Roxy lachte laut, als sie ihren Gesichtsausdruck sah.

„Schon gut, hast ja recht. Aber mein Name ist tatsächlich Margarete. Roxy gefällt mir nur besser, wenn wir uns in der Öffentlichkeit aufhalten. Ich bin ein Ghoul. Also eigentlich bin ich DER Ghoul, oder DIE? Keine Ahnung, tut auch nichts zur Sache."

Clara war verwirrt und erstaunt, damit hatte sie nicht gerechnet. Eher mit einer menschlichen Dienerin oder mit einer sehr jungen Vampirin, die von einem Meister angeleitet wird.

„Ein Ghoul? Was…?"

„Im Grunde ein Mensch, der Vampirblut trinkt", unterbrach Roxy sie gleich, „Ich lebe, mein Herz schlägt, aber ich bin... sagen wir von einem Vampir abhängig."

„Und warum DER Ghoul? Heißt das, der... der Alte ist dein Herr? Ihn meintest du in der Nacht?"

„Ja, ganz genau. Warum? Na ja, ich bin Ghoul des Alten, des Wächters. Das ist schon was Besonderes, könnte man zumindest meinen, oder? Es gibt eine klare Hierarchie, Vampire über Ghoule. Aber auf der Stufe der Ghoule steh ich ganz oben."

„Und seit wann arbeitest du für den Alten?"

„Arbeiten schon mal gar nicht. Ich diene ihm. Und NEIN, ich meine das nicht im sexuellen Sinne. Ich kann es nicht oft genug betonen."

„Ok, Verzeihung, dann halt dienen. Aber wo ist da der Unterschied."

„Der Unterschied ist, dass man sich seinen Arbeitgeber aussuchen kann. Seinen Herren nicht unbedingt. Die Feinheit wirst du sicherlich mit der Zeit verstehen. Und wie lange? Puh, schon lange. Mal überlegen, 1796 in Wien geboren. 1818 bin ich dann ein zweites Mal geboren worden. Also bin ich jetzt fast 220 Jahre alt und diene meinem Herrn seit gut 200 Jahren."

Für einen Moment weiteten sich Claras Augen. Damit hatte sie ebenso wenig gerechnet. 200 Jahre waren eine lange Zeit. Und dabei sah Roxy nicht älter aus als Anfang zwanzig.

„Wie kam es dazu?", Clara fragte bewusst sachlich.

Natürlich war sie neugierig, aber ihr Kopf hatte auf den Polizeifragemodus umgeschaltet. Fehlte nur, dass sie sich Notizen aufschrieb.

„Ich war mit meinen Eltern auf dem Heimweg von der Oper. Wir hatten uns, glaube ich, Das Rosenmädchen angesehen. Von wem war das noch gleich? Keine Ahnung. Egal. Wir wurden überfallen. Meinen Vater töteten sie sofort, meine Mutter später, weil sie sich wehrte. Ich wehrte mich nicht. Ich war wie gelähmt und man tat mir Unaussprechliches an. Dann ließ man mich geschunden zum Sterben zurück. Der Herr fand mich. Ich tat ihm leid und er teilte sein Blut mit mir. Als es mir besser ging, na ja... ich bin nicht stolz drauf, aber... sagen wir, er verhalf mir zur Gerechtigkeit."

Roxy schluckte schwer. Es fiel ihr anscheinend nicht leicht, darüber zu reden. Zum ersten Mal wirkte sie nicht munter und lebensfroh.

Aber nur einen winzigen Augenblick. Sie schüttelte die Gedanken ab, setzte ein freches Grinsen auf und sah Clara auffordernd an.

„Also, was kann ich dir noch beantworten?"

Sie war erneut überrascht. Dieses Mal über den abrupten Themenwechsel. Da sie bei Roxy, oder Margarete, aber einen wunden Punkt getroffen hatte, ließ sie ihre persönliche Vergangenheit ruhen. Vielleicht würde es zu einem besseren Zeitpunkt noch mal zur Sprache kommen. Ein paar Fragen mussten aber noch sein und Clara hoffte, dass sie nicht ähnlich hart trafen.

„Bereust du deine Entscheidung?"

Die junge Frau sah sie irritiert an. Unschlüssig, was sie antworten sollte. Eine Sekunde des Schweigens verstrich. Dann eine Zweite, bis Roxy schließlich doch sprach.

„Na ja, keine Ahnung. Ist ja nicht so, als hätte ich eine Wahl gehabt. Also im Gegensatz zu dir. Ich war hilflos und wäre wohl wenige Augenblicke später ohnehin gestorben. Der Herr hat für mich entschieden, dass ich weiterleben solle. Der Preis für mein Leben ist bedingungsloser Gehorsam."

„Und ist das Ok für dich oder hasst du ihn, weil dir die Entscheidung abgenommen wurde?"

„Kann ich nicht sagen. Ich weiß, dass ich keinen freien Willen habe in Bezug auf meinen Herrn. Nicht mal einen Selbsterhaltungstrieb. Außer er würde mir befehlen, einen zu haben. Aber ich denke, er ist ein guter Herr. Das sagt jeder Ghoul über seinen Meister. Aber ich habe tatsächlich schon ganz andere Umgangsformen mitbekommen. Manche Vampirmeister betrachten Ghoule weniger als Diener mit Menschenwürde, sondern mehr als Sklaven, mit denen man machen kann, was man will. Sie wehren sich ja eh nicht."

Es entstand eine kurze, aber unangenehme Pause. Wieder beschlich Clara das Gefühl, einen persönlichen Bereich getroffen zu haben. Doch Roxy schien aufrichtig zufrieden zu sein mit ihrer Existenz. Und sie war es auch, die die Stille unterbrach.

„Weißt du, Clara, ich beneide dich schon etwas, um die Möglichkeit zu wählen."

„Wie würdest du dich denn entscheiden, wenn du die Wahl hättest?"

„Ich weiß es nicht. Ich hatte die Chance nie. Und als Ghoul KANN ich mich nicht gegen meinen Herrn entscheiden."

„Ok, dann formuliere ich es anders: Was würdest du mir raten, wenn du deine Erfahrungen der letzten 200 Jahre betrachtest? Lohnt sich ein so langes Leben, Blut trinken und im Verborgenen existieren, wenn man Freunde und Familie altern und sterben sieht?“

Roxy wurde schlagartig ernst. Das Gespräch näherte sich dem Kern der Sache. Claras Fragen fokussierten in die richtige Richtung und der Alte hatte ihr zwar erlaubt offen über alles zu reden, aber bei den wichtigen Themen war sie anscheinend angehalten ernst zu bleiben.

„Ja, es ist schlimm zu sehen, dass nahestehende Menschen an einem vorbei leben, altern und sterben. Und deren Kinder ebenso. Viele neigen dazu, aus den Schatten heraus ihre frühere Familie zu beobachten, weil sie nicht loslassen können. Dabei machen sie es sich so nur noch schwieriger. Aber im Verborgenen lebt es sich nicht so schlecht. Es ist ja nicht so, dass man in dunklen Kanalisationen haust… na ja, nicht alle zumindest… Man lebt weiter in normalen Häusern, macht normale Jobs, nur eben nicht mehr in der Nähe von Freunden und Verwandten. Vielleicht hast du schon mal mit einem Vampir zusammengearbeitet oder sogar mit einem geflirtet und mehr, ohne es zu wissen“, Roxy zwinkerte ihr vielsagend zu, „Alles ganz normal eben. Und man gewöhnt sich mit der Zeit an einen neuen Namen alle paar Jahre. Und man zieht um, wenn es zu auffällig wird, dass man nicht älter wird. Macht Sport, ist ein paar Jahre in einem normalen Verein und findet neue Freunde unter „uns“. Diese Freundschaften halten natürlich deutlich länger.“

Beim letzten Satz konnte sie sich ein Lächeln dann doch nicht verkneifen, bevor sie fröhlich fortsetzte.

„Ich habe selbst eine gute Freundin, ebenfalls eine Ghoul. Sie heißt Blue oder besser, sie nennt sich so. Eigentlich heißt sie Inka. Sie ist in der IT-Abteilung einer Bank. Irgendwas mit Tests macht sie, frag mich nicht. Sie ist mehr so der schweigsame Typ. Aber wirklich sehr nett, wenn man sie mal kennengelernt hat. Wir kennen uns seit vielen Jahren, 1965 oder so. Wir sehen uns nur leider nicht so oft. Aber ich mach euch gerne mal bekannt. Du magst sie bestimmt und wirst sie erkennen, sobald du sie siehst. Sie hat leuchtend blaue Haare. Oft mit metallischem Schimmer. Total toll, ich…“

Roxy bemerkte, dass sie vom Thema abwich und unterbrach sich selbst, in dem sie sich laut räusperte. Dann sprach sie sachlich weiter.

„Entschuldige bitte. Zurück zu deinen Fragen: Was das Blut angeht, kann ich tatsächlich nicht viel sagen. Ich trinke kein Menschenblut und kenne nur den Alten. Aber von befreundeten Vampiren weiß ich, dass man wohl mit der Zeit Unterschiede schmeckt. Zwischen den Geschlechtern zum Beispiel, gesunden und kranken Menschen, ihrer Ernährungsweise oder dem Alter. Daher scheint wohl auch die Legende zu kommen, dass Vampire gerne das Blut von Mädchen und jungen Frauen trinken."

Sie kicherte und ließ eine Pause entstehen: „Junge Frauen… Jungfrauen, verstehst du?"

Clara verdrehte die Augen und seufzte, als Roxy sie anstupste. Vielleicht war es doch besser, das Thema zu wechseln?

„Also, wie geht es jetzt weiter?"

„Tja, also, wir könnten über die Regeln der Gesellschaft reden oder die Clans, wenn es dich interessiert. Oder nur unter uns Mädels über Bettgeschichten quatschen. Ganz wie du willst. Es ist deine Zeit."

Ungläubig sah die das Gothicmädchen an.

„Bettgeschichten?"

„Na hör mal, 200 Jahre ohne Sex? Wofür hältst du mich? Eine alte Jungfer? Eine Trockenpflaume mit trockener Pflaume?"

Roxy kicherte und steigerte sich in einen Lachanfall über ihren eigenen Witz. Sie hatte sichtlich Probleme, sich wieder zu beruhigen. Von dem Wortspiel war sie deutlich begeisterter als Clara. Es war das zweite in kurzer Zeit und zu einem ähnlichen Thema. Daher beschloss sie, das Gebiet weiträumig zu umschiffen. Als Roxy sich gefangen hatte, sprach sie mit tränennassen Augen weiter.

„Der Alte gesteht mir ein eigenes Leben zu. Das allein ist mehr, als andere Ghoule haben. Wenn er mich ruft, dann bin ich umgehend da. Und wir treffen uns auch regelmäßig, ich muss ja schließlich mit Blut versorgt werden. Aber wenn nichts ansteht, dann bin ich einfach ich. Hier schau."

Sie griff nach ihrer Handtasche, die neben der Couch stand und holte ein Handy hervor. Dann zeigte sie Clara Fotos von sich vor Kinoaufstellern und Filmplakaten, im Death's Garden und mit anderen Goths zusammen. Sie gewährte ihr Einblick, welche Kontakte sie bei Tinder geknüpft und später getroffen hatte. Dabei war für Clara die Tatsache, dass sie diese App überhaupt nutzte, viel überraschender. Anscheinend hatte sie wirklich ein völlig falsches Bild, von einer geheimen Untotengesellschaft. Dieser Gedanke brachte sie zum eigentlichen Thema zurück.

„Ok, danke für den, ähm, sehr intimen Einblick. Aber… lass uns vielleicht wieder von was anderem reden. Ich habe nicht ewig Zeit."

„Ja, Ok, du hast recht. Es ist nur so schön befreiend mal jemanden in meine oder unsere Welt eintauchen zu lassen. Sonst halten wir uns ja so bedeckt, wenn wir nicht ohnehin unter uns sind. Aber ich gebe zu, dass wir etwas vom Thema abgekommen sind. Was willst du wissen?"

„Ja, ich merke, dass du sehr enthusiastisch bist, was eure Gesellschaft angeht. Ist das deine persönliche Meinung oder kannst du hier auch nicht anders antworten?"

„Tatsächlich meine persönliche. Ich will niemanden rekrutieren, das dürfte ich gar nicht. Aber wenn sich die Gelegenheit gibt, offen mit einem Außenstehenden zu reden, warum sollte ich dann mit meiner Begeisterung geizen? Es ist so, dass ich mich unter den Clans und dem Alten sehr wohl fühle. Das mag aber sicherlich auch an meinem guten Herrn liegen. Frag einen Ghoul, dem es nicht so gut geht und er wird dir vielleicht anders antworten, sofern er kann."

Clara glaubte ihr. Nichts an Roxys Stimme ließ darauf schließen, dass sie etwas beschönigte oder hinter dem Berg hielt. Trotzdem waren noch ein paar weitere, grundsätzliche Fragen zu klären. Langsam lief ihr die Zeit weg.

„Und welchem Clan würde ich angehören?"

„Schwer zu sagen und hängt ganz von dir ab. Also, wo du denn gegebenenfalls hinwillst. Wahrscheinlich wird der Wanderer deinen Fall dem Rat der 13 vorstellen und jemand wird dann Kontakt zu dir aufnehmen. Ist jetzt aber geraten. Hast du denn eine Idee, wo es hingehen soll?"

„Keine Ahnung, ich kenn die ja nicht. Gibt es Unterschiede oder sind alle mehr oder weniger gleich?"

„Nein, auf keinen Fall. Die Unterschiede zwischen manchen könnten kaum größer sein. Die einen sind weltfremde Sternengucker, die sich an Kunst ergötzen und für die nur das Schöne zählt. Wobei die Definitionen von schön da weit auseinandergehen. Andere fühlen sich mit der Natur stark verbunden und halten nur wenig davon sich in Gesellschaft zu begeben. Sie würden dem Tier in sich gerne nachgeben, tun es zum Glück aber nicht. Andere schämen sich mehr für das, was sie sind und suchen Vergebung in dem sie die Menschen schützen und ihnen helfen, wo auch immer es geht. Na ja, die Bandbreite ist da wirklich groß, vielleicht sollten wir die Details hintenanstellen und ich lege dir erstmal das Allgemeine dar?"

„Einverstanden, schieß los, ich frage nach, wenn was unklar ist. Wobei ich die Frage schon elementar finde.“

Roxy holte tief Luft für den Monolog, den sie nun halten würde.

## Kapitel 12

Clara rauchte der Kopf. Wie sollte sie all die Informationen behalten oder verarbeiten? Ganze 13 Clans mit nahezu unaussprechlichen Namen, jeder mit einer eignen Geschichte, die sich in Legenden verloren. Dazu hatte Clara erfahren, dass der Schwarze Schleier nicht nur Regeln zum Umgang innerhalb der Vampirgesellschaft bereithielt, sondern auch, wie man sich nährte und von wem, was man durfte und was nicht. Er mahnte zur Vernunft und dazu, die Sicherheit der Gemeinschaft nicht durch unbedachte Äußerungen gegenüber Menschen zu gefährden. Die Deckung war eines der höchsten Güter. Aber er nannte auch, welche Konsequenzen bei Missachtung drohten. Und viele weitere zahlreiche Details.

Für Roxy und sich hatte Clara zwischenzeitlich Wasser geholt, nur war sie sich nicht sicher, ob Wein nicht die bessere Wahl gewesen wäre. Ihr Gast jedoch erzählte und erzählte unbeirrt immer weiter. Anscheinend verinnerlichte man all diese Regeln, Gesetze und Anleitungen von ganz allein, wenn man mehrere hundert Jahre Zeit hatte danach zu leben. Sie selbst hatte aber nur noch knapp 30 Minuten, dann würde eine Entscheidung von ihr verlangt werden. Und trotz all der Informationen fühlte sie sich furchtbar schlecht vorbereitet.

„So, ich glaube, das war erstmal alles. Ein grober Überblick, über die Gesellschaft in die du heute Nacht einheiraten könntest. Siehst du jetzt etwas klarer, Clara?“

Sie verdrehte die Augen. Seit ihrer Jugend hatte sie dieses blöde Wortspiel nicht mehr gehört, aber bei Roxys Humor hätte sie damit rechnen müssen.

Müde rieb sie sich die Augen und gähnte ausgiebig. Dabei wurde ihr wieder bewusst, dass es mitten in der Nacht war und sie normalerweise schlief. Stattdessen saß sie im Nachthemd auf der Couch und unterhielt sich mit einer quirligen Fremden, die jünger aussah als sie selbst und doch Generationen älter war. Clara lachte, so abstrus fand sie die Situation.

Roxy reagierte verwirrt: „Heee, was gibt’s denn da zu lachen?“

„Entschuldige bitte, mir ist nur gerade meine Situation bewusst geworden.“

Für einen Moment schloss sie die Augen, genoss die Stille, die einkehrte und horchte in sich hinein. Die jung-alt Frau gab ihr den Augenblick, den sie benötigte und Clara war dankbar dafür.

Mit der Zeit wurde ihr schmerzlich bewusst, dass ihr Innerstes das Angebot annehmen wollte. Sie wollte einfach mehr erfahren. Verstehen, wie die Gemeinschaft der Vampire funktionierte. Für sie war das ein Geheimnis, dem es auf die Spur zu kommen galt. Ein Rätsel, das sie entziffern wollte. Etwas, dass ihren Drang auslöste, alle offenen Enden zu verknüpfen. Auf das Bluttrinken war sie nicht scharf, aber man, es gab so viel Neues zu erfahren.

Gleichzeitig meldete sich ihr Gewissen und erinnerte sie daran, dass Sabines Herz brechen würde, wenn sie einfach so aus ihrem Leben verschwand. Immerhin war sie das Einzige, was für Clara so etwas wie eine Familie war. Schlicht zu verschwinden, kam nicht in Frage. Sie würde sich gerne in irgendeiner angemessenen Form verabschieden. Nur wie sollte das aussehen? Mitten in der Nacht anrufen und Lebewohl sagen? Das klang nach Selbstmord. Sabine würde das nicht verstehen und hatte allen Grund dazu. Aber wie dann? Ihr fehlte die Idee.

Zugleich verstand sie auch, dass die Mordserie, die sie hierhergeführt hatte, mehr war als nur ein psychopathischer Killer auf Europareise. Mehr sogar als einfach nur ein wilder Vampir. Es war eine Gefahr für die geheime Gesellschaft, eine Bedrohung für den Frieden zwischen Vampiren und Menschen. Denn die Aufmerksamkeit war schon jetzt größer, als ihnen lieb sein konnte. Für Clara waren es drei ungelöste Mordfälle. Für die Blutsauger aber war es eine echte Bedrohung. Es wurde zunehmend schwieriger, für die Vampire ihre Existenz hinter dem Schwarzen Schleier zu verbergen. Deswegen musste der Fall gelöst, der Täter gefasst, die Wogen geglättet und das Gleichgewicht wiederhergestellt werden. Klang alles nur einfacher, als es war. Besonders für Clara als Mensch. Doch war es bei solchen Dimensionen überhaupt ihr Problem?

Die Vampire folgten ihm schon seit Jahren, waren aber mehr damit beschäftigt seine Spuren zu verwischen und Gerüchte zu zerstreuen, als ihn festzusetzen. Der Schutz des Schwarzen Schleiers war wichtiger. Das brachte Clara auf eine Idee.

Sie öffnete die Augen wieder und sah in das bleiche Gesicht, mit dem schwarzen Make-up, umrahmt von glänzenden Haaren wie aus Ebenholz. Zum ersten Mal fiel ihr auf, dass sie Roxy wirklich schön fand. Es war kein romantisches Gefühl, nur eine subjektive Wertschätzung.

Ihr Gegenüber selbst betrachtete sie stoisch und freundlich lächelnd. Sie wartete ab, wie Clara reagieren und was sie sagen würde, oder ob sie noch Fragen hätte. Aber deutlich erkannte Clara, dass eine gewisse Hoffnung in ihren schwarz umrandeten Augen lag.

„Roxy, ich…"

Sie wurde jäh unterbrochen, als ein Handy klingelte. Es war das der Goth, dass zwischen ihnen auf dem Sofa lag. Beide starrten ungläubig das Display an. Clara, weil sie nicht glauben konnte, dass tatsächlich jemand um diese Uhrzeit anrief. Und Roxy, weil sie erstaunt war, wer am anderen Ende war.

Auf dem Bildschirm erschien das Bild einer jungen Frau. Ganz ähnlich wie die Angerufene war sie schwarz gekleidet und blass geschminkt. Aber ihre Haare waren leuchtend Blau. Die junge Frau schien hin und hergerissen von Rangehen und mit ihrer Freundin telefonieren und den Anruf ablehnen und ihrer Aufgabe nachkommen. Ihr Finger zitterte regelrecht in der Mitte über dem Display zwischen dem roten und dem grünen Hörer. Clara beschloss sie aus dem Dilemma zu befreien.

„Geh ruhig ran."

„Ich weiß nicht, ich könnte ja auch zurückrufen. Aber…"

„Geh ran. Gleich ist es drei Uhr, dann ist meine Bedenkzeit eh abgelaufen. Was kannst du mir jetzt noch Entscheidendes mitteilen? Es ist wirklich Ok, wenn du kurz mit ihr sprichst."

Sie nahm das Handy in die Hand und tippte auf den grünen Hörer. Doch, bevor sie sich meldete, formte ihr schwarzer Mund ein stummes „Danke" in Claras Richtung. Sie nickte bestätigend und stand von der Couch auf, um in die Küche zu schlendern, während ihr Gast ihre Freundin begrüßte.

„Hallo Blue, mein Schatz. Schön von dir zu hören, was kann ich für dich tun?"

Dann hörte Clara nicht mehr hin. Es war ein privates Gespräch, dass sie nichts anging. Das respektierte sie. Auf halben Weg in die Küche warf sie einen Blick auf die Digitaluhr ihres Blu-ray Players. Es war 02:55.

*In fünf Minuten wird sich zeigen, wie mein Leben weitergeht. Was für ein winziger Zeitraum für eine so große Entscheidung.*

In der Küche angekommen drehte sie sich um, lehnte sich an die Arbeitsfläche und starrte auf ihre nackten Füße hinab. Die Fliesen waren kühl, aber nicht kalt. Sie hatte dem nie irgendwelche Beachtung geschenkt, aber in diesem Moment schien es plötzlich wichtig zu sein. Und unweigerlich wurde sie sich ihrer Verletzlichkeit bewusst. Ob sich Vampire auch solche Gedanken machten, dass sie zu viel oder zu wenig anhätten? Oder verspürten sie weder Hitze noch Kälte? Wenn sie barfuß am Strand in einen Muschelsplitter trat, würde sie dann Schmerzen spüren oder nur ein lästiges Stechen? Tja, nun war es zu spät für solche Fragen. Aber waren sie überhaupt wichtig?

Roxy war ebenfalls aufgestanden und stand am Fenster, aus dem sie hinaus in die Nacht zu starren schien. Den gleichen Gesichtsausdruck hatte sie im Hinterhof des Death's Garden. Sie lauschte wieder auf etwas, nur hatte Clara nicht den Eindruck, dass es das Handy in ihrer Hand war.

Sie folgte dem Blick ihres Gastes und wandte sich ebenfalls der Scheibe zu. Aber außer einer Spieglung ihrer selbst erkannte sie nur Licht in den Fenstern des Hochhauses gegenüber. Die Vorhänge waren zu gezogen, doch dahinter war ein Schemen zu erkennen. Jemand, der gerade aus dem Zimmer ging.

*So spät noch wach? Na ja, ich muss gerade reden…*

Dann fokussierte sie wieder auf ihre Reflexion und fragte sich, ob die Verwandlung in einen Vampir sich körperlich ausdrückte. Vielleicht sogar schmerzhaft war. Noch eine Frage, die sie hätte stellen können und für die es nun zu spät war.

Wieder klingelte irgendwo ein Handy, aber weiter entfernt. Doch da Roxy noch immer telefonierte und dabei war eine Verabschiedung einzuleiten, musste es dieses Mal ihres sein. Sie verließ die Küche und folgte dem Geräusch ins Schlafzimmer. Das war das zweite Mal, dass sie ihr Handy nicht dort fand, wo es hätte sein sollen. Verwirrt nahm sie es in die Hand und starrte auf den Namen im Display: Markus Schütter.

*Was? Um kurz vor 3 Uhr morgens? Ein Notfall?*

Nervös nahm sie ab.

„Alles in Ordnung?"

„Das wollte ich dich fragen, Clara. Wir hatten letzte Woche bei einem der Verdächtigen etwas Elektronik beschlagnahmt und die IT-Kollegen haben das nun ausgewertet. Hat gedauert, weil es chiffriert war, aber nicht gründlich. Zu unserem Glück, wie es scheint."

„Ok, verstanden so weit. Aber deswegen rufst du nicht um 3 Uhr morgens an."

Markus klang nervös, er wollte Fakten schaffen und gleichzeitig Clara nicht beunruhigen.

„Pass auf, es gibt eine Liste. Eine Todesliste. Wir waren alle sehr schockiert, als es Ludwig erwischt hatte. Jetzt wissen wir, dass sie Informationen über uns alle haben. Fast jeder von uns taucht in der Liste auf mit Namen und Adresse. …und einem Datum."

Clara schwieg. Das Ermittler bedroht wurden, damit war zu rechnen. Doch jetzt stand sie wahrhaftig auf einer Todeslist. Das war neu. Zum einen musste sie das sacken lassen. Insbesondere, da die Hintermänner mit ihrem Kollegen Ludwig schon gezeigt hatten, dass sie nicht scherzten. Zum anderen gab es nichts, dass sie jetzt sagen wollte.

„Bei dir steht der heutige Tag", setzte Markus nach, als sie nicht reagierte.

„Der Tag ist gerade mal drei Stunden alt."

„Ist doch egal. Ich will, dass du dich anziehst, ein paar Sachen packst und in maximal zehn Minuten reisefertig bist."

„Was? Nein!"

Das passte gar nicht in ihren Plan. Irritiert stolperte sie zurück ins Wohnzimmer.

„Keine Widerrede! Ich bin schon unterwegs."

„Aber… was ist mit deiner Familie? Wenn sie deine Adresse haben, sind die doch in Gefahr! Kümmere dich erst um sie, bevor du herkommst. Bring sie aus der Stadt, mit einem gemieteten Auto oder so."

„Das ist schon eingeleitet. Jetzt. KEINE. WIDERREDE. Ich biege in ein paar Minuten in deine Straße ein. Die Zeit läuft. Bis gleich!"

*Die Zeit läuft? Wie recht du hast, Markus.*

Er hatte aufgelegt. Clara stand verloren mitten in ihrem Wohnzimmer und starrte auf ihr Mobiltelefon. Sie spürte, wie jemand eine Hand auf ihre Schultern legte und sah auf. In der Spiegelung im Fenster sah sie, dass Roxy neben ihr stand und sie besorgt anschaute.

„Alles Ok?"

Echte Sorge lag in ihrer Stimme. Clara starrte nur weiter geradeaus. Beiläufig registrierte sie eine Veränderung im Spiegelbild. Nichts, das ihr Interesse auf sich zog. Die Nachbarn gegenüber gingen anscheinend zu Bett und hatten das Licht ausgeschaltet. Es reichte gerade für einen müden Gedanken.

*Leute gehen ins Bett. Wenigstens etwas Normales heute Nacht.*

Sie wandte den Kopf zum Fernsehregal und schaute auf die Uhr. Es war 03:03. Der Alte verspätete sich. Seltsam, sie hatte erwartet, dass er auf die Minute pünktlich an die Tür klopfen würde. Aber statt des Alten war es Roxys Stimme in ihrem Ohr.

„Alles Ok?“, wiederholte sie.

„Ja. Nein. Mein… mein Kollege kommt gleich. Es gibt Probleme im Büro und er will mich jetzt abholen.“

Besser wagte sie es nicht zu beschreiben, aber sie hoffte, dass die Botschaft angekommen war. Gleich würde sie nicht mehr allein hier sein. Und was fände Markus dann hier vor? Eine untote oder lebendige Clara?

Sie drehte sich zu Roxy um und setzte an etwas zu sagen, als sie ihn im Augenwinkel erblickte. Ein großer schwarzer Schatten stand in der Küche und hielt ein Glas Wasser in der Hand. Der Anblick hatte ungewollt viel Komisches an sich. Clara hatte mit allem gerechnet, aber nicht mit so etwas Normalen, dass er Wasser trank.

Beim Betreten des Wohnzimmers hatte sie ihn nicht bemerkt. Aber sie erkannte die Statur wieder, es war der Mann aus ihrem Wikingertraum. Der, der das Dorf rettete, die Frau verschonte und dafür ein Blutbad bei den Wilden angerichtet hatte. Er trug einen ähnlichen Ledermantel wie damals, schwarz und fest, aber definitiv einige Jahrhunderte neuer. Eher aus den 1990er Jahren. Und er trug auch jetzt seine Kapuze tief ins Gesicht gezogen, so dass Clara es nicht erkannte.

Dann löste sich der riesige Schatten von der Arbeitsfläche, stellte sein Glas ab und kam auf sie und Roxy zu. Doch als er den Türrahmen nahezu komplett ausfüllte, überschlugen sich die Ereignisse. Zu viele Dinge passierten gleichzeitig, als dass Clara alles registriert hätte.

Im Augenwinkel leuchtete das Fenster hell auf. Dann splitterte Glas. Jemand schrie. Clara wurde von den Füßen gerissen. Etwas Schweres traf sie schmerzhaft. Ein Krachen. Ein Dröhnen. Luft fegte über sie hinweg und raubte ihr den Atem. Die Hitze der Hölle nahm ihren Platz ein. Ihre Lungen brannten und ebenso ihre Haut. Sie wurde an die Wand geschleudert. Splitter aus Holz, Glas und Metall rissen an ihrem Nachthemd. Schrapnelle bohrten sich in ihre Haut. Ihr Kopf schlug hart gegen das Gemäuer und ihre Sinne wurden dumpf. Sie spürte weder, dass sie aus tausend tiefen Wunden blutete, noch dass die verbliebenen Fetzen ihres Nachthemdes in Flammen standen. Und auch nicht den metallenen Pfahl, der aus ihrem Bauch ragte und sie an die Wand nagelte. Sie spürte nicht die gebrochenen Knochen in ihrem Brustkorb und nicht das zertrümmerte Becken. Arme und Beine waren seltsam verdreht, dass es jedem Beobachter umgehend geschmerzt hätte. Am Rande ihres Bewusstseins bemerkte sie das Gefühl des Ertrinkens. Eine schwere Flüssigkeit füllte ihren Mund. Sie wollte sie ausspucken, doch es gelang nicht. Ihr Kiefer und die Zunge gehorchten ihr nicht länger. Erst ein Reflex würgte den metallenen Geschmack nach unten, aber schon hatte sich ihr Mund erneut gefüllt. Atmen war unmöglich. Noch zwei, drei Mal schnürte es ihr die Kehle zu, dann blieb ihr die Luft endgültig weg.

Schwärze umfing Clara. Eine Dunkelheit, dichter als sie je eine erlebt hatte. Aber dort war auch Frieden. Keine Angst. Keine Schmerzen. Keine Gedanken. Nur Stille. Das war Ok. Alles war Ok.

*Zu spät, Markus. Du kommst zu spät. Aber das ist Ok.*

Der letzte Versuch eines Atemzuges war tief und gab ein gurgelndes Geräusch von sich. Gefolgt von nichts, außer Ruhe. Tiefster, schwarzer Stille. In dieser Agonie empfand Clara so etwas wie Glückseligkeit. In der Bedeutungslosigkeit des Seins schwebte sie eine Weile. Stunden? Tage? Wochen? Eine halbe Ewigkeit? Oder waren es nur Bruchteile von Sekunden? Im Grunde war es egal. Denn jetzt war alles Ok. Doch jäh wurde sie aus ihrer Zufriedenheit gerissen. Das war nicht Ok.

„Komm mit mir!“, befahl ihr eine dunkle, ferne Stimme und doch klang sie vertraut, „Der Tod ist nicht das Ende, wenn du deine Taten vor dir selbst verantworten kannst. Neue Mühen liegen vor dir, neue Belohnungen und neue Verzweiflung. Im Labyrinth deiner Seele wird die Waage der Gerechtigkeit dein Schicksal bestimmen. Komm mit mir!“

War dies ein Zeichen des Himmels oder die Stimme aus den Tiefen der Hölle? Freund oder Feind? Das fand sie nur heraus, wenn sie folgte.

# Teil II

## Blut. Macht. Intrigen.

## Kapitel 13

**Explosion in Wohnhaus**

In einem Wohnhaus im Frankfurter Nordend kam es in der Nacht auf Mittwoch zu einer Explosion. Dabei starben mindestens drei Personen.

(dpa) Aus bisher ungeklärten Gründen kam es in der Nacht von Dienstag auf Mittwoch zu einer verheerenden Explosion. Die Detonation ereignete sich im zweiten Stock eines Mehrfamilienhauses. Dabei kamen mindestens drei Menschen ums Leben. Zwei weitere wurden mit lebensbedrohlichen Verletzungen ins Krankenhaus gebracht.

Die Explosion zerstörte große Teile der Außenmauer und löste einen großflächigen Brand aus. Das Gebäude gilt seither als einsturzgefährdet. Alle Anwohner wurden zur eigenen Sicherheit in Notunterkünfte gebracht. Die Löscharbeiten dauerten bis ist die Morgenstunden. Die erste Einschätzung der Feuerwehr geht von einem Unfall mit der Gasheizung aus. Laut einiger Anwohner sollte die Heizungsanlage seit Jahren erneuert werden. Dies wurde aus Kostengründen immer wieder verschoben. Der Hausverwalter war für eine Stellungnahme nicht zu erreichen.

Dank eines Polizisten vor Ort gelang es, die Rettungskräfte schnell zu alarmieren. Für die drei Bewohner kam jedoch jede Hilfe zu spät.

Etwas rüttelte an ihr. Jemand rüttelte an ihr. Als versuchte man sie zu wecken. Nein, nicht um sie zu wecken, sie wurde getragen an den Füßen und unter den Armen. Unsanft, aber mit routinierten Griffen, doch ohne Gefühl. Dann ein Aufschlag. Hart, auf festem Untergrund. Das Rütteln setzte sich fort. Jetzt ruhiger, beständiger. Mehr eine starke Vibration als ein Schütteln. Und da brummte etwas. Kein Motor, Abrollgeräusche. Gummiräder auf ebenem Boden. Und Stimmen. Was sagten sie? Sie verstand es nicht recht. Zu abgelenkt waren ihre Sinne durch die Kakophonie der Eindrücke.

Ein Geruch kam hinzu. Er war ihr bekannt, nichts, dass sie täglich in der Nase hatte, aber irgendwie vertraut. Es roch nach Kunststoff. Gummi? Latex? Poly-irgendwas auf jeden Fall. Ganz schwach im Hintergrund war noch mehr, das stechende Aroma eines aggressiven Reinigers und Desinfektionsmittel.

Das alles umgab sie in der Dunkelheit, die ihre Welt war. Sie war so dicht, dass sie sie förmlich auf ihrer Haut spürte. Sie bedeckte ihren ganzen Körper, von der Stirn bis zu den Zehenspitzen. Aber Moment mal, warum war sie nackt in dieser Finsternis? Sie fühlte es jetzt ganz deutlich. Die Vibrationen setzten Kunststoff über ihr in Schwingung und der rieb in winzigen Bewegungen an ihren Körper. Es hatte nichts Erregendes. Im Gegenteil, es war furchtbar störend. Jetzt, da es ihr bewusst war umso mehr.

Die kurze Fahrt stoppte und damit die unerträglich lauten Eindrücke. Dafür hörte sie die Stimmen deutlicher. Zwei Männer. Und ein neuer Klang kam hinzu. Eine Frau. Sie lauschte genauer.

Der erste Mann: „…weiblich, weiß, Mitte 30, diverse Wunden, Brüche und Verbrennungen. Kein schöner Anblick."

„Laut der ersten Identifizierung ist es Clara Mork. Ein Kriminalbeamter vor Ort kannte sie anscheinend", ergänzte der Zweite.

„Danke. Ich übernehme dann hier", kam die Antwort der Frau. Ihre Stimme klang jung und hatte die Bestimmtheit einer täglichen Routine. Aber es wirkte auch kontrolliert. Zu kontrolliert. Als würde sie bewusst neutral reden.

„Dann hier bitte unterschreiben. Können wir eine leere Trage mitnehmen? Dann tauschen wir einfach. Geht schneller, als sie noch mal umzubetten."

Das war der erste Mann wieder, mit der Effizienz der Erfahrung in der Stimme. Er wollte sich anscheinend von einer jungen Frau nicht übertrumpfen lassen.

„Ja, klar. Nehmt einfach eine von denen dort."

Sie sah es nicht, aber in ihrer Vorstellung wusste Clara, dass ein Arm ausgestreckt wurde und auf etwas deutete. Am Rande bekam sie mit, dass ein paar weitere Worte gewechselt wurden, verstand sie aber nicht mehr. Ein kratziges Geräusch, Metall auf Papier, direkt über ihrem Kopf, überlagerte die Stimmen. Schritte entfernten sich. Andere, leichtere traten um sie herum.

Plötzlich fiel etwas zwischen ihre Füße. Sie wollte zusammenzucken und vor Schreck aufschreien. Aber weder ihre Muskeln noch ihre Stimme hörten auf sie. Die ekelhafte Folie wurde fest auf die Haut an ihren Beinen gedrückt. Dann raschelte genauso unverhofft etwas über ihrem Gesicht. Ein reißendes Geräusch und mit einem Mal wurde es hell. Mit dem Reißverschluss wurde auch ihre dunkle Welt zerrissen und grelles Licht brannte in ihren Augen.

Schmerz erfüllte ihren Kopf. Sie versuchte die Arme hochzerren, um sich zu schützen. Doch nichts geschah. Sie probierte die Augenlider zu schließen, aber sie gehorchten nicht. Die furchtbare Helligkeit wurde erst gedämpft, als ein Gesicht über ihr auftauchte.

Eine Frau, blond, jung. Wahrscheinlich die, die mit den Männern gesprochen hatte. Clara hatte den Eindruck, sie kennen zu müssen. Verschwommen war die Erinnerung, wie aus einer längst vergangenen Zeit. Aus einem anderen Leben. Die Frau über ihr sah sie nur eine Weile an und schloss den Riss in der Dunkelheit wieder. Ein leise geflüstertes „Scheiße“ drang an ihr Ohr. Dann umfing die gnädige Schwärze sie erneut und mit ihr kam das Gefühl der Geborgenheit zurück.

Vorerst. Denn kurz darauf setzte die Bewegung wieder ein. Die Vibrationen und das Brummen der Gummiräder. Ein Zischen schnitt wenig später in ihre Ohren. Sie hörte ein mechanisches Kratzen von schlecht geöltem Metall. Clara fühlte, wie die Fliehkräfte an ihr zogen, als sie um eine Kurve bogen und dann nochmal, schwächer, als die Fahrt sich beschleunigte. Dieses Mal sprach niemand oder sie hörte es nicht durch den quälenden Lärm. Es war auch besser so, noch mehr Eindrücke hätte sie nicht verkraftet.

Als sich die Fahrt einige Sekunden später wieder verlangsamte, schien sich alles zu wiederholen. Das Zischen, das Kratzen, die Kurve, das Beschleunigen. Dann Stillstand und Ruhe für einen viel zu kurzen Moment.

„Sie ist es, Dr. Metzen.“

Die blonde Frau war noch da und sprach mit jemandem.

„Verdammt!“, ebenfalls eine Frau, älter, erfahrener, „Danke, Anne. Erledigen Sie die Formalitäten, bitte?“

„Selbstverständlich.“

Schritte kamen näher und blieben neben ihr stehen. Wieder riss ihre Welt entzwei und das Licht blendete sie. Doch dieses Mal schaute ein anderes Gesicht sie an. Clara sah, dass aufrechtes Bedauern in den Augen lag. Keine große Sympathie, aber doch echte Anteilnahme. Einen Augenblick später wurde der Reißverschluss bis zu ihrem Bauch aufgerissen und sie sah, wie der Blick der älteren Frau routiniert über ihren nackten Körper huschte.

„Sieht übel aus. Ging wahrscheinlich schnell“, murmelte sie.

Von außerhalb ihres Sichtfeldes hörte sie ein ersticktes „Hoffen wir es für sie", bevor das Gesicht der älteren Frau aus ihrem Blickfeld verschwand. Stattdessen setzte das reißende Geräusch wieder ein. Clara spürte, wie der Gegenstand zwischen ihren Beinen weggenommen wurde und das ekelhafte Plastik löste sich von ihrer Haut, als es raschelnd auseinandergezogen wurde. Jemand seufzte schwer.

Auf die erste Erleichterung, das schreckliche Gefühl losgeworden zu sein, folgte die Erkenntnis, dass es noch schlimmer wurde. Peinlich entblößt lag sie hier vor zwei bekannten-fremden Frauen und die Ältere begann sie ungefragt zu untersuchen. Clara spürte Wut und Zorn in sich aufsteigen. Sie wollte hier nicht nackt und bloß liegen, sie wollte nicht angefasst werden. Sie wollte verdammt noch mal zurück zum Gefühl der Ruhe und des Friedens. Zurück in die dunkle Abgeschiedenheit. Konnte man sie denn nicht einfach allein lassen? Stattdessen kam jetzt diese alte Schachtel, drückte und bewegte Arme und Beine, tastete Bauch und Brust ab und leuchtete ihr mit einem schrecklich grellen Licht in die Augen und den Mund. Dabei warf sie der anderen Frau einzelne Worte und Halbsätze zu. Es dauerte alles viel zu lange.

Der Zorn steigerte sich zu Hass und dem Wunsch, dem Störenfried die Finger in die Kehle zu rammen. Clara stellte sich vor, nach der Gurgel zu greifen, fest zu packen und ihr den Kehlkopf einfach aus dem Hals reißen. Sie stellte sich ein blubberndes Geräusch vor und den überraschten, schockierten Blick, mit dem sie Clara anstarren würde, während sie vergeblich versuchte, das Blut zu stoppen. Das Blut. Blut, das rot und saftig aus der offenen Wunde floss. Sturzbäche in scharlach, die sich über den Hals ausbreiteten und alles unterhalb in die schönste Farbe der Welt tauchten. Und all ihre Schattierungen.

Sie steigerte sich in die Wahnvorstellung hinein, bis die peinlich genaue Untersuchung endetet und Clara wieder in die erlösende Dunkelheit zurückgeschickt wurde. Der Plastiksack schloss sich über ihr. Die Finsternis umfing sie. Und Clara nahm sie dankbar an.

„Danke für die Hilfe, Anne. Gibt es schon eine Notiz von der Staatsanwaltschaft zu dem Fall?"

„Nein, Frau Doktor. Es ist aber auch erst 10:30. Ich schätze mal, dass im Laufe des Tages noch etwas kommen wird. Ich werde sie dann umgehend unterrichten."

„Alles klar, vielen Dank. Die Sektion von Frau Mork werde ich persönlich übernehmen. Aber…“, sie seufzte, „planen sie die nicht mehr heute ein. Selbst wenn der Staatsanwalt so schnell sein sollte. Ich denke, Markus wird noch vorbeikommen und… na ja, Abschied nehmen. Sie sieht zwar schlimm aus, aber… nun, sie wurde immerhin noch nicht geöffnet.“

„Wird gemacht. Ich bringe sie dann in den Kühlraum. Ach ja, in 15 Minuten haben sie einen Termin zur Planung der kommenden Woche. Es geht um die Ausbildung der medizinischen Studenten.“

„Oh ja, danke, den hätte ich fast vergessen.“

Kurz darauf war sie wieder auf Reisen mit der jungen Frau. Sie war immer verärgert über die Unterbrechung ihrer Ruhe und es schien nicht besser zu werden. Denn nun wurde sie über einen Flur geschoben, vermutlich der gleiche, der es vor gefühlten Stunden bereits war. Aber jetzt war es hier laut. Viele Stimmen redeten durcheinander, Schritte liefen links und rechts an ihr vorbei und Clara spürte, dass die junge Frau nicht so vorankam, wie sie es vorhatte.

Abrupt wurden sie gestoppt. Jemand hielt ihr Gefährt auf. Ein Mann sprach ihre Führerin an, eindringlich und fordernd.

„Hey, Anne, ich brauche einen Termin bei deiner Chefin.“

„Schreib mir eine E-Mail, dann schaue ich, wann ich dich unterkriege, Simon.“

Sie kannten sich offenbar. Doch der Ton der beiden verriet, dass es keine angenehme Bekanntschaft war.

„Ich würde dich auch gerne unter mich kriegen, aber ich will ja nicht, dass meine Freundin eifersüchtig wird.“

„Deine Hand kann eifersüchtig werden?“, eine gewisse Verachtung hörte Clara in der Stimme und aber auch Resignation. Die junge Blonde ertrug anscheinend öfter solche Sprüche und war es gewohnt zu kontern.

Im Hintergrund wurde gelacht und die Antwort des jungen Mannes dauerte etwas zu lange, um als souverän und spontan zu gelten. Er war in diesem kurzen Wortgefecht geschlagen worden und das musste er jetzt akzeptieren oder den Einsatz erhöhen. Er entschied sich für einen Rückzug, aber nicht ohne Seitenhieb.

„Ok, ich schreibe dir und du kriegst mich unter. Ist ja auch mal ganz entspannend“, er lachte humorlos, „Aber, wen haben wir denn hier?“

Clara fühlte, dass der Druck auf den Plastiksack an den Beinen nachließ. Der junge Mann hatte das Klemmbrett wieder von ihren Füßen genommen. Es raschelte kurz, als er ein paar Blätter anhob.

„Clara Mork? Kenn ich nicht. Wie sieht die denn aus, ist ja noch nicht sooo alt."

Sie hörte, wie der Kunststoff über ihr raschelte, als jemand nach dem Reißverschluss griff. Gleichzeitig landete das Klemmbrett wieder an seinem Platz.

„Finger weg!", herrschte die junge Frau ihn an, „Lass den Sack zu und geh mir aus dem Weg."

Der Reißverschluss wurde losgelassen. Und kurz darauf setzten sie ihre Fahrt fort. Leise zwischen all dem Gebrabbel hörte Clara etwas, das wie „blöde Zicke" klang. Deutlicher aber vernahm sie die Stimme der Frau von ihren Füßen her murmeln.

„Blöde Studenten. Denken sie wären etwas Besseres und könnten einen von oben herab behandeln. Aber wenn sie dann was brauchen, kommen sie angekrochen."

Wieder ein Zischen und Kratzen. Dann wurde es endlich ruhiger. Nicht die ersehnte Stille, aber deutlich leiser. Schließlich blieben sie stehen und die junge Frau lief durch den Raum. Etwas klackte und mit einem metallenen Knarzen öffnete sich dieses Etwas. Rumpelnd fuhr Clara ein Stück, bevor die Vibrationen der Gummiräder gänzlich aufhörten. Metall rieb auf Metall, es quietschte kurz, aber heftig in ihren Ohren und die letzten Zentimeter schien sie zu schweben, statt gefahren zu werden. Und sie bemerkte eine Veränderung der Lichtstimmung. Nach wie vor lag sie im Dunkeln und das war Ok. Aber es wirkte so, als wäre die Dunkelheit finsterer geworden.

Dann stoppte die Bewegung plötzlich und jemand fummelte schon wieder am Reißverschluss herum. Hörte das denn nie auf? Clara hätte am liebsten frustriert und wütend geschrien, aber jeder Einzelne ihrer Muskeln befand sich im Streik.

Die Finsternis spaltete sich erneut und sie schaute in das Gesicht der Frau mit den blonden Haaren. Sie sah traurig aus, ernsthaft betrübt und doch war da ein Glanz der Hoffnung in ihren meeresblauen Augen.

„Es tut mir sehr leid, dass es so gekommen ist, Frau Mork... Clara. Ich habe sie sehr gemocht. Sehr. Schade, dass sie so selten hier im Büro waren. Ich weiß ja, dass sie beruflich mehr mit Christiane zu tun haben, aber..."

Sie hob den Blick kurz zur Tür, als hätte sie aus der Richtung was gehört und Clara bemerkte etwas hinter ihrem Ohr. Eine Tätowierung, die sonst sorgsam unter den langen Haaren verborgen war. Doch heute trug die junge Frau einen strengen Zopf, so dass das Muster aus Strichen und Punkten zu sehen war. Es sagte Clara nichts, erinnerte sie aber an Morsezeichen. Vielleicht war es ihr Name oder ein schlauer Spruch, so wie sich manche hebräische oder chinesische Schriftzeichen tätowieren ließen. Allerdings hätte sie eine so adrette und geschäftsmäßig gekleidete Frau nicht für den Tattoo-Typen gehalten. Ein Vorurteil wie sich jetzt herausgestellt hatte. Schließlich schaute man den Menschen nur vor den Kopf, aber nicht hinein. Und wer wusste schon, was für Überraschungen sich unter der letzten Schicht Kleidung verbargen. Dort, wo es privat und intim war?

„…na ja, hätten sie nicht ins Büro kommen können, um Formalitäten zu erledigen, während ihr Kollege mit meiner Chefin im Keller ist? Die verstehen sich doch eh bestens. Es gab unzählige Gelegenheiten… und – nur vielleicht - hätten wir uns dann ja unterhalten können. Und zu einer anderen Zeit, in einem anderen Leben…“

Ihre Stimme blieb zwar gefasst, aber Clara sah eine einzelne silbrige Träne im Auge der jungen Frau. Langsam schwoll sie an und löste sich schließlich. Gemächlich rollte sie über die Wange, als hätte sie alle Zeit der Welt. Hatte sie aber nicht, denn Anne Bergmann wischte sie schnell fort. Sie schniefte kurz, bevor sie fortfuhr.

„Jetzt ist es zu spät und ich…“, sie lachte kurz und gekünstelt, „ich rede mit ihrer… mit deiner Leiche. Wenn das mal nicht verrückt ist. Na ja, auch nicht verrückter, als dass ich ihre, deine Handynummer gespeichert habe und immer wieder mal überlegt hatte dich anzurufen. Unter einem Vorwand oder so. Ich weiß es nicht. Ich habe mich nie als Stalkerin gesehen, aber vielleicht hätte mir das diesmal tatsächlich passieren können… Es war mir klar, als ich deine Augen gesehen habe. Da wusste ich, dass du es bist.“

Sie schniefte und pausiert kurz: „Es brach mir das Herze, als ich gerade deine Haut so verbrannt und den Körper so geschunden gesehen habe. Und es bricht es mir nochmal zu wissen, was meine Chefin bald schon mit dir tun wird. Tun muss…“

Wieder entstand eine Pause. Für Clara war sie sehr unangenehm. Hatte diese junge Frau, die sie offenkundig kannte, ihr selbst aber nur vage bekannt vorkam, gerade eine Liebeserklärung unterbreitete? Wie sollte sie denn darauf reagieren? Andererseits, sie war dazu gar nicht in der Lage. Sie wurde ja für tot gehalten und war vollständig gelähmt.

Plötzlich überkam Clara die Erkenntnis und eine dunkle Erinnerung wie eine Welle. Sie war Polizistin. Die junge Frau war Anne Bergmann, die ältere Dr. Christiane Metzen, deren Chefin. Der Kollege, den sie eben erwähnt hatte, war Markus. Aber etwas war passiert, etwas Schreckliches und Machtvolles. Etwas, das alles verändert hatte. Jetzt galt sie als tot, steckte in einem Leichensack und würde obduziert werden, sobald die Anweisung der Staatsanwaltschaft vorlag. Clara war außer Stande sich dagegen zu wehren oder bemerkbar zu machen. Und spätestens dann würde sie wahrscheinlich auf der anderen Seite übergehen. Falls sie bis dahin im Kühlhaus nicht erfroren war.

Da schwappte die zweite Welle der Erkenntnis über sie. Ihr war gar nicht kalt. Sie lag hier nackt, nur von einer dünnen Kunststoffschicht bedeckt in einem Kühlraum. Doch ihr war nicht kalt. Und nicht nur dieses Empfinden fehlte ihr. Sie fühlte nichts, nicht einmal Angst vor dem nahenden Tod. Clara nahm es einfach als gegebenen Fakt hin. Als hätte ihr jemand eine Wahrheit erzählt, die sie bereits kannte. Das nickte man schnell ab und gut. Es musste nicht kommentiert werden.

Anne legte ihr eine Hand an die Wange, was die Situation aber für sie nur noch seltsamer werden ließ. Es war eine zärtliche, fast liebevolle Geste.

„Ich schließe dich in meine Gebete ein, liebe Clara. Und ich bin mir sicher, dass wir uns irgendwann wieder sehen. Irgendwann. In diesem Leben haben wir uns verpasst, in einem anderen werden wir sicher wieder zusammenfinden. Am Ende finden wir uns immer. Ich habe dich einmal geliebt, ich habe dich zweimal geliebt. Und wenn ich sterbe, liebe ich dich in einem anderen Leben.“

Eine weitere Träne begab sich auf den Weg, aber auch sie wurde weggewischt. Dann beugte sich die junge Frau vor und küsste Clara auf den Mund. Der Gipfel der Skurrilität war erreicht. Homophile Nekrophilie? Was kam als Nächstes? Die verschwunden geglaubten Emotionen kehrten als eine mächtige Streitmacht zurück. Sie wollte schreien und toben, von der Liege und aus dem Leichensack springen. Sie wollte fortlaufen und sich verkriechen oder alles um sich herum zerschlagen. Sie fühlte sich geschmeichelt und zu gleich peinlich berührt. Sie hatte noch nie romantische Interessen an einer Frau gehabt und glaubte nicht, dass sich das jetzt ändern würde. Sie wollte die

Situation klarstellen und am besten auch, dass sie nicht tot war. Aber die Paralyse hatte sie fest im Griff.

So war Clara dazu verdammt mit anzusehen, wie sich Anne von ihr löste, ihr die Wange strich und mit nassen Augen den Reißverschluss zu zog. Gefangen in der Dunkelheit rumpelte sie in den Alkoven hinein und hörte, wie über ihrem Kopf die Tür zu geschlagen wurde.

Sie war allein. Vernahm nichts. Sah nichts. Die erhoffte Stille war endlich eingetreten. Und doch hielt sie jetzt keine Erlösung mehr bereit. Nur die endlose Qual gefangen, im eigenen Körper zu sein. Die Aussicht allein und wehrlos mitzuerleben, wie sie aufgeschnitten wurde, nur um dann qualvoll zu sterben, hatte nichts Beruhigendes. In der Einsamkeit hörte sie ihre Gedanken schreien, lauter als je ein Geräusch war. Wie gerne hätte sie jetzt Anne weiter zugehört. Sollte sie doch von ihren Träumen oder Vorstellungen schwärmen, egal! Hauptsache sie sprach mit ihr und Clara war nicht allein in der Finsternis.

## Kapitel 14

Auf die undurchdringliche Dunkelheit und die absolute Stille folgte ein Schlaf, tief und traumlos. Wie lange sie auf ihn wartete, war unmöglich zu sagen. Stunden? Tage? Es hätte jede beliebige Zeitspanne sein können. Aber letzten Endes kam der Schlaf über sie und bettete Clara in seine barmherzigen Arme.

Als sie dann erwachte, hatte sich an ihrer Situation bedauerlich wenig geändert. Immer noch Dunkelheit. Immer noch Stille. Immer noch spürte Clara die Enge des Alkovens um sich herum. Aber sie fühlte auch etwas Neues. Hunger. Stärker, als sie es je erlebt hatte. Sie hatte Hunger, unbändigen Hunger. Ja, sie verhungerte gerade zu. Das war es wohl auch, dass sie geweckt hatte. Wer konnte schon mit solch ungestilltem Appetit schlafen?

Ihre Gedanken kreisten um Essen. Aber egal, was sie sich vorstellte oder ausmalte, nichts schien genug zu sein.

*Ein saftiges Cordon bleu vom Schwein mit krossen, fettigen Pommes? Dazu Ketchup und Mayo?*

Toll, aber nicht genug.

*Ein Stück Rinderfilet, medium gebraten, leicht gesalzen und mit Kräuterkruste? Thymian-Kartoffeln als Beilage?*

Klasse, aber nicht genug.

*Vielleicht englisch gebraten?*

Nicht genug!

*Roh, blutig?*

Besser, aber noch immer nicht genug.

*Warum das Fleisch erst in die Küchen bringen? Gebt mir ein Messer, dann schneide ich es mir direkt aus der Kuh!*

Clara leckte sich über die Lippen. Vor ihrem geistigen Auge sah sie sich mit einem Fleischmesser neben einer toten Kuh knien. Nach und nach schnitt sie Fleischstücke aus der Seite des Tieres und biss hinein. Ihre Hand war rot und blutverschmiert und sie fühlte darin die Konsistenz des rohen Muskelgewebes. Dickflüssig und warm lief ihr der Fleischsaft durch die Finger und den Arm hinab. Alles roch nach Metall. Warmes Eisen in der Hochsommerhitze. Gab es einen besseren Geruch? Oder Geschmack?

Sie betrachtete ihre verfärbten Hände und das angebissene Stück Fleisch darin. Das Messer war verschwunden. Einen kurzen Moment ekelte sie sich vor sich selbst für diese Gedanken, aber dann fokussierte ihr Blick wieder auf den blutigen Körper im Hintergrund. In ihrer Vorstellung war die Kuh einer Frau gewichen. Adrett gekleidet in Kostüm und feinen Schuhen. Die blonden Haare zu einem strengen Zopf gebunden, lag ihr Hals frei. Aber alles war in einen scharlachroten See getaucht. Und nicht nur die Kehle lag entblößt, auch der Kehlkopf darunter, Muskeln und Sehen waren zerrissen. Teilnahmslos starrte die Frau mit schreckensgeweiteten Augen in den blauen Himmel, während in kleinen Fontänen das Blut aus ihrem Hals ins Gras sprudelte.

Diese Verschwendung wertvollen Lebens durfte natürlich nicht sein und so beugte Clara sich vor, um ihren weit geöffneten Mund auf die aufgerissene Wunde zu drücken. Die Flüssigkeit füllte ihren Rachen und als der Schluckreflex das erste Mal einsetzte, wurde ihr furchtbar übel. Am liebsten hätte sie sich übergeben, aber es war unmöglich sich von dem leblosen Körper zu lösen. Ein innerer Drang hielt sie zurück. Der zweite Schluck war immer noch sehr unangenehm, aber den dritten vertrug Clara schon besser. Ab dem fünften war es wie dicken, warmen Saft zu trinken. Etwas vollkommen Alltägliches.

Moment! Sie hatte sich über die Lippen geleckt? Der Gedanke überrannte das Bild vor ihrem inneren Auge und löschte es umgehend aus. Sie versuchte es erneut. Ja, eine willentliche Bewegung und sie ließ sich wiederholen. In Clara stieg eine unfassbare Freude auf, sie war zwar noch immer hier drin gefangen, aber es gab Hoffnung. Wenn sie wieder handeln konnte, dann würde sie die Arme hochreißen, sobald die Trage aus der Kühlkammer gezogen wurde und der Leichensack offen war. Wer auch immer in dem Moment dort stand, um nach ihr zu sehen, sie würde die Person freudig in die Arme schließen und zu sich herunterziehen. Voll Dank für die Rettung.

Und getrieben von Hunger würde sie ihre Finger tief in den Hals bohren und nicht mehr loslassen. Warmes Blut würde ihr, wie aus einem Wasserhahn in den Mund laufen und vielleicht, nur vielleicht, ließ dann der Hunger nach. Sie brauchte nur genügend davon zu trinken.

Clara stockte. Was waren das für grausame Gedanken in ihrem Kopf? Wie kamen die dort hinein? Sie fühlten sich nicht an wie ihre. Oder etwa doch? Verzweiflung überkam sie, denn ihr wurde bewusst, dass der Hunger und die Lust nach rohem Fleisch, nein, nicht Fleisch, sondern dem Blut darin, real waren. Ebenso erkannte sie, dass ihre

Gedanken immer wieder dahin zurückkehrten, auf diese oder jene Weise.

Sie musste sich ablenken, irgendwie an etwas anderes denken. Daher versuchte sie weitere Bewegungen. Die Hände ließen sich zu Fäusten ballen und die Zehen einrollen. Mit der Zeit gelang es Clara, mit den Füßen zu wackeln, wenn auch etwas steif. Bei den Handgelenken sah es da schon besser aus. Den Dreh hatte sie schnell wieder raus. So testete sie Schritt für Schritt, Gelenk für Gelenk. Oft knackte es, aber ohne Schmerzen. Clara hatte zwar keine Ahnung, wie lange sie hier schon rumgelegen hatte, doch es war anscheinend lang genug, um richtig steif zu werden. Ihre Tests kamen an ihre Grenzen, wo sie gegen den Leichensack und die Wände des Alkovens drückte. Aber das war ok soweit. Die Bewegungen waren prinzipiell wieder möglich und das war, worauf es ankam.

Sie arbeitete sich durch jedes Gelenk bis hinauf zum Nacken. Und anschließend wieder hinab. Sie übte immer weiter. Wiederholte jeden Schritt, bis es sich nicht mehr schwierig oder ungewohnt anfühlte.

Ein Grinsen überzog ihr Gesicht, als sie sich vorstellte, wie es wäre, wenn sie sich auf den Bauch legte. Wer immer dann die Kühlkammer öffnete, schaute wahrscheinlich mächtig dumm aus der Wäsche und fragte sich, wer denn so blöd war eine Leiche bäuchlings einzutüten. Sie fasste den Plan, es zu versuchen, um ihre Beweglichkeit weiter auszutesten. Der Effekt wäre ein netter Zusatzerfolg. Außer, wenn Anne Bergmann sie herausholte, die würde dann den Schreck ihres Lebens bekommen. Aber wie wahrscheinlich war das schon? Immerhin war sie Büroangestellte und nur in Ausnahmefällen hier unten im Keller der Sandburg. Häufige Ausnahmen waren das, wenn Clara es sich recht überlegte. Zumindest immer dann, wenn Markus und sie hier waren. Andererseits, nach der skurrilen Situation - vorhin? letztens? damals? – war es vielleicht gar nicht so zufällig.

Sie hörte ein Geräusch, als sie sich umständlich umzudrehen versuchte. Es war gedämpft durch die Stahltür des Alkovens, aber dennoch hörte sie es. Das große Rolltor für die Anlieferungen, entweder durch Kranken- oder Leichenwagen. In diesem Augenblick ratterte es beständig nach oben. Es war ihre Chance, sich bemerkbar zu machen und hier herauszukommen. Eine Erklärung hatte sie nicht anzubieten auf die unweigerliche Frage, wie sie hier hereingekommen sei. Aber ehrliche Verwunderung, denn tatsächlich erinnerte sie sich selbst nicht daran. Das musste dann reichen.

Das Tor stoppte und kurz darauf hörte sie einen lauter werdenden Motor. Doch es war keines der typischen Fahrzeuge, die hier herunterfuhren. Kein bekanntes Nageln eines Dieselmotors. Dafür das unverkennbare, künstlich aufgemotzte Dröhnen eines Sportauspuffs.

*Tiefer, breiter, lauter? Was macht den ein Autoschrauber hier?*

Doch letzten Endes war es egal. Wenn jemand hier einfuhr, kam einer aus der Rechtsmedizin her und sah nach dem Rechten. Es musste daher nur noch irgendjemand in Hörweite kommen. Es dauerte eine Weile, aber ihre Geduld wurde belohnt. Clara hörte, wie die Tür zum Kühlraum geöffnet wurde und jemand hindurch schritt. Auf der anderen Seite war der Durchgang zur Anlieferung. Sobald sie das Schloss dort ein zweites Mal hörte, wusste sie, dass jemand auf dem Rückweg die Leichenhalle betreten hatte. Dann würde sie klopfen und schreien falls nötig. Fürs Erste jedoch lauschte sie angestrengt, wie Schritte vorbeihuschten. Sie hörte keine Absätze auf dem Linoleumboden klackern, daher vermutete sie, dass es sich nicht um die junge Büroangestellte handelte. Vielleicht ein Student, der bei einer Autopsie half, oder einer der Ärzte selbst? Auf jeden Fall jemand, der weiche Schuhe mit Gummisohlen trug.

Das war jetzt aber nicht wichtig. Dringender bohrte die Frage, wann jemand nah genug kam, um sie zu hören. Clara fühlte sich wie ein Jäger auf der Lauer. Still und geduldig wartete sie ab. Ihre Chance würde kommen und dann war es besser, schnell und gezielt zu zuschlagen. Ein überraschender Angriff, das Opfer überrumpeln und ohne Gegenwehr oder Schreie ausschalten.

Verdammt, was war das denn schon wieder? Es ging doch darum, hier rauszukommen. Um ihre Rettung, nicht jemanden außer Gefecht zu setzen. Sie war nicht auf der Jagd, sie brauchte Hilfe!

Die Schritte waren vorbeigerauscht. Die Tür zur Anlieferung wieder zugefallen. Jetzt würde es nicht mehr lange dauern und sie hörte eine einzelne Person und eine Rolltrage. Den gleichen Weg hatte sie ebenfalls genommen, wurde ihr bewusst. Damals, als sie hier angeliefert wurde. Wann war das? Gestern? Vorgestern? Oder war es doch heute?

Ein neuer Gedanken bemächtigte sich ihrer. Was, wenn sie tatsächlich tot war? Was, wenn dies der Tod WAR? Wenn es allen Toten so erging, dass man irgendwie bei Bewusstsein war, aber nichts fühlte und sich nicht bemerkbar machen konnte? Es war dann doch schrecklich, obduziert zu werden. Oder gar verbrannt!

Aber so schnell, wie die Angst in ihr aufgestiegen war, so zügig war sie wieder verflogen. Sie war nicht tot. Das wusste sie. Sie bewegte sich und sie würde auf sich aufmerksam machen. Und zwar sobald die rechte Zeit gekommen war.

Es dauerte auch gar nicht so lange, bis sie die Tür wieder hörte. Jemand kam zurück. Nein, es waren zwei Personen und das Getrappel der Schritte war etwas sanfter als zuvor. Kamen andere Leute? Es klang definitiv so. Die ruhigen Schritte waren schwieriger auszumachen, aber sie schienen den Kühlraum ganz gemächlich zu durchschreiten. Einen kurzen Moment war es still, doch dann kamen die Schritte näher.

Es klackte über ihrem Kopf und sie hörte, wie sich die metallenen Scharniere bewegten. Clara wusste, was als Nächstes kommen würde. Sie wurde befreit und es drängte sich die Frage auf, warum? Sie hatte noch gar nicht versucht, Aufmerksamkeit zu erregen. Wer wusste, wo sie lag? Und warum hatte derjenige ein Interesse an ihrer Leiche? War es Anne, die zum Feierabend nochmal zurückgekehrt war? Aber warum dann durch die Anlieferung und in Begleitung? Egal, sie würde es sicher gleich erfahren.

Die Trage wurde aus dem Alkoven gezogen. Sie ruckelte stark, als die Beine herunterklappten und die Rollen auf dem Boden aufschlugen. Kurz dachte Clara, dass sie runterfallen würde, aber anscheinend war die Liegefläche breiter, als sie es in Erinnerung hatte. Durch das Rumpeln und das Rascheln des Leichensacks verstand sie nicht, was ihre Retter sagten, nur, dass gesprochen wurde. Zwei Frauen wie es klang. Der Reißverschluss wurde angehoben und aufgeschoben. Schnell, aber nicht hektisch.

Instinktiv hielt Clara die Augen geschlossen, es war leichtsinnig die Tarnung übereilt aufzugeben. Außerdem hoffte sie, dass ihre Retter nicht vom Fach waren und davon ausgingen, dass alle Toten die Augen geschlossen hatten. Wie schnell sich Situationen änderten. Erst wollte sie um jeden Preis gefunden und gerettet werden. Nun war es so weit und sie versuchte lieber, wie eine gewöhnliche Tote zu erscheinen.

Zunächst schien es bestens zu funktionieren. Clara spürte zwar die Blicke auf sich und es war ihr unangenehm, denn sie wusste, dass sie hier komplett entblößt vor den Unbekannten lag. Aber sie beherrschte sich. Sie durfte nicht die Kontrolle verlieren. Was genau sonst geschehen würde, vermochte sie nicht sagen. Doch bei den dunklen Gedanken, die sich ihrer bemächtigt hatten in letzter Zeit, wollte sie es lieber nicht herausfinden.

Aber dann änderte sich alles.

„Willst du nicht aufstehen, Clara?", fragte eine bekannte Stimme, fröhlich, frech mit einem Lächeln auf den Lippen, „Wir haben dir auch etwas zum Anziehen mitgebracht. Außer du bevorzugst den FKK-Stil."

Sie schlug die Augen auf, doch das Licht der Deckenleuchte brannte auf ihrer Netzhaut. Nach all der Dunkelheit war sie überempfindlich. Sie blinzelte es weg und hob umständlich den Arm schützend vor das Gesicht. Doch die Geste wurde von ihren beiden Retterinnen missverstanden. Sie packten ihren Unterarm und stützten ihr den Rücken, als man sie in eine sitzende Position hochzog. Der Vorteil war, dass sie nicht mehr in die Lampe schaute.

Clara senkte den Blick zur Sicherheit dennoch und sah vorsichtig erst die eine und dann die andere Frau an. Nummer eins blickte aus traurigen blauen Augen zu ihr hoch. Ein blasses Gesicht eingerahmt von glatten, metallicblauen, schulterlangen Haaren. Die andere freute sich anscheinend mehr sie zu sehen und grinste von einem Ohr zum andren. Das Gesicht ebenso blass, aber großflächig verbrannt und gerötet. Und sie trug pechschwarzes Haupthaar. Auch hier gab es deutliche Brandspuren. Beide waren sie komplett schwarz gekleidet.

Clara räusperte sich, bevor sie mit belegter Stimme sprach: „Ha… hallo Roxy, schön dich zu sehen, glaube ich. Dann musst du wohl Blue sein?"

Im Grunde hatte Clara keine Idee, woher sie die Namen der beiden Frauen kannte. Vielleicht war es eine Art Intuition oder verborgene Erinnerung? Aber etwas sagte ihr, dass sie richtig lag. Die Angesprochene nickte nur und da sie nicht den Eindruck hatte, dass darüber hinaus eine Antwort zu erwarten war, wandte sie sich wieder der Ersten zu.

„Was ist passiert? Warum bin ich eingetütet? Bin ich tot oder liege ich im Koma mit seltsamen Träumen?"

Clara versuchte, die Beine über die Kante der Trage zu schwingen, wurde aber durch plötzliche Schmerzen im Unterleib gebremst. Sie zuckte zusammen und sog scharf die Luft ein, als sie sich den Bauch festhielt. Ihre Hand fühlte eine enorme schorfige Wunde und unzählige kleinere und größere Splitter in der Haut. Der Geruch von altem Blut stieg ihr in die Nase. Und mit der Gewissheit, mit der man den eigenen Körper kannte, wusste Clara, dass sie ihres roch. Zum ersten Mal seit einer gefühlten Ewigkeit schaute sie an sich herab und registrierte, in welchem Zustand sie sich befand.

„Langsam, die Wunde ist sicherlich noch nicht ganz geheilt. Dich hat es ziemlich übel erwischt. Aber du bist ein zähes Miststück, wie es scheint."

Roxy half ihr mit den Beinen und kaum im Sitzen legte Blue einige ordentlich gefaltete Kleidungsstücke neben sie auf die Pritsche. Clara begann sofort, wenn auch etwas steif, sich anzuziehen. Der BH war zu groß, doch das langärmlige Oberteil passte recht gut. Bevor Roxy ihr aber mit den restlichen Stücken für untenrum half, wiederholte sie ihre Frage. Dieses Mal bekam Clara ihre Antwort.

„Es gab eine Explosion in deiner Wohnung. Irgendwas Großes, militärischer Sprengstoff, soweit wir wissen. Granaten oder eine Panzerfaust. Von der Wohnung und den Möbeln ist jedenfalls nicht mehr viel übrig. Dafür steckt das eine oder andere aber in dir."

Mit den Worten zupfte sie einen Metallsplitter aus Claras Oberschenkel. Sie zuckte und sog scharf die Luft ein, mehr aus Reflex, denn sie spürte es kaum.

„Aber, du warst auch dort. Wie konnten wir das dann überleben?"

Jetzt war es Roxy, die sich räusperte.

„Tja, also… offen gestanden, du hast es nicht überlebt, würde ich sagen. Du sahst schrecklich aus. Dein Brustkorb zerdrückt, Knochen gebrochen, überall Splitter und Bruchstücke deiner Möbel im Körper. Eine Metallstange dort in deinem Bauch. Und das Feuer. Es hat wohl nur Bruchteile von Sekunden für dich gedauert."

Sie ließ Clara einen Moment, das Gehörte zu verdauen.

„Aber wie du dir wohl denken kannst, bist du nicht tot. Du bewegst dich, du sprichst, du hörst und du fühlst sogar etwas Schmerz. Aber…"

Roxy wurde unterbrochen, denn Clara ergriff das Wort. Sie sah an sich herab, legte eine Hand noch mal auf den blutigen Schorf und anschließend auf ihr Herz. Sie fühlte keinen Puls.

„Er hat es getan, nicht wahr? Er hat auch mir die Entscheidung abgenommen? Er hätte mich sterben lassen können, aber er ließ es nicht zu. Warum? Eure Probleme wären dann gelöst. Und…" sie hob den Blick und sah Roxy fragend in die Augen, „Was bin ich? Ein Ghoul?"

Roxy trat einen Schritt näher an die Trage heran und legte ihr eine Hand auf die Schulter. Sie war todernst.

„Nein Clara, du bist kein Ghoul. Du hast die letzte Pforte durchschritten und bist nun eine Vampirin. Die Tochter des Alten in direkter Linie. Herzlichen Glückwunsch, schätze ich. Ein Kind meines

Herrn, wenn du so willst. Deine Kraft entwickelt sich noch, aber es reichte immerhin schon, dich wiederzuerwecken und die gröbsten Wunden zu heilen. Aber du merkst ja selbst, dass du noch nicht ganz fit bist. Deswegen sind Blue und ich hier. Wir sollen dich hier rausholen und dir in der ersten Zeit beistehen. Also schlage ich vor, wir ziehen dich fertig an, bringen dich hier raus und an einen sicheren Ort. Dann können wir dich auf den neuesten Stand bringen, Ok?"

Dabei griff sie nach der Unterhose neben Clara und hielt sie ihr auffordernd hin. Ihre gute Laune kam bereits zurück, denn Roxy hatte wieder ein freches Grinsen im Gesicht, als sie die Unterwäsche betrachtet.

„Sexy, ist was anderes, aber das ist, denke ich, im Moment dein kleinstes Problem, nicht wahr?"

Vorsichtig hob sie ein Bein nach dem andren an und half Clara zusammen mit Blue von der Pritsche herunter. Schnell war sie fertig angezogen und stand barfuß, aber auf den eigenen Beinen in der Leichenhalle. Die Hose war etwas weit am Bund, aber so drückte sie nicht auf ihre Wunde. Sie sah an sich herab.

„Alles in schwarz? Hast du die Sachen rausgesucht, Roxy?"

„Tatsächlich, ja. Ich dachte, wir könnten ungefähr die gleichen Größen haben und es musste schnell gehen. Was anderes können wir für dich immer noch auftreiben. Aber lass uns jetzt erstmal hier aufräumen und verschwinden."

Die schwarzhaarige Frau stützte Clara, während die blauhaarige die Trage zurück in den Alkoven schob und die Klappe schloss. Clara sah sich um.

„Was ist mit dem Mitarbeiter, der eben hier vorbeigekommen ist? Der müsste doch drüben in der Anlieferung sein."

Ein Bild kam ihr in den Sinn und sie sah den Körper eines Mannes in sich zusammengesunken an der Wand neben einer Tür sitzen. Er blutete aus einer klaffenden Wunde am Hals und regte sich nicht mehr.

„Habt ihr ihn…"

„Nein, natürlich nicht", gab Roxy sofort zurück, „er ist noch drüben und schläft den Schlaf der Gerechten. Er war so furchtbar müde, dass er wohl über dem Schreibtisch eingeschlummert ist."

Sie räusperte sich.

„Aber, Clara, ich muss dich bitte, die Augen zu schließen, bis wir im Wagen sind. Blue und ich führen dich, aber du darfst die Augen nicht öffnen oder dich umsehen. Das ist wichtig für das Gelingen der Mission.“

„Was? Warum?“

„Weil... sieh mal, du hattest doch sicherlich seltsame Träume und Gedanken in den letzten Stunden, oder? Von Blut und Tod zum Beispiel?“

Roxy sah ihr fest in die Augen und war erneut bitterernst. Sehr untypisch für sie, soweit Clara das beurteilen konnte. Also war da wohl etwas dran.

„Du brauchst nicht zu antworten, ich weiß, dass es so war. Das war das Tier, dass alle Vampire in sich tragen. Es ruft nach Blut in seinem immerwährenden unstillbaren Verlangen danach. Wenn du jetzt schon einem Menschen begegnen würdest, könntest du es vielleicht nicht kontrollieren. Es ergreift von dir Besitz und du reißt den armen Mann darin in Stücke und leckste jeden Tropfen Blut vom Boden. Deswegen halt die Augen geschlossen und drück am besten auch die Nase zu, damit du ihn nicht riechst. Wir werden unser Möglichstes tun, aber wenn du die Kontrolle verlierst, werden wir dich nicht halten können. Deswegen ist es wichtig, dass du mithilfst.“

Blue und Roxy stellten sich auf die Seiten neben Clara und griffen ihr unter die Arme. Doch, bevor sie die Augen schloss, sah sie ihre beiden Führerinnen noch einmal eindringlich an.

„Warum reagiere ich bei euch nicht so... unkontrolliert, wie du sagst?“

„Ghoule“, war Blues knappe Antwort.

„Sie hat recht. Wir sind Ghoule und damit irgendwie uninteressant für dich. Wir leben zwar, im Gegensatz zu dir, aber wahrscheinlich nimmst du bei uns die Präsenz eines anderen Vampirs wahr und die schützt uns vor dir. Wir sind Taboo für dich.“

Den letzten Teil betonte Roxy besonders, um klarzustellen, dass Clara durchaus eine Gefahr für sie darstellte. Und die beiden Ghoule sich dessen sehr wohl bewusst waren.

*Ihr lebt, im Gegensatz zu mir. Du sagst es so leicht daher, dabei ist das für mich ein harter Fakt. Ob ich das so akzeptieren kann, weiß ich noch nicht. Was heißt es, nicht mehr zu leben? Was heißt es zu leben? Wo liegt der Unterschied?*

Clara nickte wortlos und schloss die Augen. Blue und Roxy setzten sich mit ihr in Bewegung und noch bevor sie die Tür erreichten, hob sie den Arm und griff sich an die Nase. Es funktionierte und sie gelangten ohne Zwischenfälle zum Auto. Die beiden Frauen halfen ihr hinein und schnallten sie zur Sicherheit auch gleich an. Erst als die Tür neben ihr zugeschlagen wurde erlaubte Clara sich, die Nase wieder loszulassen. Doch der Drang nach Luft zu ringen blieb aus. Da realisierte sie mit Schrecken, dass sie überhaupt nicht atmete. Den ersten Unterschied hatte sie also schon gefunden.

## Kapitel 15

Roxy saß auf der Rückbank neben ihr. Es war ein mäßig geräumiges Auto mit tiefschwarz verdunkelten Scheiben. Auch im Innenraum war alles in Schwarz- und Anthrazittönen gehalten und so wirkte es teilweise, als würde Roxys verbranntes Gesicht in der Dunkelheit schweben. Blue saß am Steuer und fuhr den Wagen zügig, aber geschickt. Ihr Bauchgefühl sagte Clara, wie sie die Zufahrt und das Gelände der Sandburg verließen, doch schon kurz darauf hatte sie die Orientierung verloren. Ohne Sicht nach draußen war es kaum möglich, die Strecke im Kopf mitzufahren.

In der schwarzen Scheibe betrachtete sie ihr Gesicht. Zum ersten Mal realisierte sie, dass sie tatsächlich verbrannt aussah. An ihren Armen und Beinen hatte sie die Brandspuren zwar bemerkt, doch die waren nicht in ihr Bewusstsein durchgedrungen. Ihr Gesicht so entstellt zu sehen, das war aber etwas anderes. Unwillkürlich tastete ihre Hand nach dem verbrannten Fleisch ihrer Wange. Sie rechnete mit Schmerzen bei der kleinsten Berührung, doch sie spürte nur den Kontakt selbst. Nicht anders, als hätte sie die Hand auf eine gesunde Hautstelle gelegt.

Sie drehte sich zu Roxy um. Auch wenn sie gerne auf die Schmerzen einer Verbrennung verzichtete, so war sie doch traurig um das verlorene Gefühl. Mit hartem Gesicht fragte sie die junge Frau nach dem, was geschehen war. Und ebenso ernst bekam sie ihre Antworten.

„Also, wie ich schon sagte, gab es eine Explosion in deiner Wohnung. Soweit ich sagen kann, kam etwas von außen durch das Fenster. Daher die Vermutung, dass es sich um etwas Militärisches handelte. Die Druckwelle hat mich gegen dich geschleudert, was uns beide von den Füßen gerissen hatte. Mich hat es neben dich an die Wand geschlagen und wir haben beide ordentlich Schrapnelle abbekommen. Die allein waren bereits tödlich. Für dich zumindest. Falls ein Wunder geschehen wäre und du das überlebt hättest, wäre da noch das Feuer gewesen. Deine persönliche Hasenpfote war, dass der Alte anwesend war. Ich allein hätte nichts für dich tun können. Denn während du gestorben bist, hat es mich zwar genauso erwischt, aber durch das vampirische Blut des alten Wanderers bin ich noch mal davongekommen. Während ich die gröbsten Splitter aus mir herauszog, war der Herr bereits bei dir und… na ja… tat, was er halt tut. Er nahm von deinem Blut und gab dir von seinem.“

Clara erinnerte sich an das Gefühl zu ertrinken. Durch einen Ozean dicklicher Flüssigkeit zu treiben, unmöglich sich gegen die Wellen zu wehren, die über sie hinwegrauschten. Wie sich ihr Mund mit metallischem Geschmack füllte und wieder füllte, sobald sie diesen heruntergeschluckt hatte.

„Aber warum? Er hätte mich sterben lassen können. Vergessen war eine Option, die er mir bot, warum nicht auch der Tod?"

„Du missverstehst die Welt, in der du nun lebst, Clara", Roxy legte ihr eine Hand auf den Unterarm und besah sie mit einer Mischung aus Besorgnis und Verständnis, „Hollywood zeigt den Menschen nur eine Seite der Medaille. Das blutrünstige Tier, dass ohne Reue tötet, wenn ihm danach ist. Das gibt es auch, ja, ist aber eine seltene Ausnahme. So wie der wilde Vampir, den du vor einem Jahr zu jagen begonnen hast. Die andere Seite, die weitaus größere, ist geprägt von Wohlwollen und Hilfe. Die Vampirgesellschaft hat nichts, aber auch gar nichts davon, wahllos Menschen zu töten. Zum Zwecke der Geheimhaltung beschränkt man sich auf das Nötigste und greift eher auf freiwillige Spender zurück. Im schlimmsten Fall bedienen sie sich an den Konserven der Blutbanken. Sicherlich nicht die schönste Art, denn auch das schadet indirekt den Menschen. Aber hollywoodreife Überfälle in einer dunklen Gasse haben zumeist nichts mit Vampiren zu tun. Sie sind dann eher die Helfer, die Tödliches verhindern und dann wieder in der Nacht verschwinden. Einen hilflosen Menschen einfach sterben zu lassen widerspricht den Grundsätzen des Schwarzen Schleiers. Denn wer weiß, was dieser Mensch noch erreichen könnte, wenn er die Chance hat, sein Leben weiterzuleben?"

„Nein, das war kein Akt der Nächstenliebe! Der Schwarze Schleier schreibt ebenso die Geheimhaltung als höchstes Gut vor, oder nicht? Mich zum Teil des Geheimnisses zu machen schlug zwei Fliegen mit einer Klappe, nicht wahr?"

Clara war sauer. Und ihr Ärger steigerte sich, je mehr sie ihre Situation verstand.

„Sieh mal, Clara, ich weiß, wie du dich fühlst, sehr sogar. Ich habe es dir schon gesagt. Ich war einst in der gleichen Situation, daher kannst du mir das ruhig glauben. Natürlich hätte er sich ebenso anders entscheiden können und mit dem Argument der Geheimhaltung rechtfertigen. Der Punkt ist aber, dass er das nicht getan hat. Ich weiß nicht, was genau er sich gedacht hat. Aber ich kenne meinen Herrn lange und gut genug, dass er nichts ohne tieferen Grund unternimmt."

Clara starrte Roxy voll Wut an. Doch Roxy hielt dem Blick stand. Sie konnte nichts davon glauben. Nein, sie wollte nichts davon glauben. Ihr Schicksal wurde ihr aus der Hand genommen und stattdessen hatte man ihr ein neues aufgebürdet. Und das ohne, dass man ihr erlaubte an irgendeinem Punkt Einfluss darauf zu nehmen. Es war ein Gefühl von Hilflosigkeit. Sie war machtlos in dieser Situation, unfähig selbst etwas zu beeinflussen. Und genau das war es, dass ihr solche Angst machte. Angst, die sich in Wut niederschlug. Und wie so oft war es einfacher, auf andere wütend zu sein und die Schuld bei denen zu suchen.

Schwer seufzte Clara, ehe sie gefasster und ruhiger weitersprach.

„Was macht das nun also aus mir? Du sagtest, dass ich Kind deines Herren wäre. Was genau heißt das? Ist er jetzt auch mein Meister, oder so?“

Roxy war sichtlich erleichtert, dass sich die Anspannung gelöst hatte.

„Nein, im Gegensatz zu uns“, sie nickte nach vorn zu Blue, „bist du frei. Eine junge Vampirin zwar, aber eine Vampirin. Rein formal stehst du in der Hierarchie der Gesellschaft über uns. Als Küken musst du dir aber noch den Respekt deines Clans und Vampire erarbeiten. Was natürlich die Frage nach dem Clan aufwirft. Da du aber nun aus der Blutlinie des Alten stammst bis du wohl ebenso als clanlos anzusehen. Wie die anderen da auf dich reagieren kann ich beim besten Willen nicht sagen. Ich fürchte, das werden wir auf uns zukommen lassen müssen.“

Sie war unzufrieden mit der Antwort. Es war so unwägbar, es bedeutete alles und nichts. Der Wagen beschleunigte und nach vorne hinaus sah Clara, dass sie auf die Autobahn auffuhren. Sie verließen die Stadt.

*Heißt das nun, dass man mich im höchsten Maße respektiert oder verachtet, weil ich diesen Status in den Augen der Anderen nicht verdient habe? Scheiße, wer sind die Anderen überhaupt? Habe ich unbekannte Freunde oder Feinde? Da hat Roxy recht, ich werde abwarten und es auf mich zukommen lassen.*

„Und was macht es aus uns beiden, wenn dein Herr mein… mein was? Schöpfer? Vater? Was-auch-immer ist?“

„Direkt? Erst mal nicht viel. Du bist Vampir, ich bin Ghoul, das heißt, ich werde dich mit dem gebührenden Respekt behandeln und hoffen, dass du mit mir genauso umgehst. Aber im Prinzip ist es das dann auch schon. Jetzt kommt das Aber: Der Herr hat mich angewiesen, dir vorerst mit Rat und Tat zu Diensten zu sein, solange du dich noch eingewöhnst. Im Klartext heißt das, du hast mich jetzt an der Backe, bis er mir etwas anderes sagt. Also, herzlichen Glückwunsch Clara, kaum geboren, schon hast du deinen eigenen Ghoul."

Theatralisch griff Roxy nach ihrer Hand und deutete eine Verbeugung an, soweit es eben der Gurt auf der Rückbank zuließ. Clara glaubte nicht, dass sie auf die Dienste groß zurückgreifen würde. Sie hatte sich noch nie vorzustellen gewagt, eigene Bedienstete zu haben. Für Clara war wichtiger, dass sie Roxy ihre Freundlichkeit und Freude darüber tatsächlich abnahm. Das gab ihr das gute Gefühl nicht allein zu sein in der neuen Welt.

Es dauerte nicht lange, dann erkannte Clara den Weg und die Umgebung wieder. Sie waren im Gewerbegebiet und auf dem Weg zum Death's Garden. Im Nachhinein wunderte sie sich darüber nicht einmal. Der Wagen fuhr ohne Umschweife direkt in den Hinterhof und als sie ausstiegen, sah sie, dass es der schwarze Golf war, der ihr vor einem Jahr hier bereits aufgefallen war.

*Wer war der Besitzer noch gleich? Derselbe Name, der auch beim Club eingetragen war. Irgendwas Russisches oder so.*

Instinktiv sog sie die Nachtluft ein. Sie war frisch, aber nicht kalt. Und sie roch die Bäume des Stadtrandes, die das Gewerbegebiet einfassten. Tannen, Eichen, Kastanien, diverse Kräuter, die sie in der Mischung nicht einzeln ausmachte. Es war eine überwältigende Anzahl an Düften, die sie plötzlich wahrnahm. Leider nicht nur angenehme, denn auch das tote Tier roch sie, dass weiter hinten auf der Straße vor sich hin rottete. Die Abgase der vorbeirauschenden LKW und die Hinterlassenschaften der Waldtiere, an denen sich dutzende Fliegen labten.

Einen Moment hatte Clara den Eindruck, dass ihr schwindelig werden würde, so überwältigt war sie von all den Wahrnehmungen. Aber Blue stand neben ihr und stützte ihr den Rücken.

„Alles Ok mit dir?"

*Das muss der längste Satz sein, den ich bisher von ihr gehört habe.*

„Ja, danke. Es geht schon wieder. Mir war nur gerade etwas schummrig."

„Ja, das hatte ich befürchtet. Vielleicht hätte ich die Lüftung im Auto doch einschalten sollen."

Das Letzte sprach sie mehr zu sich selbst als zu Clara. Aber sie registrierte mit Freude, dass sich Blues Gesicht aufgehellt hatte. Statt dauerhaft traurig, schaute sie recht neutral drein.

Roxy gesellte sich zu ihnen: „Wollen wir, Mädels?"

Da sie selbst keine besseren Pläne hatte und Blue stumm nickte, schritten sie zu dritt auf den Eingang des Death's Garden zu. Die Blauhaarige kramte einen Schlüssel hervor, öffnete die Stahltür und ließ die anderen beiden eintreten. Anschließend schloss sie hinter ihnen wieder ab. Clara war das nicht geheuer, in zu vielen Filmen wurden Leute auf diese Weise in Fallen gelockt. Aber auf der anderen Seite war es absolut nachvollziehbar, wenn man nicht wollte, dass ungebetene Gäste bei einem ein- und ausgingen.

Roxy führte sie durch die leere Tanzhalle zum hinteren Teil mit den Sitzgelegenheiten und der Bar. Die Deckenbeleuchtung war eingeschaltet und tauchte den ganzen Raum in ein sanftes, warmes Licht. Die riesige Halle erweckte einen vollkommen anderen Eindruck als zu Partyzeiten. Schon beim Betreten des Tanzbereiches sah Clara, dass jemand hinten an der Bar stand. Ein einzelner Mann, absolut unauffällig. Normale Größe und Statur, typische braune Haare und normale Freizeitkleidung. Der Albtraum jedes Phantomzeichners.

Als die drei Frauen näherkamen, löste er sich von der Bar und kam auf sie zu. Er steuerte direkt auf Clara zu und streckte ihr die Hand entgegen.

„Ah, hallo Clara und willkommen in meiner bescheidenen Hütte. Ich bin Viktor vom Clan Siddy. Besitzer dieses schönen Clubs und Vorsteher dieser Enklave."

Clara hatte einen russischen Akzent erwartet, mindestens einen osteuropäischen, aber Viktor sprach klarstes Hochdeutsch. Im Gegenteil, er hatte sogar einen leichten hessischen Einschlag in der Betonung. Sie ergriff die gebotene Hand. Ein fester Druck empfing sie. Und es verwunderte Clara, wie leicht es ihr fiel ebenso kräftig anzupacken.

*Uljanov, Viktor Uljanov, jetzt erinnere ich mich wieder. Vorsteher? Also in Amt und Würden. Wie verhält man sich da? Verdammt, ich hätte die Fahrt für mehr Fragen nutzen sollen.*

„Vielen Dank, äh, Hochwürden? Ich… nun… ich denke, ich muss noch vieles lernen, daher bitte ich um Verzeihung, sollte ich in einige Fettnäpfchen treten."

Er lachte, nicht geringschätzig, aber aufrichtig amüsiert. Er war Clara jetzt schon sympathisch.

„Viktor reicht völlig. Und ich versichere dir, das ist dir bisher noch nicht passiert", ihr Gegenüber lächelte breit und freundlich, „kommt, setzten wir uns. Wir können etwas trinken und ich werde dir erzählen, wo du bist, was es mit den Enklaven auf sich hat, wer ich bin und so weiter. Den ganzen langweiligen Kram, der aber wichtig ist, mal gehört zu haben."

Viktor marschierte voraus und deutete allen sich in einer gemütlich aussehenden Sitzecke niederzulassen. Clara sah ihm am Gang an, dass er Selbstsicherheit und Autorität verströmte. Aber er wirkte auch überaus höflich. Eine Tugend, die heut zu Tage viel zu wenigen Leuten wichtig war.

„Möchten die Damen etwas trinken?", fragte er beiläufig und löste sich aus der Gruppe, um hinter die Bar zu schlendern. Blue und Roxy verneinten, doch Clara wurde ganz anders. Ihr wurde bewusst, dass mit der Frage nicht einfach nur eine Cola oder ein Bier gemeint war, sondern rotes Blut. Zumindest in ihre Richtung. Sie stellte sich vor, wie es warm und saftig ihre Kehle hinabfloss. Jeder Schluck war besser als der vorherige. Die Süße eines Softdrinks war gut, die Herbe eines kühlen Bieres erfrischend, aber gab es einen besseren Geschmack als das salzige Eisen des Blutes?

Vor ihren Augen sah sie wieder Anne, die sich zum Abschiedskuss über sie beugte. Sollte sie nur wagen. Clara würde den Kuss erwidern und mehr sogar. Sie würde Annes Kopf zwischen die Hände nehmen und nicht mehr loslassen. Sie würde ihren Zopf greifen und nach hinten reißen. Zunächst wäre sie erschrocken und bekäme es mit der Angst zu tun. Aber sobald sie Claras Lippen auf ihrem Hals spürte, würde sie sich ihr willig ergeben. Dann kam der Moment. Der Moment, den Mund zu öffnen und die Zähne tief in das lächerlich weiche Fleisch zu schlagen. Fest zu beißen und den roten Saft zu genießen, der aus der klaffenden Wunden über ihre Lippen floss.

Aber der junge Blondschopf war nicht hier. Hier lag nur der Duft des Todes in der Luft. Der Mann dort war vor langer Zeit gestorben, doch sein Körper weigerte sich, dies zu akzeptieren. Und die anderen beiden Frauen im Raum? Clara hörte ihren Herzschlag, spürte das Leben in ihnen. Und trotzdem umgab sie eine Aura, die es ihr unmöglich machte, ihren Wunsch nach Blut auf sie zu übertragen. Dennoch bemerkte sie, dass Roxy und Blue vor ihr zurückwichen.

Furcht umgab sie jetzt. Keine Angst, die sich in Panik steigerte, aber sie waren auch weit entfernt von der ursprünglichen Gelassenheit. Anscheinend spürten sie, dass sich etwas in Clara verändert hatte.

„Oh, den Blick kenne ich. Aber das haben wir gleich."

Plötzlich war der Mann wieder bei ihnen und hielt ihr ein großes Glas unter die Nase. Er streckte es ihr nicht einfach nur entgegen, sondern tatsächlich direkt darunter. Clara sah das tiefe, undurchdringliche Rot und ergriff es automatisch mit beiden Händen. Ohne sich willentlich zu bewegen, setzte sie das Glas an die Lippen und nahm gierig den ersten Schluck. Auch den zweiten und dritten hatte sie getrunken, noch bevor der Vorherige in ihrem Magen ankam. Dann erst wurden die Gedanken wieder klarer und sie realisierte, was dort mit ihr geschah. Sie setzte das Glas angewidert ab und schaute irritiert und ängstlich in die Runde. Alle drei starrten sie an, jedoch schien niemand überrascht zu sein. Sie sahen eher so aus, als hätten sie damit schon längst gerechnet. Sie wirkten irgendwie erleichtert.

Clara schaute in das Glas in ihren Händen und leckte sich die rot gefärbten Lippen. Zitternd stellte sie es auf den Tisch vor sich und spürte, dass ihr eine Träne über die Wange lief.

„Was geschieht mit mir?", flüsterte sie zu sich selbst.

Es kam ihr lächerlich vor. Alle hier, sie eingeschlossen, wussten ganz genau, was mit ihr geschah. Trotzdem hatte sie das Bedürfnis, die Frage loszuwerden.

„Ist Ok, Clara", es war Roxy, die zuerst antwortete, „Du bist sicherlich ausgehungert. Das Erwecken und die Heilung deines zerstörten Körpers kosten dich viel Kraft. Dein Körper signalisiert dir das mit deinem Hunger. Ist kaum anders, als es früher war. Auf große Anstrengung folgt großer Hunger. Der lässt sich jetzt aber nur auf eine Art stillen. Und das war nun eben deine erste Mahlzeit als Vampirin, wenn du so willst."

„Liebe Clara, das war ein kleiner Vorgeschmack, auf das Tier, dass unser aller Innerstes beherrscht. Blut besänftigt es und gibt uns die Kraft es im Zaun zu halten. Trinkst du nicht, wird es stärker und anfangen zu rebellieren. Es wird immer lauter und wilder und nichts unversucht lassen, dich dazu zu bringen, ihm das zu geben, was es verlangt. Zur Not auch ohne Rücksicht auf das Leben derer, die uns das Leben ermöglichen. Also, trink aus und beruhige dich und das Tier."

Mit den Worten gab Viktor ihr das Glas zurück in die Hand und führte es an ihre Lippen. Sie vermochte nicht zu widerstehen, sobald der Geruch nach warmen Eisen ihre Nüstern kitzelte. Clara trank und mit jedem Schluck wurde ihr schlechter. Ihr Bauch wehrte sich, denn für ihren Körper war Blut im Magen noch immer ein Warnsignal, das etwas nicht stimmte. Doch gleichzeitig schrie ihr Instinkt, dass sie bloß nicht aufhören durfte, bis alles ausgetrunken war. Und dann am besten noch einen Nachschlag, um sicherzugehen.

Sie trank aus und stellte das leere Glas ab. Ihr war furchtbar übel und sie wünschte, sie könnte sich übergeben. Aber es ging nicht, wie eine Sperre in ihrem Geist, die nicht zuließ, dass der wertvolle Lebenssaft einfach so wieder ausgespuckt wurde. Daher ließ sie sich erschöpft nach hinten fallen und schloss die Augen. Alles drehte sich, als hätte sie viel Alkohol in kurzer Zeit getrunken. Aber es stimmte, das Tier zog sich zurück in die dunklen Schatten ihrer Seele. Vorerst.

Erschöpft, beinahe brüchig klang ihre Stimme, als sie es endlich wagte zu sprechen.

„Was jetzt? Wie soll es weitergehen? Ein ewiger Kampf im Innern? Ist es das, was das Vampirsein ausmacht?"

„Zu Anfang, ja", es war Viktor, der ihr antwortete und der Einzige der Runde, der ihr die Antworten definitiv wusste, „doch es bessert sich. Da mussten wir alle durch. Was aber nicht heißen soll, dass es viel leichter wird. Das Tier zu unterdrücken und Blut zu trinken, wird mehr zu Gewohnheit. Wie ein morgendlicher Kaffee. Es wird dir fehlen, wenn du es nicht tust und der Tag mag nicht so angenehm sein, aber man übersteht ihn dann doch irgendwie. Vielleicht etwas genervter und gereizter, doch er geht vorbei."

„Du meinst wohl die Nacht?", setzte Clara nach.

„Nein, wieso?"

Sie öffnete sie Augen und richtete sich auf. Sofort bereute sie die schnelle Bewegung und hielt sich den Handrücken vor die zusammengepressten Lippen. In Roxys Augen sah sie einen mitleidigen Blick und wünschte sich, dort die übliche Leichtigkeit zu sehen. Das hätte ihr ein besseres Gefühl gegeben.

„Weil Vampire doch Wesen der Nacht sind… dachte ich", sagte sie schließlich, als die größte Übelkeit wieder vergangen war.

„Ja und Nein. Auf Grund unseres… ähm… Zustandes, benötigen wir keinen Schlaf, können es aber, wenn wir wollen. Und früher ließ sich nachts einfach besser jagen. Heute, da wir uns über freiwillige

Spenden versorgen, ist es nicht mehr notwendig. Tatsächlich ist es sogar schädlich, heute noch zu jagen. Es birgt die Gefahr erwischt zu werden. Es ist quasi ein Überbleibsel der ursprünglichen Geschichten. Nichtsdestotrotz fühlen sich viele im Schutze der Schatten sicherer und es macht zu Beginn den Übergang leichter. Man läuft weniger Gefahr, alten Bekannten zu begegnen."

Er legte eine kurze Pause ein, bevor er dann im selben ruhigen Erklärton fortfuhr.

„Die folgerichtige Anschlussfrage ist natürlich: Was tun wir dann tagsüber? Die Antwort ist einfach: Das gleiche wie jeder andere auch. Wir suchen uns einen Job und arbeiten in der Mitte der Gesellschaft. Ich betreibe einen Tanzclub, Blue hier ist Testmanagerin in der IT. Andere arbeiten als wissenschaftliche Mitarbeiter an der Uni oder in Laboratorien. Noch andere in der Politik, als Seelsorger oder im medizinischen Bereich. Was immer dir gefällt, du kannst es nun sein. Du hast alle Zeit der Welt dich dahin aus- oder fortzubilden."

Clara dachte eine Weile nach und war recht froh darüber, dass die anderen schwiegen. Es waren so viele Informationen, so viel Neues. So viel, dessen Konsequenzen sie für sich erstmal begreifen musste. Und einiges, dass im Widerspruch zu dem stand, dass sie bisher für wahr hielt.

„Was ist mit den anderen Gerüchten? Sonne? Kirche und Kreuze? Heiliger Boden?"

Viktor nickte als Zeichen dafür, dass er die Frage verstand und akzeptierte. Vielleicht hatte er sogar damit gerechnet.

„Trefflich beschrieben. Es sind Gerüchte. Ein Wesen der Nacht muss doch zwangsläufig Angst vor der Sonne habe, oder? Und warum, wenn nicht, weil sie ihm schadet? Und du hast noch nie einen Vampir in der Kirche gesehen? Dann muss ihnen heiliger Grund doch ebenso verhasst sein, nicht wahr? Aber hast du schon mal einen bei der Feuerwehr oder der Müllabfuhr gesehen? Beim Militär oder als Rettungsschwimmer? Ich denke nein, weil du wohl zuvor noch nie einen gesehen hast. Zumindest nicht bewusst. Haben wir deswegen Angst vor Feuer, Müll, dem Tod oder Wasser? Zu all dem kann man sagen, nicht mehr oder weniger als andere Menschen auch. Aber so entstehen eben Gerüchte. Die Menschen beobachten etwas, dass sie aber nicht verstehen, und leiten daraus falsche Tatsachen ab. Die Literatur leistet im Übrigen auch einen Beitrag, aber das nur am Rande."

Jetzt war es an Clara zu nicken. Ja, ein neues Weltbild entstand. Doch mit jeder beantworteten Frage ergaben sich weitere. Sie versuchte sie zu sortieren nach Dringlichkeit und Themen. Aber woher nahm sie das Wissen, was jetzt wichtig war und was sich ergeben würde?

„Woher kommen die Vampire? Also, was ist der Ursprung?“

Wider Erwarten antwortete Viktor nicht sofort. Seine Belehrung schien ein überraschendes Ende zu haben. Clara sah sich in der Runde um. Blue zuckte schlicht mit den Schultern. Roxy sah Viktor an und er schaute stoisch zurück. Es sah aus, als würden beide darauf warten, dass der andere das Wort ergriff. Nach einigen ewigen Sekunden sahen sie wieder zu Clara herüber. Es war Roxy, die sich ein Herz fasste.

„Sieh mal, die Frage ist nicht so leicht zu beantworten. Allgemein geht man davon aus, dass mein Herr der älteste lebende Vampir ist. Aber ob er der Erste war, das darf man wohl bezweifeln. Doch niemand hat sich bisher getraut, ihn tatsächlich zu fragen.“

Das verwirrte sie mehr, als dass es ihr half. Aber bevor sie weiter fragte, sprang Viktor ihr bei.

„Liebe Clara, ich denke der theologische Hintergrund, geht für heute etwas zu weit, aber wir werden das Thema sicherlich noch aufgreifen. Ich fürchte nur, hier sind die falschen Ansprechpartner am Tisch versammelt. Ich will die Frage aber nicht gänzlich unbeantwortet lassen. Also kurz gesagt: Die vampirische Mythologie teilt sich vieles mit dem Alten Testament des Christentums, der Tora und der Kabbala. Die Schöpfungssage der Vampire greift den Sündenfall und die Vertreibung aus dem Paradies auf, setzt aber etwas später ein. Demnach war der erste Vampir Kain, ältester Sohn Adams und Evas. Gott verfluchte ihn nach dem Brudermord, so dass er rast- und ruhelos über die Erde wandern musste. Blut zu trinken war Teil seiner Strafe, die ihn auf ewig an sein Verbrechen erinnern sollte. Immerhin war er der Erste, der menschliches Blut vergossen hatte. Ich bin aber kein Experte dafür, daher müssen wir den Religionsunterricht vertagen.“

In ihrem Kopf versuchte Clara sich an das spärliche Wissen über den Schöpfungsmythos zu erinnern. Erstes Buch Mose, Genesis. Schaffung der Welt, Schöpfung der Lebewesen und Menschen, Adam und Eva, Frucht der Erkenntnis, Vertreibung aus dem Paradies. Kain erschlug Abel. Aber da hörte es dann schon auf. Und irgendwie kannte jeder die Geschichte nur bis zu diesem Punkt. Und danach? Ein blinder Fleck.

*Wenn das die vorherrschende Meinung ist, dann erklärt das vermutlich den Respekt vor einem alterslosen Vampir. Wer will schon riskieren, den eigenen Urvater vor den Kopf zu stoßen oder zu verärgern? Aber wer nicht fragt, wird nie Klarheit haben.*

Clara stellte viele weitere Fragen und die Anderen antworteten. Gegen Morgen rauchte ihr zwar der Kopf, aber es hatte sich ein runderes Bild ergeben. Sie verstand nun die grundlegenden Elemente der geheimen Gesellschaft, zu der sie selbst jetzt auch zählte.

Zufluchtsorte für junge Vampire oder beim Besuch einer fremden Stadt waren die Enklaven. Meist öffentliche Orte, die von Menschen und Vampiren gleichermaßen frequentiert waren, jedoch einen weiteren geheimen Zweck hatten. Oft durch einen getarnten Zugang vor neugierigen Blicken versteckt, gab es Räume in Obergeschossen oder Kellern, in denen sich die Vampire trafen. Ein geselliger Austausch fand dort statt, ganz ähnlich wie in einer Bar. Und ebenso, gab es hier spezielle Getränke. Üblicherweise gehörten die Enklaven zu einem Clan. Aber es gab Ausnahmen, die jedem Vampir offenstanden. So wie das Death's Garden.

Geleitet wurden diese Zufluchtsorte durch einen auserkorenen Vampirmeister eines Clans. Im Kern war es eine verwaltende und streitschlichtende Aufgabe, aber der Vorsteher hatte auch das Hausrecht. Außerdem waren nur die Leiter der Enklaven eines Clans berechtigt, sich zum Oberhaupt wählen zu lassen. Diese vertraten dann den gesamten Clan im Rat der 13. Ähnliches hatte Clara bereits in Deep Net Foren gelesen.

Als ein wahres Hindernis entpuppten sich aber die Clans selbst. Nicht nur, dass sie zum Teil Namen trugen, die sie kaum aussprechen oder behalten konnte. Dazu kam noch, dass es sich dabei nicht um Interessensgemeinschaften handelte, sondern sie auch bestimmte Eigenarten kanalisierten. Einige hatten sogar eigene Regeln, die zu befolgen sie auch von Nicht-Clanmitgliedern erwarteten. Sie ahndeten es nicht, wenn man es nicht tat, jedoch büßte man dann einigen Respekt bei ihnen ein. Es war ein kompliziertes und sensibel austariertes Orchester, das die vampirische Gesellschaft darstellte. Jeder Clan an sich war eine Welt und alle dreizehn Welten waren verwoben zu einem großen Kosmos, der nicht unterschiedlicher sein konnte.

Claras polizeilicher Verstand bildete umgehend Gruppen, um sich wenigstens das Rudimentärste zu merken. Obwohl ihr einige

Beschreibungen deutlich sympathischer waren als andere, versuchte sie neutral zu bleiben. Doch ausnahmslos schlecht kam kein Clan weg. Clara vermutete, dass auch Viktor sich in seinen Ausführungen um Neutralität bemühte.

Da waren Clans mit wirtschaftlichen Interessen, wie etwa den nach Macht, Geld und Einfluss gierenden Siddy und die Fornvis, die intrigierten, um ihre Ziele zu erreichen. Dabei drehte es sich aber nicht immer nur um den schnöden Mammon. Dennoch verloren beide Clans mit ihrem sehr materiellen Fokus an Ansehen bei den anderen. Gleichzeitig waren ihre Abgesandte in den Leitungsebenen jedes vampirischen Unternehmens. Und wenn sie nur als Berater fungierten.

Da waren Clans mit deutlich humanistischer Ausprägung, wie die Schwesterclans Mormog und Smimog, die sich für die Menschen einsetzten. Sie waren Helfer in Krisengebieten, in der medizinischen Forschung oder Sicherheits- und Rettungskräfte. Und jederzeit bereit einzuspringen, wenn jemand in Not war.

Da waren geisteswissenschaftliche Clans, die sich der Mehrung und Bewahrung jeder Art von Wissen verschrieben hatten, wie etwa die Wayanka. Die Hophelia, die als neutrale Beobachter die philosophische Grundlage des Schwarzen Schleiers gelegt hatten. Oder die Abarera, die sich am Schönen ergötzten. Künstler aller Richtungen fanden sich dort wieder. Zu den eher geistigen Clans gehörten für Clara aber auch die Mestoban, die unter den Vampiren die Rolle der spirituellen Führer übernahmen. Sie verhielten sich oft passiv, wurden jedoch oft um Rat gefragt, da ihre Sichtweise alles in Zusammenhang mit dem großen Ganzen setzte.

Und schließlich waren da noch sehr eigenwillige Clans, die sich jeder Gruppierung entzogen. Vielleicht war das die Gemeinsamkeit, die sie vereinte. Die Malghlin lebten in kleinen Gruppen zurückgezogen, oft ländlich oder im Wald versteckt. Sie ließen dem Tier in sich den größten Spielraum, weil sie es als ihre Natur empfanden und am liebsten in Einklang mit dieser lebten. Die oft spöttisch „Frauenclan“ genannten Ifera, die nur Frauen aufnahmen und selbst bei Ghoulen keine Ausnahme zu ließen. Viktor verriet Clara, dass sie oft arrogant und herrisch auftraten, es meistens aber nicht waren. Man musste sie nur erst einmal kennenlernen.

Ebenso wie die Malghlin lebten auch die Kokasher gerne für sich. Allerdings bevorzugten sie den Untergrund der großen Städte. Einige lebten die Zurückgezogenheit strenger aus als ihre Clansbrüder und wohnten tatsächlich in der Kanalisation. Die gemäßigteren zogen sich zwar größtenteils zurück, lebten aber in normalen Wohnungen. Sie waren Spione, Hacker und Informationsbeschaffer. Denn Informationen bildeten ihr bevorzugtes Handelsgut. Doch der kurioseste Clan waren ohne Zweifel die Calam. Sie sahen sich selbst als Nachfolger der Bewohner Atlantis und standen so im direkten Widerspruch zur allgemein akzeptierten Mythologie und Lehre der Mestoban. Einige vertraten sogar die Theorie, dass es tief unter den Weltmeeren noch immer wassergebundene Vampire gab. Wie genau das funktionieren sollte, konnte Viktor jedoch nicht beschreiben. Mit ihrem ganz eigenen Weltbild hatten sie sich einen Ruf als Spinner erarbeitet. Unter ihnen fanden sich angeblich viele Verschwörungstheoretiker, die sich Argumente so zurechtbogen, wie es für sie gerade recht war. Da ihre Gruppe groß und alt genug war, einen Clan darzustellen, wurden sie als solcher bei Versammlungen des Rates akzeptiert, ansonsten aber von anderen Vampiren müde belächelt. Richtig ernst nahm sie niemand.

Im Laufe der Nacht hatte Viktor viel geredet und sich dabei die Kehle immer wieder befeuchtet. Und jedes Mal, wenn er sein Glas mit dem roten Saft füllte, brachte er Clara Nachschub mit. Das erste registrierte sie noch und griff bewusst nach dem Glas voll Blut. Es widerte sie an, um nicht unhöflich zu wirken, trank sie jedes Mal mit. Doch sie stellte fest, dass ihr nicht mehr so furchtbar übel wurde. Beim fünften Glas musste sie erstaunt zugeben, dass sie nicht gemerkt hatte, dass sie halb ausgetrunken hatte. Erst danach wurde ihr bewusst, was sie eigentlich trank.

*Kann es so schnell so normal werden?*

Als Clara erneut das Glas ansetzte, es mochte die sechste oder gar siebte Runde gewesen sein, warf sie über den Rand hinweg einen Blick auf Roxy und Blue. Die beiden sahen nervös aus, Roxys Finger zitterten sogar. Die Augen waren unstet und unfokussiert. Wenn sie es nicht besser gewusst hätte, hätte Clara auf einen Drogenentzug getippt.

„Alles Ok bei euch?“, warf sie vorsichtig in einer Gesprächspause hinüber.

„Ja, ja, mach dir um uns keine Sorgen“ gab Roxy schnell den Ball zurück, aber ihre Unbekümmertheit täuschte Clara nicht.

„Roxy, ihr zittert, seid nervös und könnt euch kaum konzentrieren. Was ist los?“

Roxy schluckte. Es war ihr sichtlich unangenehm, aber ihre neue, zeitweise Herrin hatte ihr eine direkte Frage gestellt, das durfte sie nicht ignorieren.

„Clara, ich…“ sie schaute zu ihrer Freundin herüber, „wir… nun wir sitzen etwas auf dem Trockenen. Der Alte gab mir von seinem Blut, um mich zu regenerieren. Aber nun bin ich größtenteils geheilt und der Energieschub ist sozusagen aufgebraucht. Und Blue hat ihre Herrin auch lange nicht mehr gesehen. Es geht wirklich, wir kommen zurecht, aber es wäre schon schön, wenn wir uns irgendwann bald zurückziehen könnten.“

„Zurückziehen? Wohin? Sind wir hier nicht in einer Enklave?“

Viktor schaltete sich ein.

„Doch, das Death's Garden ist eine Vampirenklave, eine ungebundene, wie ich betonen möchte. Aber hier oben sind wir im öffentlichen Raum. Hier können wir uns in Ruhe unterhalten, solange der Club nicht geöffnet hat. Doch die beiden Damen möchten bald in die, sagen wir, geschlossene Gesellschaft zurückkehren. Blue zu ihrer Herrin und Roxy zu ihrem. Wollen wir sie nicht länger quälen“, nun wandte er sich direkt an die beiden Ghoule, „Blue, ich danke dir für deine Hilfe. Kehre bitte zu Tina zurück und richte auch ihr meinen Dank aus.“

*Eine Herrin? Hatte ich zwar nicht erwartet, aber warum nicht? Gibt ja sicherlich noch andere weibliche Vampire. Scheiß Klischeedenken!*

Blue stand auf und wirkte endlos erleichtert. Sie nickte Clara und Viktor zu und lief ein paar Schritte Richtung Tanzfläche. Dann drehte sie sich zu den anderen und wartete offenbar auf ihre Freundin. Aber nur kurz, ehe sie sich endgültig verabschiedete.

„Auf Wiedersehen Roxy. Ich hoffe, wir sehen uns bald wieder und haben dann mal wieder Zeit zum Reden. Auf Wiedersehen, Clara, es war mir eine Ehre.“

*Zeit zum Reden? Blue, ich kann mir im Moment noch nicht vorstellen, dass du dich wirklich unterhalten kannst.*

„Liebe Roxy, auch dir danke ich sehr für deine Unterstützung. Du warst selbst noch angeschlagen, daher war dies sicherlich keine Selbstverständlichkeit. Bitte kehre auch du nun zu deinem Herrn zurück und überbringe meinen Dank und die besten Grüße der Enklave.“

Doch Roxy blieb sitzen. Mit müden Augen, aber frech grinsend sah sie Viktor an, der wiederum etwas irritiert wirkte, aber nichts sagte. Dafür ergriff sie selbst das Wort.

„Besten Dank, Viktor, ich werde deine Grüße und deinen Dank bei Gelegenheit überbringen. Im Moment ist meine Herrin aber anwesend“, sie nickte zu Clara herüber, „daher gibt es keinen Grund zu gehen. Aber tatsächlich würde ich gerne bald nach unten verschwinden, ja.“

Wortlos sah er von einer Frau zur Anderen, dann hellte sich sein Gesicht etwas auf.

„Ah, verstehe. Ok, dann lasst uns nach unten gehen. Es wird Zeit, dass Clara auch den verborgenen Teil des Gartens kennenlernt.“

Damit erhob er sich und die anderen beiden folgten ihm in das Treppenhaus. Während Roxy und Viktor sich selbstverständlich den Stufen nach unten zu wandten, glitt Claras eigener Blick in die andere Richtung. Sie erinnerte sich plötzlich daran, dass sie schon mal dort oben war. Eine Art Steg über der Tanzfläche für die Techniker. An ihrem ersten Abend war sie mit Roxy dort. Damals vor einem Jahr und in einem anderen Leben.

Sie drehte sich weg und folgte nach unten. Viktor hatte die Stahltür geöffnet und hielt sie den Frauen offen. Roxy stand davor und wartete auf Clara. Sie wirkte wieder fröhlicher und entspannter, dafür dass sie sich als Ghoul zwischen zwei Vampiren befand und drauf und dran war in die Höhle des Löwen zu gehen. Und auch ihr unsteter Blick hatte sich gebessert, wie sie feststellte. Er war nicht verschwunden, aber durchaus wieder fester.

Clara vermutete, dass sie der Gedanke beruhigte, ihre Sucht bald zu stillen. So gesehen tat sie ihr schon leid. Sie hatte dieses Leben nicht gewählt und war gezwungen mit einer unverschuldeten Abhängigkeit zurecht zu kommen.

Durch die offene Tür sah sie zunächst nur auf die Mauer eines weiteren Ganges auf grauen, glatten Beton. Kein Putz, keine Farbe, nicht mal Schmierereien oder Fluchtwegschilder waren an der Wand. Der Weg führte nach rechts in unbestimmter Länge. Aber Clara hörte etwas. Stimmen und Gelächter. Mehrere Personen unterhielten sich ausgelassen im Plauderton.

Als sie Roxy durch die Tür folgte, sah sie, dass der Gang nicht lang war, und schon nach wenigen Metern an einer offenstehenden Tür endete. Dahinter sah sie ein Wohnzimmer. Sie näherten sich dem

Durchgang und was sie sah, passte so gar nicht in ihre Vorstellung. Im besten Fall hatte sie eine Sitzecke, mit abgewohnten Möbeln erwarte. So, wie sie auch oben war. Im schlimmsten Fall, eine Art Meth-Höhle, dreckig, dunkel und überall lagen weggedämmerte Gestalten herum. Doch dann kam das hier.

Das Zimmer war groß und weitläufig. Sauber, aufgeräumt und hell. Stilvolle, moderne und neuwertige Möbel standen auf einem hellen Marmorboden. Es gab zwei ausladende Couches mit je einem eigenen Couchtisch und Sessel davor. Alles aus der gleichen Serie, denn die Polstermöbel waren im selben Stil. Weißes Leder mit schwarzen Nähten und Applikationen. Dazu ein bestuhlter Esstisch mit einer Glasplatte, der ausreichend Platz für sechs Personen bot. Auf der linken Seite war eine vollausgestattete offene Küche mit großer, breiter Anrichte und davor drei Barhocker. An den Wänden standen riesige Schränke. Eines eindeutig ein Wohnzimmerschrank mit Flachbildfernseher, Blu-ray-Player und Spielekonsolen. Der andere sorgte für Stauraum. In den offenen Fächern befanden sich Bücher dicht gedrängt und hinter den Glastüren erkannte Clara Brettspiele. Dazwischen eine kleine Kommode auf der eine schlichte Porzellantasse mit leuchtend bunten Blumen stand.

Auf den ersten Blick sah Clara sechs Personen im Raum. Zwei saßen sich am Esstisch gegenüber, jeder ein Rührei mit Speck zum Frühstück vor sich. Eine Frau stand in der Küche und rührte in einer Pfanne herum, während sie über die Schulter zu denen am Tisch sprach. Drei andere, zwei Frauen und ein Mann, saßen gemeinsam auf einer Couch und lachten ausgiebig. Für Clara war es unmöglich, das Alter der Leute im Raum einzuschätzen. Sie versuchte es einer ersten Eingebung folgend, aber sie scheiterte grandios. Genauer als zwischen 20 und 35 ließ es sich nicht eingrenzen. Dann wurde ihr die Albernheit des Versuches bewusst. Wahrscheinlicher war, dass sie mit ihren 33 Jahren die Jüngste hier im Raum war.

Roxy schob sie in den Raum hinein und hinter ihr folgte Viktor. Seine Präsenz hatte einen erstaunlichen Effekt, die Gespräche und das Lachen verstummten nahezu augenblicklich und alle sahen zu den drei Neuankömmlingen hinüber. Clara spürte, dass sie gemustert wurde und die Blicke von ihr zu Roxy und Viktor wanderten. Während die anderen schnell registriert und erkannt wurden, unterzog man sie einer eingehenden Einschätzung.

„Ladies und Gentlemen, darf ich kurz um ihre Aufmerksamkeit bitten?", ergriff Viktor theatralisch das Wort und ließ seinen Blick über die Anwesenden schweifen.

*Als wenn wir die nicht schon längst hätten.*

„Ich möchte euch gerne Clara vorstellen. Sie ist jüngster Zuwachs unserer Gesellschaft und ich bitte euch, euch wohlwollend mit ihr bekannt zu machen. Die Grundzüge haben Roxy und ich ihr letzte Nacht erklärt, aber wie ihr sicherlich noch aus eigener Erfahrung wisst, dauert es eine Weile, sich wirklich zurechtzufinden."

Dann wandte er sich an Clara und sie sah ein charmantes Lächeln in seinem Gesicht und den Augen. Er hatte die zeitlose Attraktivität eines George Clooney und war sicherlich ein überzeugender Geschäftsmann. Freundlich und charmant, aber hinter dieser Fassade war er ein harter Verhandlungspartner. Davon war sie überzeugt.

Er legte einen Arm um ihre Schulter, freundschaftlich, fast väterlich und deutete von einem zum nächsten, als er die Anderen vorstellte.

„Clara, die junge Frau in der Küche hier ist Nancy. Gute Seele der Enklave und meine Vertreterin. Wie ich ist sie eine waschechte Siddy. Die beiden am Esstisch sind Andrej und Luka. Sie sehen nicht nur aus wie Zwillinge, sie sind es auch. Sie sind Regisseur und Schauspieler am Theater. Frag mich nicht, wer was macht, das kann ich mir nicht merken", fügte er lachend hinzu.

„Wir machen beide beides", rief einer herüber, vermutlich Luka.

„Richtig. Wie du dir denken kannst, sind sie vom Clan Abarera. Und die drei dort hinten sind Lea und Caroline vom Clan der Mormog und Tilo von den Hophelia."

Alle Angesprochenen nickten Clara lächelnd zu. Sie spürte, dass sie es ehrlich gut mit ihr meinten.

„Ähm, hallo… und guten Morgen… schätze ich. Freut mich, euch kennen zu lernen."

Sie fühlte sich wie eine Schülerin, die neu in eine Klasse eingeführt wird. Nervös war sie und gespannt auf das, was kommen mochte. Aber zugleich verspürte sie ein Gefühl von Ankommen. Es war wie ein neues Zuhause.

Während Clara noch in der Nähe der Tür stand und sich selbst im Raum zu finden versuchte, rief Roxy nur eine schnelle Begrüßung an alle und marschierte selbstsicher wie eh und je zu den Zwillingen herüber. Sie stellte sich neben einen und gönnte sich frech eine Gabel des Rühreis, bevor sie weiter in die Küche schritt. Schnell umarmte sie Nancy zur Begrüßung und die beiden Frauen drückten sich kurz.

„Roxy, du siehst nicht gut aus. Hast du etwas hier oder soll ich dir aushelfen?“

Nancys Sorge war berechtigt, denn Clara erkannte, dass die neuerliche freche Unbekümmertheit nur aufgesetzt war. Sie wirkte sehr erschöpft. Ihr wurde bewusst, dass die Frau von Blut sprach, aber sie schaffte es so zu klingen, als würde es sich um ein simples Aspirin handeln.

„Ist gut, Nancy, ich bin versorgt. Will nur schnell an das Weinregal.“

Die Frau in der Küche tapste einen Schritt zur Seite und für einen kurzen Moment verschwand Roxy unter der Anrichte. Als sie wieder auftauchte, hatte sie eine kleine Glasflasche in der Hand, auf einem aufgeklebten Etikett war ein Name geschrieben: Margarete. Der Ghoul öffnete die Flasche, setzte an und Clara sah, wie gierig sie war. Kurz davor die Selbstbeherrschung zu verlieren, war ihr die Erleichterung anzusehen, kaum dass sie den ersten Schluck getan hatte. Fürs Erste würde sie ihre neue Freundin in Ruhe lassen, aber Clara nahm sich vor, Roxy darauf anzusprechen.

Neben ihr stand immer noch Viktor und war anscheinend ihrem Blick gefolgt. Er hakte sich bei ihr ein und schritt mit ihr zu den dreien in der Sitzecke hinüber.

„Weinregal ist kein Euphemismus“, flüsterte er ihr unterwegs ins Ohr.

„Was?“

„Das Weinregal, es ist tatsächlich eines dort verbaut. Frisches Blut lässt sich bei konstanten Temperaturen zwischen 20 und 24 Grad einfach am besten lagern. Und es muss bewegt werden. Es verklumpt sonst schnell. Das war doch die Frage in deinem Kopf, oder?“

„Nein, nichts in der Richtung. Ich war nur besorgt.“

Falls er sich dazu irgendetwas dachte, ließ er es sich nicht anmerken. Vielleicht nahm es aber auch einfach nur zur Kenntnis. Als sie die Couch erreichten, rückten die anderen drei automatisch etwas näher zusammen und schufen Platz für Clara und Viktor. Es war genügend Sitzfläche frei, deswegen vermutete sie, dass es mehr eine Geste des Respekts vor ihrem Begleiter war als aus Platzmangel.

Was sie positiv überraschte, war, dass sie tatsächlich sofort aufgenommen wurde. Sie fühlte sich hier nicht nur zugehörig, alle gaben ihr auch umgehend das Gefühl, dass es schon immer so war. Mit

Lea und Caroline kam sie schnell ins Gespräch, sie waren freundlich und neugierig, ließen ihr im Groben und Ganzen aber die Zeit, anzukommen. Viktor fand umgehend ein Thema mit Tilo und aus einiger Entfernung sah Clara, dass Roxy sich zu den Zwillingen und Nancy an den Tisch gesetzt hatte. Auch sie aß nun etwas Rührei. Anscheinend hatte die Köchin bereitwillig die Portion mit ihr geteilt. Alles wirkte so harmonisch und familiär.

„Sag mal, Clara, Viktor hat dich ja gar nicht richtig vorgestellt. Von welchem Clan kommst du zu uns?", es war Lea, die gefragt hatte.

„Tja, wenn ich das jetzt selbst nur wüsste."

„Na ja, von welchem Clan ist denn dein Vater oder deine Mutter?", die Nachfrage wiederum kam von Caroline.

„Ich weiß es nicht. Soweit ich weiß, gehört er gar keinem an."

„Das kann nicht sein", wieder Caroline, „jeder Vampir gehört zu einem Clan."

„Nein, meines Wissens nach nicht. Aber vielleicht bin ich da auch die falsche Ansprechpartnerin. Roxy weiß sicherlich mehr. Wir sind ja jetzt quasi verwandt", Clara versuchte, neutral zu wirken, in ihr brodelten aber die Zweifel.

Sie war sich sicher, dass sie richtig lag, gleichzeitig verstand sie aber auch, dass in dieser Gesellschaft jeder einem Clan angehörte. Das war die grundlegende Ordnung. Dann dämmerte es ihr, dass es für die anderen bisher schlicht nicht vorkam, dass der Alte Vampire schuf. Und wie sie sah, realisierten auch Lea und Caroline zeitgleich, was sie da gesagt hatte.

„WAS?", riefen beide, wie aus einem Munde, „der Wanderer ist dein Schaffer?"

Schlagartig wurde es still im Raum. Am Tisch wurde nicht mehr mit Geschirr geklappert und selbst Tilo unterbrach seinen Vortrag, den er Viktor hielt. Clara ließ den Blick schweifen, denn die beiden Frauen ihr gegenüber starrten sie nur ungläubig an. Am Tisch fing Roxy den hilfesuchenden Blick auf und stand umgehend auf, um zur Couch hinüberzulaufen.

„Ja, es ist wahr", schaltete sich Viktor aber zuvor ein, „der Wächter hat Clara hier zu seiner Tochter erwählt. Das heißt, dass wir sie vorerst als clanlos betrachten. Wenn sie möchte, sollte sie die Wahl haben. Zu gegebener Zeit, denn jetzt wäre es zu früh für eine fundierte Entscheidung."

Viktors Blick wanderte von einem zum anderen und er gönnte ihnen einen Moment, das Gesagte zu verdauen. Schließlich setzte er beruhigend fort.

„Sicherlich nimmt sie damit eine gewisse Sonderstellung ein. Aber andererseits, werden wir sie deswegen nicht anders behandeln als andere Küken. Sie wird Anleitung und Schutz benötigen. Darum möchte ich euch alle bitten. Was die Umstände ihrer Abstammung angeht, werde ich das zu gegebener Zeit dem Rat vorstellen."

Seine Worte hatten Gewicht und strahlten eine Autorität aus, die keinen Widerspruch duldete. Und es wirkte, die anderen schienen es zu akzeptieren. In ihren Augen sah Clara, dass sie es mit einer gewissen Spannung aufnahmen. Es war etwas Neues, das so bisher nicht vorgekommen war. Es war interessant, wie sich die Situationen rund um Clara verändern würden. Es war aber ebenso eine Unsicherheit in den Blicken. Wie sollten sie sich als Einzelne ihr gegenüber verhalten? Bei dem Alten war es klar. Der wurde ehrerbietig respektiert. Selbst die obersten Clanführer hielten respektvollen Abstand und wählten ihre Worte mit Bedacht, wenn er anwesend war. Und manche schienen sogar erleichtert, sobald er fort war. Was so vorgelebt wurde, setzte sich in den Clans nach unten durch. Aber mit Clara war eine Figur auf den Plan getreten, mit der niemand gerechnet hatte. Wie würde da der Oberste Rat reagieren?

„Leute, das ändert doch erst mal gar nichts", Roxy stand hinter ihr und schaltete sich ein, „Clara ist doch noch immer dieselbe, wie vor ein paar Minuten. Ihr könnt euch genauso mit ihr unterhalten, wie zuvor. Mit mir redet ihr doch auch ganz normal."

„Du, Roxy, bist kein Vampir", es war Tilo, der in einem philosophischen Singsang antwortete, „Es ist richtig, dass die Meisten dich als einen der Ihren betrachten. Aber es ist auch richtig, dass du ein Ghoul bist. Es ist also die Frage, ob der Umstand, dass du Ghoul des Ewigen bist, dir einen Sonderstatus verschafft, oder weil wir dich mögen."

Sie grinste schelmisch: „Ich mag dich auch Tilo. Immerhin schlägt mein Herz noch. Selbst für dich."

*Sie ist beleidigt.*

Clara fühlte es genau. In diesem leicht süffisanten Unterton in der Stimme, mit dem sie die Unsicherheit herunterspielte. Am minimalen Zucken von Roxys Hand auf ihrer Schulter, als Tilo ihr Wesen hervorhob. Da wurde ihr klar, dass sie es bei all ihrer Stärke nicht leicht hatte unter den Vampiren. Sie war ein Ghoul. Das so hervorzuheben, traf einen Nerv. Es würde immer diejenigen geben, die sie als Mensch zweiter Klasse betrachteten. Sie nahm es souverän auf, war es scheinbar sogar gewohnt, doch spurlos ging es nicht an ihr vorüber. Aber Clara hatte den Eindruck, dass Tilo es nicht als Angriff gemeint hatte, sondern tatsächlich nur eine Frage aufwarf, die ihn beschäftigte.

Clara spürte eine Bewegung, als Roxy sich kurz wegdrehte. Sie wandte den Kopf um und sah, dass Nancy hinter ihr und neben ihrer Freundin stand und ihr den Arm um die Schulter gelegt hatte. Anscheinend waren ihre Gefühle nicht nur für Clara so eindeutig.

*Meine Freundin? Hab ich mich so schnell an den Gedanken gewöhnt? Vor einem oder zwei Tagen war sie noch eine Fremde auf meiner Couch. Das scheint eine Ewigkeit her zu sein.*

„Ja, Roxy, du lebst und manchmal beneide ich dich um deine Körperwärme. Nimm es ihm nicht so übel. Du weißt, doch, dass Tilo immer geradeheraus ist. Er meint es nicht böse."

Ihre Worte waren versöhnlich und Roxy entspannte sich umgehend in ihrer Nähe wieder. Gleichzeitig fühlte auch Clara, dass sie sich entspannte. Es war für einen kurzen Moment so, als würde hier ein Konflikt entstehen. Das war ihr unangenehm, denn sie hatte die Befürchtung, dass es an ihr lag. Oder besser, dass sie der Auslöser dafür war.

„Aber du mein Freundchen", Nancy wandte sich direkt und mit harschem Ton an Viktor, „wann hattest du denn vor uns davon in Kenntnis zu setzen, dass wir einen besonderen Gast haben?"

Sie legte jetzt Clara die Hand auf die Schulter und sah direkt auf sie herab. In ihren Augen spiegelte sich Fürsorge und Mitleid. Warum Nancy die gute Seele der Enklave war, war eindeutig. Clara fühlte sich einmal mehr willkommen und angenommen.

„Das ist nicht böse gemeint, Clara. Es wäre nur eine nette Information gewesen. Denn bitte versteh, dass der Alte eine gewisse Sonderstellung für uns alle hat. Und die hast du praktisch jetzt vererbt bekommen. Daran werden wir uns erst noch gewöhnen."

„Danke. Ja, das hab ich schon gehört und irgendwie auch befürchtet, dass es nicht nur für mich ein schwieriger Start wird."

„Richtig, deswegen war der Gedanke auch, Clara erstmal angekommen zu lassen", Viktor wandte sich dabei nicht nur an Nancy, sondern an alle im Raum, „Sie hatte nicht gerade einen Traumstart in der Leichenhalle."

Nun hatten sie die Aufmerksamkeit aller und Clara kam sich ein wenig vor, wie ein Tier im Zoo. Alle starrten sie an, warteten auf eine Reaktion und registrierten dabei jede ihre Regungen.

Nachdem Viktor eine kurze Einleitung gegeben hatte, übergab er das Wort an sie und unterstützt von Roxy berichtete sie von ihren ersten Eindrücken, nach dem Erwachen. Zu ihrer Erleichterung lockerte sich die Zoosituation bald auf, als nach und nach alle von ihren ersten Erlebnissen und ihrem Empfang in der Gesellschaft berichteten. Es war gut zu hören, dass die Dunkelheit, die ihre Gedanken immer wieder mal in Besitz genommen hatte, von allen geteilt wurde. Dass jedem furchtbar übel war und Lea sich sogar übergeben hatte. Als sie von ihren Erfahrungen berichtet hatten, war Clara froh, dass sie ihr erstes Blut in Ruhe aus einem Glas getrunken hatte. Die meisten anderen mussten durch die harte Schule und unter den wachen Augen ihres Schöpfers direkt von einem Menschen trinken. Freiwillige Spender, damals wie heute, aber dennoch ungleich schwieriger.

Die Zeit verflog und es war wundervoll zu merken, dass sie kein Gewicht mehr hatte. Nichts drängte sie. Sie wurde weder müde, noch wurde sie nervös, weil sie zur Arbeit musste. Wenn sie ehrlich war, hatte sie nicht mal ein Gefühl dafür, wie spät es war. Irgendwann in den Morgenstunden, aber es fühlte sich egal an. Die Befreiung von Zeit hatte etwas unglaublich Erleichterndes, obwohl sie sich einige Male dabei erwischte, wie sie überlegte, wie es Markus erging. War er im Büro? Konnte er weiterarbeiten oder war er krankgeschrieben? Er war unterwegs, um sie in der Nacht abzuholen, war er bei der Explosion unmittelbar in der Nähe gewesen? Ging es ihm gut?

Und was war mit Sabine? Wie erging es ihr? Hatte sie schon von ihrem Tod gehört? Die Ärmste war sicherlich ganz aufgelöst. Mitleid ließ Claras Herz schwer werden. Sie wollte zu ihr. Musste sie wissen lassen, dass alles Ok war und sie sich nicht Sorgen solle. Auch wenn sie sich nicht mehr wiedersehen würden.

Eine Nervosität nahm von ihr Besitz und forderte, dass sie sich umgehend nach draußen begab, sich sofort ein Taxi bestellte und zu Sabine fuhr. Vielleicht war sie zu Hause und gerade beim Morgenkaffee vor der Arbeit. Doch wenn sie von Claras Tod gehört hatte, hätte sie sich bestimmt krankgemeldet. Die Chancen standen also gut, dass sie ihre beste Freundin zu Hause antraf. Aber dann musste sie jetzt los.

Natürlich wusste sie, dass ihr gesagt wurde, dass sie keinen Kontakt haben dürfe. Für die Welt war sie offiziell tot. Aber nur einmal kurz verabschieden, nur ein kleines Lebewohl. Man würde Sabine doch so oder so nicht glauben, da konnte sie vielleicht behaupten eine Geisterscheinung zu sein oder eine Halluzination?

Während alle sich angeregt unterhielten und sich die Stimmung zwischen Roxy und Tilo wieder gebessert hatte, stand Clara auf und schlenderte einige Schritte zur Tür. Sie hatte nicht vor sich hinauszuschleichen, aber sie würde es auch nicht ankündigen. Fast schon in Reichweite der Türklinke, griff jemand nach ihrer Hand und hielt sie fest. Als sie sich umdrehte, stand Roxy hinter ihr und sah sie eindringlich und besorgt an.

„Wo gehst du hin, Clara?"

In ihrer Stimme lag nichts von der Sorge, die in ihren Augen stand. Sie klang fröhlich und unbekümmert wie immer und aufrichtig interessiert. Und doch schwang auch ein Hauch Fürsorge darin.

„Ich mach mir Sorgen um meine Freundin Sabine. Sie hat bestimmt schon gehört, dass..., dass ich einen Unfall hatte. Ich will ihr sagen, dass es mir gut geht. Auch wenn ich mich nicht mehr bei ihr melden kann. Ich will mich verabschieden."

*Verdammt, was war das denn du dumme Pute? Die lassen dich doch nie gehen. Hätte ich mir nicht was ausdenken können?*

Roxys Blick wurde trauriger und sie begann mit ihrem Daumen Claras Handrücken zu streicheln. Mit der anderen Hand griff sie nach ihrer Schulter und drehte sie zu sich um. Der Ghoul schaute sie intensiv an, starrte fast. Die Hand glitt an ihrem Arm herab und griff nach Claras, bevor sie sprach.

„Ich verstehe dich. Der Übergang ist nie leicht, aber auch den Weg musst du gehen. Es ist furchtbar sein Leben und seine Lieben zurückzulassen. Jeder hier weiß, was du durchmachst und wie es dir geht. Jeder hier kann das absolut nachvollziehen. Jeder hier wollte sich seinerzeit verabschieden. Aber du weißt, dass das nicht möglich ist. Es mag dir jetzt nicht klar sein, aber du schadest deiner Freundin damit mehr, als du ihr hilfst. Wie stellst du dir das vor? Hingehen und sagen, dass du nicht tot bist, aber ihr euch nicht sehen könnt. Dass du verschwinden wirst? Auf immer und ewig, ihr aber nicht sagen kannst, warum oder wohin? Was wird sie dann tun? Im besten Fall verzweifeln und dich hassen lernen. Im schlimmsten Fall wird sie dich suchen und dann? Wenn sie dem Feuer zu nahe kommt, wird sie sich verbrennen,

Clara. Also tu‘ ihr und dir den Gefallen, auch wenn es schwierig ist, und bleib tot für sie. Gib ihr die Chance, Abschied zu nehmen und dich als die liebe Freundin in Erinnerung zu behalten. Und nicht das Miststück, das sie einfach hat fallen lassen.“

Hinter Roxy sah sie, dass sich Viktor und Nancy zu ihnen umgedreht hatten und die Situation beobachteten. Die anderen waren bemüht ihre Unterhaltung äußerst holprig fortzuführen. Wahrscheinlich lauschten sie ebenfalls, ohne hinzuschauen.

Clara senkte den Kopf und starrte auf Roxys Schuhe und schwieg. Der Blick verschwamm allmählich, als sich Tränen in ihren Augen sammelten, bis sie nichts mehr sahen, außer einem grauen Einheitsbrei. Sie blinzelte und folgte den herabfallenden Wassertropfen, bis sie auf den weißen Fliesen aufschlugen. Die nächsten feuchten Fallschirmspringer waren bereits startklar. Und auch sie sprangen ohne Schirm und ohne jeden Kommentar.

*Sabine, arme Sabine. Es tut mir so leid. Ich wünschte, ich könnte es wieder gut machen. Dich sehen und dir sagen, dass es in Ordnung ist. Aber Roxy hat recht und ich wusste es. Wenn die Explosion nicht gewesen wäre, dann wäre ich den Schritt freiwillig gegangen. Was hab ich dir nur angetan?*

Nach scheinbar endlosen Minuten, in denen die Zeit mit aller Macht ihr Gewicht zurückerlangte und einigen weiteren Tränen, hob Clara den Kopf und sah Roxy mit nassen Wangen an. Nun schauten doch alle zu ihr herüber, wichen aber ihrem Blick aus. Ja, alle wussten, was in ihr vorging, und sie wussten ebenso, dass bereits alles gesagt war. Mehr war nicht hilfreich. Jetzt musste Clara für sich einen Weg finden, um damit umzugehen.

## Kapitel 16

Ohne dass viele Worte verloren wurden, trösteten sie Clara. Die Erkenntnis, dass alle Anwesenden Ähnliches durchgemacht hatten, war auf sonderbare Weise beruhigend und verbindend. Eine Weile ließ man ihr Zeit, dann kehrte aber schon der Alltag wieder ein. Zumindest für alle außer Clara. Für sie war es neu, die Umgebung, die Leute und auch das Fehlen von Müdigkeit. Nancy sah auf die Uhr, fluchte laut und verschwand hektisch durch eine Tür, die dem Eingang gegenüberlag. Kurze Zeit später rauschte sie in entgegengesetzte Richtung durch den Raum, rief allen einen Abschiedsgruß zu und stürmte durch den Ausgang. Sie kam zu spät zur Arbeit. Es hatte etwas sonderbar Normales und Beruhigendes an sich.

Nach und nach löste sich die illustre Runde auf. Die Theaterzwillinge hatten noch viel Zeit bis zur Probe am Nachmittag und blieben bei Clara, Roxy und Viktor. Aber Lea und Caroline folgten Nancys Beispiel, wenn auch deutlich ruhiger und gelassener. Eilig hatten sie es nicht. Sie waren Sozialarbeiter in einem Heim für Kinder und Jugendliche, aber nur in Teilzeit. Die Zeit, die sie nicht arbeiteten, nutzten sie, um mit ihrer Erfahrung und ihrem Netzwerk Kindern und Jugendlichen auf der Straße und in sozialen Brennpunkten zu helfen. Tilo schlenderte ebenfalls durch die Tür in den dahinter liegenden Bereich, kam aber nicht wieder heraus.

„Komm, Clara, wenn hier alles in Aufbruchsstimmung ist, kann ich dir ebenso gut den Rest zeigen, damit du dich zurechtfindest."

Mit diesen Worten stand Viktor auf und lief auf eben die Tür zu. Davor blieb er jedoch stehen und wartete höflich, bis Clara bei ihm war. Er hielt sie ihr auf und dahinter sah sie nichts weiter als einen unspektakulären Flur. Schöner und moderner gestaltet als der Gang hinter dem Treppenhaus, aber dennoch nur ein Flur. Auf beiden Seiten waren in regelmäßigen Abständen weiße Türen eingelassen und neben jeder war ein Schild angebracht. Insgesamt gab es zehn Türen pro Seite.

Als sie den Gang entlang schlenderten, warf Clara ein Auge auf die Tafeln und sah, dass es schlichte Namensschilder waren. Viktor folgte ihrem Blick.

„Ja, die Hand voll Vampire, die du heute kennengelernt hast, sind Dauerbewohner dieser Enklave. Daher haben sie feste Zimmer. Alles Freigeister, die den clanübergreifenden Austausch mehr schätzen, als unter ihren Brüdern und Schwestern zu bleiben. Grundsätzlich betreibe ich hier aber einen offenen Rückzugsort. Wie ich schon sagte, bin ich stolz darauf, dass wir nicht gebunden sind. Davon gibt es nicht viele Enklaven. Die meisten von uns wohnen in claneigenen Zufluchtsorten. Von gelegentlichen Gästen abgesehen bleiben sie unter sich. Ich bin aber der Meinung, dass wir, auch wenn wir unterschiedlichen Gruppierungen angehören und verschiedene Interessen und Eigenschaften haben, doch alle gleich sind. Es ist die Vielfalt, die diese Enklave stärkt."

Viktor seufzte schwer.

„Außerdem denke ich, dass unsere Zukunft nur darin liegen kann, dass wir all die vielfältigen Stärken bündeln, um die Schwächen auszugleichen. Dieses Inseldenken macht uns angreifbar. Na ja, aber das führt jetzt wohl zu weit."

*Angreifbar? Durch wen?*

Clara nickte, behielt aber ihren Gedanken für sich. Grundsätzlich verstand sie beide Positionen. Einerseits war es hilfreich für junge Vampire zunächst erstmal den eigenen Clan besser kennenzulernen. Der Übergang war schwierig genug, auch ohne, dass man gleich mit einer solchen Fülle an Unterschieden überladen wurde. Andererseits war es auch gut, von Anfang an zu verstehen, dass man Teil einer großen, facettenreichen Gesellschaft war. Für sich selbst konnte sie von Glück reden, dass sie hier gelandet war. Denn als Clanlose war in einer ungebundenen Enklave der toleranteste Umgang zu erwarten.

„Die Zimmer, die nicht fest vergeben sind, stehen Besuchern zur Verfügung", setzte Viktor das ursprüngliche Thema fort, „Das schließt natürlich auch deren Ghoule ein, sollten sie einen mitbringen. Menschliche Diener haben hier aber keinen Zugang, ebenso wenig die Spender. Dafür haben wir andere Räume. Das dient in erster Linie deren Sicherheit."

Er blieb mit ihr vor einer Tür ohne Namensschild stehen.

„Also, da wären wir. Dieses Zimmer überlasse ich dir gerne. Nachher werde ich dann noch dafür sorgen, dass dein Name an der Tür steht, damit die Anderen Bescheid wissen, wo sie dich finden können. Und damit nicht zufällig Besucher bei dir reinplatzen. Ich schlage vor, für die erste Zeit bleibst du hier in der Enklave. Also wirklich hier unten. Zumindest bis sich die Aufregung um die Explosion und deinen Tod gelegt hat."

Bevor sie protestierte, hob er beschwichtigend die Arme.

„Keine Angst, wir reden nur von ein paar Tagen. Die gehen schneller um, als du jetzt vielleicht denken magst. Außerdem hast du hier viele Gesellschafter, die dir sicherlich liebend gern alles Mögliche zu uns erzählen werden. Roxy ist auch hier und vorn kannst du dir Bücher oder Zeitschriften nehmen, fernsehen oder dich in kurzweilige Videospiele vertiefen. Beschäftigung finden wir für dich schon. Komm erstmal in Ruhe an. Finde dich in deinem neuen Leben zurecht und… na ja… gewöhn dich an deinen neuen Quell des Lebens. Hier hast du einen geschützten Raum und Unterstützung dafür. Und… ich sage es nicht gern, aber die wirst du brauchen."

„Wie lange wird diese Gewöhnungsphase dauern?"

Clara war skeptisch. Sie glaubte Viktor, dass er aufrichtig meinte, was er sagte und sie fühlte sich auch nicht wie eine Gefangene. Obwohl ihr der Gedanke kurz durch den Kopf schoss. Aber im Keller sitzen und nicht herauszudürfen, war keine anregende Vorstellung. Vor allem nicht, wenn man ihr andeutete, dass die Zeit nicht gerade leicht werden würde.

„Das ist unterschiedlich, Clara. An die Umgebung und die Mitbewohner gewöhnen sich die meisten schnell, aber an das Bluttrinken und das Tier im Inneren, dafür braucht es oft etwas länger. Drei Tage? Vier oder mehr? Das kommt nicht zuletzt darauf an, wie willensstark du bist. Aber wenn du dir selbst die Zeit gibst, dann wird es gut funktionieren. Überfordere dich nur nicht. Du hast alle Zeit der Welt. Und das ist in unserem Fall kein dummer Spruch."

Mit den letzten Worten öffnete Viktor die Tür und deutete Clara einzutreten. Der Raum dahinter war geräumiger, als sie gedacht hatte und vollmöbliert. Bett, Kommode, Schreibtisch, Lampen, Kleiderschrank, Garderobe, Schuhschränkchen, ein gemütlich aussehendes Sofa und ein passender Wohnzimmertisch. Sogar eine kleine Essecke mit Kühlschrank waren vorhanden. Abgetrennt vom Rest des Raumes war ein Bad mit Dusche. Kein Luxus, aber modern. Der Boden war mit Laminat ausgelegt und im Wohnzimmerbereich lag ein weicher Teppich. Alles in allem eine eigene kleine Wohnung. Sie stand in der Mitte des Raumes und ließ ihn auf sich wirken. Es gefiel ihr hier.

„Alle Wohnquartiere sind gleich ausgestattet. Wir machen hier keine Unterschiede. Wenn der Alte sich hier einquartiert, bekommt er ein Zimmer, das genauso eingerichtet ist, wie das von Nancy, Lea oder mir.

Gleiches gilt natürlich für Roxy. Das heißt, wenn du es auch so handhaben willst, wie er es immer tat."

Clara sah Viktor verwundert an. Er stand im Türrahmen und war offensichtlich erfreut darüber, dass sie Freude an ihrer neuen Wohnung hatte.

„Was meinst du damit, ‚auch so handhaben'?"

„Na ja, sie ist ein Ghoul. Der Alte hatte ihr immer ein eigenes Zimmer ausgebeten. Wir haben mehr als genug, das ist kein Problem, aber manche Meister wollen ihre Ghoule bei sich im Raum haben."

Für Clara stand es völlig außer Frage, dass Roxy ein eigenes Zimmer bekommen würde. Es war gut zu wissen, dass sie in der Nähe war. Aber sie kannte sich selbst gut genug, dass sie auch gerne mal ihre Ruhe hatte. Es war ihr manchmal wichtig, sich mit sich und den eigenen Gedanken auseinanderzusetzen.

„Ja, ich denke, wir sollten das so beibehalten. Vielleicht kann sie aber das Zimmer nebenan oder gegenüber haben?"

Viktor nickte verständnisvoll.

„Natürlich. Gegenüber ist frei."

Zurück im Gemeinschaftsraum trafen sie nur noch auf Roxy und Tilo. Beide saßen am Esstisch und während sie die letzten Bissen ihres Rühreifrühstücks aß, philosophierte er über die Evolution und darüber, ob diese auf Vampire zutraf oder eben nicht. Clara suchte den Augenkontakt mit ihrer neuen Freundin und bekam einen vielsagenden Blick zurück. Roxy war furchtbar gelangweilt von Tilos Monolog.

Sie setzte sich neben Roxy und wartete auf Viktor, der einen Umweg über die Küche einschlug. Als er bei dem philosophierenden Tilo auftauchte, hielt er drei kleine Fläschchen in der Hand. Mit Ausnahme von Roxy stellte er eines vor jeden Vampir und öffnete sein Eigenes.

Sofort nahm sie den metallischen Geruch wahr, der von dem roten Inhalt heraufstieg. Und im gleichen Moment schlug das Tier in ihrem Inneren seine gelben Augen auf. Der Schlummer, in den es die letzten Stunden gefallen war, war beendet. Es blies die Nüstern und hob den Kopf. Obwohl ihre eigene Flasche noch nicht geöffnet war, wusste Clara, dass es bereits zu spät war. Es gab kein Zurück mehr, wenn sie nicht mit den anderen trank, dann würde die Dunkelheit mit aller Macht in ihre Gedanken zurückkehren.

Als Tilo sein Getränk geöffnet hatte, wurde es schlimmer. Das Tier kroch langsam aus seiner Höhle. Es erwartete den Geschmack von Blut. Es forderte ihn geradezu und leckte sich über die Lefzen. Ihr war klar, dass sie dem nachgeben würde. Vielleicht brachte sie noch etwas Willenskraft auf, um es hinauszuzögern. Aber früher oder später würde sie nach der Flasche greifen. Clara selbst jedoch verspürte keinen Durst, weder auf Blut noch auf sonst etwas.

Jemand griff nach ihrer Hand und riss sie so aus ihren Gedanken. Es war Roxy neben ihr und als Clara sie anschaute, wurde ihr bewusst, dass sie die ganze Zeit über die rote Flasche angestarrt hatte. Sie schaute in die Runde und sah, dass die Männer sie ebenfalls ansahen. Tilo mit Neugierde im Blick, Viktor mit Bedauern. Und beide mit etwas, dass vielleicht sogar Furcht war. Es war offenkundig für ihre Gesellschafter, wie es in ihr aussah.

„Ist Ok Clara. Quäl dich nicht unnötig. Du bist erst seit ein paar Stunden dabei. Niemand erwartet von dir die Selbstkontrolle der anderen, die schon einige Jahrzehnte daran arbeiten."

Roxys Worte sprachen ihr den Mut zu, den sie in diesem Moment brauchte.

*Sie hat recht. Wozu geißle ich mich? Ich will es üben und Kontrollieren, aber muss ich das jetzt schon?*

Clara griff nach der Flasche und öffnete sie mit einer schnellen Handbewegung. Ohne Worte prostete sie den anderen zu und setzte sofort zum ersten Schluck an. Sie verzog das Gesicht. Wenn zuvor eine Gewöhnung da stattgefunden hatte, war sie nun wieder verschwunden.

*Wie kann man sich nur jemals mit dem Geschmack arrangieren?*

„Oh, es scheint ihr nicht so recht zu schmecken."

Es war Tilos Stimme, übertrieben affektiert. Er griff nach Claras Flasche und betrachtete das Etikett.

„Was haben wir denn hier? Einen 2016er Leon? Klingt doch gar nicht so übel."

„Übertreib es nicht, Tilo", warnte ihn Viktor, „Ich erinnere mich daran, dass DU massive Probleme hattest zu Anfang. Wollen wir Clara vielleicht die eine oder andere Geschichte aus deinem ersten Monat zum Besten geben?"

Dann wandte er sich direkt an sie.

„Ich muss mich bei dir entschuldigen. Dein Umgang mit uns ist so natürlich und normal, dass ich vergessen hatte, dass du ein neugeborenes Küken bist. Die Meisten verhalten sich eher ängstlich und zurückhaltend. Daher habe ich ganz selbstverständlich meinen Gästen Getränke hingestellt. Wenn ich rechtzeitig daran gedacht hätte, hätte ich dich nicht ohne Not in diese unangenehme Situation gebracht. Und bitte beachte ihn nicht weiter."

Das Letzte war ein deutlicher Hinweis an Tilo.

Aber Clara biss die Zähne zusammen, leerte schluckweise ihr Getränk und zwang das Tier zurück in seine Höhle. Doch es bedurfte einiger Anstrengung. In ihr kämpften der Drang, die Flasche in einem Zug zu leeren und die der anderen am besten gleich mit gegen den Impuls sich umgehend zu übergeben.

Außerdem waren alle so gastfreundlich und zuvorkommend, dass sie weder unhöflich noch gierig wirken wollte. Also brachte sie ihren ganzen Willen auf und trank gemächlich. Ein Schluck, absetzen, den Blick vom Blut lösen, kurz zwischen den anderen hin und herschauen, bevor sie dann langsam wieder ansetzte. Mit jedem Tropfen beruhigte sich das Tier und ließ ihr mehr Freiheiten und Willen. So wurde es jedes Mal etwas leichter. Dennoch spürte sie, dass die Dunkelheit nicht damit einverstanden war, dass es nur langsam, Schluck für Schluck, bekam, was es verlangte.

Als sie ausgetrunken hatten, war alles wie zuvor. Viktor räumte die drei offenen Flaschen weg und setzte sich wieder an den Tisch. Roxy hatte freundschaftlich einen Arm um sie gelegt und Clara genoss das Gefühl der Sicherheit, das sie ihr damit vermittelte. Tilo hatte nach Viktors Rüffel eine neue Beschäftigung gefunden und starrte auf sein Handy.

*So normal. Man könnte meinen, man sei mit Freunden im Urlaub in einer gemieteten Finca oder so. Man isst, trinkt, unterhält sich und vielleicht streitet man sich auch mal. Aber am Ende ist alles ganz normal. Sogar Handy und Videospiele. Wo ist der böse Vampir? Der Vater des Verderbens und der Versucher in der Nacht? Absolut nichts davon haben sie. Wie ganz normale Menschen. Ok, mit Roxy haben wir einen Renfield hier. Aber der Rest? Wirkt bisher so furchtbar normal.*

„Sag mal Viktor, wie geht es jetzt weiter?", fragte Clara einem Impuls folgend geradeheraus.

„Wie meinen?"

„Na ja, ich bin tot. Ok, verstanden, wenn auch nicht völlig akzeptiert, wie ich zugeben muss. Aber ich bin offenkundig nicht in der Leichenhalle. Wird man da keine Fragen stellen? Immerhin wurde ich ja dort gesehen von mindestens zwei Angestellten."

„So? Weißt du von wem?“

Viktor sah etwas nachdenklich aus. Nicht besorgt, aber er schien damit gerechnet zu haben, dass es nicht ganz so entspannt ablaufen würde Clara hierher zu bringen.

„Ja, Dr. Metzen hat mich gesehen und die erste Untersuchung in der Leichenhalle vorgenommen. Und ihre Assistentin Frau Bergmann. Ansonsten die Männer, die mich angeliefert haben. Mehr aber nicht, glaube ich.“

Clara pausierte kurz und schluckte trocken.

„Ich war irgendwie schon bei Bewusstsein, konnte mich aber nicht bewegen oder verständlich machen. Es war sehr befremdlich und entwürdigend. Sehr unangenehm.“

Bei den Worten kehrten ihre Gedanken zurück zu dem Moment des Erwachens. Sie spürte wieder den Kunststoff des Leichensacks auf ihrer Haut. Vernahm Dr. Metzens Stimme und sah Anne Bergmanns Gesicht über ihrem. Doch in ihrem Inneren fühlte sie auch den Zorn darüber in ihrem ewigen Schlaf gestört worden zu sein. Unwillkürlich gab sie den beiden Frauen die Schuld daran.

Die Mimik des Enklavenleiters hellte sich wieder auf. In einer geschmeidigen Handbewegung holte er ein Handy aus der Hosentasche und entsperrte es mit seinem Daumenabdruck.

„Ach so. Ja, das kriegen wir schon hin. Keine Sorge.“

„Das kriegen wir hin, heißt aber bitte nicht, dass den Leuten etwas zustoßen wird, oder?“, jetzt war es Clara, die besorgt war.

„Nein, nein“, sagte er und sie sah, dass er seine Kontakte durchforstete.

„Es ist übrigens nicht das erste Mal, das aus der Gerichtsmedizin eine Leiche verschwindet. Vor einem Jahr hatten wir das schon mal. Damals hatten Markus und ich den Fall. Ich weiß nicht, ob es für sie Konsequenzen hatte, aber wir waren den Fall anschließend los.“

Clara war von sich selbst überrascht, wie ungerührt sie im Plauderton davon berichtete. Rückwirkend betrachtet war das damals der Beginn ihres Abstiegs in die Unterwelt. Der Moment, in dem sie die Kontrolle über ihr Leben verlor und letztlich hier gelandet war. Als Untote unter den Untoten. Eine von vielen.

Viktor hatte das Telefon bereits am Ohr und nickte ihr nur freundlich lächelnd zu. Er strahlte eine unglaubliche Zuversicht aus, die sagte „keine Angst, alles wird gut. Ich kümmere mich darum“. Die

Verbindung kam zu Stande und sein Gesicht hellte sich weiter auf, als er die Stimme am andren Ende hörte.

„Hallo meine Liebe, wie geht es dir? Alles in Ordnung? Du warst ja schon lange nicht mehr hier und ich habe ewig nichts von dir gehört."

Pause, auf der anderen Seite wurde gesprochen.

„Ja, das stimmt wohl. Aber du weißt doch, dass du und deine Mädels hier immer willkommen seid. Außerdem haben wir ein neues Mitglied in unserer Familie. Die würde ich dir gerne vorstellen. Aber bitte nicht abwerben."

Beim letzten Satz zwinkerte er Clara zu. Es war kein Flirt, sondern ein Fingerzeig der Entschuldigung.

„Seit gestern Abend. Du bist praktisch die Erste außerhalb des Gartens, die davon erfährt."

Er räusperte sich und stand auf, um in die Küche zu schlendern.

„Ich muss aber zu meiner Schande gestehen, dass es nicht so sauber lief. Es gab Komplikationen und sie ist vor ihrem Erwachen in die Leichenhalle gebracht worden. Bevor wir sie dort herausholen konnten, gab es einen Kontakt zu zwei Menschen, die sie identifizierten. Daraus könnte sich eine Verletzung des Schleiers ergeben."

Pause, Viktor verschwand hinter der Anrichte außer Sicht und tauchte Sekunden später wieder auf. Er hielt eine Flasche Cola in der Hand und deutete auf die anderen drei am Tisch. Roxy nickte, Clara und Tilo schüttelten den Kopf.

„Genau das ist der Punkt und da kommst du ins Spiel. Könntest du bitte deinen Kontakt in der Gerichtsmedizin anzapfen und", er sah zu Clara hinüber und betonte das nächste Wort, „gewaltfrei, dafür sorgen, dass eine verschwundene Leiche so wenig Wirbel wie möglich macht? Wäre ja nicht das erste Mal."

Pause, er grinste verkniffen, als rechne er mit einer verbalen Schelte. Aber sein angespanntes Gesicht hellte sich schnell wieder auf.

„Ja, ich weiß, dass das nicht passieren sollte. Aber glaube mir, wenn ich sage, dass hier niemand unvorsichtig war. Es ist, wie es ist. Es waren die Umstände, die dazu geführt haben, dass eine vermeintliche Leiche gefunden wurde. Du erinnerst dich vielleicht an die Explosion in dem Wohnhaus? Damit hat es zu tun, ich erkläre es dir gerne, wenn du mal wieder vorbeikommst, meine Liebe."

Pause.

„Ich danke dir. Hast was gut bei mir."

Pause, er lachte.

„Ja, Geschäftsmann schon, aber ich würde es mir nicht im Traum einfallen lassen unsere Leute übers Ohr zu hauen. Du HAST etwas gut bei mir. Und die Einladung steht trotzdem, komm einfach mal wieder vorbei."

Pause.

„Ok, danke. Mach's gut, Franzi, und bis dann."

Er legte auf und kam zurück an den Tisch. Roxy bekam ihre Cola und bedankte sich freundlich, während Viktor sich auf seinen Stuhl fallen ließ.

„Erledigt. Franzi wird sich darum kümmern."

Clara sah ihn ernst an: „Wer ist Franzi und was heißt, darum kümmern?"

„Franzi ist eine Freundin und Leiterin der Enklave der Ifera in der Stadt. Sie und ihre Agentinnen sind so zu sagen unser örtlicher Geheimdienst."

„Franzi, heißt eigentlich Franziska Painow. Lässt sich aber von allen nur Lady Pain nennen. Soll bedrohlicher klingen", warf Tilo ungefragt dazwischen, ohne von seinem Handy aufzusehen.

„Äh, ja", fuhr Viktor mit einem Seitenblick fort, „und kümmern heißt, dass sie Unterlagen verschwinden lassen und Videoaufzeichnungen manipulieren werden. Wenn sie fertig sind, wird niemand wissen, dass sie dort waren. Und zu dir gibt es dann auch keine Aufzeichnungen mehr. Den Rest wird dann Franzis Kontakt in der Gerichtsmedizin erledigen."

Etwas klickte in Claras Kopf. Der Groschen fiel so laut auf den Boden, dass selbst die anderen das hören mussten.

„Ihr habt letztes Jahr auf die gleiche Art dafür gesorgt, dass eine Leiche aus der Sandburg verschwand? Sie war damals also auch Vampirin?"

Viktor nahm einen Schluck seines Softdrinks, ehe er antwortete.

„Ja, Franzi und die Ihren."

Clara bemerkte, wie die Polizistin in ihr wieder zum Vorschein kam. Alte Gewohnheiten legte man anscheinend selbst nach dem Tod nicht so leicht ab. Er hatte die Frage nicht gänzlich beantwortet.

„Wo ist sie jetzt? Ich würde gerne mal mit ihr reden. Vielleicht kann sie bei der Aufklärung ihres eigenen Mordfalles weiterhelfen."

Sie griff wieder nach einem Puzzleteil, um ein Bild zusammen zu setzen, dass sie seit über einem Jahr beschäftigte.

## Kapitel 17

Wie sie bereits wusste, hieß das erste Opfer auf das Clara und Markus gestoßen waren Maria Imhoff. Sie war damals 21 Jahre alt und trieb sich seit ihrer Pubertät in der Gothicszene herum. Sehr zum Leidwesen ihrer Eltern, die in den Augen der meisten anderen als spießig betrachtet wurden. Jeder Versuch das junge Mädchen auf den gutbürgerlichen, angepassten Pfad zurückzubringen, scheiterte grandios. Stattdessen verkroch sie sich immer mehr und ließ sich nicht davon überzeugen, wenigstens auf Familienfeiern oder bei Besuch „normal" gekleidet zu sein.

Als ihre Eltern der Meinung waren, sie nicht mehr zu ertragen, ließen sie Maria immer öfter allein zu Hause, wenn sie ihrerseits jemanden besuchten oder Ausflüge planten. Dem Mädchen war das nur recht, denn so hatte sie Zeit und Raum für sich. So fand sie im Internet immer mehr und immer spannendere Kontakte und Ausprägungen der schwarzen Szene. Je extremer, desto besser. Je größer die Abweichung von der Norm war, umso mehr würde es ihre Eltern ärgern. Das allein reichte, um für sie interessant zu sein.

So kam sie auf die Subszene der Sanguiniker. Es dauerte eine Weile, bis sie Anschluss gefunden hatte. Es war ein abgeschotteter Kreis innerhalb der schwarzen Szene. Doch letztlich akzeptierte man sie als Spenderin. Von dort aus, war ein Kontakt mit Vampiren nicht mehr weit entfernt, obwohl sie zunächst nichts davon ahnte, welchen Wesen sie Blut spendete. Regelmäßig war sie im Death's Garden, kannte dort einige der Angestellten und andere Stammgäste. Auf den VIP-Status den sie sich als Spenderin verdient hatte, war Maria auf gewisse Art stolz. Natürlich eröffnete ihr dieser den Zugang zu einem ganz speziellen Bereich des Clubs, der extra auf Wunsch und für die Bedürfnisse der Sanguiniker erstellt wurde. Nach außen hin gab man vor, dass der Betreiber des Gardens selbst aus der Szene stammte und den Seinen so einen sicheren und abgeschiedenen Ort zum Trinken schuf. Clara wusste nun, dass es nur die halbe Wahrheit war, wenn auch nahe dran. Doch Maria musste damals davon ausgehen, dass es so war, wie man sie glauben ließ.

Sie spendete regelmäßig, fast jede Woche und es waren oft die gleichen Empfänger, die ihr Blut tranken. So kam man ins Gespräch und es entwickelte sich eine lose Bekanntschaft. Alles lief in geordneten Bahnen, die Rollen waren klar verteilt und Maria glücklich damit ihre

Eltern zu schocken, würden sie jemals dahinterkommen. Bis ein junger Mann neu dazu kam. Er stellte sich vor als Julian von Werne und war mit Freunden auf Europareise, die teilten aber seinen Hang zur Schwarzen Szene nicht und erst recht nicht den Wunsch Blut zu trinken. Daher besuchte er allein den Club, solange sie in der Stadt waren. Vielleicht ein paar Wochen oder so.

Er war charmant, freundlich, zuvorkommend. Ein echter Gentleman. Viele der jungen Frauen im Club waren ihm zugetan, aber sein Interesse galt vorrangig Maria. Sie kamen sich näher. Und je näher er ihr kam, desto mehr erlag sie seinem Reiz. Er war nicht nur eine Personifikation all dessen, dass ihre Eltern aufregen würde, er hob dies alles auf ein neues Level.

In der Enklave kannte man Julian zu der Zeit nicht. Er war ein besuchender Vampir auf der Durchreise. So weit so gut. Das kam vor und genau dafür waren Zufluchtsorte, wie das Death's Garden gedacht. Er wusste sich zu benehmen und hielt sich an die Regeln. Daher war er ein normaler Gast. Außerdem wohnte er nicht dort, sondern war woanders untergekommen. Auch das war Ok, denn niemand war gezwungen in der Enklave zu wohnen, wenn man eine Stadt besuchte und eigene Leute hatte. Sie waren in erster Linie Anlaufstelle für Neue und Besucher, die keine Kontakte hatten. Er war nur ein Vampir auf Reisen, nichts Auffälliges.

Doch dann kam Maria nicht mehr. Es war naheliegend Julian zu befragen, als er das nächste Mal in den Club kam und er gestand umgehend und aufrichtig. Er war ihr zu nahegekommen. Sie hatten sich privat getroffen, was an sich nicht gerne gesehen war. Doch es gab kein Verbot dagegen, solange der Schleier unversehrt blieb. Im Zuge der aufwallenden Lust habe er sie neckend gebissen. Sie wollte es so, sie hatte es verlangt. Dabei habe er sich unterschätzt. Als er ihr Blut schmeckte, sei das Tier durchgedreht. Er wollte sie nicht töten, also habe er sie verwandelt.

Es schien schlüssig und glaubwürdig, man informierte umgehend Franziska und die Ifera, um sich darum zu kümmern. Der Schleier durfte nicht einreißen, um den Rest könne man sich im Anschluss sorgen. Doch das blieb anscheinend aus, denn Julian war verschwunden.

Soweit hatte Clara das Bild mit den neuen Informationen zusammengesetzt. Die Puzzleteile dazu erhielt sie in den ersten Tagen in der Enklave. Nach und nach sprach sie mit allen Anwesenden darüber und jeder trug sein Teilchen bei. Die meisten erhielt sie von Viktor und Roxy, die den Club und die Gäste am besten kannten. Aber im Spenderraum kamen auch die Anderen schon mal in Kontakt zu Maria.

Doch die Zeit danach war eine Black Box. Alle waren sich einig, dass Franziska und ihre Leute sie aus der Gerichtsmedizin geholt hatten. Der Einfachheit halber hat man sie gleich bei den Ifera behalten, so war immerhin die Clanfrage geklärt. Clara hatte bisher keinen Kontakt zu Franziska „Lady Pain" Painow. Sie bat Viktor, ihr Informationen oder ein Gespräch mit ihr vielleicht sogar mit Maria zu verschaffen. Er war zwar willig, aber bisher auffallend ergebnislos.

Jetzt saß sie in ihrem Zimmer und fasste ihre Ergebnisse zusammen. Es war erstaunlich, dass der Fall sie sogar nach ihrem Tod nicht losließ. Etwas störte sie noch immer. Es war, als würden die Dinge sich zu leicht in Wohlgefallen auflösen. Und warum passte der Fall Maria Imhoff so auffallend gut in eine europaweite Serie. Clara glaubte nicht an ein Versehen.

*Alle waren so nett, zuvorkommend und verständnisvoll. Aber trotzdem muss ich Profi bleiben. Nicht blenden lassen. Persönliche Gefühle dürfen keinen Einfluss auf die Polizeiarbeit haben. Wie oft hat man uns das eingebläut? Und jetzt sitze ich hier, weiß viel mehr als noch vor Wochen und trotzdem sind mehr Fragen offen als geschlossen.*

Clara brütet über ihren Notizen, doch zu einem Ergebnis kam sie nicht. Stattdessen folgte Frage auf Frage.

*Maria: Wo ist sie? Sie könnte doch am ehesten weiterhelfen, aber keiner hat sie seither gesehen oder gesprochen? Kann ich kaum glauben.*

*Julian: Wenn er bekannt ist, warum sucht man dann nicht nach ihm? Es kann doch kein Zufall sein, dass sein Versehen in ein Mordschema passt. Oder sehe nur ich das Muster?*

*Viktor: Warum schafft er es nicht, Antworten auf meine Fragen zu besorgen? Oder zumindest mal Franziska ans Telefon zu holen? Das sieht ihm nicht ähnlich.*

*Die Anderen: Wissen vermutlich wirklich nicht viel mehr. Aber irgendetwas ahnen sie dennoch. Sie trauen sich nur nicht, es auszusprechen.*

Es klopfte. Das plötzliche Geräusch riss Clara aus ihren Gedanken. Sie warf den Kopf in den Nacken und sah zur Tür herüber. Kurz überlegte sie, ihre Notizen abzudecken, und schlug das große Notizbuch zu, das ihr Lea besorgt hatte.

„Ja, bitte."

Die Tür öffnete sich ein wenig und durch den Spalt schoben sich erst ein schwarzer Schopf und dann ein blasses Gesicht. Es grinste sie von einem Ohr zum anderen an.

„Hallo Clara, ich würde gerne in die Innenstadt fahren und freue mich, wenn du mitkommst."

Sich daran zu gewöhnen, war ein langer Prozess, der vielleicht nie abgeschlossen sein würde. Sobald Roxy etwas vorhatte, fragte sie ihre Herrin auf Zeit immer erst um Erlaubnis, es war ja möglich, dass sie gebraucht wurde. Clara fühlte sich dabei jedoch schlecht. Deswegen hatte sie vereinbart, dass Roxy lediglich erwähnte, was sie vorhatte. Dann brauchte Clara nur auf einen Vorschlag zu reagieren und kam sich nicht vor wie eine Sklaventreiberin.

Dies war die erste Gelegenheit seit ihrem Tod die Enklave zu verlassen. Unsicher sah sie auf die Uhr und registrierte, dass es bereits 11:13 war. Das letzte Mal hatte sie die Zeit um kurz nach fünf Uhr überprüft. Das war ebenso etwas, an das sie sich zu gewöhnen hatte. Ihr Zeitgefühl war praktisch nutzlos. Da sie nicht mehr müde wurde und anscheinend eine endlose Ausdauer besaß, geriet ihr Biorhythmus völlig aus den Fugen. Schlaf war nur noch eine Gewohnheitssache und die Möglichkeit sich mal zurückzuziehen. Aber selten schlief sie mehr als ein paar Stunden. Das führte dazu, dass sie eine viel höhere Abhängigkeit von allen Arten von Zeitmessern entwickelte.

„Ich darf hier mal raus?", fragte sie verunsichert.

Natürlich freute sie sich über die Gelegenheit etwas anderes zu sehen und an die frische Luft zu kommen. Aber sie hatte auch in den letzten Tagen festgestellt, dass sie noch sehr empfindlich auf alle möglichen Reize reagierte. Besonders ihr Gehör und der Geruchssinn waren noch immer schnell überfordert. Die anderen Sinne stumpften zügiger ab. Mit der Zeit hatte sie sich sogar daran gewöhnt, dass selbst UHD-Fernsehen geradezu lächerlich unscharf war. Trotzdem, oder gerade deshalb, war es für Clara hin und wieder noch schwer auszuhalten mit den anderen fernzusehen. An die Reizflut einer belebten Innenstadt traute sie sich gar nicht erst zu denken.

Dazu kam noch, dass sie sich verstärkt mit der Dunkelheit in ihr auseinandergesetzt hatte. Alle paar Stunden erwachte das Tier. Sie versuchte, es zu ignorieren und den Hunger, den es verursachte, zu unterdrücken. Letzten Endes gewann es immer die Schlacht. Manchmal bekam Clara tatsächlich ein schlechtes Gewissen, das sie so viel des Blutvorrates trank, aber Nancy und Viktor versicherten ihr, dass es in Ordnung war. Ihr fehlte es an Erfahrung und Kontrolle. Sie solle bloß fleißig üben, dann würde sich das schon geben. Es brachte nichts ungeduldig zu sein.

Roxy spürte die Unsicherheit in ihrer Stimme und sie hatte in den letzten 200 Jahren ja sicherlich den einen oder anderen Jungvampir miterlebt. Sie hatte daher eine gewisse Erfahrung damit. Wenn auch nicht aus erster Hand.

„Ja klar. Mach dir keine Sorgen. Trink zur Sicherheit nochmal was, bevor wir gehen. Außerdem musst du hier irgendwann mal rauskommen. Und du wirst ja schon ganz bleich. Etwas Sonne täte dir gut. Sonst gibt es einen Höhlenkoller. Caroline kommt auch mit, die hat heute frei und will den Zwillingen was zum Geburtstag besorgen. Der ist zwar erst nächsten Monat, aber was erledigt ist, ist erledigt. Also? Kommst du?“

Jetzt fühlte sie sich wohler bei dem Gedanken die Enklave zu verlassen. Mit Caroline war eine erfahrene Vampirin dabei, die sie zur Not einbremste, und von Roxy versprach sie sich den notwendigen emotionalen Halt. Clara stand auf und streckte sich. Auch das war Gewohnheit, denn seit ihre Leichenstarre vorbei war, wurden ihre Glieder nicht mehr steif. So, als wäre das physiologisch nicht möglich. Sie kam ihrer Freundin an der Tür entgegen.

„Sehr gerne. Wann soll es losgehen?“

„Gerne sofort. Caro ist schon vorne und wartet auf uns.“

Gemeinsam gingen sie in den Aufenthaltsraum, wo die andere Vampirin mit breitkrempigem Strohhut und Sonnenbrille startklar war. In ihrem luftigen geblümten Sommerkleid und schicken Römersandalen sah sie aus wie eine gutbetuchte Südseetouristin.

„Hübsch“, kommentierte Roxy, die zwar ebenfalls ein Kleid trug, aber von ihrer Lieblingsfarbe nicht abwich. Ebenso wenig von ihrem bevorzugten Schuhwerk: Schnallenbesetzte Lederstiefel.

Clara selbst hatte sich nicht mehr umgezogen. Neben den Klamotten, die Roxy und Blue ihr in die Leichenhalle mitgebracht hatten, sammelten sich nach und nach einige weitere Sachen. Sie versuchte diese nach bestem Wissen immer neu zu kombinieren, um so den Anschein nach Abwechslung zu erwecken. Aber zufrieden war sie damit nie. So trug sie jetzt eine schlichte Jeans im Used-Look und mit großen Löchern an den Oberschenkeln, kombiniert mit einem Arch Enemy Merchandise T-Shirt, das aus Roxys Sammlung stammte. Nicht ihr Favorit, aber es war luftig und locker und damit genau richtig im Sommer. Nach einer kurzen Begrüßung an Caroline bog Clara in die Küche ab und bediente sich am Kühlschrank.

„Willst du auch etwas, Caro?"

„Nein, danke. Ich hatte erst."

Sie trank die kleine Flasche noch in der Küche aus, schließlich wollte sie die andren nicht unnötig warten lassen. Obwohl sie gar keinen Durst verspürt hatte, fühlte sie sich anschließen besser. Irgendwie beruhigter. Nachdem sie das Leergut weggeräumt hatte, gesellte sie sich zu den anderen und gemeinsam begaben sich die drei auf den Weg in die Stadt.

Der Tag war wunderbar. Ein erster Vorgeschmack auf den nahenden Sommer. Die Sonne ließ es warm genug werden, um sich luftig zu kleiden, aber die Gefahr nur lethargisch schwitzend auf einer Wiese zu liegen war noch weit entfernt. Dazu kam, dass hin und wieder ein leichter Windhauch für Bewegung in der Luft sorgte.

Als Clara zusammen mit ihrer Freundin und Caroline aus dem Parkhaus auf die Einkaufsstraße trat, blieb sie einen Augenblick stehen und hob das Gesicht in die Sonne. Sie spürte es kaum, aber ein bisschen Wärme war da. So schön. Und so entsetzlich grell.

Trotz der Sonnenbrille, die Caroline ihr geliehen hatte, fühlte sie sich geblendet. Dennoch nahm sie für einen Moment den Sonnenschutz ab. Die Augen hielt sie fest geschlossen und genoss es, jeden einzelnen Sonnenstrahl auf den Augenlidern zu spüren. Vorsichtig und ganz langsam öffnet sie die Lider und sah einen dünnen Spalt unfassbar intensiven Blaus im Himmel. Doch schon wenige Sekundenbruchteile später tränten ihr die Augen und sie wandte sich schnell ab.

„Ist noch zu hell, oder?", fragte Caroline, „Aber es tut gut mal wieder rauszukommen, nicht wahr?"

„Ja. Es ist… schön. Aber so grell und laut. Ich kann ja kaum meine eigenen Gedanken hören. All das Getrappel und Gequassel der Leute. Die Vögel auf den Dächern. Und dann noch der Gestank nach Hundescheiße. Wie hältst du das nur aus?"

„Ehrlich gesagt gar nicht. Seit es Onlineshopping gibt, kaufe ich hauptsächlich dort ein, weil es mir in der Stadt auch zu viel ist. Aber manchmal muss es eben sein. Im Job zum Beispiel. Dann beiß ich die Zähne zusammen und versuche schnell wieder nach Hause zu kommen. Natürlich gewöhnt man sich ein Stück weit an die neuen Empfindungen oder stumpft ab. Aber die eigentliche Kunst ist, hier nicht auf der Straße wimmernd und weinend zusammenzubrechen."

„Na toll", resignierte Clara.

Nur Roxy schien bester Laune, wie immer. Ihr machte die Kakophonie einer belebten Innenstadt überhaupt nichts aus.

„So, Mädels, wo soll es denn als Erstes hingehen?", wandte sie sich an die beiden Vampirinnen, „Ich brauche was aus der Drogerie und will nach Schuhen gucken. Außerdem will ich noch zur Buchhandlung und mal schauen, was es so Neues gibt."

Sie hakte sich bei den anderen beiden ein und zog sie in die Mitte der Einkaufsstraße, ohne eine Antwort abzuwarten. Hinter der schwarzen Sonnenbrille schloss Clara die Augen und ließ sich ein Stück weit ziehen. Zögerlich öffnete sie sie wieder und biss die Zähne zusammen. Sie hatte jetzt schon Kopfschmerzen, aber würde den Tag überstehen. Früher oder später war es nötig mal raus und unter Menschen zu kommen. Sie hatte nicht vor, den Rest der Ewigkeit im Keller eines Gothicclubs zu verbringen.

Die ersten Stationen waren zügig abgeschlossen. Da Roxy wusste, was sie brauchte und sonst niemand große Lust hatte, in einer Drogerie zu bummeln, waren sie schnell mit dem erledigten Einkauf wieder auf der Straße. Es war etwas gemein, aber Clara beruhigte es tatsächlich zu sehen, dass Caro die gleichen Probleme hatte, wie sie selbst. Das Gemisch aus Parfum, Kosmetik, Reinigungsmitteln, Babynahrung und dem Deo überlagernden Schweiß der Kunden, sorgte bei beiden für ausgiebige Würgereize.

Das Schuhe kaufen gestaltete sich da schon etwas spannender. Statt in ein normales Schuhgeschäft zu marschieren, brachte Roxy sie in einen kleinen dunklen Laden. Irgendwo in einer Seitenstraße, in die Clara sich zu Lebzeiten niemals verlaufen hätte. Die Besucher und das Personal dort waren alle in Roxys Stil gekleidet. Sie selbst kam sich wie eine Fremde vor, aber Caroline musste sich wie eine Außerirdische fühlen. Und dennoch waren die Angestellten sehr zuvorkommend. Während Roxy dort schon bekannt war und sich freundschaftlich mit einer Verkäuferin unterhielt, interessierte sich ein anderer Goth dafür, wie dieses unterschiedliche Trio zusammengefunden hatte.

Um einem endlos erscheinenden Gespräch über die Definition von Kultur und der Abgrenzung zur Subkultur zu entgehen, auf das sich

Caro eingelassen hatte, bummelte Clara selbst ein wenig durch die Kleider, die an der Wand hingen. Sie betrachtete sie mit einer Mischung aus Verwunderung und Neugierde. Überzeugt davon, so etwas niemals zu tragen und doch fasziniert von der Schönheit und Eleganz, die sie ausstrahlten. Die meisten waren Bustiers kombiniert mit einem Rock, dazwischen fanden sich hin und wieder echte Kleider mit eingenähten Korsagen. Hosen waren selten in der Frauenabteilung. Beiläufig ließ sie ihre Hand über den Stoff gleiten und ertappte sich dabei, wie sie sich vorstellte darin auszusehen.

*Ich habe noch nie eine Korsage getragen. Wie kann Roxy nur darin atmen? Oder gewöhnt man sich daran mit der Zeit? Andererseits, ich atme ja gar nicht. Dann ist es vielleicht gar nicht so schwierig. Na ja, aber ich glaube nicht, dass ich der Typ dafür bin. Schick ist es aber schon. So anmutig.*

Schließlich kam Roxy freudestrahlend mit einem großen Schuhkarton auf sie zu. Sie warf einen Blick auf Claras Hand, die noch immer auf dem Kleid ruhte, und zwinkerte ihr zu.

„Ein schönes Stück hast du dir da ausgesucht. Hab ich da doch einen gewissen Einfluss auf dich?“

„Es ist schön, ja. Aber ich glaube nicht, dass ich der Typ dafür bin.“

„Wir können zu Hause ja mal ein paar anprobieren. Passt vielleicht nicht ganz obenrum, aber zum Schauen, wie es an dir aussieht reicht es.“

Anschließend kehrten die beiden zum Eingang zurück und Roxy bezahlte ihren Einkauf.

Caroline stand nach wie vor im Kassenbereich und unterhielt sich mit dem Verkäufer. Das Thema war mittlerweile romantisches Leid und Herzschmerz und dessen Auswirkungen auf das Handeln der Menschen. Es klang so philosophisch, dass Clara vermutete, dass Tilo der bessere Gesprächspartner wäre.

Zurück auf der Einkaufsstraße warf Clara einen schnellen Blick auf die Uhr und ließ ihn anschließend über die Menschenmenge gleiten. Es war 13:34. Sie war zwar nicht nervös, aber ihre Gedanken waren sehr beschäftigt. Was wenn das Tier Hunger bekommen würde und sie noch immer in der Stadt waren?

Ihre Freundin bemerkte ihren Blick. Sie blieb stehen und drückte ihren Oberarm, um Claras und Carolines Aufmerksamkeit auf sich zu ziehen.

Die junge Vampirin sah sie fragend an, doch Roxy erwiderte den Blick ernst.

„Alles in Ordnung, Clara? Hast du... Durst?"

Sie lächelte und hoffte, dass es beruhigend wirkte. Doch auch Caroline ließ den Blick über die Menge schweifen und schätze anscheinend die Situation ein.

„Alles in Ordnung. Ich habe keinen Durst, nein. Und fühle mich auch sonst nicht aggressiv. Ich habe nur gerade auf die Uhr geschaut und mich gefragt, wann der Durst wohl kommen mag. Wo wir dann sind, wenn es so weit ist."

Caroline stellte sich dicht neben sie und redete mit ruhiger Stimme auf sie ein.

„Wenn du noch nichts spürst, dann ist es Ok. Mach dir nicht über ungelegte Eier Gedanken. Aber wenn es so weit ist, dann sag schnell Bescheid. Egal, wo wir sind", sie warf einem Blick zum Ghoul, „Wir finden schon eine Lösung."

Roxy nickte ernst, aber zuversichtlich.

„Genau", sie wechselte das Thema, „Ich weiß ja nicht, wie es euch zwei geht, aber ich könnte einen Kaffee und etwas zu Essen gebrauchen. Starbucks?"

Der Vorschlag wurde einstimmig angenommen.

Im Café war es erwartungsgemäß voll und für Clara barg es die Herausforderung, die gesammelten Geräusche und Gerüche auszuhalten. Produzierten die Kaffeeautomaten früher nur nervigen Krach, war es heute so, als stünde sie in einem Kraftwerk direkt neben der Turbine. Dazu kamen die Gesprächsfetzen von unzähligen Leuten und alle unterhielten sich über etwas anderes. Teilweise sogar in unterschiedlichen Sprachen, aber Clara hörte es, als stünde sie mitten im Gespräch.

Der Kaffee roch so intensiv, dass ihr schon das Wasser im Munde zusammenlief und sie es kaum erwarten konnte ihn zu kosten. Andererseits wurde ihr übel durch die eklige Süße, welche die Kuchen in der Auslage verströmten. Verzweifelt sah sie zu Caroline und erkannte, dass es ihr kaum besser erging. Das Erlebnis der Drogerie wiederholte sich. Die andere Vampirin hatte nur mehr Erfahrung und Übung darin ihre Gemütswelt zu überspielen. Doch Roxy genoss es offenbar. Sie störte weder das Durcheinander der Gespräche noch der

Gerüche. Daher war es ihr zugefallen nacheinander für alle drei zu bestellen.

*Oh man, wie ich dich beneide. Du kannst das Leben noch genießen. Interessant, wie definiert man hier das Leben? Stoffwechsel und die Möglichkeit zu sterben, greift ja wohl nicht mehr. Tot fühle ich mich nicht. Aber klassisches Leben ist es nun auch nicht. Vielleicht wäre das ein Thema für Tilo?*

Clara grinste bei dem Gedanken und trug geistesabwesend das Tablett nach oben, das Roxy ihr in die Hand gedrückt hatte. Sie hatte nur einen Kaffee bestellt. Auf der Kehre der Treppe kam ihr ein Mann im Anzug entgegen. Geschäftig plapperte er etwas in sein Smartphone und nahm nicht die geringste Notiz von ihr. Er schien nicht einmal zu bemerken, dass er sie heftig anrempelte, als sie sich aneinander vorbeidrückten. Der Schubser war so kräftig, dass Clara ihr Tablett verriss und die Kaffeetasse umstürzte. Das leckere Heißgetränk, auf das sie sich so freute, ergoss sich in die Tragehilfe. Es schwappte zum Teil über den Rand und tropfte auf ihre Hose. Es war heiß, sie spürte die Hitze an ihrer Hand und durch den Stoff der Jeans. Aber es störte sie nicht. Es fühlte sich nicht an wie eine Verbrennung. Was sie aber störte, war die Ignoranz, mit der dieser Typ einfach weiterstakste. Keine Entschuldigung. Kein Wort des Bedauerns. Nicht mal eine beiläufige Geste. Nichts dergleichen.

„Hey!“, rief Clara ihm machtlos hinterher.

Aber er hob nur die Hand in einer Bewegung, die ausdrückte: Interessiert mich nicht, ich habe Besseres zu erledigen.

*Bleib gefälligst hier, wenn ich mit dir rede, du Arsch! Du wirst dich verdammt nochmal bei mir entschuldigen und mir einen neuen Kaffee besorgen. Und dann bin ich noch lange nicht fertig mit dir. Das bin ich erst, wenn es dir leidtut, wenn du um Vergebung und Gnade winselst. Wenn dein lächerliches Leben, das du für so wichtig hältst, in roten Strömen durch meine Hände sickert und mir den Kaffee versüßt. Dann bin ich vielleicht mit dir fertig!*

Der Gedanke war plötzlich da und nahm ihre gesamte Welt ein. Auf einmal ging alles sehr schnell. Clara ließ das Tablett los und griff nach dem Kragen des Jacketts. Als sie es zu packen bekam, krallte sie ihre Finger in den Stoff und riss den Mann wuchtig zurück. Er stolperte die Stufen hinauf und krachend schlug er gegen die Wand hinter ihr. Benommen durch den Aufschlag und die plötzliche Wendung der Ereignisse, sackte er in sich zusammen. Doch Clara stand sofort vor ihm und zog ihn an seinem Revers wieder auf die Beine, noch bevor ihm die Knie einknickten. Die Augen weiteten sich schockiert, als er in die grimmig verzogene Fratze schaute. Nur eine Hand breit von seinem Gesicht entfernt starrte sie ihn an. Wut, Zorn, Hass spiegelten sich in ihren Augen und schlimmer noch, Mordlust. In diesem Moment ahnte er, irgendwo in seinem benebelten Verstand, dass er einen fatalen Fehler begangen hatte. Er wusste nur nicht welchen. Aber vor ihm stand eine Furie, krallte sich in seinen Kragen und drückte in an die Wand. Hob ihn sogar von den Füßen!

„Du wertloses Stück Scheiße hast meinen Kaffee verschüttet!"

Clara riss ihn von der Wand und schleuderte ihn auf die Treppe, die von der Kehre weiter nach oben führte. Irgendwo in der Ferne rief und fluchte jemand. Irgendwo anders wurden Stühle gerückt und fielen Dinge zu Boden. Etwas klirrte. Doch der Mann war alles, was sie in diesem Augenblick wahrnahm. Mit Rippen und Schultern schlug er hart auf den Kanten der Stufen auf. Ein Knirschen und Knacken drang an ihre Ohren, als Knochen brachen. Es klang wie Musik. Die Musik der Schmerzen und der Qual. Gleich würde der liebliche Gesang einsetzen, wenn sein Hirn endlich begriff, dass der Körper verletzt wurde. Dann würde er die Operette seines Untergangs mit einem wunderbaren Tenor beginnen.

Doch, bevor es so weit war, stand die schreckliche Furie wieder über ihm. Ein grässlich verzerrter Mund fauchte ihn unverständlich an. Alles, was er sah, waren Zähne. So ungeheuer viele, spitze, scharfe Zähne. Mit unmenschlicher Wucht schlugen zwei zu Krallen geformte Hände auf seiner Brust auf. Sie hielten sich nicht am Stoff von Sakko oder Hemd fest, sondern bohrten sich direkt in das Fleisch. Ehe der Schmerz im Bewusstsein ankam, wurde er wieder hochgerissen, herumgewirbelt und flog zurück in die Richtung, aus der er gekommen war.

Mit der Seite des Kopfes schlug er gegen die Wand. Die Symphonie der Schmerzen hatte ihre Ouvertüre beendet und ging in den ersten Akt über. Der erwartete Gesang des Tenors würde jedoch ausbleiben, dies war anscheinend ein rein instrumentales Stück. Aber das krachende Brechen des Schädels entschädigte sie dafür. Beim Aufschlag an der Wand vollführte das Jochbein leise den Auftakt, um dann weniger als einen Wimpernschlag später das Stakkato des restlichen splitternden Schädelknochens folgen zu lassen.

Sein Blick trübte sich, als die gnädige Ohnmacht sich seiner bemächtigte. Er fühlte, dass sein Hemd seltsam warm an der Brust klebte. Auch spürte der, dass etwas Matschiges an der ebenen Fläche herablief, die wenige Sekunden zuvor seine rechte Wange war. Blut strömte aus dem kläglichen Rest der Nase und kraftlos sackte er auf den Boden. Gerade als er den Geist aufgeben wollte, wurde sein Körper wieder in die Höhe gerissen. Doch statt erneut zu fliegen und irgendwo aufzuschlagen, wurde er festgehalten. Es war die Furie, die ihre höllische Fratze wieder vor sein deformiertes Gesicht schob. Sie blies die Nüstern und sog den Geruch des Blutes ein. Verschwommen und mit nur einem Auge nahm er noch wahr, dass sie sich voller Verlangen die Lippen leckte. Die Perversion eines Lächelns verzerrte das Gesicht, als es langsam näher kam.

Plötzlich tauchte ein Schemen hinter ihr auf, langte nach ihrer Schulter und riss sie herum. Der Mann fiel zu Boden und blieb dort zusammengekauert liegen. Sämtliche Kraft war aufgebraucht und die kalte Hand des Todes berührte sein Herz.

Wütend schleuderte sich Clara gegen ihren Angreifer. Wer immer feige genug war, sie von hinten zu attackieren, würde das bitter bereuen. Immerhin hatte sie das bei ihrer Mahlzeit gestört. Wenn sie schon keinen Kaffee bekam, dann wollte sie wenigstens einen adäquaten Ersatz. Kräftigen, roten, warmen, eisenhaltigen Ersatz. Doch sie kam nicht dazu, sich zu wehren. Der Griff an ihrer Schulter war fest wie ein Schraubstock und es war unmöglich, sich gezielt umzudrehen. Stattdessen wurde sie von ihrem Opfer fortgezogen. Immer weiter und weiter. Aus dem Starbucks auf die Straße und in die grässlich helle Sonne. Die Fußgängerzone hinunter und in Schlangenlinie an so vielen Menschen vorbei. Oder waren es Schaufensterpuppen? Wild schlug sie mit den Armen um sich, versuchte irgendetwas oder irgendwen zu fassen zu bekommen. Aber es gelang ihr nicht. Immer war sie um Haares Breite zu weit entfernt.

Sie verließen die Einkaufsstraße und ihr Entführer brachte sie zunächst in kleinere Nebenstraßen, dann Seitenstraßen und schließlich wurde sie in einer schattigen Gasse herumgewirbelt und an die Wand geworfen. Mit dem Kopf schlug sie heftig an die Mauer und für einen kurzen Moment fühlte sie tatsächlich… Schmerz. Doch bevor der Zorn in ihr reagierte, presste sich der Unterarm ihres Angreifers gegen ihr Brustbein und drückte sie zurück an die Wand. Sie war eingeklemmt zwischen Ellenbogen und Mauer.

Wütend packte sie den Arm und versucht sich aus der Klemme zu befreien, doch ohne Erfolg. Er ließ sich nicht bewegen. Daher hob sie den Blick und nutzte die Gelegenheit, ihren Angreifer zu betrachten.

Es war eine Frau. Ein leichtes, geblümtes Sommerkleid trug sie. Die Furie glaubte, sie zu kennen, konnte sie jedoch nicht einordnen. War aber egal, sie wäre ohnehin tot, sobald sie den Griff lockerte.

„Verdammt, Clara, was war das denn?", die Stimme der Frau war schockiert, aggressiv und mitleidig zu gleich, „Du solltest doch Bescheid sagen, wenn du Hunger spürst!"

„Lass mich los! Ich reiß dir das Gesicht runter! Lass mich sofort los! Ich weide dich aus und erhänge dich an deinem eignen Gedärm. Die nächste Laterne ist gerade gut genug!"

Völlig aufgelöst und in Rage packte Clara den nackten Unterarm so fest sie konnte. Wenn es schon nicht gelang, den Schraubstock aufzuschieben, dann würde sie ihn wenigstens zerbrechen. Aber all ihre Anstrengungen waren vergebens, der Arm bewegte sich nicht und ließ sich weder biegen noch brechen.

„Clara, komm zu dir. Kämpfe dagegen. Es ist das Tier, dass da aus dir spricht. Clara, das bist nicht du! Du bist Polizistin, du hilfst den Menschen und schlägst sie nicht zu Brei."

Wahre Worte, eindringlich vorgetragen. Aber sie hatten sie nicht erreicht. Tiefschwarz war der Schleier, den die Dunkelheit um ihren Verstand gelegt hatte. Das Tier hatte nur darauf gewartet, einen Moment der Schwäche. Wer hätte gedacht, dass ein simpler verschütteter Kaffee ihre Emotionen so in Aufruhr brachte. Verstärkt durch den Vampirismus hatte sich Claras Ärger unkontrolliert gesteigert. In Wut, Zorn und schließlich zu Hass. Hier war das Tier zu Hause, dies waren seine Elemente. Hass auslösen, Zerstörung herbeiführen, Schmerzen zufügen, Leid bringen. All das befriedigte auf die eine oder andere Art seine Gier nach Blut.

Und Blut war es, was es jetzt bekam. Wenn auch auf eine unerwartete Weise. Den Unterarm vor der Brust hatte Clara nicht gelockert. Aber die Frau, die sie festhielt, hob den anderen Arm und biss sich selbst kurz unterhalb des Handgelenkes. Sofort erfüllt der Geruch nach Blut die Luft und ihre Gier steigerte sich augenblicklich ins Unermessliche. Aber bevor der Wahnsinn ihren Verstand vergiftete, presste die Frau ihr die blutende Wunde auf den Mund.

Der scharlachrote Lebenssaft ergoss sich über ihre Lippen und die Zunge. Der warme Geschmack von Eisen floss in ihre Kehle. Mit jedem Schluck wich der Hass mehr dem Zorn und der Zorn der Wut. Die Wut flaute ab zu Ärger. Und der Ärger war wenige Sekunden später verflogen.

Ihre Hände, die eben noch den Unterarm vor ihr in rote Fetzen zu reißen versucht hatten, drückten nun sanft den blutigen Arm von ihrem Mund fort. Caroline sah, dass sich Clara entspannte, und spürte den Druck gegen ihre Hand ohne jede Aggression. Vorsichtig nahm sie ihr Handgelenk von den gierigen roten Lippen, so dass die Gefangene wieder in der Lage war zu sprechen.

Tränen liefen über ihre Wangen. Erst Einzelne, dann in Strömen. Schluchzend und weinend gaben Claras Beine nach und hätte die andere Vampirin sie nicht gehalten, wäre sie an der Mauer hinabgerutscht. Zögerlich lockerte Caroline den Druck gegen ihr Brustbein und ließ sich langsam mit ihr in die Knie sinken. Während die eine heulend an der Wand saß und den Kopf in den eigenen Armen vergrub, hockte die andere Frau vor ihr und wartete geduldig. Sie nahm die Arme von der Furie und legte sie ihr auf die Schultern. Angespannt, jederzeit bereit sie wieder an die Wand zu pressen.

„Clara, sieh mich an“, es war eine freundliche Aufforderung, aber nicht ohne Ernst und Dringlichkeit.

Sie konnte nicht. Zu sehr schämte sie sich für das, was geschehen war. Für das, was sie getan und gesagt hatte. Schwere Schuldgefühle lasteten wie Blei auf ihr und drückten ihren Kopf nieder.

„Clara, du musst mich ansehen. Ich muss es sehen, bitte.“

Noch dringender war der Aufruf jetzt. Sie hörte den Unterton, der Unheil verkündete, wenn Caroline sich nicht überzeugen konnte von… von was auch immer sie sehen musste.

Unendlich schwer schien ihr der Kopf zu sein, als sie ihn anhob, um ihrer Freundin in die Augen zu sehen. Streng und angespannt sah die Frau im Sommerkleid sie an. Sie forderte Augenkontakt und ihr Blick schien Clara förmlich zu durchbohren. Sie spürte, dass Caroline etwas suchte, von dem sie ahnte, dass es sich gut zu verstecken wusste. Aber sie war erfahren genug, um zu wissen, wo sie hinzuschauen hatte, um es zu finden.

Clara spürte etwas am Rande ihres Geistes. Das sanfte Streicheln eines Pinsels über ihre Stirn. Von einer Schläfe zur anderen und zurück. Was war das? Vor ihr hockte nur Caro, ihre Hände lagen fest auf Claras Schultern, wo kam also der Pinsel her? Und wer führte ihn?

Unmöglich ließ sich sagen, wie lange sie dort so saßen und sich nur gegenseitig in die Augen starrten. Aber letztlich war die Frau im Sommerkleid überzeugt. Der Augenkontakt wurde abgebrochen, als Caroline die Hände von ihren Schultern hob und die junge Vampirin tröstend in die Arme nahm. Das Kitzeln des Pinsels stoppte im gleichen Moment. Hatte sie sich kurz zuvor etwas beruhigt, so brachen nun alle Dämme und Clara ergab sich den Tränen und des Kummers.

„Was hab ich getan? Hab ich ihn getötet? Was ist nur los mit mir?“, brachte sie mühevoll unter Schluchzen hervor.

„Nein, vielleicht nicht. Ich hoffe nicht. Aber seines Lebens wird er nicht mehr froh werden. Der Tod wäre wohl gnädiger für ihn. Roxy ist noch dort. Sie wird versuchen, die Wogen im Starbucks zu glätten. Sie ist gut darin.“

Die Worte waren hart, aber der Ton einfühlsam. Die Botschaft ließ sich dadurch jedoch nicht abmildern. Das Leben des fremden Mannes war zerstört auf die eine oder die andere Art. Und alles nur, wegen einer kleinen Unachtsamkeit und eines verschütteten Kaffees.

„Oh mein Gott, nein, das wollte ich nicht. Es tut mir so leid.“

„Ich weiß. Aber was war denn los? Du solltest doch Bescheid sagen, sobald du etwas spürst. Dann hätten wir uns in aller Ruhe verzogen und die Situation auf unsere Art gelöst, ohne dass jemand was davon mitbekommt.“

„Ich… ich weiß es nicht. Alles war in Ordnung. Kein Hunger. Kein Durst. Keine dunklen Gedanken. Und plötzlich rempelt mich der Mann an. Ich habe mich über den verschütteten Kaffee geärgert. Der Rest lief dann wie im Film“, sie begann wieder zu weinen, als die Erinnerungen erneut aufstiegen, „Ich… ich hatte absolut keine Kontrolle. Es… es war, als wäre ich in meinem Körper gefangen und konnte nichts tun. Ich habe alles durch meine Augen gesehen und in mich hineingebrüllt, dass es aufhören soll.“

„Hmmm“, kommentierte Caroline nachdenklich, „dass Emotionen durch das Vampirblut verstärkt werden, war zu erwarten, geht uns allen so. Dass es aber dem Tier eine Bresche schlägt, sollte nicht sein. Das kenne ich nicht.“

„Wie meinst du das?“

„Na ja, deine Sinne sind stärker ausgeprägt. Oder sagen wir ungefiltert. Das Gehirn der Menschen blockt den größten Teil der Eindrücke, die von Augen, Ohren und so übermittelt werden. Sie würden sonst schlicht an der Flut zugrunde gehen. Wir sind aber schon tot. Entweder der Filter funktioniert dadurch nicht mehr oder es ist nicht mehr nötig, weil wir ja daran nicht sterben können. Ist aber auch egal. Fakt ist, du erlebst alles viel stärker als früher. Das trifft aber eben auch auf Emotionen zu. Du kannst dich besser freuen und herzlicher lachen. Tiefer trauern und stärker weinen. Mehr lieben und dein Herz verteidigen. Aber eben auch wütender werden und einen intensiven Zorn entwickeln. Die Dunkelheit in uns freut sich darüber. Sie hat einen diabolischen Spaß daran. Aber das dadurch der Weg des Tieres an die Oberfläche offen steht, habe ich noch nie erlebt."

Clara sah sie verständnislos an und wischte sich mit den Händen über die nassen Wangen. Das halb getrocknete Blut an ihren Fingern hinterließ tiefrote Streifen, wie eine Kriegsbemalung.

„In dieser Situation mit dem Rempler und dem Kaffee hätte ich dann erwartet, dass du zwar über Gebühr zornig bist und den Typen anbrüllst. Aber nicht, dass es so weit geht, dass du ihn angreifst. Schon gar nicht, dass du ihn verletzt oder gar töten willst."

Mitleidig betrachtete Caroline den misslungenen Versuch ihr Gesicht zu trocknen und griff nach dem Saum ihres Kleides. Mit sanften Bewegungen reinigte sie Claras Miene vom Gröbsten.

„Aber was heißt das jetzt für mich, Caro? Bin ich ein zügelloses Monster, das in den Keller gesperrt gehört?"

Die fürsorgliche Vampirin wartete mit der Antwort, bis sie mit dem Gesicht fertig war. Sie brauchte die Zeit zum Nachdenken. Anschließend hatte Clara zwar wieder eine rosige Gesichtsfarbe. Doch es war eben nicht ihr Blut, dass sie so gesund aussehen ließ.

„Ehrlich gesagt weiß ich es nicht. Das ist wenig tröstlich, ich weiß. Aber ich will dir nichts versprechen, dass ich nicht einhalten kann", da sprach die Sozialarbeiterin, klare Verhältnisse schaffen und trotzdem versuchen Mut zum Besseren zu machen, „Ich habe das bisher nicht erlebt. Vielleicht brauchst du etwas länger, um dich an deine neue Gefühlswelt zu gewöhnen. Die paar Tage haben nicht gereicht. Aber ich fürchte, mehr kann ich im Moment nicht verlässlich dazu sagen."

Irgendwie schaffte sie es aufmunternd zu lächeln.

„Das Beste wird sein, wir bringen dich erstmal wieder nach Hause. Viktor wird dann sicherlich eine Idee haben."

## Kapitel 18

Der Rückweg war ungleich anstrengender. Nicht nur brauchten sie länger, da Caroline es vermied, mit einem blutbeschmierten Kleid und einer nur wenig besser aussehenden Clara offen auf die Straßen zu treten. Außerdem bestand die Gefahr, dass sich die Ereignisse aus dem Starbucks verbreiteten. Jemand könnte sie sehen und wiedererkennen. Wenn man sie aufgriff, konnte ein Polizist vielleicht sogar eine alte, totgeglaubte Kollegin bei der Kripo entdecken. Das würde weitere Probleme verursachen. Daher wählte Caroline Seitenstraßen, wenig belebte Gassen und plante einen großen Bogen um die Innenstadt. Sie schlichen sich praktisch von hinten an das Parkhaus heran.

Im Auto verschwand Clara dann auf der Rückbank hinter den schwarzen Scheiben. Ein Gefühl der Sicherheit erleichterte beiden Frauen. Zum Wagen hatten sie es geschafft, nach Hause zu kommen war nun nicht mehr so schwierig. Sofern Clara sich benahm.

Bevor sie losfuhr, schrieb Caroline eine Nachricht an Roxy. Sie würden nicht auf sie warten und hofften, sich dann bald im Club wieder zu sehen. Clara selbst sprach kein Wort. Weder auf dem Weg durch die Stadt noch später im Auto. Zu sehr war sie mit sich selbst beschäftigt. Was war nur mit ihr los? Was, wenn es nicht normal war? Wenn sie sich so von ihren Gefühlen überwältigt ließ? Was, wenn sie eine Gefahr darstellte? Würde man sie wegsperren oder gar töten? Konnte sie überhaupt sterben?

Am Club angekommen schlich Clara neben ihrer Begleitung über den Hinterhof in Richtung des Eingangs. Plötzlich blieb sie stehen. Auf den Stufen vor der Tür wandte sich Caroline um und betrachtete sie eindringlich.

„Clara? Alles Ok?", in ihrer Stimme lag eine gewisse Sorge.

Sie antwortete nicht, sondern hob nur den Kopf in den Himmel. Mit geschlossenen Augen suchte sie die Sonne und ließ die wärmenden Strahlen auf ihr Gesicht scheinen. Nach einiger Zeit, in der keine der beiden Frauen sich bewegte, fand sie ihre Sprache wieder.

„Ja, alles Ok. Ich will nur noch etwas die Sonne genießen. Wer weiß, wann ich sie wiedersehe."

„Mal den Teufel nicht an die Wand. Noch ist nichts passiert."

*Nichts passiert? Ich habe einem Typen das Gesicht zermatscht und hätte ihn mit Freude getötet, wegen eines blöden Kaffees. Scheiße, ich hätte mich wahrscheinlich direkt im Starbucks an seinem Blut gelabt, wenn du mich nicht abgehalten hättest.*

Clara sagte nichts. Sie atmete noch einmal tief durch und wurde sich im selben Moment der Sinnlosigkeit dessen bewusst. Es war theatralisch, mehr jedoch nicht. Es gab nichts weiter zu bereden, also drehte sie sich zur Treppe und ging auf ihre Freundin zu. Da Caroline den Schmerz in ihr spürte, drücke sie sie, bevor sie durch die Stahltür ins Innere traten.

Kaum hatten sie den Innenraum der Tanzfläche betreten, erblickten sie auch schon Viktor, der mit einer Fremden an der rückwärtigen Bar stand. Er sah sie hereinkommen, musterte beide Frauen und unterbrach augenblicklich sein Gespräch. Eilig und mit ausgebreiteten Armen kam er auf sie zu.

„Oh man, wie seht ihr denn aus? Ist etwas passiert? Wo ist Roxy?“

In der Mitte der großen Halle trafen sie aufeinander. Den Kopf hängenlassend blieb Clara stumm stehen, während Caroline den Vorfall beschrieb. Schon nach den wenigen ersten Worten kam die Fremde auf die Gruppe zu. Ihre Schritte waren nicht zögerlich oder neugierig, sondern fest und bestimmend. Sie würde sich nicht langsam anschleichen, um vorsichtig zu fragen, ob sie helfen könnte. Nein, sie kam, weil sie wusste, dass es wichtig war, zu hören, was gesprochen wurde.

Als sie vor ihnen stand, hob Clara den Blick und sah eine Frau vor sich im Look einer Managerin. Blazer, Bluse, Hose, Pumps mit Pfennigabsatz, alles in schwarz. Ihr strenger, schulterlanger, blonder Pferdeschwanz bildete dazu einen intensiven Kontrast. In ihr spürte Clara die gleiche Autorität, wie bei Viktor. Ohne Vorstellung wusste sie intuitiv, dass die Frau die Leiterin einer Enklave war. Vielleicht sogar die berühmte Franziska Painow. Sie sprach kein Wort. Stattdessen holte sie ein Handy aus ihrer Hosentasche und wählte eine gespeicherte Kurzwahl.

Während Viktor ruhig zuhörte, was Caroline schilderte und Clara später ergänzte, sprach die Fremde, ohne sich von der Gruppe zu entfernen ins Telefon. Es waren nur wenige Worte, mit denen sie sich erkundigte, ob der Vorfall bereits bekannt war und anschließend gab sie knappe Anweisungen. Die ganze Zeit über ließ sie Clara nicht einmal für ein Zwinkern aus den Augen. Fest und streng war ihr Blick. Unverhohlen verurteilte sie die junge Vampirin, ohne ein Wort zu sagen. Als sie sprach, war ihre Stimme rau, wie von zu viel Whisky oder starkem Rauchen. Der Ton ließ keine Widerrede zu und forderte Antworten ohne Umschweife. Sie war Clara nicht gerade sympathisch, was wohl auf Gegenseitigkeit beruhte.

„Wir sind dran", unterbrach sie Claras Stellungnahme, die darauf sofort verstummte.

„Danke", sagte Viktor und nickte ihr zu.

Nach einem kurzen Moment des Schweigens fuhr er fort: „Ich schlage vor, dass wir runter gehen. Dort könnt ihr dann den Rest berichten. Begleitest du uns, meine Liebe?"

Das letzte Wort betonte Viktor übermäßig und grinste dabei frech. Es passte nicht zu der angespannten Situation. Clara vermutete, dass es ein misslungener Versuch war, die Lage aufzulockern. Wenn es die Frau gestört hatte, so ließ sie sich nichts anmerken, folgte aber, als er die kleine Gruppe in den Aufenthaltsraum führte.

Im Keller des Clubs war nicht viel los. Nur Nancy saß in einem der Sessel und war in ein Buch vertieft. Eine Tasse dampfenden Kaffees hatte sie vor sich abgestellt. Als die anderen den Raum betraten, schaute sie nur zögerlich auf, anscheinend las sie den Absatz schnell fertig, bevor sie die Neuankömmlinge begrüßte. Doch als sie schließlich aufsah und ihr Blick auf Clara und Caroline fiel, weiteten sich ihre Augen.

„Was ist passiert? Wurdet ihr überfallen?"

Clara hatte keine Zeit nachzudenken oder zu antworten. Hätte sie es getan, wäre ihr die Lächerlichkeit der Frage aufgefallen. Wer hatte die Kraft, gleich zwei Vampirinnen zu überfallen?

„Schlimmer", antwortete Viktor schnell für sie, ohne zu antworten, „Ist sonst noch jemand hier?"

„Nein, die Zwillinge sind im Theater, Lea arbeitet, Tilo ist auf einem Kongress und Roxy war mit Caro und Clara unterwegs. Wo ist sie?"

„Gut, wir haben etwas zu besprechen. Der Ghoul ist noch in der Stadt", mischte sich die „Lady" ein.

*Der Ghoul? Was soll der Scheiß? Sie ist ein Mensch!*

Clara gefiel der Ton gar nicht, den die fremde Frau anschlug. Es klang so herablassend. Nancy jedoch begriff sofort den Ernst der Lage und schlug ihr Buch ohne Umschweife zu. Sie ließ es auf den Tisch fallen, so dass die Kaffeetasse klapperte, während sie aufstand und sich zu den anderen am Esstisch gesellte.

Dort wiederholte Viktor, was er bisher von den anderen beiden gehört hatte und forderte sie auf zu ergänzen oder zu korrigieren. Franziska Painow hingegen marschierte in die Küche und kam wenig später mit zwei Gläsern und einer großen, roten Flasche zurück. Sie schenkten ein und gab Clara und Caroline je eines.

„Trinkt!"

Die freundliche Geste verdrehte sie in einen Befehl. Aber Clara sah ein, dass es so am besten war. Ihre Freundin hatte sie nur notdürftig versorgt, um ihr zu helfen das Tier wieder unter Kontrolle zu bringen. Dabei hatte sie selbst Blut verloren, da war es am hilfreichsten für sie alle, wenn jede Form von Hunger oder Durst beseitigt war.

Nancy hörte ihrerseits geduldig zu. Hin und wieder nickte sie, aber darüber hinaus war keine Reaktion zu erkennen. Nachdem Viktor, Caroline und Clara ihre Schilderungen beendet hatten, blieb sie gelassen und betrachtete die Situation von allen Seiten.

„Klingt für mich, nach drei möglichen Ursachen", begann sie schließlich aufzuzählen, „Erstens: Clara war noch nicht so weit und wir haben es nicht erkannt. Dann müssen wir uns alle die Schuld daran geben. Zweitens: Clara hatte verdeckten Hunger, besser kann ich es nicht beschreiben. Also, die Flut der Eindrücke hat ihn irgendwie überlagert. Dann konnte sie wenig dafür. Und, so beschissen die Situation auch ist, drittens: Claras Dunkelheit ist nicht - oder noch nicht - kontrollierbar. Was meinst du dazu, Lady?"

Franziska sah von Nancy zu Clara herüber. Ihr Blick war sehr streng. Doch, bevor sie antwortete, grollte eine fremde Stimme durch den Raum. Trotz heller Tageslichtbeleuchtung schien es plötzlich dunkler zu werden, als läge ein Schatten über alle Lampen.

„Viertens," donnerte eine Stimme, „Ihr habt keine Ahnung, womit ihr es zu tun habt. Denn Claras Blut ist um ein Vielfaches stärker, als ihr es euch vorstellen könnt. Was sich auch in ihrem Fluch widerspiegelt."

Alle drehten erschrocken den Kopf zur Tür, von wo die Stimme sprach. Dort sahen sie zunächst Roxy stehen, doch hinter ihr im Türrahmen, halb im Schatten des Flurs, ragte eine hochgewachsene Gestalt auf. Sie schien den Rahmen komplett auszufüllen, so dass ihre Schultern beide Seiten zugleich berührten. Der Mann zog den Kopf ein, um über die Schwelle zu treten und richtete sich im Aufenthaltsraum wieder zur vollen Größe auf. Es war der Alte, der da mit seinem Ghoul zusammen aufgetaucht war.

Ein schwerer, schwarzer Ledermantel bedeckte ihn. Die Kapuze hatte er wie immer tief ins Gesicht gezogen, so dass es im Schatten verschwand. Er strahlte eine unheimliche Präsenz aus, der sich niemand zu entziehen vermochte. Seine bloße Anwesenheit gebot Gehorsam und verlangte uneingeschränkte Aufmerksamkeit.

Er schob sich an Roxy vorbei in den Raum und stand am Kopfende des Esstisches. Sie folgten seinem Weg durch das Zimmer. Niemand sprach, denn keiner wagte es, unaufgefordert den Mund zu öffnen. Als er seinen Platz eingenommen hatte, deutete er auffordernd mit der flachen Hand auf Clara und forderte sie auf, die Geschehnisse ein drittes Mal zu wiederholen. Anfänglich stockend kam sie dem nach. Es irritierte sie, dass sie dem alten Wanderer zum ersten Mal seit der Nacht der Explosion wieder gegenüberstand. Wie sollte sie reagieren oder sich verhalten? Alle schienen in Ehrfurcht förmlich zu erstarren. Alle, außer Roxy, die sich in aller Seelenruhe an den Tresen der Küche setzte und die Versammlung der Vampire am Esstisch beobachtete. Clara selbst fühlte sich ebenfalls nicht starr vor Angst, nur irgendwie planlos. Unvorbereitet auf die Situation, mit ihrem Schöpfer zusammenzutreffen.

„Danke", grollte er kurz, nachdem sie ihren Bericht beendet hatte.

Lady Pain war die Erste, die anschließend das Wort ergriff. Selbst ihre strenge Souveränität hatte Risse bekommen.

„Ehrwürdiger Wächter, ich habe meine Agentinnen bereits instruiert, sobald ich von der Situation erfahren hatte. Wir werden entsprechende Maßnahmen ergreifen."

„Ich weiß. Ich danke dir und den Deinen für die schnelle Reaktion. Die Einschätzung ist richtig, dies könnte ein tiefgreifender Bruch des Schleiers sein. Umso wichtiger, dass die Ifera handeln", dann wandte er sich an Caroline, „Auch dir möchte ich danken, für dein schnelles und entschlossenes Eingreifen. Du hast die Menschen vor Schlimmeren bewahrt und mein Kind zur Vernunft gebracht."

Caro nickte stumm, aber Clara spürte, dass sie furchtbar nervös war, dass der alte Wanderer sie direkt ansprach. Und gleichzeitig platzte sie förmlich vor Stolz. Ihre Augen leuchteten sprichwörtlich so sehr, dass sie damit im Dunkeln hätte lesen können.

„Wie soll es also nun weitergehen?", fragte Viktor.

Seine Stimme war gelassener als Franziskas. Er wirkte deutlich routinierter im Umgang mit dem Alten, doch behielt er einen respektvollen Ton.

Die Kapuze nickte als Zeichen des Verstehens: „Bitte versteht zunächst Folgendes: Seit Jahrhunderten schwächt sich die Macht des Blutes ab. Mit jeder Generation an Vampiren. Der Fluch reduziert sich ebenso, aber bei weitem nicht im gleichen Maße. Dies wird dazu führen, dass dereinst eine Generation entstehen wird, die die Dunkelheit in sich trägt und das Blut der Menschen trinken muss, um sie zu kontrollieren. So wie wir alle. Aber ansonsten keinerlei Vorteile mehr gegenüber einem Sterblichen hat."

Er legte eine Pause ein, in der Clara versuchte, die Gesichter der anderen zu lesen. Aber es gelang ihr nicht. War das ihnen bekannt oder eine neue Erkenntnis? Sie konnte es nicht sagen.

Der Alte faltete seine mächtigen Hände ineinander und verlieh sich selbst das Aussehen eines Diplomaten am Verhandlungstisch. Ein düsterer, gesichtsloser Diplomat. Unter normalen Umständen nicht sehr vertrauenserweckend. Aber die Umstände waren nicht normal. Für Clara erst recht nicht.

„Mein Kind hier trägt nun das Blut einer sehr alten Generation. Weit älter als ihr alle zusammen. Und damit schlummert nicht nur eine archaische Macht in ihr, sondern auch die deutlich stärkere Form des Vampirfluches. Sie ist sich dessen nicht bewusst, wie sollte sie auch? Clara hatte nie eine Chance gegen die Dunkelheit."

Er öffnete die Hände wieder in einer entschuldigenden Geste. Jeder am Tisch fühlte sich der Reihe nach angeschaut, als er schließlich weitersprach.

„Es war falsch und fahrlässig von mir sie ohne Anleitung in eure Hände zu geben. Ich hätte vom ersten Tag an bei ihr bleiben müssen. Doch ich unterlag der Irrung, dass ihr zusammen und die Verbindung über Margarete ausreichend wäre. Dafür bitte ich zunächst euch um Verzeihung. Das Gleiche werde ich in Kürze dem Obersten Rat vortragen. Was heute in der Stadt passiert ist, muss ich allein auf meine Schultern nehmen. Bitte legt es daher Clara nicht zur Last. Es würde die Falsche treffen. Euch alle trifft ebenso wenig die Schuld. Ihr habt zusammen als Einheit funktioniert und richtig und schnell reagiert."

Sie starrte auf die Tischplatte. Obwohl Clara soeben die Absolution durch die anerkannte höchste Instanz ihrer neuen Gesellschaft erhalten hatte, fühlte sie sich keineswegs besser. Mit dem, was passiert war, lebte sie trotzdem allein. Ihr Gewissen war schwer belastet und würde es bleiben. Für sehr, sehr lange Zeit, vielleicht sogar für immer.

*Toll, ich bin also ein Monster und kann nicht einmal etwas dagegen tun. Also schließe ich mich am besten doch hier im Keller ein.*

„*Nein, das würde dir auch nicht weiterhelfen*“, hörte sie das Grollen des Alten in ihren Gedanken.

Sie riss den Blick von der Tischplatte und starrte in die Dunkelheit unter der Kapuze. Er war wieder in ihrem Kopf, wie einst, als er zum ersten Mal in ihrem Schlafzimmer mit ihr gesprochen hatte. Mit einem Mal fühlte sie sich nackt und ausgeliefert. Die Leichtigkeit, mit der er ihre Gedanken las, war furchterregend. Wie damals hatte sie nicht mal gespürt, dass jemand in ihrem Kopf war.

„*Du musst lernen, die Dunkelheit zu kontrollieren. Und du musst akzeptieren, was du getan hast. Wenn es dir wahrlich leidtut, dann kannst du es als mächtiges Instrument nutzen, um das Tier in seine Schranken zu weisen.*“

„Also? Wie geht's jetzt weiter? Wie können wir sie anleiten, wenn ihr Fluch so stark ist? Ihr persönlich?“, es war Nancy, die sich zu Wort meldete und das Offenkundige aussprach.

„Ja, so soll es sein.“

Die Erleichterung im Raum war spürbar. Es war, als hätten sie alle zusammen einen schweren Schrank transportiert und durften ihn endlich an Ort und Stelle absetzen.

„Viktor, ich werde den Obersten Rat zusammenrufen. In einer Woche ab heute setze ich das Treffen an. So lange, werde ich hier bei euch verweilen“, er wandte sich direkt an Clara, „Wir werden deinen Geist trainieren. Wir haben diese eine Woche.“

Wieder blickte er in die Runde ohne, dass jemand seine Augen gesehen hätte.

„Denn dann wirst du vor den Rat treten. Sie werden dich prüfen und versuchen und du wirst standhalten. Wenn nicht…“, eine bedeutungsschwangere Pause entstand und er sprach den Satz nicht zu Ende. Doch alle hatten eine Vorstellung, was passierte, wenn sie nicht bestand.

Die Anspannung war schlagartig zurück. Nicht nur bei Clara, sondern bei allen im Raum. Jemand sog hörbar die Luft ein, aber sie konnte nicht sagen, ob es Caroline neben oder Roxy hinter ihr war. In ihrem Kopf drehte sich plötzlich alles. Wie sollte sie in nur einer Woche lernen, gegen sich selbst zu bestehen?

„Wir beginnen sofort. Clara, ich möchte, dass du Margarete dein Blut gibst. Margarete, nimm es an.“

Hinter sich hörte sie, wie Roxy vom Barhocker rutschte und ein paar Schritte später in ihrem Rücken stand. Doch sicher war sie sich nicht, was genau jetzt von ihr verlangt wurde. Daher stand sie ebenfalls auf. Mit verwirrtem Blick sah sie den Ghoul an, die sie wiederum auffordernd betrachtete. Nach einer Weile ergriff Roxy das Wort, da sie merkte, dass Clara nicht reagierte.

„Schneide oder beiß dir in den Arm oder die Hand", flüsterte sie ihr zu.

*Leichter gesagt als getan. Ich hab das noch nie gemacht. Und muss das denn gleich vor Publikum sein?*

Mit schnellem Blick suchte Clara die nähere Umgebung nach einem Messer ab, fand jedoch keines. Kurz wog sie ab in die Küche zu gehen, wollte aber nicht mehr Aufmerksamkeit auf sich lenken, als sie bereits hatte. Daher betrachtete sie zögernd ihren Unterarm. Ihre Augen wanderten von der Ellenbeuge zu ihrem Handgelenk und über ihre Handfläche schließlich zu Roxy. Die stand immer noch erwartungsvoll vor ihr und wartete. Clara sah deutlich, dass es ihr auch auf eine Weise unangenehm war. Nicht etwa, weil die Blutgabe von einem Vampir an einen Ghoul etwas Intimes war oder weil ihr das Publikum unliebsam gewesen wäre. Es schien mehr die Machtlosigkeit zu sein, welche die Situation ihr aufzwang. Sie wusste, dass sie Clara in eine unerträgliche Lage drängte, und war gleichzeitig unfähig sich dem Befehl ihres Meisters zu widersetzen.

Ihre Lippen zucken ein wenig, als Clara den Gedanken akzeptierte, dass sie sich nur selbst behelfen konnte. Entweder mit Klauen oder mit Zähnen. Sie schloss die Augen und versuchte nicht an den kommenden Schmerz zu denken, als sie ihren Unterarm an den Mund führte.

*Nicht zögern. Nur einmal fest zubeißen, das reicht schon. Wenn du es richtig anstellst, reicht einmal. Stell dir, vor es ist ein Brötchen. Etwas alt und gummiartig. Fest zubeißen.*

Dann öffnete sie den Mund und schlug die Zähne in ihre Haut. Ein kurzer Schmerz flammte in ihrem Geist auf. Heftig, aber aushaltbar und weniger schlimm, als sie erwartet hatte. Es war mehr wie ein Schnitt mit einem scharfen Messer, das von einem ungeschickten Chirurgen geführt wurde. Mental biss sie die Zähne zusammen und spürte nur einen Wimpernschlag später, wie sich ihr Mund mit Blut füllte. Sie schluckte unweigerlich und weckte die Dunkelheit auf, die augenblicklich nach mehr gierte.

Als Clara den Arm vorstreckte, hoffe sie, dass Roxy den Rest erledigte und wusste, was sie tat. Sie öffnete die Augenlider in dem Moment, da der Ghoul nach ihrem Arm griff. Blut floss in einem dünnen Rinnsal ihren Arm herab und als das Tier durch ihre Augen sah, dass ihr Körper den wertvollen Lebenssaft verlor, begann es zu toben.

Roxy hielt den Arm ihrer Freundin fest umklammert und bereitete sich darauf vor, all ihre Kraft in den Griff zu legen. Sie erwartete, dass Clara zurückzucken oder sich sogar gegen sie wehren würde. Sie zog den Arm sanft zu sich herüber und presste ihre Lippen auf die blutende Wunde. Mit der Zunge glitt sie über den Rand des Bisses. Zuerst dachte Clara, dass sie nach der richtigen Stelle suchte. Aber dann fühlte sie das Blut stärker fließen. Sie hatte die Bissspur weiter geöffnet, ohne dass sie es gemerkt hätte. Dann spürte sie den Sog auf der Haut, der ihr das Blut aus der Vene zog. Es fühlte sich an, wie beim Blutabnehmen, bevor die Binde am Arm gelöst wurde.

Für Clara war es skurril, denn Lippen und Zunge anderer auf ihrer Haut verband sie immer mit Sex. Hier war es zwar irgendwie ein intimer Moment, aber zu gleich fühlte es sich auch wie eine normale Geste der gegenseitigen Hilfe an. Sie fragte sich, ob die anderen dies ebenso als gleichermaßen natürlich und erotisch empfanden.

Gerade als Roxy den ersten Schluck getan hatte, brummte die Stimme des Alten zu ihnen herüber.

„Margarete, ich entlasse dich aus meinen Diensten. Du trinkst von deiner neuen Herrin, Clara. Folge und diene ihr, wie du mir zuvor gedient hast.“

*Deswegen dieses Theater? Hätten dafür nicht auch einfach nur ein paar formelle Worte gereicht?*

„Schwöre deiner neuen Herrin die Treue!“, grollte die dunkle Stimme des alten Wächters durch den Raum.

Sie folgte diesem letzten Befehl und stellte sich direkt vor Clara. Etwas zu nah, wie sie fand, denn sie hatte den inneren Drang zurückzuweichen. Doch der feste Blick der jungen Frau fesselte sie und sie rührte sich nicht von der Stelle. Es war kaum möglich, aber Roxy kam tatsächlich noch näher und Clara fragt sich, ob der Treueschwur ein Kuss war.

Mitnichten, dennoch stand sie nahe genug dafür. Ihre Füße befanden sich genau gegenüber, Fußspitze an Fußspitze. So dicht, dass sich ihre Knie und Brüste berührten. Das war Clara dann doch zu nahe und sie zuckte einen Schritt nach hinten. Schnell schob die junge Frau einen Arm zwischen ihren Bäuchen durch und umfasste Claras Handgelenk. Fest drückte sie auf die Wunde, von der sie eben getrunken hatte. Bevor sie reagieren konnte, legte Roxy ihr den freien Arm um die Schulter und hielt sie fest an sich gedrückt. Kein Zurückzucken mehr. Die junge Frau war in ihre Wohlfühlzone eingedrungen und verwehrte Clara den Rückzug. Roxy starrte an ihrer zukünftigen Herrin vorbei in die Dunkelheit unter der Kapuze des Alten. Einen Moment passierte nichts, dann sah Clara im Augenwinkel eine Bewegung, als würde er seinem ehemaligen Ghoul zunicken.

Die ehrwürdige Stille dieses intimen Augenblicks wurde kurz darauf von Roxys Stimme unterbrochen.

„Wo du hingehst, da will auch ich sein. Ich will dich führen und begleiten. In Zeiten der Freude und des Leides soll mein Herz mit dir schlagen. Ich will dich halten, wenn du zu fallen drohst und dich aufrichten, wenn du stürzt."

Für eine, zwei oder drei Sekunden blieben sie so engumschlungen stehen. Solch intensiven Körperkontakt hatte sie zuvor nur zu einer anderen Frau gehabt, Sabine. Allerdings hatten sie nie derart ihre Brüste aneinandergedrückt. Und schon gar nicht vor Publikum. Das war ihr höchst unangenehm, aber wehren wollte sie sich nicht. Sie wusste ja nicht, ob es den Moment oder den Schwur zunichtemachte. Dann löste Roxy sich ein Stück von Clara, sah ihr fest in die Augen und gab ihr zum Abschluss tatsächlich einen Kuss links und rechts auf die Wange.

Die Bindung stand, die Treue war beschworen und auch in Clara entstand das Gefühl einer tiefen und unverbrüchlichen Freundschaft zu Roxy. Sie schwor sich selbst auf die junge Frau aufzupassen, wenn ihr Gefahr drohte. Sie nicht über Gebühr zu belasten und nichts von ihr zu verlangen, was sie in ihrer Ehre oder Würde verletzte.

Doch wurde sie schnell eines Besseren belehrt. Denn die Finsternis hatte beobachtet, wie sie wertvolles Blut verschenkte. Nein, verschwendete. Und sie wollte sie es wiederhaben. Das Tier, das bereits tobte, geriet in immer tieferen Zorn. Je mehr Zeit verstrich, desto zorniger wurde das es und umso schwächer wurde Claras Gegenwehr. Schließlich brach die letzte Verteidigung und sie verlor das zweite Mal an diesem Tag die Kontrolle über sich.

Zurückgedrängt in die Tiefen des Geistes sah Clara durch ihre eigenen Augen, wie durch Fenster. Hilflos, wehrlos, machtlos. Ohne jede Art der Beherrschung über ihren Körper. Sie schaute zu Roxy und sah das Erkennen darin. Ihre Freundin wusste, was mit Clara geschah und auch, dass gleich womöglich schlimme Dinge passierten.

„Dies irea! Dies illa! Solvet saeclum in favilla!“, hörte sie ihre Stimme durch den Raum kreischen.

Instinktiv war es Clara in ihrem Hinterkopf bewusst, dass es Latein war. Doch sie hatte die Sprache nie gelernt. Geschweige denn, dass sie eine Ahnung hatte, was sie da sagte.

Mit der freien Hand fegte Clara in einer kräftigen Bewegung Roxy von sich fort und schleuderte sie gegen den Küchentresen hinter ihr. Leicht benommen durch den Aufprall und überwältigt durch den Angriff, rappelte sich der Ghoul wieder auf die Beine. Ein klebriger Faden von Speichel und Blut tropfte von ihrem Mundwinkel herab. Beiläufig wischte sie ihn fort und hob sofort die Arme zur Verteidigung, als sie ihre neue Herrin auf sich zukommen sah.

Clara hatte die rechte Hand zu einer Klaue geformt und hoch über den Kopf erhoben, bereit ihrer Freundin das Gesicht in Streifen vom Schädel zu schälen. Doch so weit kam sie gar nicht. Jemand packte ihren Arm und hielt sie fest. Die Macht in diesem Griff ließ sie weder vor noch zurückweichen und leitete ihren Zorn in neue Bahnen. Das Tier sah von Roxy ab und richtete sich gegen die riesige Gestalt hinter ihr. Doch ehe sie ihren Angriff auch nur planen konnte, wurde sie an ihrem Arm emporgehoben und an die Tür zu den Quartieren geworfen.

Der Aufschlag gegen die Tür unterbrach für einen Moment die Kontrolle der Dunkelheit über ihren Geist, doch noch bevor Clara Worte der Entschuldigung fand oder aufstand, hatte diese sie schon wiedererlangt. Sie war dazu verdammt, nur durch die Fenster ihrer Augen zu schauen. Und so blieb ihr nichts übrig, als peinlich berührt zu beobachten, wie die anderen Mitglieder der Enklave ihr mitleidig hinterher sahen, als der Alte sie wieder packte und den Gang hinuntertrug.

Über die Schulter gelegt sah Clara, wie Caroline Roxy half aufzustehen, bevor die Tür zum Aufenthaltsraum wie von Geisterhand zuschlug. Das Tier in ihrem Körper schlug um sich, fluchte und krallte sich in das feste Leder des Mantels unter sich.

Letztlich landete sie in ihrem Zimmer und wurde unsanft auf den Boden geworfen. Ein kurzes Stück schlitterte sie auf dem Hintern, sprang aber schnell wieder auf die Beine und ging in einen blinden

Angriff über. Planlos und unkoordiniert. Wie eine Welle brandete sie gegen die massive Gestalt des Wanderers. Doch die Wucht ihrer eigenen Attacke warf sie wieder zurück. Diesmal fiel sie nicht zu Boden, sondern der Alte langte nach ihrem Hals und hielt sie fest. Der Griff umklammerte ihre Kehle und je mehr sich das Tier dagegen zur Wehr setzte, desto unbeweglicher und unnachgiebiger wurde er. Eine kurze Bewegung des Daumens und er hätte ihr das Genick gebrochen. Doch was würde das bewirken? Tot war sie bereits.

Ihre Hände klammerten sich an der Pranke ihres Peinigers und er hob sie schließlich auf Augenhöhe an. Nur sah Clara nichts unter der Kapuze außer tiefer, schwarzer Leere. Oder war da doch etwas? Ein Umriss, die Konturen eines Gesichtes? Und eine eisige Kälte, die aus der Dunkelheit zu ihr herüberstrahlte.

Plötzlich flammten rote Striche in der Schwärze auf, die sich erst mandelförmig erweiterten und schließlich die grobe Form von Augen annahmen. Zwei kleine leuchtende Flecken inmitten der Nacht. Der Eindruck fesselte sogar das Tier und ihr Körper hörte auf sich gegen den Haltegriff zu wehren.

„*Clara!*“, dröhnte es in ihren Gedanken, „*Dies ist dein Gegenspieler. Die Dunkelheit in ihrer reinsten Form. Stell dich ihr! Bestehe gegen sie oder vergehe!*“

## Kapitel 19

Als Clara die Augen öffnete, war sie allein in ihrer alten Wohnung. Doch war sie kaum wiederzuerkennen. Sie war verwüstet, Möbel und Dekoration zerstört und die verbliebenen, erkennbaren Einzelteile überall verstreut. Boden, Decken und Wände waren rußgeschwärzt. In der Außenwand klaffte ein riesiges Loch. Doch statt der Straße oder dem Haus gegenüber war dort nichts zu sehen. Ein leerer schwarzer Raum lag dahinter, der sich in die Unendlichkeit ausdehnte. Clara drehte sich um die eigene Achse und suchte nach einem Anhaltspunkt, wie sie hierhergekommen war. Wo auch immer das Hier war.

Dann nahm die Schwärze zu, als käme sie über den Boden gekrochen. Die Reste ihrer Wohnung, die sie erkannte, verschwanden in der ansteigenden Finsternis. Aus den Ecken und dem klaffenden Schlund in der Wand waberte es auf sie zu. Über den Boden floss es wie Teer.

„Claaaraaa“, eine Stimme in der Dunkelheit, kälter und furchteinflößender als alles, was sie je gekannt hatte, „Du mieses, kleines Miststück. Du weißt, dass du nicht gegen mich bestehen kannst. Warum willst du es überhaupt versuchen? Ich war schon immer und werde immer sein. Der Abgrund in deiner Seele, die Schwärze in deinem Herzen. Ich bin der Zweifel, deine Schuldgefühle und die Rachsucht. Aber ich bin auch der Quell deiner Macht. Überlass dich mir. Lass dich fallen. Gib dich auf. Diese Welt hat nichts mehr für dich übrig. Du bist tot und keiner trauert um dich. Keine Eltern, die um den Verlust des Kindes weinen. Keine Freunde, die an deinem Grab stehen. Nicht mal Kollegen. An deinem Tod interessiert nur deinen Vermieter, ob deine Versicherung den Schaden an der Wohnung zahlt. Du weißt, dass ich recht habe.“

Sie drehte sich weiter. Die kalten Finger der Verzweiflung griffen nach ihrem Verstand. Clara wusste, dass es nicht stimmte. Oder doch? Zumindest nicht alles. Aber da war die nagende Frage: Was, wenn die Stimme recht hatte?

„Und deine wunderbare neue Familie? Sie haben sich rührend um dich gekümmert, haben dir eine neue Bleibe gegeben und du hast ihre Vorräte genutzt. Wie hast du es ihnen gedankt? GAR NICHT! Im Gegenteil, du bringst sie in Gefahr. Deinetwegen musste Caroline die Deckung verlassen und hat dich durch die halbe Stadt geschliffen. Deinetwegen musste sie ihr eigenes Blut hergeben und sich selbst der

Dunkelheit aussetzen. Deinetwegen versuchen wildfremde Vampire deinen angerichteten Schaden zu begrenzen. DU hast sie alle verraten."

Stille. Die Schwärze um sie herum war fast zum Greifen nahe und so dicht, dass sie fast stofflich wirkte. Clara war sich sicher, wenn sie die Hand ausstreckte, dann würde sie in eine klebrig-ölige Substanz fassen. Das Wohnzimmer war verschwunden. Sie stand auf den Resten eines verbrannten Teppichs, doch um sie herum nur spürbare Dunkelheit. Sie fühlte sich allein. Sie war allein. Nichts und niemand war hier. Keine Eltern, keine Freunde, keine Kollegen. Und auch niemand der neuen Familie, wie diese Finsternis sie nannte. Nur sie selbst in der Einsamkeit ihres Geistes.

Mochte sein, dass der Zweifel zu ihr sprach. Doch das war keine Einbahnstraße, man durfte auch mit dem Zwiespalt hadern. Denn sie war nicht allein in ihrem Kopf, das spürte sie deutlich. Da war jemand Drittes. Eine alte und dunkle Präsenz. Ein Schatten in der Finsternis. Und natürlich die Stimme der unförmigen Dunkelheit selbst.

Nachdem sie eine weitere Drehung vollendet hatte – oder war es mehr als eine? – blieb sie stillstehen und lauschte. Die Stimme schwieg, aber sie wusste, dass sie nicht fort war.

„Ich habe nichts getan. Ich hatte mich nicht unter Kontrolle."

„Nichts getan?", da war sie wieder und lachte Clara aus, „War es denn nicht deine Hand, die den armen Kerl festhielt? War es nicht dein Arm, der ihn zurückriss und gegen die Wand warf? Und waren es nicht deine Finger, die sich in sein Fleisch gruben auf der Suchen nach seinem Herzen? Das Herz, das du ihm aus der Brust reißen wolltest? Das Blut, das du mit vollen Händen abzuschöpfen wünschtest? Keine Kontrolle? Das ich nicht lache. Ein Epileptiker hat keine Kontrolle, wenn er zuckend am Boden liegt. Für mich sah das alles sehr kontrolliert und gewollt aus!"

„Nein, das wollte ich nicht! Ich wollte ihn nicht verletzen. Ich… ich wollte…"

„WAS wolltest du?", die Stimme wurde harscher, befehlender, sie duldete keine Widerrede.

„Ich wollte doch nur…"

„Sag es, Miststück. Du wolltest Rache. Vergeltung. Bestrafung. Du wolltest, dass er für den verschütteten Kaffee bezahlt. Du wolltest ihm eine Lehre erteilen. Ihm und allen anderen zeigen, dass man so nicht mit dir umgeht. Das man es nicht wagen darf, dich so zu behandeln.

DAS wolltest du! Ein hübsches, kleines, blutig rotes Exempel statuieren!“

Clara schwieg und zitterte. Vor Zorn, aber mehr noch vor Scham. Denn es berührte den Kern der Sache. Ihr erster Impuls war, dass sie es sich nicht bieten lassen wollte, ignoriert zu werden. Nicht schon wieder. Und auch nicht, wenn es nur um einen Kaffee ging. Als Kind hatte sie es zu oft erlebt. Sie war übergangen, überstimmt oder schlicht nicht beachtet worden. Ihre Meinung hatte wenig gezählt, sie war ja nur ein kleines Mädchen. Doch dann wurde sie Polizistin. Eine Respektsperson. Mehr noch, sie wurde Kriminalpolizistin. Sie ermittelte in wichtigen Fällen, ihr Wort hatte Gewicht. Sie zog die Schlüsse, sie führte Verhaftungen durch. Sie hatte Macht. Und sie lernte es zu genießen.

Was dachte sich der Typ nur, ihren Kaffee zu verschütten und dann wegzugehen. Als wäre er etwas Besseres und seine Zeit wichtiger als ihre. Sollte sie sich etwa wieder an der Schlage anstellen, um einen neuen Kaffee zu bestellen? Einfach so?

Was sie wollte, war ihn mit Nachdruck auf seinen Fehler hinzuweisen und einen neuen Kaffee zu bekommen. Was sie getan hatte, war ihn fast umzubringen.

„Ha ha ha ha“, lachte es aus dem Nichts, „wusste ich es doch. Und ich weiß noch etwas, Clara, es hat dir Spaß gemacht! Du hast es genossen, deine Macht auszuüben. Als du merktest, dass du ihm körperlich überlegen warst, fing der Spaß erst richtig an. Du wusstest genau, dass er dich nicht aufhalten kann. Soll er sich doch zu Wehr setzen, das hätte es nur noch interessanter gemacht! Du hattest die Macht über ihn, über sein Leben, über das aller anderen im Raum. Die Macht über die ganze Situation.“

Eine Pause entstand. Clara öffnete den Mund, um zu widersprechen, aber es kam kein Ton heraus. Die Finsternis war noch nicht fertig mit ihrem Monolog.

„Und der Geruch erst. Der Geruch des Blutes in deiner Nase war doch grandios. Hast du jemals etwas Besseres gerochen? Ein frischer Kuchen ist fein, aber warmes Blut? Was bitte kann damit konkurrieren?“

Die Schwärze um sie herum wurde plötzlich rot. Ein scharlachroter Nebel, dicht und kaum zu durchdringen. Er drang bis an sie heran. Zuvor war ihr gar nicht aufgefallen, dass die Dunkelheit sie schon gänzlich umfasst hatte. Clara sah an sich herab, als sie spürte, dass die

Kleidung an ihr klebte. Sie färbte sich dunkelrot. Kurz befürchtete sie, aus tausend Wunden zu bluten, aber dann realisierte sie, dass der Blutnebel sich an ihr niederschlug. Blut umgab sie, Blut klebte an ihr, sie stand in einem knöchelhohen See aus Blut und Blut beherrschte ihre Gedanken. Alles war Blut und Blut war alles, was zählte.

„Und weißt du was, meine Liebe?“, der Ton war sanfter, fast schon versöhnlich, „So könnte es wieder sein. Keine Schwäche mehr, nur die absolute Macht. Niemand, der dich aufhält. Niemand, der dich in die Schranken weist. Niemand, der sich dir verweigern kann. Macht, über Leben und Tod. Macht, über Körper und Geist. Seien die Menschen deine Opfer oder Untertanen, ganz wie du es willst. Dies irae, dies illa, wie ich immer sage.“

Daraufhin ertönte ein gestaltloses Lachen, das ihre gesamte Welt einnahm. Tief dröhnend und zugleich glockenhell. Weder das Gelächter von Kindern noch von Mann oder Frau. Menschlich, teuflisch und himmlisch zu gleich. Androgyn.

So schnell wie es aufflammte, so schnell verstummte der wirre Klang wieder. Stattdessen erkannte sie eine Hand, eine riesige Pranke mit knochigen langen Gliedern und großen Krallen im Nebel vor ihr. Sie winkte sie heran, lockte sie mit der Geste eines Zeigefingers. Komm. Komm her, war die unausgesprochene Aufforderung, als sich der Nebelschleier vor ihr lichtete und einen Weg durch den roten Sumpf freigab.

Clara sah sich planlos und hilfesuchend um. Sie erwartete nicht, dass aus dem Nichts jemand auftauchte und ihr zur Seite stand. Es war eher ein Reflex. War es ratsam, dem Wink zu folgen? Wohin würde die Stimme sie führen?

Zögerlich setzte sie einen Fuß nach vorn und spürte, dass sie zu gleich von hinten angeschoben wurde. Etwas drückte ihr in den Rücken. Ihr Körper im Ganzen wurde geschoben. Widerstand war zwecklos.

Vorsichtig und überlegt setzte sie einen Schritt nach dem anderen. Das rote Wasser unter ihr platschte bei jeder Bewegung und Clara schob kleine Wellen vor sich her. Doch schon nach wenigen Metern bemerkte sie, dass der Boden nicht mehr eben war. Fest ja, aber es waren nicht der Teppich oder die Fliesen ihrer Wohnung. Eher rau und natürlich, wie ein Waldweg. Mal trat sie etwas tiefer in das Wasser, mal flacher. Mal gab der Boden ihrem Gewicht mehr nach, mal weniger.

Clara bemerkte eine sanfte Strömung an ihren Knöcheln, die ihrer Laufrichtung folgte. Der Nebel gab die Richtung vor und schob sie an. Der rote Bach, in dem sie stand, diktierte das Tempo. Er zog förmlich an ihren Füßen. Doch weder seitlich noch hinter ihr, sah sie mehr als den undurchdringlichen roten Dunstschleier.

„Was soll das? Wo geh ich hin?“, rief sie in den Dunst, doch es kam keine Antwort.

In der Luft vor ihr schwebte die Hand und gestikulierte immer wieder ihr „Komm, komm“. Zugleich schien die Dichte des Nebels mit jedem Schritt stärker zu werden. Ihre Knie erkannte sie noch, aber darunter wurde es zusehends trüber. Das war vorhin noch nicht so gewesen. In der Dunkelheit hatte sie ihre Beine bis zu den Füßen runter deutlich gesehen. Jetzt, da die Schwärze dem Rot gewichen war, wurde es immer schwieriger etwas zu erkennen. Auch war es zunehmend komplizierter auf dem Grund des Baches festen Halt zu finden. Die Unebenheiten nahmen zu, ebenso wie die Strömung und das Gefälle. Und war der Bach nicht auch tiefer geworden? Wenn ihr das Blut eben nur bis über die Knöchel reichte, so watete sie jetzt.

*Knietief im Blut. Knietief in den Toten.*

Der Gedanke flog regelrecht durch ihren Geist. Er kam ohne Sinn und Zusammenhang und war genauso schnell wieder verschwunden. War es überhaupt ihrer? Dann, ein kurzer Moment der Unachtsamkeit und sie rutschte aus. Oder zog ihr jemand die Füße weg, damit sie stürzte? Nirgends gab es Halt und sie schlitterte, wie in einer Wasserrutsche das Bachbett entlang. Blut spritzte ihr ins Gesicht, in Mund und Nase. Die Augen presste sie fest zusammen. Immer wieder tauchte sie ganz unter die Oberfläche. Verzweifelt ruderte sie mit den Armen, suchte etwas, nach dem sie greifen konnte. Doch je mehr ihr der rote Lebenssaft ins Gesicht schlug, je mehr sie davon auf ihren Lippen und der Zunge spürte, desto schwieriger war es zu widerstehen.

Clara war umgeben von dem, wonach ihr Körper sich so sehnte. Wie leicht war es da, einfach den Mund zu öffnen und es hereinströmen zu lassen? Gier stieg in ihr auf, angefeuert vom Geruch nach warmen Eisen und dem metallischen Geschmack in ihrer Kehle.

Ihr Kopf geriet unter die Oberfläche, doch sie tauchte nicht mehr auf und das Rauschen des Baches wurde gedämpft. Ein Stück zog der Fluss sie mit sich, wirbelte sie umher und so manches Mal schlug sie hart gegen den Grund. Als es Clara nach endlosen Minuten gelang, den Kopf durch die Oberfläche des Stromes zu stoßen, riss sie im Reflex

Augen und Mund auf. Sie versuchte sinnloserweise Luft zu schnappten, doch schon brach die nächste Welle über sie hinweg. Ihr Hals füllte sich mit frischem, kühlem, reinem, schmackhaftem Blut. Kraft durchfloss sie. Macht, über Körper und Geist. Wissen, um die Überlegenheit gegenüber allem Lebenden. Kontrolle, über eine Welt, die sie nach ihrem Willen zu formen vermochte.

Und sofort war sie wieder da, die Stimme.

„Jaaaaaa“, raunte sie ihr ins Ohr, „spürst du es? Spürst du, was ich dir geben kann? Das ist nur ein kleiner Vorgeschmack dessen, was du wirklich bist.“

Clara reagierte nicht. Zu sehr war sie damit beschäftigt gegen das Gefühl zu ertrinken anzukämpfen, obwohl sie wusste, dass das für sie unmöglich war. Immer wieder geriet sie unter Wasser und jedes Mal, wenn sie auftauchte, schlug ihr eine Welle mit der gleichen Wucht ins Gesicht und drückte sie wieder hinab.

Dreimal schluckte sie so ungewollt das falsche Wasser. Als sie dann erneut untertauchte, blieb sie unter der Oberfläche. Sie machte sich nicht mehr die Mühe, sich nach oben zu kämpfen. Die Sinnlosigkeit des Versuchs hatte sich in ihr Bewusstsein gedrängt. Auch schien die Strömung nachzulassen, die Wasser wurden ruhiger. Vorsichtig öffnete Clara die Augen und fand sich in der Mitte eines breiten Flusses wieder. Es war noch immer alles rot um sie herum, doch die Sicht war klar. Rund um sie herum mehrere Meter roten Blutes, aber es war möglich zu sehen. Den Boden unter ihr und die sanfte Steigung des Flussbettes zu ihrer linken und rechten Seite.

„Gut, Clara“, eine Stimme, dunkel und rau, erklang in ihrem Kopf, „Du hast dich entschieden und gehandelt. Du verweigerst dich der Opferrolle und agierst, statt zu reagieren. Ein guter Anfang. Nun bleib dabei. Denk daran, dein Geist gehört dir.“

Die Strömung nahm wieder zu. Noch immer unter Wasser versuchte Clara, sich umzudrehen und dagegen anzuschwimmen, aber vergeblich. Auch die rettende Uferböschung schien in immer weitere Ferne zu rücken. Schneller und schneller sog sie die Bewegung des Wassers mit sich. Mühevoll schob sie die Beine nach vorne, um sich vor Felsen zu schützen. Einen harten Aufprall gab es nicht, jedoch änderte sich die Richtung schlagartig. Statt in Flussrichtung getrieben zu werden, befand sie sich plötzlich in einem freien Fall. Nur dass sie nach wie vor von verdünntem Blut umgeben war.

Doch der Griff des roten Wassers, das sie umgab, löste sich schnell und Clara erkannte, dass der Fluss sie in einem Wasserfall ausgespuckt hatte. Sie fiel. Sie stürzte. Sie sah weder, wie hoch sie war, noch wo sie landen würde. Und trotzdem hatte sie nicht das Gefühl zu fallen. Es gab kein Adrenalin in ihr, keine Furcht, keine Aufregung und keine Kontrolle.

Je länger sie in die unbekannte Tiefe stürzte, desto weiter entfernte sie sich von den Wassern. In ihrem Rücken hörte sie es noch immer in den Abgrund rauschen, aber unter und um sich war nichts als roter Sprühregen zu sehen. Sogar die dämonische Hand war verschwunden. Andererseits war es im Moment unnötig, ihr einen Weg zu zeigen. Es gab nur ohnehin einen: Abwärts.

Wenige Sekunden später - oder waren es Minuten? - tauchte Clara erneut in das rote Wasser ein. Der Aufprall war heftig und sofort schmerzten all ihre Glieder, die Luft wurde aus ihren Lungen gepresst und für einen kurzen Moment wurde ihr schwarz vor Augen. So dachte sie zumindest.

Doch als Clara sie wieder öffnete, lag sie am Strand, die Beine noch immer in der Brandung. Das Meer, das hinter ihr Wellen schlug, war so rot wie der Sand unter ihr. Benommen stemmte sie sich auf alle Viere und anschließend auf die Beine. Ihr Blick wanderte umher, doch fand er nichts, um sich festzuhalten. Dies war der einsamste und längste Sandstrand, den sie je gesehen hatte. Hinter ihr das blutrote Meer, vor ihr eine blutrote Wüste, über ihr der endlos rote Horizont und mittendrin nur sie allein.

„Scheiße, wo bin ich hier?“

Doch sie erhielt keine Antwort. Nicht von der dunklen Stimme und nicht von dem Alten. Hier war sie vollständig allein. Eine spürbare Einsamkeit, so leer, dass es sie fast erdrückte. Die einzige Orientierung, die sie hatte, war der Übergang vom Meer zum Strand, daher beschloss sie, der rosa schäumenden Brandung zu folgen.

Ohne zu wissen, wie lange sie lief, wuchs in ihr mit der Zeit die Erkenntnis, nirgends anzukommen. Sollte sie die Zeit in Minuten oder Stunden messen? Oder besser in Metern und Kilometern? Oder war es eigentlich völlig egal, an einem Ort wie diesem?

Clara wusste nicht, wo sie war, oder wohin es sie führte. Woher sollte sie dann wissen, was ihr Ziel war oder besser, wann sie es erreicht hatte? Außerdem war hier verdammt noch mal nichts. Absolut gar nichts. Dies war der Ort, an dem man vor Einsamkeit wahnsinnig wurde. Immer wieder sah sie sich um, immer wieder warf sie einen Blick zurück. Aber kein Wunder geschah und materialisierte plötzlich ein Ziel. Irgendetwas, auf das man zu steuerte. Wenn sie keine Fußspuren im roten Sand hinterlassen hätte, würde sie sich ernsthaft fragen, ob sie überhaupt schon losgelaufen war. Mürbe vom Marsch und taub durch die Stille ließ sie sich schließlich auf die Knie fallen. Welchen Zweck hatte es weiter zu laufen?

„Na, Clara, was ist los?“, fragte die Stimme der Finsternis gehässig, „Fühlst du dich einsam und allein? Willkommen auf der Ebene der Verzweiflung. Hier gibt es nur dich und mich.“

Es lachte sie aus. Es lachte schallend und laut und versuchte nicht mal zu verbergen, dass der Witz auf ihre Kosten ging. Sie sah auf und erblickte nur wieder die Hand, die in einiger Entfernung vor ihr in der Luft schwebte. Zu gerne hätte sie ein Gesicht oder eine konkrete Gestalt vor sich gehabt. Etwas, an das sie ihre Wut und ihren Zorn ketten konnte. Aber es war lächerlich sich mit einem Hirngespinst anzulegen.

„Komm, Clara, folge mir. Es gibt einen Weg hier heraus und es ist nicht mehr weit.“

Sie stand auf. Kämpfte sich auf die Beine. Zwang sich, den Blick von der hässlichen Hand zu lösen.

„Es gibt einen Weg hier heraus“, wiederholte sie, mehr für sich selbst, denn als Antwort.

Sie hörte die Worte aus ihrem Mund purzeln, doch ihr fehlte der Glauben daran. Und mehr noch, sie bezweifelte, dass diese ominöse Stimme die Wahrheit sprach. Bisher hatte sie keinen Grund ihr zu vertrauen. Aber auf der anderen Seite, fragte sie sich, wo der Unterschied war, hier sitzen zu bleiben oder weiter zu schlurfen. Die Richtung war ohnehin egal.

„Ja. Und es ist nicht mehr fern“, echote die Düsternis.

Schleppend setzte sie sich wieder in Bewegung. Einen Schritt nach dem anderen. Eins, zwei. Eins, zwei. Eins, zwei. Noch einen und noch einen. Immer weiter. Eins, zwei. Eins, zwei.

*Zu eintönig, mehr Abwechslung, bitte.*

Eins, zwei, drei, vier, fünf, sechs, sieben, acht. Sie zählte so fort, immer weiter. Jeder Schritt bekam eine Nummer. Jede Zahl brachte sie einen Schritt voran. Clara ging nicht schnell. Eile ergab keinen Sinn, nicht hier. Gemächlich trottete sie weiter, bis der Rhythmus sie benebelte. Wie in Trance bewegten sich ihre Beine von allein den unsichtbaren Weg am Strand entlang.

Bei 357 stolperte sie, weil sie ins Leere trat. Sie fiel der Länge nach hin und schlug ungebremst mit dem Gesicht in den Sand. Sofort klärte sich ihr Verstand. Etwas war passiert, dass nicht ins System passte und dass hatte sie zu Fall gebracht. Sie rappelte sich auf und stellt fest, dass sie mit den Füßen im Blut stand. Ein kleiner Bachlauf durchzog den Strand. Er mündete im Meer und kam aus den endlosen Weiten. Doch das stimmte nicht so ganz. Da war etwas am Horizont. Eine Art Gebäude, alter, fast antiker Stil. Es erinnerte sie grob an die Akropolis, nur mit rundem Grundriss.

Etwas Neues! Claras Verstand vollführte lachende Freudensprünge. Es war keine intellektuelle Herausforderung, ein Gebäude zu erkennen, aber im Vergleich zu dem, was es davor zu sehen gab, kam dies dem Urknall an Abwechslung gleich. Und wer weiß, vielleicht gab es dort noch mehr. Weniger war unmöglich. Ein Lächeln überzog ihr Gesicht und mit neuer Motivation lief sie schnellen Schrittes auf dieses Gebäude mitten im Nirgendwo zu. Der Bach leitete sie und die Hoffnung beflügelte sie.

Schnell kam sie näher und erkannte zunehmend mehr. Da waren Säulen, die das Dach trugen. Fresken, welche die Mauern zierten. Statuen, die den Weg säumten und Stufen, die es zu erklimmen galt, bevor man in das Inneres des Tempels gelangte. Ein antiker Tempel, da war Clara sicher. Ein besseres Wort fiel ihr ohnehin nicht ein. Auch den Ursprung des blutigen Baches fand sie hier. Über einen Kanal floss das Blut am Rande der Stufen in einen flach gemauerten Brunnen. Eigentlich mehr ein Auffangbecken und von dort ergoss es sich über die Seite auf den Boden. Es sammelte sich rundherum in einer Pfütze, was die Zisterne im Grunde obsolet machte, aber es war ja zum Glück nicht Claras Architektur. Oder doch? War es nicht ihr eigener Geist? Von dort aus setzte es als kleiner Bachlauf den Weg zum Meer fort.

Kaum mehr als ein paar Schritte vor dem Fuß der Treppen blieb sie stehen. Die Statuen, die sie die letzten Meter begleitet hatten, waren verschiedenste Figuren in unterschiedlichen Posen. Engel, Putten, Teufel, Tiere und Menschen. Sitzend, stehend, kniend, in alltäglichen Bewegungen und Tätigkeiten. Es gab kein Muster. Es war, als hätte ein produktiver Künstler schlicht alles in Stein gemeißelt, was ihm eingefallen war. Aber eines hatten sie gemeinsam: Wie der Tempel an sich waren sie aus weißem Marmor gehauen.

Zögerlich überwand Clara die letzten Schritte und setzte den Fuß auf die unterste Stufe. Kaum hatte sie ihn fest aufgesetzt, drang die Stimme der Dunkelheit aus dem Inneren des Tempels an ihr Ohr. Lauter als je zuvor. Erschrocken riss sie den Kopf hoch und sah zur offenstehenden Pforte hinauf. Der Eingang war nicht durch eine Tür oder ein Tor versperrt, es gab nur den Torbogen. Der Tempel lag vollkommen offen vor ihr und dennoch war es unmöglich hineinzusehen. Schwärze füllte den Einlass aus, so undurchdringlich, wie zu Beginn ihrer Reise in ihrer alten Wohnung. Unförmig waberte sie heraus, eine sich ständig verändernde Wolke. Formlos, strukturlos und doch wirkte es stofflich, fast greifbar.

„Tritt ein, Clara. Tritt ein und erkenne dich selbst!"

Die Stimme lachte wieder, anscheinend amüsiert über ihren eigenen Bezug zum Orakel in Delphi. Vielleicht lag der Gedanke nicht fern, wenn man die Architektur betrachtete. Aber diese Art von Humor hätte sie der Finsternis nicht zugetraut.

Schritt für Schritt stieg sie die sieben Stufen empor und spürte eine Anspannung in der Luft. Eine freudige Erwartung und ein böses Grinsen. Sie fühlte sich beobachtet und wurde das Gefühl nicht los, genau das zu tun, was man von ihr verlangte. Es fühlte sich so an, wie in eine Falle zu tappen und es zu wissen, aber nicht fähig zu sein sich dagegen zu wehren. Ausgeliefert und fremdgesteuert. Ein Schaf auf dem Weg zur Schlachtbank.

Als sie oben angekommen war, blieb sie vor der wandelbaren Schwärze stehen. Ein Blickduell, ihre Augen gegen das Nichts und einen ewigen Augenblick später zog sich die Dunkelheit zurück. Der Blick ins Innere war frei und obwohl es keine Fenster oder sonstige Öffnungen in der Außenmauer gab, überblickte Clara den Raum. Es herrschte die gleiche Helligkeit wie draußen, bis auf die undurchdringliche Wolke im hinteren Teil des Tempels.

Zwischen ihr und Clara lag der Innenraum und mittig darin eine Art Springbrunnen. Ein rundes Becken und eine Säule, doppelt so hoch wie sie selbst, ragte daraus empor. Mit gemächlichen Schritten umrundete sie den Brunnen. Jeder Furcht war wie weggeblasen, stattdessen fühlte Clara gar nichts. In diesem Moment beherrschte sie eine untypische Gleichgültigkeit.

An den Seiten des Pfeilers waren vier Wasserspeier angebracht. Ein Mädchen, eine junge Frau, eine alte Frau und ein Skelett. Sie alle ragten mit dem Oberkörper aus dem Stein, während sie von der Hüfte an abwärts im Marmor steckten. Es wirkte, als würden sie in ewiger Qual versuchen, sich aus dem Felsen zu befreien. Doch vergebens. Alle Gesichter waren als schmerzverzerrten Fratzen gearbeitet. Die Augen starrten schockiert in die Unendlichkeit hinter den Wänden. Aus ihren Augenwinkeln flossen beständig blutige Tränen und aus dem geöffneten Mund ein ewiger Strom des roten Wassers. Über den Beckenrand hinweg ergoss sich das Blut dann in einem langsamen, aber unaufhörlichen Schwall auf den Boden und folgte dort einer feinen Struktur bis zur Tür hinaus und in den Kanal an den Stufen.

Die Finsternis hatte sich nicht bewegt, während sie den Brunnen umrundet hatte. Sie beobachtete nur und ließ Clara die Zeit das Tempelinnere zu erkunden. Doch als die Runde vollendet war, redete sie auf sie ein.

„Siehst du, Clara? Das ist dein Schicksal und deine Erlösung. Dies ist die Quelle deines Seins. Das Wasser, das den Fluss deines Lebens speist. Versiegt der Brunnen, stirbst du. Normalerweise quillt das Wasser nur aus dem Wasserspeier hervor, der deiner aktuellen Lebensphase entspricht. Aber du hast das Leben ausgetrickst, nicht wahr? Du bist ebenso tot, wie neu geboren, ebenso jung wie alt. Die Gesetze des Lebens gelten nicht mehr für dich…“

Eine Pause, bedeutungsschwanger und schwer.

„…und das verdankst du mir! Ich bin dein neues Leben. Ich habe die Regeln des Brunnens gebrochen. Ich bin hier, weil du mich hereingebeten hast. Ich BIN dein neues Leben. Ich bin DU. Du kannst mich nicht mehr loswerden, wir sind eins.“

*Ich habe dich nicht hereingebeten. Diese Wahl hatte ich nie.*

„WAS bist du?“, fragte Clara stattdessen, als sie ihre Sprache wiedergefunden hatte.

„Ich bin Clara Mork. Ich bin Polizistin. Ich bin Freundin. Ich bin Liebhaberin. Ich bin Tochter. Ich bin…“

„Nein“, rief sie der Dunkelheit entgegen, „das bin alles ICH. Du bist nichts davon. Was zum Teufel bist du?“

„Das sagte ich dir doch schon. Ich bin du. Wir sind eins. Unzertrennlich, eine Einheit. Deswegen bin ich all dies, ebenso wie du es bist. Ich bin deine Vergangenheit, deine Gegenwart und deine Zukunft. Ich war immer und werde immer sein. Ich bin die Macht in deinem Blut. Ich bin Segen und Fluch. Ich kann dir zu all dem verhelfen, was du dir schon immer gewünscht hast. Ich kenne keine Grenzen, ich halte mich an keine Regeln. Gesetze gelten für mich nicht. Ich bin Tod und Vernichtung für meine Feinde, ich bin Heil und Erlösung für meine Freunde. Ich bin das Leben, dass du schenken kannst. Wenn du es akzeptierst und mich lässt, dann trifft das alles auch auf dich zu, Clara."

Wieder eine Pause, aber nicht lang genug, um Clara die Zeit zu lassen zu reagieren.

„Wir gehören zusammen. Gemeinsam können wir alles erreichen. Wir brauchen keine Gemeinschaft außerhalb. Wir sind bereits eins im Inneren. Aber du sperrst dich noch! Gegen die Macht, die ich in dein Leben gebracht habe und alles, was du sein kannst. Endlose Möglichkeiten liegen vor dir und niemand kann dich aufhalten. Alles, was du dir je erträumt hast und noch mehr. Was hält dich davon ab wieder mit Sabine zusammen zu sein? Doch nur irgendwelche Regeln, die andere aufgestellt haben. Niederes Gewürm, das jederzeit vor dir erzittert, weil sie fürchten, was ich dir geben kann. Und das weißt du bereits. Du musst es nur erkennen. Musst nur verstehen, zu was du geworden bist, zu was du bestimmt bist. Ich biete dir endlose Macht, absolute Kontrolle und unendliches Wissen."

Clara fühlte sich wie in Trance. Sie starrte in das mit Blut gefüllte Becken des Brunnens und hatte den Raum um sich herum längst vergessen. Nur das Blut vor ihr und die Stimme waren noch da.

„Macht, Kontrolle, Wissen", wiederholte sie.

„Genau! Macht, Kontrolle und Wissen. Und alles, was du dafür tun musst, ist dich mir hinzugeben. Blut ist der Preis. Aber zum Glück nicht deines. Lass die anderen die Rechnung begleichen. Ich mache da keinen Unterschied. Niemand hat dir je etwas geschenkt. Niemand in deinem Leben. Jetzt lass sie dafür bezahlen."

„Meine Macht, ihre Rechnung", flüsterte sie vom beständigen Plätschern des roten Schwalles hypnotisiert.

„Jaaaaa, Clara, du hast es verstanden. Besiegle den Pakt. Überlass dich mir. Gibt dich mir hin. Trink aus dem verfluchten Brunnen deines Lebens. Akzeptiere mich, denn ich gehöre zu dir. Sein mein Werkzeug, dann bin ich deines. Öffne mir die letzte Tür zu deinem Geist! Übergib mir deine Seele!"

*Geist? Seele? Mein Geist? Meine Seele? Dich in meinem Geist akzeptieren? Aber mein Geist gehört doch mir. Nur mir. Mir allein!*

Sie reagierte nicht. Konnte nicht reagieren. Die Gedanken überschlugen sich und Clara war kaum schnell genug nur einen davon festzuhalten. Die Dunkelheit in ihrem Inneren, das Tier, wie es die anderen nannten, versuchte sie. Es war hier direkt bei ihr. Oder war sie bei ihm? War das wichtig?

*Ja, verdammt, es ist wichtig! ES ist bei MIR. In MEINEM Kopf, nicht umgekehrt. Mein Kopf, mein Geist, mein Verstand, meine Regeln, meine... Verantwortung.*

Doch die geistige Projektion ihrer selbst war da anderer Meinung, denn sie registrierte gerade noch, wie sie ihre Hand nach der Oberfläche des Brunnes ausstreckte und in das Blut tauchte. Sie schöpfte es mit der Handfläche und leckte sich voller Erwartung über die Lippen, als sie sich darüber beugte. Clara roch es. Wie herrlich duftete das rote Gold in ihrer Hand. Unendliche, grenzenlose Macht lag dort und nur wenige Zentimeter von ihrem Mund entfernt.

*Halt! Nicht!*

Blitzschnell ballte sie die Hand zu einer Faust und das Blut darin spritze in alle Richtungen davon.

„Waaas? Nein, was soll das, Clara? Hast du nicht verstanden, worum es geht? Was ich dir biete?“, die Stimme klang gehetzt und überrascht.

Ohne zu antworten, sah sie an der Säule empor. Direkt über ihr ragte ein Skelett aus dem Stein. Es sah sie mit verzerrtem Blick und voller Entsetzen an und spie ihr Blut entgegen.

*Der Tod, der letzte Übergang, die letzte Grenze. Ich habe sie überschritten und bin doch hier.*

Sie sah auf die linke Seite der Säule. Das junge Mädchen weinte blutige Tränen und würgte rotes Wasser hervor.

*Geburt, die Jugend. Unbeeinflusst von den Widrigkeiten des Lebens. Unschuld in reinster Form. Und jetzt? Pervertiert und verdreht. Eine unheilige Abkehr vom Leben.*

Sie sah auf die rechte Seite und erblickte die alte Frau. Stolz hätte sie sein können, auf das, was sie erreicht hatte. Stattdessen spuckte sie Blut und weinte.

*Mein Lebensabend. Zufrieden zurückblicken, auf das, was ich geschafft hatte. Friedvoll, ohne Angst nach vorne schauen, das wollte ich immer. Jetzt brauche ich zwar auch keine Furcht vor dem Tod zu haben, aber dafür umso mehr vor mir selbst. Was wird aus mir, was fange ich an mit meiner Zeit? Kann ich in 100 Jahren noch zufrieden zurückschauen, oder voll Gräuel? Wird mir dann das Blut auch schon hochkommen?*

Clara warf sich herum und fixierte die konturlose Dunkelheit. Eine neugewonnene Angriffslust beflügelte sie. Die Versprechen waren groß und die Versuchung ebenso. Aber konnte sie die Konsequenzen wirklich ertragen? Wollte sie das überhaupt?

Das kleine Mädchen an der Säule würgte beständig und voller Trauer Blut aus den Tiefen ihres Seins empor. Aber das war falsch. Sie wurde nicht als Vampirin geboren. Sie hatte eine Kindheit. Gute Tage mit ihren Eltern und harte Schicksalsschläge bei deren Tod. Eine tolle Zeit bei ihren Großeltern, die ihr bis heute Kraft gaben. Und das alles hatte sie als menschliches Kind erlebt.

Das hier war ein Schwindel. Die kleine Statue war ein verdrehtes Abbild, aber ganz sicher kein Symbol ihrer Kindheit. Ebenso gelogen war der Tod, direkt vor ihr. Dieses Bildnis existierte nicht, da sie nicht mehr sterben würde. Er dürfte das Wasser überhaupt nicht speisen. Weder bei ihr noch bei sterblichen Menschen, denn der Tod war ein Wendepunkt, keine Lebensphase. Und die traurige alte Frau? Nein, so wollte Clara nicht werden. Nicht, wenn sie es zu verhindern wusste. Es war Zeit zu agieren, statt zu reagieren!

„Warum?“, fragte sie herausfordernd.

„Warum, was?“

„Warum brauchst du meine Zustimmung? Warum muss ich dir erlauben, die Kontrolle zu übernehmen? Warum? Wenn nicht, weil du keine echte Kontrolle hast. Keine echte Macht! Nicht wahr? Du kannst nur manipulieren, aber nicht selbst handeln!“

Das Tier lachte schallend.

„Du hast keine Ahnung von meiner Macht, Clara. Ich will mich nur an die Regeln halten. Will, dass du verstehst. Ich kann mir auch nehmen, was ich will. Aber es ist leichter für uns beide, wenn wir einen Konsens finden.“

„Du willst, dass ich verstehe? Gut, dann beantworte meine Fragen! Warum Blut? Mein Geist war nie von der Gier danach beherrscht, so wie er es im Starbucks war. Das ist alles nur dein Werk. Du hast mich manipuliert, die Wut geschürt, bis ich explodiert bin. Aber mein Kopf kennt mehr Farben als nur rot. Du hast bereits zu viel Einfluss auf mich gehabt. Seit du hier bist, habe ich Gewaltphantasien, nehme ich den Tod anderer billigend in Kauf und bin so egoistisch, wie ich es nie war. Das hört jetzt auf!“

„Aber doch nur, damit du dich daran gewöhnst, deinen Willen durchzusetzen. Zur Not und am besten mit Gewalt. Du hast die Macht, nur du allein. Das musst du verstehen. Das Blut ist die Quelle des Lebens. Jeden Lebens. Blut ist Macht. Wer das Blut kontrolliert, der kontrolliert Körper und Geist! Blut ist alles! Trink das Blut, Clara. Trink und du wirst verstehen, was ich meine."

„Blut mag das Leben sein. Aber es gibt eine Zeit zu leben und eine Zeit zu sterben. Es gibt eine Zeit zu lieben und eine zu hassen. Dazwischen liegt noch so viel anderes. Doch du kennst nur das eine. Blut ist aber nicht alles! Deswegen ist deine Macht eingeschränkt, nicht wahr? Du kannst dich nur des einen Pfades bedienen und musst diesen daher mit aller Macht und Gewalt durchsetzen."

Eine Änderung vollzog sich. Das Rot um sie herum verblich und statt eines rosa Farbtons wurde der Marmor, der sie umgab, wieder weiß. Doch auch die Dunkelheit breitete sich bedrohlich aus. Sie wurde immer größer und nahm schon bald die Hälfte des Innenraums in Beschlag.

„Widersetz dich mir nicht! Du wirst nicht bestehen! Ich werde Besitz von dir ergreifen, mit oder ohne deinen Willen. Mir ist beides recht. Zur Not werde ich deinen Geist vernichten. Aber die Welt wird in Blut baden, durch deine Hand, Miststück! Was glaubst du, wo du hier bist? Warum besteht dein Selbst nur noch aus einer leeren Ödnis und einem Meer aus Blut? Weil ICH es so will! Dein Verstand gehört bereits mir! Du wirst hier nicht mehr wegkommen. Du wirst die Ebene der Verzweiflung in deinem eigenen Kopf auf ewig durchstreifen. Und vielleicht lasse ich dich hin und wieder dabei zusehen, wie deine Hände durch meinen Willen einem dieser wertlosen Menschen die Gedärme aus dem Bauch reißen. Einfach so zum Spaß. Du wirst nicht bestehen gegen eine Urgewalt. Irgendwann wirst du den Geist aufgeben und vergehen. Was übrig bleibt, bin ICH!"

Das letzte Wort spie ihr die Dunkelheit förmlich entgegen. Es hallte von den Wänden des Tempels zurück und echote in ihren Kopf. Endlos und verzerrt. Clara hielt sich die Ohren zu, bevor sie weitersprach.

„Vielleicht bestehe ich nicht, aber ich muss es versuchen. Mein Geist, mein Verstand, mein Körper, meine Regeln! Vielleicht werde ich dich los, vielleicht nicht. Aber ich gebe nicht kampflos auf."

„Ich habe dir eine Symbiose angeboten, doch du hast abgelehnt. Akzeptiere deine Vernichtung. Du kannst mich nicht loswerden, egal, wie sehr du es dir wünschst!"

„Vielleicht nicht. Aber wir spielen trotzdem nach! Meinen! REGELN!", schrie sie der finsteren Wolke entgegen. Ihr Schrei übertönte sogar das Echo in ihrem Kopf.

Mit allem hatte Clara gerechnet, aber nicht mit nichts. Sie war auf einen Angriff eingestellt. Auf qualvolle Schmerzen, die ihr einen Eindruck vom Fegefeuer vermittelten. Sie hatte sogar erwartet, von der Dunkelheit umschlossen und vollständig aufgelöst zu werden. Ihre Existenz einfach ausgelöscht. Doch es geschah nichts.

Oder fast nichts, denn sie sah nun klar. Ihr Blick schärfte sich. Kein blutiger Dunst mehr um sie herum, der alles wie im Traum wirken ließ. Kein roter Schleier, der über allem lag. Alles hatte wieder scharfe Konturen. Weißer Marmor, rotes Blut und ein schwarzer Schatten in der Ecke, aber keine bedrohliche Wolke mehr.

Clara drehte sich zur Seite und sah zum Ausgang. Die trostlose Gegend des roten Nichts war ebenfalls verschwunden. Stattdessen blickte sie auf eine grüne Landschaft. Bäume, Büsche, Gräser, ein Weg, der vom Tempel fortführte, gesäumt von weißen Statuen auf moosbewachsenen Sockeln. Darüber ein blauer Himmel.

Sie schritt auf den Ausgang zu. Hinter ihr tobte die Finsternis und versuchte sie zur Umkehr zu bewegen. Immer noch versprach sie Macht, Kontrolle und Wissen. Sie bräuchte nur einen winzigen Schluck aus dem Brunnen nehmen. Ewig die gleiche Leier aus Lügen und Versuchung. Aber sobald sie die Pforte hinter sich gelassen hatte, geriet die Stimme so leise in den Hintergrund, dass es einfach war, sie zu ignorieren.

Für Clara war das die Bestätigung. Die Finsternis hatte nichts zu bieten. Nichts Handfestes. Außer Reden steckte nichts dahinter. Sie konnte sie nicht einmal hier auf dieser Ebene des Seins attackieren. Sie betete nur in Endlosschleife ihren immer gleichen Text herunter.

Langsam und bedächtig schritt Clara die Stufen herab. Das Blut aus dem Brunnen hatte sich jedoch nicht verändert. Es blieb anscheinend von nun an ihr Leben und floss noch in endlosem Strom den Kanal herab. Aber das war Ok. Es würden Zeiten kommen, in denen der Wunsch nach Blut größer war. Aber auch welche, in denen sie ohne auskam. Wichtig war, dass sie die Herrin in ihrem Kopf blieb. Dass sie ihr Handeln kontrollierte und die Verantwortung dafür übernahm.

Jetzt war ihr bewusst, wer oder was ihr Gegenspieler war. Sie selbst, ihre dunkelsten Triebe und niedersten Wünsche. Clara wusste, dass sie diese niemals ganz loswerden würde und die Dunkelheit nur auf einen Moment der Schwäche wartete, um sie zu korrumpieren. Und sie würde es immer und immer wieder versuchen, für den Rest der Ewigkeit. Aber solange sie sich das bewusst hielt, konnte Clara auch dagegen steuern. Sie war die Einzige hier, die zu echtem Handeln fähig war. Niemand sonst. Andernfalls hätte die Finsternis sich einfach genommen, was sie wollte.

Die Ebene der Verzweiflung hatte sich im Ganzen gewandelt und war nun mehr ein Tal der Hoffnung. Die fröhlichen, kräftigen Farben hoben ihre Stimmung und sie konnte es kaum erwarten, dem roten Bach zurück zum Meer zu folgen. Auf ihrem Weg strich sie mit den Fingern über die grünen Zweige und Blätter. Alles wirkte so friedlich und harmonisch, fühlte sich so real an. Kaum zu glauben, dass in dem Tempel hinter ihr eine mächtige Dunkelheit darauf wartete dies alles zu vernichten.

*Nur wie komme ich jetzt wieder hier raus? Gefangen im eigenen Verstand?*

Sie folgte dem roten Bach immer weiter und die Landschaft dünnte sich aus, je näher sie dem Stand kam. Es war ein starker Kontrast, das flüssige, kräftige Rot zwischen all dem Grün um sie herum. Aber es war auch sinnbildlich für sie selbst.

Am Strand angekommen lag ein weites, blaues Meer vor ihr. Dort, wo sich das rote Wasser mit dem Ozean vermischte, entstand eine kleine rosa Wolke unter der Wasseroberfläche. Doch im Vergleich zu den endlosen Weiten vor ihr, war es eine Nichtigkeit. Clara betrachtete diese besondere Form des Brackwassers eine Weile.

*Es ist immer noch da und wird es immer sein. Das Verlangen nach Blut. Aber es ist eben nur ein Teil meines Verstandes. Solange es ihn nicht beherrscht, ist alles in Ordnung.*

Still und ruhig lag der Ozean dort und eine sanfte Brandung umspülte ihre Füße. Sie sah die Spuren ihrer Ankunft bis an den Horizont. Aber zurück war keine Option, es musste von hier aus vorwärtsgehen. Also wandte sie sich in die entgegengesetzte Richtung.

Nicht nur die Landschaft im Landesinneren hatte sich gewandelt. Auch hier am Meer gab es mehr zu sehen. Hier und dort lag angespültes Treibholz und im Sand waren Muscheln vergraben. Doch das Interessanteste war einige hundert Meter weiter zu sehen. Denn der Strandbungalow auf Stelzen und mit Veranda hatte zuvor definitiv nicht existiert. Ein sicheres Refugium für den Fall, dass das Meer mal aufgewühlt war. Aber in erster Linie war es neu für sie, also steuerte sie auf den Holzbau zu.

Als Clara näherkam, erkannte sie die kleine Hütte wieder. Sie war deutlich mehr als ein Bretterverschlag, aber zu wenig für ein Haus. Als Kind hatte sie mit ihren Eltern und später mit den Großeltern solch ein

Ferienhaus bewohnt, wenn sie im Urlaub an der Nordsee waren. Ordentliche, hellblau gestrichene Wände, weiß gerahmte Fenster und ein leuchtend rotes Dach. Alles getragen von einem dunkelbraunen, hölzernen Fundament auf dicken Stämmen. Erreichbar über eine Treppe, die bis auf den Sandstrand reichte. Sie stieg die Stufe zur Veranda herauf und sah auf den vor ihr liegenden Ozean hinaus.

*Ein schöner Anblick. So ruhig, so friedlich. Würdevoll. Kein Anzeichen von irgendeinem dunkeln Schatten. Fast schon meditativ.*

Einen Augenblick, unmöglich zu sagen, wie lange genau, genoss sie die Ruhe, sammelte ihre Gedanken und neue Kraft. Schließlich aber wandte sich Clara um und steuerte die Tür zum Inneren der Strandhütte an. Vielleicht war es Intuition, doch etwas in ihr zog sie dorthin. Ein unausgesprochenes Heilsversprechen lag hinter der Tür. Die Hand ausgestreckt berührten ihre Finger den Knauf und eine wohlige Wärme durchzog sie sofort. Es war, wie heimkommen nach einer langen Reise, wie ein Wiedersehen mit der Familie. Hier war alle Furcht vergessen, denn sie wusste, dass sie nichts und niemand bedrohte.

Mit der Hand am Knauf drehte sich Clara noch einmal zu dem grünen Wald um, aus dem sie gekommen war. Er erstreckte sich endlos bis zum Horizont. Doch in der Mitte ragte die weiße Marmorkuppel des Tempels empor. Ihr Innerstes, der letztgültige Kern ihres Wesens. Der Quell ihres Lebens. Er war befleckt, das wurde ihr nun schmerzlich bewusst. Nichts würde mehr so sein wie früher und Clara war gezwungen den Rest der Ewigkeit darauf zu achten, was sie tat. Jeden einzelnen Gedanken zu hinterfragen, ob es auch tatsächlich ihr eigener war. Aber der Feind, den man kannte, war leichter zu bekämpfen, als einer im Verborgenen.

„Ist das so, Miststück?“, da war sie wieder die finstere Stimme aus dem Nichts, anscheinend war Aufgeben auch für sie keine Option, „Bist du sicher, dass du deine Feinde wirklich kennst? Hast du jemals hinterfragt, wo der Fluch herkommt? Warum ich hier bin? Was muss man verbrochen haben, um eine Strafe zu verdienen, die sich auf alle Nachkommen erstreckt? Was hast du getan, dass du es verdienst?“

Da war der Zweifel wieder. Das nagende Gefühl, dass da mehr war und sie absichtlich im Ungewissen gelassen wurde. Die Fragen hatten ihre Berechtigung, denn das hatte sie bisher nicht hinterfragt. Doch die Antworten würde sie sich nicht von der Dunkelheit anhören. Sie hatte bisher keinen Grund gehabt, ihr zu vertrauen, warum jetzt damit anfangen?

„Etwas geb‘ ich dir noch mit, ein Friedensangebot, wenn du so willst, denn wir werden noch viel Zeit miteinander verbringen. Es wird dich einzigartig machen, kleine Königin der Nacht“, hörte sie die Stimme wieder, als hätte sie ihre Gedanken gelesen.

Auf der Spitze der Kuppel ihres Tempels erschien ein grelles Licht. Weiß und hell leuchtete es über die Bäume bis ins Firmament. Ein leichtes Pulsieren war alles, was die Lichtkugel ausmachte. Irgendwie unspektakulär. Und trotzdem, die Dunkelheit hatte etwas gemacht, etwas in ihrem Geist verändert, sie spürte es deutlich. Der Gedanke, dass sie dazu fähig war, löste Unbehagen aus. Und doch war Clara sich sicher, dass es dieses Mal nichts Schlimmes war.

Sie wandte sich zur Tür. Es war Zeit zu gehen und den Weg in die Welt zurück anzutreten. Als sie sie öffnete und hindurchtrat, umfing sie ein blendend weißes Licht.

## Kapitel 20

Als Clara die Augen öffnete, fühlte sie sich orientierungslos und verwirrt. Offenkundig lag sie auf einem Bett in einem übersichtlichen, aber geräumigen Zimmer. Auf dem Nachttisch neben ihr spendete eine kleine Lampe etwas Licht. Gerade so viel, dass man den Raum überblickten konnte. Geschmackvoll und modern eingerichtet war das Zimmer, aber es waren nicht ihre Möbel, das erkannte sie sofort.

Behäbig richtete sie sich auf und hörte ihre Knochen knacken. Anscheinend hatte sie recht lange hier gelegen. In der Erwartung jeden Augenblick Kopfschmerzen zu bekommen, legte sie vorsorglich eine Hand an die Stirn und wartete, bevor sie die Beine über die Bettkante hob. Clara schaute an sich selbst herab und sah Jeans und ein Fan-Shirt von Arch Enemy - wann genau hatte sie es angezogen? – war aber barfuß. Die erwarteten Schmerzen blieben aus, doch etwas regte sich am Rande ihres Bewusstseins. Etwas Dunkles und Abscheuliches, das nur darauf wartete zu zuschlagen, wie eine Schlange in einer Felsspalte auf der Pirsch.

Clara schüttelte den Gedanken ab und sah sich im Raum um. Eine Sitzecke mit Couch, Tisch, Sessel und einem kleinen Fernseher. Am Fußende des Bettes stand ein Schreibtisch mit irgendwelchen Unterlagen darauf und auf der gegenüberliegenden Seite ein winziger Esstisch, der kaum mehr als einer Person Platz bot. Ein Kleiderschrank und ein paar leere Regale waren der einzige Stauraum. Dazu kam die verwirrende Erkenntnis, dass sie sich alles schon einmal genauso aufmerksam angeschaut hatte.

Sie saß auf der Bettkante und je mehr sie vom Raum um sich herum aufnahm, desto mehr kehrten die Erinnerungen zurück. Sie war in der Enklave unter dem Death's Garden. Dies hier war das Zimmer, das sie bezogen hatte. Viktor hieß der Leiter, Nancy, seine rechte Hand. Da waren ein Zwillingspaar und einige andere. Die Namen fielen ihr aber im Moment nicht ein. Trotzdem war Clara zuversichtlich, dass sie schon zurückkehrten, so wie der Rest bisher. Doch die wichtigste Person war Roxy, der Name brannte hell in ihren Erinnerungen auf. Zu ihr hatte sie eine besondere Art von Verbindung. Die war kürzlich erst zustande gekommen, aber wie lange war das „kürzlich" her?

Auf wackeligen Beinen stand sie auf. Für einen Moment war sie unsicher, ob sie den Weg zur Tür unfallfrei schaffte, aber nach einem kurzen Augenblick der zittrigen Körperbeherrschung wagte sie den ersten Schritt. Zur Sicherheit hielt sie eine Hand über dem Schreibtisch, bereit sich jederzeit abzustützen. Aber das war zum Glück nicht notwendig. Sowohl die Füße, als auch die Beine gehorchten ihr und trugen sie zielstrebig zur Tür herüber. Sie griff nach der Türklinke und hielt kurz inne. Clara wurde schlagartig bewusst, dass etwas passiert war. Nein, nicht etwas, SIE war passiert. Sie selbst hatte etwas getan und ohne zu wissen, was es war, hatte sie doch das Gefühl, dass es etwas Schlimmes war.

*Was ist passiert? Und was, wenn sie mir böse sind? Wie werden sie mich jetzt betrachten?*

Dennoch gab sie sich einen Ruck und öffnete die Tür. Wenn sie einen Fehler begangen hatte, würde sie dafür einstehen. Der Gang war gut beleuchtet und deutlich heller als ihr Zimmer. Kurz warf sie noch einen sehnsüchtigen Blick auf das Bett. Wie leicht wäre es, sich einfach wieder hinzulegen und so zu tun, als schliefe sie noch? Irgendwann würde jemand nach ihr schauen. Dann wäre es leichter abzuschätzen, ob man sich um sie sorgte, oder es ihnen recht war, dass sie nicht zu den anderen stieß. Aber das wollte sie nicht. Clara war so aufgewachsen und erzogen worden, dass man die Verantwortung für seine Taten selbst trug. Niemand nahm einem ab, was man angestellt hatte.

Also trat sie in den Flur hinaus und spähte in Richtung des Aufenthaltsraumes. Die Tür stand offen und sie hörte den Fernseher. Irgendeine Nachrichtensendung schien zu laufen. Aber sie sah niemanden, weder in der Küche, noch am Esstisch. Die Couchecken vorm TV konnte sie von hier aus jedoch nicht einsehen. Langsam näherte sie sich dem Durchgang, immer eine Hand nach der Wand ausgestreckt, für den Fall der Fälle. Als Clara näherkam, spürte sie eine Präsenz im Aufenthaltsraum. Jemand saß dort auf der Couch und schaute Nachrichten. Die Person war allein im Raum. Es war eine Frau. Mit jedem Schritt, den sie näherkam, hatte sie ein besseres Gefühl für die Situation, die sie gar nicht sah.

Die Frau saß dort, die Füße auf den Couchtisch gelegt. Etwas, dass sie sich sonst nicht wagte, aber sie war allein und rechnete nicht damit, dass sie bald Besuch bekommen würde. Sie folgte den Nachrichten nur beiläufig, weil nichts Neues kam. Zumindest nichts, was sie erwartet hatte. Und darüber schien sie sogar erleichtert zu sein. Aber sie war abgelenkt. Ein Handy, sie tippte einen Text. Das alles verriet Clara ihre Intuition. Woher die Gewissheit kam, war unmöglich zu beschreiben.

Aber sie wusste es so sicher, wie das, was sie vom Rest des Raumes sah.

Kurz vor dem Türrahmen blieb Clara stehen und drehte den Kopf in die Richtung, in der sie die Frau vermutete. Im Grunde starrte sie auf die Wand vor sich, doch es war, als könne sie einen Schimmer durch sie hindurch wahrnehmen. Eine leichte schwarze Aura, die nur grob an die Form eines sitzenden Menschen erinnerte. Sie blinzelte, doch die Andeutung einer Person blieb. Ein schwarzes Glimmen, mehr nicht.

*Also dann. Stellen wir uns, unseren Dämonen.*

Clara ging in den Raum hinein und sah Roxy auf der Couch sitzen, die Füße auf dem Tisch hörte sie beiläufig den Nachrichten zu. Genauso wie sie es geahnt hatte. Überrascht schaute der Ghoul auf. Nein, nicht nur überrascht, sie fuhr erschrocken zusammen. Sie riss die Beine hoch und ließ sie auf den Boden fallen und hoffte, nicht allzu ertappt auszusehen. Doch Clara beschloss, ohnehin nicht weiter darauf zu reagieren. Es schien besser zu sein, nicht unnötig Öl ins Feuer zu gießen. Wer wusste schon, wie sich die nächsten Minuten entwickelten? Roxy legte das Handy zur Seite und sah sie direkt an.

„Oh mein Gott, Clara, hast du mich erschreckt. Ich hab dich nicht gehört. Was schleichst du denn so? Bist du schon lange da?"

„Ich… nein, ich bin gerade wach geworden und…", sie räusperte sich und sah betreten zu Boden, „Um ehrlich zu sein, weiß ich nicht genau, was passiert ist. Aber ich habe das Gefühl, dass ich etwas Schlimmes angestellt habe. Stimmt das?"

Jetzt war es Roxy, die betreten schaute, hielt den Blick aber auf ihre Freundin gerichtet.

„Ja, leider. Du hast die Kontrolle völlig verloren und einen Mann im Starbucks getötet. Na ja, nicht im Café selbst, aber er ist später gestorben."

Clara sah auf, bahnte sich einen Weg zur Couch und ließ sich neben Roxy fallen. Der Ghoul war angespannt, als sie näherkam, das spürte sie deutlich, traute sich aber nicht zurückzuweichen. Doch sie verübelte es ihr nicht. Sie war hier ganz allein mit einer Mörderin, wer wäre da nicht angespannt? Die Macht dieser Einsicht brach mit wahrer Gewalt über ihr zusammen und Clara schlug sich die Hände vors Gesicht. Trauer und Verzweiflung berührten ihr Herz und die Tränen flossen in Strömen. Zwischen all den Schluchzern bat sie Roxy ihr von den

Geschehnissen zu erzählen. Sie gehorchte und die junge Vampirin weinte noch mehr.

Während der Ghoul sprach, wünschte sie sich, ihre Freundin würde sie tröstend in den Arm nehmen und gleichzeitig wollte sie allein sein. Sich am liebsten wieder ins Bett verkriechen und der Welt den Rücken kehren. Niemandem zur Last fallen. Dann richtete sie hoffentlich am wenigsten Schaden an.

Roxy beendete ihren Bericht mit der Schilderung dessen, was passierte war, nachdem der Alte sie in ihr Zimmer gebracht hatte. Viktor hatte Kontakt zum obersten Clanführer der Siddy aufgenommen. Eine kurze Aussprache über den Vorfall später hatte er die Verantwortung für die Organisation übertragen bekommen. Natürlich nur im Kleinen, den Obersten Rat würden Viktors Vorgesetzter und der Alte zusammentrommeln. Für die anderen Bewohner der Enklave ging das Leben weiter wie zuvor, auch wenn die Stimmung nicht so entspannt war. Roxy versicherte Clara, dass das weniger an ihr, sondern mehr an der Tatsache lag, dass der Alte sich hier niedergelassen hatte. Er war ein gern gesehener Gast, doch seine Anwesenheit sorgte immer für Anspannung. Er war stets freundlich und rücksichtsvoll, aber seine Präsenz allein forderte unbedingten Gehorsam, auch ohne, dass er etwas sagte. Die meisten Vampire waren äußerst freiheitsliebend, so dass er sie damit in eine Situation zwang, die für sie nur schwer auszuhalten war. Selbst wenn der Alte kaum zu sehen war, war er doch allgegenwärtig. Die meiste Zeit hatte er zum Glück mit Clara in ihrem Zimmer verbracht. Dies alles war aber schon einige Tage her.

Langsam erlangte sie die Fassung wieder zurück und auch die Erinnerungen kamen ihr erneut ins Bewusstsein. Sie erinnerte sich an das Ultimatum, das er ihr gestellt hatte, und vor allem, welche Art besonderer Verbindung sie zu Roxy hatte.

„Wie lange habe ich noch und wo sind die anderen eigentlich?“

„Noch zwei Tage und den Rest von heute, dann ist der Termin beim Rat. Die anderen sind zum Teil oben, zum Teil unterwegs. Da fällt mir ein, ich sollte Viktor anrufen, falls du aufwachst.“

Roxy griff wieder zu ihrem Handy und wählte eine Nummer. Als sie es sich ans Ohr hielt, fixierte sie Clara und ließ sie nicht mehr aus den Augen.

„Glucke 1 meldet gehorsam: Sie ist wach.“

Pause. Roxy hatte wieder ein freches Grinsen im Gesicht. Und auch Clara verzog den Mund zu einem Lächeln bei der Vorstellung, dass ihre Freundin auf einem Ei sitzen könnte.

„Ja, bin ich."

Eine weitere Pause, in der sie die Augen demonstrativ verdrehte. Unweigerlich schmunzelte Clara etwas mehr. Das hatte sie an Roxy zu schätzen gelernt, auch in den angespanntesten Situationen, brachte sie einen zum Lächeln. Vieles war dann nicht mehr so schrecklich.

„Weil die direkt neben mir sitzt und wir uns eben unterhalten haben."

Pause.

„Mach das. Bis gleich."

Sie beendete das Gespräch und legte das Handy wieder zur Seite. Dann wandte sie sich ihrer Herrin zu.

„Viktor gibt den anderen Bescheid und kommt dann runter."

Clara nickte nur.

*Dann geht es wohl los. Bin mal gespannt, welche Strafe mich erwartet.*

Als Viktor einige Minuten später die Tür öffnete, hielt er noch das Handy in der einen Hand und drückte mit dem Daumen auf das Display. Mit der anderen an der Klinke blieb er im Raum stehen und sah zu Clara herüber. Sie drehte sich zu ihm um und lehnte sich über die Rückenlehne der Couch. Sie sah, dass er versuchte die Situation ab- und sie einzuschätzen. Der Blick wanderte zu Roxy und zurück zu der jungen Vampirin. Sie spürte förmlich, dass er eine gewisse Furcht hatte. Er fühlte sich genauso unangenehm wie sie, aber er überspielte es äußerlich besser. Ein Anführer eben.

„Clara, wie geht es dir?"

Die Frage war ein Test, um ihr Gemüt zu überprüfen, das dämmerte ihr sofort. Das war Ok, besser er verschaffte sich Klarheit, als dass etwas unausgesprochen zwischen ihnen stand. Und mit ein bisschen Glück interessierte es ihn tatsächlich. Clara hatte viel Vertrauen verspielt, das wusste sie, und das wieder aufzubauen würde seine Zeit dauern.

„Gut… denke ich. Schuldgefühle quälen mich, aber damit muss ich wohl leben. Niemand trägt die Verantwortung für das, was geschehen ist, außer mir."

„Schuldgefühle?", Viktors Stimme vollführte einen Sprung nach oben, was ihm gar nicht gut stand.

Er war sonst immer so besonnen und überlegt, aber jetzt klang er ernsthaft überrascht, „Das ist… vielleicht ein gutes Zeichen."

„Wie meinst du das?", fragte Clara.

„Das Tier kennt keine Schuld. Reue zu empfinden heißt, dass es dich nicht kontrolliert."

Er löste sich von der Tür und kam bedächtigen Schrittes auf die Couch zu, auf der die beiden Frauen saßen. Clara schnaubte jedoch verächtlich und sah ihm fest in die Augen. Ihr Gegenüber blieb abrupt stehen.

*Er hat Angst. Bin ich denn so furchtbar?*

„Das Tier, wie du es nennst, ist nichts im Vergleich zu der boshaften Dunkelheit in mir, Viktor. Das Tier sitzt da, giert nach Blut und begehrt auf, wenn ihr es zu lange warten lasst. Aber es ist kontrollierbar. In mir ist eine tiefere Finsternis. Urtümlich und gefährlicher. Intelligent und wachsam wartet sie auf ihre Gelegenheit, einen Moment der Schwäche oder Unachtsamkeit. Glaub mir, diese Lektion habe ich auf die harte Tour gelernt."

Viktor wartete, ob sie weitersprechen würde, als aber nichts kam, griff er den Faden auf.

„Was ist es?"

„Pure Mordlust. Der reine Durst nach Blut. Es will um jeden Preis Blut vergießen und schreckt vor nichts zurück. Kein Selbsterhaltungstrieb. Alles was zählt ist mehr. Mehr von allem. Blut. Macht. Kontrolle. Wissen. Das ist sein Mantra. Das Tier ist nur ein kleiner, schwacher Teil davon. Und so, wie das Tier Teil von euch ist, ist diese Dunkelheit ein Teil von mir. Ich werde es nie mehr loswerden, aber ich muss es kontrollieren."

Die Antwort verunsicherte Viktor sichtlich. Dennoch schritt er die letzten Meter auf sie zu und blieb vor Clara stehen.

„Und wie gehst du damit um? Kannst du es kontrollieren, wenn es so viel schlimmer ist als das Tier?"

„Das muss ich, Viktor. Ich will leben. Ich habe es in die Tiefen meines Wesens eingesperrt. Dort sitzt es in der Falle und wartet auf seinen Moment zuzuschlagen. Ich werde immer auf der Hut sein, immer wachsam. Das muss ich sein. Um mich selbst nicht zu verlieren und um keine Gefahr für andere zu sein. Nicht noch einmal."

Er spürte, dass sie es ehrlich meinte. Fühlte, dass sie ernsthaft bereute und innerlich kämpfte. Mehr erwartete er von ihr derzeit nicht. Also nickte er.

„Ok, danke für deine ehrlichen Worte. Und jetzt? Hast du… ähm… Durst?“

Clara senkte den Blick und schloss die Augen. Tief in sich hörte sie eine dunkle Stimme flüstern, so leise, dass sie sie nicht verstand. Trotzdem hatte sie eine Vorstellung davon, was sie verlangte.

„Nein, nicht direkt. Aber ich sollte etwas trinken.“

Wieder nickte Viktor stumm, bevor er sich umwandte und in die Küche lief. Kurz darauf kehrte er mit zwei kleinen Blutflaschen zurück und reichte ihre eine. Clara nahm sie entgegen, stieß höflich mit ihm an und setzte sie zögerlich an die Lippen.

„Was ist los, Clara?“, fragte Roxy, die sich bisher zurückgehalten hatte.

Sie nahm die Flasche wieder hinab und antwortete: „Ich… ich habe ehrlich keine Ahnung, was passieren wird.“

Viktors strenger Blick ruhte auf ihr, das spürte sie deutlich und ebenso war Roxys Nervosität fast greifbar.

„Aber wir müssen es herausfinden“, führte sie ihren Gedanken zu Ende, setzte die Flasche an und hob den Kopf mit geschlossenen Augen.

Das Blut berührte ihre Lippen und floss ihr kurz darauf über die Zunge in den Rachen. Der Geschmack war herrlich, anregend, belebend, erfrischend. Aber kaum mehr, als würde sie durstig eine Limonade im Sommer trinken. Vorsichtig beendete sie den ersten Schluck. Sie spürte Freude und Befriedigung, aber es war nicht ihre. Die leise Stimme in ihrem Kopf jubelte triumphierend. Ein zweiter Zug. Clara grinste. Jetzt freute sie sich doch. Es war keine diabolische Freude, wie damals im Starbucks und nicht die eines erkämpften Sieges, sondern die der Gewissheit. Gewissheit darüber, dass nichts passieren würde. Noch ein Schluck und einer weiterer. Die dunkle Stimme war da, sie freute sich Blut zu bekommen und feierte es als ihren Sieg. Doch sie wurde mit jedem Tropfen in ihrer Kehle leiser und leiser, bis sie endlich verstummte.

Clara öffnete sie Augen und sah an die weiße Decke. Beiläufig registrierte sie, dass Viktor sie anstarrte, ohne selbst zu trinken. Zu angespannt war er und wagte nicht, ein bisschen seiner Aufmerksamkeit zu verlieren. Es war ja möglich, dass er schnell reagieren musste. Was aber ihr eigenes Interesse auf sich zog, war der schwarze Schimmer schräg über ihr, der dem leuchtend Rotem in etwas Abstand folgte.

Sie ließ die halb leer getrunkene Flasche sinken, sah von Viktor zu Roxy und runzelte die Stirn.

*Er hat keine Aura. Ihre ist schwarz. Aber wer ist dann rot?*

„Da kommt jemand. Ist gerade in den Club rein", versuchte sie ihre Gedanken zu formulieren.

„Was?", fragten die beiden anderen wie aus einem Mund.

„Dort", sie hob die Hand, deutete mit dem Zeigefinger an die Decke und folgte der Bewegung, „sie sind jetzt im Treppenhaus und kommen runter."

Viktor drehte sich zur Tür, die noch immer offenstand und lauschte. Doch bevor er reagierten konnte, hörten sie schon die Schritte aus dem Flur in den Gang treten. Einen Augenblick später sah er die Neuankömmlinge. Vorneweg kam Nancy, gefolgt von dem alten Wanderer und Lea. Mit etwas Abstand folgten eine fremde Frau und Blue als Letzte.

*Der schwarze Schimmer war Blue. So wie bei Roxy. Also eine Eigenschaft der Ghoule? Aber keiner der Vampire hat eine Aura, außer dem Alten.*

Nach und nach verteilten sie alle im Raum und Clara wurde das Gefühl nicht los, dass man sie umrundete. Misstrauen lag in der Luft und sie reagierte ihrerseits mit demselben darauf. Nancy gesellte sich zu Viktor, nachdem er ihr zunickte. Lea schlenderte in die Küchenecke und wirkte so harmlos wie immer. Sie war kein aggressives Wesen, im Gegenteil, sie versuchte eher zu schlichten, wenn es Streit gab. Und so vermutete Clara, dass sie dort in Deckung ging, sollte die Situation eskalieren. Die massige Gestalt des Altes kam auf sie zu und die fremde Frau schritt mit Blue zu der anderen Couchecke herüber.

*Sie trauen dem Frieden nicht. Wer könnte es ihnen verdenken? Aber warum haben sie so eine Angst vor mir?*

„*Weil sie verstanden haben, Clara*", es war der Wanderer in ihrem Kopf, der mit erschreckender Leichtigkeit in ihre Gedanken eindrang, „*Dein Blut ist stärker als ihres. Um Generationen stärker. Solltest du beschließen hier ein Blutbad anzurichten, dann könnte keiner der anderen dir etwas entgegensetzen. Deswegen haben sie Angst vor dir. Sie fürchten um ihr Leben.*"

Sie schüttelte den Kopf in der Hoffnung, ihn aus den Gedanken zu werfen. Sie saß immer noch auf der Couch neben Roxy und sah über die Lehne zurück von einem zum anderen. Schließlich hob sie beschwichtigend die Arme.

„Ich… ich verstehe die Vorsicht und das Misstrauen", versuchte sie einen Anfang und hoffte, versöhnlich zu klingen, „Mir würde es nicht anders gehen. Roxy hat mir erzählt, was passiert ist. Was… was ich getan habe."

Schweigend sahen die anderen sie an und Clara bemerkte, wie alle Blicke kurz zu ihrer Freundin neben ihr wanderten. Sei es drum, sollten sie sich doch eine Bestätigung abholen, wenn sie eine brauchten.

„Ich verstehe, was passiert ist, und bin bereit die Konsequenzen zu tragen. Denn für mein Handeln bin nur ich allein verantwortlich."

Clara stand auf, es schien ihr angebracht und irgendwie symbolisch, um für ihre Taten einzustehen. Außerdem forderte die Anwesenheit des alten Wanderers einen gewissen Respekt. Auch bei ihr. So viel verstand sie bereits. Nur Roxy blieb entspannt sitzen. Klar, sie kannte ihren ehemaligen Meister sehr gut und erlaubte sich anscheinend mehr als die anderen.

Aus dem Dunkeln der Kapuze fühlte Clara seinen Blick auf sich ruhen, durchdringend und wachsam. Intensiver als all die anderen zusammengenommen. Deutlich spürte sie, wie etwas am Rande ihres Geistes vorbeistrich. Jemand suchte nach einer Verbindung zu ihr oder einen Weg in ihren Kopf, aber nicht sehr nachdrücklich. Es fühlte sich mehr wie ein rein formaler Test an, um später behaupten zu können, dass man es wenigstens versucht habe. Clara konnte nicht ausmachen, wer es war. Der Alte nicht, das wusste sie.

„Wer war das?", sie klang verärgert, als sie von einem zum Nächsten schaute, „Wenn ihr etwas wissen wollt, dann fragt mich, aber versucht nicht, in meinen Kopf einzubrechen!"

„Du hast es bemerkt?", es war der Alte mit seiner dröhnenden Stimme, „Gut. Was hast du gefühlt?"

„Es war, als streife ein anderer Geist am Rande meines Bewusstseins. Wie eine Feder, die über die Stirn streicht. Aber irgendwie von innen."

Die Kapuze nickte leicht.

„Was hast du dagegen unternommen?"

„Nichts. Zumindest nichts Bewusstes. Es war schnell vorbei, nur ein kurzes Vorüberstreichen. Und ich wüsste nicht einmal, was ich tun kann."

„Dann werden wir daran arbeiten."

Eine kurze Pause entstand, in der schnelle Blicke ausgetauscht wurden. Clara konnte nicht sagen, ob noch eine weitere Kommunikation stattfand, aber es beunruhigte sie. Es gab ihr das

Gefühl, dass über sie gesprochen wurde, statt mit ihr. Doch, bevor sie sich erneut beschwerte, ergriff der Wanderer wieder das Wort.

„Clara, ich habe dich vor fünf Tagen in die Tiefen deines Bewusstseins geschickt. In undurchdringliche Trance. Du solltest dich deinen Dämonen stellen. Erzähl uns, was ist passiert?"

Sie schluckte und sie benötigte einen kurzen Moment, um sich zu sammeln. Für sie fühlte es sich seltsam an vor lauter Fremden über derartig Innerstes zu sprechen. Na ja, es waren Freunde, aber trotzdem. Einem Psychologen in einem abgegrenzten Raum unter vier Augen, das war vorstellbar. Doch hier? Mit Publikum? Das war unangenehm.

Dennoch fasste sie sich ein Herz und suchte einen möglichst neutralen Einstieg, schilderte ihre Erinnerung an die alte Wohnung und die allmählichen Veränderungen der Szene, die Clara in ihrem Geist wahrgenommen hatte. Nach und nach entwickelte sie das Geschehen und je mehr sie berichtete, desto sicherer fühlte sie sich dabei. Erstaunlicherweise war es ein gutes Gefühl darüber zu reden. Sie legte offen, wie sich die Gier nach Blut in ihr manifestierte und wie sich die Dunkelheit angefühlt hatte. Wie sie sie lockte und nach ihr rief. Sie wiederholte, was sie zuvor Viktor gesagt hatte und hoffte, dass er und die anderen mit dem ausführlicheren Bericht verstünden, was in ihr vorging. Sie beendete die Erzählung damit, dass sie aufgewachte war und hier in den Aufenthaltsraum kam. Die Fragen und den Zweifel, den die Finsternis am Ende gesät hatten, ließ sie jedoch weg.

Alle schwiegen zunächst und Clara merkte, wie ihr die Tränen wieder über die Wangen liefen. Roxy war die Erste, die reagierte, als sie neben ihr auftauchte und sie in den Arm nahm. Sie hatte entweder keine Angst mehr vor ihrer Herrin oder handelte aus Pflichtgefühl. Beides war Clara recht, denn die Geste half.

Dann wandte sich Viktor an die anderen im Raum und bekräftigte nochmals seine Theorie über ihre Reue. Lea war begeistert und auch Nancy stimmte ihm zu. Nur die fremde Vampirin schien nicht überzeugt. Ein Blick zu Blue herüber verriet Clara, dass es ihr unangenehm war, passiv danebenzustehen. Sie spielte mit ihren Fingern und verlagerte unruhig das Gewicht von einem zum anderen Bein. Blue wirkte, als müsste sie dringend aufs Klo. Es war klar, dass sie gerne etwas beigetragen hätte. Dafür, dass sie sonst ein stiller Charakter war, wirkte es daher umso erstaunlicher. Etwas schien ihr auf der Seele zu brennen, aber ein Maulkorb ihrer offenkundigen Herrin hinderte sie daran es auszusprechen. Die Fremde ignorierte Blues

Nervosität, aber Clara sah einen mitfühlenden Blick in Roxys Augen. Sie hätte ihrer Freundin gerne geholfen, doch auch ihr waren die Hände gebunden. Den anderen Ghoul anzusprechen und nach ihrer Meinung zu fragen, hätte sie nur in ein unnötiges Dilemma gestürzt.

„Willst du uns noch etwas sagen?", dröhnte der Alte ihr entgegen.

Einen Moment lang wog Clara die Situation ab. Wenn sie das Vertrauen wiederaufbauen wollte, dann musste sie ihnen ebenfalls welches entgegenbringen. Doch konnte sie den anderen vertrauen? Clara beschloss, sich etwas mehr zu öffnen, aber nicht alles zu sagen. Zunächst galt es, abzuwarten und zu beobachten.

„Ja, vielleicht. Ich weiß nicht, ob es wichtig ist, mir ist es zuvor noch nicht aufgefallen. Ich nehme eine Art Aura war. Ich sehe einen Schimmer um manche Personen herum. Sogar durch Wände hindurch, aber nur auf kurze Distanz."

„Um manche Personen? Um wen? Und um wen nicht?" Es war die fremde Frau, die jetzt das erste Mal mit ihr sprach. Ihre Stimme war kantig, präzise und klang streng.

„Um Roxy und Blue ist eine schwarze. Um…", sie haderte, wie sollte sie den alten Wanderer ansprechen?

Doch dann fiel ihr eine neutrale Formulierung ein.

„Um den Wächter eine kräftige rote Aura. Aber sonst um niemanden hier im Raum."

„Es stimmt insofern, dass sie euer Kommen angekündigt hatte, sobald ihr das Death's Garden betreten hattet", mischte sich Viktor ein, „Sie sah euch durch die Decke hindurch und konnte genau sagen, wo ihr wart und wo ihr hingegangen seid."

Die Gesichter der anderen sprachen Bände der Verwunderung. Das wiederum verwunderte Clara.

„Moment mal, seht ihr das nicht? Ich dachte, das wäre vielleicht etwas, dass sich erst mit der Zeit entwickelt, oder so."

Dieses Mal war es Nancy, die das Wort ergriff. Sie sah zum Glück schon deutlich entspannter aus.

„Nein, Clara. Ich für meinen Teil kann das nicht bestätigen. Ich sehe weder Schimmer noch Auren. Und so wie die anderen aussehen, trifft das auf sie auch zu. Du siehst es nur bei den Ghoulen und ihm?", sie nickte dem Alten zu.

„Ja. Jetzt ist es viel schwächer, da alle im Raum sind und das Licht an ist. Aber um Blues Beine herum zum Beispiel ist es deutlich zu sehen."

Alle wandten sich zu Blue, der die gewonnene Aufmerksamkeit sichtlich unangenehm war. Sie saß mittlerweile neben ihrer Herrin auf der Couch. Aus Claras Perspektive sah sie die Beine an sich nicht, da sie unter dem Couchtisch verschwanden.

„Interessant", merkte Viktor an, „Tina, würdest du vielleicht mit Blue mal rausgehen, nach oben oder sonst wo hin? Ich möchte gerne testen, ob und wie weit sie euch folgen kann."

„Wie du meinst, Viktor. Aber wir sollten nicht zu viel Zeit verschwenden. Der Oberste Rat erwartet eine Prognose von uns für die kommenden Tage. Das solltest du nicht vergessen."

„Keine Angst, das habe ich im Hinterkopf."

Doch Tina hatte sich bereits erhoben und Blue mit einem Fingerzeig angewiesen ihr zu folgen. Sie schwieg immer noch eisern. Doch als ihre Herrin ihr den Rücken zukehrte und die Tür ansteuerte, warf sie einen flehentlichen Blick zu Roxy. Als Clara das sah, schaute sie ebenfalls zu ihrer Freundin. Die sah Blue mitleidig hinterher, sagte jedoch nichts.

Als sie den Raum verlassen hatten und die Tür geschlossen war, sah Clara den schwarzen Schimmer an der weißen Wand deutlich. Sie folgte ihm mit ihren Augen, als hätte sie Angst, ihn zu verlieren, wenn sie kurz wegsah. Immer wieder gab sie eine Rückmeldung und murmelte den vermuteten Standort. Zumindest von dem Ghoul.

„Bar im Tanzraum. Jetzt machen sie kehrt und gehen durch die Halle. Sie verlassen den Garden und stehen jetzt im Innenhof. Aber es ist schwierig zu erkennen. Der Schimmer ist so schwach geworden. Ich kann es jetzt nur noch raten."

„Danke, Clara. Das soll uns reichen", Viktor nahm sein Handy und rief Tina an, „Danke Tina, ihr könnt zurückkommen. Wenn ihr wieder hier seid, erzähl uns doch kurz, wo ihr wart. Bis gleich."

Er hatte gar nicht erst eine Antwort abgewartet, sondern direkt aufgelegt.

Schon wenige Minuten später waren die Vampirin und ihr Ghoul wieder zurück. Clara hatte darauf verzichtet die anderen darüber zu informieren, wo sie sich auf dem Rückweg befanden. Aber sie war doch froh, dass sie die Aura wiederfand, selbst wenn sie mal nicht hinsah. Kaum hatten die beiden den Aufenthaltsraum wieder betreten, überfiel Viktor sie schon. Er wirkte sehr aufgeregt, wie ein Kind, das es kaum erwartete, ein neues Spielzeug auszuprobieren.

„Und? Wo wart ihr?"

„Wir sind erst hoch in die Tanzhalle, dort zur Bar und ich habe mir ein paar Nüsse genommen, während Blue gewartet hat. Dann sind wir raus, über den Hof zu deinem Auto. Du solltest die Luft kontrollieren, anscheinend hast du einen Platten“, feixte Tina höhnisch.

Viktor lächelte den Seitenhieb einfach fort und grinste über das ganze Gesicht.

„Perfekt. Genau was Clara uns gesagt hatte“, an sie gewandt fragte er dann weiter, „Und das ist jetzt erst aufgetreten? Vorher hast du nichts gesehen, meine Liebe?“

„Nein, nichts“, jetzt wandte sie sich direkt an den Alten, „Was hat das zu bedeuten?“

Für einen Moment herrschte Stille im Raum. Die Frage schwebte allen im Kopf und auf Antwort waren sie genauso gespannt wie Clara selbst. Jedoch war es unmöglich zu sagen, ob der Alte nur die Spannung erhöhte oder seine Worte abwägte.

„Das alte Blut birgt viele Geheimnisse. Seine Macht ist urtümlich und unverwässert in Clara. Was du siehst, sind die geistigen Auren, die das Leben umgeben. Die Ghoule umgibt der schwarze Geist des Todes. Sie sind es zwar nicht, aber der Tod folgt ihnen und wartet darauf, dass er endlich Anspruch auf ihre Seelen erheben kann. Ein Anrecht, welches das vampirische Blut ihrer Meister ihm bisher verweigert. Diese Aura ist es auch, die die Vampire davon abhält, sich von ihnen zu nähren. Sie gaukelt uns vor, dass in ihnen kein Leben ist und daher auch keine lohnenden Ziele. Das Rot ist die Macht des Blutes selbst, die Gier und das Verlangen danach. Du siehst es an mir, so wie ich an dir. Bei den Vampiren jüngeren Blutes aber nicht, da der zügellose Hunger mit den Jahrtausenden und über unzählige Generationen schwächer wurde. Bei sehr alten und sehr hungrigen Vampiren wirst du es aber noch wahrnehmen. Außerdem sind sie bereits gestorben, daher haftet ihnen keine Aura des Lebens mehr an. Bei den sterblichen Menschen wirst du ebenfalls eine Aura sehen. Das blühende Leben schimmert grün aus ihnen heraus.“

Viktor wirkte entzückt, die anderen eher interessiert, aber zurückhaltend. Clara selbst erinnerte sich in dem Moment an das Abschiedsgeschenk, das die Dunkelheit ihr versprochen hatte. Das helle Leuchten über dem Tempel ihres innersten Geistes. Und noch etwas fiel der Polizistin in ihr auf. Der Alte hatte es nur beiläufig erwähnt, doch er gab zu, die Auren ebenfalls zu sehen. Das war interessant.

„Gibt es noch mehr, was wir über Claras altes Blut wissen sollten?“, Tina saß am Esstisch und sah streng herüber.

Clara war überrascht, dass sie solch einen Ton anschlug, da doch sonst alle sehr furchtsam und zurückhaltend dem Alten gegenüber waren. Jedoch gestand sie sich ein, dass die Frage nicht unberechtigt war. Sie interessierte es ebenso, was man ihr vielleicht bisher nicht gesagt hatte.

„Setzt euch“, forderte der Wanderer alle auf und deutete auf die freien Plätze am Tisch.

Schnell waren alle sechs Stühle von Vampiren belegt, die Ghoule standen hinter ihren jeweiligen Meistern.

„Es gibt vieles, was über die Zeit verloren gegangen ist. Ich gebe zu, dass es für mich normal ist und ich einfach vergessen habe, dass es für die jungen Generationen unbekannt ist. Wahrscheinlich kennen nicht mal die Mitglieder des Obersten Rats das volle Potential des alten Blutes. Es gibt das Gespür für die Auren der Menschen, das schnell verloren gegangen scheint. Clara wird, wie ihr, Kraft und Schnelligkeit ausbilden. Sie wird die Macht ihrer Gedanken und der Hypnose zu nutzen lernen, so wie ihr. Sie wird ihre Sinne weiter schärfen und euch in all dem weit überlegen sein. Aber ihr fragt, was noch kommen mag? Das ist unmöglich zu sagen. Ich habe viele Spielarten des Blutes in der Vergangenheit gesehen. Und sie sind nicht immer gleich ausgeprägt. Unter den Malghlin sind Schwestern und Brüder mit fast druidischen Fähigkeiten, die mit Tieren und Pflanzen reden. Dies habe ich in keinem anderen Clan gesehen. Ich selbst kann das nicht. Bei den Mormog traf ich einst auf Schwestern, die mit der bloßen Berührung schwerste Wunden heilten. Gänzlich, ohne das verfluchte Blut zu teilen. Ihr seht also, es gibt vieles, das kommen könnte. Aber nicht muss. Das Potential ist nahezu unerschöpflich“, dann wandte er sich direkt an Clara, „Aber es forderte auch immer seinen Preis. Geschenkt wird dir nichts.“

## Kapitel 21

Eine Weile saßen sie noch zusammen, lauschten den Geschichten des Wanderers über Vergangenes. Alte Vampire und deren legendären Fähigkeiten und den Preis, den die meisten von ihnen dafür zahlten. Oft war es Wahnsinn und später die Entdeckung durch die Menschen, was in der Regel zum Tod des Vampirs führte. Entweder, weil die Sterblichen die alte Macht fürchteten oder der Rest der Gesellschaft beschloss, die Deckung wiederherzustellen und den Bruch der Geheimhaltung streng zu ahnden.

Aber einige der Legenden blieben bis heute bestehen. So griff ein irischer Autor später die eines rumänischen Fürsten und Woiwoden auf und verbreitete eine überspitze Porträtierung mit seinem Roman „Dracula". Zwar hatten moderne Historiker mit der Zeit Fakten von Mythen getrennt und das Bild von Vlad III. Drăculea geradegerückt. Doch was sie dabei nicht wussten, war, dass das vampirische Blut in ihm durchaus kein Mythos war. Und genau dieses wurde ihm letztlich zum Verhängnis, als die Dunkelheit zu stark wurde und er dem Wahnsinn verfiel.

Eine andere, bis heute unentdeckte Vampirin, war Elisabeth Báthory. In vielen Legenden besser bekannt als „Die Blutgräfin". Die politische Macht, die der alten Vampirin aus dem Clan der Siddy zu Kopf stieg, gab ihr das Gefühl unantastbar zu sein. Sie ließ ihrem Blutdurst immer öfter freien Lauf und stillte ihn ungedeckt. Es kam zur Anklage und nach ihrem Tod wurde sie zur Legende.

Clara lauschte dem Alten sehr gebannt und fragte sich mehrmals, ob er aus persönlichen Erfahrungen berichtete oder nur Gehörtes wiedergab. Aber interessant war es alle Male. Am Ende war es eine recht entspannte Runde, es wurde gelacht, diskutiert und getrunken, erzählt, kommentiert und spekuliert. Sie ertappte sich dabei, dass sie sich tatsächlich das Gefühl erlaubte einen geselligen Abend mit Freunden zu haben. Fast vergessen waren alle Sorgen, die kurz zuvor noch ihr Denken beherrscht hatten. Und auch der furchtsame Respekt vor dem alten Wanderer hatte mit der Zeit bei allen abgenommen. Bei den Erzählungen war für Clara besonders die Erkenntnis interessant, dass Vampire sterben konnten. Fast alle Geschichten, die der Alte zum Besten gab, endeten mit dem Tod des Blutsaugers. Meist, weil sie dem Wahnsinn oder Übermut verfallen waren.

Ein Wermutstropfen gab es aber, denn Blue kam aus ihrem Loch nicht heraus und ihre Meisterin, Tina, schien es egal zu sein. Niemand wagte es, den Ghoul anzusprechen oder einzugreifen. Der Schwarze Schleier gab deutlich vor, dass der Diener eines anderen Vampirs absolutes Tabu war. Er erlaubte keine Einmischung in den Umgang des Meisters mit seinem Eigentum.

Für Roxy galt das scheinbar nicht oder sie ignorierte es. Sie hielt sich zwar an die Vorgaben des Schwarzen Schleiers, aber ihr war nicht egal, wie sich ihre Freundin fühlte. Clara spürte deutlich hinter ihr, wie sie immer nervöser und nervöser wurde, je länger die entspannte Runde der Vampire dauerte. Dass die Gruppe mit der Zeit fluktuierte, besserte dabei nichts. Einige Bewohner der Enklave kamen hinzu, andere zogen sich zurück. Ein Kommen und Gehen.

Am Ende saßen noch Viktor, Tina, Clara, der Alte und die beiden Ghoule dort. Der Leiter des Death's Garden hatte soeben eine Erzählung beendet, als Tina abrupt das Thema wechselte.

„Viktor, Ehrwürdiger, wir hatten jetzt eine nette Zeit und viel gelacht, aber wir haben auch immer noch ein großes Thema vor der Brust“, sie wandte sich an Clara, „wir müssen uns beraten und dem Obersten Rat eine Prognose liefern. Es ist Zeit!“

Viktor seufzte demonstrativ, bevor auch er sich ihr zuwandte.

„Ok, du hast recht. Also, Clara, du hast Tina gehört. Wir sollen einschätzen, ob du ein integriertes Mitglied unserer Gesellschaft werden kannst. Das wäre unter normalen Umständen nur ein formaler Akt, den du wohl gar nicht mitbekommen hättest. Aber nach den Ereignissen der letzten Tage und unter Einbezug des Obersten Rates, ist es nicht mehr ganz so einfach. Auch wenn du einen starken Fürsprecher hast“, er nickte dem Wanderer kurz zu.

Anschließend folgte eine Pause, um seinen Worten Nachdruck zu verleihen.

„Deswegen frage ich dich zunächst einmal ganz direkt. Bitte antworte ehrlich und ohne nachzudenken: Wie fühlst du dich, wenn du tief in dich hinein hörst?“

Clara schloss die Augen, nahm sich kurz Zeit und sagte, was ihr in den Kopf kam.

„Gut. Ausgeglichen. Aber auch… nervös.“

„Nervös? Weswegen?“, fragte Viktor weiter.

„Weil ich nicht weiß, was auf mich zukommt. Ich rechne mit einer Art Strafe für das, was ich getan habe. Zugleich weiß ich, dass ich vor den Obersten Rat treten und mein Leben verteidigen muss. Das baut ganz schön Druck auf."

Sie sah es nicht, aber der Leiter der Enklave nickte verständnisvoll. Dann stellte Tina die erste von vielen Fragen.

„Glaubst du, dass du bestehen kannst?"

„Ich weiß es nicht. Woher auch? Ich weiß ja nicht mal, was auf mich zukommt."

Es folgten eine Frage nach der anderen, immer im Wechsel zwischen Viktor und Tina. Der Alte hielt sich bedeckt. Sie fragten nach ihren Emotionen, was sie glaubte, warum sie dieses oder jenes fühlte. Sie fragten danach, was sie aus der Ruhe brachte und wie sie damit umging. Sie fragten, was ihr große Freude bereitete und was sie tat, um diese zu erreichen. Sie fragten nach ihren schlimmsten Erinnerungen und nach ihren schönsten. Sie erfragten Ängste und Ziele. Sie fragten nach der Situation im Starbucks und wie sie jetzt darauf reagieren würde. Sie erforschten ihr Innerstes wie bei einer Psychoanalyse. So schien es Clara und sie ließen sich nochmal im Detail beschreiben, wie ihre eigene Reise zu ihrer persönlichen Dunkelheit gewesen war. Es war wie ein schlimmes Bewerbungsgespräch, nur extremer, persönlicher und intimer.

Am Ende vermochte Clara zwar nicht zu sagen, ob sie überzeugt hatte, aber sie fühlte sich erschöpft. Tina verabschiedete sich und verließ mit Blue zunächst den Raum und anschließend den Club. Auch sie ließ nicht durchblicken, was sie dachte. Zurück blieben Viktor und der Alte mit ihr und Roxy.

„Clara, du siehst wirklich fertig aus. Vielleicht willst du dich etwas ausruhen?", die Besorgnis in Roxys Stimme war greifbar, „Wenn du dich hinlegen magst, dann bring ich dir noch etwas zu trinken vorbei."

Sie nickte, wohl wissend, was „zu trinken" hieß. Dennoch, die Idee hatte einen gewissen Reiz. Natürlich wusste sie, dass sie nicht wirklich schlafen musste, aber der Gedanke war verlockend. Daher stand sie auf, verabschiedete sich von den übrigen und überließ sie ihren Gesprächen. Wahrscheinlich war es für Viktor und den Alten ohnehin angenehmer sich zu beraten, wenn sie nicht im Raum war. Zumindest vermutete Clara, dass sie sich über sie unterhalten würden.

In ihrem Zimmer hatte sie es sich gerade auf dem Sofa gemütlich gemacht, als es an der Tür klopfte. Ohne zu fragen, wusste sie, dass ihre Freundin dort stand und darauf wartete, hereingebeten zu werden.

Jetzt, da sie in Ruhe in ihrem Zimmer saß, fragte Clara sich, ob sie nicht lieber den Moment des Friedens genoss, statt sich wieder in ein Gespräch zu begeben.

„Wenn ich jetzt nichts sage, bleibst du dann ewig vor der Tür stehen?"

„Nur, wenn du es mir sagst. Ansonsten wird mir wohl irgendwann langweilig und ich geh wieder", kam die gedämpfte Antwort von draußen.

„Dann komm doch bitte rein", erwiderte sie und als Roxy im Raum stand, „Aber warum bist du nicht einfach so reingekommen? Wir waren quasi verabredet?"

Sie durchschritt den Rest des Zimmers und stellte ein kleines Fläschchen mit roter Flüssigkeit auf den Couchtisch. Anschließend setzte sie sich neben Clara.

„Du weißt doch, dass ich in dem Sinne nicht frei bin. Deine Privatsphäre zu respektieren ist für mich ein Gesetz. Ich kann mich nicht dagegen entscheiden. Selbst, wenn ich es wollte."

Einen Moment schwiegen beide und Clara dachte darüber nach, was Roxy ihr offenbart hatte.

„Ich muss gestehen, dass ich mich nicht daran gewöhnen kann und es auch nicht will. Für mich bist du eine Vertraute und keine Untergebene. Zu hören, dass du meinetwegen nicht frei bist, macht mich irgendwie… traurig."

„Du behandelst mich nicht wie eine Dienerin. Das ist viel Wert und dafür bin ich sehr dankbar. Es gibt da ganz andere Vampire."

„Tina, zum Beispiel?", fragte Clara ganz direkt, „Was hältst du von ihr?"

„Bitte", der Ghoul sah sie betreten an, „Frag mich so etwas nicht. Es ist schwierig, die richtigen Worte zu finden, ohne jemanden vor den Kopf zu stoßen."

„Aber ich habe dich gefragt. Du hast doch auch früher schon von anderen Vampiren gesprochen. Was ist jetzt anders?"

„Bei den anderen hatte ich nichts zu meckern. Die sind in Ordnung und ich mag sie. Sogar Tilo. Und Tina ist Blues Herrin. Ich will sie nicht in Schwierigkeiten bringen."

Clara gönnte ihnen beiden eine kurze Pause, blieb aber bei dem Thema, bevor ihre Freundin das Gefühl bekam, dass es erledigt sei.

„Manchmal muss man eben auch deutliche Worte finden, Roxy. Warum magst du Tina nicht? Von mir erfährt sie nichts. Das kann ich dir versprechen."

Sie seufze. Clara hatte nun schon zum zweiten Mal gefragt und sie spürte in sich eine aufkeimende Unruhe. Das schlechte Gewissen der Befehlsverweigerung, das ihrem Innersten widersprach. Länger würde sie es nicht aushalten und Erleichterung schuf nur eine ehrliche Antwort. Völlig egal, ob Clara sich an ihr Versprechen hielt oder nicht, sie war gezwungen etwas zu erwidern.

„Ich mag sie nicht. Sie ist einfach unsympathisch. Sie ist streng, sehr streng. Mit Blue, aber auch mit anderen, bei denen sie denkt, dass sie sie herumkommandieren kann. Vampire, Ghoule, Menschen. Bisweilen ist sie dabei auch sadistisch. Tina liebt es Macht auszuüben. Und allzu oft muss Blue es ausbaden, weil sie sich am wenigsten wehren kann. Sie schmiedet Intrigen und knüpft Freundschaften, wenn es ihr nützt. Lässt ihre „Freunde" aber auch genauso schnell wieder fallen, wenn sich der Nutzen nicht einstellt. Wenn man sie provoziert, streitet sie mit Leidenschaft. Wenn sie den Streit verliert, lässt sie es an Blue aus. Manchmal auch mit körperlicher Gewalt. Und…"

Roxy brach ab und Clara wartete geduldig.

*Das weißt du alles aber nicht von Blue, meine Liebe. Sie würde ebenso wenig wie du schlecht über ihre Herrin reden. Woher kommt also dein Wissen?*

„…sie hält sich Blue als Geliebte", schnell machte Roxy eine abwehrende Geste, „Das ist prinzipiell ja nichts Schlimmes, aber… wie soll ich sagen? Es ist gegen Blues Natur? Gegen ihre Orientierung? Ich würde gerne sagen, dass es gegen ihren Willen ist, aber… na ja… wir sind Ghoule. Sie wird im Grunde dazu gezwungen. Es ist praktisch ein Missbrauch. Tina weiß es und genießt es umso mehr."

Wieder brach Roxy kurz ab und suchte Claras Augen.

„Klare Worte?"

„Ja, bitte", bestätigte ihre Herrin.

„Tina ist ein Arschloch!"

Clara grinste unweigerlich.

„Ja, das sehe ich auch so. Danke für deine Sichtweise. Blue wollte anscheinend heute etwas sagen, hat es aber nicht rausgebracht. Meinst du, sie hatte Redeverbot?"

„Definitiv! Aber ich habe keine Idee weshalb, oder was sie wohl sagen wollte."

„Schade."

Beiläufig griff Clara nach der kleinen Flasche auf dem Tisch vor sich. Mit einer flinken Handbewegung war sie geöffnet und erst als sie den metallischen Geschmack auf ihrer Zunge wahrnahm, wurde ihr bewusst, was sie getan hatte. Sie erschrak und hielt inne.

*So beiläufig, so normal, so natürlich. Irgendwie beängstigend. Wie kann es so schnell passieren, dass es für mich so einfach ist, das Blut eines Fremden zu trinken? Es ist nicht anders als nebenbei eine Cola zu schlürfen. Und wie bei einer Cola macht man sich keine Gedanken über die Herstellung. Wessen Blut ist das? Wie freiwillig sind die Spenden? Oder musste jemand dafür sterben?*

Erneut erschrak sie und stellte die Flasche zurück auf den Tisch. Schlagartig wurde ihr bewusst, dass sie die Möglichkeit, dass jemand sterben könnte, damit sie lebte, schlicht hinnahm. Sie akzeptierte es sogar. Es löste weder ein Bedauern aus noch ein schlechtes Gewissen. So, wie sie keine Gewissensbisse hatte, wenn sie ein Steak aß.

Es war so leicht, sich den Menschen überlegen zu fühlen. Man konnte nicht sterben, viele waren mit überragender Stärke und Schnelligkeit gesegnet. Und anscheinend gehörte auch eine Art natürliche Hypnose und telepathische Fähigkeiten zu den Möglichkeiten eines Vampirs. Was war schon ein Mensch dagegen? So zerbrechlich und schwach. Kein Wunder, dass einige ihre Überlegenheit ausnutzten.

*So will ich aber nicht sein. Ich will niemanden schaden. Im Gegenteil, ich bin Polizistin, verdammt, und das nicht aus Zufall. Ich will helfen und Unrecht und Leid mindern.*

Eine Berührung an der Schulter riss sie aus ihren Gedanken. Es war Roxy, die sie mit einer Mischung aus Neugierde und Sorge anschaute.

„Clara? Alles Ok? Du wirkst so abwesend."

„Ich… entschuldige bitte. Meine Gedanken sind gerade abgedriftet."

„Nein, tut mir leid. Ich wollte dich nicht aus deinem Tagtraum reißen. Ich habe mich nur gefragt, ob…", sie räusperte sich, „Ob… also… ich weiß, dass du dich noch in deine Rolle als Herrin reinfühlen musst, aber…"

Clara starrte sie einen Moment verwirrt an. Dann verstand sie endlich und schlug die Hände vor dem Mund zusammen. Sie warf ihrer Freundin einen entsetzten Blick zu.

„Oh mein Gott! Du brauchst auch etwas zu trinken, nicht wahr? Tut mir leid, ich hab da wirklich nicht mehr dran gedacht."

Instinktiv betrachtete Clara ihre Unterarme, als würde sie abwägen, welcher besser geeignet wäre. Dann hielt sie Roxy den linken Arm entgegen. Doch als sie ihren skeptischen Blick sah, erinnerte sie sich daran, dass es so nicht funktionierte. Der Ghoul durfte sie nicht verletzen. Einen entschuldigenden Blick und einen beherzten Biss später, hielt sie ihrer Freundin das blutige Handgelenk hin. Dieses Mal nahm sie es dankbar an.

*Du bist wirklich eine miserable Herrin, Clara. Du hast jetzt Verantwortung, verdammt! Das zweite Mal, dass ich das mache und schon ist es irgendwie normal. Diese Welt ist so anders, als ich es mir je gedacht hätte.*

Geduldig ließ sie Roxy ihren Durst stillen. Wobei sie sicher war, dass es damit nicht viel gemeinsam hatte. Vielleicht war es mehr mit einer Droge vergleichbar. Roxy brauchte ihren Schuss.

„Sag mal, wie oft, musst du eigentlich trinken? Nein, nicht sofort antworten, bedien' dich erstmal", warf sie schnell hinterher, als der Ghoul die Lippen von ihrem Arm nehmen wollte, „Und was passiert, wenn du nichts bekommst?"

Einige Minuten verstrichen und Clara war dankbar für die Zeit der Stille. Nur hin und wieder wurde die Ruhe unterbrochen von kurzen Geräuschen des Schmatzens und Saugens. Ihre Freundin war ausgehungert. Zumindest hatte sie den Eindruck, dass Roxy mit Inbrunst und Gier das Blut aus ihren Adern sog. Der Alte war nicht länger ihr Herr und Clara selbst seit Tagen außer Gefecht. Wer hatte sie genährt? Niemand? Das erklärte den unbändigen Durst.

Daher ließ sie Roxy gewähren. Auch wenn es das eine oder andere Mal etwas unangenehm war. Am Ende lehnte sie sich zufrieden zurück und sah ihre Herrin dankbar an. Clara war kurz um die Möbel besorgt, stellte dann aber fest, dass die Wunde bereits verheilt war. Auch ihr Handgelenk und der Unterarm waren sauber und zeigten keine Spuren irgendeiner Blutung.

„Danke", stöhnte Roxy leise, dann räusperte sie sich, bevor sie die schuldigen Antworten gab, „Also, in der Regel reicht es, wenn ich ein bis zwei Mal pro Woche trinke. Dann auch nicht so viel wie jetzt. Wenn der Abstand größer ist, dann dauert es länger und ist anstrengender, weil ich gegen deine Regeneration arbeiten muss. Was die andere Frage angeht, kann ich nur aus der Theorie antworten. Wenn ein Ghoul nichts mehr zu trinken bekommt, dann wird er vermutlich früher oder später dem Wahnsinn verfallen. Und letzten Endes wohl auch einfach verdursten. Deswegen ist es an und für sich eine große Verantwortung für einen Vampir sich einen Ghoul zu schaffen. Das dürfen nur Meister und das nur mit Zustimmung von oben. Es schafft ja auch eine besondere Verbindung zwischen beiden."

Clara überlegte kurz.

„Kann das Band von Vampir und Ghoul getrennt werden?"

„Hmmm, nicht ohne weiteres. Es muss von einem anderen Vampir übernommen werden, so wie du es bei mir getan hast."

„Aber, wenn das nicht geschieht? Wenn der Ghoul einfach nur aus dem Dienst entlassen wird, der Vampir sich umdreht und geht?"

„Ich habe absolut keine Ahnung, Clara. Aber ehrlich gesagt, will ich es auch nicht herausfinden."

„Das kann ich gut verstehen. Was macht das Band zwischen Vampiren und Ghoulen so besonders?"

„Wenn es sich gefestigt hat, werden wir unzertrennlich sein, selbst wenn wir nicht mal in der Nähe voneinander sind. Du wirst immer so eine Ahnung haben, wo ich bin, wie und wann du mich finden oder kontaktieren kannst. Und ich bei dir ebenso. Das ist hilfreich, wenn wieder Fütterungszeit ist."

Sie zwinkerte Clara schelmisch zu.

„Außerdem wirst du mit mir, besser als mit jedem anderen in telepathischen Kontakt stehen. Auch über größere Entfernung hinweg."

Etwas dämmerte Clara. Eine Erinnerung, wie aus einem früheren Leben. Sie kratzte an der Oberfläche ihres Bewusstseins und legte ein Erkennen frei.

„Damals auf der Treppe im Hinterhof, als du meine Kontaktperson warst, da hat der Alte dich angewiesen, richtig?"

„Ja, die eine oder andere Antwort kam von ihm."

Ihre Freundin sah betreten aus, so als hätte man ein Kind bei etwas erwischt, von dem es wusste, dass es verboten war. Aber Clara überging es. Es war nicht mehr von Belang. Im Gegenteil, sie betrachtete es als Beweis dafür, dass das Band funktionierte.

„Ok, was noch?"

„Dadurch, dass ich dein Blut trinke, nehme ich auch einen Teil deiner Macht auf. Das heißt, ich werde sicherlich auch einige deiner Fähigkeiten übernehmen, aber nie so gut darin sein, wie du selbst."

„Tja, dann wird das wohl eine herbe Enttäuschung für dich. Ich habe keine besonderen Fähigkeiten. Von diesen Auren mal abgesehen."

„Das ist doch schon mal was. Ich kenne sonst niemanden, der Auren sehen kann. Der Alte hat nie so etwas erwähnt und ich selbst sehe auch keine. Außerdem kommt da vielleicht noch was, wenn du ausgebildet bist. Die Auren kamen ja auch jetzt erst."

„Mhmmmm…", bestätigte sie geistesabwesend.

*Nur ist die Wahrnehmung kein direkter Verdienst des Vampirblutes, sondern der Dunkelheit. Ich frag mich nur warum?*

Das erinnerte Clara an die große Aufgabe, die vor ihr lag. Die Prüfung vor dem Obersten Rat, die über Leben und Tod entscheiden würde. Spontan entschloss sie sich ihre Sorgen und Ängste mit Roxy zu teilen. Es musste einfach raus, es würde nichts bringen so zu tun, als könne sie dieses Damoklesschwert ignorieren.

Aber ihre Freundin war guter Dinge. Sie hatte volles Vertrauen in den Alten. Wenn er der Meinung war, dass Clara den Rat überzeugte, dann würde sie das auch. Außerdem hatte er zugesagt, dass er sie ausbilden wollte. Wer wäre dazu besser geeignet? Hinzu kam, dass sein Wort Gewicht im Rat hatte. Wenn er ihr Fürsprecher war, dann galt das schon etwas. Den Einwand, dass er als Hüter über den Schwarzen Schleier zumindest an diesen gebunden war, ließ Roxy partout nicht gelten.

Wenig beruhigt, aber in dem guten Wissen nicht allein zu sein, verabschiedete Clara ihre Freundin später und legte sich auf ihr Bett. Es war ein seltsames Gefühl, dass sie in sich spürte. Einerseits erschöpft vom Kreuzverhör und den schweren Gedanken, aber gleichzeitig so wach, dass an Schlaf nicht zu denken war. Daher blieb ihr nichts weiter übrig, als an die Decke zu starren und zu warten. Darauf, dass sich ihr Kopf entleerte oder sie doch irgendwann einschlief. Je nach dem, was zuerst kam.

## Kapitel 22

Sie betrachtete die Mauer und war zufrieden. Gut, einfach und solide. Sie war etwas Physisches. Etwas, das sie sich konkret vorstellen konnte. Sie hatte das Bild deutlich vor Augen, eine große Wand aus Stein. Dunkle, unregelmäßig geformte Granitblöcke, durchdacht übereinandergelegt. Reihe für Reihe, dazwischen Mörtel zum Stabilisieren und damit alles an Ort und Stelle blieb.

Sie sah sich um. Ja, die Mauer umgab sie komplett. Nicht so eng, dass sie sich gefangen fühlte und nicht zu weit, um sie aus dem Blick zu verlieren. Und hoch genug war sie auch. Wer darüber stieg, musste schon gut klettern können. Sie war zufrieden. Alles in allem fühlte sie sich geschützt. Und darauf kam es an.

Dann hörte sie es, das Knirschen und Knacken. Felsen, die übereinander rieben, Wasser und Frost, die in die kleinsten Zwischenräume drangen und den Stein von Innen sprengten. Die ersten Risse spürte Clara mehr, als dass sie sie sah.

Sofort verstärkte sie ihre Konzentration, stellte sich eine unversehrte Wand vor. Glatter, feiner Granit. Wie die Mauer, die damals das Haus ihrer Großeltern umgeben hatte. Ein Bild, dass ihr eine innere Zufriedenheit gab. Sie erinnerte sich gerne daran, wie sie mit ihrem Opa im Garten arbeitete, im Sommer im Schatten eben jener Mauer eine Pause einlegte und die vielen kleinen Tierchen beobachtete, die hinauf- und hinabkletterten. Der Geruch der Felsen, wenn es an einem heißen Tag plötzlich geregnet hatte, stieg ihr in die Nase.

Es funktionierte, die Risse verschwanden und stattdessen betrachtete sie die gepflegte Wand, die den Vorgarten ihrer Großeltern umschloss. Doch war der Triumph nur von kurzer Dauer. Die Freude über den Erfolg trübte ihre Konzentration und diese winzige Unachtsamkeit reichte aus, um alles zu zerstören. Direkt vor ihr brach die Mauer als erstes ein. Dann bröckelte sie nach links und rechts um sie herum, bis sie nur noch ein Ring aus Geröll und Schutt umgab.

Enttäuscht ließ sie den Blick schweifen. Wieder ein Fehlschlag, wieder hatte sie sich ablenken lassen. Wieder war alles zusammengebrochen. Der einzige Lichtblick war, dass es im Vergleich zum ersten Versuch nicht so schnell geschehen war.

Erschöpft ließ sie den Kopf hängen und betrachtete den Rasen unter ihren Schuhen. Der Boden, auf dem sie stand, fühlte sich sonderbar weich an, nicht mehr wie fester Erdboden mit dichtem Gras überwachsen. Matschiger war er jetzt, als hätte es vor kurzem geregnet und die Erde aufgeweicht. Erstaunt hob Clara den Kopf in den Himmel. Nein, ein strahlendes Blau und Sonnenschein, ein Sommertag im Garten ihrer Großeltern. Das hatte sie sich als Anker ausgewählt, weil sie dieses Bild schnell und klar vor ihrem geistigen Auge projizieren konnte. Sie atmete tief durch, schloss die Augenlider und ließ die Mauer aus den Trümmern erneut erstehen.

Alles wieder auf Anfang. Eine Wand aus Stein und Fels. Schwarzgrau und durchzogen von helleren Mörtelbahnen. Genauso, wie sie es in Erinnerung hatte. Dann kam erneut der Angriff von außen. Unsichtbar und unhörbar brandete er gegen ihre Konstruktion und erschütterte sie in den Grundfesten. Aber die Mauer hielt. Noch. Eine Zeit der Erholung gab es nicht, denn schon rollte die nächste Welle auf sie zu. Sie fühlte die Vibrationen im Boden unter ihren Füßen und hörte nur einen Sekundenbruchteil später wieder das Knirschen und Knacken im Felsen.

Clara konzentrierte sich auf die Risse und Brüche, die sie spürte und glättete sie. Ihre Mauer war makellos, zumindest in ihrer Vorstellung. Und sobald sie das Bild vor Augen hatte, wusste sie, dass die Schäden beseitigt waren. Doch dann kam die dritte Welle. Mit Macht und Wucht brandete sie gegen ihren persönlichen Grenzwall. Aber dieses Mal blieb es nicht bei einem Aufprall. Nachdem der Angriff auf ihr Hindernis getroffen war, verebbte er nicht, wie Wasser, das sich verteilt, sondern drückte weiter gegen den Felsen. Eine unbekannte Macht schob sich dagegen und belastete die Stabilität ihrer Konstruktion.

Vor ihrem geistigen Auge fokussierte sie das Bild, das ihr so viel inneren Frieden gab und stemmte sich mit aller Macht gegen die Attacke. Fest entschlossen, sich dieses Mal nicht von einem kleinen Erfolg ablenken zu lassen. Der Druck erhöhte sich. Clara hielt dagegen. Instinktiv streckte sie die Arme der Mauer entgegen, als würde es etwas bringen, sie mit bloßen Händen abzustützen. Je länger der Angriff anhielt, desto anstrengender wurde es den Widerstand aufrecht zu erhalten. Mit jeder Sekunde fühlte sie ihre Kraft schwinden. Es war beinahe körperlich auslaugend, obwohl dies eine rein geistige Übung war.

Wenige Stunden, nachdem sie Roxy verabschiedet hatte, war der Alte zu ihr gekommen und hatte ihr eröffnete, dass er nun das Training begann. Bis dahin hatte sie nur die Decke angestarrt und sich gelangweilt, daher kam ihr eine Aufgabe gerade recht. Natürlich hatte sie genügend Dinge auf ihrer Liste stehen, aber der Schatten des Obersten Rates fiel auf sie und raubte ihr die Ruhe sich mit etwas anderem zu beschäftigen.

Sie hatte mit Theorieunterricht und Meditationsübungen gestartet. Gemeinsam fanden sie die Erinnerung, die sich für Clara am schnellsten rekonstruieren ließ und die ihr zugleich innere Stärke und Frieden brachte: Der Garten der Großeltern mit der schwarzen Granitmauer. Also konkretisierten sie das Bild immer weiter. Ein Detail nach dem anderen arbeiteten sie aus. Je besser sie es sich vorstellte, je genauer das Bild war, desto stärker wirkte es. Hieraus bezog sie Kraft und schuf sich zugleich ein Bollwerk.

Clara war in so etwas nicht geübt und daher war bereits das Aufrechthalten einer Meditation eine Herausforderung für sie. Aber verglichen mit den geistigen Angriffen des Alten war es ein entspannter Spaziergang im Wald. Zuvor hatte sie gar keine Abwehr gehabt, daher war es ihm immer ohne Weiteres gelungen in ihren Geist einzudringen. Jetzt leistete sie Widerstand und erst, wenn die Mauer brach, hörte sie seine Stimme in ihrem Kopf.

Zahllose Versuche hatte sie schon hinter sich und jedes Mal schien der Alt keine Mühe zu haben die Gegenwehr zu überwinden. Aber irgendwann hatte sie den Trick gefunden, wie sie ihr geistiges Bild aufrechterhielt. Dann hatte sie den ersten Angriff überstanden.

Wie lange sie übten, vermochte sie nicht zu sagen, aber gefühlt waren es schon Tage. Es war immer die zweite Welle, an der sie scheiterte und doch dauerte es jedes Mal ein Quäntchen länger, bis der Damm brach.

Jetzt hielt sie der dritten Welle stand. Nein, es war keine Welle mehr, es war ein beständiger Strom. Sie stemmte sich mit aller Macht dagegen, aber sie spürte, wie sie die Kräfte verließen. Verzweiflung bemächtigte sich ihrer und sie war den Tränen nahe. Wie sollte sie das jemals schaffen? Wie sollte sie ihren Geist abschirmen, wenn ihr innerer Kraftquell so leicht zu brechen war?

Bald darauf hörte sie es wieder, das Knacken und Knirschen und sie wusste, was es bedeutete. Clara presste die Augen zusammen. Es konnte doch nicht so schwierig sein sich eine blöde Mauer vorzustellen. Nur ein paar behauene Steine und etwas Mörtel, nichts weiter. Sie wusste, wie die Felsen aussahen, sie roch und fühlte sie. Und dennoch, immer wenn sie ein Bild im Kopf hatte, wurde ihre makellose Wand von Rissen überzogen. Es war wie ein Duell der Vorstellungskraft. Ein Duellant stellte sich den Stein vor, der andere den geborstenen Fels. Der mit der höheren Willenskraft überlagerte das Bild des Gegners und gewann.

Eine Träne quoll aus ihrem Augenwinkel hervor. Es war keine Trauer, sondern Wut und Zorn, das spürte sie deutlich in sich. Es waren die hässlichen Abkömmlinge der Verzweiflung. Es war leicht, sie nach außen zu wenden, sich einzureden, dass sie wütend auf den Alten war, der ihr diese Mühsal aufzwang. Es war doch seine Schuld, dass sie in diesem Unleben gefangen war. Ohne sein Eingreifen wäre sie gestorben und hätte jetzt Ruhe und Frieden. Warum musste sie ausbaden, was er angerichtet hatte?

Aber zugleich war Clara bewusst, dass dieser einfache Weg nicht die Wahrheit war. Sie hatte sich zuvor bereits dazu entschieden, das Angebot des Alten anzunehmen. Es war nicht seine, sondern ihre Entscheidung gewesen. Er hatte sie nur ausgeführt. Ebenso war ihr klar, dass der Zorn nicht ihr eigener war. Es war die Dunkelheit im Inneren, die eine Gelegenheit witterte, erneut an die Oberfläche zu gelangen. Die Finsternis ließ nichts unversucht.

Doch im Kern war Clara sauer auf sich selbst, gestand es sich nur nicht ein. Sie war erbost, dass sie so schwach war, so unzureichend. So unkonzentriert, dass sie sich nicht mal eine simple Mauer vorstellen konnte. Es war Furcht, dass sie die Prüfung nicht bestehen würde. Es war die Angst vor dem Tod und all dies verstärkte und projizierte das widerliche Tier nach außen. Das war leichter, als sich seine Ängste und Schwächen einzugestehen. Es wäre ein Teufelskreis. Die Finsternis steigerte ihre Emotionen und das lenkte sie ab. Dann würde Clara erneut scheitern, mehr zweifeln, wütender werden und erst recht versagen. So lange, bis sie die Kontrolle verlieren und das Tier sie beherrschen würde.

Diese Erkenntnis traf sie wie ein Donnerschlag. Clara erstarrte in ihrem geistigen Körper. Sie entdeckte den Feind in sich selbst. Das hatte etwas Befreiendes und verlieh ihrem Selbstbewusstsein eine neue Stärke. Die Gefahr war erkannt, jetzt musste sie nur noch gebannt werden.

*Ich gebe nicht nach. Ich scheitere nicht, weil ich mich von falschen Gefühlen ablenken lasse.*

„Aber ich kann dir helfen, Miststück. Ich BIN deine Stärke, ich BIN die Macht in deinem Inneren. Lass mich nur kurz ans Steuer. Dann werde ich dir zeigen, dass du fähig bist, allem standzuhalten, was er dir entgegenschleudern mag. Dann wirst du überzeugt sein, dass ich dir sehr nützlich sein kann."

Clara war überrascht die Stimme der Dunkelheit aus dem Nichts zu hören. Körperlos, formlos. Von überall und nirgendwo zugleich.

Die Mauer brach zusammen, als ihre Konzentration schwand und die Gewalt, mit welcher der Alte zuvor ihr Bollwerk bedrängt hatte, barst über sie herein. Es riss sie von den Beinen und schleuderte sie nach hinten.

Der Länge nach schlug es sie nieder und ein Stückchen schlitterte sie auf dem Rücken durch den Matsch. Als sie sich aufrappelte, betrachtete sie ihre Hände und Kleidung. Sie sah aus, wie ein Fußballspieler am Ende eines Spiels bei Regen, über und über mit Dreck, Schlamm und Rasenresten besudelt. Und rot, blutig rote Flecken, überall dort, wo ihre Kleidung den feuchten Schlick berührt hatte. Schockiert stand Clara auf und zwischen ihren Schuhen drückte sich rotes Wasser aus dem Morast. Blut hatte den Boden aufgeweicht und in ein schlammiges Sumpfgebiet verwandelt.

„Überrascht?", wieder die tiefe Stimme der Dunkelheit, „Blut ist alles, was zählt. Das hab ich dir doch schon gesagt. Es beherrscht deine Gedanken, so wie ich dein Unterbewusstsein beherrsche. Du kannst dich nicht wehren, also lass es gleich. Versuch ruhig es zu ignorieren, wenn du willst, aber nützen wird es dir nichts."

Clara wischte die blutig, dreckigen Hände an ihrer Hose ab und versuchte die Stimme zu überhören. Stattdessen ließ sie die Mauer erneut entstehen und wartete auf die erste Welle. Sie kam nur wenige Augenblicke später, aber anders, als sie es erwartet hatte. Der Angriff manifestierte sich regelrecht als Brandung eines Meeres aus Blut. Rot und schäumend prallten die Wasser gegen ihre Felswand und eine feine, rosa Gischt sprühte über den oberen Rand.

"Claaaraaa", säuselte es süffisant in ihren Ohren, „Du stehst knöcheltief im blutigen Schlamm. Hörst das verlockende Platschen der leuchtend roten Wellen und kannst du es nicht schon auf der Zunge schmecken? Salzig, metallisch und einen Hauch fruchtig? Kannst du es riechen? Stell dir nur mal vor, welche Freiheit du haben kannst! Lass dich nicht von anderen in die Schranken weisen. Sie versuchen nur dich zu kontrollieren, deine Macht zu begrenzen, weil sie dich fürchten.

Aus gutem Grund, denn du hast MICH! Lass mich dich führen, dir den Weg zu ungeahnter Stärke zeigen, die sie alle erblassen lässt. Dann wirst du dich nicht mehr beherrschen müssen, weil dir niemand etwas entgegenzusetzen hat. Du kannst dir süßes Blut nehmen, wann immer und von wem immer du willst. Keine Konsequenzen. Wozu also all diese Anstrengung hier? Wie oft bis du jetzt schon gescheitert? Und du weißt ganz genau, dass du weiter scheitern wirst. Immer und immer wieder. Ohne mich hast du dem Wanderer nichts entgegenzustellen."

In der Tat schmeckte sie Blut in ihrem Mund. Vielleicht war es nur ein Hirngespinst, das ihr von der Dunkelheit suggeriert wurde, vielleicht war der Geschmack tatsächlich da. Und mit ihm kam der Durst, der schlichte Wunsch etwas zu trinken, wie sie es von einem heißen Sommertag kannte. Aber darunter wusste Clara, dass es nur ein Getränk gab, das ihren Durst zu löschen vermochte.

Es lenkte sie ab. Mehr noch als die säuselnde Stimme des Tieres, das sie mal beleidigte und sich mal einzuschleimen versuchte. Fest verschloss sie die Augen und konzentrierte sich auf den Garten ihrer Großeltern. Ein sonniger Tag in den Sommerferien. Frisch gemähter Rasen und warmer Stein. Die feuchte, schlammige Kälte, die in ihre Schuhe kroch, ignorierte sie und blendete Gerüche und Geschmack des Blutes aus, so gut sie konnte. Was zählte, war das Bild vor ihren Augen, möglichst konkret und detailliert.

Es erleichterte sie, dass der Druck von außen nachließ. Der erste Angriff war abgeebbt und sie nutze die Verschnaufpause, um sich zu sammeln. Clara wartete auf die zweite Welle. Aber sie kam nicht.

*Ein Trick? Lass mich zappeln, wiege mich in Sicherheit und greif an, wenn ich die Deckung sinken lasse?*

Doch auch nach Minuten kam keine zweite Welle. Noch etwas länger wartete sie, dann öffnete sie schließlich die Augen.

Sie hatte ihren Kopf verlassen und war zurück in der Realität. Auf der Couch in ihrem Zimmer saß sie dem Alten gegenüber, der sie aus dem Schatten seiner Kapuze ansah. Das Deckenlicht war ausgeschaltet und nur eine niedergebrannte Kerze spendete etwas schummrigen Schein.

„Was ist los?", fragte sie sichtlich irritiert.

„Wir machen eine Pause. Deine Abwehr wird stärker, das ist gut. Aber ich spüre auch, dass die Anstrengung den Weg für das Schlimmste in dir ebnet. Das wollen wir nicht provozieren."

„Ja, es war da. Es hat mich abgelenkt, aber ich habe es nicht zugelassen."

„Doch, hast du. Du hast darauf reagiert. Das reicht schon. Es hat sich deinen steigenden Durst zu Nutze gemacht und die Sehnsucht nach Blut verstärkt und dir unter die Nase gehalten, stimmt's?"

Clara dachte an die veränderte Welt in ihrem Kopf. Die saftig grüne Wiese, die zu einem blutigen Morast wurde und der plötzlich aufkommende Geschmack des Blutes in ihrem Mund. Ja, sie hatte Durst, das spürte sie jetzt mehr denn je. Aber nicht so unbändig, wie es ihr eben noch erschienen war.

In wenigen Worten berichtete sie, was geschehen war. Als Gegenleistung erhielt sie Feedback zu ihrem bisherigen Fortschritt und ein paar Hinweise, was ihr weiterhin helfen könnte. Jetzt, da das Gespräch sie etwas zur Ruhe brachte und Clara die Zeit hatte zu verarbeiten, was sie erlebt hatte, bemerkte sie auch, wie erschöpft sie war. Eine nie gekannte Müdigkeit schlich sich an sie heran und war drauf und dran sie zu überwinden. Es war nicht eine körperliche Erschöpfung, sondern eine mentale.

Ihr Geist schien nicht mehr fähig zu sein einen Gedanken festzuhalten, so dass die Bilder in ihrem Kopf zusammenhangslos hin und her sprangen. Schemenhafte Gesichter folgten auf eine Steinmauer und diese auf einen weißen Marmorbrunnen. Dazwischen war mal ein Schwarm Zugvögel im purpurroten Himmel zu sehen und die Deckenlampe eines Sektionssaals. Am Rande ihres Bewusstseins drängte sich ein Feuer dazwischen. Ein Lichtblitz kurz bevor der Brand sie gänzlich umschloss. Schmerzen, welche die Hitze auslöste aber auch andere von großen und kleinen Nadelspitzen und gebrochenen Knochen. Dann wieder ihr Großvater, der neben ihr lag und zusammen mit ihr in den Himmel starrte. Gefolgt von Anne Bergmann, die sich über sie beugte und sie küsste. Und Wanderurlaube, die sie oft mit Sabine zusammen in Österreich unternommen hatte.

Es war eine zusammenhangslose Mischung aus Erinnerungen und Erfahrungen, die bis in ihre Kindheit zurückreichten. Der schnelle Wechsel der Bilder und Eindrücke überforderte Clara. Ihr Blick wurde trüb und alles um sie herum erschien ihr wie durch einen dichter werdenden Nebel. So massiv, dass er sogar die Geräusche dämpfte.

Als der mentale Zusammenbruch in die gnädige Bewusstlosigkeit führte, spürte sie im letzten Moment eine enorme Erleichterung. Loslassen war das Stichwort. Einfach loslassen. Sie ertrank im Meer ihrer ungefilterten Erinnerungen und es war Ok. Die Hand, mit der sie sich mit letzter Kraft am Rande ihres geistigen Rettungsbootes festhielt, entglitt ihr und Clara sank ins Wasser. Dunkelheit um schloss sie, als ihr Gesicht die Oberfläche hinter sich ließ und Ruhe in ihren Kopf einkehrte. Die lang ersehnte Stille.

„Clara…"

Jemand rief nach ihr.

„Clara…"

Nein, kein Rufen, mehr ein Ansprechen.

„Clara, hallo?"

War das Verzweiflung in der Stimme? Nein, aber Sorge. Jemand war besorgt um sie. Aber warum? Ihr ging es doch gut. Solange sie hier lag und nicht dachte, war alles in bester Ordnung.

„Haalloo… komm mal wieder zu dir."

Jetzt wurde es aber nervig. Und wer störte sie da eigentlich? Sie kannte die Stimme, selbst mit der Sorge im Ton klang sie noch immer frech und fröhlich.

„Clara, es ist Zeit aufzuwachen."

*Nerv nicht! Lass mich! Mir geht's gut. Geh weg!*

Sie lag auf ihrem Bett und es war gemütlich. Warum sollte sie diesen Komfort aufgeben?

„Clara ich weiß, dass du mich hörst. Ich sehe deine Augen zucken. Du willst nur nicht. Aber du musst zu dir kommen und mal was trinken, damit du wieder zu Kräften kommst…"

*Wozu? Das Liegen ist nicht anstrengend.*

„… Der Alte hat dich ganz schön gefordert."

*Der Alte? Gefordert? Bei was denn?*

Aber so langsam kamen die ersten Erinnerungen zurück. Der Mann ohne Gesicht, der sich ihrer angenommen hatte. Es auch irgendwie musste, auf Grund einer Verpflichtung, die er für sie übernommen hatte. Er bereitete sie auf etwas vor, trainiert mit ihr. Aber was? Und dann war da noch was anderes, dass sich unbarmherzig in ihr Bewusstsein drängte. Sie hatte Durst. Sie spürte das starke Verlangen zu trinken, konnte aber nicht so recht festmachen, wonach es sie dürstete. Doch es war etwas Besonderes, dass man nicht einfach irgendwo kaufte.

Es half nichts, wenn sie Antworten und ihre Sehnsucht stillen wollte, musste sie wohl oder übel, die Augen öffnen und sich der

Realität stellen. Außerdem rüttelte diese unverschämte Person schon wieder an ihr und textete sie weiter zu.

„Seit zwei Tagen habt ihr fast durchgehend eure Übungen gemacht. Ich habe dich ruhen lassen, weil du echt fertig warst. Aber so langsam mache ich mir Sorgen. Du musst mal wach werden und was zu dir nehmen. Du musst bei Kräften und klarem Verstand sein, wenn du dich mit dem Obersten Rat triffst."

*Müssen, immer müssen! Ich muss gar nichts!*

Dann drängte sich urplötzlich eine Erleuchtung in ihren Verstand. Im klarsten Lichte erkannte Clara die Wahrheit. Ein paar Dinge musste sie tatsächlich. Schlafen und atmen gehörten nicht dazu. Aber im Moment war es nötig, zu sich zu kommen und zu trinken.

*Oh, Scheiße! Oberster Rat? Da war was. Etwas sehr Wichtiges, Lebenswichtiges.*

Clara schlug die Augen auf. Oder versuchte es zumindest. Für die Frau, die neben ihrem Bett hockte, schien es eher ein langsamer, nicht enden wollender Prozess zu sein. Aber immerhin hatte sie die junge Vampirin erreicht und dazu bewegt ihre Ohnmacht zu überwinden.

„Wa…", die Lippen klebten aneinander und ihre Zunge lag schwer wie Blei in ihrem trockenen Mund. Während sie Roxy aus müden Augen ansah, sammelte sie etwas Konzentration und versuchte es erneut.

„Wa… was genau ist… passiert?"

„Schön, dass du wieder da bist. Hast dich ja ganz schön bitten lassen. Normalerweise hätte ich dir schon längst einen Eimer Eiswasser ins Gesicht geschüttet. Aber ich will mal nachsichtig sein, da ja große Ereignisse ihren Schatten vorauswerfen."

Clara warf ihr nur einen abwartenden und verständnislosen Blick zu. Der Versuch, die Situation etwas aufzulockern, war grandios gescheitert.

„Ok, ok. Schon gut. Wie schon gesagt, du und der Alte habt seit Tagen geübt und trainiert. Irgendwas wegen deiner mentalen Abwehr und Stabilität. Also, dass niemand ungefragt in deinen Kopf reinschauen kann und gleichzeitig auch, dass du mehr Selbstkontrolle hast."

Mühselig stemmte Clara sich in eine sitzende Position. Roxy half ihr. Ihre Gedanken wurden allmählich klarer und stabiler.

„Und der Rat?", fragte sie behäbig.

Bevor ihre Freundin antwortete, reichte sie ihr eine kleine, rote Flasche. Begierig griff Clara danach, als sie realisierte, was ihr da angeboten wurde. Mit einer schnellen, fließenden Handbewegung war sie geöffnet und an die Lippen gesetzt. Nur wenige Sekunden später hatte die junge Vampirin die Hälfte des Inhalts getrunken und fühlte augenblicklich die Lebensgeister in sich erwachen.

Ihr Blick wurde klar, die Gedanken schärften sich und die Erinnerungen kamen zurück. Roxy redete auf sie ein, aber sie hörte nicht hin. Viel zu wichtig waren die Erkenntnisse, die ihr deutlich wieder ins Gedächtnis drangen. Was und wie sie trainiert hatten, das Feedback, das sie erhielt, die neuen Übungen, um die gewonnenen Erfahrungen anzuwenden. Tipps und Hinweise und wieder Trainingsrunden. Immer und immer wiederholt, bis zur totalen Erschöpfung und darüber hinaus. Das alles war wieder da.

Mit einer schlichten Mauer hatte sie angefangen, aber am Ende war ihr Geist eine Festung geworden. Sie hielt dem Alten stand, wenn er versuchte in ihren Kopf einzubrechen und hatte schließlich sogar einen Gegenangriff gewagt. Sie hatte nicht mit einem Erfolg gerechnet und der stellte sich auch nicht ein. Aber es war ein gutes Zeichen, dass sie ihre Gedanken abschirmen und gleichzeitig genügend Kraft für einen Konter aufbringen konnte.

Doch sie hatten noch mehr erreicht. Mit Hilfe des alten Wanderers hatte Clara gelernt, eine neue Kraftquelle zu nutzen, ohne ihr anheimzufallen: Die Dunkelheit selbst. Sie war Ursprung all der vampirischen Macht. Sie stärkte die Wesen der Nacht übermenschlich und verlieh unmenschliche Schnelligkeit. Sie schenkte ihnen besondere Fähigkeiten, abhängig von der jeweiligen Veranlagung. Sie steigerte jedes Gefühl und jeden Sinn ins Unermessliche. Vampire erreichten Gefühlsebenen, die den Menschen verschlossen blieben. Die sie sogar in den Wahnsinn treiben würden.

Doch zugleich war sie der Schoß und die Quelle ihrer Gier nach Blut und Gewalt. Sie war wie ein eigenständiges Lebewesen in jedem einzelnen Vampir, sie hatte eine Persönlichkeit und war bestrebt die Vorherrschaft über den Körper zu erlangen, nur um ihren eigenen zerstörerischen Trieben nachzugehen.

Clara hatte bei der Führung in ihr Innerstes den Ursprung dieses Quells gefunden. Tief verankert in ihrer Seele. Untrennbar ein Teil von ihr. Zumindest was das betraf, hatte die Finsternis die Wahrheit gesagt.

Und Clara verstand auch, dass sie wie ein Virus war. Wer sich einmal ansteckte, wurde es nie wieder los. Eine übernatürlich schlimme Version eines Herpes. Weniger Jucken, mehr Bluttrinken, aber immer da.

Doch sie ließ sich kontrollieren. Den meisten jungen Vampiren reichten dieser Tage eine kurze Einweisung und ein paar Tests ihrer neuen Fähigkeiten. Aber bei Clara war es anders. Im Unterschied zu den anderen Küken, wie manch Älterer sie nannte, stammte ihr verfluchtes Blut nicht von unzähligen, über die Jahre verwässerten Generationen ab. Es kam von einem uralten Vampir. Ihr Schöpfer war ein wahrer Methusalem, selbst unter den Unsterblichen. Daher war ihre Dunkelheit tiefer und schwärzer, als die der anderen und somit war auch ihre Macht größer.

Der Alte lehrte sie, wie sie all die zusätzlichen negativen Emotionen für sich einband. Wie sie daraus konstruktive Kraft schöpfte und sich dennoch nicht auf die ewigen Verlockungen der Finsternis einließ. Als Clara das verstanden und das erste Mal angewandt hatte, war sie überwältigt von der schier unbegrenzten Machtfülle, die ihr zur Verfügung stand. Nichts schien mehr unmöglich. Auch darin hatte die Dunkelheit die Wahrheit gesagt.

Mit dieser neugewonnenen Kontrolle über die Quelle war es ein leichtes aus einer einfachen, aber soliden Mauer erst ein Bollwerk und anschließend eine Festung zu errichten. Eine Trutzburg, die hoch oben auf einem Felsen über dem Meer thronte. Unerreichbar für die Brandung der anderen Vampire. Nur die entfesselte Sturmflut des Alten reichte bis über ihre Grundfesten hinaus und stellte eine Gefahr dar.

Zufrieden hatte Clara festgestellt, dass sie die Welt ihres innersten Geistes nach ihrem Willen formte. Aus dem Strand und dem Ferienhaus war eine Steilklippe geworden. Aus dem Wald rund um das Allerheiligste der begrünte Innenhof ihrer Feste. Und der Tempel selbst bildete das Zentrum von allem. Der Teil, den die ganze Wehranlage schützte. Nur das war der Zweck der Festung. Von hier sprudelte die Quelle ihr rotes Wasser immer noch aus dem verfluchten Brunnen. Doch statt in einem Bächlein zum Meer floss es in geordneten Bahnen in verschiedene Teile der Burg. Clara hatte sogar gelernt, wie sie den Strom gezielt an die eine oder andere Stelle lenkte, um so ganz bewusst und kontrolliert ihre Macht in Teilbereichen zu erhöhen. Natürlich schwächte sie damit andere Teile, aber selbst dann war sie immer noch unüberwindbar stärker als die übrigen Vampire.

Doch der Alte hatte ebenso recht mit seiner Warnung, dass es einen Preis hatte, geschenkt wurde ihr nichts. Und er erweiterte sie noch: Jedes Mal, wenn sie sich dieser Quelle zu sehr bediente, würde sie einen kleinen Schritt näher zum Abgrund schreiten. Den einzelnen bemerkte sie nicht, aber tausende winzige Schritte, addierten sich irgendwann zu einem Großen. Und einer würde dann der Letzte sein, der sie über den Schlund führte. Es barg die Gefahr, dass sie Gefallen daran fand. Diese Art von Macht war wie eine Droge. Ein Rausch, der in eine Sucht mündete und schließlich in ihren Untergang.

Doch durch all die Offenlegungen ihrer Potentiale, durch all das Training und all die Erkenntnisse, verstand Clara auch, warum er der Wanderer war. Die Macht in ihm, urtümlich und stärker als alles andere, trieb ihn unablässig umher. Verdammt dazu, ewig weiterzuziehen und niemals sesshaft zu sein. An einem Ort zu bleiben, bedeutete Routine und die war für ihn gefährlich. Gewohnheit schwächte ihn, machte ihn unaufmerksam und böte der Dunkelheit Gelegenheit, ihn zu verführen. Und wer würde ihn dann aufhalten? Also zog er rastlos durch die Welt und wachte über die Regeln, welche sich die geheime Gesellschaft selbst auferlegt hatte.

Clara schüttelte den Kopf und kehrte in das Hier und Jetzt zurück. Ihre Freundin und Vertraute hockte noch immer vor ihr und sprach unablässig auf sie ein.

„'tschuldigung, Roxy, was hast du gerade gesagt? Ich war mit den Gedanken woanders."

„Wirklich? Was du nicht sagst", bekam sie eine schnippische Antwort, „Dabei hätte ich es mir fast schon denken können, als du meine Geschichte von dem rosafarbenen Wurm, der sich mit dem grünen Elefanten zum Tee treffen wollte, nicht kommentiert hast. Und auch als ich dir von Otti Ottmeier dem obstfressenden Opossum aus Oberammergau erzählt habe, hast du nicht mal mit dem Mundwinkel gezuckt. Da hätte ich misstrauisch werden sollen, ob du mir überhaupt zuhörst."

„Otti Ottme..." Clara wollte gerade nachfragen, riss sich aber zusammen, winkte ab und verwarf den Gedanken, „Ach... denkst du dir so einen Blödsinn eigentlich spontan aus, oder hast du da immer etwas im Repertoire?"

„Ein bisschen was von beidem, schätze ich."

Roxy grinste frech und fröhlich und sie schaffte es damit tatsächlich Claras Stimmung zu heben, ehe sie wiederholte, was sie zuvor gesagt hatte.

„Also, in ein paar Stunden trifft sich der Oberste Rat. Ich kenne die Agenda nicht, aber sie werden sich ja auch mit dir befassen. Viktor wird uns hinbringen, dann müssen wir sehen, wie wir zurechtkommen. Die Sitzungen sind streng geheim, daher wird er selbst nicht dabei sein. Wahrscheinlich. Der einzige Teilnehmer, der nicht dem Rat angehört, ist der Alte, aber der ist dieses Mal definitiv nicht dabei."

„Was? Wieso nicht? Er hatte doch gesagt, dass er da ist. Ist er nicht als mein Schöpfer daran interessiert, was mit mir passieren soll?"

„Ich denke", grübelte der Ghoul, „dass es keinen Unterschied macht, ob er dabei ist oder nicht. Seine Position hat er klar gemacht, immerhin hatte er den Rat überhaupt zusammengerufen. Und für den unwahrscheinlichen Fall, dass du nicht bestehen solltest, wird es ohnehin ihm zufallen… na ja… dich… du weißt schon…"

*Mich zu töten. Den Fehler zu bereinigen. Ja, ich weiß.*

Sie nickte nur.

## Kapitel 23

Ein wenig unterhielten sich die beiden Frauen noch und Clara war dankbar. Sowohl für Roxys bloße Anwesenheit und zum anderen für ihre Weitsicht, dass sie gleich mehrere Flaschen Blut mitgebracht hatte. Sie trank gerade die Zweite leer, als ihr Blick an der Zimmerdecke hängen blieb. Es war ihr zuvor noch nicht aufgefallen, aber jetzt sah sie es recht deutlich. Über ihr hatten sich viele grüne Auren versammelt. Sie war erstaunt und folgte den rhythmischen Bewegungen der Masse. Es war, als würde man einen Schwarm fluoreszierender Quallen zusehen.

„So viele Menschen. Und ein paar Ghoule, wenn ich das richtig sehe."

Roxy wirkte etwas überrascht über den plötzlichen Themenwechsel, fand aber dennoch schnell ihre Sprache wieder, als ihr klar wurde, was ihre Herrin da meinte.

„Ja, es ist Freitagabend, Partytime! Wenn ich nicht hier bei dir wäre, würde ich mich auch oben unter das Volk mischen. Heute haben wir nämlich mal was Besonderes: Livemusik. Eine junge Band aus den Niederlanden ist hier. Blackbriar heißen die."

„Blackbriar? Hab ich noch nie gehört."

„Wie gesagt, ist noch eine junge Band. Aber mir gefallen sie sehr gut. Mein Favorit ist das Lied Until Eternity, aber Deadly Nightshade passt auch ganz gut zu unsereins, oder?"

*Hää? Schwarze Tollkirsche? Oder wörtlich? Egal, wahrscheinlich passt beides irgendwie.*

„In gewisser Weise, ja."

Clara wurde wieder nachdenklicher und betrachtete die leere Flasche in ihrer Hand.

*So viele Menschen da oben und hier einige Vampire. Wenn da einer in einen Blutrausch fällt, wird das ein Blutbad, das sich kaum noch decken lässt. Aber es ist nie etwas passiert. Sind alle so beherrscht und ich bin die traurige Ausnahme? Das wird sich dann heute zeigen, oder?*

„Alles Ok bei dir, Clara? Du bist schon wieder so weggetreten."

„Was? Ja, ja, alles Ok", stammelte sie, „Ich war nur gerade etwas besorgt."

„Möchtest du mir sagen, worüber?"

Sie legte Clara eine Hand auf die Schulter und sah sie mitfühlend an. Der jungen Vampirin war klar, dass ihre Freundin folgenschwere

Gedanken erwartete, vielleicht über die kommenden Stunden. Aber sie selbst dachte an das Hier und Jetzt.

„Na ja, nichts allzu Schlimmes, denke ich. Ich habe mich nur gerade gefragt, wieso es bisher immer gut gegangen ist, wenn sich eine Handvoll Vampire in der Nähe so vieler Menschen aufhält. Irgendwie… erstaunlich, oder?“

Roxy nahm die Hand wieder von der Schulter und sah Clara irritiert an. Damit hatte sie tatsächlich nicht gerechnet.

„Hmm, nein. Ich weiß nicht. Ich kenne es nur so. Daher habe ich mir noch nie darüber Gedanken gemacht.“

„Na ja, nicht so wichtig, schätze ich“, Clara winkte ab und setzte ein freundliches Lächeln auf, „Geh ruhig hoch, wenn du magst. Ich bleibe hier und werde mir noch etwas die Zeit vertreiben, bis Viktor sich meldet.“

„Ehrlich?“, ihre Stimme überschlug sich, dann fuhr sie gefasster fort, „Ich meine, ich leiste dir auch gerne Gesellschaft.“

„Ja, ehrlich. Ist schon Ok. Du bist ja nicht weit weg und ich gebe dir Bescheid, wenn wir losmüssen.“

Ihre Freundin war einverstanden und freute sich sichtlich über die Gelegenheit die Band zu erleben.

Zusammen schlenderten die beiden Frauen nach vorne in den Aufenthaltsraum, doch während Roxy sich verabschiedete und weiter Richtung Ausgang marschierte, machte Clara es sich auf der Couch gemütlich und schaltete den Fernseher ein. Viktor war vermutlich oben und managte den Abend, zumindest bis es Zeit war zu gehen. Den meisten anderen war es schlicht zu laut und sie verbrachten einen Großteil der Nacht woanders, wenn der Garden geöffnet hatte und die Party richtig in Fahrt gekommen war. Es war also einer der Abende, an dem sie allein war. Und gerade heute war es ihr sehr recht.

Unmotiviert schaltete sie durch die Kanäle, ohne genau zu wissen, wonach sie suchte. Im Grunde war es egal, sie brauchte nur etwas, um die Stille zu überbrücken. Allein sein war jetzt Ok, aber von der gedämpften Musik von oben abgesehen, wünschte sie sich dennoch ein paar Hintergrundgeräusche.

Nachdem sie hier und dort mal zwischen einer Dokumentation über keltische Siedlungen in Schottland und einer Folge CSI hin und her geschaltet hatte, beschloss sie, dass beides nicht sonderlich interessant war. Kurz kam ihr der Gedanke selbst hoch zu gehen und an der Bar oder in Viktors Nähe zu bleiben, aber auf der anderen Seite war ihr das dann doch zu viel des Guten. Und wenn sie ehrlich zu sich selbst war, hatte sie etwas Angst davor. Was, wenn sie trotz all der Übung, Tricks und tieferem Verständnis der Finsternis, doch die Beherrschung verlieren würde? Gerade die Situation oben mit hunderten von Menschen, war für die blutgierige Dunkelheit eine unwiderstehliche Verlockung.

Bevor sie aber endgültig das Gerät abschaltete, beschloss sie, wenigstens bis zum Sendeplatz 1 alle Sender rückwärts durchzuwählen. Es war eine letzte Chance an das TV-Programm, sie von seiner Qualität zu überzeugen. Und zugleich würde es etwas Zeit fressen, bevor sie sich wieder ihren Gedanken stellte. Dabei stieß sie auf einen Nachrichtensender und blieb daran hängen. Die Sendung hatte zwar bereits angefangen, aber der laufende Bericht fesselte Claras Aufmerksamkeit. Es ging um sie.

Die Nachrichtensprecherin berichtete aus dem Aufnahmestudio heraus. Im Hintergrund war eine Großaufnahme ihres ehemaligen Wohnhauses zu sehen. Ein großes, rauchendes, Ruß geschwärztes Loch, dort wo einst ihr Wohnzimmer war. In der Ecke wurde das Datum der Aufnahme eingeblendet. War das wirklich schon so lange her? Und doch erst wenige Wochen, die das eine Leben von dem anderen trennten.

„Die Explosion in einem Mehrfamilienhaus, bei dem eine Kriminalpolizistin und zwei ihrer Nachbarn ums Leben kamen, ist nun bereits drei Wochen her, doch noch immer ist der Fall in Bewegung. Quellen innerhalb der Polizei, die ungenannt bleiben wollen, berichten, dass es zum Explosionshergang neue Erkenntnisse gibt."

*Typisch, irgendeiner will immer mit den Medien reden. Warum? Persönlicher Ehrgeiz oder weil sie es geil finden, hinterher zu behaupten sie wären der geheime Kontaktmann gewesen?*

„…soll etwa nicht durch ein Gasleck verursacht worden sein, sondern durch militärischen Sprengstoff."

*Sprengstoff? Also doch ein Attentat? Markus hatte mich gewarnt. Er war auf dem Weg zu mir, als es passierte.*

Das Bild wechselte. Zu sehen war die Front des Polizeigebäudes. Martin von Waldeck verlies das Haus und kämpfte sich durch eine Horde Journalisten und Kameras. Der Fall schien tatsächlich neue Brisanz bekommen zu haben. Viele Fragen wurden ihm zugerufen, nicht alle hatten die Mikrofone dieses Nachrichtenteams aufgefangen. Aber die eine oder andere schon.

„Herr von Waldeck, stimmt es, dass Frau Mork Teil Ihrer Sonderkommission war, die bereits mehrfach Morddrohungen gegen ausführende Ermittler erhalten hatte?"

„Herr von Waldeck, besteht eine Verbindung zu ihren Ermittlungen?"

„…gibt es konkrete Hinweise auf die Hintergründe des Anschlags?"

„Stimmt es, dass Frau Morks Leiche aus der Gerichtsmedizin verschwunden ist?"

*Ups, da war ja was…*

Martin beantworte keine einzige der Fragen und bahnte sie stoisch einen Weg, bis er in ein bereitstehendes Dienstfahrzeug einstieg.

Wieder ein Wechsel in das Studio.

„Die Polizei hat die Informationen noch nicht bestätigt…"

*Warum sollte sie auch ein internes Leck bestätigen? Außerdem geht es um laufende Ermittlungen!*

„…hatte für die kommende Woche eine Stellungnahme angekündigt."

*Na, da bin ich aber gespannt.*

Der Bericht war beendet und man wechselte zum nächsten Thema. Da Clara kein Interesse daran hatte, schaltete sie den Fernseher aus und lehnte sich auf der Couch zurück, um an die Decke zu starren. Über ihr tanzten die grünen Quallen mehr oder weniger rhythmisch durcheinander. Es hatte auch etwas Beruhigendes, fast Hypnotisches.

*Gut, man hat mich mit Sprengstoff getötet. Soweit nicht viel Neues. Wahrscheinlich im Zusammenhang mit der Soko Hells Kitchen. Auch das konnte man sich schon denken. Die Frage ist: Warum? Simple Rache, eine Drohung oder um die Ermittlungen grundsätzlich zu behindern? Der arme Ludwig war definitiv eine Warnung. Er war der Erste, den es erwischt hat. Und ich die Zweite. Zumindest soweit ich weiß. Sind wir so tief vorgedrungen? Haben wir nicht nur ins Wespennest gestochen, sondern kräftig darauf getreten? Hat da jemand Panik? Ich hätte gedacht, dass man versucht mit Bestechungen, die Untersuchungen zu beeinflussen. Polizisten zu töten ist da doch eine Spur extremer. Und es schweißt die restlichen Kollegen stärker zusammen. Also schätze ich, dass die Ermittlungen intensiver vorangetrieben wurden? Markus ist sicherlich schon ein gutes Stück weiter. Ich wüste nur gerne wie weit. Aber wie komme ich an die Informationen heran?*

Clara stockte. War das überhaupt wichtig? Für sie? Jetzt noch? Sie war raus, nicht nur aus der Ermittlung, sondern aus ihrem alten Leben. Ja, sie wollte helfen, Markus unterstützen und die losen Enden zusammenführen. Aber sie sah keine Möglichkeit dazu. In Kontakt mit ihm zu treten oder gar um Akteneinsicht bitten war ausgeschlossen. Gab es Kontaktpersonen zur Polizei? Diese Franziska hatte doch Verbindungen zur Rechtsmedizin, wie Viktor mal hatte fallen lassen, aber Clara wusste nicht, wie weit die reichten.

Es reizte sie, zu erfahren, was hinter den Mauern der Sandburg passiert war, nachdem ihre Leiche im laufenden Betrieb verschwand. Das war sicherlich nicht leicht zu erklären. Ihre eigene Idee, von vor über einem Jahr, wollte niemand hören. Nun gut, im Grunde hatte sie damals keine belastbare Theorie gehabt. Ihr war nur etwas aufgefallen, aber das wurde nicht weiterverfolgt. Ob Markus ihre Notizen dazu wieder hervorholte und sich nochmal darüber Gedanken machte?

Ihr war jetzt klar, dass damals Franziska und ihre Leute für die verschwundene Leiche verantwortlich waren, aber in ihrem Fall hatte Viktor die Fäden gezogen. Roxy und Blue hatten sie abgeholt und zum Garden gebracht. Er hatte sie in Empfang genommen und diese Lady Pain informiert, dass Dr. Metzen und Anne Bergmann ihre Leiche gesehen hatten. Es mussten also nicht nur Videoaufzeichnungen und Unterlagen verschwinden, sondern auch Erinnerungen.

*Erstaunlich, was möglich ist. Wäre das eine Chance, um mit Markus zu reden? Ihn treffen, befragen und anschließend vergessen lassen, dass ich da war? Aber dazu sollte ich es erst üben und sicher sein, dass es funktioniert. Nicht, dass ich mir den nächsten Verstoß gegen den Schleier leiste.*

Clara stand auf, ging zum Schreibtisch in ihrem Zimmer und schlug ihr Notizbuch auf, um sich ein paar Gedanken zu notieren. Anschließend las sie über die Stichpunkte, die sie zu Beginn mal aufgeschrieben hatte. Es handelte sich um den Fall von Maria Imhoff, dem ersten toten Gothicmädchen, das ihre Aufmerksamkeit überhaupt hierher gelenkt hatte. Im Grunde, so wurde ihr jetzt bewusst, war ihr Tod der Auslöser für alles, was mit ihr passiert war. Marias Fall hatte sie nicht losgelassen und so hatte Clara sich in die Welt hineingesteigert, in der sie nun den Rest der Ewigkeit leben musste.

Jetzt wusste sie, dass Maria, so wie sie in einem Unleben gefangen war. Ganz ähnlich wie sie selbst war sie schnell und unfreiwillig in eine Vampirin verwandelt worden. Sie war jetzt eine Ifera. Ihr Mörder und Erschaffer aber lief irgendwo frei herum und hatte sie verlassen.

Ihre Notizen gaben nicht mehr her und Clara bemerkte, dass widerstreitende Gefühle in ihr aufstiegen. Sie wollte das Thema einerseits abschließen, dass sie vor über einem Jahr begonnen hatte und Marias Eltern einen Schuldigen präsentieren. Aber der Täter war ein Vampir, einer der ihren. Ihn der menschlichen Justiz auszuliefern war unmöglich. Außerdem würde es sie alle in Gefahr bringen. Insofern schützte der Schwarze Schleier ihn.

Aber gab es deshalb keine Möglichkeit ihn zu belangen? Waren die Vampire nicht auch Teil der menschlichen Gesellschaft an der Oberfläche? Die sprichwörtliche Spitze des Eisbergs? Und sollten sie als diese sich nicht an die Regeln halten? Öffentlichkeitswirksam konnte man ihn nicht festsetzen, aber was sahen denn die Vorschriften der Untergrundgesellschaft in so einem Fall vor? Soweit sie verstand, hatte dieser Julian von Werne mindestens gegen die Punkte „3 – Sicherheit", „4 - Kontrolle" und „9 – Verantwortlichkeit" des Schwarzen Schleiers verstoßen. Sie selbst würde bald wegen ähnlicher Vergehen vor dem Obersten Rat stehen. Aber Julian zog frei umher, obwohl er praktisch geständig war? Irgendetwas passte hier nicht ins Bild, sie konnte nur nicht sagen was. Wurde er gedeckt? Wenn ja, von wem und warum?

Schnell schrieb sie den Gedanken auf, bevor er sich verflüchtigte, denn sie spürte schon, wie andere ihn zu verdrängen versuchten.

Den Blick wieder nach oben gerichtet beobachtet Clara die tanzenden Quallen. Zwischen all dem Grün zählte sie fünfmal schwarz. Einer der Ghoule war Roxy, aber welcher? Instinktiv sah sie von einem zum anderen und blieb letztlich bei einer dunklen Aura hängen, die schwächer schien und kleiner war. Sie war weiter entfernt als der Rest.

*Na, Roxy, machst du wieder Pause auf der Lichtbühne und beobachtest das Konzert von deinem Logenplatz aus?*

Ein Schmunzeln umschmeichelte Claras Lippen als ihr bewusst wurde, dass es genau diese Situation war, die Roxy ihr beschrieben hatte. Sie wusste intuitiv, wo Roxy war. Es war, als würde ihr Blick automatisch in die richtige Richtung wandern, nur, weil sie sich in den Tiefen ihres Bewusstseins mit ihrer Freundin beschäftigte.

*„Ja, und es ist toll."*

Clara erschrak und fiel fast von ihrem Stuhl, als sie die Stimme ihrer Freundin in ihrem Kopf hörte. Sofort verstärkte sie ihre geistige Abschirmung und wappnete sich gegen ein Eindringen von außen, so wie es ihr der Alte beigebracht hatte. Doch es passierte nichts. Kein

Angriff, nicht mal ein vorsichtiges herantasten. Einfach nichts. Dafür ertönte Roxys Stimme ein weiteres Mal.

*„Hat Viktor sich gemeldet? Soll ich runterkommen?“*

Verwirrt setzte sich Clara wieder ordentlich auf den Bürostuhl und schüttelte den Kopf.

„Äh, nein, alles Ok... glaube ich“, sagte sie unsicher in den leeren Raum.

Ein Moment der Stille zog ein, in dem sie nur die gedämpfte Musik über sich hörte.

*„Clara?“*, jetzt war es Roxy, die unschlüssig klang, *„Ich komme runter.“*

Schon setzte sich die schwarze Aura in Bewegung, zügig, aber nicht hektisch. Clara folgte ihr mit den Augen, bis sie wusste, dass ihre Freundin im Treppenhaus und auf dem Weg nach unten war. Dabei hörte sie immer wieder ihre Stimme im Kopf.

*„Ist wirklich alles Ok, Clara? Ich bin gleich da.“*

Dann wandte sie sich wieder ihren Notizen zu. In dem Moment, als sie ihre Augen von Roxys Aura löste, spürte sie, dass sie etwas verlor. Es war, als würde bei einem Telefonat, bei dem niemand sprach, am anderen Ende aufgelegt werden. Die ganze Zeit war ein leises Grundrauschen in der Leitung, das plötzlich verschwand.

Irritiert las sie noch einmal ihre Stichpunkte durch, als es an der Tür klopfte. Fordernd, nicht bittend.

„Komm rein.“

Die Tür stieß auf und natürlich war es Roxy, die in den Raum trat. Was das anging würde sie Clara nicht mehr überraschen, wie es schien.

„Was ist passiert, Clara? Warum hast du plötzlich geschwiegen?“

„Äh, nichts ist passiert. Ich habe dir geantwortet, aber du hast mich nicht gehört. Jetzt bin ich verwirrt.“

„Das sehe ich dir an“, Roxy ging zur Couch hinüber und setzte sich, „Erzähl mir, was hier los war, bevor ich gekommen bin.“

Clara drehte sich mitsamt Stuhl zu ihr und berichtete kurz und bündig von ihren Gedankengängen.

„Letztendlich habe ich dann nur eine Gedankenpause gemacht, an die Decke gestarrt und dich zwischen all den Leuten gesehen. Als mir klar wurde, wo genau du bist, habe ich mir nur gedacht, dass du sicherlich das Konzert von oben genießt. Das war's. Mehr nicht. Dann hab ich mir plötzlich deine Stimme in meinem Kopf eingebildet und du bist hergekommen.“

„Ja, weil du nicht mehr geantwortet hast. Ein einfaches ‚Alles Ok, Roxy, kannst ruhig oben bleiben' hätte doch gereicht."

„Moment mal, heißt dass, dass du mich wirklich gehört hast?", Clara war irritiert.

„Ja, klar. Ich hab dir doch von der Verbindung erzählt. Wenn du es willst, dann entsteht so etwas wie ein telepathisches Band. Abhörsichere Kommunikation zwischen Meister und Ghoul."

Jetzt wurde ihr einiges klarer und sie nickte langsam, als ihr die Tragweite dieser Art zu kommunizieren bewusst wurde.

„Ok, verstehe. Tut mir leid, ich wollte dich nicht verunsichern oder von dem Konzert wegholen. Ich bin noch etwas ungeübt mit den neuen Möglichkeiten, schätze ich. Aber wenn du schon hier bist, kann ich dich etwas fragen?"

„Ich kann dich nicht davon abhalten", scherzte Roxy.

Clara quittierte dies nur mit einem müden Seufzen und warf einen schnellen Blick auf ihre Notizen.

„Ich bin vorhin noch mal auf das Mädchen gestoßen, wegen der ich damals überhaupt hier im Garden war. Wenn ich es richtig im Kopf habe, dann gab es so etwas wie einen Unfall oder ein Versehen, das sie zum Vampir wurde. Richtig?"

„Kann man so sagen. Es war weder geplant noch vorgesehen. Sie war Spenderin, ich kannte sie nur flüchtig. Als Ghoul interessiert mich der Spenderraum nicht so sehr. Außerdem war ich mit dem Alten ja eh nur alle paar Monate mal hier. Seltsam, oder? Er kann überall hingehen und sich in jeder Enklave einmieten. Aber es zieht ihn immer wieder hierher. Als hätte er eine besondere Verbindung zu Viktor", Roxy räusperte sich, „Aber ich schweife ab…"

Clara kommentierte den Gedankenausflug ihrer Freundin nicht weiter.

„Ok, verstanden. Innerhalb unserer Gesellschaft gibt es doch einen lockeren, freundschaftlichen Austausch, auch clanübergreifend, oder? Ich meine, man hat Kontakte, man besucht sich, tauscht sich aus über den neuesten Klatsch und unternimmt gegebenenfalls etwas zusammen?", Clara fühlte sich in gewisser Weise wieder in alte Muster zurückkehren.

Es bot ihr bei all dem Unbeständigen der letzten Tage ein wenig Halt.

„Ja, einige kommen besser miteinander aus, andere weniger, aber so ist das eben unter Menschen."

„Also müsste es mir doch auch möglich sein, mit dieser Maria Kontakt aufzunehmen, zum Beispiel über Viktor oder Franziska, nicht wahr? Wenn ich, sagen wir mal, beschließe, die Enklave der Ifera zu besuchen?“

Ihre Freundin stockte. Sie wussten beide, dass Roxy wahrheitsgemäß antworten würde, soweit sie die Situation kannte. Aber Clara sah ihr an, dass es ihr lieber wäre, die Frage nicht gehört zu haben.

*Aha, da kommen wir der Sache schon näher. Was ist es, dass euch allen so unangenehm an dem Thema ist? Was wird hier unter den Teppich gekehrt?*

„Nun…“ der Ghoul druckste etwas herum, als würde sie versuchen ihre Worte gewissenhaft abzuwägen, „Ein klares jain, ist hier wohl die beste Antwort.“

*Hast du unterschiedliche Befehle dazu erhalten? Ein Sprechverbot und eine klare Frage von mir? Und was wiegt jetzt schwerer?*

„Wie meinst du das, Roxy?“, Clara zog bedeutungsschwanger eine Augenbraue nach oben, wie sie es gerne tat, um ihrer Frage mehr Gewicht zu verleihen.

Als Reaktion ließ ihre Freundin sichtbar die Schultern hängen und sackte ein Stück in sich zusammen.

*Also sitze ich am längeren Hebel, wenn es um die Befehlsgewalt bei „meinem“ Ghoul geht. Gut zu wissen. Aber ich hoffe, ich muss es nicht zu oft ausspielen, liebe Roxy.*

„Also… es kommt sehr selten vor. Und man zieht es vor, nicht darüber zu reden. So, wie man in einer gutbürgerlichen Familie nicht über das schwarze Schaf spricht. Wenn man die Augen gaaanz fest zudrückt, dann existiert das Problem auch nicht, verstehst du? Straußentaktik nennt man das wohl…“

„Margarete“, Clara legte einen scharfen, fordernden Ton an, wie Eltern, die ihr Kind in einer Rüge beim Vornamen nannten, „Komm bitte zum Punkt: Was kommt selten vor?“

Der Ghoul ließ den Kopf hängen.

„Es ist äußerst selten, dass jemand nicht als Vampir erwacht…“ sie hob den Kopf wieder und sah ihre Herrin pflichtbewusst an, „…sondern als etwas Schlimmeres.“

Clara setzte erneut zu einer Nachfrage an, aber Roxy hob beschwichtigend die Hände. Sie seufzte schwer.

„Sie nennen sie Monstrositäten, Schlächter, Missgeburten oder manchmal auch Ghoule. Sie sind keine Menschen mehr, aber auch keine Vampire. Sie sind weder tot noch lebendig. Aber untot, wie ihr es seid, trifft es auch nicht. Im Grunde sind sie so etwas, wie das personifizierte Tier und haben jede Menschlichkeit verloren. Wenn man sie lässt, dann töten sie. Sie nehmen keine Rücksicht auf den Schwarzen Schleier oder gar ihr eigenes Leben. Alles, was in ihren modernden Hirnen zählt, ist der nächste Blutrausch. Oft sind sie tatsächlich körperlich missgestaltet. Während der Körper stirbt und das vampirische Blut den Umbau des Stoffwechsels vornimmt, kann alles Mögliche mit ihnen passieren. Knochen brechen, Muskeln wachsen unkontrolliert und die Brüche heilen schnell wieder, aber in verformter Stellung oder Ähnlichem. Und dennoch sind sie starke, schnelle und leise Jäger, ohne Gespür für Recht oder Unrecht. Nur getrieben vom Blutdurst. Jeder Versuch mit ihnen zu reden ist verschwendete Zeit und endet wahrscheinlich mit dem Tod des Gesprächspartners."

Sie legte eine Pause ein, weniger, um Clara einen Moment zum Verdauen der Informationen zu geben, sondern mehr, um sich selbst etwas zu fangen. Ihr Blick wurde fester, aber auch trauriger, als sie ihre Herrin und Freundin ansah.

„Sie SIND Monster. Eine Gefahr für uns alle, Menschen, Vampire, unsere Gesellschaft. Aber das Schlimmste ist für Leute wie mich, dass sie weitverbreitet eben auch Ghoule genannt werden. Das macht uns echten Ghoulen das Leben sehr schwer. Schwerer, als wir es jetzt schon oft haben. Du hast es ja schon gemerkt, für viele sind wir kaum mehr als Sklaven oder Eigentum. Und auch wenn wir nicht jedem Vampir gehorsam gegenüber sind, verhalten sich die meisten so, als müssten wir es sein. Ihr bildet eine eigene Kaste, die über uns steht. Mein Status als Ghoul des Wächters hat mich vor Vielem bewahrt, aber andere haben nicht so ein Glück."

„So, wie Blue", es war keine Frage, Clara dachte nur laut.

„Ja, genau. Und viele andere. Und auf eine Stufe mit Monstrositäten gestellt zu werden… wie soll ich sagen… legitimiert es für einige sich uns gegenüber echt scheiße zu verhalten. Sie sind wilde Ghoule, wir die gezähmten, aber im Grunde gleich… So denken sie zumindest."

Clara wartete einen Moment, ob Roxy mehr erzählen würde, aber im Kern war ihre Frage beantwortet. Die Polizistin in ihr musste es aber ausgesprochen hören.

„Und das ist Maria Imhoff passiert? Die Ifera haben sie aus der Leichenhalle geholt, festgestellt, dass sie die Verwandlung nicht ganz schaffen wird und dann?"

„Ja. Sie hat sich nicht verwandelt. Sie haben sie gefunden, gefesselt und - leider nicht nur sprichwörtlich - zur Schlachtbank geführt."

„Aber, wenn sie tot ist, wäre dann nicht ein klares Nein die Antwort auf meine Frage eben gewesen?"

„Tatsächlich nicht. Sie können nicht sterben, also gar nicht. Ich kann es, du kannst es, aber SIE nicht."

„Wie muss ich mir das vorstellen?"

„Wenn die Ifera sie finden, dann werden sie unschädlich gemacht. Arme, Beine, Kopf ab. Gliedmaßen und Torso verbrennen. Der Kopf kommt in ein Glas mit Formaldehyd und wird auf immer und ewig eingelagert. Eine schaurige, traurige Existenz. Für den Rest der Ewigkeit starren sie bewegungslos aus einem trüben Glas in das Dunkel eines geschlossenen Tresors. Ich kann nur hoffen, dass ihre Hirne wirklich kaputt sind und sie nicht mehr denken können. Ich stelle es mir entsetzlich vor, in dieser Situation auch noch bei Bewusstsein zu sein und zu verstehen, was da passiert ist. Allein im eigenen Kopf eingesperrt."

„Oh ja, das ist schrecklich", kommentierte Clara leise und geistesabwesend.

Zwangsläufig dachte sie an ihre ersten Erinnerungen als Tote in der Leichenhalle.

„Also, du KÖNNTEST mit ihr reden, ja. Aber es würde dir nichts bringen, nein. Ein klares Jain."

Für einen Moment wandte sich Clara ihren Notizen zu, um weitere Stichpunkte hinzuzufügen. Während Roxy wartete, entspannte sie sich etwas. Sie war sichtlich froh darüber, dass das Thema beendet schien. Doch als sich ihre junge Herrin wieder umdrehte, wurde sie darin belehrt, dass Polizisten nicht so schnell zufrieden waren mit den Antworten.

„Aber, wenn ich es doch versuchen wollte, an wen müsste ich mich dann wenden?"

Roxy seufzte.

„An die Ifera und Wimog. Die einen haben den Safe, die anderen den Schlüssel."

„Starke Sicherheitsmaßnahmen, für ein paar Köpfe im Einmachglas, oder?", Clara war voll in ihrem Element.

„Vielleicht, aber ich fürchte, dass ich da wirklich die Falsche für bin. Ich kann dir nur wiedergeben, was ich mit der Zeit so gehört habe. Aber das Wieso oder Warum kann ich nicht erklären", Roxy klang trotzig, sie antwortete nur, weil sie musste, hätte das Thema aber am liebsten endgültig beendet.

„Verstehe. Tut mir leid, ich wollte dich nicht bedrängen", Clara setzte eine bewusste Pause, bevor sie weitersprach, die Columbo-Taktik, „Aber eines verstehe ich nicht. Maria hat man verschwinden lassen, doch ihr Erschaffer ist noch da draußen. Aus meinen Recherchen geht hervor, dass er weiter gemordet hat. Keine Unfälle, wie er es bei ihr behauptet hat, sondern handfeste Verbrechen, die trauernde und verstörte Angehörige zurückgelassen haben. Die Polizei ist dran, aber kommt nicht weiter. Ihr habt wichtige Informationen, aber schützt gleichzeitig den Täter. Doch du hast behauptet, dass „interne Kräfte" daran arbeiten. Viel erfolgreicher scheint ihr aber auch nicht zu sein. Ich frage mich, warum?"

Roxy setzte sich auf die Couch. Das Ganze dauerte eindeutig zu lange.

„Also, zunächst einmal heißt es jetzt wohl eher WIR, statt ihr, nicht wahr?", ihre Freundin war schon wieder bissig und Clara interpretierte dies als ein Zeichen dafür, dass sie sich bei dem neuen Thema wohler fühlte, „Aber ja, es stimmt, Lady Pain ist mit einigen ihrer Schwestern daran beteiligt. Also nicht nur sie hier in Deutschland, sondern der europaweite Clan. Das ganze Netzwerk. Wie erfolgreich sie sind, kann ich nicht beurteilen. Klar, gemessen daran, dass er noch immer nicht gefasst ist, scheinen sie langsam zu arbeiten. Aber sie müssen sich auch an den Schwarzen Schleier halten. Das Thema ist sehr komplex und ich kenne auch nicht die Details. Tut mir leid."

*Ja, stimmt schon. Vielleicht bist du die Falsche dafür.*

Clara brummte nur zustimmend und beschloss, weitere Fragen für Viktor oder Franziska „Lady Pain" Painow aufzusparen.

## Kapitel 24

Sie wollte ihre Freundin nicht unnötig nerven und Antworten aus ihr herausquetschen, die sie nicht hatte. Das trainierte Gespür der Polizistin verriet ihr, dass es sinnlos war. Roxy würde Stellung beziehen so gut sie konnte, aber der Wert der Informationen war einfach beschränkt. Gleichzeitig lief sie Gefahr, ihren Ghoul zu verärgern. Sie würde sich zwar nicht gegen sie wehren, doch Clara hatte sich vorgenommen, auf keinen Fall so zu werden, wie Roxy es von anderen Vampiren beschrieben hatte.

Stattdessen beschloss sie, dass es an der Zeit war, das Thema zu wechseln und sich zwanglos und belanglos zu unterhalten, bis sich Viktor meldete. Keine von beiden hatte eine Vorstellung davon, wie lange das dauerte, also vertrieben sie sich die Zeit. Sie experimentierten mit dem Band, das sich zwischen ihnen entwickelt hatte, und Clara verstand allmählich, wie es funktionierte. Sie steuerte den Aufbau der Verbindung und konnte auch wieder auflegen, Roxy blieb nur der passive Teil. Sie hörten dann gegenseitig die Gedanken und es gelang grob die Gemütslage der jeweiligen anderen einzuschätzen, aber nicht tiefer in den Geist einzudringen. Im Grunde war es mehr als genug. Die Reichweite würden sie in Zukunft auch ausloten, doch schon auf die bisherige Distanz ergaben sich interessante Möglichkeiten.

Schließlich war es dann soweit, Claras Handy vibrierte und rutschte kratzend über den Tisch. Im Display prangte groß und breit Viktors Name. Sie nahm ab und kam nicht einmal dazu eine Begrüßung auszusprechen.

„Wir treffen uns in fünf Minuten am vorderen Parkplatz. Wir werden abgeholt."

Dann hatte er auch schon wieder aufgelegt. Ungläubig starrte Clara das Telefon in ihrer Hand einen Moment an, bevor sie den Blick hob und auf Roxy richtete.

„Es geht los. In fünf Minuten werden wir auf dem Parkplatz vorne abgeholt."

Sofort sprang der Ghoul auf und wollte bereits zur Tür hinaus, als sie abrupt neben Clara stehen blieb. Ein prüfender Blick von oben bis unten folgte und anschließend änderte sie ihren Kurs in Richtung des Kleiderschrankes.

„Komm schon, du hast nicht viel Zeit. Schnell umziehen. Anderen Schuhe. Der Rest… na ja."

*Was soll das denn heißen?*

Aber statt zu diskutieren, folgte sie dem Rat ihrer Freundin, die schon dabei war, ihren Schrank zu durchwühlen.

Wenige Minuten später fanden sich beide Frauen auf dem Parkplatz wieder. Ein ungleiches Duo, denn während Roxy in gewohnter Manier eines ihrer Gothickleider trug, war Clara in Jeans und roter Bluse und schwarzem Blazer eher sportlich-leger gekleidet. Nur die Frisur wollte nicht so recht passen, in der Kürze der Zeit blieb nur die Gelegenheit des schnellen Kämmens. Aber es war besser als nichts.

Auf dem Weg nach vorne kamen sie an einigen Leuten vorbei, die Roxy offenbar erkannten und in ein Gespräch verwickeln wollten. Höflich, aber bestimmt, lehnte sie alle Kontaktversuche ab und hielt gemeinsam mit ihrer Freundin das Ziel im Blick, die Ausfahrt zur Straße. Beiläufig registrierte Clara, dass es bereits dämmerte und der Morgen anbrach. Dann würde auch die Party im Garden nicht mehr allzu lange andauern.

Kaum hatten sie die vordere Parkfläche erreicht, ließen beiden suchend die Blicke schweifen. Viktor war nicht zu sehen und auch keines der Autos dort wirkte, als würde es auf sie warten. Verwundert wandte sich Clara ihrer Freundin zu. Doch, bevor sie etwas sagen konnte, sah sie über deren Schulter hinweg, dass Viktor um die Ecke sprintete.

*Leute, die im Anzug rennen, sehen irgendwie immer fehl am Platz aus.*

Im Laufen bemerkte auch er die beiden Frauen und steuerte sie direkt an. Geschickt, mit katzenhaften, fließenden Bewegungen, wich er dabei kleineren und größeren Gruppen von Gästen aus. Wenige Meter vor den anderen verlangsamte er seinen Dauerlauf und kam elegant bei ihnen zum Stehen. Clara erwischte sich dabei, dass sie ihn außer Atem und nach Luft ringend erwartete. Doch alles, was er tat, war sich beiläufig Krawatte und Sakko zu richten.

„Gut, ihr seid da. Tut mir leid, dass es jetzt so plötzlich ging, aber ich hatte kurz zuvor erst den Anruf erhalten, dass unser Taxi soeben losgefahren ist. Es sollte also jeden Moment hier ankommen."

„Ja, war etwas hektisch", entgegnete Clara.

Ihr Ton verriet, dass die Nervosität an ihren Gliedern zerrte. Viktor warf ihr einen schnellen musternden Blick zu, schien dann aber aufrichtig anerkennend zu sein.

„Das glaub ich gerne. Es freut mich, dass du trotzdem die Zeit gefunden hast, dich dem Anlass entsprechend umzuziehen."

„Offen gestanden, nicht mein Verdienst, sondern Roxys."

„Sehr gut", wiederholte er an den Ghoul gewandt.

Wenige Augenblicke später fuhr eine schwarze Stretchlimousine auf den vorderen Parkplatz und hielt vor der Dreiergruppe an. Verdunkelte Scheiben rundherum ließen keinen Blick ins Innere zu. Viktor öffnete die hintere Tür und ließ die Damen ohne Umschweife einsteigen.

*Oh wow. Unter unserem Taxi hatte ich mir etwas anderes vorgestellt. Das hier ist definitiv besser. Aber, ein berliner Kennzeichen? Mich würde ja brennend interessieren, wer der Halter des Fahrzeugs ist.*

In dem Bewusstsein, dass alle andere Gäste des Garden sie beobachteten und sich ihren Teil dachten, stieg Clara ein. Ihr folgten Roxy und Viktor.

Im Innenraum erzeugten die gedämpfte Beleuchtung und die schwarz-weiße Ledergarnitur eine gemütliche Atmosphäre. Im Hintergrund hörte sie leise entspannten Jazz, konnte aber nicht ausmachen, woher die Musik genau kam. Die Lautsprecher waren wie die Lampen, dezent verborgen. Im Gegensatz zu den Darstellungen aus Filmen und Serien war dies keine mit Prunk und unnützen Spielereien vollgepackte Limousine. Sie war kompakt und praktisch gestaltet. Die sich gegenüberliegenden Sitzbänke waren bequem, luden aber nicht zum Faulenzen oder Abhängen ein. Stattdessen stellte sich Clara durchaus vor, dass man hier die Fahrt zum Vorbereiten von Terminen oder ersten Besprechungen nutzte. In regelmäßigen Abständen waren Armlehnen auf den Bänken angebracht, die sich offenkundig aufklappen ließen. Sie vermutete, dass darin ein ausklappbarer Tisch versteckt war, gerade so groß, dass man einen Laptop darauf abstellen konnte. Unterhalb des geschlossenen Fensters zur Fahrerkabine war ein Fernseher angebracht, auf dem stummgeschaltet ein Nachrichtensender lief. Alles in allem wirkte das ganze Fahrzeug mehr wie ein Arbeitsplatz, statt wie ein luxuriöses Fortbewegungsmittel.

Roxy setzte sich mit ihrer Herrin auf die eine Seite, Viktor auf die andere. Durch die Scheiben sahen sie, dass sie losfuhren, aber so sachte, dass Clara es kaum spürte. Selbst den abgesenkten Bordstein bekam sie nicht mit, als sie den Parkplatz verließen. Die ganze Fahrt in die Stadt war ein einziges ruhiges Dahingleiten.

Nach einer Weile sprach Clara Viktor ohne Umschweife an. Sie hatte noch im Kopf, dass er nicht dabei sein würde. Kein Vampir, der nicht dem Rat angehörte, würde anwesend sein, hieß es sogar. Trotzdem waren sie zu dritt unterwegs zum Rat.

„Sag mal, Viktor, was genau ist eigentlich dein Part hier?"

„Wie meinen?", er lächelte verlegen, denn er konnte die Frage tatsächlich nicht einordnen.

„Na ja, ich bin vorgeladen und ich weiß warum. Roxy begleitet mich, weil sie…", Clara stockte und suchte nach passenderen Worten und schaute sie entschuldigend an, „irgendwie mein Ghoul ist, daher betrifft die Entscheidung des Rates sie auch. Den Alten hätte ich noch erwartet, weil er der Urheber des Ganzen ist. Ich verstehe, dass man dich als Vorsteher der Enklave als Kontaktperson nimmt, aber warum begleitest du uns jetzt?"

„Ach so, ja. Natürlich hast du recht, dass ich nicht direkt involviert bin. Aber, so wie Caroline aussagen musste, muss ich mich auch einer offiziellen Befragung stellen. Franzi ebenso. Den ehrwürdigen Wächter hätten sie sicherlich auch gerne befragt, aber er hatte von sich aus ja den Obersten Rat kontaktiert und ich vermute mal, dass er dabei bereits seine Sicht der Dinge geschildert hat."

*Caro hatten sie auch schon da? Eine echte Aufnahme von Zeugenaussagen also? Alle, die irgendwas dazu beitragen können? Na, vielleicht wissen sie ja doch, was sie da tun.*

„Aber er wird nicht kommen", stellte sie klar, „und sie können ihn nicht… ich weiß nicht… einberufen oder verpflichten?"

Viktor lachte kurz auf und fatalerweise stimmte sogar Roxy mit ein, was Clara das Gefühl gab eine unglaublich dumme Frage gestellt zu haben.

„Nein", antwortete er, nachdem er sich schnell wieder gefasst hatte, „den ehrwürdigen Wächter verpflichtet niemand zu irgendetwas. Auch der Rat nicht."

Er legte eine kurze Pause ein. Doch als er Claras skeptischen Blick sah, ergänzte er schnell.

„Sieh mal, es gibt ein sensibles Machtgefüge in unseren Kreisen. Du wirst es mit der Zeit sicherlich selbst noch herausfinden. Aber lass es mich mal versuchen zu beschreiben. Wenn du einen dir unbekannten Vampir triffst, wirst du dir schnell angewöhnen, seine Macht zu überprüfen und an deiner eigenen zu messen. Die Faustregel ist: Je älter die Generation, desto stärker der Vampir. Beachte dabei, es geht um die Generation, aus der man stammt, nicht das Alter in Jahren. Ein Beispiel bist du selbst, liebe Clara. Du bist deutlich jünger als irgendein Bewohner meiner Enklave, aber sicherlich die Mächtigste von uns, auch wenn es dir selbst noch nicht ganz bewusst ist…"

*Du hast ja keine Ahnung, Viktor, wie sehr mir das klar ist…*

„Du bist erst vor einiger Zeit als Vampirin erwacht, aber in den letzten Tagen hat der Ehrwürdige dich im wahrsten Sinne erweckt. Du stammst aus einer Generation, die direkt auf seine folgt. Und er gilt allgemein als der bisher älteste lebende Vampir. Damit bist du zwar jung an Jahren und hast wenig Erfahrung unter uns, aber deine Potenziale sind weit größer als unsere. Daher, aus Respekt und wohl auch ein bisschen aus Angst vor der Macht, verpflichtet niemand einen mächtigeren Vampir zu irgendetwas. Man kann ihn bitten, fragen oder verhandeln, aber man sollte niemals etwas erzwingen wollen. Schon gar nicht bei jemandem mit der Macht des ehrwürdigen Alten."

Er sah Clara vielsagend an.

„Ach ja, und überprüfen heißt, dass man - bildlich gesprochen - kurz die mentalen Fühler ausstreckt und schaut, wie stark sie vibrieren, wenn sie auf seine Barriere treffen. Mit etwas Übung wirst du auch in dem Moment ausmachen können, wer es war. Du hast es sicherlich schon mal bemerkt."

*Oh ja, ständig. Es nervt ehrlich gesagt.*

„Ja, leider", Clara seufzte bei dem Gedanken, dass dieses mentale Abtasten eine normale Begrüßungsformel sein sollte, „Aber, Viktor, bei dir klingt das so zuversichtlich."

Er grinste.

„Oh, das bin ich, meine Liebe. Sie sind der Oberste Rat. Sie sind nicht dumm oder naiv und die meisten von ihnen sind älter als die liebe Roxy hier", er nickte dem Ghoul anerkennend zu, „daher werden sie die Situation einschätzen können. Ich vermute mal, dass sie mindestens genauso nervös sind wie du selbst, Clara. Sie müssen immerhin damit rechnen, dass sie beim eben jenem Überprüfen feststellen, dass du ihnen in allen Belangen überlegen bist. Stell dich lieber darauf ein, dass sie versuchen werden, dir neutral zu begegnen, aber unterschwellig werden sie vermutlich ablehnend sein. Einige aus Neid, andere aus Furcht. Stell dir nur mal vor, da taucht plötzlich jemand aus dem nichts auf, ein absolut unbeschriebenes Blatt und dazu ein frisch geborenes Küken. Und trotzdem müssen sie sich mit dem Gedanken beschäftigen, dass dieser Niemand sie alle restlos auslöschen könnte, wenn sie es wollte. Wie würdest du so jemanden begegnen? Dass sie heute auf dich treffen, stellt für den Rat ein reales Risiko dar."

Das saß. Diesen Perspektivenwechsel hatte Clara bisher nicht gewagt, zu sehr war sie mit ihren eigenen Gedanken beschäftigt. Doch so, wie Viktor es beschrieb, klang es irgendwie schlüssig.

„Aber neutral betrachtet sollen sie nur der Frage nachgehen, ob du gelernt hast, dich zu kontrollieren. Und daran zweifle ich nicht. Daher die Zuversicht, dass sie dich mit einem erhobenen Zeigefinger davon kommen lassen werden."

Er lachte erneut auf, als ihm selbst bewusst wurde, was er soeben zwischen den Zeilen gesagt hatte.

„In letzter Konsequenz haben sie keine andere Wahl. Denn für jedes abweichende Urteil benötigen sie deine Zustimmung oder die des Wächters. Sie selbst könnten nichts vollstrecken. Also werden sie darauf vertrauen, dass du mitspielst und den Rat als Institution respektierst."

*Puh, gemessen an dem, was passiert ist, ist das ja praktisch schon ein Freispruch. Aber ja, wenn ich mich solch einer potenziellen Gefahr gegenübersähe, wäre ich wohl auch nervös. Ängstlich vielleicht sogar. Und würde versuchen, herauszufinden, wie die Interessenslage ist. Und wenn möglich, mich mit dem Unbekannten gut zu stellen.*

Clara ließ das Gehörte eine Weile sacken. Viktor hatte weit mehr Erfahrung im Taktieren, Handeln und Abschätzen des Gegenübers als sie. Daher vertraute sie seinen Worten und das rückte das Kommende in ein neues Licht.

„Ich verstehe."

Der Rest der Fahrt, vielleicht zehn Minuten, verging ohne Gespräche. Viktor hatte sich zur Seite gedreht und sah zufrieden lächelnd aus dem Fenster. Siegessicher sah er aus. Roxy tippte auf ihrem Handy herum und Clara versuchte sich auszumalen, was sie erwarten würde oder wo sie genau hinfuhren. Zu spät kam ihr der Gedanke, dass sie Viktor auch einfach hätte fragen können, denn sie hielten bereits an und die hintere Tür wurde von außen geöffnet.

Ein adrett gekleideter Mann in der Uniform eines Hotels ragte vor ihnen auf und bat sie heraus. Viktor ließ den Frauen den Vortritt und schloss sich Roxy an. Sie standen auf einem hochflorigen roten Teppich inmitten einer Tiefgarage umgeben von anderen Autos. Jedes kostete mehr, als Clara in fünf Jahren als Beamtin des gehobenen

Dienstes überhaupt verdient hätte. Kaum war Viktor aus dem Auto gestiegen, wurde die Tür bereits wieder geschlossen und die Limousine fuhr weiter.

Clara ließ den Blick schweifen. In direkter Nähe zu all den Symbolen von Geld und Wohlstand fühlte sie sich plötzlich nichtig. Was war sie doch für ein kleines, armes Lichtlein.

Der Portier begrüßte sie knapp und deutete ihnen den Weg zu einer gläsernen Doppeltür, die offensichtlich der Zugang zum Hotel war. Goldener Rahmen, silberner Türgriff und eine leichte Verspiegelung, die es erschwerte zu erkennen, was auf der anderen Seite auf sie wartete. Von dem, was sie bisher gesehen hatte, vermutete Clara, dass es eher der Privatsphäre, der gut betuchten oder prominenten Gäste diente.

Kaum hatten sie sich in Bewegung gesetzt und sich der Tür genähert, spürte sie etwas am Rande ihres Bewusstseins. Es war nicht das mentale Abtasten, von dem Viktor gesprochen hatte. Es war mehr der Hauch oder die Ahnung einer Gefühlsregung. Unwillentlich zuckte ihr Kopf zu Roxy hinüber und dann war sie sich sicher, der Ghoul war der Ursprung dieser Empfindung. Ihre Blicke trafen sich und Clara fühlte es deutlich, ihre Freundin war nervös, aber nicht ängstlich. Es war die Aufregung, die man spürte, wenn man wusste, dass man kurz davor stand etwas sehr Spannendes zu erleben. In der Warteschlange einer Achterbahn oder vor einer Prüfung, auf die man sich vorbereitet hatte. Roxy warf ihr ein aufmunterndes, aber nervöses, Lächeln zu.

Ohne weitere Worte führte der Concierge sie durch die Flure im Untergeschoss, bis sie schließlich an einem Aufzug stehen blieben. Wie selbstverständlich betätigte er den Rufknopf und in aller Stille warteten die Vier, bis sich die Schiebetüren öffneten.

„Bitte treten Sie ein“, sagte er neutral und ohne jede Emotion, „Sie fahren in das siebte Obergeschoss. Dort werden sie in Empfang genommen.“

Dann steckte er einen Schlüssel in ein Schloss unterhalb der Bedientafel, drückte auf die Sieben und trat zurück. Mit dem ausgestreckten Arm hielt er die Türen auf, bis alle eingetreten waren und wartete anschließend, bis sie sich wieder geschlossen hatten. Durch den schmaler werdenden Spalt sah Clara, wie er sich zum Gehen umwandte, dann setzte sich der Aufzug in Bewegung. Eine leise, fließende Fahrt, ähnlich der in der Limousine.

Ohne Zwischenstopp erreichten sie nur kurze Zeit später die Zieletage, wo sich fast lautlos die Türen erneut öffneten. Clara trat als Erste hinaus in den Hotelflur und hoffte, dass wer auch immer sie erwarten möge, von ihrer Selbstsicherheit beeindruckt war. Doch es niemand war zu sehen.

*Tja, so viel zum wichtigen ersten Eindruck.*

Viktor und Roxy folgten und gesellten sich zu ihr. Auch sie sahen sich irritiert um. Die Drei standen in einem lichtdurchfluteten breiten Flur. Über ihnen brach das junge Tageslicht durch ein Glasdach und tauchte alles um sie herum in gleichmäßig, samtig weiche Orangetöne. Es versprach ein schöner Tag zu werden.

Unweit zu ihrer rechten wurde eine Tür geöffnet und heraus trat eine Frau mit dunklerem Teint und in einem Kostüm, das dem des Portiers aus der Tiefgarage sehr ähnlich war. Ergänzt wurde es durch ein rotgelbes Halstuch. Kurz strich sie beiläufig über ihren Rock und steuerte auf die kleine Gruppe zu, sobald sie diese bemerkt hatte.

„Bitte verzeihen Sie, dass sie warten mussten", begrüßte sie Clara mit der künstlichen Freundlichkeit ihrer viel zu hohen Stimme, „Ich hatte nicht damit gerechnet, dass Sie so schnell oben sind, und hatte gehofft… na ja… Mein Name ist Fida Dschamila. Ich bin der Service Agent der heutigen Tagung hier oben. Sie müssen die Delegation ‚Death's Garden' sein, richtig?"

Sie war absolut professionell. Sie wunderte sich weder über den ungewöhnlichen Namen ihrer „Delegation" noch über Roxys Outfit. Vermutlich hatte sie schon ganz andere Tagungen und Gruppen betreut.

„Ja, das ist richtig", Viktor trat einen Schritt auf sie zu, „Dies hier sind Frau Clara Mork und Frau Margarete Steiner. Mein Name ist Viktor Uljanov. Ich glaube, wir werden erwartet."

*Ist es wirklich gut, meinen Namen zu nennen? Was, wenn sie mich erkennt?*

Dann sah Clara zu ihrer Freundin herüber.

*Steiner? Wirklich?*

*„Ja, wirklich. Guter, österreichischer Familienname. Warum auch nicht? Ich hatte auch ein Leben, bevor ich Ghoul wurde. Mit Vornamen, Nachnamen und allem. Ich war sogar verlobt."*

Sie grinste. Es war beruhigend, dass Roxy noch immer frech sein konnte. Ein kleines Stück Normalität in dieser befremdlichen und unüberschaubaren Situation. Dass sie allerdings verlobt war, war eine neue Information. Clara beschloss, es sich zu merken und später nachzufragen.

Die Frau vom Hotel nickte allen freundlich zu und deutete dann rechts den Flur entlang. Auf die Erwähnung Claras Namens ging sie in keiner Weise ein.

„Freut mich sehr. Bitte folgen Sie mir, ich bringe sie in den Empfangsraum. Die Herrschaften werden Sie dort abholen. Wenn Sie zwischenzeitlich etwas benötigen, drücken Sie den Rufknopf an der Wand. Ich werde dann kommen und Ihre Wünsche aufnehmen."

Sie ließen Frau Dschamila vorangehen und im Vorbeigehen warf Clara einen Blick auf die Tür, aus der sie zuvor herausgekommen war. Es war das Damenklo. Noch etwas mehr Normalität, die sie beruhigte.

Unterwegs kam Clara nicht umhin ihre Führerin zu bewundern. Schnitt und Farben der Uniform schmeichelten ihr. Zugleich strahlte sie auch die besondere Art von Autorität aus, die zwar gewohnt war zu diskutieren, aber auch, sich durchzusetzen. Ihr Job war es offenbar den Wunsch der Kunden aufzunehmen und gegenüber Dienstleistern zu erwirken. Dazu kam, dass Clara im Grunde jeden Angestellten im Hotelservice bewunderte. Die Leistungen, die sie erbrachten, wurden allzu oft nicht gewürdigt.

Nur wenige Schritte den Flur entlang blieb die Frau vom Service vor einer Ebenholztür mit vergoldeten Beschlägen stehen. Sie wartete, bis die Delegation vollständig aufgeschlossen hatte und öffnete sie wortlos. Kurz zuckte Viktor, als wolle er eintreten, besann sich dann jedoch eines Besseren und bot Clara und Roxy den Vortritt.

*Nanu, Viktor? Du bist doch nicht etwa nervös, dass du deine sonst so perfekten Umgangsformen schleifen lässt?*

„Den Rufknopf finden sie hier neben der Tür. Kurz drücken, dann komme ich umgehend", Frau Dschamila hatte sich ihnen angeschlossen und deutete auf die wichtigsten Einrichtungsgegenstände des Raumes.

Er war nicht sonderlich groß, bot aber ausreichend Platz für eine kleine Gruppe wie ihre. Der Tür gegenüber war die Fensterfront, die Glasscheiben reichten bis zum Boden und boten eine freie Sicht in die hoteleigenen Parkanlagen. Auf der linken Seite gab es eine weitere schwarze Tür, die in den Nebenraum führte. Daneben ein kleiner Tisch mit Zeitschriften, Gläsern und einigen Wasserflaschen. Auf der anderen Seite standen ein gemütliches Sofa und ein Sessel in gleicher Optik neben der Eingangstür. Links vom Sofa war ein großer

Kühlschrank platziert, der sich gleichermaßen in das Ambiente des Raumes einfügte, wie er fehl am Platz wirkte. An den Wänden hingen nichtssagende Bilder von unbekannten Künstlern.

„Ansonsten finden Sie in den Kühlmöbeln gekühlte… Getränke und Snacks."

„Vielen herzlichen Dank, Frau Dschamila. Ich denke, das war fürs Erste alles", Viktor hatte zu seiner Form zurückgefunden und nickte ihr freundlich zu.

Mit einer angedeuteten Verbeugung verließ sie den Raum und schloss die Tür hinter sich nahezu lautlos. Roxy stand bereits vor dem Kühlschrank und öffnete ihn mit einem kräftigen Ruck. Während Clara sich noch im Raum umsah und letztlich der Ausblick ihre Augen fesselte, machte es sich Viktor auf der Couch bequem und schlug die Beine übereinander.

„Möchte jemand was?", fragte der Ghoul, als sie den Kühler wieder schloss und voller Vorfreude ein Sandwich auspackte.

„Was hast du denn im Angebot, meine Liebe?", fragte Viktor und beugte sich leicht vor.

„Diverse Sandwiches, sieht aus wie Hühnchen, Schinken oder Thunfisch. Ein paar Softdrinks und etwas speziell für euch beide."

„Ich nehme das Tagesspezial und ein Schinkensandwich."

„Ich schließe mich an", warf Clara ein und stellte sich hinter Roxy, um ihre Bestellung direkt in Empfang zu nehmen.

Beim Blick in das Innere des Kühlschranks verschlug es ihr die Sprache. Während die komplette untere Hälfte mit fein säuberlich ausgerichteten, in Frischhaltefolie gewickelten, belegten Weißbroten gefüllt war, standen im oberen Teil Weinflaschen in Reih' und Glied. Auf den Etiketten waren Vornamen, Jahrgang und Datum der Spende, Herkunft und Geschlecht aufgedruckt. Aber vom Design und Material her hätten sie von edelsten Weinen stammen können. Nur in der Tür standen ein paar Flaschen diverser Limonaden. Es gab daher keinen Zweifel an den Adressaten dieser Snacks und Getränke.

„Miriam, 1990, Großbritannien - Wales. Weiblich. Gespendet: 03.05.2015", las Clara vor, um sich bewusst zu werden, dass es tatsächlich so dort stand.

*Hält sich Blut wirklich so lange?*

Es erinnerte sie daran, dass Roxy ihr gesagt hatte, dass man mit der Zeit Unterschiede schmecken würde. Aber damals hatte sie es für einen lockeren Spruch gehalten. Dass die Vampire in gehobenen Kreisen

Blut wie Weine behandelten, faszinierte und schockierte sie gleichermaßen. Und es waren normalgroße Weinflaschen, nicht die kleinen Viertelliter, die sie in der Enklave hatten. Hier wurde geklotzt, nicht gekleckert.

„Britin? Hmmm, warum nicht? Ich bevorzuge zwar die kräftige Würze aus südlicheren Ländern, aber ich glaube, etwas Leichtes ist jetzt angebracht", kommentierte Viktor.

Clara enthielt sich jeden Kommentars und reichte ihm die Flasche herüber, während sie zwei Gläser und einen Korkenzieher vom Tisch holte. Roxy stellte sich vor die Fensterwand und beobachtete interessiert das morgendliche Treiben im Park. Gelegentlich biss sie dabei in ihr Sandwich.

„Irgendwie fühle ich mich hier fehl am Platz", sagte Clara als Viktor ihr einschenkte, „Diese ganze High-Society-Atmosphäre meine ich. Das war noch nie meine Welt."

„Politik ist wie Krieg ohne Waffen, Clara. Und Krieg, Krieg bleibt immer gleich. Diejenigen, die sich in den Entscheiderpositionen befinden, werden immer dafür sorgen, dass sich ihr Opfer an Zeit und Hingabe in möglichst vielen Annehmlichkeiten niederschlägt. Das ist bei uns nicht anders. Aber sei beruhigt, der Tag heute geht auch vorbei."

„Ja", lachte sie, „du hast leicht reden. Es geht ja auch nicht um dein Leben."

Mit einem Flupp war die Flasche entkorkt und Viktor schenkte ihnen beiden ein. Anschließend hielt er das Glas gegen das Licht, bevor er die Nase tief hinein senkte.

*Als wäre es tatsächlich Wein.*

„Nein, das wohl nicht", bemerkte er beiläufig nach der ersten Verkostung.

Sie stießen an und tranken eine 1990er Miriam. Ihr Begleiter schien es wirklich zu genießen, für sie selbst machte es die Situation nur noch skurriler. So richtig ins Blut übergegangen war ihr der Gedanke nicht, sich nun dauerhaft vom Blut anderer zu ernähren. Es fühlte sich immer noch seltsam an. Irgendwie fremdartig und falsch. In der Enklave unter dem Death's Garden hatten sie die kleinen Glasfläschchen, die an Limonaden erinnerten, das machte es einfacher, sich damit abzufinden. Aber hier, aus Weinflaschen mit entsprechender Garnitur? Als würde man das Blut der anderen zelebrieren. Doch aller Skepsis zum Trotz gestand sie sich ein, dass es tatsächlich anders schmeckte als zu Hause. Es war in der Tat besseres Blut.

*Zu Hause? Die Enklave ist mein Zuhause? Tja, das ist dann wohl der nächste logische Schritt, nicht wahr?*

Eine Weile unterhielten sie sich über belanglose Themen, aber je mehr Zeit verstrich, desto stiller wurde selbst Viktor. Zwar versuchte Roxy gelegentlich die Stimmung mit flotten Sprüchen und dummen Witzen aufzulockern, doch auch sie sah irgendwann ein, dass nicht mehr viel zu machen war. Ihre Herrin und Viktor waren viel zu sehr mit sich selbst beschäftigt.

Als sie das Ende der Flasche erreicht hatten, wurde die Tür zum Nebenraum geöffnet. Sofort sprang der Vorsteher der Enklave auf und Clara war überrascht, dass er dabei den Inhalt seines Glases nicht über den teuren Teppich verschüttete. Sie wandte sich um und sah sich einer Frau in den mittleren Jahren gegenüber, doch es war unmöglich ihr Alter genau zu schätzen. Allerdings wusste sie auch, dass der Versuch an sich unsinnig war. Sie hatte graublonde, schulterlange Haare und trug ein Kleid, das sie sowohl zu einem Ball als auch im Büro hätte tragen können. Zwar lächelte sie freundlich, doch in ihren Augen sah Clara Strenge. Nicht bösartige Härte, aber eine Autorität, die bedingungslosen Gehorsam gewohnt war. Und einforderte.

„Guten Tag“, ihr Tonfall war neutral, nüchtern, fast schon geschäftsmäßig, „Es tut mir leid, dass ihr warten musstet. Wenn wir mal außerordentlich zusammenkommen, dann bringt jeder so seine eigenen Themen mit.“

Sie seufzte und Clara hatte den Eindruck, dass es nicht nur eingestreut war, um dem Gesagten Nachdruck zu verleihen, sondern, dass sie aufrichtig genervt war.

„Wir werden uns gleich mit Clara befassen, aber kein Grund zur Eile. Trinkt aus, füllt nach und nehmt euch etwas mit. Wir können die Pause auch gut gebrauchen.“

Die Frau gab den Durchgang frei, indem sie selbst in den Warteraum trat. In dem Augenblick, als sich ihr Blick mit Claras traf, spürte sie, dass jemand ihr Bewusstsein streifte. Aber sie war gewappnet. Die ganze Zeit, die sie hier waren, fühlte Clara die Präsenzen der anderen Vampire im Nebenraum und sie war sich sicher, dass diese ebenso von ihr Notiz nahmen. Daher hatte sie ihre Abwehr vorsorglich verstärkt.

Die fremde Frau schien zu bemerken, dass sie ausgesperrt war, und lächelte Clara im Vorbeigehen verlegen an. Ihr Ziel war der Kühlschrank, aber die ehemalige Polizistin zweifelte daran, dass dies ihre ursprüngliche Absicht war. Sie war ertappt worden und sie beide wussten es. Jetzt war die Fremde bemüht ihr Gesicht zu wahren.

Wortlos nickte Viktor ihr zu und schritt zur Tür. Bevor er eintrat, wartete er geduldig auf die drei Frauen. Clara selbst hatte nicht vor mehr mitzunehmen, als sie derzeit im Glas hatte und auch ihr Begleiter schien gesättigt zu sein. Nur Roxy, selbstsicher wie eh und je, wandte sich nach der Frau ebenfalls dem Kühlschrank zu und angelte sich eine Cola aus der Tür.

Die Fremde hieß anschließend Viktor und Clara voranzugehen und folgte hintendrein. Doch als die anderen beiden den angrenzenden Raum betreten hatten, blieb sie in der Tür stehen und versperrte diese für den Ghoul.

„Verzeihung Margarete, dies ist eine interne Angelegenheit, die wir gerne als solche behandeln würden. Dein Herr ist nicht hier, daher bitte ich dich hier zu warten", sie sah Roxy skeptisch an, „Da fällt mir ein, was genau machst du ohne den Ehrwürdigen hier?"

Roxy grinste frech.

„Oh, ich bin hier, um meine Herrin zu begleiten", antwortete sie und warf ihrer Freundin einen Blick zu.

Dem folgend sah die Fremde Clara an und zog die Augenbrauen zusammen: „Ist das so?"

„Ja", erwiderte sie, „Der Wächter hat Roxy vor einigen Tagen aus seinen Diensten entlassen und in meine gestellt."

„Interessant", weiter kommentierte sie das nicht, gab aber den Weg frei und ließ den Ghoul eintreten.

Der Raum, in den sie kamen, war deutlich größer als das Wartezimmer zuvor. Ein überdimensionierter Konferenzraum mit holzvertäfelten Wänden, goldgerahmten, riesigen Gemälden und kleinen Tischen. Darauf standen Kaffee, Gebäck, eine Handvoll Getränke und Gläser zur Verfügung. Dort waren auch ein paar große Weinflaschen mit ähnlichen Etiketten, wie die aus dem Kühlschrank. Daneben eine gekühlte Minibar, um die herum ein halbes Dutzend Männer und Frauen standen und sich frei bedienten. Offenbar enthielt sie kleine Fläschchen mit Blut, die zur Erfrischung dienten.

*Wusste ich es doch. Wenn du gewollt hättest, hättest du dich auch hier bestens versorgen können.*

Mitten im Raum stand ein riesiger, runder Tisch voll bedeckt mit losen Blättern, Notizen, benutzten Kaffeetassen und Kuchentellern. Auch Wasserkühler und Gläser befanden sich dort. Alles in allem hätte ein Außenstehender denken müssen, dass hier seit Stunden eine wichtige Besprechung lief. Und letztendlich war dem ja auch so. Vor jedem Platz stand ein Schild, das den Namen und die Clanzugehörigkeit des Teilnehmers verriet. Mit einem schnellen Blick versuchte Clara so viel wie möglich aufzunehmen.

*Salvator Coralicus – Abarera*
*Quentin – Malghlin*
*Eliane Beatrix Levke – Mormog*
*Livian O'Brien - Smimog*
*Angelo Diamantez - Wimog*
*Jesko Kilic – Siddy*
*Isabelle Pasierb – Ifera*
*Samantha Rosenbaum - Wayanka*

Mehr konnte sie in der Kürze der Zeit nicht lesen. Zu sehr lenkten sie die ganzen mentalen Fühler ab, die immer wieder an ihrem Geist vorbeistrichen. Obwohl kaum jemand sie direkt ansah, hatte sie doch das Gefühl, ein Tier im Zoo zu sein. Sie saß allein in einem kleinen Käfig und die anderen drängten sich vor der Glasscheibe, um einen Blick auf sie zu erhaschen. Alle im Raum interessierten sich für sie, doch keiner wollte sich ihr als erstes zuwenden. Ganz so, als wäre ehrliche Neugierde ein Zeichen von Schwäche. Ja, Viktor hatte recht, Politik blieb immer gleich. Selbst wenn alle das Gleiche wollten, versuchte man dennoch sich nicht in die Karten schauen zu lassen. Die anderen könnten ja einen Vorteil daraus ziehen.

„Bitte setzt euch doch“, es war die fremde Frau, die ihnen Plätze zuwies und selbst an ihren schlenderte, während alle anderen damit beschäftigt waren, sich zu versorgen.

Claras und Viktors Plätze schienen die einzigen, die nicht eingedeckt oder mit Blättern übersät waren. Allerdings gab es auch sonst keine freien Stühle mehr, so dass Roxy sich suchend umschaute und schließlich beschloss an der Tür stehen zu bleiben.

Wachsam beobachtete Clara das Treiben um sie herum und verstärke nochmal ihre mentale Abwehr. Sie kannte niemanden im Raum und konnte daher auch nicht sagen, auf was sie sich einzustellen hatte. Also lieber nichts riskieren. Als die fremde Frau an einem Platz stehen blieb und ihren erbeuteten Wein abstellte, las Clara ihren Namen: *Deliah Prill – Hophelia.*

Da niemand der Übrigen sich zu den Plätzen bewegte, ergriff Deliah das übliche Mittel, sie klopfte mit ihrem Kugelschreiber gegen ein Weinglas. Es dauerte zwar einen Moment, doch erfüllte es seine Zwecke und sie zog die Aufmerksamkeit der anderen auf sich.

„Liebe Schwestern, liebe Brüder, ich darf euch bitten, eure Plätze wieder einzunehmen. Unsere Gäste sind eingetreten und da wir sie schon über Gebühr haben warten lassen, schlage ich vor, dass wir die Sitzung zügig fortsetzen."

Kurz wallte das allgemeine Gemurmel auf, jedoch verflüchtigte es sich schnell, als sich der Tisch wieder füllte. Am Ende herrschte Stille im Raum. Clara, Viktor und die Anderen beäugten sich gegenseitig mit einer Mischung aus Interesse, Ablehnung, Wohlwollen und Geringschätzung.

## Kapitel 25

„Sehr gut, dann können wir ja anfangen."

Die Frau, die sie hereingeführt hatte, stand als einzige der Runde noch und ließ den Blick über die Anwesenden schweifen. Schließlich wandte sie sich Clara zu.

„Zunächst möchte ich mich vorstellen, da wir noch nicht das Vergnügen hatten. Ich bin Deliah und führe den Clan der Hophelia. Außerdem wurde ich gebeten, heute hier den Vorsitz zu übernehmen."

Alle außer den beiden Gästen schlugen fast gleichzeitig mit der flachen Hand auf die Tischplatte. Eine Art Zustimmung.

„Danke", ließ sie sich kurz ablenken, bevor sie sich erneut an Clara und Viktor wandte, „Ich möchte euch hier willkommen heißen und euch der Runde ebenso vorstellen."

*Wozu? Ich denke, es wissen doch eh alle, wer ich bin und warum ich hierher geladen wurde?*

Deliah ließ ihren Blick langsam über die Anwesenden schweifen, so dass jeder sich angesprochen fühlte.

„Dies hier sind Viktor Uljanov, der einigen bereits bekannt sein dürfte. Daneben haben wir Clara Mork geladen, die der eigentliche Anlass der heutigen Zusammenkunft ist."

*Aha, jetzt kommen wir zum Punkt.*

Wieder sah sie Clara direkt an und lächelte wohlwollend.

„Liebe Clara, ich denke, es ist am einfachsten, wenn wir klare Verhältnisse gleich zu Beginn herstellen. Wir alle hier sind im Bilde. Der ehrwürdige Wächter persönlich hat den Rat informiert, dass er sich entschieden hatte, ein Kind zu schaffen. Leider erst im Nachhinein, aber das steht auf einem anderen Blatt und heute nicht zur Diskussion. Später hatte er uns mitgeteilt, dass es einen… nun sagen wir, groben Riss im Schwarzen Schleier gegeben hat, verursacht durch sein Kind. Er hat uns für den heutigen Tag außerordentlich zusammengerufen, um über Einiges in diesem Zusammenhang zu befinden. Dies sind unter anderem die Fragen, ob die eingeleiteten Maßnahmen angemessen waren und der Riss geschlossen werden konnte, ob ein ähnlicher Vorfall erneut passieren kann und wie mit einem, ähm, auffälligen Kind seiner Generation umgegangen werden soll und kann."

Clara musste schlucken. In ihren Ohren klang es so, als sei das Urteil bereits gefällt und nicht zu ihren Gunsten ausgefallen. Deliah sah ihr an, dass sie im Begriff war etwas zu ihrer Verteidigung zu sagen. Doch sie kam ihr zuvor und gebot ihr mit einer ruhigen Geste vorerst zu schweigen.

„Weiter ist die Frage zu klären, ob du in der Obhut einer einfachen Enklave bleiben kannst, oder ob nicht eine, nun, angemessenere Unterkunft geboten ist."

Wieder wollte Clara protestieren, doch die Frau fuhr schnell fort.

„Angemessen heißt in diesem Fall nicht eine Art Sicherungsverwahrung. Es ist mehr Obhut und Ausbildung bei einem älteren Vampir und regelmäßige Überprüfung deines Falles."

Damit endeten ihre einführenden Worte und sie leitete, der Agenda folgend, zum nächsten formalen Punkt über.

„Soweit also die Ausgangslage. Gibt es Anträge aus der Runde, bevor wir in die Zeugenbefragung einsteigen?"

Zwei Plätze neben Viktor meldete sich ein Mann in einem tiefschwarzen Anzug und einer silbrigen Kette. Bis auf den Schmuck passte er hervorragend in die angespannte Atmosphäre einer Diskussion, die fast schon Regierungscharakter hatte. Deliah erteilte ihm das Wort und Clara beugte sich etwas vor, um das Namensschild besser lesen zu können.

El Niño Ayaz - Kokasher

„Ich beantrage den Ausschluss des Ghouls von der Versammlung. Ihr Herr ist nicht anwesend und daher sehe ich keinen Grund, warum sie hier sein sollte."

Seine Stimme quoll über vor unverhohlener Aggression und Ablehnung gegen Roxy. Die jedoch würdigte ihn keines Blickes. Anscheinend hatten die beiden eine Vorgeschichte.

Gespannt sah Clara zu Deliah herüber und bemerkte ein leichtes Augenrollen. Sie fühlte sich bestätigt, es gab eine Vergangenheit. Dennoch ergriff die Vorsitzende das Wort.

„El Niño, diesen Antrag muss ich in der Form ablehnen. Ich hatte dies bereits beim Eintreten angesprochen und sowohl Margarete – Roxy – Steiner, als auch Clara haben mir bestätigt, dass die Herrschaft auf Clara übergegangen ist. Somit ist der Ghoul durchaus berechtigt, seine Herrin zu begleiten."

Anschließend wandte sie sich direkt an Clara.

„Clara, wärst du bereit, deinen Ghoul zu bitten im Nebenraum zu warten? Es ist deine Entscheidung, nicht die unsere."

*Na super, das Erste was ich dem Obersten Rat zu sagen habe, ist, dass ich einem von ihnen offen widerspreche. Oder mich direkt unterwerfe. Klasse, da kann ich ja nur verlieren.*

Während sie ihre Optionen durchdachte, spürte sie die erwartungsvollen Blicke auf sich ruhen. Und nicht nur die, auch sammelten sich die mentalen Fühler aller anderen um sie herum. Sie spürte es so deutlich, als glitten sie mit ihren Fingern über ihre Stirn. Es war ekelig, irgendwie belästigend und verärgerte Clara.

*Nun gut, dann wollen wir mal die Fronten klären. Wenn ich mich schon unbeliebt mache, dann richtig.*

„Obwohl ich auf gewisse Weise den Wunsch verstehen kann, dass interne Angelegenheiten auch intern behandelt werden", versuchte sie einen diplomatischen Anfang zu setzen, „so möchte ich Roxy doch gerne an meiner Seite haben. Sie wissen wahrscheinlich selbst, dass die Verbindung zwischen Vampir und Ghoul eine Besondere ist. Ich pflege ein offenes und vertrautes Verhältnis zu Roxy, da ich ihre Loyalität und Verschwiegenheit schätze. Ich würde ihr also ohnehin im Anschluss erzählen, was mit mir und über mich besprochen wurde. Darüber hinaus betrifft es sie auch mittelbar selbst, daher halte ich es nur für fair, wenn sie es auch direkt mitbekommt."

Sie ließ eine kurze Pause in ihre Antwort einfließen, wandte sich zu ihrer Freundin und setzte wieder an, bevor jemand anderes etwas sagten konnte.

„Meine liebe Roxy, es ist zwar selbstverständlich, aber dennoch weise ich dich hiermit ausdrücklich an, über nichts was du hier im Raum hörst mit jemand anderem als den Anwesenden zu reden."

Roxy nickte eifrig zur Bestätigung und schwieg. Für Clara schien das ein akzeptabler Kompromiss zu sein.

„Danke für die Klarstellung", Deliah nickte ihr freundlich zu, „Ach ja, du konntest es noch nicht wissen, wir pflegen in dieser Runde das vertraute Du zu gebrauchen. Untereinander, aber auch mit Gästen. Ein förmliches Sie ist daher nicht nötig. Weitere Anträge?"

El Niño knurrte nur, er war nicht zufrieden, sagte aber auch nichts mehr dazu. Einen weiteren Antrag gab es tatsächlich noch. Es war Clara selbst, die sich meldete. Von der Seite sah Viktor sie überrascht an, als er bemerkte, dass sie die Hand hob. Auch die Vorsitzende konnte eine leichte Verwunderung nicht unterdrücken, erteilte ihr aber letztlich das Wort.

„Nun, es ist eher ungewöhnlich, dass Gäste oder Zeugen in eigener Sache Antrage an den Rat stellen, aber dies ist eine außergewöhnliche Situation, daher will ich es mir gerne anhören. Bitte, Clara, was hast du vorzubringen?“

„Danke“, sie stand auf, um ihre Präsenz im Raum zu verstärken, nötig war es nicht, es ruhten ohnehin alle Augen auf ihr.

„Zunächst einmal möchte ich euch danken, dass ich die Gelegenheit bekomme, mich selbst zu meinem Fall zu äußern. Ich will dem jetzt auch nicht vorgreifen, sondern tatsächlich etwas Persönliches loswerden: Bitte hört auf!“

Theatralisch ließ sie ihren Blick über alle Anwesenden gleiten. Jeder sollte sich angesprochen fühlen.

„Es mag ja sein, dass es schon Normalität ist, seine Fühler nach dem Geist anderer Vampire auszustrecken. Aber könnt ihr euch vorstellen, wie es ist, wenn das 13 Leute zugleich versuchen? Ihr alle befummelt mich und ich empfinde es als äußert belästigend. Deswegen richte ich die aufrichtige Bitte an euch, das zu unterlassen. Wie ihr zweifelsohne bemerkt habt, nützt es euch auch nichts. Bitte nehmt es nicht als Ansporn, es mehr und stärker zu versuchen, ansonsten muss ich meine Abschirmung zu einer Verteidigung ausbauen.“

Schweigen. Die Botschaft war angekommen. Und zugleich hatte Clara die Ratsmitglieder enttarnt. Keiner der Anwesenden konnte nun behaupten, von nichts gewusst zu haben. Schlimmer noch, alle wussten, was die anderen taten. Ein Teil ihrer Taktiken war aufgeflogen. Ja, politische Ränkespiele waren immer gleich. Außer, wenn neue Spieler das Parkett betraten.

Die Ratsmitglieder schauten einander an und versuchten in den Gesichtern der anderen zu lesen, was diese wohl davon hielten. Aber Clara spürte, wie sich die Fühler nach und nach zurückzogen. Alle, bis auf einen.

„Soll. Das. Eine. Drohung. Sein?“, brummte eine tiefe Stimme voller Aggression.

Jedes Wort betont. Jedes Wort eine Herausforderung. Die junge Vampirin folgte dem mentalen Fühler zurück zu seinem Ursprung und fand den Sprecher, Angelo Diamantez von den Wimog. Er war ein Mann in einer Pelzbesetzen Lederkluft, offenbar selbst genäht mit nur wenig Talent. Lange schwarze und zottelige Haare fielen ihm ins Gesicht. Er presste die flachen Hände auf die Tischplatte und stemmte den muskulösen Körper hoch. Ihre Blicke trafen sich und verharrten aneinander. Das Schweigen im Raum wurde greifbar. Voll Spannung erwarteten die Anwesenden die Entwicklung der Ereignisse.

„Wenn eine simple Bitte um höfliche Zurückhaltung als Drohung empfunden wird“, entgegnete Clara mit übertreiben betonter Freundlichkeit, „sollte ich dann das fortwährende Abtasten und Befummeln, die Angriffe auf meine Privatsphäre, nicht erst recht als solche betrachten?“

Sie wollte nur die Fronten klären und sich von dem unangenehmen Gefühl befreien. Wenn sie nicht aufpasste, würde sie hier und jetzt einen Machtkampf vom Zaun brechen, das wurde ihr in diesem Moment bewusst. Nun hatte etwas angefangen, das sich nicht einfach so wieder beenden ließ. Zog sie sich zurück, wurde sie unglaubwürdig und stellte sich als unterwürfig dar. Nahm sie die Herausforderung an, musste sie einem Ratsmitglied die Stirn bieten. Das sammelte sicherlich keine Sympathiepunkte auf ihrem Konto. Und sollte sie gegen ihn bestehen, würde das für Angelo sicherlich unangenehm werden. Dann hätte sie sich direkt bei ihrer ersten Begegnung im Rat einen Feind gemacht. Und wie die anderen auf eine solche Machtdemonstration reagierten, wagte sie nicht einmal zu raten. Am wahrscheinlichsten war, dass sie gerade das Feuer unter ihrem eigenen Scheiterhaufen schürte.

„Welche Reaktion meinerseits wäre denn in den Augen des Rates angemessen, um mich dessen zu erwehren, wenn nicht, es offen anzusprechen?“, fügte sie nach einer kurzen Pause hinzu.

Der Ball lag wieder im Spielfeld des Rates. Jetzt mussten sie entweder ihrer Bitte nachkommen, weil sie den Einwand akzeptierten, oder einen Gegenvorschlag unterbreiten. Eine Frau, zierlich, schüchtern, mausgraue Haare und adrette Kleidung, mischte sich vermittelnd ein.

„Nun, ich finde es fair, dass ein Küken, das nicht mit den Gepflogenheiten der Erstkontakte vertraut ist, ihre Bedenken äußert“, es war Livian O’Brien, so verriet es ihr Namensschild, „Dies kann man kaum als eine Drohung verstehen, Angelo. Auch wenn ich dir recht gebe, dass die Worte falsch verstanden werden könnten. Clara, bitte versteh du uns aber auch nicht falsch. Es sind jahrhundertealte Umgangsformen, die uns so ins Blut übergegangen sind, dass es uns nicht mehr auffällt. Du hast sicherlich recht, dass es bei dem Ansturm der ganzen Versammlung erschlagend wirken kann, wenn man es nicht gewohnt ist.“

Sie machte eine Kunstpause und wandte sich anschließend an alle im Raum.

„Ich denke, wir können uns darauf einigen, dass wir unserem jungen Gast entgegenkommen und uns für die Zeit ihrer Anwesenheit zurückhalten, oder?"

Allgemeines zustimmendes Gemurmel. Jetzt stand Angelo isoliert, was die Situation für ihn nicht verbesserte. Aber nun beugte er sich der Mehrheit des Rates, nicht einem einzelnen Jungvampir. So wahrte er immerhin sein Gesicht.

Clara ließ sich ihrerseits ebenso auf Livians Vorschlag ein. Sie hatte ihren Standpunkt klargemacht und er wurde angenommen. Mehr zu fordern würde nur weiteren Schaden anrichten. Sie setzte sich wieder und nickte der Leiterin der Smimog zu. Ihr Antagonist in dieser Runde tat es ihr gleich. Nachdem sich die Gemüter abgekühlt hatten, führte Deliah wieder in die Agenda zurück.

„Gut, danke, Livian. Wenn es also keine weiteren Anträge zum Thema unseres Sitzungspunktes gibt, so möchte ich gerne mit einer Bestandsaufnahme beginnen. Isabelle, bitte schildere kurz die Situation, die hier zu besprechen ist."

Eine Frau mit kurzen dunkelbraunen Haaren und südeuropäischen Teint erhob sich, als ihr das Wort erteilt wurde. Sie war nicht groß gewachsen, aber in ihrem Hosenanzug und mit einer kräftigen Stimme strahlte sie dennoch eine gestandene Autorität aus. Als sie sprach, hatte sie einen starken italienischen Einschlag.

„Die junge Vampirin Clara Mork geriet in einem Starbucks in der Innenstadt von Frankfurt am Main mit einem Sterblichen in Streit. Darüber verlor sie die Kontrolle über sich und das Tier. Die Folge war ein Toter und 38 Menschen, die Zeuge des Konfliktes wurden. Daraus resultierte ein Riss des Schwarzen Schleiers. Bei diesem Zwischenfall war Clara Mork nicht allein, sondern in Begleitung einer erfahreneren Vampirin, Caroline Naumann aus dem Clan Mormog, sowie des Ghouls Margarete Steiner. Alle drei wohnhaft in der Enklave Death's Garden unter der Leitung von Viktor Uljanov. Positiv anzumerken ist, dass Caroline Naumann die Beschuldigte umgehend aus der Situation herausnahm und in ausreichendem Abstand zu weiteren Menschen beruhigen konnte. Der Ghoul leitete Maßnahmen zur Schadensbegrenzung ein. Die Ifera sind den Mormog für das schnelle, richtige und gewissenhafte Eingreifen ihres Clanmitglieds dankbar."

Die Frau neben Livian lächelte und nickte nur bestätigend.

„Negativ anzumerken ist, dass dieser Vorfall tagsüber in der breiten Öffentlichkeit stattgefunden hatte. Erschwerend kommt hinzu, dass der Ort denkbar ungünstig war, als Stichworte sind hier WLAN und Smartphones zu nennen. Außerdem war dies bereits der zweite Riss des Schleiers in Zusammenhang mit Clara Mork. Schon kurz nach ihrer Erweckung mussten die Ifera in der örtlichen Leichenhalle korrigierend eingreifen."

„Das kann man Clara unmöglich zur Last legen!", rief Viktor dazwischen, „Sie hatte keinen Einfluss darauf und schon gar nicht die Kontrolle über die Zeit ihrer Wandlung!"

Solch ein Emotionsausbruch war alles andere als typisch für ihn. Clara sah darin eine Bestätigung dafür, dass er selbst höchst angespannt war. Seine Zuversicht hatte er ihr zwar beteuert, aber mit in die Anhörung gebeten worden zu sein, gab dem Ganzen einen anderen Wind. Deliah besah ihn mit einem Blick, der ihn augenblicklich schweigen ließ.

„Das ist zwar richtig, lieber Viktor, dennoch verbitte ich mir Zwischenrufe!", an alle gewandt fügte sie dann in versöhnlichem Ton hinzu, „Für das Protokoll: Die Bemühungen der Ifera zum Zeitpunkt der Wandlung nehmen wir dankbar zur Kenntnis, werden sie aber im Folgenden nicht weiter berücksichtigen, da hier tatsächlich keine Verfehlung von Clara vorliegt. Der vorgezogene Moment entstand durch Einflüsse von außen, aus denen heraus der ehrwürdige Wächter zum Handeln gezwungen war. Isabelle, bitte fahre fort."

Schnell ließ Clara ihren Blick erneut über die Runde wandern. Niemand notierte sich etwas.

*Wer bitte führt denn gerade das Protokoll? Verlasst ihr euch auf euer kollektives Gedächtnis oder ist das ein Schauprozess?*

Sie spürte, wie der Gedanke sie nervöser werden ließ.

„Meinerseits gibt es nichts weiter zu berichten."

„Dann danke ich dir", Deliah drehte sich zu Clara und Viktor und sprach sie direkt an, „Dies ist also die Situation, die hier behandelt wird. Wie schon erwähnt, müssen wir uns ein Bild davon verschaffen, ob es sich um einen Ausrutscher einer jungen, unerfahrenen Vampirin handelte, die weder das Ausmaß noch den Umfang ihrer Kräfte oder des Tieres einschätzen kann. Oder, ob sich Solches erneut ereignen könnte, zum Beispiel, wenn du hungerst. Wie auch immer, dazu gehört ebenso das Finden von geeigneten Maßnahmen. Ist dir das Ausmaß deiner Handlung bekannt, Clara?"

Sie stockte kurz. Es ging los. Fließend, wie bei einer ausgefeilten Rede, hatte die Vorsitzende das eine mit dem anderen verbunden und unversehens saß Clara inmitten eines Konferenzraumes und musste antworten.

„Ich", sie räusperte sich, solche Prüfungssituationen waren ihr schon immer ein Gräuel, „Ich denke, das muss man differenziert betrachten."

Das war die Antwort, die sie damals für das Abitur gelernt hatte. Wenn eine Frage dich überrascht, erkaufe dir Zeit zum Nachdenken mit geschwollenen Nichtigkeiten. Hauptsache es klang gut. Einen Angriff zu parieren, wie von diesem Angelo, war im Vergleich zu einer Anhörung eine Kleinigkeit. Vor allem, wenn sie auf der Anklagebank saß. Das war gänzlich neu für sie.

„Damals war es mir nicht klar. Ich wusste in dem Moment nicht einmal, was ich tat und hatte es noch weniger unter Kontrolle. Es ging alles so schnell und es fühlte sich so an, als wäre ich gefangen in meinem eigenen Körper. Ein passiver Beobachter..."

Es dauerte Stunden. Nicht nur gefühlte, sondern tatsächliche. Wenn sich die Gelegenheit ergab, dann warf Clara immer wieder mal einen Blick auf die große Digitaluhr über der Eingangstür zum Konferenzraum. Begonnen hatte die Befragung um 09:23 Uhr, jetzt war es 13:47 Uhr. Fast viereinhalb Stunden ohne Pause. Auf die Beschreibung der Ausgangslage und ihre Stellungnahme folgten die Fragen. Immer wieder fiel noch jemandem etwas ein, das wichtig genug war und sicherlich irgendetwas zur Sachlage beitrug. Clara wurde aufgefordert zu erläutern, wie sie sich in dieser oder jener Lage gefühlt hatte. Was sie unternommen hatte und wie sie sich vornahm in Zukunft zur reagieren. Sie befragten sie zu ihrer Jugend und Kindheit, ihren Eltern und Großeltern. Wie sie zu ihrem damaligen Chef und Kollegen stand und wer ihre beste Freundin war und warum. Clara vollführte einen Seelenstriptease, der ihr gar nicht passte. Aber sie wollte sich auch nicht selbst ins Knie schießen, indem sie Antworten auswich oder verweigerte. Je länger es dauerte, desto mehr gewann sie das Gefühl, dass einige der Ratsmitglieder sie testeten, während andere schlicht ihre Neugierde befriedigten.

Von Angelo hatte sie viele kritische Fragen erwartet, aber er war erstaunlicherweise sehr passiv. Dafür spürte sie, dass er sich nicht an die Vereinbarung hielt. Jedes Mal, wenn sie zu einer Antwort ansetzte, war er wieder da und tastete ihre mentale Stabilität ab. Er war wie eine lästige Fliege. Egal wie oft sie ihn mit der Hand wegscheuchte, er kam ständig wieder. Solche Viecher lernten es nicht, bis man sie entnervt erschlug.

Hinzu kam, dass sie allmählich Hunger bekam. Es war auf Dauer anstrengend eine Barriere aufrecht zu erhalten, besonders in der Gegenwart eines Dutzends mächtiger, alter Vampire. Und dann speziell, wenn die eigene Abwehr ständig attackiert wurde. Einen Moment überlegte Clara, ob sie Angelo anprangern sollte, entschied sich aber dagegen. Öl ins Feuer zu gießen war nie eine gute Idee.

Als der Hunger zunahm und die Ratsmitglieder um sie herum nach und nach immer wieder mal aufstanden und sich mit frischem Blut versorgten, beschloss Clara, dass ihr ebenso eine Pause zustand. Gerade erhob sie sich, um es auszunutzen, dass sie antworten sollte, als sie jäh zur Ordnung gerufen wurde. Perplex stand sie vor ihrem Platz und sah Deliah fragend an.

„Clara, es ist noch nicht die Zeit zu gehen. Wir sind noch nicht fertig. Bitte setz‘ dich wieder."

„Nein, nein, ich habe nicht vor die Versammlung ungefragt zu verlassen. Ich wollte mir nur etwas zu trinken einschenken."

„Du hast also Hunger, ja?"

*Ja, nach über vier Stunden Konzentration kann man schon mal hungrig werden. Viktor geht es sicherlich nicht anders und…*

Sie sah zu ihrer Freundin herüber, die immer noch schweigend hinter ihr stand.

*…Roxy auch.*

Als sich ihre Blicke fanden, sah sie es ganz deutlich in ihren Augen. Der Ghoul hatte Hunger und mehr noch, sie wollte unbedingt etwas loswerden.

*Was ist los? Ich spüre mehr als Hunger in dir, Roxy.*

*„Pass auf, es ist eine Falle! Sie…"*

Für mehr reichte der kurze Blick nicht, denn Clara wollte nicht, dass der Oberste Rat eine verborgene Absprache vermutete. Sie griff das Thema auf und sprach noch immer stehend direkt zu Deliah.

„Ja, tatsächlich habe ich Hunger. Und ich kann mir vorstellen, dass es Viktor nicht anders geht. Und Roxy hier hat mir soeben auch mitgeteilt, dass sie verdurstet", log Clara.

Ein falsches, abschätzendes Lächeln umspielte die Lippen der Vorsitzenden. Es war nicht bösartig oder feindselig, aber ebenso wenig geprägt von aufrichtigem Verständnis. Es war mehr das siegesbewusste Lächeln eines Strategen, wenn der fein austarierte Plan endlich aufging. In dem Moment wurde Clara bewusst, dass Roxy recht hatte. Sie war genau in die Falle getappt war, die man ihr ausgelegt hatte.

„Ich verstehe", war Deliahs kühle Antwort, „Nun, wir wollen natürlich nicht, dass unbeteiligte unter unseren ganzen zeitfressenden Fragen leiden müssen."

Deliah warf einen schnellen Blick zu Roxy herüber.

*Zeitfressende Fragen, in der Tat…*

„Clara, bitte komm deiner Pflicht nach. Und Viktor, bitte bediene dich an der Minibar, wenn dir danach ist."

Neben ihr stand der Enklavenleiter auf, nickte der Runde entschuldigend zu und ging zu den Getränken herüber. Für Clara war es immer noch seltsam, ihn so unterwürfig zu sehen. Lag es an ihr oder war er übermäßig gehorsam? Aber sie fühlte, wie die Erwartungen der anderen auf ihr ruhten. Sie wollten, dass sie Roxy trinken ließ. Nur darauf lief die stundenlange Befragung hinaus. Und nichts lag ihr ferner, als ihre Freundin leiden zu lassen, also spielte sie mit. Vorerst, denn Roxys Warnung hatte sie auch noch im Kopf.

Bevor Viktor wieder zurück war, stand Clara schon bei Roxy und entblößte ihren Unterarm. Gierig und fest griff sie danach und leckte sich sogar die Lippen, suchte aber trotzdem den Augenkontakt zu ihrer Herrin. Während Clara sich vorbeugte, um sich mit ihren Zähnen die Pulsadern aufzureißen, fing sie den Blick ihrer Freundin endlich auf.

*„Lass dich nicht provozieren. Hier sind sicherlich einige im Raum, die dich scheitern sehen wollen, Clara. Irgendwas planen die."*

*Ich weiß Roxy. Ich habe verstanden, was sie vorhaben. Ich bin wachsam.*

Dann schloss sie die Augen und konzentrierte sich auf den kurzen Schmerz, als die dünne Haut über dem Handgelenk aufriss. Rotes Blut quoll hervor und floss auf die Rückseite ihres Armes und hinab zum Ellenbogen. Schnell hob Roxy die Wunde zu ihrem Mund und presste die Lippen darauf. Sie sog daran, wie ein Säugling an der Brust und mindestens genauso gierig. Sie fühlte sich dabei jedes Mal etwas erniedrigt, abhängig und zum Bittsteller degradiert und sie hasste es, wenn sie in Anwesenheit anderer trinken musste. Das hatte sie Clara vor kurzem eingestanden. Für die Vampire war es normal zu sehen, wie ein Meister seinen Ghoul nährte. Doch für Ghoule war es immer eine herabsetzende Situation. Blue verstand sie, was nicht weiter verwunderlich war. Aber auch bei ihrer neuen Herrin hatte sie den

Eindruck, eine Vampirin getroffen zu haben, die diese private und intime Situation ebenfalls als solche einschätzte. Die erste in über 200 Jahren ihrer Existenz. Es war vielleicht nur eine Kleinigkeit, aber für Roxy bedeutete es viel, dass sich ihre Herrin in diesem Moment vor sie stellte und so den meisten im Raum den Blick auf sie verwehrte.

Clara spürte den Sog an ihrer Haut und fühlte das Blut aus sich herausfließen. Roxys Zunge fuhr immer wieder über die aufgerissene Wunde und stieß alle paar Sekunden sogar hinein, um eine allzu schnelle Heilung zu unterbinden. Auch wenn ihr bewusst war, dass es hier für ihre Freundin um Nahrungsaufnahme ging, kam sie doch nicht um hin, an einen Cunnilingus zu denken. Dieses Reiben, Drücken und sanftes Stoßen einer Zunge war ihr durchaus bekannt, wenn auch mehr von anderen Körperstellen. Unweigerlich dachte sie an Tina und vermutete, dass es ihr bei Blue nicht anders erging. Nur dass sie anscheinend tatsächlich sexuelle Neigungen damit verband. Und die arme Blue darunter zu leiden hatte.

Es dauerte nicht lange, höchstens ein paar Minuten, dann war die Wunde wieder vollständig geheilt. Natürlich hätte Clara sie erneut öffnen können, aber sie wusste, dass Roxy nicht mehr brauchte, als sie in der Zeit von ihr bezog. Als ihre Freundin mit einem leisen Schmatzen die Lippen von ihrem Unterarm nahm, wischte sie zeitgleich mit dem Ärmel ihres schwarzen Kleides das nicht getrunkene Blut auf. Anschließend fuhr sie sich nicht ganz ladylike mit dem Handrücken über den Mund.

*Fehlt nur noch ein Rülpsen.*

*„Soll ich? Manchmal kann ich das auf Kommando."*

Roxy grinste frech, doch Clara hatte sich schon wieder dem Raum zugewandt. Man starrte sie interessiert und erwartungsvoll an, so wie sie es erwartet hatte. Selbst Viktor, der an seinen Platz zurückgekehrt war, konnte sich der Faszination der Masse nicht entziehen. Doch sein Blick war zum Glück nicht so bohrend und Clara hatte mehr den Eindruck, dass er sich nur umgewandt hatte, damit er sich nicht selbst so angestarrt fühlte.

Sie kehrte zu ihrem Platz neben Viktor zurück und setzte sich unaufgefordert. In ihrem Rücken jedoch spürte sie, dass Roxy sich straffte und gestärkt hinter ihr stand. Das gab ihr das gute Gefühl, die notwendige Rückendeckung zu haben, denn die mentalen Attacken setzten umgehend wieder ein. Clara griff betont beiläufig nach einem Glas und schüttete sich Wasser ein. Doch als sie zum Trinken ansetzte, starrte sie Angelo über den Rand hinweg an. Sie fixierte ihn und wusste, dass er sie ebenso beobachtete. Er forderte sie heraus und tastete nun gänzlich unverhohlen und deutlich stärker nach ihrer mentalen Barriere.

*Wozu auch noch die Heimlichtuerei, was? Und wenn ich es erneut anspreche, dass ihr das bitte unterlasst, wie vereinbart? Stell ich dich damit an den Pranger oder lenke ich den Verdacht der Verdunklung auf mich? DU würdest es dann sicher in diese Richtung drehen, nicht wahr?*

Ohne Mühe und ohne sich etwas anmerken zu lassen, stärkte sie ihre Abwehr. Auf Dauer würde es anstrengend werden dem Gespräch zu folgen, Fragen zu beantworten und die Mauer aufrecht zu halten. Aber in diesem Augenblick konnte sie all das noch leisten. Und wenn es hart auf hart kam, würde sie es riskieren, sich der Dunkelheit zu bedienen, wie es ihr der Alte beigebracht hatte. Aber noch war es nicht soweit.

*Nicht provozieren lassen*, rief sie sich Roxys Worte ins Gedächtnis.

„Liebe Clara“, Deliahs Stimme riss sie aus ihren Gedanken und sie setzte das ohnehin leere Glas wieder ab, „Ich danke dir, dass du dem umgehend nachgekommen bist. Ich will deine Intelligenz nicht weiter beleidigen, indem ich so tue, als sei dies reiner Zufall gewesen. Wir alle wissen hier um deine Vergangenheit, insbesondere, dass du als Ermittlerin für die Kriminalpolizei tätig warst. Daher wäre es reichlich naiv von uns zu glauben, dass du eine gewisse Absicht nicht selbst schon vermutest. Also, die Karten auf den Tisch gelegt, zeigt sich folgendes Bild. Wir haben vorab die Einschätzungen von Viktor von den Siddy und Tina von den Fornvis erhalten. Die… nun… weichen in wichtigen Punkten voneinander ab. Daher hat der Rat beschlossen, dass diese Anhörung auch ein direkter Test werden solle, damit wir uns aus erster Hand ein Bild machen können. Das du einen Ghoul mitgebracht hast, kam zwar unerwartet, war letztlich aber hilfreich.“

Clara warf Viktor einen Seitenblick zu. Das war heimlich nicht möglich, das war ihr klar. Aber ihretwegen sollten die anderen das ruhig mitbekommen. Er hatte ihr ja mehrfach sein Vertrauen in ihre Fertigkeiten mitgeteilt, daher fragte sie sich, in welchen Punkten Tina abwich und warum?

„Doch möchte ich dich zu einem weiteren Test bitten. Es geht darum ein Gefühl dafür zu bekommen, wie willensstark und standhaft du bist. Dies soll uns als Referenz dafür dienen, wie gut du mit Extremsituationen umgehst, sollten diese wieder vorkommen.

Folgendes Vorgehen schlage ich vor: Ich werde versuchen deine Gedanken zu lesen und du wehrst mich ab. Dabei fangen wir leicht an und ich steigere meine Bemühungen stetig. Den Umstand, dass du geschwächt bist", sie sah für einen Moment in Roxys Richtung, „haben wir kurzfristig bewusst herbeigeführt und werden dies berücksichtigen. Darüber hinaus ist uns allen klar, dass wir dich und uns damit einem erhöhten Risiko aussetzen, sollte Viktor mit seiner Einschätzung falschliegen."

*Na klasse, ich habe die Wahl zwischen Pest und Cholera? Willige ich ein, muss ich mein Potential offenlegen oder bewusst eine Niederlage riskieren. Verweigere ich mich, ist das wahrscheinlich noch schlimmer. Eine echte Alternative ist das ja nicht gerade.*

„Mir scheint", setzte Clara an, „dass ich kaum eine Wahl habe. Aber wenn es euer Weg ist und ich euch so von mir überzeugen kann, dann muss es so sein."

Rundum bemerkte sie zustimmendes Nicken, nur Angelo stimmte nicht ein.

„Gut", Deliah erhob sich und gebot ihr mit einer Handbewegung ebenfalls aufzustehen, „Clara, ich möchte deine Privatsphäre nicht mehr verletzen als notwendig. Daher bitte ich dich mir ein Ziel zu nennen, nach dem ich deine Gedanken und Erinnerungen durchsuche. Ich verspreche dir, dass ich alles andere ignorieren werde."

Sie überlegte. Man dachte immer, dass der Kopf voller Ideen und Andenken ist, die man ohne weiteres mit jemandem teilen kann. Man denke da nur an die unzähligen unsinnigen Facebookeinträge oder Nachrichten bei Twitter, die täglich die Datenautobahnen verstopften. Aber wenn man aufgefordert wurde sich bewusst etwas zu überlegen, dass jemand aus dem eigenen Kopf stehlen durfte, war plötzlich alles schützenswert. Egal, wie unnütz diese Information auch sein mochte. Nach einigem Zögern fand sie etwas.

„Der Mordfall, weswegen ich überhaupt mit der geheimen Gesellschaft in Verbindung gekommen bin."

Die Vorsitzende nickte verstehend, fast schon anerkennend, sagte jedoch nichts weiter dazu. Stattdessen spürte Clara ihre mentale Präsenz am Rande ihres Bewusstseins. Nein, es waren zwei, denn natürlich hatte auch Angelo seine Bemühungen verstärkt.

*Ist das eigentlich Absicht? Bemerkt Deliah ihn auch oder nur derjenige, der abgetastet wird?*

Im Raum wurde es still und immer stiller. Nach einiger Zeit hatte Clara sogar den Eindruck, dass alle außer Roxy das Atmen eingestellt hatten. Denn ironischerweise war das etwas, dass viele Vampire beibehielten. Es war so eine Art Anker der Menschlichkeit, an dem sie sich festhielten.

Wie angekündigt erhöhte die Vorsitzende den Druck, sie wand sich, versuchte anzutäuschen und schlug Haken, um Lücken in Claras Mauern zu finden. Aber ergebnislos, ihre Festung stand fest unter dem blauen Himmel und umschloss den Garten ihrer Großeltern. Sie hatte hoch oben auf einem Balkon Position bezogen und betrachtete die brechenden Wellen, die Angelo und Deliah zu ihr schickten.

Aber sie leugnete nicht, dass es allmählich anstrengender wurde. Ihr knurrte der Magen, wie gerne hätte sie jetzt etwas getrunken. Nur ein kleines Schlückchen Blut. Eine „1990er Miriam" war ja nicht nötig. Irgendjemand wäre bereits ausreichend. Noch war es aushaltbar, aber Clara wusste, dass es sich nicht nur darum drehte sie zu schwächen. Das war die Falle, in die man sie zu locken versuchte, sie wollten sie aushungern und an den Rand des Kontrollverlustes führen. Das war der eigentliche Test dahinter. Wie lange würde sie aushalten? Wie lange sich beherrschen und wie weit würde sie gehen? Ließ sie Deliah ein und gab sich geschlagen, bevor sie die Kontrolle verlor? Oder würde sie bis zum bitteren Ende an ihrem Ehrgeiz festhalten und eher einen Ausbruch des Tieres riskieren, als sich eine Niederlage einzugestehen? Das Fatale war, Clara wusste es selbst nicht.

„Claaaaraaaa", da war sie wieder, die säuselnde, süffisante Stimme der Finsternis.

Clara hatte sie erwartet. Das war wenig überraschend.

„Oh, liebe Claaaraaa. Keine schöne Situation, in die sie dich gezwungen haben, was? So ganz ohne warmes, rotes Blut. Blut, das sanft deine Zunge umschmeichelt und die Kehle hinabrinnt. Erinnerst du dich noch daran? Wie es schmeckt? Wie es riecht? Wie es dich stärkt? Oh sicherlich! Aber ich meine nicht den öden Flaschensaft. Ich rede von frisch Gezapftem, direkt aus der Quelle."

Es begann also. Nun kämpfte sie an drei Fronten gleichzeitig: Gegen eine Gegnerin, auf die sie sich freiwillig eingelassen hatte. Einen Gegner, der sich hinterhältig anschlich und versuchte sie zu unterlaufen. Und schließlich gegen sich selbst. Unmöglich zu sagen, welche Schlacht die Schwierigste war. Ihre Niederlage war nur eine

Frage der Zeit. Aber zugleich auch eine Entscheidung, zumindest, solange sie dazu noch in der Lage war. Sie hatte die Möglichkeit, sich Deliah zu ergeben und den Test zu beenden oder sich auf die blutgierige Energie einzulassen und weiterhin standzuhalten. Oder natürlich die innere Mauer einreißen und den verlockenden Versprechen nach warmem Blut nachzugeben.

„Lass uns ein wenig Spaß haben, Claaraa", die Stimme wurde dringlicher, sie kam näher, „Es ist nicht nett, was die selbsternannten Führer der Gesellschaft hier treiben. Du hast eindringlich gezeigt, dass du ihnen überlegen bist. Deliah hatte doch zu Beginn schon versucht dich zu lesen und ist abgeprallt. Sie alle haben es gemeinsam probiert und sind gescheitert. Meinst du nicht, dass du genug bewiesen hast? Musst du noch eines ihrer unfairen Spielchen mitspielen? Denk nach, Clara, du könntest das Ganze beenden. Zeig ihnen eindeutig, dass du überlegen bist. Wenn sie das erkannt haben, ist Ruhe für alle Zeit. Herrsche durch eine Machtdemonstration, säe Angst und ernte Respekt. Hol zum Gegenschlag aus und erklimme den Thron, der dir zusteht. Sie alle hier betrachten dich als minderwertig. Zeig ihnen, wer hier in Wahrheit unterlegen ist. Töte die Hälfte, nimm dir ihr Blut und beherrsche den Rest. Statuier ein Exempel, Clara! Sie sind dir gegenüber nicht fair, warum willst du es sein?"

Sie spürte es ganz deutlich in sich, die Dunkelheit tobte und schrie. Das Tier wand sich in seinem Käfig und rüttelte an den Gitterstäben. Es wollte raus, es wollte die Kontrolle, es wollte das Gleiche wie immer: Blut. Ein Blutbad hier unter den Mitgliedern des Obersten Rates, das wäre ein Anfang. Eine herausgerissene Kehle hier und aufgeschlitzte Bäuche dort. Chaos, Schreie, Blut und Tod, dann wäre es in seinem Element. Und dann würde all das hier enden, keine lächerlichen Prüfungen mehr, keine Versuche sie zu kontrollieren. Dann würde man endgültig anerkennen, dass sie ihr nicht das Wasser reichen konnten. Dann würden sich alle Überlebenden fügen und hoffen sich aus der Schusslinie zu bringen, wenn sie sich gut mit ihr stellten.

## Kapitel 26

In der Welt ihres Geistes trübte sich das Wetter. Die tosenden Wellen brandeten noch immer gegen die Mauern ihrer Festung und unermüdlich setzten Angelo und Deliah Angriff um Angriff fort. Doch der wärmende Sonnenschein war dunklen Wolken gewichen. Ein Sturm braute sich zusammen und wenn er losschlug, würde das verheerende Folgen haben. Nicht nur umgestürzte Bäume und abgedeckte Häuser wären zu erwarten, sondern Sturmfluten, Überschwemmungen, Chaos und Zerstörung, wo auch immer sich das Unwetter entlud.

Regen setzte ein. Erst nur ein paar Tropfen, doch bald schon mehr. Es regnete Blut und es färbte die Mauern ihrer Festung rot. Aus kleinen Rinnsalen in den Fugen wurden schnell ganze Sturzbäche, welche die Wände hinabflossen. Um ihre Füße herum sammelte es sich in immer größer werdenden Pfützen. Clara stand nass und rot auf einem Balkon ihrer Festung und sah auf die Brandung vor dem äußeren Verteidigungswall hinab.

Die Dunkelheit hatte einen guten Punkt angesprochen. Schlimm genug, dass sie das zugeben musste. Sie, der Oberste Rat, spielten das Spiel nicht fair. Deliah hatte alles transparent dargelegt und erklärt, was sie bisher unternommen hatten und was noch kommen würde. Ihr machte Clara keinen Vorwurf. Aber dieser Angelo hielt sich nicht an die Abrede, die der Rat ihr zugesagt hatte. Ob er mit Kenntnis und Erlaubnis der anderen handelte, war nicht mit Bestimmtheit zu sagen, aber Clara war es satt gute Miene zum bösen Spiel zu machen. Vielleicht war es an der Zeit den Spieß umzudrehen. Sie hatte ja bereits versucht auf die freundliche Art die Fronten zu klären, ohne Erfolg.

Clara sah gebannt weiter hinab und überzeugte sich vom Zustand ihrer Verteidigung. Sie hielt und sie würde weiterhin halten. Die Wellen, mit denen Deliah sie traktierte und zu schwächen versuchte überlagerten die Angelos. Sie war eindeutig mächtiger als er. Aber Clara fühlte, dass in der Überlagerung auch eine Gefahr verborgen war. Denn mit der Zeit synchronisierten sie sich, statt abwechselnd schlugen sie nun mehr im gleichen Rhythmus zu. Anstelle eines beständigen Rauschens konzentrierte sie sich nun auf das regelmäßige Donnern der gepaarten Macht. Das war ungleich anstrengender. Wenn sie weiter bestehen wollte, musste sie aus der Passivität heraus. Sich der Vorsitzenden geschlagen geben war keine Option mehr, das sah Clara jetzt ein. Denn dann würde sie Angelo ebenso einlassen und das kam nicht in Frage.

„Clara, lass mich dir helfen. Du weißt, dass ich es kann. Du weißt es. Es kostet dich nichts, aber es bringt dir, was dir zusteht. Das Ansehen und die Macht einer Königin unter den Vampiren. Alle werden es erkennen müssen. Alle werden sich dir unterwerfen und wer das nicht will, nun… der kann immer noch als Blutspende herhalten. Schönes, warmes, saftiges Blut! Clara, lass es uns beenden. Alles, was du tun musst, ist dich mir hinzugeben. Überlass dich meiner Führung, dann wird dir das Leben viel leichter sein. Sieh doch. Ich habe dir Blut geschickt. Viel, viel Blut. Nimm es! Trink es! Stillen deinen Durst, dein Verlangen! Ich weiß, dass du es willst. DU weißt, dass du es willst! Was hält dich noch davon ab? Greife nach der Macht, die sich dir bietet. Kläre die Verhältnisse ein für alle Mal!“

*Was hält mich davon ab? Nichts. Außer deine verdammten Lügen! Du willst sie alle zerfleischen? Alle, die hier im Raum sind? Ein Blutbad anrichten und dich an ihnen laben? Schön, aber es wird dir keine Befriedigung bringen. Alle hier im Raum sind so tot wie ich! Hier gibt es kein warmes Blut zu holen, auf das du so viel Wert legst! Und verdammt noch mal, das weißt du auch! Also, halt endlich die Klappe!*

Wumms.

Der Schlag der brandenden Welle war heftig und sie hatte ihn nicht kommen sehen. Sie hatte sich ablenken lassen. Das war ein Fehler.

„Ich würde dich niemals anlügen, Clara. Wie könnte ich? Ich bin ein Teil von dir. Wenn dann belügst du dich selbst. So wie du verleugnest, dass es hier durchaus ein schlagendes Herz gibt. Direkt hinter dir. Und sie würde nicht einmal weglaufen, wenn du es ihr sagst. Du könntest sie ja bis zum Schluss aufheben. Erst den großen Hunger stillen und dann ein angenehmer warmer Nachtisch zur Belohnung. Na, was meinst du?“

*Nein! Roxy wird nicht angerührt! Von dir nicht, von mir nicht! Von niemandem!*

Wuummmms.

Noch ein Brecher. Er ließ die Mauern ihrer ganzen Festung erzittern und Clara schwankte für einen kurzen Augenblick. Sie musste etwas unternehmen. Die Finsternis zum Schweigen bringen und die Angriffe stoppen. Die Ablenkung war zu riskant.

„Siehst du? Sie lassen keine Gnade walten, sondern werden es bis zum Ende durchziehen. Hier geht es nicht darum, dich zu testen, Clara.

Sie wollen dich brechen! Sie wollen, dass du dich ihnen unterwirfst, weil sie dich fürchten. Sie wollen dich zu ihrer Marionette machen. Sie wollen, dass du ihre Schlachten schlägst und ihre Macht stärkst. Und zur Not haben sie dann einen Sündenbock. Lass das nicht zu! Wehr dich. Geh in den Gegenangriff und vernichte sie, bevor sie dich zerstören!“

Einen Moment war es still in Claras Kopf. Die Finsternis schwieg und die Welle des letzten Angriffs war noch auf dem Rückzug, bevor sie sich neu ordnete und wieder zuschlug. In dieser Ruhe fand sie den ersten klaren Gedanken seit einer gefühlten Ewigkeit.

*Du hast recht.*

WUUMMMMS!

Das hatte sie kommen sehen und war den Moment der Schwäche bewusst eingegangen. Ein Risiko, sicherlich, aber wenn ihr Plan aufging, dann würde es keinen weiteren Angriff mehr geben. Oder zumindest nicht mehr in dieser Form. Clara fasste sich ein Herz und schlug zurück, bevor Angelo und Deliah einen neuerlichen Angriff vollenden konnten. Mit einem machtvollen Aufgebot ihrer Konzentration griff sie nach dem mentalen Fühler des Führers der Wimog und krallte sich ihrerseits daran fest. Mit nadelspitzen Widerhaken zog sie sich an ihm heran. Stück für Stück. Sie überlagerte und umhüllte ihn, bis sie schließlich bei ihm angekommen war.

Sie wollte nicht nur sanft nach seiner Präsenz tasten und sie würde erst recht nicht vorsichtig sein. Er sollte es spüren. Als sie seinen mental ausgestreckten Arm völlig umschlossen hatte, erhöhte sie den Druck. Geistige Nadeln und Zähne bohrten sich tief hinein und sie spürte eindeutig, dass er erkannte, was geschah. Schnell versuchte Angelo sich von ihr zu lösen und zurückzuziehen. Aber sie ließ ihn nicht gehen. Dies war das Exempel, das zu statuieren war.

Er durfte es nicht noch einmal wagen, sich gegen eine Absprache mit ihr aufzulehnen. Als sie hergekommen war, hatte sie nicht die Absicht, ein Machtspielchen zu spielen. Sie kam reumütig und mit ehrlichem Vorsatz reinen Tisch zu machen. Sie war sogar bereit gewesen, sich zur Not auf eine Strafe einzulassen. Aber sie hatte nicht vor sich zu unterwerfen und schon gar nicht zuzulassen, dass ihr völlig fremde Vampire in ihrem Kopf rumschnüffelten. Angelo brachte ein Kräftemessen ins Spiel, dann sollte er es bekommen. Und mit den Konsequenzen leben!

Clara drückte immer fester zu und ließ ihn nicht entkommen. Indem die unzähligen Dornen in seinen Fühler eindrangen, schuf sie unabsichtlich eine Verbindung zu ihm. Weit hinter ihrer Stirn spürte sie, dass es ihn schmerzte. Er fühlte jede Nadel, jeden Zahn und jeden Dorn, den sie in ihn stach. Gut so. Er wand sich und versuchte ihr zu entkommen, aber je mehr er es probierte, desto schlimmer wurden die Schmerzen. Seine Konzentration litt darunter und brach Angelos Verteidigung auf.

Darauf hatte sie gewartet. Aus ihrem Drücken wurde ein Würgen. Wäre der mentale Taster organisch gewesen, dann wäre er jetzt nur noch ein blutiger Brei, der aus Claras eiserner Umklammerung tropfte. Eine 1000-Tonnen-Hydraulikpresse, die ein rohes Steak zerquetschte. Aber sie war nicht fertig mit ihm. Noch nicht. Die Lektion war noch lange nicht zu Ende.

Ein Schrei zerriss ihre Gedanken. Es war Angelo, der sich hilfesuchend ergab. Seine Abwehr war restlos zerstört. Er leistete keine Gegenwehr mehr, um die Schmerzen nicht zu verschlimmern. Und er wimmerte und winselte um Gnade. Clara hörte es so deutlich, als würde sie neben ihm stehen. Und in gewisser Weise war es so.

Sie war in seinem Kopf, sie stand in den Ruinen seiner Festung und er kauerte zu ihren Füßen. Die Beine angezogen, die Arme schützend um die Knie geschlungen, lag er da und blutete. Aus Augen, Ohren, Mund und Nase lief es ihm und sammelte sich in einer Pfütze unter seinem Kopf. Sie wurde größer und immer größer und kroch allmählich auf ihre Füße zu.

Angewidert setzte Clara einen Schritt zurück und betrachtete das Elend, das da vor ihr lag. Das war ein mächtiger Vampirfürst? Einer der Alten? Der Oberste eines Clans? Ihr schien er kaum mehr, als ein Wurm zu sein. Nichts war in diesem Moment leichter, als Angelos geistiges Selbstbild in seinem eigenen Kopf zu zertreten. Und wenn sie es tat? Was passierte dann? Starb er oder würde sie nur seinen Geist vernichten, so dass sein Körper nutzlos sabbernd in der Ecke lag und weiter existierte? Angelo sah flehend zu ihr hinauf.

Ein Lächeln umspielte ihre Lippen. Es war leicht, das herauszufinden, sie musste dafür nur das Bein heben. Mit einem schnellen kraftvollen Tritt würde sein Kopf platzen wie eine überreife Melone auf Asphalt. Sein Inhalt würde sich über den Boden ergießen und ihr die Schuhe ruinieren. Ein kleiner Preis dafür, dass sie dann endgültig ihren Standpunkt demonstriert hätte. Man hatte sich an

Vereinbarungen mit ihr zu halten! Wenn Clara sagte, dass man sie bitte nicht betatschte, dann sollte man sich nicht darüber hinwegsetzen. Sonst spürte man ihre Macht. Ihr Wort war Gesetz!

Im letzten Moment hielt Clara inne und setzte den Fuß langsam wieder auf den Boden. Wann hatte sie ihn überhaupt angehoben? Das wollte sie nicht, es war doch nur eine Überlegung. Eine Fantasie. Etwas, dass sie theoretisch machen könnte, aber nicht wollte. Sie wollte ihn nicht verletzen und schon gar nicht töten. Sie wollte doch nur, dass… Ja, was eigentlich? Was, Clara? Sie hatte den Wunsch nicht, aber etwas anderes in ihr durchaus. Etwas wollte es unbedingt. Sehnte sich danach, Blut zu vergießen. Je mehr, desto besser. Sie war manipuliert worden. Wieder. Und jetzt erkannte sie auch von wem.

Sie zog sich zurück, entspannte sich und löste die Verbindung. Der eiserne Griff lockerte sich und erst jetzt realisierte Clara, dass sie nicht nur Angelos geistigen Fühler umfasst hatte, sondern seinen gesamten Geist. Sein ganzes Wesen litt unter ihrem kalten und erbarmungslosen Griff. Wie eine Walnuss im Nussknacker. Kein Wunder, dass er unsagbare Schmerzen ertragen und schließlich aufgegeben hatte. Dem hatte er nichts entgegenzusetzen.

Schnell konzentrierte sie sich wieder auf ihre eigene Verteidigung. Das alles ging so zügig, dass Deliah noch dabei war ihre Kräfte und Konzentration für den nächsten Angriff zu sammeln. Doch die Welle rollte ungewöhnlich schwach auf sie zu. Mit weniger Macht hatte sie gerechnet, jetzt da Angelo bei ihrer synchronen Attacke fehlte. Aber so viel weniger? Die Welle plätscherte nur müde gegen ihren äußeren Verteidigungswall und danach herrschte Stille. Keine geistigen Angriffe oder Stürme wühlten das Meer ihrer mentalen Projektion auf. Der Ozean des Geistes lag still und ruhig vor ihr.

Als Clara die Augenlider öffnete, bemerkte sie zuerst, dass sie statt Deliah in Angelos Richtung schaute. Und der Fürst der Wimog starrte mit vor Entsetzen geweiteten Augen zurück. Sie waren blutunterlaufen und aus der Nase floss noch immer ein stetiger Strom über Lippen und Kinn, bis es schließlich auf den Konferenztisch tropfte. Die Unterlagen vor ihm waren bereits rot gefärbt und durchweicht. Wie lange blutete er schon?

Dann bemerkte sie, dass die anderen Anwesenden, Viktor eingeschlossen, ungläubig von ihr zu Angelo und Deliah und zurückschauten. Sie stimmte ein, denn den Teil in der physischen Welt hatte sie ebenso verpasst.

„Was in Kains Namen war das?", brüllte ein Frau ein paar Plätze links von Clara.

Sie war sichtlich aufgebracht und schwankte zwischen Furcht und ungläubigem Staunen. Ihre langärmliges wallendes, wenn auch schlichtes, Kleid erinnerte an eine Mischung aus dem Habit einer Nonne und Soutane eines Priesters. Yezzica Al'Zhani – Mestoban, stand auf ihrem Namensschild.

Für die anderen im Raum war das der Startschuss ein wahres Durcheinander loszutreten. Einige standen auf und liefen zu Angelo, um ihm Hilfe anzubieten. Andere begaben sich mehr oder weniger geordnet zur Tür, um im Zweifelsfall die Flucht zu ergreifen. Aber alle redeten hektisch und gleichzeitig, so dass niemand den anderen verstand. Nur Clara saß unbeteiligt an ihrem Platz und schaute verwirrt zu Viktor herüber. Auch er sah unschlüssig aus, ob er aufstehen oder sitzen bleiben sollte.

„Sie hat Angelo angegriffen!", die Frau im Gewand einer Geistlichen deutete mit dem Finger auf sie und stellte sie ohne weitere Worte an den Pranger.

Dagegen gab es nichts zu sagen, es hatte einen wahren Kern. Aber es war Notwehr, kein Angriff. Clara öffnete den Mund, um etwas zu erwidern, doch jemand kam ihr zuvor.

„Nein!"

Sie sah sich überrascht um und fand schnell die Quelle des Widerspruchs. Es war Deliah selbst. Die Vorsitzende stand an ihrem Platz und hatte die Arme gebieterisch erhoben. Ein verzweifelter Versuch die Anwesenden wieder zur Ordnung zu rufen.

„SETZT! EUCH! HIN!", dröhnte ihre Stimme.

Tief und unheilverkündend schallte sie durch den Raum. Selbst Clara spürte in dem Moment den Drang ihr Folge zu leisten, wenn sie nicht schon gesessen hätte.

Augenblicklich kehrte Ruhe in den Konferenzraum ein und zuerst zögerlich, aber beständig nahmen alle wieder ihre Plätze ein. Jedoch nicht ohne Clara mit skeptischen Blicken zu besehen. Als sie saßen und nur noch Deliah stand, nahm sie die Arme runter und griff in aller Ruhe nach einem Weinglas halbvoll mit Blut. Sie trank einen großen Schluck, bevor sie fortsetzte. In diesem Moment wurde Clara an ihren eigenen Durst erinnert. Ihr Magen knurrte und sie fühlte, wie die

Dunkelheit in ihr tobte. Plötzlich fielen ihr all die Flaschen auf, die auf den Tischen standen. So viel Blut, zum Greifen nah. Und im Kühlschrank im Nebenraum gab es noch mehr.

*Durst. Verdammt bin ich durstig.*

„Danke“, Deliahs Stimme klang furchtbar erschöpft und genervt zugleich, „Liebe Yezzica und ihr alle, ich verstehe eure Bedenken. Wenn ich nur gesehen hätte, was Angelo widerfahren ist, würde ich genauso denken. Aber ich muss euch sagen, dass er nicht unschuldig an seiner Situation ist.“

Ein Raunen und ungläubiges Gemurmel waberten durch den Raum und die Vorsitzende wartete geduldig, bis es abgeebbt war.

„Angelo hat sich über die Absprache des Rates mit Clara hinweggesetzt. Er hat sich eingemischt, als ich sie getestet habe. Und wie ich in diesem Zuge erfuhr, griff er sie seinerseits bereits seit Stunden an. Auf Grund der steigenden Konzentration und Intensität bei Clara und mir, war sie gezwungen, eine Entscheidung zu treffen. Diese war, dass sie sich gegen den nicht vereinbarten Angriff zur Wehr setzt, um sich anschließend dem abgesprochenen Test zu widmen. Es war Notwehr.“

Wie eine erfahrene Rednerin ließ sie eine kurze Pause einfließen.

„Aber die eigentliche Situation dahinter ist schlimmer als das, was ihm gerechterweise zugestoßen ist“, fragende Gesichter sahen von Clara zu Deliah, „Angelo hat als Mitglied des Obersten Rates gegen eine Absprache desselben verstoßen. Er hat den Rat damit der Unglaubwürdigkeit ausgesetzt und unsere Autorität untergraben. Wir haben Clara zugesagt, dass wir sie nicht belästigen werden. Clara hat sich bereitwillig allen Fragen unterzogen und ebenso dem Test zugestimmt. Sie hat sich im Vertrauen an unsere Integrität allem gestellt, was der Rat von ihr verlangte. Und wie haben wir es ihr gedankt? Einer der unseren hat sie betrogen. Dabei wusste sie die ganze Zeit, wer es war, hat es jedoch nicht angesprochen. Hat ihn nicht an den Pranger gestellt, sondern es stumm erduldet. Erst als es im Rahmen des Tests für sie selbst gefährlich wurde, hat sie beschlossen, aktiv zu werden. An dieser Stelle halte ich das für durchaus verständlich und nachvollziehbar.“

Wieder brach Gemurmel los und es dauerte länger, bis die Vorsitzende das Wort erneut ergriff.

„Ich spreche nicht von einem Verrat durch Angelo, aber von einer eigenmächtigen Handlung, für deren Konsequenzen er selbst die Verantwortung zu tragen hat.“

„Aber woher willst du das alles so genau wissen, liebe Deliah?“, es war eine Frau mit kurzen, wasserstoffblonden Haaren, Samantha Rosenbaum von den Wayanka.

Die Fürstin der Hophelia nickte nur zum Zeichen, dass sie die Frage verstand.

„Es mangelt Clara an Übung Angriff und Verteidigung zu koordinieren. In dem Moment, als sie Angelos Angriff endgültig abwehrte, ließ ihre Deckung nach. Dies ermöglichte mir einen Blick hinter ihre Abwehr. Ich bemerkte dort, was sie tat und beobachtete es, um mir einen Eindruck zu verschaffen.“

*Oh Scheiße! Was hat sie dann alles gesehen?*

„Sie schuf eine mentale Verbindung zu ihm, indem sie seinen eigenen geistigen Arm zurückverfolgte. Ich kann es nicht genauer beschreiben, aber als die Vernetzung zustande kam und ich in ihrem Geist war, sah ich in ihren frischesten Erinnerungen, dass Angelo bereits seit Stunden einen Weg in ihren Kopf suchte.“

Samantha nahm dies wortlos zur Kenntnis. Ihr Gesicht war starr und für Clara nicht im Geringsten zu lesen. Glaubte sie Deliah oder zweifelte sie? Unmöglich zu sagen. Ihre einzige Reaktion war, dass sie sich Notizen in ihren Unterlagen aufschrieb. Aber ihre Frage war der Auslöser für eine weitere Diskussion. Die Vorsitzende beschrieb, wie sie den Test mit Clara initiiert und weiterverfolgt hatte und wie sie es erlebt hatte. Es folgten Nachfragen, doch Deliah stand tapfer Rede und Antwort.

*Durst. So durstig. Nur ein bisschen Blut, mehr möchte ich gar nicht. Ein Glas voll, mehr muss es gar nicht sein. Das reicht mir schon bis nach Hause. Und Viktor hat auch nichts mehr, vielleicht kann ich ja…*

Obwohl die Diskussion sie nicht einbezog, sondern an ihr vorbeigeführt wurde, meldete sich Clara zum Zeichen, das sie etwas sagen wollte. Einige warfen ihr verwunderte Blicke zu und die Vorsitzende nickte nur, um ihr zu signalisieren, dass sie sie gesehen hatte. Doch es dauerte eine Weile, bis man ihr das Wort erteilte. Als es so weit war, stand Clara auf und suchte bedächtig nach der passendsten Ausdrucksweise. Sie wusste, was sie sagen wollte, doch es fiel ihr schwer, sich zu konzentrieren. Hinter sich spürte sie, dass Roxy einen

Schritt auf sie zu gehen wollte, aber mehr als ein Zucken kam nicht dabei heraus.

*Bin ich so wackelig auf den Beinen?*

„Vielen Dank“ setzte sie schließlich an, „ich möchte die Diskussion gar nicht lange unterbrechen. Sondern lediglich eine Bitte an den Rat richten. Deliah, ich habe bemerkt, dass dich unser Kräftemessen genauso angestrengt hat, wie mich. Du hast jedoch einen Vorteil und konntest deinen Durst löschen. Wäre es daher vermessen von mir, wenn ich ebenso um etwas Linderung bitte? Vielleicht kann ich es mir mit Viktor teilen oder jemand von euch gibt mir ein Glas ab?“

„Ich denke, dem können und sollten wir ohne Bedenken stattgeben. Clara hat viel guten Willen und Vertrauen gezeigt. Es wird Zeit, dass wir uns erkenntlich zeigen“, es war Livian, die hilfsbereit als Erste reagierte.

„Ich stimme zu und möchte es noch etwas ausweiten“, warf ein Mann mit düsterer Miene ein.

Er hatte sich bisher sehr zurückgehalten. Das Namensschild verriet ihn als Alrik Lesso aus dem Clan der Fornvis. Ohne weitere Erklärung erhob er sich und betätigte den Rufknopf neben der Tür. Clara stand noch immer an ihrem Platz und war äußerst verwundert. Es war ausreichend Blut hier, warum bestellte er mehr? Oder wollte er zur Feier des Tages ein Gelage veranstalten?

Als die Frau vom Service freundlich lächelnd eintrat, sprach er kurz ein paar Worte mit ihr. Leise raunte er ihr etwas zu, es war unmöglich zu verstehen. Als Reaktion ließ sich Fida Dschamila von ihm in den Raum führen und blieb bei dem kleinen Schränkchen der Minibar stehen und öffnete sie. Alrik platzierte sich neben ihr und grinste herausfordernd.

„Bitte, Clara, bedien‘ dich.“

Dabei deutete er an der Service Agentin vorbei auf die präsentierten Fläschchen. In seinen Augen blitzte Verschlagenheit auf.

Wie von allein trugen ihre Beine sie hinter Viktor entlang und direkt auf die versprochene Erfrischung zu. Als ihr bewusst wurde, wie ihr geschah, war sie nur einen Schritt von der verheißungsvollen Erlösung ihrer Qualen entfernt. Doch plötzlich riss Alrik Fida den Kopf in den Nacken und presste seine Hand unter ihre Kehle.

„Oder aber, Clara, du bedienst dich gleich hier“, sein Grinsen nahm einen höhnischen Ausdruck an, „Ich denke, dass du es dir nach all den Stunden hier verdient hast. Du brauchst keine Erfrischung, meine

Liebe. Was du brauchst, ist frisches Blut. Hier, ich biete es dir. Direkt aus der Quelle. Keine falsche Scham, wir sind alle gleich. Jeder hier hat das eine oder andere Mal die Erfahrung mit dem großen Durst gemacht. Wenn der Wunsch nach Blut zu einem schier unwiderstehlichen Drang wird. Wenn der Drang zur Qual und sich die Qual zum Wahnsinn steigert."

Er pausierte und fixierte Clara. Seine Hand drückte gerade fest genug gegen Fidas Hals, dass sich etwas Blut in den Arterien staute und sie anschwellen ließ, aber es für sie nicht gefährlich wurde. Die dicken, blutgefüllten Adern drückten sich verheißend gegen ihre glatte, gespannte Haut. Sie war so dünn und verletzlich. Es wäre so leicht. Binnen Sekunden hätte sie mehr Blut zu trinken, als sie hier aus den Flaschen holen konnte. Und es wäre frisch und warm.

„Keiner hier würde dich verurteilen, Clara. Gerade als junge Vampirin ist es bisweilen schwierig sich zu kontrollieren. So anstrengend. Da kann es befreiend sein, sich in gesicherter Umgebung mal gehen zu lassen, oder?"

Sie stand nur einen Schritt vor der Frau vom Service und Alrik. Die Hand schon erhoben, um nach dem verlockend gebotenem Hals zu greifen. So sanft, so weich und nur wenige Zentimeter von ihr entfernt. Clara roch Fidas Haut, ein ganz eigener und angenehmer Duft, aber schwer auszumachen, so zart und dünn war er. Flieder nicht unähnlich. Darüber lag der Geruch eines Duschgels, irgendetwas mit Milch und Honig, es überlagerte ihr körpereigenes Bukett. Darunter, noch viel, viel dünner roch sie Salz und warmes Eisen. Es war das Blut in ihren zum Bersten gefüllten Arterien, das nach außen dünstete. Claras Sinne waren darauf fixiert, sie konnte all die anderen Gerüche ignorieren, egal wie angenehm oder präsent sie waren, aber dieser spezielle Duft hatte Vorrang. Auch war da das pulsierende Rauschen, das sie beständig hörte. Es war so laut wie eine Muschel am Ohr. Es lockte sie, rief nach ihr.

Mit der Zunge fuhr sie über ihre Lippen, doch Clara bemerkte es nicht einmal. Zu eingeschränkt war ihre Wahrnehmung. Alles, was sie sah, alles, was sie fühlte, alles, was sie hörte, war beschränkt auf diesen Moment. Diese Szene war einem cineastischen Close Up gleich. Es existierte nur Fidas glatter, schlanker, zarter Hals, die dicken Arterien unter der dünnen Haut und der rauschende Ruf des Blutes, das befreit werden wollte.

Clara trat den letzten Schritt näher und stand nun direkt vor ihr. Ihre Fingerspitzen glitten über das Kinn der Service Agentin, ihren Kiefer entlang und dann hinab zum Hals. Voll Vorfreude kribbelte es in ihrer Hand und die Finger zuckten.

Fida selbst starrte sie mit angstgeweiteten Augen an, sie konnte sich nicht bewegen. Alriks Griff in ihre Haare und den Hals war unbeweglich. Fest hielt er sie an Ort und Stelle. Anscheinend hatte er ihr befohlen, sich nicht zu rühren, egal was sie sah, hörte oder spürte. Aber er hatte ihr nicht untersagt zu denken oder zu fühlen. Daher war sie in diesem Moment in ihrem Körper gefangen, starrte der fremden Frau ins Gesicht. Sie hatte Angst. Todesangst sogar, denn das Funkeln in den Augen der Frau vor ihr ließ nichts Gutes erahnen. Im Gegenteil, es war pure Mordlust, die sie dort sah. Und die Art, wie sie sie berührte. Es war zärtlich, aber Fida hatte nicht das Gefühl, dass sie als Person damit gemeint war.

*Ich könnte es mir nehmen. Jetzt. Sofort. Es würde nicht einmal eine Sekunde dauern an ihr Blut zu kommen. Keine Sekunde und die sehnliche Erleichterung würde sich einstellen. Es wäre nicht mal anstrengend. Süßes, warmes Blut.*

Langsam hob Clara den Blick vom Hals der Frau vor ihr. Mühsam arbeiteten sich ihre Augen empor und blickten schließlich in Fidas. Sie sah und erkannte das Entsetzen darin. Die Angst und die Gewissheit den sicheren Tod vor sich zu haben. Und die Überraschung, dass der Tod als Allerweltsfrau daherkam.

*Aber ich würde dich doch nicht töten. Nur ein wenig von deinem Blut, mehr will ich nicht nehmen. …oder? Kann ich überhaupt aufhören, wenn es einmal begonnen ist? Kann ich mich kontrollieren?*

Clara kam näher und sah der Frau tiefer und länger in die Augen. In den tränennassen Pupillen sah sie eine verzerrte Reflexion. Eine Furie, mordlüsternd und skrupellos, starrte von dort zurück. Die Lippen zurückgezogen zeigte sie die blanken Zähne, scharf wie Rasiermesser. Diese Eumenide blähte die Nüstern, um mehr des verlockenden Geruchs aufzunehmen. Die Hand zu einer Kralle erhoben, bereit der armen Frau die Kehle herauszureißen und im heraussprudelnden Blut zu baden.

Als Clara in der Verzerrung sich selbst erkannte schrak sie innerlich zurück.

*Das sieht sie in mir? BIN das ich?*

Sie schloss den Mund und wurde sich erst jetzt bewusst, dass er überhaupt offen gestanden hatte und auch, dass sie sich bereits soweit vorgebeugt hatte, dass sie ihr Spiegelbild in den Augen eines anderen erkannte. Die zur Klaue geformten Finger senkten sich und Clara ballte kurz darauf eine Faust so fest sie konnte. All ihre Anspannung ließ sie dort hineinfließen. Für einen Moment spürte sie den Schmerz, als die Fingernägel sich in ihre Haut gruben und sie durchstachen, aber er war schnell wieder verschwunden. Nur beiläufig realisierte sie, dass sich ihre geballte Hand anfühlte, als hätte sie in heißen Schlamm gegriffen, feucht, warm und klebrig. Aber das war in Ordnung. Besser sie hatte einen kurzen Schmerz und blutete für wenige Sekunden, als dass sie einen fatalen Fehler beging und eine ihr fremde Frau dafür bezahlen ließ.

Clara richtete sich wieder auf und trat einen halben Schritt zurück. Noch immer fixierten ihren Augen die Fidas und im Hintergrund sah sie, dass Alrik sprach. Aber sie hörte nicht, was er sagte. Ungläubig folgte die Frau ihr mit ihrem Blick. Der Wunsch nach Erleichterung, dass dieser Albtraum vorbei sein möge, war deutlich darin zu lesen, auch wenn sie es sich nicht so recht erlaubte zu hoffen.

Letztlich schloss Clara die Augenlider für einen Moment und konzentrierte sich auf das Pochen in ihrer Handfläche. Weit hinter ihren Augen, irgendwo in den Tiefen ihres Geistes hörte sie die Stimme der Dunkelheit. Sie war furchtbar sauer und tobte vor Wut. Man hatte ihr eben schon den großen Triumph verweigert und sie musste mit dem Teilerfolg leben, dass Angelo nur schwer verletzt war. Aber jetzt war ein Sieg so zum Greifen nah. Nur wenige Zentimeter fehlten, so dicht hatte sie ihren Mund an den Hals des Menschen geführt. Und jetzt? Jetzt wagte diese junge Vampirin sich trotzdem zu beherrschen?

Aber Clara blieb ruhig und ließ sich nicht beeindrucken, weder von wütenden Schimpftiraden noch von Beleidigungen oder Versprechungen. Einmal noch atmete sie tief ein und hielt die Luft an. Diese Kakofonie verschiedener Düfte wollte sie genießen, bevor sie es beendete. Eine Sekunde verging, dann zwei und drei, bis sie schließlich ausatmete und die Augen öffnete. Alles war wie zuvor, nichts hatte sich geändert. Fida wurde von Alriks festem Griff kontrolliert und starrte sie aus weit aufgerissenen Augen an. Er selbst beobachtete sie wachsam, kam aber nicht zu einer klaren Einschätzung. Sie reagierte offenbar nicht so, wie er es vorausgesehen hatte. Doch er hatte die Hoffnung noch nicht aufgegeben. Hinter sich spürte Clara nach wie vor die bohrenden Blicke der anderen Ratsmitglieder. Sie alle waren gespannt, was sich hier ereignen würde. Jedoch entsprangen ihre

Gefühle unterschiedlichen Richtungen. Einige hatten neugieriges Interesse, andere beobachten sie voller Angst, unfähig den Blick abzuwenden.

Behände beugte sich Clara zur Seite und griff an Fida vorbei in die Minibar. Sie holte zwei kleine Flaschen auf einmal heraus und beäugte Alrik herausfordernd.

*Ich habe dich durchschaut*, sagte ihr Blick.

„Auch was?“, fragte sie ihn verächtlich und öffnete die erste Flasche, ohne seine Antwort abzuwarten.

Nein, damit hatte er nicht gerechnet und Zorn flackerte in seinen Augen auf. Trotzig ließ er die Serviceagentin los und drehte sie unsanft zu sich um. Mit starrem Blick fixierte er sie und murmelte einen Befehl. Etwas in der Art, dass sie den Raum verlassen solle und sobald die Tür hinter ihr ins Schloss fiele, habe sie vergessen, dass sie hier gewesen war. Stattdessen solle sie sich fragen, warum sie überhaupt ungerufen vor der Tür des Konferenzraumes stünde. Dann schob er sie nach draußen und schloss die Pforte.

In der gleichen Zeit hatte Clara die offene Flasche angesetzt und in einem Zug leergetrunken. Es war so gut und so erfrischend, dass sie sogleich die Zweite öffnete, ehe sie beide auf das Tablett für benutzte Gläser und leere Flaschen zurückstellte. Alrik marschierte schnaubend, aber wortlos an ihr vorbei zu seinem Platz zurück, während Clara sich erneut der Minibar zuwandte. Der Durst war unglaublich. In diesem Moment dachte, dass er niemals wieder nachlassen würde, nicht einmal, wenn sie alles austrank, was sich hier im Raum befand.

Doch dieses Mal nahm sie sich keine Kleine mit, sondern griff am Nebentisch nach einer Weinflasche.

*Dennis, 1985, Deutschland - Hessen, männlich, gespendet: 13.06.2013. Bla, bla, bla, was auch immer, Hauptsache Blut.*

Sie entkorkte die Flasche am Tisch und nahm sich ein Weinglas, ehe sie an ihren Platz zurückkehrte. Die Blicke, die sie die ganze Zeit über im Rücken spürte, folgten ihr auch jetzt. Erst als sie saß und in die Runde blickte, rissen die Übrigen ihre Augen von Clara und schauten demonstrativ in andere Richtungen. Ohne weiter darauf einzugehen, goss sie Viktor und sich etwas ein. Dann sah sie abwartend zu Deliah herüber.

Langsam erhob sich die Vorsitzende und wandte sich statt an Clara zunächst an den Fürsten der Fornvis.

„Mein lieber Alrik, ich bin mir nicht sicher, was diese Aktion bezwecken sollte? Was genau wolltest du erreichen, dass du eine Unschuldige in Gefahr bringst und sie einem hungrigen Vampir vorführst?“, ihre Stimme klang angestrengt, sie kämpfte hörbar darum nicht die Fassung zu verlieren, „Erklär dich!“

Der Angesprochene fixierte sie, sein Zorn war noch nicht völlig verraucht und jetzt musste er auch noch Antworten liefern.

„Deine Geschichte hat mich nicht überzeugt“, knurrte er zurück, „Angelo, einer der unseren, ist schwer verletzt und wir sollen einfach so hinnehmen, dass diese junge Vampirin sich beherrschen kann? Wie sollte das Beherrschung gewesen sein?“

„Die Diskussion hatten wir bereits, Alrik. Also was wolltest du damit beweisen?“, diesmal klang Deliah weit weniger freundlich und kontrolliert.

„Dass sie unbeherrscht ist und eine Gefahr darstellt. Zum Schutze von uns allen.“

„Aber sie hat auch deinen Test bestanden, nicht wahr?“, die Vorsitzende forderte ihren Ratsbruder geradezu heraus, sie ließ keinen Zweifel daran, was sie von seiner eigenmächtigen Aktion hielt, „Und das, obwohl sie ausgehungert war von meiner vorherigen Prüfung.“

Dann wandte sie sich schließlich doch an Clara und klang so freundlich wie zuvor.

„Clara hier hat eine Selbstbeherrschung an den Tag gelegt, die ihres Gleichen sucht. Hungernd, angestrengt, durch Alrik angestachelt und die Verlockung von frischem Blut vor Augen, möchte ich mir gar nicht vorstellen, wie das Tier in ihr geschrien und getobt hat. Wer von uns hätte sich da beherrschen können, frage ich euch?“

Unbeantwortet blieb der Punkt im Raum stehen und eine Weile kehrte Stille ein. Es war wunderbar, denn nach dem Chaos und der Anstrengung der letzten Minuten wirkte das Blut, das Clara getrunken hatte endlich und ließ die fiese Stimme der Finsternis in ihrem Kopf verstummen.

„Nun denn“, nahm Deliah den Faden wieder auf und richtete sich an alle, „Ich denke, dass wir die Beweisaufnahme abschließen können. Ich möchte mich nun mit euch beraten. Clara, Viktor und Marga… Roxy bitte ich, wieder in den Vorraum zu gehen. Ich werde euch dann gleich abholen.“

Viktor erhob sich als Erster und Clara bemerkte, dass er sichtlich mitgenommen aussah. Er war angespannt und wirkte immer noch nervös. Aber nicht, weil sie selbst in der Nähe war. Viel mehr vermutete die junge Vampirin, dass ihn die Angst umhertrug, dass er mit seiner Einschätzung vielleicht doch falschgelegen hatte.

Als er schon an der Tür war und sie für Roxy und Clara offenhielt, griff sie nach seinem und ihrem Weinglas und nahm beide mit. Sie wussten ja nicht, wie lange sie warten würden. Ihre Freundin war bereits durch die Tür gegangen und wartete im anderen Raum auf sie. Umgehend ging sie wieder zum Fenster, nicht ohne einen kurzen Abstecher zum Kühlschrank zu machen.

Im Vorbeigehen drückte Clara Viktor sein Glas in die Hand, setzte sich direkt auf die Couch und schloss die Augen. Ihr war nur bedingt nach Reden. Sie hatte einiges auf dem Herzen, das sie loswerden wollte, aber auf der anderen Seite war es auch schön etwas Ruhe genießen zu können.

„...und, Deliah, du bist uns auch noch die Antwort schuldig, wie denn nun dein Test mit Clara ausgegangen ist. Wie...“

Dann fiel die Türe ins Schloss und Stille herrschte im Nebenraum. Eine verdächtige Stille. Irritiert öffnete Clara die Augen wieder. Viktor stand noch immer vor der Tür und sah sie an. Es war unmöglich, seinen Blick zu deuten, aber ihr Bauchgefühl vermutete, dass es irgendetwas zwischen aufrichtiger Überraschung, leichter Verunsicherung und grenzenloser Erleichterung war. Roxy jedoch schlürfte entspannt ihre Cola und biss gelegentlich in ein Sandwich, während sie wieder neugierig in den Park unter ihnen sah.

„Was?“, fragt Clara an Viktor gewandt und versuchte, dabei nicht genervt zu klingen.

„Puh, wo soll ich anfangen? Vielleicht mit: Was zur Hölle ist da gerade passiert?“

Sie nippte an ihrem Weinglas und sah im Augenwinkel, dass Roxy sich in den Raum gedreht hatte, um an dem Gespräch teilzunehmen.

„Deliah hat mich getestet. Es war sehr anstrengend, aber Ok. Nur dass Angelo dazwischengefunkt hat, hat mich irgendwann genervt. Daher habe ich...“

„Das meine ich nicht“, unterbrach Viktor sie barsch, „Das eben! Wir haben alle gesehen, wie fertig du warst. Scheiße, man konnte die Angst einiger im Raum fühlen, dass du gleich total ausrastest und ein wahres Massaker anrichtest. Verdammt! ICH habe geglaubt, ich würde gleich sterben!“

„Ich nicht!", warf Roxy dazwischen und hob dabei den Finger wie eine Schülerin.

„Als du die Frau berührt hast, habe ich gedacht, dass du ihr den Kopf von den Schultern reißt. Du hast dich so langsam und ruhig bewegt. Wie ein Raubtier auf der Jagd. Kein Laut, keine Bewegung zu viel, das Ziel immer fest im Blick. Es war unheimlich. Wir alle wussten, wenn du erstmal Blut leckst, dann war's das für uns andere. Ich glaube, deswegen war Deliah etwas ungehalten gegenüber Alrik. Scheiß Fornvis. Alle im Raum sind ihm egal, wenn er einen Vorteil für sich selbst sieht. Bei Kain, ich hoffe, das hat noch ein Nachspiel für ihn!"

Clara war überrascht von seiner Ausdrucksweise. Sie hatte ihn noch nie unfreundlich gehört, geschweige denn, dass er geflucht hatte. Und jetzt gleich mehrfach. Viktor war total aufgelöst und nervlich am Ende.

„Ich verstehe nicht, welchen Vorteil sollte er denn gehabt haben, wenn er Deliahs Aussage anzweifelt und mich nochmal testet?"

„Darum ging es nicht, Clara", Viktor entspannte sich nun, da er sich Luft verschafft hatte, „Es war seine Exitstrategie. Er wollte nur sichergehen, dass er im Zweifelsfall lebend aus dem Raum rauskommt."

Die junge Vampirin sah ihn verständnislos an.

„Überleg mal wie und wo der stand", mischte sich Roxy wieder ein, „Er war direkt an der Tür und brachte einen Menschen zwischen dich und ihn. Wenn du darauf eingegangen wärst, dann ja – da stimme ich Viktor zu – hättest du uns alle getötet. Aber er hätte als Einziger einen Fluchtweg gehabt. Während du mit dieser Service Frau beschäftigt gewesen wärst, wäre er durch die Tür und fort. Alle anderen hätten an dir vorbeigemusst oder durch diesen Raum hier. Vielleicht hätten es ein paar geschafft aber die meisten wären sicherlich draufgegangen."

Clara schaute tief ins Glas und nahm einen großen Schluck, während sie die Worte sacken ließ. Ja, es gab widerstreitende Emotionen in der Situation. Sie hatte es gewollt. Aber sie hatte nicht das Gefühl gehabt, die Beherrschung zu verlieren. Andererseits gab sie auch zu, dass sie einige Lücken in der Wahrnehmung hatte.

„Was für ein Arsch", kommentierte sie schließlich nur.

„Das kann man wohl sagen, ja", pflichtete ihr Viktor bei und trat ein paar Schritte auf sie zu.

„Und jetzt? Jetzt haben alle Angst vor mir?"

„Das wird sich zeigen. Ich könnte es ihnen nicht verübeln. Aber auf der anderen Seite hast du auch sehr eindrücklich gezeigt, was du kannst. Selbst in dieser extremen Situation. Deliah hat recht, Clara, kein anderer hätte da widerstanden."

„Außer einem, möchte ich einwerfen", mischte sich Roxy lächelnd ein drittes Mal ein und drehte sich von Viktor zu Clara, „Der Alte."

Mit ein paar kräftigen Zügen leere sie ihr Glas und betrachtete den letzten Tropfen Blut, der wieder auf den Glasboden zurücklief.

*Und jetzt muss der Rat entscheiden, wie er damit umgeht. Eine unbekannte Größe in ihrem bisher fein säuberlich austarierten Gefüge. Plötzlich gibt es zwei Vampire wie den Alten. Einen kennen sie und können ihn einschätzen. Von dem anderen wissen sie praktisch nichts. Wie sollen sie das beurteilen und auf welcher Basis? Bin ich eine Gefahr oder eine Verbündete? Und…*

Die Tür wurde geöffnet und riss sie aus ihren Gedanken. Die Vorsitzende stand im Durchgang und hatte wieder ihr freundliches, neutrales Gesicht aufgesetzt. Doch ihre Stimme ließ erahnen, dass sie selbst zumindest mit dem Ergebnis der Besprechung zufrieden war.

„Ich darf euch erneut hereinbitten."

Es hatte insgesamt nur ein paar Minuten gedauert. Der Rat war sich anscheinend einig, oder es gab ein paar gute Argumente, die schnell alle überzeugt hatten. Die Spannung in Clara wuchs erneut. Eine Prüfung abzulegen war das eine, das Ergebnis zu erfahren etwas anderes. Wie oft hatte sie es als Schülerin schon erlebt, dass sie eine Klausur geschrieben hatte und von ihrer Leistung überzeugt war, aber letzten Endes dann doch nur mäßig oder gar schlecht abgeschnitten hatte. Die Eigenwahrnehmung wich manchmal so leicht und so weit von der Fremdwahrnehmung ab. In ihrem Fall sah sie sich selbst in keiner Weise als Gefahr für den Rat, das Machtgefüge oder sonst jemanden. Sie wollte sich nur in ihrer neuen Welt zurechtfinden. Ihren Platz darin suchen. Sie hatte keine Ambitionen einen Umsturz herbeizuführen.

Aber für diejenigen, die seit Jahrhunderten Teil eines sensiblen Machtgefüges waren, war mit ihr eine reelle Gefahr entstanden. Auch wenn sie selbst nicht vorhatte ihre Position auszuspielen. Es reichte das hypothetische Gebilde, dass vielleicht irgendwann der Zeitpunkt kommen mochte, dass Clara sich anders entschied. Möglicherweise, weil sie doch Interesse an Machtspielen bekam. Vielleicht, weil sie in eine Situation geriet, in der sie die Kontrolle verlor. Oder aber, weil ihr nur jemand blöd gekommen war und sie Rache suchte. Oder aus noch niedrigeren Beweggründen. Die Zukunft sah keiner von ihnen vorher und das gestaltete die Situation mit Clara so schwierig. Das Was-Wäre-

Wenn musste genau abgewogen werden, falls das überhaupt möglich war.

Als sie den Raum betrat, waren erneut alle Augen auf sie gerichtet. Doch dieses Mal hatte sie den Eindruck, dass hier und dort sogar ein wohlwollendes Lächeln im Gesicht zu sehen war. Bei Angelo und Alrik nicht, aber das hatte sie nicht erwartet. Beide hatten versucht sie vorzuführen und beide waren krachend gescheitert. Doch bei den Fürstinnen der Mormog und Smimog sah sie es ganz deutlich. Nickten die beiden ihr sogar aufmunternd zu?

Da sie nicht so recht wusste, was auf sie zukam, begab sich Clara einfach wieder zu ihrem Platz und setzte sich wortlos. Ihr leeres Glas hatte sie ebenfalls mitgebracht. Es war etwas, an dem sie sich festhalten konnte. Kaum saß sie und hatte das Weinglas vor sich abgestellt, kam von rechts auch schon ein Arm herangeschossen und hielt ihr eine Flasche entgegen.

„Darf ich nachfüllen?“, fragte ein melodischer Bariton. Es war ein Mann, der Clara zwar aufgefallen war, aber nicht eine Wortmeldung eingebracht hatte. Die ganzen langen Stunden, hatte er bisher kein Wort gesagt. Er trug wallende Umhänge, die sie an antike römische Togen erinnerte. Nur in verschiedenen Blau- und Grüntönen, statt in strahlendem Weiß. Gehalten wurde alles von einem Verschluss unter einer Jakobsmuschel, kurz unterhalb des Halses. Er saß direkt rechts von ihr, daher sah sie sein Namensschild nicht.

„Cassady. Cassady der Bixxer vom Clan der Calam. Wir hatten noch nicht das Vergnügen“, stelle er sich lächelnd vor, als Clara ihn nur verwundert anschaute.

„Danke, sehr freundlich“, antwortete sie schnell, um nicht ganz so planlos zu wirken.

Im Augenwinkel bemerkte sie, wie sich Viktor wieder zu ihrer Linken niederließ und ebenfalls zu Cassady herüberschaute. Der rote Inhalt der Flasche ergoss sich in das Glas vor ihr und sie roch zu ihrer Verwunderung sofort, dass es sich tatsächlich um Wein handelte.

„Wein?“, fragte Clara ihren Gönner.

„Ja und Nein, Verehrteste. Es ist eine Mischung. Zu gleichen Teilen wohlgemerkt. Das Blut stammt von gesunden Spendern aus Griechenland. Männlich und nicht älter als 30 Jahre. Der Weinanteil ist eine wundervolle Kombination aus Tempranillo, Pinot Noir und Gewürztraminer. Alles zusammen bildet ein herrliches Bukett. Aber am besten einfach mal probieren. Ich freue mich sehr über deine Rückmeldung, denn ich arbeite stetig an der Verfeinerung."

Clara war mehr oder weniger beeindruckt. Sie genoss gerne einen guten Rotwein, aber sie würde nicht behaupten, dass sie viel mehr von der Kelterei verstand als sonst irgendein interessierter Konsument. Daher freute es sie, dass sie zumindest mit den Traubensorten etwas anzufangen wusste. Die kurze Erklärung Cassadys war zwar interessant, aber ihr war bewusst, dass sie das Gesagte gar nicht vernünftig beurteilen konnte. Um nicht unhöflich zu sein, nickte Clara anerkennend, nippte und lobte den Fürsten der Calam für den ausgezeichneten Geschmack.

Zufrieden nahm Cassady Platz und auch Deliah stand wieder an gewohnter Stelle. Sie hatte nur darauf gewartet, dass alle zu ihren Stühlen zurückgekehrt waren. In dem Fall war der Fürst der Calam der Letzte. Nach und nach wandten die übrigen Vampire den Blick zur Vorsitzenden und warteten geduldig.

„Danke für eure Aufmerksamkeit. Es war bisher eine lange Nacht und ein anstrengender Tag für uns alle. Daher möchte ich eure Zeit nicht über Gebühr strapazieren."

Dann wandte sie sich direkt an Clara und Viktor.

„Wie ihr zweifelsohne mitbekommen habt, war die Beratungszeit nicht so ausschweifend. Das hatte den Grund, dass es keiner großen Diskussion bedurfte. Nach einer kurzen Aussprache habe ich offen abstimmen lassen, ob du, Clara, in den Augen des Rates kontrolliert werden musst. Das Ergebnis war recht eindeutig", Deliah fügte eine kurze Pause ein, nicht um Spannung zu erzeugen, sondern um eine klare Trennung zu dem vorherigen zu erreichen, „Von den 13 Stimmen entfielen zwei auf Ja. Zwei enthielten sich und neun stimmten gegen eine Kontrolle durch den Rat oder einen Beauftragten."

Ihr fiel ein Stein vom Herzen. 9:2:2 war ein komfortabler Rückhalt beim Obersten Rat.

„Wer dabei wie abgestimmt hat, braucht dich an der Stelle nicht zu interessieren. Nur so viel möchte ich noch hinzufügen: Wir betrachten deinen Schlag gegen Angelo als gerechtfertigt im Rahmen der Ereignisse und der Umstände. Und, wir sind beeindruckt von der Selbstbeherrschung, auch wenn deine Demonstration dessen nicht Teil des Testes war", dabei warf sie Alrik einen vernichtenden Blick zu, bevor sie ergänzte, „Aber wir möchten dir noch etwas mit auf den Weg geben, bevor wir dich als rehabilitiertes Mitglied unserer Gemeinschaft entlassen."

*Tief durchatmen, Clara. Du bist sozusagen freigesprochen. Das ist schon mal gut.*

„Wie du dir denken kannst, steht die Frage nach deiner Zugehörigkeit im Raum. Da der ehrwürdige Wächter dein Erschaffer ist, bist du folglich clanlos und so betrachten wir dich bis auf weiteres. Wir haben hier festgelegt, dass dir, ebenso wie ihm, jederzeitiges Besuchsrecht bei allen Enklaven zusteht. Dennoch sei dir hier gesagt, dass du dich dazu entscheiden kannst, einem Clan beizutreten."

*Und damit das Gleichgewicht durcheinanderbringen? Wohl kaum. Nein, nicht, wenn ich nicht muss.*

Clara stand auf und nickte Deliah dankend zu.

„Ich danke dem Rat dafür, dass er so schnell in meiner Sache befunden hat und das Urteil wohlwollend ausgefallen ist."

Nun war es an der Vorsitzenden anerkennend zu nicken. Dann bedeutete sie Clara stehen zu bleiben.

„Lieber Viktor", als Deliah ihn ansprach, stand er ebenfalls auf, „Wir danken dir, dass du Clara bisher in deiner fürsorglichen Obhut hattest. Da deine Enklave weithin als gemäßigt und offen gilt und sie bisher bei dir untergekommen ist, bitten wir dich, ihr auch weiterhin einen Unterschlupf zu bieten und sie nach bestem Wissen und Gewissen in unsere Gesellschaft einzuführen."

„Äußerst gerne", war seine knappe Antwort.

„Sehr gut, dann Clara, Viktor und Roxy, seid ihr hiermit aus der Untersuchung des Rates entlassen. Die Vorwürfe gegen euch sind entkräftet und fallen gelassen. Ihr dürft gehen."

Kaum hatte sie zu Ende gesprochen, stand Alrik auf und eilte zur Tür. Schnell drückte er den Rufknopf und wartete ungeduldig. Noch bevor die drei ihn erreichten, wurde die Tür von außen geöffnet. Fida Dschamila stand dort und sah zunächst Alrik, dann die anderen freundlich lächelnd an.

„Hallo. Sie hatten geklingelt? Was kann ich für Sie tun?"

„Für uns nichts, danke. Aber, wenn Sie unsere Gäste wieder nach draußen geleiten würden, wäre das sehr freundlich."

In Alriks Stimme lag so viel Verachtung und Selbstverherrlichung, dass es Clara übel wurde. Ohne schlechtes Gewissen oder auch nur kurz mit der Wimper zu zucken, grinste er der Frau ins Gesicht, die er vor Kurzem noch bereit gewesen war, in den Tod zuschicken.

„Aber natürlich. Bitte folgen Sie mir."

*Nichts. Keinerlei Erinnerung an das, was vorhin passiert ist? Wow.*

Kaum hatten sie den Raum verlassen, schloss sich die Tür wieder hinter ihnen. Die Frau vom Service marschierte mit der gleichen Selbstsicherheit vor der Gruppe her, wie schon Stunden zuvor. Unterwegs griff sie in die Tasche ihres Rocks und holte ein Servicetelefon hervor. Sie drückte eine Kurzwahl und informierte den Pagen in der Tiefgarage, dass die Delegation des Death's Garden auf dem Weg nach unten war. Am Aufzug betätigte sie den Rufknopf und verabschiedete sich von ihren Gästen, sobald sich die Türen öffneten.

Im Keller wurden sie ebenso unkompliziert wieder in Empfang genommen und durch die Flure zurück zur goldenen Tür in Richtung Garage geführt. Clara konnte es noch immer nicht fassen, wie erleichtert sie war. Das Spannungsfeld, in dem sie sich über Stunden aufgehalten hatten, hatte sie tief berührt. Es war fast so, als wäre es in sie übergegangen, denn sie fragte sich selbst, was sie war, was sie konnte, wie weit ihre Macht reichte und was sie damit anstellten konnte. Aber egal, in welche Richtung sie dachte, zu einer Antwort kam sie letztlich nicht.

Nachdem sie die letzte Tür durchschritten hatten und am Ende des roten Teppichs ankamen, fuhr die Limousine vor. Der Concierge öffnete die Wagentür und ließ alle drei einsteigen. Im Inneren war Roxy die Erste, die die Sprache wiedergefunden hatte.

„Boah, endlich sitzen."

# Teil III

## Der Kreis schließt sich

## Kapitel 27

Die Rückfahrt zum Garden war ebenso ereignislos wie die Hinfahrt. Und doch war sie viel entspannter. Clara merkte es daran, wie alle drei im Auto saßen, aber auch allgemein an den Schwingungen der Luft. Die innere Anspannung war fort, Roxy und Clara hatten schweigend mit geschlossenen Augen auf der Rückbank Platz genommen, während Viktor auf seinem Smartphone anscheinend einige Nachrichten tippte. Dankenswerterweise schwieg aber auch er und hatte die Tastentöne abgestellt.

Wenige Minuten später fuhren sie auf den Parkplatz vor dem Death's Garden und gleißendes Sonnenlicht fiel auf sie, als die hintere Tür geöffnet wurde. Im Gänsemarsch stiegen sie aus und Clara blieb ein paar Schritte vom Wagen entfernt stehen. Sie richtete sich auf, streckte sich und wandte das Gesicht zur Sonne. Die Wärme des nahenden Sommers kündigte einen wundervollen Tag an und zum ersten Mal, seit sie gestorben war, fühlte sie den Wunsch in sich aufsteigen etwas zu unternehmen. Voller Tatendrang und gut gelaunt breitete sie die Arme aus, als wollte sie die Welt umarmen.

Ja, sie war frei und zum ersten Mal seit einer Ewigkeit fühlte sie sich auch so. Erst jetzt wurde Clara bewusst, dass sie sich nach dem desaströsen Ausflug selbst Ketten angelegte hatte. Der Alte hatte ihr mit seinen Trainingseinheiten gezeigt, was sie konnte und wo ihre Grenzen lagen. Dank ihm hatte sie nun die nötige Selbstbeherrschung und Selbstsicherheit sich frei in der Welt zu bewegen, ohne dass sie die Angst vor sich selbst lähmte. Die Prüfung des Obersten Rates hatte sie über ihr Limit hinausgeführt und auch da hatte sie bestanden. Das war der Beweis, den sie noch gebraucht hatte. Die Bestätigung, dass sie kein Monster war, wenn sie es nicht wollte. Das Untier war in ihr in einem festen Käfig und sie hatte die Kontrolle über den Schlüssel. Mochte es doch an den Gittern rütteln, wie es wollte, der Stahl würde halten, das wusste sie nun. Der Rat hatte sie formell freigesprochen, doch die Ketten hatte die bestandene Prüfung gelöst.

„Schön zu sehen, dass es dir besser geht. Deine fatalistische Stimmung hätte mich fast depressiv gemacht“, Roxy stand plötzlich neben ihr und sah ebenfalls in die Sonne.

„Die Damen, ich würde gerne mit euch entspannen, doch die Arbeit ruft mich leider schon wieder. Wenn ihr mich sucht, in bin im Büro.

Aber ich finde, wir sollten heute Abend alle zusammen anstoßen, wenn die anderen auch zu Hause sind."

Mit diesen Worten zog Viktor an ihnen vorbei. Nach einigen Schritten sah er auf sein Telefon und hob es kurz darauf ans Ohr. Wehmütig sah Clara ihm hinterher.

„Armer Kerl, er war mindestens so nervös wie ich, aber er muss jetzt wieder nahtlos in den Alltag eintauchen. Ich glaube nicht, dass ich das könnte."

„Ja, Geschäftsmann ist nicht jedermanns Sache", pflichtete ihr Roxy bei, „Aber seine Idee finde ich gut."

„Was? Welche Idee?"

„In der Sonne entspannen, natürlich!"

Mit diesen Worten griff sie nach der Hand ihrer Freundin und führte sie mit schnellen Schritten auf die Rückseite des Gebäudes.

„Wir treiben ein paar Sonnenstühle auf und legen uns aufs Dach", erklärte sie unterwegs.

Clara war viel zu überrascht von der unerwarteten Aktion, dass sie keine Gegenwehr leistete. Es hatte einen gewissen Reiz den Rest des Tages mit Faulenzen zu verbringen und es sich gutgehen zu lassen. Hatte sie früher ja nicht anders gemacht. Damals in der Schule wurde nach den schwersten Klausuren auch nicht mehr weitergelernt, wenn es möglich war. Sabine und sie hatten sich gegenseitig bestätigt, dass das Leben viel zu kurz war und man ja nur das eine hatte. Da war es doch nur gerecht, wenn man auf die Arbeit auch eine Zeit der Ruhe folgen ließ. Man hatte es sich schließlich verdient. Heute würde Clara das anders sehen. Aber dennoch war sie sich sicher, dass es für ihre damalige beste Freundin immer noch galt.

Wenige Minuten später fanden sich die beiden Frauen auf dem Dach der alten Fabrikhalle wieder. Sonnenstühle hatte sie nicht gefunden, aber mit jeweils zwei Klappstühlen gegenübergestellt, improvisierten sie. Bequem war es nicht, doch mit ein paar Kissen und Handtüchern aushaltbar. Mit geschlossenen Augen lagen sie in der Sonne und genossen die Ruhe, nachdem sie sich umgezogen hatten. Der Smart-Casual Look schien Clara nicht sehr angemessen und selbst Roxy hatte ihr schwarzes Kleid abgelegt, nur um es gegen eine ebenso schwarze Shorts und T-Shirt einzutauschen. Als sie ihre Ruheplätze soweit eingerichtet und bezugsfertig hatten, zog Roxy Oberteil und Hose jedoch wieder aus und cremte sich großzügig ein.

„Auch was?“, bot sie ihrer Herrin die Flasche mit der Sonnenschutzcreme an.

Clara nahm sie entgegen und las das Etikett.

„Sunblocker?“

„Ja, klar. Ich will doch nicht braun werden. Make-up ist teuer und man braucht zu viel, wenn man sich ständig bleich schminken muss. Ich habe einen Ruf zu verlieren.“

Beide mussten lachen. Es war so gut, wieder ungehemmt zu feixen. Es kam ihr fast so vor, als hatte sie das schon ewig nicht mehr getan. Und im Kern lag sie damit nicht so weit weg. Ihr Beruf als Kriminalkommissarin war ernst, die Arbeit in der Soko damals noch ernster. Und privat hatte sie alle Annehmlichkeiten hintenangestellt, als sie anfing sich mit Marias Fall zu beschäftigen. Wirklich gelöst gelacht hatte sie daher schon seit über einem Jahr nicht mehr. Aber in dieser Situation, als sie oben auf dem Dach in der Sonne einer blassen, jungen Frau in nicht mehr als pechschwarzer Unterwäsche gegenüberstand, da wusste Clara, dass es sicher noch viele Gelegenheiten zum Lachen geben würde. So lange Roxy in der Nähe war. Sie war erfrischend ungezwungen, unkompliziert und ungeniert. Sie sagte, was sie dachte und tat wonach ihr war. Sie lebte einfach. Tief in ihrem Inneren beneidete sie ihre Freundin dafür.

*Freundin? Ja und mehr. Vertraute und Anker. Und doch auch Sklavin. Trotzdem, was würde ich nur ohne dich machen? Vielleicht finde ich eines Tages einen Weg, dich freizulassen?*

Die halbnackte Frau setzte sich in ihre improvisierte Liege und schloss entspannt die Augen. Clara stellte den Sunblocker auf den Boden zwischen ihnen und zog ebenfalls ihr T-Shirt aus. Die Jeansshorts hingegen ließ sie an. Es war nicht, dass sie sich schämte, doch irgendwie war sie gehemmt sich hier auf einem Fabrikdach so zu entblößen. Es war unnötig, das sagte ihr auch ihr Verstand, aber ihr Gefühl und über 30 Jahre gelebtes Verhalten ließen sich nicht so einfach abschütteln. Clara brauchte etwas, um ihre angenehme Sitzposition zu finden, aber schließlich war es soweit, sie entspannte sich und genoss die Sonnenstrahlen auf der Haut.

„Was wirst du nun mit der Ewigkeit anfangen, Clara?“

Sie schreckte auf und kämpfte sich in eine sitzende Position hoch. Das war gar nicht so leicht, denn das krumme Liegen hatte sie ganz schön steif werden lassen. Und zu allem Überfluss war sie überraschenderweise eingeschlafen.

„Was? Wie?"

Clara versuchte sich zu orientieren und wurde sich allmählich bewusst, wo und bei wem sie war. Mühselig stemmte sie sich hoch und sah ihre Freundin verschlafen an. Roxy saß auf ihrem Stuhl und hatte die Beine vor sich auf den anderen ausgestreckt, während sie wieder dabei war sich einzucremen. Die Schultern waren frei, sie hatte den Träger ihres BHs für das Cremen heruntergeschoben. Die Sonne stand schon deutlich tiefer.

*Wie widersinnig. In der Sonne liegen und Sunblocker verwenden, um nicht braun zu werden. Na ja, auch nur ein Mensch.*

Zuerst runzelte Clara die Stirn, dann schmunzelte sie über die Erkenntnis, bevor sie antwortete.

„Ach Mist, ich bin eingeschlafen", sie schüttelte die Müdigkeit ab, „Oh man, jetzt schon so tiefgreifende philosophische Fragen?"

„Nicht philosophisch, eher planerisch. Ich glaube, es ist gut, sich rechtzeitig Gedanken zu machen. Sonst sind ruck zuck 30 Jahre vergangen und außer Faulenzen und in den Tag leben hast du nichts erreicht. Also, was willst du nun tun?"

*Sie hat recht. In den Tag hineinleben ist jetzt ganz angenehm. Aber in einer Woche? Einem Jahr oder in zehn? Lasse ich die Welt an mir vorbeiziehen, oder bleibe ich ein Teil von ihr? In den Clans haben sie Ziele gefunden, die sie verfolgen, wenn auch jeder für sich. Aber als Clanlose stehen mir mehr Möglichkeiten offen. Unzählige Alternativen, wie es von nun an weitergehen kann, wie soll ich mich da entscheiden?*

Als hätte Roxy ihre Gedanken gelesen, kam von ihr sofort die passende Antwort.

„Du musst dich ja nicht auf ewig festlegen. Du kannst ja zum Beispiel die ersten Jahre das eine tun und später den Beruf wechseln. Das Schöne ist ja, dass du alle Zeit der Welt hast, alles Mögliche zu lernen. Einfach kündigen, umziehen und eine neue Ausbildung oder Studium anfangen. Glaub mir, ich habe damit Erfahrung."

Wieder grinste Roxy schelmisch und fröhlich.

Nachdenklich hob Clara den Kopf zur Sonne, um mehr Wärme aufzunehmen.

„Alles, was ich kann ist Polizistin sein. Ich wollte den Leuten helfen und die bösen Jungs ins Gefängnis bringen. Für Gerechtigkeit sorgen, wenn du so willst."

„Und was genau spricht dagegen da weiterzumachen?"

*Wahrscheinlich nichts. Da hat sie absolut recht. Ich habe Erfahrung und kenne das Vorgehen. Nur die Unterstützung der Behörden und Kollegen fehlt jetzt. Kein Netzwerk und keine vernetzte Technik. Fragt sich nur wofür das alles einsetzen, wenn es doch eine eigene Gerichtsbarkeit hier gibt?*

Einen Augenblick schwieg Clara, um ihre Gedanken zu sortieren. Es war reizvoll weiter als Polizistin zu arbeiten und mit ihren neuen Stärken und Fähigkeiten und der Unsterblichkeit eröffneten sich neue Wege der Strafverfolgung. Keine Medien, die Druck aufbauten und schnelle Erfolge sehen wollten. Keine Verjährungsfristen. Sie wäre eine ganz spezielle Art von Batgirl, oder ein Bad Girl? Und doch blieb ein Zweifel.

„Aber…", setzte sie ihre Antwort, „bin ich überhaupt nützlich? Ich meine, es gibt einen unbeherrscht mordenden Vampir, der eine Spur durch ganz Europa zieht und hier ist nichts passiert bisher. Seit mindestens einem Jahr, wahrscheinlich länger. Und was kam an Strafverfolgung? Nur die Ausrede, dass es ein Unfall war und er weitergezogen ist. Tja, kommt vor, dumm gelaufen, Pech für das arme Mädchen?"

Roxy richtete ihre BH-Träger und griff nach ihrem T-Shirt. Als sie es übergezogen hatte, wandte sie sich wieder an Clara.

„So einfach ist es nicht, aber ich verstehe, warum es für dich so aussieht. Die Mühlen hier mahlen sehr viel langsamer, wenn man fast unbegrenzt Zeit hat. Und was genau stellst du dir für ein Strafmaß für einen Vampir vor? 15 Jahre pro Mord an einem Menschen? Ok, nehmen wir das mal als Grundlage. Wie ist der Rhythmus? Drei Tote pro Monat, richtig? Das macht dann im Jahr", sie überschlug kurz, „540 Jahre Freiheitsentzug. Wow, ja das ist eine lange Zeit. Aber er ist immer noch ein Vampir. Wenn man für seine Verpflegung sorgt, sitzt der die auf einer Arschbacke ab. Das ist auch dem Obersten Rat klar, meine Liebe. Eine echte Strafe für euch ist nur der Tod. Aber um einen der euren zu töten, bedarf es einerseits die ihm überlegene Macht und eines guten Grundes…"

„Mord an Unschuldigen ist kein valider Grund?", unterbrach Clara sie.

Roxy seufzte.

„Hey, erschieß nicht den Boten, bitte. Ich meine nur, dass es bei den hohen Herrschaften nicht ungewöhnlich ist, dass sie Menschen nicht als sonderlich schützenswert empfinden. Es gibt davon ja so viele", sie griff nun auch nach der Hose und zog sie an, „Und ja, es gibt auch bei einigen Clans die Meinung, dass Menschen sich zu Vampiren verhalten, wie Kühe zu Menschen. Nicht mehr als Nahrung, mit dem man kein großes Mitleid haben muss. Smimog und Mormog lehnen das allerdings strikt ab."

Eine unangenehme Pause entstand in der Clara nachdenklich und ungeschickt ihrerseits nach dem T-Shirt angelte. Nach ein paar Versuchen hatte sie es endlich erwischt und zog es sich über.

„Das heißt aber, dass ich dann nicht in der Strafverfolgung arbeiten sollte, oder?"

„Nicht NUR in der Verfolgung."

„Nicht nur? Was soll das heißen? Ermittler, Richter und Henker in einem?"

„Judge Dredd, nur in unserer Zeit, ja. Allerdings würde ich mir das vom Rat absegnen lassen. Nicht, dass die da empfindlich reagieren, wenn du in ihre Gerichtsbarkeit eingreifst."

„Nicht gerade das, was ich mir vorgestellt habe."

„Wahrscheinlich nicht, aber der Alte und du seid am besten dafür geeignet. Ihr werdet von allen als neutral betrachtet und seid im Zweifelsfall mächtig genug, hart durchzugreifen."

„Darüber muss ich nachdenken."

Damit war für Clara das Thema erst einmal beendet. Natürlich wusste sie, dass es noch das eine oder andere daran zu diskutieren gab. Aber im Moment hatte sie nicht vor ihre Kompetenzen in diese Richtung auszuweiten. Schon gar nicht, wenn das einzige Urteil Tod hieß. Das widersprach all dem, wessen sie sich als Polizistin verschrieben hatte. Töten, das taten immer nur die anderen, die Bösen. Die zum Beispiel, die sie selbst getötet hatten. Oder es zumindest versucht hatten. Dabei fiel ihr etwas ein.

„Was ist mit Unterstützung der Strafverfolgung der Menschen?"

Roxy sah sie stutzig an.

„Wie meinst du das? Du willst doch nicht bewusst gegen den Schwarzen Schleier verstoßen, oder?"

„Auf gar keinen Fall! Aber ich habe da noch eine persönliche Rechnung offen, die es zu begleichen gilt. Und wenn ich dabei meinen alten Kollegen unter die Arme greifen kann, irgendwie…"

Tief in ihrem Inneren hörte Clara die Dunkelheit lachen. Ja, Rache war genau nach ihrem Gusto. Aber sie wollte nicht Blutrache ausüben,

sie würde die großen Fische ausliefern. Da sie nicht mehr einfach so sterben konnte, war sie sich sicher, auch nicht in Gefahr zu geraten.
„Interessanter Gedanke auf jeden Fall", bekräftigte Roxy.

Wenig später räumten die beiden Frauen ihre improvisierten Liegen wieder auf und besprachen dabei diverse Möglichkeiten, wie man mit der Soko „Hells Kitchen" in Kontakt treten könnte, ohne den Schwarzen Schleier zu gefährden. Denn was sie dringend brauchten, waren in erster Linie Informationen. Clara war raus aus dem offiziellen Spiel. Daher hatte sie keine Chancen mehr an den aktuellen Ermittlungsstand heranzukommen. Sie mussten es also fertigbringen, dass jemand Eingeweihtes aus der Soko ihnen freiwillig Antworten gab.

Natürlich hätte Clara am liebsten direkt ihren alten Kollegen oder Vorgesetzten kontaktiert, aber das war ihr nicht mehr möglich. Als Alternative bot sich zwar Roxy an, doch wie hätte das konkret aussehen sollen? Sie konnte ja schlecht in das Polizeipräsidium marschieren und verlangen mit Markus oder Martin zu sprechen, um sie dann mit wochenalten Informationen zu konfrontieren, die sie nicht haben dürfte. Und erst recht nicht einfach nach dem neuesten Stand fragen.

„Wir müssen etwas anbieten können, das gut genug ist, um Markus oder Martin neugierig zu machen. Sie müssen den Kontakt herstellen wollen. Aber nicht, um uns zu verhaften und zu befragen, sondern, weil sie verstehen, dass ein gutes Verhältnis zu uns auch für sie gut ist."

Ja, Roxys Idee war schon richtig, nur hatten sie nichts in der Güte. Die Soko müsste in Vorleistung treten, damit Clara einen Anhaltspunkt bekam, wo sie mit der Ermittlung beginnen konnte. Dazu fehlte aber verständlicherweise jedes Vertrauen.

„Ich kenne Markus. Ihm ist der gute Abschluss des Falls wichtiger als die Anweisung. Zur Not würde er die Regeln auch großzügig beugen, wenn es nützlich erscheint. Wenn, dann sollten wir uns daher an ihn halten. Die Frage ist nur wie. Vielleicht würde er auf mich hören, wenn ich mit ihm reden könnte", Clara seufzte und ließ die Schultern hängen, „Aber das geht ja eben nicht. Und ich kann ihm auch keinen Brief aus dem Totenreich schicken."

„Du nicht, aber ich vielleicht?"

Die beiden Frauen überlegten weiter in diese Richtung. Dass Roxy einen Brief an Markus schrieb, wäre möglich, denn Clara kannte seine private Adresse. Aber auch dann hätten sie nichts vorzuweisen. Das würde nur sein Misstrauen erwecken. Einen Absender konnten sie sich daher gleich sparen, sie würden dort nur sehr schnell Polizisten vorfinden. Auch die Idee, ihm eine E-Mail oder WhatsApp zu schicken, barg dieselben Risiken. Alles in allem sah es so aus, dass es kein Problem war, der Soko etwas zu übermitteln, solange man nur anonymer Tippgeber blieb. Aber etwas zurückzubekommen war da schon schwieriger.

Ein Weg blieb aber, auch wenn Clara diesen nicht beschreiten wollte. Sie hatte erlebt, in welche gedankliches und emotionales Chaos er einen führen konnte und das würde sie ihrem alten Kollegen und Freund nicht antun. Wie es aber schien, war es dennoch ihre beste Hoffnung, auf aktuelle Informationen zum Ermittlungsstand.

„Wir könnten es so machen, wie du und der Alte es schon mit mir gemacht habt: Hypnose. Ein Treffen unter einem Vorwand, er wird in Trance versetzt und anschließend bekommt er die Erinnerung an das Gespräch gelöscht. So in der Art."

Roxy sah sie grübelnd an. In ihrem Gesicht war deutlich zu sehen, wie sie Verschiedenes miteinander abwog und ihre Antwort überlegte.

„Die Idee ist schön. Gefällt mir, wäre mein Stil, ja. Aber sie birgt dennoch das eine oder andere Risiko. Das Gespräch solltest du führen, um die richtigen Fragen zu stellen. Das wird ihn aber sicherlich sehr… irritieren. Um dann später sicherzugehen, dass die Hypnose auch tief genug greift, solltest du sie durchführen. Dein Potential ist großer. Aber ich schätze, dir fehlt da die Erfahrung. Wenn er dann emotional zu aufgewühlt ist oder es aus irgendwelchen anderen Gründen nicht klappt, dann riskieren wir einen tiefen Riss im Schwarzen Schleier."

„Stimmt, deswegen sollte eine der Ifera dabei sein und die Hypnose durchführen. Die schaffen es ja sogar, dass Leichen verschwinden können."

Roxys Gesicht hellte sich auf und sie lächelte sogar.

„Ich sehe, du hast schon einen Schritt weitergedacht."

„Mal sehen, ob es auch weit genug ist. Die Frage bleibt nämlich, wie es überhaupt zu dem Treffen kommen sollte?"

In Claras Zimmer überlegten beide noch eine Weile weiter. Sie spielten die eine oder andere Variante durch, kamen aber immer wieder zu dem Schluss, dass jedes Vorgehen ein gewisses Risiko mit sich brachte. Den Rat der Ifera einzuholen, schien nicht vermeidbar zu sein.

Aber Clara spürte in sich eine starke Abneigung dagegen. Sie wollte sie einfach nicht dabeihaben. Nicht, weil sie kein Vertrauen zu ihnen hatte, sondern weil es eine persönliche Sache war. Am liebsten wäre sie es allein angegangen, aber das schien weniger machbar zu sein. Also wollte sie die Anzahl der Beteiligten so gering wie möglich halten.

Bei all den Gedankenspielen war es eine Erlösung, als Nancy an die Tür klopfte und beide in den Aufenthaltsraum bat. Viktor hatte Wort gehalten. Alle Bewohner waren um den zentralen Tisch versammelt und darauf standen kleine Knabbereien, Wein, Softdrinks und natürlich Blut. Als sie den Raum betraten, sahen alle in Claras Richtung und strahlten sie an. Überrumpelt blieb sie stehen und Nancy schob sie förmlich durch die Tür. Dort wurde sie von Tilo in Empfang genommen und zu den anderen geführt.

Sie hatten sich sogar die Mühe gemacht und den Raum etwas hergerichtet. Schnittblumen und ein kleines Gesteck standen auf dem Esstisch und auch auf den Couchtischen befanden sich Vasen mit frischen, duftenden Buketten.

Als sie sich dazustellte, klopften ihr die Zwillinge aufmunternd auf die Schultern und Caroline kam ein paar Schritte auf sie zu, um sie kurz in die Arme zu schließen. Der Empfang war äußerst herzlich und wieder mal hatte Clara den Eindruck, endlich angekommen zu sein. Eine Familie, die sie akzeptierte, auch wenn sie manche Aspekte an ihr wohl ebenso fürchteten. Doch vergessen und verziehen war all der Ärger.

Es war zwar erst wenige Wochen her, seit sie hier angekommen war, aber in der Zeit hatten sie und die Bewohner der Enklave eine gemeinsame Geschichte entwickelt. Das verband. Hier war sie nun zu Hause und hier wollte sie bleiben. Das Angebot, dass ihr der Oberste Rat stellvertretend für alle Clans unterbreitet hatte, war sehr zuvorkommend, aber letzten Endes wurde Clara bewusst, dass sie nirgends anders hinwollte.

Hier waren unterschiedlichste Charaktere versammelt und jeder brachte eine eigne Sicht auf die Dinge mit sich. In der Summe ergaben sich daraus vielfältigere Perspektiven und Handlungsoptionen, als es in einer Enklave eines einzelnen Clans möglich war. Sicherlich waren einige Streitereien vorprogrammiert, vielleicht mit Tilo, der so viel philosophierte und dabei doch nur sich selbst reden hören mochte. Oder mit den Zwillingen, die oft gegensätzliche Meinungen zum Thema Kunst hatten und auf der Suche nach Verbündeten nur zu gerne andere in ihren Streit hineinzogen. Mit Nancy, die zwar die gute Seele der Enklave war, aber streng, was Ordnung in den allgemeinen Räumen anging. Jeder hier hatte so seine Ecken und Kanten, aber man wusste darum und akzeptierte sie. Früher oder später würde man sich wieder vertragen, eben wie in einer Familie. Und jetzt war Clara ein Teil davon. Bei dem Gedanken lächelte sie freudig.

Sie feierten ihre Initiation in die geheime Gesellschaft der Vampire bis spät in die Nacht. Ausnahmslos jeder fragte im Laufe der Zeit nach der Anhörung vor dem Obersten Rat. Alle beteuerten, dass sie sich über die Entscheidung freuten, dass Clara weiterhin Teil ihrer Enklave sein wollte. Und zumindest Caroline ließ es sich nicht nehmen, darauf hinzuweisen, dass sie ihr den Ausrutscher im Starbucks damals nicht nachtrugen.

*Damals… als wäre das schon Jahre her und nicht erst ein paar Wochen.*

Im Laufe der Feier flossen Blut und Cola literweise die Kehlen hinunter und auch ein wenig Wein. Irgendwo holte Viktor immer und immer wieder Nachschub her. Kiste um Kiste brachte er die Getränke und Nancy zauberte in der Küche ein paar Sandwiches. Allerdings war Roxy die einzige Abnehmerin dafür. Dennoch fand Clara es sehr schön, dass der Ghoul als eine der ihren vollständig akzeptiert war. Niemand hier unterschied zwischen ihr und den Vampiren. Nicht einmal Tilo, der sonst so gerne darauf hinwies.

Beiläufig griff auch Clara nach einem Sandwich, es war fast automatisch. Eine reine Gewohnheitssache, einfach, weil sie dort standen. Hunger hatte sie keinen, sie war völlig gesättigt durch das ganze Blut, das sie an diesem Tag getrunken hatte. Tatsächlich konnte sie sich nicht vorstellen die nächsten Tage auch nur einen weiteren Schluck trinken zu wollen. Dem Sandwich wurde sie sich erst bewusst, als sie schon in das Brot gebissen hatte. Es schmeckte hervorragend und war ordentlich belegt.

Sie bemerkte Roxys Blick quer über den Tisch und sah ein Lächeln auf den Lippen. Auch sie war glücklich hier zu sein. Jetzt mit ihrer neuen Herrin bahnte sich für sie ein Wandel an. Es war die Hoffnung auf Sesshaftigkeit, die Clara in ihren Augen las. Der Alte war immer unterwegs. Es gab Orte, die er regelmäßig besuchte, aber im Grunde blieb er nirgendwo länger als ein paar Wochen. Doch ihre neue Herrin hatte keine Ambitionen zu solchen ausgeprägten Reisetätigkeiten. Sie war froh ihren Platz gefunden zu haben und würde ihn so schnell nicht mehr aufgeben. Das hieß daher auch für Roxy, dass sie sich endlich einen festen Job suchen konnte und nicht immer wieder während der Probezeit kündigen musste, weil ihr Herr weiterzog.

Das es dennoch einen Unterschied zwischen den Anwesenden gab, bemerkte man erst, als Roxy sich verabschiedete. Sie war nach wie vor ein Mensch und damit war sie ihrem Stoffwechsel unterworfen. Sie musste ruhen, um zu neuen Kräften zu kommen. Auch wenn das vampirische Blut in ihr, ihre körpereigene Stärke und Ausdauer deutlich erhöhte. Aber irgendwann waren die Reserven aufgebraucht und mussten regeneriert werden. Also verabschiedete sie sich höflich und zog sich in ihr Zimmer zurück.

Kaum war sie durch die Tür und höchstens ein paar Schritte den Flur entlang gegangen, da folgte Clara ihr. Roxy wandte sich um, als sie jemanden hinter sich hörte und sah ihre Freundin müde, aber glücklich an.

„Ich will dich nicht aufhalten, Roxy“, sagte Clara und kam die letzten Schritte auf sie zu.

„Ist schon gut. Ich falle ja nicht gerade um. Was kann ich für dich tun?“

Sie stand vor ihrem Ghoul und sah ihr fest, aber freundlich in die Augen. Ein Moment verstrich, dann noch einer. Doch, bevor die Stille unangenehm oder peinlich wurde, breitete Clara die Arme aus und schloss sie um ihre Freundin. Es war eine feste, innige Umarmung. Nicht romantisch, aber verbunden.

„Danke, Roxy“, flüsterte sie ihr ins Ohr, „Ich möchte dir danken. Für alles, was du für mich getan hast. Für deinen Optimismus, dein Vertrauen und deinen Einsatz.“

Etwas überrascht, aber dennoch mit einem glücklichen Lächeln, erwiderte sie die Umarmung und lehnte müde den Kopf an Claras Schulter.

„Gerne“, hauchte sie erschöpft zurück.

Sie verweilten etwas in der Umarmung. Als sie sich schließlich lösten, schien Roxy noch müder zu sein als zuvor und beide hatten tränenfeuchte Augen. Clara entließ ihre Freundin in den wohlverdienten Feierabend. Während Roxy in ihr Zimmer ging und die Tür hinter sich schloss, kehrte Clara zurück zu den anderen.

Munter und ausgelassen feierten sie noch eine Weile. Obwohl Clara der Begriff ‚Feier‘ für ein solches Zusammenkommen gar nicht verwendet hätte. Aus ihrer Jugend und Studentinnenzeit hatte sie ein gänzlich anderes Bild vom Feiern. Aber das war Ok. Sie nahmen Rücksicht auf Roxy und da der Alkohol ohnehin nicht auf sie als Untote wirkte, ließen sie ihn gleich weg.

Als der Morgen graute, löste sich die Versammlung nach und nach auf. Die meisten zogen sich auf ihre Zimmer zurück, nur Viktor ging an die Arbeit. In seinem Fall hieß das nichts anderes als eine Etage höher in sein Büro. Clara blieb allein zurück und räumte auf, denn selbst Nancy ließ heute fünfe gerade sein und hatte sich schon verabschiedet, statt alle zum Aufräumen zu drängen. Clara blieb als einzige Person in einem großen Raum, der sie mit seiner Stille anbrüllte. Nach dem Trubel um sie in den letzten 24 Stunden, hätte Clara gedacht, dass ihr etwas Ruhe und Frieden ganz recht wäre. Aber das Gegenteil war der Fall. Aufgeräumt war schnell, zu schnell. Daher beschloss Clara, mit all ihrer Zeit könnte sie mit der Hand spülen, was nicht in die Spülmaschine passte. Aber selbst das war keine zeitraubende Arbeit.

*Na großartig, die Ewigkeit habe ich noch vor mir und die Ruhe nach einer Party bringt mir keine Erholung mehr. Das kann ja noch spannend werden.*

Fertig mit allem und der Langeweile anheimgefallen, ließ sich Clara mit dem letzten Glas Wein auf der Couch nieder und schaltete den Fernseher ein. Wieder einmal zappte sie nur planlos durch die Kanäle. Etwas triggerte sie und ihr Blick starrte durch die Mattscheibe in die Leere. Vielleicht war es die Ankündigung, dass demnächst RoboCop im TV laufen würde. Wichtiger aber war, dass es sie an das Gespräch mit Roxy auf dem Dach erinnerte.

*RoboCop? Nein, wohl kaum. Judge Dredd? Ungern. Aber was bin ich dann? Was kann ich sein? Muss ich etwas sein? Muss ich eine Rolle in der Geschichte der Welt haben? Konnten sich große Gestalten der Welt jemals wirklich für ihre Bestimmung entscheiden? Und wenn ja, hätten sie dann immer noch so gehandelt, wie sie es taten? Wie soll ich kleines Wesen solche eine Wahl treffen? Ich habe nicht die Stärke eines Leonidas von Sparta, nicht die stoische Ruhe eines Sokrates und schon gar nicht die göttliche Weitsicht eines Jesus von Nazareth. Und wollte irgendeiner davon wirklich in die Geschichte eingehen, oder haben wir sie erst in der Rückschau zu dem gemacht, was sie sind?*

Clara ließ die Schultern hängen und nahm einen Schluck aus dem Weinglas. Es bereitete ihr keine Freude mehr. Führer war ein guter Wein etwas Großartiges, den sie sich gerne mit Sabine gönnte. Jetzt schmeckte er fade und langweilig. Jeder Traubensaft wäre besser gewesen. In diesem Moment beneidete sie den Bixxer-Typen für seine Idee, den Wein mit Blut zu mischen. Aber so sollte sie nicht über ihn reden oder denken. Immerhin war er der Oberste seines Clans, egal wie verschroben er war. Wenn sie vom Rat respektiert werden wollte, dann war es nur richtig, wenn sie diesen ihrerseits respektvoll behandelte. Jetzt allerdings hatte Clara immer noch die Nase voll von Blut. Sie hielt das Glas gegen das Licht und beobachtete die rubinroten Reflexionen im Wein. Klar und rein war die Flüssigkeit und schwer ihr Geruch. Träge lief der Alkohol auf der Innenseite wieder hinab ins Glas. Der Anblick hatte etwas Trauriges.

*Sieh mich an. Da sitze ich, allein in einer Luxus-WG und betrinke mich vor Langeweile. Na ja, wenn ich könnte. All die Macht in meinem Kopf und Zeit auf meiner Lebensuhr. Und was fange ich damit an? In Selbstmitleid zerfließen, weil mir nichts Besseres einfällt.*

Wieder schwenkte sie das Glas und sah der Bewegung der roten Flüssigkeit zu. Ohne jedes Interesse schaltete sie beiläufig einige Sender weiter.

*Sie alle haben recht. Man muss sich seinen Platz neu suchen. Alle machen, was sie zuvor gemacht haben oder was sie schon immer tun wollten. Wie auch immer, sie alle habe mit einer Entscheidung angefangen. Und genau davor schrecke ich zurück…*

„…gelang einem polizeilichen Sondereinsatzkommando ein empfindlicher Schlag gegen das organisierte Verbrechen…"

Augenblicklich waren Claras Augen an den Fernseher geheftet. In einem kurzen Einspieler sah man vermummte SEK Beamte, wie sie aus einem Gebäude kamen. In voller Kampfmontur und schwer bewaffnet. Aber Clara erkannte sofort, dass es Archivaufnahmen von einem Trainingseinsatz waren. Sie kannte das Gelände und hatte noch nie davon gehört, dass Fernsehteams so schnell von einem SEK-Einsatz mitbekamen, dass sie mit der Kamera rechtzeitig vor Ort waren. Doch es war nicht der Einspieler, der Clara interessierte. Das was die Nachrichtensprecherin sagte, war viel wichtiger für sie.

„…stand seitens der Einsatzkräfte nicht für eine Stellungnahme zur Verfügung. Ein Sprecher der Polizei teilte auf Nachfrage mit, dass es sich bei der benannten Sonderkommission um die Soko Hells Kitchen handelt. Diese machte bisher weniger durch Erfolge, als mehr durch Verluste in den Reihen der Ermittler von sich reden. Zuletzt durch den Mordanschlag auf die Ermittlerin Clara Mork, bei dem zwei Unbeteiligte starben."

*Ja, ja, ich weiß, dass ich tot bin. Erzähl mir etwas Neues.*

„Einer der Einsatzleiter bekräftigte später, dass man auf dem richtigen Weg sei. Wohin dieser führe, ließ er allerdings offen."

„Scheiße!", entfuhr es Clara, als der Bericht zum nächsten Thema wechselte.

Entrüstet und enttäuscht schaltete sie den Fernseher ab und stürzte den Rest des Weins hinunter. Es war scheußlich. Die Idee ihn mit Blut anzureichern, schien ihr plötzlich die Beste der Welt zu sein. Je mehr sie darüber nachdachte, desto besser wurde sie. Aber Clara war bewusst, dass sie sich wieder nur in Ablenkungen flüchtete. Sich jetzt mit Blut oder Wein zu beschäftigen, half ihr in keiner Weise weiter. Verdrängung und Ausflüchte, um sich nicht mit den wichtigen Fragen ihrer eigenen Zukunft auseinanderzusetzen.

Die Vergangenheit beschäftigte sie, jedes Bisschen an verfügbarer Information zu Teilen ihres alten Lebens verschlang sie. All das schien so wichtig zu sein. Aber sobald nichts Neues mehr greifbar war und Clara wieder im Hier und Jetzt ankam, suchte sie nach einer weiteren Ablenkung.

*Komm schon. Was ist denn los mit dir? Du warst doch sonst immer so zielstrebig. Wusstest immer, was du wolltest und wo es hingehen sollte. Was hat sich geändert? Angst vor der Zukunft? Bei so viel Zeit, um Dinge zu erreichen? Und jetzt? Jetzt hänge ich an der Vergangenheit, wie nie zuvor.*

Clara lehnte sich auf der Couch zurück und schloss die Augen. Es war erstaunlich. Vor kurzem noch saß sie mit Roxy zusammen und genoss es in den Tag zu leben. Dann hatte sie sich mit ihrer Freundin über die Zukunft beraten und… na ja, streng genommen war sie da schon ausgewichen. Judge Dredd, die Vorstellung gefiel ihr nicht. Verdammt, sie mochte Sylvester Stallone nicht einmal.

Ihr war zum Heulen zu Mute. Obwohl sie gut in der Gemeinschaft, ihrer neuen Familie der Enklave aufgenommen worden war, und obwohl selbst der Oberste Rat ihr sein Vertrauen ausgesprochen hatte, fühlte sie sich einsam und verlassen. Früher hatte sie gewusst, was zu tun war. Sabine anrufen, erst zuhören, wie sie einen endlosen Monolog über alles führte, was ihr wichtig erschien und dann konnte sie sich von der Seele reden, was sie beschäftigte. Viele hielten ihre damalige beste Freundin für überheblich, arrogant oder egozentrisch. Ja, so wirkte sie, wenn man erlebte, wie sie nur über sich redete. Aber dahinter steckte eine sensible Frau, die gut zuhören konnte. Sie wusste, wann Zeit zu reden war und wann zu schweigen. Sabine hatte eine ganz eigene Art an Probleme heranzugehen und die war oft völlig anders, als Clara es je getan hätte. Aber oft genug, hatte sie ihr so eine neue Perspektive gegeben, die ihr geholfen hatte, mit ihren Schwierigkeiten fertig zu werden. Davon abgesehen hatte sie mit Sabine immer viel Spaß, wenn sie sich zu einem Mädelsabend getroffen hatten oder ausgegangen waren. Auch das war damals ein großer Teil ihrer Freundschaft.

Doch das alles war nun vorbei. Vergangen. Es stammte aus einem früheren Leben, das vor ein paar Wochen verloschen war. Aber es hätte auch schon Jahre her sein können, es machte keinen Unterschied, denn ein Zurück gab es nicht mehr. Wieder einmal fragte sie sich, ob sie sich nicht doch anders entschieden hätte, wenn da eine echte Wahl gewesen wäre. Die Neugierde und die Versuchung waren unzweifelhaft groß. Aber wenn sie wirklich noch mal Zeit zum Nachdenken hätte? Man hatte ihr gesagt, dass sie alle überleben würde, die sie jetzt kannte und dass sie zuvor für diese sterben müsse. Aber das Wissen um die Theorie wich doch sehr von den praktischen Gefühlen ab. Es war schwierig, unglaublich schwierig sich damit abzufinden.

Und es war nicht nur Sabine, auch Markus fehlte ihr. Er hatte Familie und Freunde und Clara war nur eine Kollegin. Aber sie war nicht einfach nur irgendeine Kollegin, sie war SEINE Kollegin. Er war der Mentor, sie Protegé. Entsprechend eng war ihre Bindung. Er vertraute ihrem Urteil und verließ sich blind auf sie und umgekehrt genauso. Clara kannte seine Familie, seine Kinder. Die Tochter, die kürzlich ein Medizinstudium begonnen hatte und wahrscheinlich früher oder später bei Christiane Metzen ein paar praktische Anatomiestunden bekommen würde. Seinen Sohn, der sein Philosophiestudium abgebrochen hatte, um als Backpacker ein Jahr in Australien zu verbringen. Sie kannte seine Frau, mit der er schon 31 Jahre verheiratet war und die seine Obsession mit dem Beruf nur deswegen aushielt, weil sie als schaffende Künstlerin selbst genügend Macken hatte. Wahrscheinlich vertiefte sie sich manchmal so sehr in die Gestaltung einer Leinwand oder einer Skulptur, dass sie nicht mitbekam, dass Markus gar nicht zu Hause war. Vor allem, seit die Kinder aus dem Haus waren. Eine liebevolle, aber recht eigene Familie.

Und das Schlimme war, dass Sabine und Markus lange Zeit alles waren, was sie selbst an Familie hatte. Und das war nun verloren. Endgültig und unwiderruflich. Für sie war Clara gestorben und irgendwann, ein paar Jahre in der Zukunft, würde sie selbst von deren Tod erfahren. Und dann noch viele Jahre weiterleben. Verblassten die

Erinnerungen an ihre Lieben irgendwann? Fragte sie sich in 100 oder 1000 Jahren, wer sie überhaupt waren? Oder würde sie beide auch dann noch in ihrem Herzen tragen?

*Oh man, 1000 Jahre in der Zukunft? Wie die Welt wohl aussieht? Was bis dahin alles passiert sein wird? Unvorstellbar.*

Wieder bemerkte sie, dass sie sich selbst ablenkte. Clara riss die Augen auf und starrte an die Decke. Vielleicht sollte sie einfach ins Bett gehen. An einem Tag wie heute war es nicht gut Entscheidungen zu fällen. Schon gar nicht, wenn sie aus dem Bauch herauskamen und es ihr so schwerfiel ihre Gedanken zu fokussieren. Wie waren die Anderen nur damit umgegangen, nach ihrer Verwandlung oder Wiederauferstehen oder wie auch immer sie es nannten? Sie würde sie demnächst mal fragen. Daher blieb ihr für heute nichts weiter zu tun, als das letzte Glas zu spülen und wegzuräumen. Morgen würde sie schon viel klarer sehen.

Sie stand auf und ging unmotiviert in die Küche. Als sie das Wasser in das Glas füllte, hielt Clara inne. Unablässig lief die heiße Flüssigkeit aus der Leitung in das Weingefäß und schwappte nach wenigen Sekunden über den Rand. Es floss ihren Handrücken hinab. Ruhig sah sie dem kleinen, dampfendheißen Wasserfall zu. Es brannte etwas auf der Haut, aber das war gut aushaltbar. Früher hätte sie die Hand sofort zurückgerissen, jetzt war sie viel schmerzresistenter.

*Erstaunlich. Aber gut, Schmerzen haben im Tod wohl einfach keine Bedeutung mehr.*

Sie schüttelte den Gedanken ab und säuberte das Glas, um es zum Trocknen auf die Ablage zu stellen. Dass die Vampire Schmerzen spürten, wusste sie nur zu gut. Immerhin hatte sie fast schon sadistischen Spaß daran empfunden Angelos Geist zu quälen. Aber die Schwelle lag augenscheinlich deutlich höher. Was hätte sie dann in der gleichen Situation mit der Psyche eines Menschen angestellt? Gab es etwas, das sich nach dem Wahnsinn einstellte, aber noch nicht der Tod war? Das wollte sie sich lieber nicht ausmalen. Andererseits gab es einen Unterschied zwischen körperlichen und geistigen oder emotionalen Schmerzen. Sie selbst hatte doch vor wenigen Minuten noch gespürt, wie ihr der Verlust der Vergangenheit zusetzte.

Beiläufig stellte Clara das Weinglas auf die Ablage. Zu beiläufig, denn sie war zu unachtsam und brach das Glas am Stiel ab. Verwundert hob sie den Glasfuß mit dem kläglichen Rest des Stiels hoch und betrachtete die Bruchstelle. Für einen winzigen Moment überlegte sie, ob sich der Schaden mit Sekundenkleber richten lassen würde. Aber sie verwarf den Gedanken so schnell, wie er gekommen war.

*So zerbrechlich. Fein gearbeitet und stabil erfüllt es seinen Zweck, aber eine unbedachte Bewegung und es geht kaputt. Kaum kommt der Druck von der falschen Seite, bricht es. Dann waren all die Mühe und sorgsame Arbeit umsonst.*

Unweigerlich musste sie schmunzeln, spontan fielen ihr mehrere Personen ein, denen sie eine ähnliche Zerbrechlichkeit zusprach. So manch ein Charakter war ebenso fragil wie ein Weinglas. Äußerlich fest, aber wenn man falsch mit ihnen umging, dann zerbrachen sie. Das Ergebnis war so manches Mal in ihren Fallakten gelandet. Das Schmunzeln verging ihr.

Selbstmord in verschiedensten Formen, weil eine Vertrauens- oder Bezugsperson etwas Falsches getan oder gesagt hatte. Aber manches Mal brachen die Seelen nicht in tausend Scherben, sondern bekamen an entscheidenden Stellen Sprünge oder tiefe Risse. Und durch diese Risse sickerte langsam, aber unaufhaltsam die Schwärze in die Gemüter.

Dann wurde aus dem stillen, arbeitssamen Kollegen, der so oft Leidtragender der Bürospäße war, ein gefühlskalter Mörder. Niemand hatte es kommen sehen. Er war ein ganz ruhiger Mensch und hatte so nett gegrüßt. Gut, er hatte ein paarmal gesagt, dass man ihn nicht immer ärgern sollte. Aber, hey, es war doch nur ein Spaß unter guten Kollegen. Sobald man weiter nachfragte, stellte sich heraus, dass diese ach so guten Kollegen nichts über ihr Mobbingopfer wussten. Erst recht nicht, dass es wegen schweren Depressionen und psychischer Labilität schon seit längerem in Behandlung war.

Lange konnte es gutgehen, aber irgendwann war der tragische Punkt erreicht, an dem der letzte Tropfen ins volle Glas fiel. Ein Scherz und ein dummer Spruch zu viel. Dann schlenderte der stille Kollege fröhlich pfeifend in die Etagenküche und kam wenige Augenblicke später wieder. Das Gesicht emotionslos eingefroren, als er ein Brotmesser in den Hals des Sprücheklopfers stach. Da lachte keiner mehr. Und als er von ihm abließ und das blutige Messer in das Auge der nächstgelegenen Kollegin stieß, wandelte sich die fassungslose Stille in panisches Geschrei. Drei Menschen wurden damals attackiert, bevor der Angreifer von seiner Tat abließ. Die beiden ersten Opfer starben noch im Büro, der Dritte später im Krankenhaus.

Clara erinnerte sich gut an den Fall. Es war einer ihrer ersten zusammen mit Markus und hatte sich im Sachbearbeiterbüro einer Versicherungsgesellschaft ereignet. Der Täter schloss sich nach seiner Bluttat in einer Toilettenkabine ein und wartete geduldig auf die Polizei. Er leistete nicht einen Moment lang Widerstand, war aber auch nicht ansprechbar. Nach eingehender Recherche und Zusammentragen aller Informationen und psychologischer Profile, kamen Markus und Clara schließlich zu dem Schluss, dass er selbst Opfer der Umstände war. Nur konnte man aus strafrechtlicher Sicht den mobbenden Kollegen für diese Amoktat keine Mitschuld geben. Gefühlt hatten sie für Clara einen großen Anteil am Tod von drei Menschen und dem zerstörten Leben der Angehörigen. Aber auch dem des Täters.

Die Tat hatte seine gesprungene Seele ganz zersplittern lassen, denn seither war der Mann nie wieder ansprechbar. Die gerichtlich bestellten Psychologen begutachteten ihn und kamen zu der Entscheidung, dass er sich von der Welt komplett zurückgezogen hatte. Er vegetierte von nun an nur noch eingeschlossen in seinem Kopf dahin. Ein Gefangener in seiner eigenen Welt und ein absoluter Pflegefall. Ein Geist, wie sie im Krankenhaus hinter vorgehaltener Hand sagten. Oft übernahmen die Pflegekräfte nur die nötigsten Aufgaben. Aber manche hatten Mitleid und stellten ihn ans Fenster, damit er tagsüber wenigstens stundenweise eine Aussicht hatte. Das Gefängnis, das er sich selbst geschaffen hatte, war ausbruchssicherer und strenger, als jedes andere es jemals sein könnte.

War er nun Täter oder Opfer oder hatte er nie eine echte Wahl? Wenn man dazwischen überhaupt wählen konnte. Aber was, fragte sich Clara, als sie den gebrochenen Stiel in ihrer Hand ansah, wenn so jemand ein Vampir werden würde? Festigte die untote Stärke dann die Seele wieder? Oder würde die Dunkelheit sie erst recht dem Untergang weihen? Sie hatte damit zu kämpfen, die Vergangenheit ruhen zu lassen und das, obwohl sie Unterstützung von Roxy und den anderen bekam. Aber wenn jemand Labiles in diesem Prozess ganz allein war? Würde so einer den Kontakt zu seinen Angehörigen und Freunden suchen? Oder planlos und machtlos von Ort zu Ort ziehen, kalt und emotionslos von den Menschen trinken und ihren Tod dabei in Kauf nehmen? Oder sich vielleicht sogar bereitwillig der Dunkelheit unterwerfen? Der lockenden Stimme der Finsternis, mit all ihren Versprechungen?

Könnte Julian von Werne so jemand sein?

## Kapitel 28

Instinkte waren schon eine interessante Erfindung der Natur. Ohne es genau zu benennen, überkam einen das starke Gefühl, etwas tun zu müssen oder zu wissen, weil man es für richtig hielt. Viele erfahrene Polizisten gebrauchten oft Formulierungen, wie ‚mein Instinkt sagt mir, dass…'. Nicht immer, doch oft genug. Solche Instinkte lernten auch. Mit jeder Erkenntnis, ob positiv oder negativ, schärften sie ihr Gespür für die feinen, aber ausschlaggebenden Nuancen der richtigen Entscheidung.

Der Instinkt einer erfahrenen Polizistin war es, der Clara in diesem Moment sagte, dass sie da auf etwas gestoßen war. Jetzt galt es den Gedanken nicht zu verlieren, sondern zu untermauern. Daher begab sie sich umgehend auf den Weg in ihr Zimmer und holte ihr Notizbuch wieder hervor. Schnell überflog sie, was sie bisher zusammengetragen hatte. Über Julian, aber auch über seine Opfer. Als erstes notierte sie ihre neue Theorie und zog die Verbindung zu dem alten Fall. Markus fehlte ihr jetzt als Advocatus Diaboli, also musste sie sich selbst ihre Gedanken machen und kritisch hinterfragen. Und an Fragen mangelte es nicht.

*Welches Motiv verfolgt er? Was ist sein Modus Operandi? Gibt es bevorzugte Opfertypen? Was haben die Opfer gemeinsam? Er zieht durch Europa. Immer drei Oper pro Großstadt, dann in ein neues Land. Aber die Reihenfolge ist immer gleich. Warum? Ist das dein bevorzugter Fluchtweg oder ein Ritual?*

Sie geriet ins Stocken und unterstrich das letzte Wort.

*Ein Ritual? Ein fester Ablauf, eines immer gleichbleibenden, festgeschriebenen Vorgehens? Zu welchem Zweck? Gewohnheit? Ordnung? Sicherheit?*

Wieder kam ihr der Instinkt zur Hilfe und brachte die Erinnerung an eine psychologische Abhandlung mit, die sie mal gelesen hatte. Beide rieten ihr zu dem gleichen Stichwort.

*Sicherheit. Sicherheit durch Rituale. Was macht dich unsicher? Worin bist du dir unsicher? Was passiert, wenn man deine rituelle Reise unterbricht? Wenn ich deinen Zyklus rekonstruieren kann, dann kann ich dir voraus sein. Und wenn dann die Ifera bereits im nächsten Land auf dich warten? Wenn die Clubs der großen Städte geschlossen sind? Wenn du aus der Deckung musst? Machst du dann den entscheidenden Fehler?*

Ein Risiko, das war Clara bewusst. Aber es war eine Chance. Das Ergebnis? Schwer abzuschätzen. Vielleicht würde er den Fehler begehen, den sie brauchte. Vielleicht aber auch schlicht in ein anderes

Land ausweichen. Dennoch notierte sie sich ihre Gedanken und Fragen und begab sich mit dem Notizbuch auf den Weg zu Viktor.

In seinem Büro war der Leiter der Enklave in ein Telefonat vertieft. Die Tür war offen, so wie immer bei ihm, aber Clara klopfte dennoch an. Mit einem Lächeln und einem mahnend erhobenen Zeigefinger bedeutete er ihr kurz zu warten. Sie nickte und ging ein paar Meter in den Flur zurück. Es war nicht ihre Absicht Viktor zu belauschen, aber bei der offenen Tür und seiner lauten Stimme konnte sie sich nicht dagegen wehren. Als ihr jedoch bewusst wurde, dass er mit einem Eventmanager über die Planung kommender Bandauftritte und Mottopartys sprach, verlor sie schnell das Interesse. Roxy hätte begeistert zugehört und wäre im Kopf schon ihren Terminkalender durchgegangen.

Kurz schmunzelte Clara, aber dann ließ sie ihre Gedanken schweifen, bis Viktor plötzlich aus der Tür schaute und sie ansprach.

„Tut mir leid, dass du warten musstest, aber das Telefonat versuche ich schon seit Tagen zu führen und jetzt hat es endlich geklappt. Da wollte ich nicht auf halber Strecke abbrechen."

„Schon Ok. Ich habe ja Zeit und die Arbeit geht vor", sie hob beschwichtigend die Hände, als sie auf ihn zuschritt.

Viktor trat zur Seite und ließ sie eintreten. Sein Büro war klein und schlicht. Ein paar brandsichere Aktenschränke aus Stahl, ein niedrigeres Schränkchen mit Büromaterial, das für die nächsten Jahre reichte und ein schmuckloser Schreibtisch. Alles schwedische Massenware. Zwar hatte er auch einen Schreibtischstuhl für Besucher davorstehen, aber sie wusste, dass er seine Geschäftsgespräche lieber an der Bar führte. Repräsentativ war sein Büro nicht, es hätte eher zu einem schmierigen Kredithai im Hinterzimmer einer verrauchten Kneipe gepasst. Aber nicht zu einem formellen, freundlichen Gentleman wie Viktor. Doch er konnte hier alles erledigen, was anfiel und legte ohnehin nicht viel Wert auf Prunk und Protz. Er wollte lieber sein, statt scheinen.

„Bitte setz dich. Oder sollen wir nach vorne gehen?", fragte er, als er den Besucherstuhl zurückzog.

„Nein, hier ist völlig Ok. Ich wollte dich nur um einen Gefallen bitten."

Er wurde hellhörig, das sah sie ihm sofort an. Und sie wusste auch warum. Sobald sich die Möglichkeit für ein Geschäft anbahnte, verfiel er sofort in reges Interesse. Das Clara jedoch stehen blieb, verunsicherte ihn etwas. So reagierten normalerweise nur Leute, die wussten, dass sie sich in einer schlechten Verhandlungsposition befanden und durch ihre Präsenz im Raum versuchten Eindruck zu schinden. Aber er hielt sie nicht für so jemanden. Es war ihr also entweder persönlich sehr wichtig oder eine ernste Sache.

„So? Was kann ich für dich tun?", fragte er betont gelassen.

Es brachte nichts, um den heißen Brei zu reden, daher kam sie direkt auf den Punkt: Sie benötigte die Unterstützung der Ifera im Ausland. Erst auf die verständliche Frage, warum sie den Geheimdienst der Vampire anfragte, legte sie ihm ihre Theorien und Notizen vor. In der ganzen Zeit betrachtete er sie mit einem unlesbaren Gesichtsausdruck. Der Geschäftsmann in ihm hatte vollkommen die Kontrolle übernommen. Hin und wieder mal ein soziales Grunzen, das zeigte, dass er ihr zuhörte. Geringe Veränderungen in der Sitzposition, die andeuteten, welche Themen ihn mehr und welche weniger interessierten. Alles in allem schien er jedoch sehr verhalten. Clara beendete ihren Monolog mit einem dringenden Appell.

„Sieh mal, Viktor, ich muss meinen Platz unter euch finden. Aber ich habe das Gefühl, dass ich mich nicht auf die Zukunft konzentrieren kann, wenn ich die Vergangenheit nicht abschließe. Der Fall beschäftigt mich seit über einem Jahr. Seit ich darauf gestoßen bin. Ich könnte dir noch viel mehr Unterlagen dazu zeigen, wenn man meine Wohnung nicht in die Luft gejagt hätte. Aber durch den Übertritt in die Schattengesellschaft habe ich neue Einblicke erhalten. Erkenntnisse, die ich sonst nie bekommen hätte. Zusammen mit dem, was ich davor zusammengetragen hatte, bin ich nun mehr denn je daran interessiert diesen besonderen Fall zu beenden."

Viktor saß hinter seinem Schreibtisch und sah sie ernst an. Es war unmöglich abzuschätzen, was er dachte. Überlegend faltete er die Hände ineinander und hob sie vor sein Gesicht. Fest hielten seine Augen sie im Blick, während er den Kopf leicht senkte. Ein Versuch ihre Ernsthaftigkeit einzuschätzen? Vielleicht. Vorsichtiges Abwägen, wo er einen Vorteil für sich in der Sache fand? Ganz bestimmt. Er war nicht nur Geschäftsmann, sondern auch Vorsteher dieser Enklave. Alles, was er tat oder entschied, hatte ebenso politische Auswirkungen. Daher musste er sich sicher sein, dass er die Situation umfassend bedachte. Persönliche Sympathien waren dabei allzu oft schlechte Berater. Natürlich mochte er Clara und natürlich würde es später hilfreich sein, einer Vampirin wie ihr einen Gefallen erwiesen zu haben. Aber letztlich war das Thema, das sie ansprach, größer als sie beide.

„Meine Liebe, ich bin noch nicht überzeugt", sagte er nach schier endlosem Taxieren.

Während sie trotzig und enttäuscht die Arme vor der Brust verschränkte, lehnte er sich in seinem Stuhl zurück. Er wirkte deutlich entspannter. Gleichzeitig hob er beschwichtigend die Hände.

„Das ist kein Nein, Clara. Das liegt wahrscheinlich nicht einmal in meiner Entscheidungsbefugnis. Das soll nur heißen, dass wir meines Erachtens noch ein paar Dinge bedenken sollten."

Jetzt war es die junge Vampirin, die sich entspannte. Sie ließ die Arme wieder sinken und nahm nun doch vor Viktors Schreibtisch Platz. Das Notizbuch legte sie zugeschlagen vor sich ab, denn ihr Bauchgefühl sagte ihr, dass sie sich von der Ebene der Fakten und Theorien entfernten. Nun ging es um eine Verhandlung, quid pro quo. Da brauchte sie ihre Gedankenstützen nicht mehr.

„Ich halte nichts von langen Reden mit wenig Inhalt, Viktor. Daher sag es bitte geradeheraus: Was braucht es, um dich zu überzeugen?"

Unsicherheit flackerte kurz in seinen Augen auf. Er hatte sich auf vieles eingestellt, aber nicht auf entwaffnende Ehrlichkeit. Clara war wirklich keine Geschäftsfrau. Aber sie war Kriminalpolizistin, das rief er sich wieder ins Gedächtnis. Sie würde jedes Wort, das er von sich gab, genau abwägen und analysieren. Selbstverständlich hatte er nicht vor sie zu hintergehen oder übers Ohr zu hauen, aber er würde anders mit ihr reden müssen als mit seinen Geschäftspartnern. Das war nur fair. Sie hatte wenig Übung im Verhandeln und er darin, wie man eben nicht verhandelte.

„Sieh mal, Clara, du sprichst hier eine internationale Angelegenheit an", sagte er schließlich und lehnte sich dabei wieder nach vorne, „Natürlich hast du recht, dass es Kanäle innerhalb der Ifera gibt, die auch zu ihren Schwestern ins Ausland reichen. Sie sind ein Clan, das verbindet zweifelsohne. Man besucht sich, man hat Kontakte und Ansprechpartner, wenn man verreist. Aber man lässt die Anderen ihr Ding machen und mischt sich nicht in deren Angelegenheiten ein. Versteh mich bitte nicht falsch, ein Ersuchen um Hilfe in einer grenzübergreifenden Sache würde niemand ablehnen…"

„Aber?", unterbrach sie ihn scharf.

„Aber wir sollten in der Dringlichkeit der Dinge unterscheiden, zwischen persönlich dringend, national dringend und international dringend. Ich bezweifle nicht, dass es dir sehr wichtig ist. Das hast du mehr als deutlich gemacht. Aber wie sieht es deutschlandweit aus? Oder gar europaweit?"

Jetzt taxierte Clara ihn. Sie beugte sich vor und stützte sich mit den Unterarmen auf die Tischplatte. Für einen außenstehenden Beobachter musste es so aussehen, als wolle sie sich über den Schreibtisch beugen, um einen Kuss von Viktor zu empfangen. Wenn da nicht ihr strenger Blick gewesen wäre, der ihn zwar nicht böswillig ansah, aber definitiv auch nicht romantisch.

„Machen wir nur mal den ersten Schritt", sprach er unbeirrt weiter, „In Deutschland sind ein paar Morde geschehen. Das ist für die Hinterbliebenen tragisch. Zum Teil womöglich eine Katastrophe, die Familien zerstören kann. Das will ich gar nicht in Abrede stellen. Auch, dass es für Polizisten, die ihren Job so ernst nehmen wie du, sehr unbefriedigend ist, kann ich nachvollziehen. Aber das sind menschliche Maßstäbe. Sie sind nicht falsch… für Menschen. Für uns sieht das ein wenig anders aus. Ich will damit nicht in dieselbe Kerbe schlagen, wie die Malghlin oder Fornvis, ganz sicher nicht. Ich möchte dir nur bewusst machen, dass sich bei uns ein anderes Rechtsbewusstsein eingebürgert hat."

„Das Leben eines Menschen ist nicht mehr ganz so viel wert? Ein Vampir ist wertvoller? Willst du mir das damit sagen?"

„Nein, will ich eben nicht. Ich will die Menschen weder kleinreden noch sie bevormunden. Aber tatsächlich ist es so, dass dieser Julian geständig war, was den ersten Fall anging und sich erklären konnte. Für die weiteren Toten gibt es keinen Beweis, dass es seine Schuld war. Das vermutest du nur. Ja, ich sehe die Indizien und stimme dir zu, dass es sehr nach einem Vampir aussieht. Ich finde es auch schlimm, dass der Death's Garden Teil und Ausgangspunkt einiger Morde war. Aber kannst du schlüssig beweisen, dass es ein und derselbe Vampir war?"

Clara senkte den Blick. Im Moment konnte sie das nicht. Sie hatte Anhaltspunkte, wie etwa das gleiche Vorgehen und dieselbe Zielgruppe. Aber keine stichhaltigen Belege. Nicht einmal die Spurensicherung war damals hilfreich. Auch hunderte Indizien ergaben keinen Beweis. Sie legten nur Vermutungen nahe.

„Betrachten wir also die Gemengelage, dann haben wir einen geklärten Fall innerhalb unserer Gesellschaft und einige offene Fälle bei den Menschen. Indizien sind keine Beweise, wie du selbst am besten weißt."

*Als hätte er meine Gedanken gelesen. Gut, es braucht also Beweise? Na toll, also muss ich mich doch wieder selbst darum kümmern? Wenn ich ihm hinterherrenne und Beweise sammle, dann kann ich ihn auch gleich selbst stellen. Ich bin also wieder am Anfang. Verdammter Mist!*

Während Clara ihre Gedanken sortierte, ließ Viktor ihr die Zeit, die sie benötigte. Ohrenbetäubende Stille breitete sich quälend lange im Raum aus, bis ihr plötzlich eine neue Idee kam.

„Was ist damit, dass er den Schwarzen Schleier gebrochen hat?"

Überrascht durch den plötzlichen Themenwechseln starrte Viktor sie einen Moment an.

„Was meinst du?"

„Julian hat gegen mehrere Gebote des Schleiers verstoßen: Sicherheit, Kontrolle und Verantwortlichkeit", zählte sie an ihren Fingern ab, „Ich stand deswegen gestern vorm Obersten Rat und er wird einfach gehen gelassen?"

Kurz schüttelte ihr Gegenüber den Kopf, als ihm klar wurde, worauf sie hinauswollte.

„Nein, Clara, das ist ein Missverständnis. Die Situation war ähnlich, ja. Aber doch ganz anders. Du hast vor vielen menschlichen Zeugen in einem Sekundenbruchteil einem Mann das Gesicht zu Mus geschlagen. Am helllichten Tag in der Innenstadt. Julian hat im Privaten mit einem Spender die Kontrolle verloren und jemanden getötet. Aber ohne Zeugen. Bestenfalls kann man ihm anlasten, dass er sie allein gelassen hat, wodurch sie von euch gefunden wurde. Aber durch sein Eingreifen und die Verwandlung hat er letztlich Schaden vom Schleier abgehalten. Es scheint paradox, dass das Töten eines Menschen hier weniger schwerer wiegt als schwere Körperverletzung mit Todesfolge, nicht wahr?"

*Ja, das tut es.*

„Vielleicht erklärt das auch den Punkt mit dem Rechtsbewusstsein besser. Es ist nicht das Kapitalverbrechen, das hier geahndet wird, sondern wie sehr der Schwarze Schleier gefährdet wurde. Der Schutz des Schleiers steht über allem. Über Julian, über mir, über dir, über dem Obersten Rat und sogar über dem Wächter. Du standest vor dem Rat, weil sie einschätzen mussten, ob dir so etwas noch mal passiert. Dabei war aber auch ausschlaggebend, wer du bist, oder besser, wer dein Schöpfer ist. Bei deiner Macht ist ein Kontrollverlust potenziell für uns alle gefährlich. Wird Julian rückfällig, kümmern sich die Ifera mit Freude darum…, wenn du es beweisen kannst. Wirst du rückfällig, wer sollte dich aufhalten?“

„Ja, das hatte ich gestern Mittag schon verstanden. Also auch über den Bruch des Schleiers bekommen wir ihn nicht dran?“

„Ich fürchte derzeit nicht“, er machte eine kurze Pause, „Und das ist nur die Situation in Deutschland. Stell dir mal vor, jemand würde nur auf Grund der Indizien eine internationale Hexenjagd anordnen. Auf welcher Basis sollte die fußen? Du vermutest, dass er ein europaweit gesuchter Mörder ist, weil er einmal und versehentlich einen Menschen getötet hat. Dabei war er umgehend geständig und hatte selbst eingegriffen, um Schlimmeres vom Schleier fernzuhalten. Und alles, was du anführen kannst, ist, dass er sich in der Gothic-Szene rumtreibt. Wie hunderte andere Vampire im Übrigen auch.“

Eine kurze Pause entstand, in der Viktor sich wieder leicht vorlehnte.

„Ich verstehe deine Ambitionen und deinen Frust. Ich sehe die Regelmäßigkeit, die du in Europa entdeckt hast. Aber du hast letztlich nur einen Namen, den du mit einem der Fälle in Verbindung bringen kannst und der ist – aus unserer Sicht – geklärt. Für alles andere hast du nur das Gefühl und die Erfahrung einer Polizistin, das will ich gar nicht kleinreden. Ich will dir nur vor Augen führen, dass es mehr braucht, um einen Vampir zu verurteilen. Bei uns gibt es letztlich nur eine Verwarnung oder die Todesstrafe. Ersteres hat Julian bekommen, da bin ich mir sicher. Für Letzteres reichen Indizien nicht.“

Desillusionierung breitete sich in Claras Herzen aus. Nicht nur, dass sie sich ausgebremst fühlte, ihr fehlte auch der Ansatz, um neu zu starten. Ihr eigenes Rechtsempfinden war stets ihr moralischer Kompass und die leuchtende Richtschnur im dunklen Sumpf des Verbrechens. Immer hat sie sich darauf verlassen können, dass ihr Instinkt ihr sagte, was gut und richtig war, weil sie mit der gültigen Rechtsauffassung auf einer Welle lag. Doch jetzt war sie aus dem Takt geraten. Ihr Herz schrie ihr zu, dass es falsch war Julian von Werne mit einem Schuldeingeständnis und einer Entschuldigung davon kommen zu lassen. Immerhin hatte er Marias Familie die Tochter genommen und sie zu einem ewigen Leben als wahnsinniger Kopf im Einmachglas verdammt. Ok, Letzteres lag nicht wirklich in seiner Hand, das war schlicht weg Pech und hätte Clara genauso passieren können. Doch das besserte ihr Schicksal nicht.

Auf der anderen Seite lag Viktor richtig, man musste sich dem Recht in der Gesellschaft unterwerfen, in der man lebte. Tat man das nicht, würde man nie wirklich integriert werden und stets ein Sonderling bleiben. Und das war der beste Fall. Im Schlimmsten versuchte man seine eigene Auffassung von richtig und falsch den anderen aufzudrücken. Dann war es schnell geschehen, dass man zu einem radikalen Fanatiker wurde, gespeist durch Frustration. Ein gefundenes Fressen für die Dunkelheit, wie Clara ihre eigene Situation jetzt bewusst machte.

Viktor sah ihr an, dass sie ihre nächsten Schritte abwägte, und lehnte sich ein Stück zurück. Es war besser, jetzt etwas Spannung aus der Situation zu nehmen.

„Was schlägst du also vor? Du kennst die Gesellschaft, all die kleinen Zahnrädchen und Hebel besser als ich. Was kann ich tun?"

„Hmm", brummte er nachdenklich, „Was ist es, dass du wirklich willst, Clara? Julian ans Messer liefern, oder einen sauberen Abschluss mit deinem früheren Leben? Denn deswegen kamst du doch her, nicht wahr? Julian ist nur dein Mittel zum Zweck."

„Ja", Düsternis schwang in ihrer Stimme.

„Wie wäre es mit einem Kompromiss? Ich gebe deine Bedenken und die Indizienlage weiter, mit der Bitte Julian zu finden und ein paar Monate zu beobachten. Ist er der, für den du ihn hältst, haben die Ifera ihn sofort im Zugriff. Wenn nicht …", Viktor zuckte mit den Schultern.

Missmutig hob Clara den Blick und sah ihn auffordernd an. Das war nicht das, was ihr vorschwebte, aber besser als nichts. Wobei sie die Aussage, dass interne Kräfte bereits an der Sache dran wären, so verstanden hatte, dass genau dies schon unternommen wurde. Die Mühlen mahlten hier ja noch langsamer als auf deutschen Ämtern.

„Und dafür gehst du zu deiner eigenen Beerdigung", setzte er seine Gedanken fort.

„WAS?", laut und überrascht bellte sie Viktor an.

„Ja, das mag sehr unorthodox klingen, aber wenn du einen Abschluss von deinem früheren Leben finden willst, warum sich dann nicht tatsächlich verabschieden?"

„Erstens, dachte ich, das wäre bereits erledigt. Zweitens, werden dort sicherlich ein paar Kollegen auftauchen, die mich kennen. Mindestens Markus und Martin. DAS ist dann ja wohl ein Riss im Schleier, oder nicht? Außerdem würde das für ordentlich Verwirrung bei den Anwesenden sorgen“, sie legte eine nachdenkliche Pause ein, „Und drittens bin ich mir nicht sicher, ob ich das selbst verkrafte.“

Doch Viktors einzige Reaktion war ein wissendes Grinsen, als er sich ganz zurücklehnte und die Hände vor der Brust faltete.

„Sicherlich, alles gute Punkte, wenn auch keiner davon zutreffen mag. Zumindest nicht so, wie du denkst.“

„Wie…“

Schnell hob er die Hände und brachte Clara so augenblicklich zum Schweigen.

„Wie meine ich das? Ganz einfach. Erstens, die Beerdigung hat noch nicht stattgefunden. Ist etwas schwierig ohne Leichnam und keine Erklärung dafür, wo der sein könnte. Der Amtsschimmel reitet da sehr langsam. Zweitens, ja zu Recht kommen dann Kollegen, um dich zu verabschieden. Aber sie müssen dich ja nicht erkennen. Vielleicht verkleiden wir dich als entfernte, alte Tante, mit Perücke, dicker Sonnenbrille, im Rollstuhl mit Decke über den Beinen. Nur mal so als Idee. Keiner der Kollegen wird das alte Mütterchen am Grab unnötig belästigen. Und zur Not sind Ifera unter deinem Pflegepersonal.“

„Das wird trotzdem nicht möglich sein, Viktor. Markus kennt mich. Er wüsste von einer entfernten Tante. Und da es die nun mal nicht gibt, würde er misstrauisch werden. Wenn nicht er, dann spätestens Sabine. Wir kennen uns seit den Kindertagen, sie kannte meine Familie. Eine plötzlich auftretende Tante? Das glaubt sie niemals. Das Risiko halte ich für zu hoch.“

Viktors überhebliches Grinsen verging ihm.

„Nun gut, das weißt du besser als ich. War nur eine Idee. Ich…“

Der Bildschirm des Smartphones auf dem Schreibtisch leuchtete auf und kurz darauf setzte das Vibrieren ein. Beide schauten hin und zumindest für Clara bot sich ein seltsamer Anblick. Auf dem Display war das Bild einer brennenden Hölle zusehen und davor eine Frontalaufnahme einer Frau in einem Lack-Leder-Korsett, die Haare zu einem strengen Zopf gebunden. Das Kontaktbild war unterschrieben mit „Lady Pain“.

Als Clara den Blick erhob und ihr Gegenüber ansah, hob sie fragend eine Augenbraue. Doch Viktor zuckte nur mit den Schultern und grinste breit.

„Ja, Franzi ist eine strenge Gespielin, der Name kommt ja nicht von ungefähr. Aber es ist nicht das, was du denkst.“

„Das sagen sie alle, wenn es genau das ist, was man denkt“, erwiderte sie trocken, „Willst du nicht rangehen?“

„Ich kann zurückrufen.“

Das Telefon hörte auf zu vibrieren.

*Na, sonderlich geduldig scheint sie ja nicht zu sein.*

„Na ja, Viktor, ich danke dir für dein Ohr. Ich glaube, ich habe nun einiges zum Nachdenken und Verdauen.“

Clara stand auf und nach einer kurzen Pause fügte sie mit einem schelmischen Grinsen hinzu: „Und ich will ja nicht, dass du deine Herrin zu lange warten lässt.“

Er erhob sich ebenfalls und wehrte ab.

„Nein, nein, so ist das nicht. Sie ist wirklich nicht meine…“, er seufzte, „Ach, vergiss es…“

Immer noch breit grinsend verließ Clara das Büro und schlenderte mit ihrem Notizbuch unterm Arm den Flur entlang. Im Moment hatte sie kein Ziel und wenn der Gang ein paar Kilometer lang gewesen wäre, es käme ihr gerade recht. Hielt sie sich an die Regeln, musste sie Julian ziehen lassen, bis er einen Fehler beging. Das würde ihn dann zwar seiner Bestrafung zuführen, aber es kostete auch weitere Menschenleben. Entschloss sie sich jedoch die Regeln zu brechen, würde man Wohl oder Übel bald Jagd auf sie machen. Ob sie Julian finden und stoppen konnte, bevor weitere Tote dazukamen, war ungewiss. Die Konsequenzen für sie standen dafür umso fester. Am Ende würde er auf die eine oder andere Art zur Rechenschaft gezogen werden, nur für sie selbst unterschieden sich beide Varianten. So betrachtet sollte die Entscheidung eigentlich recht simpel sein. Aber in ihrer alten Welt was sie es eben nicht.

„In meiner alten Welt“, sie schnaubte verächtlich, „Und in meiner neuen Welt? Geheimhaltung zum Wohle aller, über dem Wohle und Leben eines Einzelnen.“

Clara schüttelte den Kopf als ihr bewusst wurde, dass sie laut gesprochen hatte. Das passierte ihr hin und wieder, wenn sie sich sehr mit etwas beschäftigte, aber niemand in der Nähe war, um darüber zu reden.

Viel zu schnell erreichte sie das Ende des Flures und fand sich wenige Türen später in der leeren Tanzhalle wieder. Es war ihr Instinkt, der ihr riet, stehen zu bleiben. Unbegründet und ohne Vorwarnung kam die Erkenntnis über sie, dass sich etwas verändert hatte. Nicht an der Einrichtung, nicht mal am Licht. Es fühlte sich nur so an. Mehr nach einer Präsenz. Jemand war hier, aber sie konnte nicht auf Anhieb sagen, wer oder wo.

Langsam drehte sie sich um die eigene Achse und ließ ihren Blick über jeden einzelnen Einrichtungsgegenstand wandern. Bar und Sitzecken fühlten sich Ok an. Unter sich sah sie den schwarzen Schimmer, der Roxy umgab. Sie war noch immer in ihrem Zimmer. Auch Ok. Aber als sie sich dem Ausgang zuwandte, da nahm sie es wahr. Schwach und unstet zuerst, doch als sie die Richtung gefunden hatte und ein paar Meter darauf zu ging wurde es stärker. Da war eine deutliche grüne Aura zu sehen. Ein Mensch. Draußen auf dem Parkplatz im Hinterhof.

Mit ein paar leisen Schritten war sie an der Ausgangstür. Je näher sie kam, desto besser hob sich das Grün vom Dunkelgrau der Stahltür ab. Kurz hob sie ihre Hand, um den Riegel der Sichtkontrolle beiseitezuschieben, so drängend war die Neugierde. Aber kaum berührte sie das kalte Metall, besann sie sich eines Besseren. Gut möglich, dass der Schieber quietschte, das zöge dann aber nur ungewollte Aufmerksamkeit auf die Tür. Daher begnügte sie sich vorerst damit, durch den kleinen Spion oberhalb der Sichtkontrolle zu spähen. Und was sie dann erblickte, ließ ihr den Atem stocken.

## Kapitel 29

Draußen leuchtete der Tag in der hellsten Mittagssonne. Strahlend blauer Himmel oben, leuchtend grüner Wald im Hintergrund und vor ihr tiefschwarzer Asphalt im Hinterhof. Neben Viktors schwarzem Golf stand ein weiteres Auto. Auffällig unauffällig in silberner Lackierung parkte der Audi mit dem Kofferraum zur Tür. Soweit, so gut. Der Mensch hielt sich außerhalb des Blickfeldes des Türspions auf. Es hätte einer von Viktors Geschäftspartner sein können, der etwas zu früh zu einem Termin angekommen war und sich kurz die Beine vertrat, dann hätte sie das nicht weiter gekümmert. Aber ihr polizeilich geschulter Instinkt achtete auf Details und so fiel ihr das Nummernschild des fremden Fahrzeugs gleich ins Auge. Es war ein Dienstwagen der Kriminalpolizei.

In diesem Wagen hatte sie selbst schon einige Male gesessen. War zu Tatorten gefahren und hatte Verdächtige observiert. Zusammen mit Markus.

Das war eine interessante Wendung. Was suchten ihre Kollegen hier? War etwas vorgefallen, bei dem sie eine Verbindung zum Death's Garden sahen oder sogar zu Viktor selbst? Hatte die Akte zu Maria, die Clara vor über einem Jahr angelegt hatte, wieder mal den Bearbeiter gewechselt und sie gingen routinemäßig noch mal die Hinweise durch? Wie auch immer, es war besser, Viktor Bescheid zu geben, dass der Garten des Todes beobachtet wurde. Doch sie zögerte. Wenn es tatsächlich um ihn selbst ging, dann würde sie im besten Fall einen Zeugen beeinflussen und im schlechtesten einen Verdächtigen warnen. Durfte sie das? Früher hätte sie ganz klar und ohne nachzudenken, mit Nein geantwortet. Aber jetzt, heute, in ihrer neuen Situation? Hatte Viktor nicht eben noch gesagt, dass der Schutz des Schleiers und die Deckung aller über allem stand? Selbst wenn er sich irgendetwas hatte zu Schulden kommen lassen und man würde ihn überführen und verhaften, dann war der Schleier dennoch in Gefahr. Wenn er im Gefängnis nicht regelmäßig mit Blut versorgt würde, fiel er früher oder später dem Tier anheim. Spätestens dann war er ein Problem für den Schleier, um das sich jemand kümmern musste. Wahrscheinlich die Ifera und ebenso wahrscheinlich würde es nicht gut für ihn ausgehen. Wenn sie ihn aber informierte, wurde in diesem Sinne das Schlimmste vermieden.

Gerade wollte sich Clara abwenden, um zu Viktor zurückzueilen, als die grüne Aura näherkam und sich in das Blickfeld des Spions schob. Ein Mann ging auf die hintere Tür des Audi zu. Ihr den Rücken zugewandt und mit aufgestelltem Mantelkragen, schien es so, als wüsste er, dass er ebenfalls beobachtet wurde, aber nicht erkannt werden wollte. Er öffnete die Tür und griff nach etwas auf dem Rücksitz. Es dauerte kaum mehr als ein paar Sekunden, dann stand er wieder aufrecht und hielt eine Packung Zigaretten in der Hand. Er steckte sich eine in den Mund und zündete sie mit der automatischen Handbewegung eines langjährigen Rauchers an. Die Schachtel warf er zurück ins Auto, bevor er sich umdrehte. Clara sog scharf die Luft ein.

*Verdammt, Markus, was machst du hier?*

Gelassen schlenderte er um sein Dienstfahrzeug herum und näherte sich dem schwarzen Golf. Sie wusste genau, was er vorhatte, denn sie kannte das Vorgehen. Und sie sollte recht behalten. Markus war auf dem Weg zu Motorhaube und legte eine Hand darauf. Durch den Spion war es zwar etwas undeutlich, doch Clara war sich sicher, dass er zufrieden nickte. Sie musste unweigerlich grinsen.

*Manche Eigenarten ändern sich nie. Aber sie fallen einem erst auf, wenn man etwas Abstand gewonnen hat.*

Kalter Stahl lag in ihrer Handfläche und im letzten Moment registrierte sie, dass sie im Begriff war die Tür zu öffnen. In ihrem Herzen fühlte sie den unbändigen Impuls hinauszurennen und ihrem alten Partner um den Hals zu fallen. Sie wollte ihn begrüßen und sich freuen, dass er da war. Sie wollte ihm sagen, dass alles in Ordnung war und er sich keine Sorgen um sie machen brauchte. Sie war in guten Händen und hatte Leute um sich, die auf sie aufpassten.

*Ja, klar, so wie jetzt gerade, als ich fast die Tür geöffnet hätte.*

Clara löste sich vom Türspion und sah hinab auf ihre Hand. Sie schwebte ein paar Zentimeter über dem Griff, der ihr den Weg nach draußen versperrte. Es war ihr Wille, der die Kontrolle im letzten Moment zurückerlangt hatte, aber es gab da immer noch den widerstrebenden Impuls, der die Tür öffnen wollte. Ihre Hand zitterte ein wenig im Streit zwischen Willen und Wollen. Also griff sie mit der anderen Hand nach den Fingern der ersten und verschränkte sie ineinander. Die gefalteten Hände legte sie auf ihren Bauch, wie zum stillen Gebet. Aber immerhin würde sie so nichts Unbedachtes anstellen. Zufrieden mit ihrer Idee hob Clara den Kopf wieder zum Türspion und sah hinaus.

Ihr Kollege war einmal um den Golf herumgeschlendert und hatte sicherlich nach dem Motor die Reifen überprüft und allgemein nach Auffälligkeiten wie Kratzern, Unfallspuren oder ungewöhnlichem Schmutz gesucht. Aber jetzt war er mitten im Hof, zwischen Audi und der Treppe. Er stand ruhig dort, rauchte seine Zigarette und sah die Stufen hinauf. Für einen Moment hatte Clara das Gefühl, dass er sie gesehen hatte. Sie wollte kehrtmachen und fortlaufen. Aber dann wurde ihr bewusst, dass das nicht nötig war. Auf die Entfernung war es ausgeschlossen, dass er etwas hinter dem Spion erkennen konnte. Selbst wenn sie sich bewegte, würde er das nicht wahrnehmen. Im Gegensatz zu ihr. Sie hatte einen guten Überblick über den Hof und alles darin, auch wenn die Perspektive starr war. Clara entspannte sich wieder und wartete erstmal ab.

Markus nahm noch einen Zug und ging auf direktem Weg die Stufen hinauf. Seine schweren Absätze schlugen hart auf den Stahl und tönten bei jedem Schritt wie ein Gong. Je näher er kam, desto unwohler fühlte sich Clara. Mit jedem Zentimeter, den sich der Abstand zwischen ihnen verringerte, spürte sie wachsendes Unbehagen, weil sie fürchtete, dass er sie entdeckte. Oben angekommen blieb er zunächst am Treppenabsatz stehen und ließ den Blick über den Eingang im Ganzen wandern. Sie wusste, dass er nach Angriffspunkten suchte, um Viktor unter Druck zu setzen. Wenn das Eingangsportal seines Tanzclubs nicht den Brandschutzvorschriften entsprach, würde er das in der Hinterhand behalten, um es gezielt einzusetzen. Gespannt und neugierig beobachtete Clara ihn weiter. Dann kam er den letzten Schritt näher und sie sah am unteren Rand ihres Blickfeldes, wie er die Hand ausstreckte.

Es rüttelte an der Tür und Clara schrak zurück. Fest hatte sie damit gerechnet, dass die Tür sich öffnete und sie Markus gegenüberstand. Aber außer dem leichten Rütteln und metallischem Geklapper passierte nichts weiter. Sie legte die Hand wieder auf die Türklinke und hielt sie fest umschlossen. Noch einmal schüttelte es die Stahltür, aber in der Klinke fühlte sie keine Bewegung.

*Natürlich! Ein Knauf. Von außen kommt man ohne Schlüssel nicht hinein.*

Es war so einfach. So elementar. Und doch hatte sie es vergessen. Mit dieser Erkenntnis entspannte sich Clara wieder ein wenig. Erneut blickte sie durch den kleinen Spion und sah Markus direkt ins Gesicht. Er schien nicht sonderlich überrascht zu sein, dass sich die Tür nicht öffnen ließ. Doch als sie ihm in das so vertraute Antlitz sah, wurde sie plötzlich wehmütig. Viele Erinnerungen kamen ihr in den Sinn. All die Momente, in denen sie gemeinsam gelacht oder sich in endlosen Gedankenspielen verloren hatte. Sie sah in das Gesicht und erkannte den zielstrebigen Ermittler, mit dem morbiden Humor, der einst ihr Mentor und später ihr Partner war.

Und noch etwas wurde ihr schmerzlich bewusst. Hier standen sie, Markus und Clara, Leben und Tod, nur wenige Zentimeter voneinander entfernt. Nur getrennt durch eine Stahltür. Der Abstand war so gering und doch schienen ganze Welten sie zu trennen. Der Graben zwischen ihnen war nur in eine Richtung überwindbar. Hatte man ihn übersprungen, konnte man zurückblicken, aber wurde von der anderen Seite nicht mehr gesehen.

*So funktioniert der Tod?*

Ihre Augen wurden nass, als sich Tränen darin sammelten. Schnell blinzelte sie sie fort und zwei feuchte Perlen rutschten langsam an ihren Wangen herab. Als sie sich etwas gefangen hatte und wieder bereit war, nach draußen zu spähen, erschrak sie leise. Statt Markus Gesicht blickte sie in ein riesiges braunes Auge. Nur kurz, denn er zuckte genauso zurück wie sie, aber es reichte aus.

„Hallo? Ist da jemand?“

*Scheiße! Verdammte Scheiße! Hat er mich gehört oder gesehen? Verdammt!*

„Würden Sie bitte die Tür öffnen? Ich habe da eine Frage“, Markus Stimme war kaum gedämpft, dafür umso dringlicher.

Für Außenstehende lag normalerweise so viel Autorität darin, dass sie umgehend öffneten, wenn sie nichts zu verbergen hatten. In ihrem Fall funktionierte es aber doppelt nicht. Sie kannte ihn, seine kräftige Stimme und sein Vorgehen, daher hatte es keine Wirkung auf sie. Und zum anderen hatte sie durchaus etwas zu verheimlichen. Sich selbst.

Als Clara beschloss, dass es das Beste wäre, wenn sie sich still und leise zurückzog und zu Viktor ginge, hörte sie ein elektrisches Summen neben sich in der Wand. Irgendwo über ihr gab es einen schrillen, schmerzhaften Ton. Markus hatte den Klingelknopf gedrückt. Instinktiv duckte sie sich weg und riss die Hände an den Kopf. Doch das Geräusch war vorbei, bevor sie ihre Ohren erreichten. Dennoch stand sie dort für einen Moment wie gelähmt und starrte die Stahltür an. Sie erwartete, dass sie sich doch öffnen würde und sie eine Erklärung für Markus zusammenstammelte. Aber nichts geschah.

Sekunden der bewegungslosen Ruhe später klingelte Markus erneut. Dieses Mal war Clara vorbereitet und hatte nicht den Drang vor

Schmerzen zu schreien. Aber das war nicht der einzige Unterschied. Auf das zweite Klingeln reagierte auch Viktor.

„Ja, bitte?“, hörte sie seine blecherne Stimme aus der Gegensprechanlage.

„Schütter, Kriminalpolizei, guten Tag, Herr… ääh…?“

„Uljanov. Viktor Uljanov. Wie kann ich Ihnen behilflich sein, Herr Schütter?“

*Als wenn du den Namen nicht schon längst wüsstest, Markus.*

Clara schmunzelte und hörte gebannt zu. Sie war zu neugierig, das wusste sie. Das Gespräch ging sie nichts an, aber es war einfach zu reizvoll nach diesen kleinen Happen ihrer alten Welt zu greifen. Es schien ihr Jahre oder Jahrzehnte her zu sein, dass sie Markus Stimme gehört hatte, und jetzt stand er dort. Direkt vor ihr. Nur durch ein paar Zentimeter geschmiedeten Eisens und etwas Luft von ihr getrennt. Und dabei hatte er keine Ahnung, dass sie unmittelbar vor ihm stand.

„Herr Uljanov, könnten wir uns vielleicht kurz unterhalten, ich habe die ein oder andere Verständnisfrage.“

„Sicher, gerne. Wäre es nur möglich, einen anderen Termin zu finden? Ich bereite mich gerade auf ein geschäftliches Telefonat vor, dass ich nun nicht verschieben möchte.“

„Äußerst ungerne. Ich will Sie gar nicht lange aufhalten. Nur ein paar Fragen, dann bin ich wieder fort. Sie würden mir mit fünf Minuten ihrer Zeit sehr helfen, Herr Uljanov.“

Stille trat an die Stelle des Gesprächs und erfüllte Clara mit schmerzhafter Erwartung. Hier stand sie, im Halbdunkel des Einlasses einer Gothicdisco und wartete gespannt darauf, wie sich ihr altes und ihr neues Leben einigten.

„Nun gut, ein paar Minuten werde ich sicherlich entbehren können…“

Sie war so angespannt und harrte der Entscheidung, dass sie keinen Gedanken daran verschwendet hatte, was wohl passieren würde, wenn Viktor zustimmte. Er hatte immerhin keine Ahnung, dass sie hier oben war. Doch jetzt gefror ihr ohnehin kaltes Blut in den Adern. Viktor würde auf Markus treffen. An sich nichts Schlimmes, aber dazu musste er…

„…ich lasse Sie herein, Kommissar Schütter und hole sie dann ab. Bleiben Sie einfach an der Tür, ich bin in zwei Minuten bei ihnen.“

*Oh verdammt!*

Es summte in der Schließanlage und Panik stieg in Clara auf. Viel zu lange starrte sie den Türrahmen an und wartete darauf, dass irgendetwas passierte. Nur wie sollte sie reagieren? Was tun? Die Tür zu halten? Markus überwältigen? Wegrennen? Aber wohin? In den Keller? Nein, er würde die Tür sehen oder zumindest ins Schloss fallen hören. In die Garderobe? Nein, die Abtrennung war herabgelassen, sie würde nur gegen ein Rollgitter springen. Das verursachte nur Lärm und am Ende läge sie auf dem Boden vor Markus Füßen.

Mit einem Klack gab das Schloss den Riegel frei und die eiserne Tür wurde aufgezogen. Ein dünner Lichtstrahl fiel ins Innere des Death's Garden und malte einen grellen Strich an die dunkle Wand neben Clara. Sie musste hier weg. Jetzt! Schnell!

Ohne weiter nachzudenken, wandte sie sich um und sprintete den kurzen Gang zurück in die Tanzhalle. In Windeseile durchquerte sie den riesigen Raum in Richtung der Sitzecke. Sie umrundete den Bartresen und ließ sich schlitternd auf den Boden fallen. Am Ende der kurzen Rutschpartie schlug sie hart mit Kopf und Schultern gegen die Rückwand. Etwas in ihrem Nacken knirschte und knackte mit einem ungesunden Geräusch. Für die meisten anderen hätte der Aufschlag mindestens eine Querschnittslähmung mit sich gebracht. Vielleicht sogar den sofortigen Tod. Aber Clara spürte nicht einmal Schmerzen.

Als sie sich mit der Hand unter den Zopf fuhr, fühlte sie eine große vorstehende Beule direkt unterhalb des Kopfendes. Erschrocken zuckte sie wieder zurück und ihr Notizbuch rutschte von ihrem Bauch. Und erst jetzt wurde ihr bewusst, dass sie es die ganze Zeit festgehalten. Das Geräusch ließ sie innehalten. Wenn Markus im Raum war, musste er das gehört haben. Aber sie hörte nichts. Keine Schritte, kein Gespräch, nur eine wackelnde Flasche irgendeines Alkohols über ihr. Sie tänzelte lebensmüde am Rande des Glasregals, in dem sie ordentlich aufgereiht mit ihres Gleichen gestanden hatte. Clara befürchtete schon, dass sie ihr in wenigen Augenblicken ins Gesicht fallen und die Nase brechen würde. Aber sie schien es sich anders zu überlegen und blieb im letzten Moment ruhig stehen. Doch ihr war klar, dass nicht mehr viel fehlte. Ein kleiner Schubs, eine winzige Bewegung und sie würde fallen.

Vorsichtig schob Clara ihre Hand wieder in den Nacken und betastete ihre Verletzung. Auch ohne tiefgehende medizinische Kenntnisse war ihr bewusst, dass sie dort ihren Nackenwirbel erfühlte. Nur dass sie nicht den kleinen Dornenfortsatz unter der Haut ertastete, sondern fast den ganzen Wirbel. Das war eine tödliche Verletzung, es konnte nicht anders sein. Oder wäre es zumindest für jemanden gewesen, der nicht ohne hin schon tot war.

Da sie keine bessere Idee hatte, drückte sie mit der einen Hand gegen den vorstehenden Knochen, mit der anderen gegen ihre Stirn und versuchte zugleich, den Hals möglichst lang zu strecken. Eine Vorstellung davon, ob sie das Richtige tat, hatte Clara nicht. Doch was sollte schon passieren? Wenn es einen Beweis dafür brauchte, dass sie nicht mehr sterben konnte, fühlte sie ihn in ihrer Handfläche. Als sie unter ihrer Haut eine langsame Bewegung spürte, verlor sie ihre zögerliche Vorsicht. Mit einem Ruck und einem lauten Knacken sprang der Wirbel auf der Flucht wieder in Reih und Glied. Behutsam drehte sie den Kopf nach links und rechts und jeweils folgte eine knackende Beschwerde ihrer Wirbelsäule, aber schon bei der zweiten Wiederholung lief es deutlich besser und ruhiger.

Nun lag sie also dort auf dem Boden hinter dem Bartresen, hatte einen Genickbruch selbst versorgt und wartete darauf, dass irgendetwas passierte. Sie hoffte auf Geräusche, die ihr verrieten, dass Markus mit Viktor in sein Arbeitszimmer marschierte. Dann konnte sie sich vorwagen und in den Keller flüchten. Doch sie taten ihr nicht den Gefallen. Im Gegenteil, sie hörte zwar Schritte in der Tanzhalle, aber sie waren nicht nur auf der Durchreise, um im Seitengang zu verschwinden. Nein, sie kamen auf Clara zu.

Erschrocken wandte sie zügig den Kopf zur Seite und starrte in die Richtung, aus der sie Schritte hörte. Zunächst sah sie nur die Holzwand der Bar, ein paar Getränkekisten, die unter dem Tresen abgestellt waren und den gesammelten Dreck der letzten Jahre. Aber dann schimmerte eine grünliche Aura durch den dunklen Schatten, in dem sie lag. Markus kam in die Halle. Die Schritte hörte sie nun deutlich. Die festen Absätze von zwei paar Anzugschuhen. Dazu gesellten sich Sätze belangloser Smalltalk, um die Zeit zu überbrücken, die sie für ihren Weg benötigten.

Ruhig und reglos blieb Clara liegen. In ihrer Vorstellung verursachte jede Bewegung ein Geräusch. Und jeder Laut erregte Markus Aufmerksamkeit. Er war ein guter Ermittler, hatte viel Erfahrung. Sie kannte ihn genug, um zu wissen, dass er mit ausreichend Misstrauen hergekommen war. Wenn sie ihm einen Grund lieferte sich umzuschauen, würde er ihn dankend annehmen.

Die beiden Herren kamen näher und Claras Blick folgte dem grünen Schemen, bis er keine drei Meter von ihrem Kopf entfernt in der Sitzecke Platz nahm.

„Also, Herr Kommissar, welche Fragen genau darf ich Ihnen beantworten?"

„Vielen Dank nochmals für ihre Zeit, Herr Uljanov. Ich weiß das sehr zu schätzen."

*Jetzt schmier' ihm doch keinen Honig um den Bart, Markus. Komm zum Punkt und geh wieder.*

Eine kurze Pause entstand und Clara stellte sich vor, wie Viktor mit einem sanften Lächeln nickte. Weiteres Süßholz raspeln und Dankesbekundungen würden keinen von beiden weiterbringen, daher versuchte er das Gespräch abzukürzen.

„Wie ich bereits sagte, nur ein paar kurze Fragen", Markus setzte eine Pause und erwartete eine Reaktion oder Nachfrage seines Gegenübers ab, wurde aber enttäuscht, „Nun, wie Sie vielleicht aus lokalen Medien mitbekommen haben, hatte es im letzten Jahr einige Morde in der Stadt gegeben, die bisher leider nicht aufgeklärt werden konnten."

„Es ist eine große Stadt, da wäre es sicherlich reichlich naiv zu erwarten, dass hier keine schrecklichen Dinge passieren. Aber wie kann denn nun meine bescheidene Person einen Beitrag zur Aufklärung leisten?"

*Spiel dich nicht so auf, Viktor, das mag Markus gar nicht.*

„Reichlich naiv, in der Tat. Sie verstehen sicher auch, dass ich im Rahmen der Ermittlungen nur einen groben Kontext wiedergeben kann. Wenn überhaupt. Dennoch bitte ich Sie, die Fragen direkt und ehrlich zu beantworten. Am besten, ohne nachzudenken."

„Sie suchen also nach Informationen aus erster Hand und weniger nach einem korrekten Verständnis?", Viktors Stimme verriet, dass er sich überlegen fühlte, und um dies zu unterstreichen legte er eine kurze Pause ein, „Aber gut. Die Rahmenbedingungen sind nun klar und ich möchte Ihnen gerne helfen. Welche Fragen kann ich Ihnen beantworten?"

Zu Claras Überraschung ging Markus auf ihn ein. Hier waren offenbar zwei Alphatiere im Gespräch. Jeder ein Spezialist auf dem jeweiligen Gebiet. Markus hatte mit seiner fordernden Art den ersten Zug gemacht und Viktor hatte mit entlarvendem Scharfsinn dagegengehalten und geklärt, was er vom Vorspielen falscher

Tatsachen hielt. Nun ruderte Markus zurück und überarbeitete seine Strategie. Er wählte die direkte Konfrontation.

„Wissen Sie, dass Ihr Club im Zuge der Ermittlungen damals in mindestens zwei Fällen erwähnt wurde?“

„Nein, das wusste ich nicht. Inwiefern denn, wenn ich fragen darf? Sicherlich nicht als Tatort. Und weder ich noch einer meiner Angestellten wurden meines Wissens nach zum Gespräch gebeten.“

„Korrekt. Aber es gibt Grund zu der Annahme, dass sowohl der Mörder als auch mindestens zwei seiner Opfer in der jeweiligen Tatnacht hier waren. Daher drängt sich die Frage auf, welche Klientel sie hier für gewöhnlich bewirtschaften.“

Geschäftsmäßig überging Viktor den Seitenhieb und antwortete nüchtern mit einem bunten Querschnitt der Gesellschaft. Allerdings nicht, ohne auch Markus seinerseits immer wieder eine Spitze zu versetzen. Anfänglich fand Clara das amüsant, wenn auch risikoreich. Wahrscheinlich kochte ihr ehemaliger Kollege bereits vor Wut, weil er keinen vernünftigen Angriffspunkt an diesen windigen Clubbesitzer bekam.

Nach einer Weile, es waren definitiv mehr als die versprochenen fünf Minuten, unterbrach Viktor urplötzlich das Gespräch mit einem Themenwechsel. Unversehens fragte er Markus, ob er etwas trinken wolle. Er entschuldigte sich mehrmals ein schlechter Gastgeber zu sein, dass er nicht als erstes danach gefragt hatte. Doch noch bevor Markus reagieren konnte, hatte sich der Geschäftsmann erhoben und war auf dem Weg um die Bar herum.

„Wasser, danke“, entgegnete Markus letztlich, klang aber sehr überfahren.

„Sehr gerne.“

Als Viktor um die Bar bog, musste er Clara auf dem Boden liegen gesehen haben. Sie jedenfalls starrte zu ihm empor. Aber seine Selbstbeherrschung hätte jeden Schauspieler vor Neid erblassen lassen. Keine Regung verriet, ob er sie realisiert hatte oder nicht. Nicht einmal ein kurzes Zucken seiner Augen in ihre Richtung konnte sie sehen. Stattdessen redete er weiter auf Markus ein und bot verschiedenen Wassersorten an. Letztlich goss er zwei Gläser ein und schob beiläufig die suizidale Flasche zurück auf ihren Platz.

Doch als Viktor seinen Rückweg antrat und Clara das leise Klirren beider Gläser auf der Tischplatte hörte, spürte sie eine Veränderung in der Atmosphäre. Viktors Präsenz weitete sich aus und sie fühlte förmlich, wie er in Markus geistiges Wesen eindrang. Er tat ihr leid. Im Grunde erledigte Markus nur seinen Job. Oder besser gesagt, er ging darüber hinaus, so wie sie es damals getan hatte. Und zum Dank dafür, manipulierte Viktor ihn nun. Eine unfaire Welt.

„Herr Schütter, nachdem Sie nun viel meiner Zeit in Anspruch genommen und dabei nur wenige konkrete Fragen gestellt haben, möchte ich von Ihnen gerne den tatsächlichen Grund ihres Besuches erfahren. Warum sind Sie hier?"

Die Antwort, die Markus gab, überraschte Clara nicht nur, es rührte sie zu Tränen. Er war damals, als es zu der verheerenden Explosion in der Wohnung seiner Kollegin gekommen war, auf dem Weg zu ihr. Er war praktisch schon dort, als über ihm das Fenster barst und Sekundenbruchteile später Flammensäulen daraus hervorschossen. Er wollte sie abholen. Wäre er doch nur zwei winzige Minuten eher dort gewesen. Oder hätte er nur fünf Minuten früher angerufen, um sich anzukündigen. Dann wäre sie jetzt noch am Leben.

*Nein, Markus, das glaube ich nicht. Jedenfalls nicht anders, als ich jetzt lebe.*

Er versank in Selbstvorwürfen. Es zerriss ihn, dass er von diesem Fall ausgeschlossen war, da er persönlich involviert war. Indes habe er einen Freund bei der Spurensicherung um einen Gefallen gebeten und sich Zugang zu den Ermittlungsakten besorgt. Über diesen Weg habe er erfahren, dass man verbrannte Notizen, Karten und sogar ganze Akten in ihrer Wohnung gefunden hatte. Vieles war nicht mehr auszuwerten. Aber was rekonstruierbar war, deutete darauf hin, dass sie an einem Fall gearbeitet hatte. Im Privaten und mit illegalen Aktenkopien.

Da in ihren Unterlagen das Death's Garden mehrfach in Verbindung mit Morden genannt wurde und Clara vermutete, dass der Täter stets von hieraus gestartet war, versuchte er ihre Gedanken nachzuvollziehen. Außerdem wusste er, dass sie sich selbst hier aufgehalten hatte, um undercover zu ermitteln, als sie und er noch offiziell an dem Fall gearbeitet hatten.

Nun fühlte er sich schuldig, weil er ihr nicht geglaubt hatte. Er war überzeugt, dass sie sonst heute noch leben würde. Wenn er sie nur ein bisschen unterstützt hätte. Dann wäre sie vielleicht mehr auf ihn eingegangen, hätte sich mehr auf ihre offizielle Arbeit konzentriert. Hätte damals am Telefon nicht unnötig Zeit verschwendet und versucht ihn abzuwimmeln. Nun versuchte er mit sich wieder ins Reine zu kommen, indem er Claras Schritte nachvollzog und überprüfte, woran sie da im Stillen gearbeitet hatte.

*Armer Markus. Das ist so lieb von dir. Ich hoffe, du findest deinen Frieden. Aber lass die Sache auf sich beruhen. Wenn du zu tief einsteigst, wirst du vielleicht vor die gleiche Wahl gestellt wie ich.*

Als Markus mit brüchiger Stimme seine Erklärung beendete, kribbelte es in Claras ganzem Körper. Sie wünschte sich in diesem Moment nichts sehnlicher als aufzuspringen und ihrem alten Kollegen um den Hals zu fallen. Sie wollte ihm sagen, dass alles Ok war, dass es ihr gut ging und es ihr leidtat, dass er sich so sorgte. Aber sie wusste, dass sie es nicht durfte. Roxy hatte es ihr am Anfang klar und deutlich erklärt, als sie sich unbedingt von Sabine verabschieden wollte. Zum Glück sprang Viktor für sie ein.

„Vielen Dank für die ehrlichen Worte, Herr Schütter. Ich weiß das zu schätzen. Und ich bin mir sicher, dass auch Ihre Kollegin dankbar und gerührt ist, ob ihrer aufrechten Sorge."

„...wenn sie es nur wüsste..."

„Ja... natürlich", stimmte Viktor schnell zu, „Aber, wenn Sie mir die persönlichen Worte gestatten, halten Sie es nicht für besser, wenn Sie ihrer im Stillen erinnern? Glauben Sie nicht, dass sie es vorziehen würde, wenn Sie sich nicht ihretwegen so aufrieben? Gedenken Sie ihrer Kollegin und fassen Sie neuen Mut und Kraft aus ihrem arbeitsamen Fleiß. Aber lassen Sie sie in Frieden ruhen."

Bei diesen Worten spürte Clara, dass Viktor seinen Einfluss auf Markus verstärkte. Er ging anscheinend sicher, dass seine hypnotische Beeinflussung tief genug saß. Es schmerzte ihr totes Herz und ein kalter Schauer lief ihr über den Rücken, aber dennoch sah sie ein, dass der Leiter der Enklave Recht hatte. Im Grunde tat er Markus sogar etwas Gutes. Wenn es funktionierte, würde er mit weniger Trauer im Herzen gehen, als er gekommen war. Und wenn er ihr unfreiwilliges Vermächtnis ebenso ruhen ließ, dann würde er auch nicht zufällig auf Dinge stoßen, die ihn zu tief in den Kaninchenbau lockten.

Für einen Moment kehrte Stille in die Tanzhalle ein. Kein einziges Geräusch war zu hören und hätte es nur einen Augenblick länger gedauert, wäre es gespenstisch gewesen. Aber dann klapperten die Gläser der beiden Männer auf dem Tisch als sie tranken und es setzte eine leichte Unterhaltung ein. Etwas Smalltalk über den Club und wie sich die Musik im Laufe der Zeit änderte. Markus plauderte über seine Jugend und die Tanzveranstaltungen, die er damals besucht hatte. Alles wirkte deutlich entspannter. Die dunklen Gedanken, die ihn überschattet hatten, schienen verflogen.

„Herr Kommissar, Sie haben mich neugierig gemacht, als Sie eben erwähnten, dass Sie mit ihrer… ähm… verstorbenen Kollegin an einem großen Fall arbeiteten. Worum genau ging es dabei? Also, natürlich nur, wenn sie etwas dazu sagen können“, versuchte Viktor den Schein des Anstands zu bewahren.

Aber Clara wusste, dass Markus schon längst nicht mehr in der Lage war, sich zu wehren. Dennoch war ihr die Frage recht. So würde sie etwas erfahren, was nicht in den Nachrichten genannt wurde.

„Hmmm, ja, eigentlich darf ich nicht über laufende Ermittlungen sprechen. Erst recht nicht über Sonderkommissionen.“

Markus versuchte sich gegen die Beeinflussung zu stemmen. Er schien zu spüren, dass seine Zunge nicht so reagierte, wie er es gewohnt war. Im Grunde hatte er schon jetzt zu viel gesagt.

„Ich verstehe. Aber vielleicht, was ihre Aufgabe dabei ist? Immerhin scheinen sie ja einiges erreicht zu haben, dass man nicht einmal mehr vor tödlichen Angriffen auf die Ermittler zurückschreckt“, versuchte Viktor es weiter.

Damit hatte er den strengen Kommissar gebrochen. Auf neutralem Terrain war Markus sehr standhaft, aber sein Gesprächspartner hatte es persönlich werden lassen, indem er in die eben geschlossene Wunde doch noch einmal Salz einrieb. Er antwortete mit einem tiefen Seufzen, als sein Verstand den Widerstand aufgab.

Dann begann er zögerlich von der Sonderkommission „Hells Kitchen“ zu berichten. Zunächst nichts Neues für Clara, immerhin war sie damals selbst ein Jahr dabei gewesen. Aber dann näherten sich seine Beschreibungen dem Zeitpunkt ihres Todes und sie wurde hellhörig. Denn ihr alter Kollege hatte anscheinend einen besseren Draht zu Martin von Waldeck, als sie gedacht hatte.

Markus war ins Vertrauen gezogen worden, als sich der Verdacht erhärtete, es könnte einen Maulwurf in der Soko geben. Auffällig wenig wurde trotz strengster Geheimhaltung erreicht und obwohl die Tipps, die sie erhalten hatten immer korrekt waren, führten sie nur bei den kleinen Fischen zu Verhaftungen. Hatte man zunächst die Informanten im Verdacht, die Gegenseite ebenfalls zu warnen, wurde dies doch schnell verworfen. Denn überraschenderweise starben sie zunehmend immer qualvollere Tode.

Unweigerlich dachte Clara an das Tatortfoto eines toten Spitzels, den man mit der kolumbianischen Krawatte hingerichtet hatte. Die Informanten aber, ob eingeschüchtert oder nicht, wurden nach und nach als undichte Stellen ausgeschlossen. Stattdessen versuchte einer der internen Mitarbeiter, kurz nach Claras Tod, Selbstmord zu begehen.

Er überlebte glücklicherweise und als man dem auf den Grund ging, gestand er der Maulwurf zu sein. Es passte ins Bild. Er hatte Zugang zu allen Ermittlungsergebnissen, kannte die beteiligen Polizisten und die Klarnamen der Informanten. Und er war erpressbar. Es war nicht Habgier oder böser Wille, der ihn zum Verrat getrieben hatten, sondern die tiefe Sorge eines Familienvaters. Über einen bisher ungeklärten Weg fand die Gegenpartei seinen Namen, Adresse und eine private Handynummer heraus. Anschließend kontaktierte man ihn mit Bildern aus der eigenen Wohnung, der Tochter auf dem Schulweg und beim Spielen mit Freundinnen und seiner Frau beim Einkaufen. Die Botschaft war klar: Wir wissen jederzeit, wo sich deine Familie aufhält und wir können auch zu dir nach Hause kommen.

Gegenüber dieser Bedrohung knickte er schließlich ein und verriet seinerseits Namen und Adresse der Ermittler in verschiedenen Positionen. Ludwig war der Erste, der damals sterben musste und bei dem der Maulwurf wusste, dass es auf seine Rechnung ging. Andere wurden ebenfalls mit Erpressung mundtot gemacht, so dass sich niemand die Finger schmutzig machen musste. Aber da Clara keine Familie hatte, stand sie weiter auf der Todesliste. Nach ihrem Tod brach der Maulwurf endgültig zusammen und versuchte sich mit seinem Selbstmord der Verantwortung zu entziehen. In der Hoffnung, gleichzeitig die Familie zu schützen.

Doch statt ihn sterben zu lassen, fügte das Schicksal die Scherben seines Lebens neu zusammen. Nach einem umfassenden Geständnis noch im Krankenhaus, fingierte man seinen Tod und stellte die Familie unter Personenschutz. Das war schwieriger als gedacht, denn die Gegenseite durfte nicht den Verdacht schöpfen, dass es ein polizeilicher Schutz war. Dafür gab er alles bekannt, was er über seine Kontaktleute wusste. Namen, Berufe, Adresse, sonstige Aufenthaltsorte, zweite und dritte Identitäten. Alles legte er offen. Es war erstaunlich, wie tief das organisierte Verbrechen seinen erzwungenen Mittelsmann in der Polizeibehörde eingebunden hatte. Nach ewigen Verhören im Krankenhaus hatten die Ermittler nun ihrerseits eine umfangreiche Liste in den Händen. Das war nun eine Woche her. Jetzt plante man einen gezielten Gegenschlag.

Clara lag gebannt am Boden und malte sich die Erfolgsmeldung der Polizei aus, die in ein paar Wochen durch die landesweiten Medien gehen würde. Jetzt fügte sich auch zusammen, warum die Berichte in den Nachrichten so schrecklich oberflächig waren. Aber eine gewisse Enttäuschung spürte sie dennoch an sich nagen. Hätten Markus oder Martin sie früher ins Vertrauen gezogen, dann hätte sie tatsächlich ihren privaten Fall eine Weile ruhen lassen. Andererseits, es gab so viel Hätte und Wenn, dass niemand wirklich zu sagen vermochte, wie sich die Dinge entwickelten hätten.

Die Getränke waren während Markus Bericht geleert worden und die Gläser klimperten erneut, als Viktor sie aufnahm. Mit ein paar geschmeidigen Schritten war er wieder bei Clara hinter der Bar und füllte nach. Immer noch ließ er sich nichts anmerken und blieb völlig selbstbewusst direkt neben ihrem Kopf stehen. Aus dieser Perspektive konnte sie unter den Saum seines Hosenbeins schauen und wunderte sich. Er trug keine dunklen Socken zur Anzughose, sondern war barfuß in die Schuhe geschlüpft.

Sie verbuchte es als liebenswerte Angewohnheit und wandte sich gerade ab, als ihr noch etwas Interessantes auffiel. An Viktors Fußknöchel waren schwarze Punkte und Striche tätowiert, so ähnlich wie Morsezeichen. Sie hatte den immer adrett gekleideten, förmlich, höflichen und korrekten Mann nicht für einen Tattootypen gehalten. Andererseits war das Muster stets unterm Hosenbein verdeckt. So wahrte er den Schein.

Auch darüber wäre sie hinweggegangen, wenn ihr Verstand sich nicht an der Tätowierung festgehalten hätte. Sie konnte Morsezeichen nicht lesen, nur den einen oder anderen Buchstaben jenseits von SOS. Und doch klammerte sich ihr Verstand daran, dass sie Ähnliches schon einmal gesehen hatte. Nur wo? Oder bei wem? Aber bevor sie weitere Gedanken dazu verfolgen konnte, wurde ihre Aufmerksamkeit erneut auf das Gespräch gelenkt. Denn Viktor sprach über den Tresen zu Markus.

„Wissen Sie, Herr Schütter, für mich als Geschäftsmann ist es wichtig, den guten Ruf, den ich mir erarbeitet habe, zu behalten“, bemerkte Viktor beiläufig, als er die Getränke nachfüllte, „Meinen Sie, es wäre daher möglich, mir eine vollständige Liste Ihrer Verdächtigen zukommen zu lassen? Streng vertraulich, versteht sich. Ich möchte nur mal schauen, ob sich dort mir bekannte Personen wiederfinden. In dem Fall wäre es mir eine Freude, Ihnen weitere Informationen zukommen zu lassen. Aber vorrangig möchte ich das wissen, um umgehend alle Aktivitäten mit den betreffenden Personen zu beenden."

„Hmmm, das… das… das wäre m… möglich", Markus wehrte sich tapfer und doch vergebens gegen die Beeinflussung, „aber Sie dürften die Verdächtigen nicht Kontaktieren oder Ihre, wie auch immer gearteten Kontakte abbrechen. Das würde nur unnötige Aufmerksamkeit darauf lenken, dass etwas nicht stimmen könnte."

„Nun, das setzt mich zwar der Gefahr eines Rufverlustes aus, aber wenn es der Polizei die Arbeit erleichtert, dann werde ich natürlich zivilen Gehorsam leisten."

Ruhigen Schrittes verließ Viktor die Bar und kehrte zu Markus in die Sitzecke zurück. In kurzen Dialogen klärten sie noch die Details und der Kommissar nannte schon mal ein paar Namen, die ihm sofort einfielen. Viktor wiederholte jeden einzelnen in langsamen und nachdenklichen Tonfall. Es war für Clara offenkundig, dass er nicht in Gedanken sein Adressbuch mit Geschäftskontakten durchging. Es ging einzig und allein darum, ihr die Möglichkeit zu geben sich die Namen zu merken.

Nach wenigen Minuten klirrten die Gläser ein drittes Mal und ein Mantel raschelte, als sich die beiden Männer von der Sitzecke erhoben. Der Clubbesitzer leitete die Verabschiedung ein und wieder hörte Clara die festen Absätze von Herrenschuhen auf dem harten Boden. Dieses Mal entfernten sie sich und sie atmete innerlich auf. Doch erst als sie in einiger Entfernung das Knarren der Stahltür hörte, erlaubte sie sich den Gedanken, die Situation überstanden zu haben. Entspannen oder bewegen wollte sie sich aber dennoch nicht. Erst wartete sie darauf, dass die Tür wieder ins Schloss fiel. So lange harrte sie auf dem Boden hinter dem Tresen aus.

## Kapitel 30

Es dauerte einen kurzen Moment. Kaum länger als ein paar Abschiedsworte, aber es reichte, um sich zu fragen, ob sie die Tür schon überhört hatte. Die ganze Situation kam ihr unglaublich abstrus vor. Wahrscheinlich hätte es sogar viele bessere Alternativen als den Fußboden gegeben, vor allem wenn man bedachte, dass sie sich bei der Aktion das Genick gebrochen hatte. Aber sie hatte sich ohne weiteres Nachdenken für diesen Weg entschieden. Was wohl Roxy dazu sagen würde? Wahrscheinlich hielt sie sich lachend den Bauch und würde es ihr eine Ewigkeit immer wieder ins Gedächtnis rufen. Und in ihrem Fall war eine Ewigkeit sehr lang.

Schließlich hörte sie die Stahltür doch zu schlagen und Clara stemmte sich steif in eine kniende Position. Gerade klammerte sie sich mit ihren Händen an der Kante des Tresens fest, da hörte sie schon Viktors Schritte durch den Raum.

Ächzend drückte sie die Beine durch und tauchte langsam hinter dem Tresen auf. Als sie endlich stand, bewegte sie den Kopf von links nach rechts und von oben nach unten. Bei jeder Bewegung knackte es einmal und es fühlte sich so an, als würde erst jetzt der Wirbel wieder an die richtige Stelle zurückspringen. Sie fasste sich unwillkürlich in den Nacken, bevor sie den Blick auf Viktor richtete.

„Hast du dich gerade in laufende Ermittlungen eines Sondereinsatzes eingemischt?“

Die Frage war unnötig. Sie beide wussten, dass er genau das getan hatte.

„Nein“, grinste Viktor süffisant, „wie ich deinem Kollegen bereits gesagt hatte, geht es nur darum, meinen Ruf zu schützen.“

„Wieso glaube ich dir nicht?“

„Weil es nicht die ganze Wahrheit ist, vermute ich.“

Er erreichte die Bar und setzte sich Clara gegenüber auf einen Hocker. Auch wenn keine Gäste im Club und die Musik abgeschaltet war, so hatte sie doch das Gefühl in einer klischeehaften Filmszene geraten zu sein. Der Trübsal blasende Held klagt resigniert der Barfrau sein Leid. Sie unterdrückte den Drang, nach einem Glas zu greifen und mit einem Tuch daran herumzuwischen.

„Also, was wäre dann die ganze Geschichte?“

„Die Namen der Verdächtigen interessieren mich tatsächlich. Aber nur am Rande. Selbst, wenn ich dort einen Geschäftspartner wiederfinden sollte, hätte ich kaum ein schlechtes Gewissen deswegen. Mein Club ist sauber, das wissen du und dein Kollege bereits. Und ich weiß, dass ihr es wisst. Aber ich dachte mir, ich spiel sein Spiel eine Weile mit. Na ja“, er zucke beiläufig mit den Achseln, „als, er dann aber damit herausrückte, dass er deinetwegen hier war, wurde es interessanter.“

„Das habe ich gemerkt“, schnaubte Clara.

„Die Liste, die er mir geben wird, ist für dich, meine Liebe.“

Das überraschte sie. Für einen Moment blieben ihr die Worte im Hals stecken. Für sie? Aber warum? Viktor sah sie an und brach in schallendes Gelächter aus.

„Clara, du solltest dein Gesicht sehen“, prustete er.

Doch als er bemerkte, dass sie in keiner Weise lachte, sondern ihn mit scharfen Blicken strafte, verstummte er mühevoll.

„Wofür ist die Liste, Viktor?“, kaum verholen schwang eine Aggression in ihrer Stimme mit, die sie sogar selbst überraschte.

Er hatte sie nicht provoziert. Einen Witz auf ihre Kosten, das ja, doch so etwas vertrug sie für gewöhnlich. Warum hatte sie sich jetzt so im Ton vergriffen? Der Clubbesitzer aber beugte sich unbeeindruckt ein Stück vor und faltete die Hände wie zum Gebet auf dem Tresen.

„Sieh mal, wir hatten doch vorhin über den Abschied aus dem früheren Leben gesprochen. Der Weg, den du gehen wolltest, steht derzeit nicht offen, auch wenn dein Wunsch nachvollziehbar ist. Aber was wäre denn, wenn du nicht den Fall deiner Obsession abschließt, sondern DEINEN Fall?“

Eine Pause. Viktor sah sie herausfordernd an. Dann hellte sich Claras Gesicht ein wenig auf, nur um sich sofort noch weiter zu verdunkeln.

„Rache? Du meinst, ich soll mich einfach an meinen Mörder und deren Auftraggebern rächen?“

Wieder zuckte er mit den Schultern.

„Du musst sie ja nicht töten, davon rate ich explizit ab. Aber was spricht dagegen, der Polizei ein wenig unterstützend unter die Arme zu greifen? Wenn du Namen und Adresse hast, könntest du, hypothetisch gesprochen, einfach mal hinfahren und… sagen wir… nach dem Rechten sehen. Du könntest sie dann bitten, sich der Polizei zu stellen. Und wenn sie das nicht wollen mit etwas Nachdruck darauf hinweisen, dass es für ihre Gesundheit besser wäre, als sich mit dir anzulegen.“

„Das… das geht nicht!“

„Warum nicht?"

„Na... die würden mich doch sofort er...", Clara stockte.

„Er-was? Erschießen? Erschlagen? Erwürgen?", ein verschlagenes Grinsen überzog sein Gesicht, „Ich gebe zu, die Versuche würde ich gerne sehen. Und auch den Gesichtsausdruck, wenn du von drei Kugeln in der Brust immer noch unbeeindruckt bist."

*„Claaaaaraaaaa, der Mann hat Recht. Lass uns etwas unbeherrschten Spaß haben. Wenn ein paar von den Typen draufgehen, wen interessiert das schon? Und die Restlichen legen wir fein säuberlich zusammengefaltet der Polizei vor die Tür. Was meinst du?"*

Ein frostiger Schauer lief ihr über den Rücken, als diese kalte Stimme in ihrem Kopf erklang.

*„Das wird ein riesiger Spaß. Lass dich ein paar Mal erschießen, dann reiß ihm den Arm ab und schlag ihm damit den Schädel zu Matsch. Am besten vor seinen Kumpels."*

Sie schüttelte den Kopf, um die Stimme darin zum Schweigen zu bringen. Überzeugt davon, dass sie sich daran noch lange Zeit nicht gewöhnen würde, gab sie aber zähneknirschend zu, dass der Gedanke tatsächlich reizvoll war. Nicht, was die Dunkelheit ihr einflüsterte, sondern was Viktor aufgeworfen hatte. Sie war zwar nicht erpicht darauf herauszufinden, wie es war erschossen zu werden, aber es würde ihr Genugtuung verschaffen, wenn sie dabei half einige der Drahtzieher hinter Gitter zu bringen. Dazu kam, dass das Risiko für sie recht überschaubar war, während bei ordentlichen Polizeieinsätzen Menschenleben in Gefahr gerieten.

„Einverstanden, Viktor. Wann hast du die Liste?"

„Im Laufe des Tages. Versprach mir Herr Schütter zumindest."

Clara nickte nur wortlos.

*Judge Dredd also doch.*

Den Rest des Tages verbrachte sie abwechselnd im Aufenthaltsraum und in ihrem Zimmer. Es war nicht so, dass sie nervös hin und her lief. Aber die richtige Ruhe fand sie auch nicht. Im Gemeinschaftszimmer trank sie, um die Dunkelheit wieder zu beruhigen. Sie versuchte, ein Buch zu lesen, aber konnte sich nicht ausreichend konzentrieren. Sie probierte sich an einer Zeitschrift, doch ihre Gedanken entglitten ihr ständig. Also ging sie in ihr Zimmer und versuchte zu ruhen. Aber die Untätigkeit machte es nur noch schlimmer. Und schon war sie wieder auf dem Weg den Flur entlang in den Aufenthaltsraum.

Auf Höhe von Roxys Zimmer warf sie einen Blick zur Tür und fragte sich, ob mit dem Ghoul alles in Ordnung war. Clara wollte ihre Freundin in Ruhe schlafen lassen, nachdem sie ihr einen anstrengenden Tag lang treu zur Seite gestanden hatte. Im wahrsten Sinne des Wortes. Aber allmählich sorgte sie sich doch. Immerhin war sie vor über 12 Stunden ins Bett gegangen. Es wäre ein Leichtes für sie Kontakt zu ihr aufzunehmen und nach dem Rechten zu schauen. Aber sie respektierte auch Roxys Privatsphäre.

Auf der anderen Seite brauchte sie ihre Freundin ja nicht stören, um mehr herauszufinden. Obwohl sie allein im Keller des Clubs war, trat sie vorsichtig ein paar Schritte näher an die Tür heran und schloss die Augen. Sie spürte deutlich, dass Roxy darin war. Und das sie lebte. Immerhin. Das war wohl dieses diffuse Gefühl, dass ihre Freundin ihr beschrieben hatte. Immer irgendwie zu wissen, wo sie war. Sie öffnete die Augen und suchte nach der schwarzen Aura dort, wo sie das Bett vermutete. Aber sie war nicht zu sehen.

Verwundert ließ Clara den Blick wandern, bis sie den schwarzen Schemen fand. Sie hatte nicht nur in die andere Richtung gesehen, sondern auch nach der falschen Form Ausschau gehalten. Roxy lag nicht mehr, sie stand. Jetzt, da sie ihre Freundin entdeckt hatte, lauschte sie konzentriert auf alle Geräusche hinter der Tür. Da war ein Rauschen, ein leises Plätschern und… sang sie etwa? Oder hatte sie sich nur den Zeh gestoßen?

Alles in allem war Clara davon überzeugt, dass sie genug herausgefunden hatte. Tiefer wollte sie nicht ungebeten in Roxys Leben eindringen. Es reichte ihr zu wissen, dass sie dort war, lebte und offenbar duschte. Das hieß immerhin, dass sie sicherlich bald erholt und entspannt aus dem Zimmer kommen würde.

„Geh doch rein."

Clara fuhr erschrocken zusammen und riss sich von der Tür los. Ein paar Schritte vor ihr stand einer der Zwillinge und grinste sie schelmisch an.

„Entschuldigung, ich wollte dich nicht erschrecken."

„Schon gut, Luka. Ich dachte nur, dass ich allein hier unten bin."

„Warst du auch. Ich bin gerade erst gekommen. Andrej wirft mal wieder kurzfristig alle Ablaufpläne durcheinander und streitet sich mit den anderen Schauspielern und den Bühnenbauern. Das wollte ich mir nicht antun und bin früher nach Hause gegangen. Aber nochmal, geh doch einfach rein. Sie ist dein Ghoul. Sie muss deine Privatsphäre beachten, nicht umgekehrt."

Clara schüttelte entschieden den Kopf.

„Nein, ich bin es ihr schuldig, dass sie sich in Ruhe erholen darf."

„Na, wenn du meinst. Einfacher ist das Leben, wenn man die Verhältnisse klärt und klar hält. Ich halte nichts davon, Ghoule wie Tiere zu behandeln. Aber…", verständnislos zuckte Luka mit den Schultern, „Na ja, der eine ist Herr der andere Diener. Das bestimmt doch schon eine gewisse Rangordnung, oder?"

„Ansichtssache, schätze ich. Ich pflege ein freundschaftliches und respektvolles Verhältnis zu ihr. Ja, sie muss loyal sein. Aber es wäre mir lieber, dass sie es auch sein möchte."

„Idealismus, Clara", winkte der Schauspieler ab, „Sie ist in die Sklaverei gezwungen worden. Wenn sie könnte, würde sie ausbrechen. Wie alle Sklaven."

Damit verabschiedete er sich und ging an ihr vorbei, um ein paar Türen weiter sein eigenes Apartment zu betreten. Mit einer Mischung aus Überraschung und Unverständnis schaute Clara ihm hinterher, bevor sie sich von der Tür löste und in die entgegengesetzte Richtung zum Aufenthaltsraum schritt. Sie hatte den Eindruck, dass Andrej und Luka einzig und allein für die Schauspielerei lebten. Dass er sich zum Thema Besitzverhältnisse und Hierarchien äußerte, war absolut neu. Und erst recht die Meinung, die er vertrat. Roxy hatte ein gutes Verhältnis zu den Zwillingen. Ob sie wusste, wie Luka dachte?

Im Gemeinschaftsraum versuchte Clara gar nicht erst sich mit Lesen oder Fernsehen abzulenken. Stattdessen ging sie direkt in die Küche und suchte eine Pfanne, ein paar Eier, Gewürze, Speck und Butter zusammen. Ihre Kochkünste genügten ihren eigenen Ansprüchen, die nicht allzu hoch lagen, aber für andere kochte sie sehr selten. Es war zwar schon 14:23, doch Roxy würde sicherlich etwas frühstücken wollen und Clara hoffte, dass ein wenig Rührei mit Kräutern und Speck auf Brot reichte.

Sie bereitete alles vor und schlug die Eier in die Pfanne. Doch, was Luka gesagt hatte, nagte an ihr. Bisher war es für sie selbstverständlich gewesen, dass Roxy und sie freundschaftlich verbunden waren. Deswegen war es für sie auch ein normaler Freundschaftsdienst, dass sie ihr mit einem kleinen, warmen Frühstück entgegenkam. Doch jetzt fühlte es sich auch seltsam an. Wie eine vertauschte Rolle. War es wirklich so, dass es umgekehrt sein müsste? Sollte Roxy nicht ihr das Frühstück zubereiten oder vielleicht sogar als solches bereitstehen? Na gut, das wäre sinnlos, da sie anschließend selbst Roxy trinken lassen müsste. Aber der Punkt war, dass sie gemessen an der üblichen Hierarchie über dem Ghoul stand. Und so, wie sie das Ergebnis des gestrigen Tages verstanden hatte, war sie im Rang sogar über den anderen Vampiren, einschließlich des Obersten Rates. Aber musste sie sich deswegen dem antiquierten System unterwerfen? Eines, dass sie für sich selbst gar nicht bereit war anzunehmen.

Clara war so tief in ihre Gedanken versunken, dass sie nicht mitbekam, wie Roxy den Raum betrat und sich gut gelaunt zu ihr gesellte. Weit weg wälzte sie die Fragen hin und her, ob sie sich in Roxy getäuscht hatte. Luka hatte einen richtigen Punkt angesprochen. Sie war zum Dasein als Ghoul gezwungen worden und in über 200 Jahren nicht zum Vampir aufgestiegen. Wurde sie klein gehalten und war innerlich enttäuscht? Würde sie aus diesem Unleben ausbrechen, wenn sie könnte? In welche Richtung? Tod oder Menschsein? War sie nur loyal, weil sie keine andere Wahl hatte, oder war sie es, weil sie den Alten und sie selbst mochte? Vielleicht sogar, weil sie mit ihrem eigenen Status zufrieden war? Auf der anderen Seite würde Roxy sie nie hintergehen, selbst wenn sie es wollte. Bestes, wenn auch trauriges, Beispiel dafür war Blue.

Gedankenverloren rührte sie beständig die Eimasse um, als Roxy sie zurück ins Hier und Jetzt holte.

„Man, die dunkle Wolke um deinen Kopf ist so dicht, dass ich sie fast anfassen kann. Alles in Ordnung bei dir?"

Clara schüttelte energisch den Kopf, um die Gedanken loszuwerden. Dann setzte sie den besten Versuch eines Lächelns auf, zu dem sie im Stande war und begrüßte ihre Freundin.

„Guten Morgen… oder besser Mittag", noch einmal ließ sie den Pferdeschwanz hin und her fliegen, „Ja, nein, es geht schon. Ich war gerade ganz woanders."

„Ich weiß. Hab ich dir angesehen und ehrlich gesagt auch gespürt", sie lachte kurz auf, „Und gerochen. Die Eier brennen an."

„Oh shit!"

Hektisch riss Clara die Pfanne von der Herdplatte und schaltete sie ab. Enttäuscht und verärgert schob sie die angebrannte Eimasse auf zwei vorbereitete Teller und deutete Roxy sich an den Tisch zu setzen. Während die eine der Aufforderung folgte und sich bestens gelaunt und voll freudiger Erwartung Platz nahm, bereitete die andere schnell ein paar Scheiben Brot und Butter vor. Mit beiden Tellern und zwei Gläsern Cola setzte sich Clara ihrer Freundin gegenüber und schob ihr eine Portion über den Tisch.

„Das wäre wirklich nicht nötig gewesen. Ich hätte mir jetzt auch schnell etwas machen können."

„Stimmt, aber es macht mir nichts aus. Sieh es einfach als ein kleines Dankeschön für gestern an."

Roxy nickte lächelnd und beide begannen zu essen. Ihre Freundin witzelte darüber, dass sie in ihrer geistigen Abwesenheit vergessen hatte, wenigstens irgendein Gewürz an die Eier zu geben und Clara versuchte, gelassen zu kontern. Doch es gelang ihr nicht. Nach einer weiteren nicht so ernst gemeinten Spitze auf Claras Kosten, die aber ebenso mäßig ankam, beließ Roxy es dabei. Zögerlich und in besorgtem Ton brachte sie ihre Gedanken auf den Punkt, als das Essen sich dem Ende neigte.

„Was ist los, Clara? Es schwirren schon wieder dunkle Wolken um deinen Kopf und du bist bestenfalls körperlich anwesend. Was beschäftigt dich so sehr?"

Lustlos schob sie die Reste ihres Rühreis über den Teller und zurück, bevor sie zu ihrer Freundin aufsah.

„Ich wälze nur ein paar Fragen hin und her, auf die ich gerne eine Antwort hätte. Aber ich fürchte, die werde ich nicht bekommen."

„Von mir etwa? Auf welche Fragen?"

Seufzend legte Clara ihr Besteck zur Seite und sah den Ghoul direkt an. Sie versuchte einen neutralen Gesichtsausdruck aufzusetzen, war sich aber nicht sicher, wie gut es ihr gelang.

„Wie siehst du dich selbst, Roxy? Wie siehst du dich mir gegenüber? Und bist du zufrieden mit dem, wie es ist?"

Der letzte Bissen wäre ihr bei den Fragen fast im Hals stecken geblieben. Bevor sie antwortete, musste Roxy sich nicht nur erst wieder fangen, sondern auch gegen ein erstickendes Husten ankämpfen. Wie Clara vermutet hatte, die Antworten waren nicht leicht gefunden.

„Puh, also… ich verstehe nicht recht", stammelte sie, „wie kommst du… also, wie meinst du das?"

„Na, genauso, wie ich es gesagt habe. Wie siehst du dich? In deiner Rolle als Ghoul und mir gegenüber?"

Ihre Blicke trafen sich und für den Bruchteil einer Sekunde entstand eine intensive Verbindung zwischen ihnen. Mehr als der telepathische

Weg, den Clara allein aufbauen konnte. Es war, als würden sie einander das Innerste offenbaren. Doch der Moment war so schnell wieder vorbei, wie er aufgebaut war. Mehr als eine flüchtige Ahnung erhaschte keine von beiden. Betreten schaute Roxy auf die Tischplatte. Anscheinend war ihr zumindest klar geworden, in welche Richtung ihre Herrin dachte.

„Ich kann nicht sagen, dass ich das Ende meines Lebens mochte“, sie gab ein resigniertes Schnauben von sich und versuchte es in einem kurzen Lachen zu verbergen, „Wer wird schon gerne missbraucht und als menschlicher Müll zum Sterben zurückgelassen? Und ich weiß auch nicht, ob ich mir ein Weiterleben als Ghoul freiwillig ausgesucht hätte. Wohl nicht, wenn ich damals gewusst hätte, was ich heute weiß.“

Mit etwas Hoffnung in den Augen sah sie wieder auf.

„Aber es ging mir auch nicht schlecht seither. Vieles, an das ich mich gewöhnen musste, ja. Die abfällige Behandlung durch die Vampire. Das Gefühl, nichts wert zu sein. Man passt in keine Welt mehr hinein. Man ist weder ein lebender Toter noch ein sterblicher Mensch. Und der eigene Wille ist sehr stark eingeschränkt. Aber der Alte hat mich immer respektvoll behandelt. Er hat mich verteidigt, wo ich es nicht selbst konnte.“

Sie nahm einen Schluck Cola und Clara hatte das Gefühl, dass es weder zum Durstlöschen noch zum Anfeuchten der Kehle war. Es diente nur der Zeitgewinnung.

„So sehe ich mich also in ein Leben gezwungen, das ich mir in der Form selbst nie ausgesucht hätte. Ich konnte mich damals nicht dagegen wehren und kann es heute nicht. Ich war dem Alten hörig und bin es jetzt dir. Gewünscht hätte ich mir beides nicht. Aber ich weiß, dass ihr es beide nicht schlecht mit mir meint.“

In einer Hand hielt Roxy das halbleere Glas fest und sah es interessiert an. Als sie weitersprach, klang ihre Stimme wieder fester und deutlich besser gelaunt.

„Dir gegenüber fühle ich mich noch weniger als Untertan, als beim alten Wächter. Er war gut, er ließ mir meine Freiheiten und kam oft mit konkreten Aufträgen zu mir. Aber du beziehst mich in dein Leben ein. Du fragst nach meiner Meinung und um Rat. Ich darf Teil deines Daseins sein, nicht nur Befehlsempfängerin“, sie deutete auf die beiden leeren Teller zwischen ihnen, „Du behandelst mich wie eine Freundin, an der dir etwas liegt. Und das, obwohl wir uns eigentlich erst ein paar Wochen kennen. Ich weiß das wirklich zu schätzen, Clara. Seit 200

Jahren hat mich niemand mehr wie einen wertvollen, geschätzten Menschen behandelt. Das ist mir sehr viel wert."

Clara nickte nur und ein aufrichtiges Lächeln umspielte ihre Lippen. Dann hatte sie sich zum Glück doch nicht in Roxy getäuscht. Luka lag falsch. Oder?

„Du sagtest, dass du Teil meines Daseins bist. Aber was ist mit deinem? Wärst du nicht lieber… du? Teil deines eigenen Lebens und nicht gänzlich Teil eines anderen?"

„Ich… ich kann dir die Frage nicht beantworten", versuchte es Roxy, „weil ich keine Antwort weiß. Zum einen kenne ich nur diese Art zu leben. Zum anderen lässt es meine Natur als Ghoul überhaupt nicht zu mir solche Fragen zu stellen. Und zum Dritten wüsste ich nicht mal, ob es eigentlich möglich ist, mich von dir oder einem anderen Meister zu lösen."

Nachdenklich sah sie ihrer Herrin in die Augen und Clara erkannte deutlich den Moment, als eine Idee geboren wurde. Roxys Pupillen weiteten sich ein kleines Stück und ein feuchter Glanz reflektierte die Deckenleuchte. Und doch war die aufkommende heftige Reaktion für Clara äußerst überraschend.

„Nein! Nein, Clara, nein. Bitte schlag nicht vor, was ich denke, dass du vorschlagen willst! Wirklich nicht, nein! Wenn du schon nach meinen Wünschen fragst: Das will ich nicht!"

„Jetzt hast du mich abgehängt. Was willst du nicht?"

„Ich will kein Vampir werden. Das wolltest du mir doch damit sagen, oder? Mein eigenes Leben? Meine eigene Herrin? Das geht nur, wenn du mich verwandelst. Aber das will ich nicht. Ich bin schon jetzt von Blut abhängig, das reicht mir. Es von dir zu nehmen, schadet niemanden. Von Menschen zu trinken, schadet ihnen, ob nun freiwillig gegeben oder nicht! Lieber sterbe ich!", sie stockte, zögerte und ergänzte schließlich, „Ähm, das sollte jetzt nicht beleidigend sein."

Clara riss die Augen auf. Der Gedanke war ihr gar nicht gekommen, dass Roxy eine Vampirin werden könnte. Und noch weniger, dass sie es gar nicht wollen würde. Aber gut, jetzt war die Frage immerhin geklärt. Abwehrend hob sie die Hände.

„Nein, Roxy, tatsächlich bin ich gar nicht auf die Idee gekommen. Leider. Aber na ja, jetzt wissen wir trotzdem Bescheid…"

„Wirklich, Clara, ich hab es nicht böse gemeint. Ich wollte dich nicht beleidigen!", unterbrach sie ihre Freundin sichtlich bemüht, die

Wogen zu glätten, „Ich… ich meinte nur, dass ich niemandem schaden möchte, nur um selbst zu leben. Ich weiß, dass…"

Die junge Frau seufzte schwer und ließ den Kopf hängen, als ihr bewusst wurde, dass sie schon wieder im Begriff war, sich zu verrennen.

„Es gibt keinen guten Weg mehr daraus, nicht wahr?"

Sie tat ihr leid, wie sie so verzweifelt da saß und sich Sorgen um ihre Wortwahl machte. Besonders, da Clara sich weder angegriffen noch beleidigt fühlte. Im Gegenteil, sie verstand, was Roxy meinte und es gab ihr durchaus zu denken. Bisher war sie stets davon ausgegangen, dass alles Blut, das sie trank, von bereitwilligen Spendern kam. Und es wurde ihr immer bequem in Flaschen serviert. Sie war nie gezwungen, sich den Lebenssaft direkt aus einer Arterie zu nehmen. Von der Situation beim Obersten Rat mal abgesehen. Aber selbst die Freiwilligen opferten in gewisser Weise etwas von sich. Sie waren Menschen und mussten daher über die Zeit erst das verlorene Blut regenerieren. Das kostete ihren Körpern Kraft und Ressourcen. Wer konnte schon sagen, ob solche häufigen Blutspenden sich nicht negativ auf die eigene Lebenszeit auswirkten. In dem Punkt hatte ihre Freundin vollkommen Recht, trank sie von Clara, wurde keinerlei Leben beschränkt, auch nicht theoretisch.

Sie streckte den Arm aus und legte die Hand an Roxys Wange. Langsam hob sie ihren Kopf an und suchte ihren Blick. Als der Ghoul endlich die Augen von der Tischplatte riss, waren sie nass und verzweifelt.

*Du rechnest damit, dass ich wütend bin oder mit einer Art Strafe? Warum?*

„Ist Ok, Roxy", versuchte Clara sie in einem versöhnlichen und ruhigen Tonfall zu beruhigen, „Ich bin nicht sauer, weil du eine eigene Meinung hast. Und ich wollte dir auch nicht suggerieren, dich verwandeln zu wollen. Wirklich nicht. Ich wollte nur wissen, ob du… na ja… glücklich bist, wie dein Leben verläuft. Oder ob du es lieber anders hättest. Ich habe befürchtet, du könntest dich als Sklavin fühlen und würdest lieber aus deinem Leben, deinem Status, ausbrechen. In welche Richtung auch immer."

Mit dem Handrücken wischte Roxy sich über die nassen Augen. Aufrichtige Erleichterung lag darin und ein Hauch von Hoffnung.

„Du… du bist nicht verärgert?"

Clara schüttelte nur den Kopf und verstärke ihr beruhigendes Lächeln. Eine Weile sahen sie sich schweigend an, nichts sagend, nichts denkend. Roxy war froh, um den Moment der Ruhe und die Möglichkeit sich wieder zu fangen. Je länger sie in das Gesicht ihrer Herrin sah, desto mehr festigte sich die Hoffnung, dass es tatsächlich keinen Grund zur Besorgnis gab. Die junge Vampirin war aufrichtig verständnisvoll. Schließlich fand sie sogar ihre Sprache wieder.

„Ich... ich glaube, dass ich glücklich bin mit meinem Leben, Clara. Es ist nicht perfekt, aber welches Leben ist das schon?"

Zufrieden nickte Clara und lächelte freudestrahlend.

„Das freut mich. Wirklich. Und sollte sich das ändern, sag mir bitte Bescheid. Ich möchte dich als Freundin und Ratgeberin an meiner Seite behalten und nicht, weil du hier sein musst."

Beruhigt erwiderte Roxy das Lächeln und ihre Augen wurden wieder nass. Doch diesmal vor Freude und Erleichterung.

Das späte Frühstück war beendet. Die Fronten geklärt. Doch noch gab es etwas, dass Clara auf dem Herzen lag und in der Seele brannte. Die Fäden, die Viktor gezogen hatte würden bald Dinge in Gang setzen und sie wollte ihre Freundin auf ihrer Seite wissen. Daher berichtete sie Roxy beim Abspülen von ihrem Besuch bei ihm im Büro, dem unverhofften Wiedersehen mit ihrem alten Kollegen und dem Handel, den der Enklavenvorsteher ausgelobt hatte. Kleinlaut gestand sie ein, dass sie ihrerseits bereits jetzt dafür war.

„Ich weiß nicht, Clara. Ich bin skeptisch. Das ist gefährlich. Weniger für dich, aber für das Leben der Leute auf der Fahndungsliste. Rache ist ein starkes Gefühl. Genauso wie Wut und Zorn verleitet sie zu Kurzschlusshandlungen. Was, wenn du dann deine Kraft unterschätzt und wirklich jemanden tötest?"

„Daran hab ich auch gedacht und ehrlich gesagt beunruhigt mich der Gedanke, dass es mir tatsächlich egal wäre. Das kenne ich so nicht von mir. Jetzt frage ich mich, ist es die Überheblichkeit eines Vampirs über die Menschen? Ist es die Dunkelheit oder das Tier? Oder ist es einfach nur der Wunsch nach Gerechtigkeit? Ich meine, die böse Art von Gerechtigkeit, Auge um Auge..."

„...Zahn um Zahn", vervollständigte Viktor ihren Satz, als er den Aufenthaltsraum betrat.

Sie standen beide mit dem Rücken zur Tür nebeneinander in der Küche, daher hatten sie ihn nicht bemerkt. Erschrocken fuhren sie herum und sahen ihn an. Reglos und süffisant grinsend füllte er den Türrahmen aus, bevor er sich langsam auf den Weg an den

Küchentresen begab. In seiner Hand hielt er ein beidseitig bedrucktes Blatt Papier.

„Ich habe hier etwas für dich, Clara. Frisch aus dem Drucker. Dein Kollege ist wirklich recht zuverlässig. Hier stehen so einige Augen und Zähne drauf. Wenn du die alle besuchen willst, bist du eine Weile beschäftigt. Im Übrigen steht hier kein Name, den ich kenne, falls das irgendwie von Belang sein sollte."

Er legte die Liste vor sich auf den Tresen und hielt sie mit der flachen Hand fest. Obwohl Clara keine Anstalten machte, danach zu greifen, schien er sie noch nicht übergeben zu wollen.

„Sieh mal, liebste Clara", fuhr er in pathetischem Ton fort, „Ich möchte zuerst ein Missverständnis vermeiden. Obwohl ich davon überzeugt bin, dass es dir persönlich helfen könnte und ich das Ganze letztlich angeleiert habe, stimme ich Roxy vollkommen zu. Deine Hilfe für die Polizei und dein Dienst an der Gesellschaft könnten sich als Bärendienst erweisen, wenn die Sache aus dem Ruder läuft. Bei all der Selbstbeherrschung, ein Restrisiko verbleibt. Die Frage ist also, heiligt der Zweck die Mittel?"

Von einem zum anderen, zur Liste und zurück wanderte Claras Blick. Unschlüssig, wie sie reagieren sollte. Sie verstand sie ja beide. Ihr war bewusst, dass es gefährlich war. Sie riskierte nicht weniger als das erst kürzlich in sie gesetzte Vertrauen der Vampirgesellschaft. Doch der Antrieb war weniger die Rache, die sie zweifelsohne in sich spürte, sondern mehr der Wunsch nach einem Abschluss.

Der Zweck war für sie klar definiert. Die Personen aufsuchen, mit den Fakten konfrontieren und festsetzen. Dabei am besten sicherstellen, dass sie nicht flohen, denn dann wäre die ganze Liste hinfällig. Und schließlich der Polizei übergeben.

Die Mittel hingegen waren variantenreich. Sie konnte drohen und provozieren. Im besten Fall endete es in einem unbewaffneten Handgemenge. Im schlechtesten Fall würde man sie vermutlich erschießen. Oder es zumindest versuchen. Das wiederum bedeutete dann, dass sie sich einerseits als Unsterbliche bloßstellen musste und damit den Schwarzen Schleier in Gefahr brachte. Andererseits würde sie in jedem Fall siegreich hervorgehen. Sie konnte auch direkt mit Gewalt ein Aufgeben der Zielpersonen erzwingen. Ja, tödliche Attacken waren ebenso ein Teil dieses Spektrums an Möglichkeiten. Das würde der Dunkelheit am ehesten gefallen. Clara log, wenn da nicht ebenfalls in ihrem Herzen die Hoffnung auf ein gewaltsames

Handgemenge war. Oder sie spielte still, heimlich und listenreich der Polizei weitere Beweise zu und ließ der menschlichen Gerechtigkeit ihren Lauf. Das würde vermutlich am wenigsten Aufmerksamkeit auf die geheime Gesellschaft lenken.

„Ja", war Claras entschiedene Antwort, „Ich verstehe euch. Ich kenne das Risiko und ich bin überzeugt, dass es machbar ist."

Sie legte ihre Hand auf die des Clubbesitzers und sah ihm entschlossen in die Augen.

„Außerdem haben wir bereits darüber gesprochen, Viktor. Du hast das Thema aufgebracht und die Steine rollen nun bereits den Berg hinab. Jetzt ist es ein wenig zu spät für einen Rückzieher."

Stumm nickte er nur und zog seine Hand unter ihrer weg. Über Claras Schulter hin sprach er Roxy an.

„Pass auf, dass sie keine Dummheiten macht."

Der Ghoul riss die Hand zum Salut an die Stirn und stand stramm in der Küche.

„Wird gemacht!", schoss sie hervor und grinste gleich darauf.

Verstört sah Viktor die beiden Frauen an und musste einsehen, dass er Dinge in Gang gesetzt hatte, die nicht mehr aufzuhalten waren.

## Kapitel 31

Man sagt, kurz vor der Dämmerung sei die Nacht am dunkelsten. In einer Neumondnacht verursachte die tatsächliche Tageszeit jedoch keinen Unterschied mehr. Erst recht nicht, wenn der Himmel zudem von schwarzen Regenwolken verhangen war. Nicht eines der Lichter dort oben drang zur Erde durch. Weder Mond noch Sterne. Es war, als wüssten die sakralen Mächte, dass sie bestrebt war, eine unheilige Gerechtigkeit walten zu lassen und wandten sich bewusst ab. Wenn sie nicht hinsahen und von nichts wussten, dann konnte man ihnen später keinen Vorwurf machen, wenn Dinge aus dem Ruder liefen. Oder?

Clara fühlte sich weder mit noch ohne Sterne von oben beobachtet. Dennoch kam ihr die Dunkelheit gerade recht. Zusammen mit Roxy hatte sie in den letzten Tagen einige Vorbereitungen getroffen. So waren beide komplett in schwarz gekleidet. Stiefel und enganliegende Hosen aus weichem Leder, beides verursachte beim Bewegen kaum Geräusche. Ebenso ihre langärmligen Oberteile aus elastischem, mattem Stoff. Die schwarzen Latexhandschuhe komplettierten ihre Tarnung. Statt einer Skimaske, die sie wie Einbrecher aussehen lassen würde, wählten sie schwarze Schminkfarbe, mit der sie sich einfach zwei Hände voll über das Gesicht rieben.

Roxy kam sich schon bei den Vorbereitungen vor, als würde sie an einer geheimen Operation teilnehmen, auch wenn sie keinen echten Kampfanzug trug. Doch Clara nahm ihr das Versprechen ab, sich im Hintergrund zu halten. Letztlich lief es darauf hinaus, dass sie nur die Fahrerin war. Dennoch war es spannend und aufregend und ihre Tarnung deswegen nicht weniger wichtig. Schließlich sollte ihre Zielperson später bei der Polizei keine Angaben über seine Entführer machen können. In der Aufmachung kam Clara sich lächerlich vor, als würde sie eine Scharade spielen und sich mehr gewollt, als gekonnt auf etwas einlassen, das sie nicht beherrschte. Doch ihr war es wichtig zu wissen, dass ihre Freundin sich aus jeder Gefahrensituation heraushalten würde. Roxy konnte sterben, sie selbst nicht. Wenn die Tarnung dazu beitrug ihr Leben zu schonen, sollte es ihr nur recht sein.

Ihr Ziel war ein gewisser Nikolas van Bouren. Ein Mann mittleren Alters und der Inbegriff des Durchschnitts. Zumindest was Statur und Äußeres anging. Darüber hinaus war er aber für Clara kein unbeschriebenes Blatt. Bisher wurden ihm in der Vergangenheit nur kleinere wirtschaftliche Vergehen nachgewiesen. Für alle hatte er auf die eine oder andere Art Wiedergutmachung geleistet, meistens jedoch durch die anstandslose Zahlung von Strafen in die Staatskasse. Auch wenn ihm niemals ein Mord, die Planung oder auch nur die Beteiligung daran bewiesen wurde, tauchte sein Name unverhältnismäßig oft in ihren Ermittlungsakten auf. Doch dann war es plötzlich ruhig um ihn geworden. Man war schon fast versucht, ihn als endgültig geläutert zu betrachten. Aber so richtig überrascht war Clara dann doch nicht, seinen Namen auf Markus Liste zu lesen, obwohl sie ihm die Teilnahme an so einem großen Komplott nicht zugetraut hätte. Anscheinend eine Fehleinschätzung. Doch das Wiedererkennen des Namens hatte ohnehin gereicht, um Nikolas als Ersten auszuwählen.

Jetzt saß sie mit Roxy in Viktors schwarzem Golf auf einem Rastplatz einer Landstraße. Sie hatten hier angehalten, um die Kennzeichen abzumontieren. Die beste Tarnung nützte nichts, wenn man praktisch mit dem Ausweis in der Hand durch die Gegend lief. Aber ein schwarzer Golf, mit dunkel getönten Scheiben, auf einer unbeleuchteten Landstraße ohne Kennzeichen und zwei schwarze Gestalten im Innenraum? Das war zwar sehr verdächtig, aber später auch nicht zu identifizieren. Außerdem hatten sie für den Fall der Fälle normale Wechselkleidung eingepackt, Feuchttücher zum Abschminken und die Kennzeichen lagen im Kofferraum.

Sie erwähnte es zwar nicht, aber für den Rückweg fehlte Clara noch der finale Schliff am Plan. Wenn das Paket geschnürt war, würde Roxy sie abholen. Dann führte ihr Weg sie bis in die Stadt hinein und zum Polizeipräsidium. Vorbei an so vielen Verkehrsüberwachungskameras, dass die Ifera über Wochen ausgelastet waren. Und dann war da noch die Übergabe des Pakets. Das Gelände des Präsidiums war beschrankt und bewacht. Und auch hier gab es unzählige Kameras, die jeden Winkel in hoher Schärfe filmten. Das waren viele Probleme, für die sie noch keine Lösung hatte.

Ein letztes Mal sprachen sie ihren Plan durch. Clara würde hier aussteigen und den letzten Kilometer zu van Bourens Anwesen zu Fuß gehen. Sie würde nicht die Straße, sondern den Feldweg nehmen und sich seitlich nähern. Roxy hingegen würde langsam der Landstraße folgen und das Licht abgeschaltet lassen. Die Gegend war einsam und leer. Die Wahrscheinlichkeit auf andere nächtliche Autofahrer zu treffen entsprechend gering. Die Lage hatten sie zuvor mit Karten und Satellitenbildern geklärt und waren sogar tagsüber mit einem Leihwagen verschiedene Straßen rund um das Anwesen abgefahren.

Er bewohnte ein Haus, in dem auch der Bürositz seiner Firma angesiedelt war. Es stand ein gutes Stück außerhalb der Stadt. Sehr ländlich und abgelegen, fernab von den Lichtern und Geräuschen der Stadt und dennoch war man gut und schnell dort. Die nächsten Nachbarn waren mehrere Kilometer entfernt. Das Grundstück war von einer Mauer umgeben und nur von der Straße aus war es mit Fahrzeugen zu erreichen. Vor dem Haus waren Parkplätze für seine Kunden, jedoch innerhalb der Mauer. Das große Rolltor, das die Einfahrt verschloss, stand tagsüber offen, damit Klienten und Geschäftspartner ihn aufsuchen konnten. Ihre Erkundungstour hatte das bestätigt, doch nutze es ihnen jetzt nichts. Trotzdem wollte Clara, dass Roxy sich mit dem Auto in der Nähe der Zufahrt aufhielt. Denn ihr Plan war, dass sie mit dem Wagen reinfuhr, sobald sie das Tor öffnete. Das würde das Einladen später vereinfachen und sie waren schneller wieder fort vom Ort des Geschehens. Wie Clara das Tor öffnen wollte, wusste sie jedoch noch nicht.

Doch das Wichtigste Detail ihres Plans war, dass er dort allein lebte. Nachdem die Mordkommission das dritte Mal seine Wohnung in der Stadt ergebnislos durchsucht hatte, trennte sich seine Frau von ihm und nahm die gemeinsame Tochter mit. Er verkaufte die Wohnung und bezog dieses schicke Landhaus.

Kurz nachdem Clara ausgestiegen und Roxy fortgefahren war, setzte der Regen ein. Was als leichter Sommerregen anfing, steigerte sich schnell zu einem wahren Unwetter. Binnen Minuten war ihr Oberteil wasserdurchtränkt und klebte an ihrer Haut. Mit schweren Schritten kämpfte sie sich den nunmehr matschigen Weg entlang und war froh um ihre verbesserte Sehkraft. In der nächtlichen Finsternis hätte sie sonst so manches Schlagloch übersehen und wäre gestolpert oder umgeknickt. Als der Regen eingesetzt hatte, überlegte sie, ob sie den Weg hinauf zum Anwesen spurten sollte. Jetzt war sie froh, sich dagegen entschieden zu haben, auch wenn sie nun nass war. Es dauerte nicht lange, bis sie die Mauer an der Grundstücksgrenze erreichte. Der Feldweg hatte schon vor einem halben Kilometer geendet und sie war den Rest durch eine Sumpflandschaft geschlichen. Eine nach Lavendel, Regen und Erde duftende Sumpflandschaft.

Die Mauer war zu hoch, um darüber zu sehen, aber nicht, um zu klettern. Behände reckte sie die Arme und zog sich im Klimmzug hinauf. Gerade weit genug, dass sie etwas sehen konnte. Es war ein

Garten. Von dem, was sie erblickte, gab er nicht viel her. Ein in den Boden eingelassener Pool, eingefasst von akribisch gepflegtem Rasen. Dahinter eine Terrasse mit gemauertem Grill, ein paar Liegestühlen und Gartenmöbeln. Irgendwo am Rand nahm sie grüne Hecken wahr, aber ihr Fokus fiel auf das, was hinter der Terrasse lag. Eine große, breite Fensterfront und dahinter ein weitläufiges Wohnzimmer, in dem sogar Licht brannte. Alles lag offen vor ihr und war gut einsehbar.

Sie ließ sich wieder auf den Boden herabfallen und schlich schnellen Schrittes links an der Mauer entlang, bis sie ungefähr auf Höhe der Büsche und Hecken war. Clara fand es sicherer in deren Deckung in den Hof einzusteigen, obwohl es stockfinstere Nacht war. Aber man konnte ja nie wissen.

Mit nur wenigen Schritten erreichte sie die Ecke der Gartenmauer und zog sich hinauf. Sie hatte sich nicht getäuscht. Hier stand ein Baum auf der Innenseite und der direkte Blick zur Terrasse war durch Buschwerk verdeckt, wenn auch nicht vollständig. Doch selbst wenn jetzt jemand auf der Veranda gestanden hätte, wäre sie nicht aufgefallen. Hier in der Ecke war sie abseits des Blickfeldes, es war dunkel und der prasselnde Regen übertönte alle Geräusche, die sie beim Klettern verursachte.

Auf der anderen Seite duckte sie sich schnell hinter die Hecke und beobachtete den Garten. Das Wasser lief ihr ins Gesicht und tropfte ihr vom Pferdeschwanz in den Nacken. Früher hätte es sie geschaudert, vielleicht sogar geekelt. Doch heute nahm sie es schlicht hin. Ihr war nicht einmal kalt, obwohl sie so durchnässt war. Tot zu sein hatte seine Vorteile.

Garten und Terrasse blieben ruhig. Niemand war zu sehen, nur eine Bewegung im hell erleuchteten Zimmer. Ein Mann durchschritt es, sichtlich aufgeregt gestikulierend und mit dem Handy am Ohr. Er trug Jeans, Hemd und ein Sportsakko. Ein gepflegtes Äußeres und mit Bedacht gewählte Kleidung. Van Bouren wusste genau, wie er sich in Szene setzte und Eindruck bei seinem Gegenüber erweckte. In einer Bar hätte allein die Garderobe für ihn gesprochen, um Frauen kennenzulernen.

Clara hörte zwar nichts und war auch des Lippenlesens nicht mächtig, aber seine Körpersprache stand für sich. Nervös marschierte er mit zackigen Schritten auf und ab, als könne er sich nicht recht entscheiden, wo er in seinem Wohnzimmer hinwollte. Die freie Hand schoss mehrfach auf und nieder und seine Gesichtsfarbe steigerte sich parallel von einem kräftigen Rosa in ein tiefes Rot. Er war sauer, wütend, regelrecht zornig. Ihm war die Kontrolle über etwas entglitten und jetzt suchte er hektisch einen Ausweg. Oder einen Schuldigen. Und wenn er tatsächlich vor Mord nicht zurückschreckte, wollte man lieber nicht von ihm beschuldigt werden.

Der Rasen unter ihren Füßen hielt die Erde zusammen, so dass sie trotz des heftigen Regens nicht mehr durch Schlamm watete. Aber ein glitschiges Quietschen gaben ihre Schritte dennoch von sich. Geduckt schlich sie von einem Busch zum nächsten, bis sie den Rand der überdachten Terrasse erreichte. Froh, endlich wieder festen Boden unter den Füßen zu haben drückte, sie sich mit den Schultern an die Mauer neben der Fensterfront und spähte vorsichtig in das Zimmer.

Der Mann war verschwunden und dennoch wusste Clara, wo er war. Seine lebendige grüne Aura verriet, dass er in ein Nebenzimmer gegangen war. Zur Sicherheit ließ sie den Blick rundum schweifen, entdeckte aber keine weiteren Menschen.

*Gut. Niemand hier, außer van Bouren.*

Clara beugte sich vor, um das große Zimmer besser einzusehen, und spähte nach dem Türgriff. Zögerlich streckte sie die Hand danach aus und ließ den grünen Schemen im Nebenzimmer nicht aus den Augen. Er bewegte sich kaum. Sie schielte wieder zum Griff herüber. Nur wenige Zentimeter, doch ihre Deckung würde sie verlassen müssen, wenn sie vorhatte die Tür zu öffnen. Schnell noch mal kontrollieren, wo sich van Bouren aufhielt, dann fasste sie sich ein Herz und langte nach dem Schaft, um die Schiebetür aufzudrücken.

Als ihre Hand den weißen Kunststoff berührte, suchte Claras Blick wieder den Menschen im Haus. Doch er war nicht mehr im Nebenraum. Er stand direkt vor ihr. Kaum mehr als drei Meter entfernt und nur durch eine Glastür getrennt. Reglos verharrte sie einen Moment und wartete, was passierte. Sollte sie sich schnell zurückziehen? Oder würde eine unerwartete Bewegung im Garten nur seine Aufmerksamkeit auf sie lenken? Andererseits stand sie direkt auf der anderen Seite kurz hinter der Tür. Das Licht des Wohnzimmers musste sie einfach hell erleuchten.

Doch er sah sie nicht. Er stand seitlich zu ihr vor einer Kommode und öffnete die oberste Schublade. Sein Telefon hatte er obendrauf gelegt. Dennoch bewegten sich seine Lippen. Er sprach noch immer, doch der Regen auf dem Vordach war zu laut, selbst für Claras geschärftes Gehör. Sie verstand nicht, was er sagte. Langsam zog sie sich zurück.

Kurz bevor sie sich wieder an die Mauer drückte und ihn aus dem Blick verlor, registrierte sie, dass er mit einem Finger auf das Handy tippte. Mit der anderen Hand holte er etwas aus der Schublade. Dann sah sie nicht mehr, was geschah. Doch lange wartete sie nicht auf weitere Ereignisse. Kurz darauf klackte es neben ihr und die Tür wurde aufgeschoben. Clara drückte ihren Rücken fester an die Wand und zog sich einen Schritt weiter in den Schatten zurück.

Nikolas trat auf die Terrasse unter das Vordach und sah einen Moment stumm in den dunklen Garten hinein. Selbst die Unterwasserbeleuchtung des Pools war abgeschaltet. Tief atmete er die kühle, feuchte Luft ein, bevor er den Gegenstand in seiner Hand unter sein Sakko verschwinden ließ. Clara erkannte nicht, was es war. Zu sehr war sie damit beschäftig nicht aufzufallen und still zu stehen. Und sie überlegte bereits, was sie unternehmen würde, falls er sich zu ihr umdrehte.

Als er wieder ausatmete, griff er in die Hosentasche und holte ein Feuerzeug hervor. Die passende Zigarette fand er in seiner Hemdtasche und steckt sie sich in den Mund. Mit gesenktem Kopf und schützend vorgehaltener Hand gab er sich Feuer. In diesem Moment schien er entspannter als noch vor wenigen Minuten. Vielleicht hatte sein aufgeregtes Telefonat doch den gewünschten Effekt gehabt.

Wie aufs Stichwort klingelte es aus dem Wohnzimmer heraus. Erschrocken fuhr van Bouren zusammen und Clara ebenso.

„Was denn noch, verdammt?“, brüllte er die Nacht an und wandte sich um.

Sie fluchte innerlich, als sich ihre Blicke trafen. In diesem Moment wurde ihr bewusst, dass das Glück sie verlassen hatte. Nikolas verharrte in der Bewegung. Die glimmende Zigarette kippte etwas nach unten, als sich sein Mund vor Überraschung öffnete. Dann geschahen mehrere Dinge zugleich. Während er Clara ein unvollendetes „Wer zum Teufel…“ entgegenschleuderte, griff er zeitgleich unter sein Sakko. Als seine Hand wieder hervorschoss, hielt er eine großkalibrige Pistole in der Hand. Im hellen Licht, das durch die offene Terrassentür auf ihn fiel, erkannte Clara, dass es sich dabei um eine .38 handelte, vielleicht sogar .45. Ein direkter Treffer auf so kurze Entfernung wäre auf jeden Fall tödlich. Für die Meisten zumindest.

Clara sprang vor und hoffte, nicht zu viel Zeit verschwendet zu haben. Ihre Hand langte nach der Waffe. Mündungsfeuer blitzte auf. Etwas traf sie an der Schulter und riss sie herum. Ein roter, feuchter Nebel sprühte auf ihrer Rückseite hervor. Sie geriet ins Trudeln und stürzte neben van Bouren der Länge nach zu Boden. Die Lederschuhe, die sie eben noch direkt vor den Augen hatte, wichen schnell ein paar Schritte zurück. Clara versuchte sich in Windeseile aufzurichten, kam aber nur auf die Knie. Der rechte Arm stützte sie nicht mehr und verweigerte auch sonst jeden weiteren Gehorsam. Umständlich und behäbig stemmte sie sich mit dem verbliebenen Arm hoch und blieb auf ihren Fersen sitzen.

Das Knurren eines wütenden Hundes drang an ihr Ohr, doch sie blickte zunächst zu ihrer verletzten Schulter. Das Fleisch war durchschlagen, das Gelenk durch die Wucht des Aufpralls ausgekugelt und Clara hatte da so eine Ahnung, dass es eine faustgroße Austrittswunde gab. Wie in Trance hob sie die freie Hand an die Schulter, griff zu und riss mit einem Ruck das Gelenk wieder an Ort und Stelle. Mit zusammengebissenen Zähnen hob sie dann den Kopf und sah in den Lauf der großkalibrigen Pistole.

„Wer zum Teufel bist du?", spuckte van Bouren ihr entgegen. Sein Blick war kalt und berechnend. Ein abgebrühter Kerl, der sich nicht anmerken ließ, ob ihn ihre Aufmachung eines Freizeitninjas beeindruckte oder nicht. Es blieb kein Zweifel, dass er bereit war, erneut zu schießen. Doch diesmal in ihr Gesicht. Er war definitiv fähig zu töten. So viel hatte sie in weniger als zwei Sekunden herausgefunden.

„Dein schlimmster Albtraum", hörte Clara sich voll Zorn hervorpressen und hob die Arme erneut, um nach der Waffe zu greifen.

„Falsche Antwort!"

Ein Feuerblitz.

Ein Hieb gegen die Brust.

Noch einmal Feuer.

Noch ein Schlag.

Als Nächstes wurde Clara bewusst, dass sie rücklings am Boden lag und an das Vordach starrte. Es dauerte einen Augenblick, bis sie verstand, was geschehen war. Nur besserte das Verstehen die Situation nicht. Sie fühlte keinen Schmerz. Das war gleichermaßen erstaunlich und gut. Doch hatte sie nach dem Schulterdurchschuss zwei weitere

Treffer eingesteckt. Beschwerlich hob sie den Kopf und ließ ihn bald darauf wieder zurückfallen. Eine Kugel hatte sie in die linke Brust getroffen und ihre Lunge zerfetzt. Die andere war kurz unterhalb ihres Brustbeins eingeschlagen. Ohne den Widerstand von Knorpel oder Knochen war sie durch ihr Gewebe und den Magen gedrungen, wie durch warme Butter. Wahrscheinlich steckte sie in ihrer Wirbelsäule oder hatte diese sogar gesprengt.

Clara wuchtete sich auf die Ellenbogen hoch und sah zu Nikolas hinauf. Ungläubig erwiderte er ihren Blick und der Lauf der Pistole senkte sich. Hasserfüllt spukte sie Blut auf die Terrasse. Zorn funkelte in ihren Augen.

„Unmöglich…", flüsterte er und hob schon im nächsten Moment die Waffe an.

Wieder war da dieses Knurren, doch jetzt realisierte Clara, dass van Bouren keinen Hund hatte, sondern dass sie es selbst war. Es war die Wut in ihr, die sich in dem tiefen Brummen Gehör verschaffte. Es war die Wut über sich selbst und das Gefühl alles vermasselt zu haben. Es war die Wut auf Nikolas, weil er auf sie geschossen hatte. Aber da war immer noch mehr. Es war der Blutdurst, der in ihr aufstieg, um ihre Wunden zu heilen. Und mit einem Mal wurde ihr bewusst, wie es zusammenhing. Je schlimmer sie verletzt war, desto größer war ihr Blutdurst und desto stärker heilte sie. Nur, dass danach der Durst nicht nachlassen würde, sondern seinen Tribut forderte.

„Was zum…? Wie zum…?", stammelte er und der Lauf der Waffe begann zu zittern.

*Halte ihn hin. Nur ein paar Minuten!*

„Das… war… ein… großer Fehler", presste sie hervor und spie erneut Blut aus.

Sofort beruhigte sich sein Zittern wieder. Bedrohlich zielte die Pistole auf ihr Gesicht und Clara bereute umgehend die unbedacht ausgesprochene Drohung. Sie war nicht scharf darauf herauszufinden, ob sie als Vampirin auch ohne Gesicht noch lebensfähig war.

„Wie kannst du leben? Und was willst du hier?"

Seine Stimme war hart, kalt und unerbittlich. Es bestand kein Zweifel daran, dass er abdrückte, wenn er mit den Erwiderungen nicht zufrieden war. Oder sich auch nur bedroht fühlte. Ein weiterer unbedachter Angriff kam im Moment zumindest nicht in Frage.

Dennoch lächelte sie bei ihrer Antwort.

„Würdest du mir glauben, wenn ich sage, dass ich mich verlaufen habe?"

Wortlos spannte Nikolas den Hahn der Waffe.

„Das heißt dann wohl Nein", Clara seufzte, „Ok, du kannst gerne noch weitere Löcher in mich schießen, wenn es dir Spaß macht, aber irgendwann ist dein Magazin leer. Und dann…"

Er drückte ab. Der Feuerblitz flammte vor ihr auf und der nunmehr bekannte harte Treffer durchschlug ihr Brustbein und ihr Herz. Eine rote Fontaine stieg aus ihrer Brust herauf und platschte feucht auf die Terrasse. Die Wucht des Aufschlags warf sie zurück, so dass sie mit dem Kopf auf dem Boden aufschlug. Überraschenderweise hatte er nicht auf ihr Gesicht geschossen. Das war gut für sie. Und schlecht für ihn.

„Au", kommentierte Clara schlicht, als sie sich erneut auf einen Ellenbogen aufstütze und sich mit der anderen Hand den Kopf rieb.

„Ok, das war gelogen. Mir ist es doch lieber, wenn du nicht mehr auf mich schießt. Oder nimm wenigstens ein kleineres Kaliber. Was ist das? Kaliber 45? Scheiße, hat die eine Wucht."

„Was zur…?", ungläubig sah er auf seine Waffe.

Doch, er hatte geschossen. Er konnte trotz all der anderen Gerüche seines nassen Gartens auch verbranntes Schießpulver riechen. Eine feine Rauchsäule stieg von der Mündung auf. Und er sah die Löcher in der Frau. Er hatte das Blut gesehen, wie es aus ihrer Brust gespritzt war. Und außerdem blutete sie in diesem Moment seine Terrasse voll. Sie saß ja praktisch in ihrer eigenen Blutlache. Aber wie zum Teufel konnte sie drei direkte Treffer im Torso überleben? Jeder Einzelne war tödlich.

Noch einmal kontrollierte er die Pistole, während Clara sich weiter auf beide Ellenbogen stützte. Die Regenerationsfähigkeit des menschlichen Körpers war schon erstaunlich. Schwerste Verletzungen, Amputationen und sogar die Entnahme von einigen Organen konnte er überleben. Aber gegen die eines Vampirs war selbst das lächerlich. Das kurze Gespräch hatte gereicht, um die Nervenbahnen in ihrer Wirbelsäule zu heilen. Unbemerkt von ihm konnte sie in den Stiefeln bereits ihre Zehen bewegen. Ein wenig länger und sie hatte die volle Kontrolle über ihre Beine zurück.

„Wie zur Hölle…?"

„Die Wahrheit?", fragte sie mit provozierendem Ton in der Stimme.

„Besser wäre es", Nikolas spannte den Hahn erneut und zielte auf ihr Gesicht. Kein Zweifel, dieses Mal würde er ihren Kopf treffen.

„Ich bin unsterblich. Eine Vampirin, um genau zu sein. Und ich bin hier, um der Polizei ein paar Beweise für ein groß angelegtes kriminelles Kartell zu liefern. Und dich als Singvogel gleich mit."

„Unsterblich? Das wollen wir doch mal sehen…"

Aber dieses Mal war sie vorbereitet. Clara riss ihr Bein hoch und hoffte, dass es reichen würde. Sie traf seine Hand und die Kraft ihres Trittes brach ihm umgehend das Handgelenk. Der Schuss, der sich löste, geriet aus der Bahn. Jedoch nicht viel. Die Kugel zerschnitt die Luft nur wenige Zentimeter über ihr und schlug in den Fliesenboden ein. Für einen Augenblick regnete es im Garten Wasser und unter dem Vordach Terrakottasplitter. Die Pistole flog ihm aus der deformierten Hand und landete einige Meter weiter auf der Wiese. In der Schwärze der Nacht war die Waffe zwischen den Grashalmen verschwunden.

Die Zeit schien stillzustehen. Nikolas van Bouren starrte seine verkrüppelte Hand an. Unfähig zu begreifen, wie das so plötzlich passiert war. Dann brach sich der Schmerz Bahn in seinen Verstand. Er schrie Clara unartikuliert an. Nur in der verrückten Hoffnung dadurch den Schmerz der zertrümmerten und verbogenen Hand zu lindern.

Clara richtete sich umständlich und steif auf. Ihre Beine gehorchten ihr zwar wieder, aber durch die zerrissenen Muskeln in ihrem Oberkörper war sie nicht so grazil wie zuvor. Ihr gegenüber stand der Mann, der Informationen hatte, die der Soko Hells Kitchen entscheidend weiterhelfen würden. Er war der Mann, der die Beweise hatte oder liefern konnte. Er war der Mann, dessen Aussage es ermöglichte viele Köpfe der Hydra auf einmal abzuschlagen. Und er war der Mann, der insgesamt fünfmal auf sie geschossen hatte. Davon vier harte Treffer. Der Mann, der ihren Tod nicht nur billigend in Kauf genommen hatte, sondern ihn sogar aktiv herbeiführen wollte. Und deshalb war er auch der Mann, den sie erst einmal durch die Hölle schicken würde, bevor sie ihn der Polizei übergab.

Ohne Vorwarnung griff Clara blitzschnell nach der verbogenen Hand, drückte zu und verdrehte sie vollends. Sie spürte unter ihren Fingern, wie sich Bruchstücke der Knochen verschoben. Sie meinte sogar, das Mahlen, Knirschen und Aneinanderreiben regelrecht zu hören. Der Gedanke zauberte ihr ein böses Lächeln auf die Lippen. Ihre andere Hand schoss hervor und packte Nikolas an der Kehle. Sie trat nah an sein schreiendes Gesicht heran und sah im tief in die Augen.

Etwas, dass er dort sah, als er und sie Blickkontakt hatten, brachte ihn zum Schweigen. Ob er nur abgelenkt war oder der Schmerz ihm vollkommen die Sprache raubte, konnte sie nicht sagen. Und eigentlich war es Clara auch egal. Aber zweifellos sah sie Angst in seinem Gesicht.

„Du hast mir weh getan, Nikolas. Du hast auf mich geschossen. Du hast Löcher in meinen verdammten Brustkorb geballert! Das wirst du bitter bereuen."

Sie ließ die lädierte Hand los und krallte sich stattdessen an seiner Brust fest. Ihre Finger drückten sich durch das dünne Hemd. Der Stoff riss zuerst, dann die Haut und die Muskeln darunter. Blut quoll aus fünf fingergroßen Löchern hervor und färbten die Kleidung in wenigen Augenblicken dunkelrot. Doch davon unbeeindruckt schob sie die Finger weiter bis zwischen seine Rippen. Dem Griff konnte er nicht entkommen, ohne sich diese zu brechen. Und schon geschah es. Clara ballte Fäuste und die dünnen Knochenbögen brachen unter ihrem stählernen Griff. Nikolas schrie in die Nacht hinein.

Für einen Moment ärgerte sie sich, dass sie Latexhandschuhe trug. Sie spürte zwar seine Lunge unter ihren Fingerkuppen, aber trotzdem fehlte irgendwie das Gefühl. Wie schön wäre es jetzt das warme, klebrige Blut zwischen ihren Finger herablaufen zu fühlen. Das Gewebe, die Muskelfasern, die rauen Knochenstücke, die sie da hin und her schob. Es wäre jetzt irgendwie stimmig gewesen. Aber es war nun mal nicht so und die Handschuhe trug sie aus einem bestimmten Grund.

Clara öffnete die Hand und stieß ihn von sich. Was für ein lächerlicher Wurm. Ohne seine Waffe war er plötzlich nicht mehr so mutig. Van Bouren geriet ins Stolpern und fiel zu Boden. Er hatte keine Zeit sich wiederaufzurichten und hätte es auch nicht geschafft. Gelähmt vor Schmerzen starrte er sie mit Angst geweiteten Augen an und presste die Hände an die Brust. Längst hatte er vergessen, dass er selbst diesen unerträglichen Lärm verursachte, da er nicht aufhören konnte zu schreien.

„Halt die Fresse!", herrschte sie ihn an und zu Claras Überraschung wurde Nikolas augenblicklich still. Mehr noch, er fasste den Mut ihr zu antworten.

„Bitte", wimmerte er, „was willst du von mir?"

„Ah, gut, dass du fragst“, sie lächelte boshaft, „Ich will, dass du mit mir zur Polizei kommst. Dort wirst du dich stellen und vollumfänglich gestehen. Alles, was du jemals getan hast, jedes schmutzige Ding, bei dem du beteiligt warst oder nur davon wusstest. Und vor allem, wirst du weitere Namen und Beweise liefern. Fang mit den aktuellsten Schweinereien an.“

Clara beugte sich über ihn und griff nach seiner Schulter. Der Schraubstock, den ihre Finger bildeten, lockerte sich erst, als er aufrecht vor ihr stand. Sein Hemd war mittlerweile vollkommen rot.

„Um den Kollegen die Arbeit zu erleichtern, werden wir schon mal die wichtigsten Sachen mitbringen. Wo müssten wir zwei denn danach suchen? Du hast doch sicherlich Notizen oder sonstige Unterlagen hier, nicht wahr?“

„Ich… ich kann nicht. Ich kann niemanden verraten. Die bringen mich um!“

Der Griff in seine Schulter festigte sich. Claras Daumen durchbohrte langsam, aber beständig, erst das Hemd und dann die Haut unterhalb des Schlüsselbeins. Nikolas verzog das Gesicht, doch seine Selbstbeherrschung war längst gebrochen. Er schrie erneut. Clara ließ sich nicht beeindrucken und erhöhte den Druck ein weiteres Mal, bis das ganze erste Fingerglied des Daumens in seiner Schulter steckte.

„Und was genau lässt dich glauben, dass ich das nicht tun würde?“, in einer schnellen Bewegung ballte sie die Hand zur Faust und brach damit sein Schlüsselbein, „Nur dass der Tod für dich dann keine Strafe, sondern eine Erlösung sein wird, wenn ich nicht bekomme, was ich will!“

Die Beine gaben unter ihm nach, doch Claras unerbittlicher Griff und ihre unmenschliche Kraft hielten ihn aufrecht. Der Geruch nach Urin stieg ihr in die Nase. Mit festem Blick sah sie ihm in die Augen.

„Du wirst mir helfen. Du kannst dich wehren, dann haben wir noch etwas Spaß zusammen. Aber am Ende WIRST du mir helfen.“

„Ok, ok“, weinte er, „Oben, oben habe ich ein Geheimfach mit Unterlagen. Für den Fall, dass ich mal einen Gefallen einfordern muss.“

Sie ließ ihn los und machte den Weg für ihn frei. Clara war bewusst, dass einen Gefallen einfordern, so viel hieß, wie einem Geschäftspartner zu drohen, dass man belastendes Material an die Polizei weitergeben konnte, wenn er nicht kooperierte.

Nikolas van Bouren humpelte an ihr vorbei in das geräumige Wohnzimmer und führte sie in den dahinter liegenden Flur. Immer wieder fasste er sich an die Brust, das Atmen fiel ihm sichtlich schwer. Schmerz und Blutverlust forderten ihren Tribut und er stützte sich regelmäßig an Möbeln oder der Wand ab. Als er dabei war sich die Treppen nach oben hochzuschleppen, warf Clara einen Blick zurück auf den Weg, den sie gekommen waren. Überall war sein Blut verteilt. Auf dem Boden ein paar Tropfen und Spritzer und dazwischen immer wieder mal ein Handabdruck.

*Er hat mich angeschossen. Ich habe auch geblutet. Bevor wir fahren, sollte ich nochmal saubermachen.*

Oben waren, neben einem großen Schlafzimmer und einem edel ausgestatteten Bad, nur ein Gästezimmer und eine Abstellkammer. Doch van Bouren führte sie in das Schlafgemach. Wenn er mal eine Frau mit hierherbrachte, war sie spätestens dort einem Schäferstündchen nicht mehr abgeneigt. Ein riesiges Bett, Satinbettwäsche, sanfte Beleuchtung und ein Ambiente, das sowohl zur Gemütlichkeit als auch zum Matratzensport einlud.

Nikolas schleppte sich durch den Raum zu seinem großen Kleiderschrank. Er öffnete die hinterste Tür und schob die wenigen Jacken zusammen, die alles waren, was darin untergebracht waren. Dann drückte er auf die Holzrückwand und es schob sich ein kleines Nummernfeld auf. Nachdem er den Code eingegeben hatte, der Clara unglaublich lang vorkam, sprang der Rest der Rückwand ein paar Zentimeter auf. Angestrengt und kurzatmig schob er die Finger seiner intakten Hand in den Spalt und öffnete die Tür.

Dahinter war nicht viel zu sehen. Nur ein winziger Raum, kleiner als Viktors Büro im Death's Garden. Der Raum war maximal zwei Meter tief und höchstens anderthalb breit. Kaum mehr als eine versteckte Abstellkammer. Die einzige Sitzgelegenheit dort war ein drehbarer Hocker vor einem etwas größeren, aber edel gearbeiteten Schreibtisch. Darauf stand ein aufgeklappter Laptop, der just in diesem Moment hochfuhr. Schnell warf Clara einen Blick nach links und rechts. Auf der einen Seite war ein kleiner Drucker aufgebaut, auf der anderen standen eine Handvoll Aktenordner auf einem Regal. Eine nackte und sehr grelle Glühbirne spendete das nötige Licht. Mehr war in dem Räumchen nicht zu sehen.

„Da ist alles drauf", Nikolas deutete auf den Laptop, der in der Anmeldemaske stehen blieb und auf das richtige Passwort wartete.

„Gut! Dann entsperren und den Passwortschutz deaktivieren. Was ist in den Ordnern?"

„Das gleiche, nur als Hardcopy, falls ich mal jemandem etwas nachdrücklicher klarmachen muss, dass mir der Gefallen sehr wichtig ist", seine Stimme klang wieder fester, doch immer noch durchzogen von Schmerzen.

Er keuchte etwas, als er sich an den Einstellungen des Laptops zu schaffen machte. Sie rechnete fest damit, dass er versuchen würde, die Festplatte zu löschen, statt sie freizugeben. Aber zu ihrer Freude schien ihm der Gedanke nicht gekommen zu sein. Oder ihre Drohung hinderte ihn daran.

Ohne Aufforderung kabelte er den PC ab und trat einen Schritt zur Seite. Clara griff an ihm vorbei und klemmte sich den Rechner unter den Arm. Angst, dass er ihr eine Falle gestellt haben könnte, hatte sie nicht. Was hätte er denn schon groß zu Stande gebracht? Selbst, wenn er hier eine andere Waffe griffbereit versteckt hatte, was hätte sie ihm genutzt? Und anscheinend wusste er das auch.

Nikolas atmete schwer und begann zu husten. Anschließen spukte er Blut aus.

*Oh Mist. Hoffentlich habe ich ihn nicht zu sehr verletzt. Lebend sollte er schon noch bei der Polizei ankommen.*

Mit ihrer Zielperson und dem Laptop begab sie sich auf den Weg zum Ausgang des Hauses. Unterwegs ließ sie sich von ihm das große Tor an der Einfahrt öffnen und war froh, dass sie dazu nicht einen Umweg quer durch das Anwesen einschlugen. Praktischerweise hatte van Bouren einen Funkknopf für das Tor an seinem eigenen Schlüsselbund. Schnell warf sie ihm eine Jacke über die Schultern. Der Regen hatte sich in der Zwischenzeit in ein heftiges Sommergewitter gesteigert.

Gerade als sie die Haustür hinter sich zuzog, wendete auch schon Roxy den Fluchtwagen in der Einfahrt.

Sie hatten Viktor zwar nicht im Detail in ihre Pläne für den heutigen Abend eingeweiht, aber er würde sicherlich keine Blutflecken oder andere Beweise in seinem Auto haben wollen. Daher hatte Roxy in weiser Voraussicht die Rückbank mit einer schwarzen Kunststoffplane ausgelegt. Sie erinnerte Clara an Leichensäcke. Nikolas van Bouren landete unsanft im Fond, schrie kurz auf und ächzte später bei jeder kleinen Unebenheit.

Doch Clara selbst stieg nicht ein, sondern wandte sich an ihre Freundin.

„Warte noch. Ich muss schnell etwas erledigen."

Bevor Roxy widersprechen oder nachfragen konnte, schlug ihre Herrin auch schon die Tür zu und war verschwunden. Im Rückspiegel sah sie noch, wie sie die Eingangstür eintrat und hindurchschlüpfte.

Es dauerte länger, als sie gedacht hatte. In einem so großen Garten hatte sie irgendwo an der Wand einen Gartenschlauch erwartet. Aber anscheinend hatte van Bouren entweder ein Bewässerungssystem im Boden oder sie tat sich ungewöhnlich schwer den Anschluss zu finden. Am Ende suchte sie sich dilettantisch einen großen Topf aus der Küche und füllte ihn im Pool auf. Mit dem Wasser spülte sie, so gut es eben ging, ihre Blutflecken von der Terrasse. Am Ende war nichts mehr zu sehen oder zu riechen, obwohl ihr Geruchssinn nicht sehr verlässlich war, bei all den anderen Gerüchen. Van Bourens Blut und Urin, nasses Gras, Schlamm, das Chlor im Pool und der Ozon in der Luft, durch all die Blitze am Himmel. Es musste einfach reichen.

Zum Schluss fielen ihr die nassen Fußabdrücke auf. Die erfahrenen Kollegen, oder besser Ex-Kollegen, der Spurensicherung würden schnell rekonstruieren können, dass jemand durch den Garten rein, die Treppe rauf, vorne raus und zurückgegangen war. Selbst der Zwischenstopp in der Küche war mehr als deutlich zu sehen. Also noch ein paarmal Wasser aus dem Pool holen und zumindest auf die gröbsten Fußspuren kippen. Viel brachte es sicherlich nicht, denn spätestens bei den Abdrücken oben und hinter der Mauer würden sie eins und eins zusammenzählen. Dann war klar, von wo sie kam. Falls sie die eingetretene Tür als falsche Fährte entlarvten. Aber sie wollte es ihnen trotzdem etwas schwerer machen. So sehr sie es eben in der gebotenen Eile vermochte.

Nach getaner Arbeit und in der Hoffnung, dass sie nichts vergessen hatte, kehrte sie zum Auto zurück. Der Motor lief und Clara ließ sich neben Nikolas auf die Rückbank fallen. Sie zog ihm eine schwarze Stoffkapuze über. Sicher war sicher.

„Wir liefern das Paket ab", mehr sprach sie nicht mit Roxy.

Sie hatte ihre Freundin auch gebeten selbst nichts zu sagen, außer es war unbedingt notwendig und wichtig. Sie hatte es ihr nicht befohlen. Zu leicht konnte es passierten, dass der Befehl zu allgemein formuliert war und der Ghoul dann nichts sagte, obwohl es besser gewesen wäre. Daher hatte sie ihr nur ein Versprechen abgenommen. Trotzdem würde es sich nicht vermeiden lassen, dass er Roxys Stimme hörte. Der Plan sah es leider nicht anders vor. Doch würde er sich später nicht daran erinnern, wenn alles so funktionierte, wie es sollte.

Clara redete fast die ganze Zeit. Es war wichtig, dass ihr Gefangener der Polizei berichtete, was er wusste. Aber er durfte nichts von dem sagen, was er die letzte Stunde erlebt hatte. In Hypnose und Gedächtnislöschungen war sie nicht geübt, also arbeitete sie sehr kleinschrittig vor und versuchte sich genau auszudrücken in ihren Befehlen an van Bouren. Er sollte genügend Freiheit haben zu reden, aber eben nicht über alles.

Die Rippen habe er sich bei einem Sturz die Treppe hinab gebrochen. Er sei dann benommen durch die Wohnung und wieder hinaufgegangen. Dort habe schon ein großer, kräftiger, maskierter Mann gewartet. Nein, er konnte das Gesicht nicht erkennen. Er trug eine schwarze Stoffmaske. Aber er war groß und muskulös, hatte ihm die Hand und die Schulter gebrochen, nachdem er ihn gezwungen hatte den Laptop abzubauen. Er nötigte ihn ins Auto und zog ihm die Stoffkapuze auf. Als Nächstes wurde er aus dem Auto gestoßen und von den Polizisten gefunden. Der Mann wollte, dass er eine Aussage zu seinen zwielichtigen Geschäften bei der Polizei abgab.

Es war mehr oder weniger ein erzwungenes Geständnis. Aber jetzt, da der Polizei der Laptop mit den Beweisen vorlag und sie Zugang zu seinem versteckten Büro hatten, konnte er auch gleich richtig gestehen.

Trotzdem wusste Clara, dass ihr ganzes Konstrukt auf tönernen Füßen stand. Die Geschichte war schlecht und hatte mehr Löcher als ein Fischernetz. Ein spitzfindiger Anwalt baute schnell eine starke Verteidigung auf. Deswegen war es wichtig, dass Nikolas glaubte, was er da von sich gab. Für ihn durfte es keine andere Wahrheit geben als das, was er sagte. Gedanken, Bilder, Emotionen, alles musste in seinem Kopf zu dieser furchtbaren Geschichte passen. Dann würde auch kein Verteidiger ihn zu einer anderen Aussage bewegen können.

Bevor sie in die Nähe der Stadt kamen, hielt Roxy an und schraubte schnell die Kennzeichen wieder an. Sie konnten nicht riskieren in eine

Verkehrskontrolle zu geraten. Als sie am Death's Garden ankamen, stellten sie Viktors Wagen wieder ab und stiegen alle Drei in den Mietwagen um, den sie für die Erkundung besorgt hatten. Clara wusste, dass rund um das Polizeipräsidium Kameras am Gebäude angebracht waren. Würden sie mit Viktors privatem Auto dort ankommen, wäre es zu leicht zurückzuverfolgen. Ein Mietwagen führte nur zur Vermietung. Auf Antrag rückten diese den Mietvertrag heraus, doch die eingetragenen Namen und Legitimationsdaten würden sich dann schnell als Fälschung herausstellen. Die Ausweiskopie wäre irgendwie verschwunden. Oder war nie eine angelegt worden? Die eine Frau hatte so ein sympathisches, freches Lächeln gehabt, das die Sachbearbeiterin überzeugt war, keinen Ausweis sehen zu müssen. Stattdessen hatte sie die Zahlen und Buchstaben eingegeben, die sie ihr genannt hatten. Welch ein Pech.

Als Clara und Roxy den Wagen gemietet hatten, trugen sie Sonnenbrillen, Perücken und Kleidung, die sie sonst niemals anzogen. Alles nur für den Fall, dass auch die Autovermietung Überwachungskameras hatte. Was nicht so unwahrscheinlich war.

Bevor die beiden Frauen einstiegen, sprach Roxy ihre Freundin an. Besorgt sah sie die Löcher in ihrer Kleidung und den Geruch von vergossenem Blut.

„Alles Ok bei dir? Es hat lange gedauert, bis das Tor aufging und der Typ sieht nicht so gesund aus… du nebenbei bemerkt auch nicht."

„Ja, es war etwas heikel, erzähl ich dir später. Aber ich denke, wir haben alles. Stell du nochmal sicher, dass er glaubt, was er glauben soll und sagen kann, was er sagen muss. Ich fahre."

„Er braucht einen Arzt, Clara. Der Typ ist hin. Tot kann er keine Aussage mehr machen!"

„Das stimmt, deswegen werde ich für die notwendige Aufmerksamkeit sorgen. Sie werden ihn schnell finden und dann einen Rettungswagen rufen. Er wird es schaffen."

*Das muss er, sonst war die ganze Aktion für die Katz.*

Sie stiegen ein und Clara fuhr los. Dieses Mal schwieg sie und Roxy sprach auf den maskierten Mann ein. Sie spürte deutlich, wie verängstig er war. Er glaubte in Lebensgefahr zu sein und war damit gar nicht so weit von der Wahrheit entfernt. Aber er war auch davon überzeugt, dass hinter dem Steuer der Mann saß, der ihn zu Hause überfallen hatte. Das war schon mal gut. Er war bereit, bei der Polizei ein vollumfängliches Geständnis abzulegen, denn er befürchtete, dass der

Fremde sonst wiederkommen würde. Das war radikal, aber vielleicht heiligte hier der Zweck die Mittel tatsächlich. Roxy konzentrierte sich in den wenigen Minuten der Fahrt darauf, das Erreichte zu festigen und ihn davon zu überzeugen, dass es nur und ausschließlich den Mann am Steuer gab und ihn auf der Rückbank.

Clara fuhr mit gefährlich überhöhter Geschwindigkeit durch die Straßen. Bei so mancher Kurve stieg die Angst in Roxy auf, dass sie auf dem nassen Asphalt ins Schleudern kamen. Aber sie erreichten das Ziel ohne einen Unfall. Nach der letzten Kurve begann Clara anhaltend zu hupen. Immer wieder lange Töne gefolgt von kurzen. Ein SOS-Signal. Die Aufmerksamkeit sämtlicher Menschen, die das hörten, war ihnen sicher. Die der Polizei alle Male, wenn sie feststellten, dass das Hupen immer näherkam und sich auf dem Parkplatz fortsetzte.

Den Schlagbaum der Schranke zu durchbrechen war bei ihrem Tempo ein Leichtes. Das gehörte nicht zum Plan, sondern war eine spontane Eingebung. Es war keine Zeit zum Nachdenken. Nur die Operation zum Abschluss bringen und hoffen, dass ein Rettungswagen schnell herkam, zählte.

Auf dem Parkplatz beschleunigte sie und holte vor dem Hauptportal in einem großen Bogen Schwung. Völlig unvermittelt zog sie die Handbremse an. Bei hart eingeschlagenem Lenkrad geriet das Fahrzeug ins Schleudern. Das Heck schwang vor und nach einer halben Drehung trat sie fest auf die Bremse. Das brachte den Wagen zum Stehen. Roxy griff augenblicklich über van Bouren, öffnete seine Tür und schob ihn mit den Füßen hinaus. Gleichzeitig stieß Clara die Fahrertür auf und stellte den Laptop neben dem Auto ab. Der Regen hatte in der Stadt aufgehört, aber der Boden war übersäht mit tiefen Pfützen. Es wäre fatal, wenn der PC im letzten Moment einen Wasserschaden bekam, deswegen hatten sie ihn in mehrere Plastiktüten eingewickelt. Es musste nicht ewig halten, nur so lange, bis man den Mann fand.

Beide rissen die Türen wieder zu und Clara raste hupend fort. Im Rückspiegel beobachtete sie den Eingang des Polizeipräsidiums. Es dauerte länger, als sie gehofft hatte, aber als sie im Spiegel kaum noch etwas erkannte, nahm sie doch eine Bewegung wahr. Anscheinend stürmten zwei Menschen aus dem Hauptportal und untersuchten die Situation.

„Mission erfüllt“, flüsterte sie zu sich selbst.

# Kapitel 32

**Erfolgreicher Schlag gegen das Verbrechen**

Nach monatelanger Planung gelang einer Sonderkommission ein wichtiger Schlag gegen die organisierte Kriminalität.

(dpa) Wie die Sprecherin des Bundeskriminalamtes, Tanja Gießner, gestern mitteilte, vermeldete die Sonderkommission „Hells Kitchen" der Polizei entscheidende Erfolge. Mit der Festnahme eines der mutmaßlichen Drahtzieher wurden ausreichend Beweise sichergestellt, die zu einer bundesweiten Verhaftungswelle führten.

Die Sonderkommission wurde vor über einem Jahr ins Leben gerufen. Ziel war es, die Hintermänner eines Syndikats zu identifizieren und festzunehmen. Der Organisation werden neben Wirtschaftsverbrechen, wie Korruption und Bildung eines Kartells, auch Verbindungen zur Mafia, sowie die Herstellung und Vertrieb von Rauschmitteln vorgeworfen. Sogar vor Morden schreckten sie nicht zurück.

So etwa scheint es bewiesen, dass der Sprengstoffanschlag auf eine Wohnung im Frankfurter Nordend durch die Organisation geplant und beauftragt war. Dieser galt, der in der Sonderkommission ermittelnden Polizistin, Clara Mork. Unbeteiligte Nachbarn kamen dabei ebenfalls ums Leben. Zu einer weiteren Stellungnahme war zum jetzigen Zeitpunkt niemand erreichbar.

Zufrieden legte sie die Zeitung zur Seite und widmete sich ihrem Kaffee. Die Polizei hatte schnell reagiert. Nikolas van Bouren war ärztlich versorgt und nach einer Woche im Krankenhaus unter ständiger Bewachung in Haft genommen worden. Die bei ihm, und später in seinem Haus, gefundenen Beweise lieferten der Soko für die nächsten Wochen genug Stoff, um Vorgehen und Verhaftungen vorzubereiten. Clara wusste, dass sie alles akribisch planten und sorgfältig durchdachten. Jede Option, jedes Risiko wurde bedacht. Daher erwartete sie nicht, dass gleich am nächsten Tag Erfolge gemeldet wurden.

Jetzt, vier Wochen nachdem sie und Roxy das Paket abgeliefert hatten, las sie das erste Mal in der Zeitung davon. Selbstverständlich wurden die Medien und Bürger vor vollendete Tatsachen gestellt. Wäre schon in der Vorbereitungsphase etwas durchgesickert, hätte das alle anderen Zielpersonen aufgeschreckt. Es verwunderte sie auch nicht, dass nichts über die Umstände van Bourens Verhaftung zu lesen war. Wäre nicht so ruhmreich eingestehen zu müssen, dass jemand Drittes mit nicht ganz rechtskonformen Mitteln beteiligt war.

Clara senkte den Kopf, so dass ihr die Sonnenbrille ein Stück die Nase herabrutschte. Für einen Moment betrachtete sie ihr schwarzes Spiegelbild in der Tasse. Traurige Augen starrten sie an, umrahmt von ihren braunen Haarsträhnen. Einerseits war sie erleichtert, dass der Plan mit Nikolas van Bouren funktioniert hatte, so riskant er auch gewesen war. Im Nachhinein war sie Viktor sogar dankbar, dass er die Steine ins Rollen gebracht hatte, die dafür nötig waren. Aber auf der anderen Seite hieß es nun tatsächlich, dass ihr altes Leben abgeschlossen war. Die Polizistin Clara Mork war tot. Die Hintermänner zu dem Attentat gefasst und irgendwo stand ein Grabstein auf einem leeren Grab, der ihren Namen trug. Die Zeitung hatte es ihr nochmals schwarz auf weiß bestätigt. Niemand zweifelte daran. Ein trauriger Verlust, aber das Präsidium, Markus und die anderen Kollegen würde sicherlich bereits wieder nach vorne schauen. Immerhin war die Explosion in ihrer Wohnung schon fast drei Monate her.

Jetzt, da die Verantwortlichen gefasst waren, hatte sie ihren langersehnten Abschluss gefunden. Es gab hier nichts mehr für sie zu tun. Die Welt der Menschen, deren Teil sie einst gewesen war, hatte sie verloren. Aber eine andere Welt hatte sich ihr geöffnet. Es gab auch dort Geheimnisse zu entdecken und Rätsel zu lösen. Doch zuvor galt es viel über die Feinheiten des gesellschaftlichen Miteinanders zu lernen. Auch hier gab es eine Gerechtigkeit, der es hin und wieder unter die Arme zu greifen galt. Und vor allem gab es irgendwo einen Platz für sie. Sie musste ihn nur noch finden.

Beiläufig schob sie die Brille wieder hinauf. Aus Gewohnheit pustete Clara in die Tasse, so dass ihre Sonnenbrille beschlug, nahm einen Schluck und schloss die Augen. Warm brannte ihr die Sonne ins Gesicht. Mit einem Lächeln erinnerte sie sich an die Nacht, in der sie gestorben war. Hatte sie da nicht mit nackten Füßen auf ihren Küchenfliesen gestanden und sich gefragt, ob Vampire Hitze und Kälte fühlten? Die Antwort kannte sie jetzt. Ja, aber nie in dem Maße, dass es unangenehm wurde. Sie saß hier in der Mittagssonne im August, schwarz gekleidet in einem Straßencafé und trank einen heißen Kaffee, ohne auch nur ins Schwitzen zu geraten. Wahrscheinlich hätte sie sich sogar einen Pelzmantel überwerfen können, ohne dass es einen Unterschied zu jetzt gegeben hätte. Die Blicke der vorbeigehenden Passanten sprachen allerdings Bände des Unverständnisses.

Den Schluck Kaffee wälzte sie ein paar Mal im Munde hin und her, während sie einige Zeilen dem Briefblock hinzufügte. Den Brief, nein, die Briefe, hatte sie schon vor Stunden angefangen. Aber als sie die Überschrift in der Zeitung am Nebentisch gesehen hatte, unterbrach sie ihre Arbeit. Begonnen hatte sie mit ein paar Worten an Sabine. Lose Stichworte. Dinge, die sie ihrer früheren besten Freundin gerne gesagt oder erklärt hätte. Doch schon bald hatte sie von vorne angefangen und verfasste alles in einem handgeschriebenen Brief.

*Wer schreibt heute noch echte Briefe? E-Mails oder Chats am Handy tippen geht doch viel schneller.*

Sie seufzte und ließ den Kaffee endlich ihre Kehle hinabrinnen.

*Aber ich weiß, dass du es zu schätzen gewusst hättest, Sabine. Dir war es schon immer wichtig, dass sich Leute Zeit für Persönliches nahmen, statt nur mal schnell etwas runterzutippen. Das werde ich vermissen.*

Der zweite Brief war für Markus. Im Kern enthielt er die gleiche Botschaft, da sie auch bei ihm das Gefühl hatte, sich erklären zu müssen. Nein, sie wollte sich erklären. Die offenen Enden, die ihr Tod zurückgelassen hatte, waren das eine. Aber wichtiger war für Clara ein guter Abschied.

Ein schwarzer Schatten trat an ihren Tisch und verdunkelte die Sonne. Irritiert und ein wenig verärgert sah sie auf. Der Schatten trug einen schweren Ledermantel und hatte die Kapuze tief ins Gesicht gezogen. Es war nicht zu erkennen und trotzdem wusste Clara, um wen es sich handelte.

„Hast du vor die abzuschicken?", grollte seine tiefe Stimme zu ihr herüber.

„Nein, die sind nur für mich. Leider. Und Hallo im Übrigen."

„Ja. Hallo."

Clara legte ihren Füller zur Seite und griff erneut zum Kaffee. Über den Rand der Tasse sah sie zu der dunklen Kapuze hinauf. Gerne hätte sie ihn gemustert oder zumindest mal sein Gesicht gesehen. Aber der Schatten war so tief, dass dort genauso ein schwarzes Loch sein konnte. Es war seltsam, der Tag war so hell, aber nicht ein Lichtstrahl schien jemals unter die Kapuze zu dringen.

„Was kann ich für dich tun, alter Mann?", fragte sie spöttisch.

Es schien ihr zwar unpassend, aber zugleich hatte sie nicht vor, sich ihm zu unterwerfen, wie es die anderen taten. Man hatte ihr eine besondere Rolle zugedacht. Nein, ER hatte ihr eine besondere Rolle zu gedacht, daher wollte sie sich selbstbewusst hineinfinden. Selbst dann, wenn sie zu Anfang das rebellische Kind abgab.

„Du hast deine Angelegenheiten sehr unkonventionell geregelt, Clara."

Er musste nicht weiter erklären, was er meinte. Sie wusste es, hatte es gerade erst in der Zeitung gelesen.

„Mag sein, aber es ist geregelt. Für mich sind die Dinge endlich beendet. Jetzt kann ich mich darauf konzentrieren, in meinem neuen Leben anzukommen."

Er nickte wortlos.

„Was wirst du also tun?", dieses Mal klang seine Stimme nicht mehr so düster und grollend. Eher freundlich, als würde er lächeln.

„Wenn ich hier fertig bin", sie deutete auf die Briefe und den Kaffee, „werde ich mich nachher mit Roxy treffen. Wir wollen im Hinterhof beim Club heute Nachmittag grillen. Wenn du magst, komm vorbei. Bei der Gelegenheit werde ich diese Briefe hier verbrennen. Danach wollen wir Urlaub machen. Wohin wissen wir noch nicht. Erstmal raus aus der Stadt. Ich habe immer das Gefühl, dass mich jeden Moment jemand erkennt. Das nervt. Vielleicht muss ich einfach eine Weile fort, bis Gras über die Sache gewachsen ist."

„Ja, das scheint eine gute Idee zu sein. Falls es dich tröstet, das Leben lässt sich nach dem Tod am besten genießen."

Sie erwog seine Worte kurz und schmunzelte.

„In gewisser Weise, ja. Kein Sonnenbrand mehr im Sommer, keine kalten Füße im Winter."

Clara lächelte. Eine innere Zufriedenheit breitete sich in ihr aus, füllte sie an. Sie glaubte nicht, dass es an Kleinigkeiten, wie ‚keine kalten Füße mehr' lag. Viel mehr war es die Erkenntnis, dass einiges in vielerlei Hinsicht nun besser war. Zumindest nach ihren Maßstäben, Roxy würde widersprechen.

„Dafür mehr und stärkere Sinneseindrücke, unstillbarer Durst nach Blut und eine Stimme im Kopf, die einen in den Wahnsinn treiben will", der tiefe Bass des Alten hatte einen mitleidigen Ton angenommen.

Mit einem Seufzen quittierte sie seinen Einspruch. Dahin war ihre gute Stimmung.

„Danke, dass du mich daran erinnerst," sie richtete sich auf, als ihre eine Frage in den Sinn kam, „Die anderen hören sie gar nicht, oder? Die Stimme, meine ich. Sie sprechen immer vom Tier und einem undefinierbaren Drang. Aber nie davon, dass jemand zu ihnen spricht."

„Nein. Früher, am Anfang unseres Daseins, hörte jeder die Stimme. Sie flüsterte mal lauter und mal leiser, aber sie war immer da. Mit der Zeit und den Generationen verlor sie an Einfluss. Jetzt spüren die Jungen sie nur noch und geben ihr einen neuen Namen. Aber sie hören sie nicht mehr. Sie sind taub geworden. Ist vielleicht besser so."

Clara war neugierig.

„Wessen Stimme ist es? Ist es ein niederer Instinkt, der zur Sprache gefunden hat? Oder ist es tatsächlich… ich weiß nicht… jemand?"

„Azrael."

Er spie das Wort aus und in seiner Stimme klang ein wenig Zorn mit. Oder war es Verzweiflung? Clara jedoch hatte nur eine Verbindung zu diesem Namen.

„Azrael? Wie Gargamels Katze?"

Es sollte ein Scherz zur Auflockerung sein. Doch kaum hatte sie den Gedanken ausgesprochen, spürte sie, wie sich der dunkle Schatten des Wanderers ausbreitete und das ganze Café verdunkelte. Sie bereute umgehend ihre lose Zunge. Doch die fühlbare Wut des Alten hielt nicht lange an.

„Der Engel des Todes", er blieb bei seiner knappen, harschen Antwort.

Sie schob die Sonnenbrille die Nasenspitze hinab und schaute über den Rand zum Kapuzenmann hinauf.

„Du willst mir ernsthaft sagen, dass die Stimme in meinem Kopf, die des Engels des Todes ist? Hat der nichts Besseres zu tun, als mich zu nerven? Die unzähligen Verstorbenen jede Minute abzuholen, zum Beispiel?"

„Sie."

„Was?", Clara wurde ungeduldig, „Jetzt sprich doch mal in ganzen Sätzen, bitte."

„SIE hat nichts Besseres zu tun. Azrael ist weiblich, sofern man das bei Engeln bestimmen kann. Ein sadistisches Gemüt. Wenn es dich quält, dass sie dich verführt, hat sie ihr Ziel erreicht. Wenn du nachgibst und Menschen quälst oder tötest, aber auch. Sie kann nur gewinnen."

Jetzt seufzte der alte Wanderer, bevor er fortsetzte: „Ich glaube nicht, dass sie ein böses Naturell hat. Genauso wenig wie unsere Art. Aber während wir uns entscheiden können, ob wir unsere Macht ausnutzen und die Menschen dominieren oder eben nicht, ist es ihr Auftrag, uns so zu behandeln. Für die Sterblichen ist sie oft eine Erlösung, für uns eine ewige Qual.“

Clara lehnte sich zurück. Das war ihr alles zu theologisch. Als Kind war sie zwar im christlichen Glauben erzogen worden, aber irgendwo zwischen dem Tod ihrer Mutter und dem ihres Vaters hatte sie ihre Frömmigkeit verloren. Der Tod war ihr bekannt, in vielen seiner Facetten, die sie an ebenso zahlreichen Tatorten gesehen hatte. Aber, dass er oder sie oder es einen Namen hatte, überstieg ihren Verstand.

Einen Moment schwiegen beide. Leute drückten sich am Rücken des Alten vorbei und warfen ihnen verstörte Blicke zu. Die Bedienung kam und verschwand wortlos wieder. Für die Außenstehenden musste es so aussehen, als bedrohte diese dunkle Gestalt die Frau im Café. Doch sie sah nur herausfordernd zu ihm hinauf. Eine skurrile Situation, wenn man bedachte, dass es weder Streit noch eine Drohung gab. Aber woher sollten die anderen das wissen? Sie wussten ohnehin so wenig. Da waren zwei Vampire mitten unter ihnen und sie hatten keine Ahnung.

Bei diesem Gedanken schmunzelte Clara. Vor einigen Wochen war sie selbst noch eine der Ahnungslosen. Ging ihrem Job nach, traf sich mit Freunden und wollte nichts wahrhaben, das nicht in ihr Weltbild passte. Wie schwer hatte sie sich damit abgefunden auch nur die Theorie gelten zu lassen, dass es so etwas wie Vampire überhaupt gab. Und jetzt? Jetzt war sie Teil dieser geheimen Welt. Jetzt sah sie mehr, obwohl es schon immer dort war. Jetzt hatte sie Zugang zu dem Bereich hinter den Kulissen. Jetzt trank sie Blut und wusste sogar, wie es war erschossen zu werden.

„Was amüsiert dich so?“, unterbrach der Alte letztlich die Stille.

„Ich musste nur gerade an die Welt denken, wie ich sie früher gesehen habe und wie sie jetzt für mich ist“, Clara nahm einen Schluck Kaffee, „Ich sehe all die Leute an, die vorbeigehen und sie ahnen nichts. Und früher war ich eine von ihnen. Blind und doch davon überzeugt zu sehen.“

Die Kapuze nickte langsam. Es schien, als würde er beim Zustimmen über ihre Worte nachdenken. Und nicht zum ersten Mal fragte sie sich, was er wirklich von ihr wollte. Aber wenn er nicht mit der Sprache rausrückte, dann würde sie die Gelegenheit nutzen und Fragen stellen. Ein paar Punkte wollte Clara ohnehin mit ihm besprechen. Sie klappte ihren Briefblock zu und legte den Füller daneben. Die Kaffeetasse schob sie ein Stück von sich und faltete die Hände auf der Tischplatte.

„Also, wenn du etwas Zeit hast, würde ich gerne ein paar Fragen klären, die mir so durch den Kopf gehen."

Mit einer auffordernden Geste deutete sie auf den Stuhl ihr gegenüber. Ohne zu antworten, ließ er sich auf den gebotenen Platz nieder und unter dem riesigen, massigen Körper schien der Stuhl völlig zu verschwinden. Nur ein leises, verzweifeltes Quietschen gab er von sich, bevor er sich seinem Schicksal fügte. Clara quittierte es mit einem Nicken.

„Danke. Also, was ich mich frage, ist, wie wir zueinanderstehen? Wer bist du für mich, wer ich für dich? Was ist unsere Aufgabe, falls wir eine haben? Was erwarten die anderen von mir?"

„So viele Fragen. Sind die nicht bereits beantwortet?"

„Ich habe versucht, Antworten zu finden, bin bisher aber nicht zufrieden. Eine Bestätigung wäre mir ganz recht. Aus erster Hand, wenn du so willst."

„Nun gut. Wer ich für dich bin, kannst nur du selbst beantworten. Du bist für mich jedenfalls mein Kind. Ob du mich deswegen als Vater betrachtest, ist dir überlassen. Meine Aufgabe ist selbstgewählt. Ich will darüber wachen, dass unsere Art sich an die selbstgesteckten Regeln hält. Zu groß ist sonst die Gefahr für die Menschen. Die sind sich selbst der größte Feind, sie brauchen nicht auch noch uns. Deine Aufgabe ist es nicht. Noch nicht. Aber du könntest helfen. Doch zuvor musst du mehr lernen und Erfahrungen sammeln. Was die anderen, sei es der Oberste Rat oder die Enklaven, von dir erwarten, können nur sie dir sagen. Aber sei versichert, dass sie dich sehr genau beobachten werden. Sie können dich nicht einschätzen, sie wissen nicht mit dir und der neuen Situation umzugehen. Also werden sie genau hinschauen, wie du dich verhältst und entscheidest."

So redeten sie weiter. Vieles, was Clara durch den Kopf ging, wurde sie los, aber nicht immer bekam sie die Antworten, die sie sich erhofft hatte. Am Ende hatte sie drei weitere Kaffees getrunken und noch ein Stück des Erdbeerkuchens gegessen. Er war nicht so gut, wie in Sabines und ihrem früheren Stammcafé, aber dort würde sie ohnehin nicht mehr hingehen. Dies hier war immerhin eine Alternative.

Trotzdem fragte sie sich immer wieder, ob es nicht besser war, die Stadt zu verlassen. Es war nur eine Frage der Zeit, bis sie zufällig auf jemanden traf, der sie erkannte. Wahrscheinlich hatte sie bisher schlicht Glück gehabt und nun wollte sie es auch nicht zu sehr herausfordern. Fortuna war eine launische Geliebte, das wussten schon die alten Römer.

Der Alte ging und ließ sie mit ihren Gedanken und den wenigen Antworten allein zurück. Im Grunde war sie frei, so viel hatte sie verstanden. Frei von ihm, frei von den Clans, befreit vom Tod, zumindest bis auf weiteres. Die Welt stand ihr offen und sie hatte alle Zeit, sie bis in den letzten Winkel zu erforschen. Was würde sie mit der Ewigkeit anfangen? Versteckte Täler des Amazonas entdecken? Den Nil von der Mündung bis zur Quelle hinaufschwimmen? Alles studieren, was es zu wissen gab? Und dann?

*Ein Leben, egal wie lange es dauert, ist nur dann erfüllt, wenn man es auszukosten weiß. Eine ausgewogene Mischung aus erreichbaren Zielen und einem Sinn. Vielleicht ist der Sinn sogar wichtiger. Was auch immer man sich vornimmt, irgendwann ist es erreicht. Aber wenn man dem Leben einen Sinn gibt…*

Ihre Gedanken brachen ab, als ihr Handy klingelte. Ein Blick auf das Display verriet ihr, dass es Roxy war. Wahrscheinlich hatte sie nun doch ihren Job gekündigt, nachdem es schwierig geworden war, wochenlange Abwesenheiten zu erklären und sich nur sporadisch mal mit einer schlechten Ausrede zu melden. Sie hatte Clara erzählt, dass sie den Job nicht mochte. Ihren Chef konnte sie manipulieren, so dass er sie nicht rauswarf, aber das sorgte natürlich für Unverständnis bei den Kollegen.

Schnell schüttelte Clara den Kopf, um auch den letzten Rest der vorherigen Gedanken loszuwerden, dann nahm sie das Gespräch an.

„Hallo Roxy, was kann ich an diesem sonnigen Nachmittag für dich tun?"

„Ich hab's getan. Ich habe gekündigt. Die anderen waren irgendwie erleichtert."

„Total unverständlich, wo du doch eine so zuverlässige Kollegin im Büro warst", Clara bemühte sich nicht, den Sarkasmus zu unterdrücken.

„Hey!", rief ihre Freundin mit gespielter Empörung, „Ich hatte andere Prioritäten."

„Schon gut, weiß ich doch. Und ich bin dir wirklich dankbar dafür. Was fängst du denn nun mit deiner ganzen Freizeit an? Schon Pläne?"

„Nun, ich habe noch etwas Geld auf dem Konto und wollte deine Idee aufgreifen, Urlaub zu machen."

„Gut, dann müssen wir ja keine Rücksicht mehr auf Urlaubstage nehmen. Lass uns zu Hause weiter planen, ich bin gerade noch unterwegs."

Das war etwas mehr als die halbe Wahrheit, aber es war ihr tatsächlich lieber, später darüber zu reden. Nicht, weil sie das Thema gerne aufschob, sondern, weil sie einfach noch zu sehr mit ihren eigenen Gedanken beschäftigt war. Außerdem wollte sie ein wenig länger die Nachmittagssonne und die Zeit für sich genießen.

„Alles klar, bin auch schon unterwegs. Bis nachher."

„Ciao. Bis später."

Später waren in dem Fall einige Stunden. Nachdem Clara ihre Rechnung bezahlt hatte, ging sie noch eine Weile spazieren. Ziellos. Planlos. Ihre Füße trugen sie dahin. Den Weg an sich nahm sie gar nicht wahr. Wo sie war, wurde ihr erst bewusst, als sie feststellte, dass sie die vorgegebenen Pfade verlassen hatte. Clara stand hinter einem dichten Busch in irgendeinem Park. Es war nicht die Route, die sie zum Joggen genutzt hatte. Aber dennoch kam es ihr bekannt vor. Sie sah sich um und brauchte einen Moment, doch dann erkannte sie es wieder.

*Der erste Tatort. Hier hatte alles angefangen. Maria wurde hier gefunden, später verschwand sie aus der Leichenhalle und so nahm alles seinen Lauf. Arme Maria, du bist nicht zu beneiden um dein Schicksal. Grausame Welt. Im Moment kann ich nichts gegen Julian ausrichten, aber ich bleibe dran und werde ihn zur Rechenschaft ziehen. Versprochen.*

Eine kurze Gedenkminute schien Clara angebracht, doch dann machte sie sich auf den Heimweg. Dieses Mal mit klarem Kopf. Sie musste durch die ganze Stadt und nahm einen großräumigen Umweg in Kauf, weil sie es lieber vermied, am späten Nachmittag durch die Innenstadt zu laufen. Doch das fraß Unmengen an Zeit. Hin und wieder warf sie einen Blick auf ihr Handy und beantwortete Roxys besorgte Rückfragen. Aber dank des Umwegs sah sie Gegenden in der Stadt, die sie nie zuvor betreten hatte. Die volle Bandbreite war dabei. Graue Wohnbunker im Plattenbaustil, Neubauten von Mehrfamilienhäusern, die zumindest von außen topmodern aussahen. Aber auch eine nette Gegend mit spießigen Einfamilienhäusern inklusive gepflegten Vorgärten. Ein kleines Geschäftsviertel, das sich parallel zur Innenstadt entwickelt hatte. Nur einzelne Boutiquen, handverlesen, eine Handvoll Restaurants und Cafés, aber keines von den bekannten Ketten. Sie nahm sich vor öfter herzukommen. Dass man sie hier kannte, war doch unwahrscheinlich. Trotzdem gönnte sie sich nicht länger Zeit, als nötig war. Immerhin wurde sie erwartet und war schon spät dran.

Gegen Abend war Clara endlich im Gewerbegebiet angekommen. Am Ende der Straße, die aus der Stadt herausführte, stand der Death's Garden. Das Gebäude war kaum zu sehen, aber sie wusste ja, wohin sie schauen musste. Sie würde noch einige Minuten brauchen, dennoch stellte sich in ihrem Herzen das angenehme Gefühl ein, nach Hause zu kommen. Dort erwarteten sie ihre Freunde und ihre neue Familie. Dort stand ihr Bett, der Schrank mit ihren Sachen und den wenigen Habseligkeiten, die sie ihr Eigen nannte. Früher hatte sie um ein Vielfaches mehr von allem besessen, Schuhen, Kleidung, Einrichtung, Entertainment. Aber sie war damals mit all dem Zeug nicht so glücklich und zufrieden gewesen, wie jetzt mit dem, was in das kleine Zimmer passte.

Clara schlenderte die Straße hinunter und sah den Autos hinterher, die an ihr vorbeifuhren. Ob sich jemand fragte, was eine einzelne Fußgängerin abends hier verloren hatte? Oder lebten sie vor sich hin und achteten so wenig auf ihre Umgebung und Mitmenschen, wie sie es vermutete?

Als sie das Gelände erreichte, ging sie ohne Umschweife auf die Rückseite des Gebäudes. Es war so normal, wie nach Hause zu kommen. Und doch war irgendetwas anders. Vielleicht das fremde Auto, das neben Viktors stand. oder etwas Subtileres. Eine Änderung der Umstände, die erst gar nicht auffiel, bis man darauf gestoßen wurde.

## Kapitel 33

Clara betrat das Gebäude und schritt durch die leere Tanzhalle in einer unheimlichen Stille. Je näher sie dem Treppenhaus kam, je mehr Zeit ihr Kopf zum Denken hatte, desto mehr stieg die Anspannung in ihr. Es war nicht greifbar. Nur das beklemmende Gefühl, etwas übersehen zu haben. Nichts Wichtiges, nein. Aber durchaus etwas, das man nicht einfach so vergisst.

Sie schritt die Treppe hinab und grübelte. Hatte sie etwas übersehen? Der Plan mit van Bouren? Nein, der lief gut und war erfolgreich. Sie hatte keine Hinweise hinterlassen und ihre Spuren verwischt. Nicht perfekt, Ok, aber es führte nichts zum Death's Garden, denn ansonsten wäre die Polizei hier schon aufgetaucht.

Was es auch war, es sorgte für ein ungutes Gefühl und eine unangenehme innere Anspannung. Sie näherte sich dem Ende des Flurs im Keller und es wurde mit jedem Schritt schlimmer.

In dem Moment, als sie die Tür zum Aufenthaltsraum im Keller öffnete, rissen alle Anwesenden erschrocken den Kopf zu ihr herum. Ein „Happy Birthday" Banner hing mitten im Raum, Luftschlangen und Fähnchen überall, es fehlte nur noch Konfetti. Und mittendrin saßen sie um den Esstisch, Nancy in der Küche und die Zwillinge, die nicht mehr an den Tisch passten, auf dem Sofa. Mit großen Augen starrten sie Clara an, zu schockiert, um etwas zu sagen. Die Überraschung war gelungen, wenn auch anders als geplant.

Lea war die Erste, die reagierte, indem sich ihr Gesicht aufhellte und sie schnurstracks auf sie zu schritt. Mit weit ausgebreiteten Armen blieb sie vor ihr stehen. Ein kurzes Winken mit den Handflächen später hatte auch Clara verstanden, dass hier eine Umarmung im Raum stand. Immer noch sichtlich irritiert wanderten ihre Blicke von einem zum anderen, während sie Lea in die Arme schloss. Die Glückwünsche, die sie ihr dabei ins Ohr raunte, drangen nicht zu ihr durch.

Nach und nach lösten sich alle aus ihrer Starre. Sie ließen Viktor und Nancy den Vortritt, doch dann reihten sie sich vor Clara auf. Jeder gratulierte ihr, schloss sie in die Arme oder gab ihr links und rechts einen Kuss auf die Wange. Ihre eigene lähmende Verwirrung ließ alsbald nach.

*Geburtstag. Ja, stimmt. Daran hab ich nicht mehr gedacht, seit ich gestorben bin. Wozu Geburtstag feiern? Vielleicht eher Todestag? Oder Wiedergeburt?*

Als letztes stand Roxy vor ihr. Mit ihrem frechen Grinsen, gleich zwei Zöpfen und den Armen im Rücken verschränkt, sah sie aus, wie ein Schulmädchen. Ein Schulmädchen im schwarzen Gothickostüm. Clara lächelte, die Anspannung war völlig umsonst, ihre Sorgen unbegründet. Jetzt, da das alles von ihr abfiel, war es leichter, zu lächeln und fröhlich zu sein. Mit einer Geburtstagsfeier hatte sie nicht gerechnet, aber sie hatte schon einen Verdacht, wer dahintersteckte.

„Das war deine Idee, nicht wahr?", flüsterte sie und sah ihrer Freundin tief in die Augen, doch Roxy hielt stand.

Als Antwort bekam sie nur ein immer breiter werdendes Grinsen zu sehen. Bis sie schließlich wortlos nickte und die Arme hinter dem Rücken hervorholte. In ihren Händen hielt sie ein kleines Schächtelchen, kaum größer als eine Ringschatulle. Sie war weder eingepackt noch verziert, als wüsste sie genau, dass Clara so etwas immer nur für Papierverschwendung hielt.

Sie hielt ihr die kleine schwarze Samtschachtel entgegen und sagte: „Für dich, liebe Clara. Nur eine Kleinigkeit, die wir für dich haben anfertigen lassen. Und bevor du protestierst, der sentimentale-Wert ist höher als der materielle."

Berührt nahm sie die kleine Box entgegen. Das Gefühl, etwas sagen zu müssen stieg in ihr auf, doch wusste sie nicht so recht was. Um Zeit zu überbrücken, hob sie die Schachtel an und klappte den Deckel auf.

Darin war ein Anhänger aus Metall, Stahl oder Silber vielleicht. Es war ein Schwert, etwa Daumen lang, mit nach unten gerichteter Klinge, das statt Knauf eine Öse hatte, mit der es an einer silbernen Kette befestigt war. Um die kreuzende Parierstange war ein rotes, metallenes Geflecht mit Zacken oder Dornen gearbeitet. Filigran und in bester Feinschmiedekunst. Und mittig, dort, wo Parierstange, Heft und Klinge sich kreuzten, war ein roter Stein eingesetzt. Definitiv kein Rubin, aber auch keine Perle. Eine ganz eigene Faszination ging von ihm aus. Er schien aus einem Material zu bestehen, das Clara noch nie gesehen hatte. Irgendwie war er in sich widersprüchlich. Er war matt und trübe und doch ging ein eigenartiger Glanz von ihm aus. Er war nicht absolut glattgeschliffen oder rund, aber er hatte auch keine scharfen Kanten oder Spitzen. Er war fest, wie ein Edelstein, aber schien dennoch weich und manchmal sogar flüssig zu sein. Und bewegte sich da nicht etwas im Inneren?

Roxy bemerkte, dass es Clara beschäftigte den Stein zu erfassen und hatte die Erklärung schon parat.

„Ein Blutstein", sie deutete auf das widersprüchliche Kernstück, „Die meisten werden künstlich hergestellt, weil die Natürlichen einfach zu selten sind. Unbezahlbar selten, aber um ein Vielfaches schöner."

Clara sah ihre Freundin mit hell leuchtenden Augen an.

„Es ist wunderschön. Ich danke dir", dann sah sie auf und ließ den Blick in die Runde schweifen, „Ich danke euch. Das wäre wirklich nicht nötig gewesen."

„Nötig vielleicht nicht. Aber ich wollte dir etwas schenken und die anderen haben sich beteiligt", holte Roxy sich die Aufmerksamkeit ihrer Freundin wieder.

Clara nahm die Kette behutsam aus der Box und legte sie sich um. Als sie den Anhänger anhob, um ihn sich nochmals anzuschauen, schien der rote Stein schwach zu leuchten. Sie runzelte die Stirn, wahrscheinlich war es nur das Licht, das sich jetzt auf besondere Weise darin brach. Aber es wirkte doch mehr von innenheraus. Auch dieses Mal wusste Roxy Rat.

„Er ist aus deinem und meinem Blut geformt. Es reagiert auf dich, deswegen glimmt es ein wenig. Ein netter Nebeneffekt, wie ich finde. Die Zwillinge haben ihre Kontakte zu den Abarera spielen lassen. Dort gibt es sehr gute Blutschmiede."

Clara war fasziniert. Nie hatte sie etwas Schöneres gesehen. Dass sie nie zuvor das Wort ‚Blutschmied' gehört hatte, geriet dabei vollkommen in den Hintergrund.

Sie begann ihre Runde und bedankte sich ausgiebig bei allen. Jeder Einzelne nutzte die Gelegenheit, um ein paar Worte mit ihr zu wechseln, ihr nochmals persönlich zu gratulieren, und einige richteten sogar Glückwünsche von Leuten aus, die Clara gar nicht kannte. Am Ende ihrer Runde fiel ihr jedoch eine Person auf, die sich bisher zurückgehalten hatte. Eine Frau im Businesskostüm, die anscheinend weder an der Feier teilnahm noch Anstalten machte sie zu beglückwünschen. Aber Clara kannte sie, hatte sie schon mal hier gesehen und verband nichts Gutes mit ihr. Das war zumindest vom ersten Eindruck geblieben. Es war Franziska Painow – Lady Pain – die Leiterin der örtlichen Enklave der Ifera. Sie stand vor einem der Bücherregale und studierte die vorhandene Literatur, ohne dabei Notiz von dem übrigen Trubel zu nehmen.

Einen Moment war Clara unschlüssig, ob sie die andere Vampirin ignorieren oder ansprechen sollte. Doch dann war Nancy bereits auf dem Weg zu ihr und band Franziska in die Feierlichkeiten ein. Mit finsterer Miene kam die Enklavenleiterin auf sie zu und blieb erst kurz vor ihr stehen. Ganz bewusst war sie in Claras Wohlfühlzone eingedrungen. Eine Demonstration von Macht? Vielleicht, aber ganz sicher ein Ausdruck mangelnden Respekts.

Trotzdem zwang sie sich ein Lächeln auf und Franziska tat es ihr gleich. Wahrscheinlich sah man beiden an, dass sie in dem Moment Masken, statt Gesichter, trugen.

„Geburtstag? Na, dann alles Gute. Du wirst sehen, dass er in einigen Jahren an Bedeutung vollkommen verloren hat. Also genieße es jetzt."

*Was soll das sein? Ein Beleidigungskompliment?*

„Danke", Clara überlegte, ob es mehr zu sagen gab, entschied sich aber dagegen.

Was würde es bringen? Und in diesem Fall schien die andere Frau mit ihr übereinzustimmen, sie nickte nur. Es war offenkundig unnötig, ein besseres Verhältnis vorzuspielen. Als die jüngere Vampirin sich wieder der Festlichkeit widmen wollte, griff Franziska nach ihrem Arm. Sofort blieb Clara stehen und wandte sich ihr zu.

„Bevor du dich unbekümmert feiern lässt, hätte ich da noch ein paar Fragen", sie deutete Clara sich mit ihr in die Sitzecke zurückzuziehen und nahm Platz.

Ohne Umschweife kam die Enklavenleiterin zur Sache. Sie bräuchte Informationen zu dem Vorfall mit Nikolas van Bouren. Was sie sich dabei gedacht habe? Ob ihr klar sei, was sie da riskiert hatte? Wie sie sich vorstellte, dass die Ifera darauf reagierten? Was die Polizei sich ausmalte, wer van Bouren dort abgeliefert hatte? Und hatte sie ihn denn so zurichten müssen?

So ging es eine Weile weiter. Lady Pain war offenkundig mehr daran interessiert Clara Vorwürfe zu machen und ein schlechtes Gewissen einzureden. Aber das gelang ihr nicht. Sie wusste, dass sie umsichtig gearbeitet hatte. Mit Roxys Hilfe hatte sie alles observiert, geplant und durchgeführt. Van Bouren erinnerte sich nur an das, was er sollte und war so sehr davon überzeugt, dass es die Wahrheit war, dass er nicht abweichen würde. Besser hätten es die Agentinnen der Ifera auch nicht hinbekommen. Das erwähnte Clara jedoch zur Sicherheit nicht. Sie vermutete aber, dass Franziska deshalb so hart mit ihre ins Gericht ging, weil sie sich übergangen fühlte. Und in gewisser Weise hatte sie damit recht.

Am Ende sah sie aber ein, dass Clara sich nicht ins Gewissen reden ließ. Weder verteidigte sie sich, noch geriet sie in Rechtfertigungen.

Wenn sie mal eine Antwort gab, dann beschrieb sie lediglich was passiert war. Aber immer war sie darauf bedacht ihre Worte vorsichtig zu wählen. Sie wollte dieser unsympathischen Frau einfach keine Angriffsfläche bieten. Und so unverhofft, wie Franziska das Kreuzverhör gestartet hatte, so schnell hatte sie es wieder beendet.

Clara schlenderte zu ihren Leuten herüber und gesellte sich an den Esstisch. Darauf hatten alle gewartet. Viktor löschte das Licht und Nancy entzündete die Wunderkerzen auf einer Sahnetorte, die eine hungrige Hundertschaft gesättigt hätte. Es war ein sehr rührender Abend. Schon lange hatte Clara keine echte Geburtstagsfeier mehr gehabt und sie redete sich immer ein, dass sie keine brauchte. Aber nun, im flackernden Licht der funkensprühenden Wunderkerzen und umringt von Menschen, die sie gernhatte, das war doch etwas Besonderes. Sie selbst hatte ihren Geburtstag vergessen, aber die ständigen Bewohner der Enklave hatte daran gedacht. Und sie hatten sich alle hier eingefunden, um sie zu beglückwünschen und mit ihr zu feiern. Sie hatten ihr ein Geschenk besorgt und einen riesigen Kuchen gebacken. In Claras Augen sammelten sich silbrige Tränen, in denen die Funken glänzten.

Alle schienen nur auf Nancy und die Torte zu starren. Alle, bis auf eine. Roxy stand neben ihr und sah zu ihr auf. Als sie das feuchte Glänzen in den Augen ihrer Freundin sah, legte sie einen Arm um sie und zog sie fest an sich. Eine kleine Geste, aber sie verfehlte ihre Wirkung nicht. Clara fühlte sich zum ersten Mal seit langer Zeit wieder einer Gruppe zugehörig. Geborgen. Beschützt. Geliebt. Eine Familie.

Und wie in einer echten Familie wurde auch mal gestritten, sich vertragen und gelacht, ohne Nachtragen. Heute allerdings nicht. Sie saß mit den anderen Frauen in der Fernsehecke. Alle, bis auf Franziska. Sie entsprachen jedem Klischee, das Clara kannte, denn sie unterhielten sich über Mode, Stars und Sternchen, Klatsch und Tratsch. Sie lachten zusammen, witzelten und warfen sich hin und wieder anzügliche Kommentare zu. In einem wehmütigen Moment ließ Clara den Blick über die Anwesenden schweifen.

Da war Nancy, die Viktor ihr damals als gute Seele der Enklave vorgestellt hatte. Und es stimmte. Tagsüber ging sie einem normalen Job nach, aber sobald sie hier war, war sie die Kümmerin. Sie organisierte und plante alles, was mit Essen, Trinken und Vorräten zu tun hatte. Ganz die Mutterrolle, wenn auch stereotyp reduziert.

Da war Viktor, der als immerwährendes Bollwerk alles von der Enklave und ihren Bewohnern abhielt, dass gefährlich werden konnte. Wer mit ihr in Kontakt trat, musste an ihm und seinem unnachgiebigen Blick vorbei. Baute jemand draußen Scheiße, dann kümmerte er sich darum, dass das Problem behoben wurde. Und anschließend gab es im Inneren Konsequenzen. Strenge, aber faire.

Da waren die echten Zwillinge, Luka und Andrej, die ständig und so eng die Köpfe zusammensteckten, dass sie schon fast als Einheit galten.

Da waren die falschen Zwillinge, Lea und Caroline. Für sie zählte das Gleiche, nur ohne Verwandtschaft. Dennoch waren sie praktisch untrennbar. Der größte Unterschied zu Luka und Andrej war, dass sie sich nicht ebenso ein Zimmer teilten.

Da war Tilo, der eigenbrötlerische Nachzügler. Mischte sich überall ein und glänzte mit ungefragten Kommentaren. So frech und nervig er auch war, lange böse war man ihm nicht.

Da war Roxy, die spaßige Cousine, die zwar nicht im innersten Kern der Familie war, aber doch dazugehörte und von allen gemocht wurde. Und sei es nur zum Streiten.

Und welche Rolle hatte sie? Keiner sagte es, aber trotzdem hatte sie das unbestimmte Gefühl, dass man ihr die Rolle der ältesten Tochter zudachte. Diejenige, die mit Erfahrung und Weitsicht alle Seiten betrachtete und erst dann urteilte. Zu der die anderen Kinder aufblickten. Was sehr ironisch war, denn sie war eigentlich die Jüngste und wusste gar nicht, auf was es zu achten galt.

Und heute zumindest war da noch Franziska, die böse Stieftante, die keiner mochte, aber die man trotzdem respektieren musste. So, wie es schien, konnte und wollte niemand mit ihr auskommen, außer Viktor. Wie Clara rausfand, gehörte ihr der andere Wagen draußen, allerdings hatte sie sich das schon gedacht.

Der Abend plätscherte so vor sich hin. Die Gesprächsgruppen lösten sich auf und neue bildeten sich. Die Themen wechselten und bei der einen oder anderen Gelegenheit fand Clara sich sogar in einer Gruppe mit Franziska ins Gespräch vertieft. Dabei fragte sie sich, ob nicht der erste Eindruck überdacht werden sollte. Sie hatte manch seltsame Ansicht, aber möglicherweise wirkte Clara auch umgekehrt auf sie in solcher Art.

Als die Ersten sich zurückzogen, bemerkte sie bei Roxy eine gewisse Unruhe. Ihre Freundin wirkte aufgekratzt und nervös, doch auch müde und erschlagen. Das war nicht verwunderlich, denn ein Blick auf die Uhr verriet ihr, dass es halb drei Uhr morgens war. Sie ging zu ihr herüber und setzte sich neben sie auf die Couch.

„Alles Ok bei dir?", fragte sie und reichte ihr ein Glas Cola, „Brauchst du etwas… Bestimmtes?"

Roxy sah auf und winkte ab, nahm die Cola aber trotzdem.

„Nein, schon gut. Nur müde", sie gähnte, wie um es zu unterstreichen, „Müde und… na ja…"

Clara rückte besorgt etwas näher, als sie die Unsicherheit in der Stimme hörte.

„Müde und was?", fragte sie im gedämpften Ton.

„Müde und zerrissen, schätze ich", bevor Clara einhakte, hob Roxy die Hand, „Ich freu mich auf unsere Reise. Aber ich will hier auch nicht weg. Nicht schon wieder. Ich fühle mich wohl hier, bei den anderen. Aber ich bin doch die Einzige, die nicht so recht ins Bild passt. Ihr seid alle tot. Ich lebe. Aber ich lebe in der Welt des Todes. Aber was ist das für ein Leben? Ziellos, rastlos, endlos."

Clara antwortete nicht. Es war nicht notwendig. Sie verstand Roxy vollkommen. Stattdessen legte sie ihr den Arm um die Schulter und ihre Freundin quittierte die Geste damit, dass sie ihren Kopf an sie lehnte.

„Morgen", setzte sie eine Weile später an, „Morgen packen wir, besorgen uns ein Auto und fahren los. Die Straße wird uns schon irgendwohin führen. Und wenn wir angekommen sind, dann leben wir. Keine Enklaven, keine anderen Vampire. Nur du, dein Leben und ich, Roxy."

Ungläubig löste sie sich aus der Umarmung und sah Clara an.

„Das geht nicht. Du brauchst Blut, früher oder später."

„Wir plündern Nancys Vorräte und nehmen eine Kühltruhe mit. Wenn das ausgeht, dann brechen wir in eine Blutbank ein. Na ja, oder nutzen deine Kontakte zur Gothicszene. Wie heißen die noch? Sangu… irgendwas? Und am Ende der Reise kommen wir wieder hierher."

„Sanguiniker. Aber…"

„Kein Aber! Das ist jetzt beschlossene Sache. Du hast viel für mich getan, Roxy. Mehr als ich je von dir verlangen könnte. Was spricht dagegen, dass du ein Stück Leben zurückerhältst? Zur Not befehle ich es dir einfach."

Dabei stupste sie ihrer Freundin in den Arm. Bei Roxy jedoch brachen in dem Moment alle Dämme. Silbrig-feuchte Tränen rannen über ihre Wangen und tropften auf ihre Hände. Ungestüm warf sie sich in Claras Arme und drückte sie so fest, sie konnte. Während sie Roxy hielt, hörte sie sie weinen und schluchzen, gefolgt von einer endlosen Salve aneinandergereihter „Danke".

# Teil IV

## Jedes Ende ist auch ein Anfang

## Kapitel 34

Das Haus, vor dem sie stand, war in ein herrschaftliches Anwesen eingelassen. Ein kleines Waldstück trennte es von der Straße und schützte es vor neugierigen Blicken. Dahinter schloss sich eine parkähnliche Rasenfläche an. Die lange Zugangsstraße führte schließlich zu einem alten Fachwerkhaus, das sich mit mehreren Etagen über die rundum grüne Landschaft erhob. Zwischen den schwarzen Balken und dem braunen Mauerwerk waren brandneue, weiße Kunststofffenster eingelassen. Gut möglich, dass die nicht dem Denkmalschutz des Gebäudes entsprachen, aber die Effizienz der Heizung im Winter hoben sie alle Male.

Erstaunlich, dass dieses riesige Anwesen nur von einer alten Frau und ihrer Assistentin bewohnt wurden. Die Pflege der Grünflächen und des Hauses an sich übernahmen Angestellte, die aber nicht hier wohnten. Sie hatten ein eigenes Wohnhaus etwas abseits am Rande des Waldes auf der Rückseite. Dennoch war hier fast jeden Tag viel los. Täglich kamen Besucher, die entweder zu der alten Frau oder in ihre Bibliothek wollten. Bei der Gelegenheit kam man ins Gespräch, tauschte sich aus und knüpfte Kontakte. Insofern erfüllte das Anwesen nicht nur den Zweck einer Rentnerin eine Heimat zu geben, sondern war zugleich Treffpunkt, Arbeitsstätte und Sozialzentrum in einem.

Als sie das Haupthaus durch die große Flügeltür betrat, wurde sie bereits von der jungen Assistentin erwartet. Die Frau dort trug ein mausgraues Kostüm und die Haare zu einem strengen Dutt gebunden. Sie hätte genauso eine Sekretärin auf irgendeiner Chefetage sein können, war aber letztlich Mädchen für alles. Ob es darum ging Tee zu kochen und zu servieren, der Alten Gesellschaft zu leisten, bei ihren Arbeiten zur Hand zu gehen oder ihre Besucher zu empfangen. All dies und mehr lag in ihrem Aufgabenbereich. Viel Arbeit, wenig Dank und doch hatte sie den Job, für den sie viele beneideten. Ja sogar weitreichende Opfer gebracht hätten, um mit ihr zu tauschen. Sie war die persönliche Assistentin von Josephine Rodotier, der ehrwürdigen grauen Mutter, einer Schicksalsweberin.

Sie sahen das Los jedes Wesens von Geburt bis zum Tod. Manche waren sogar so mächtig, dass sie den Schicksalsfaden verändern konnten. Eine Macht so faszinierend wie gefährlich, denn Fortuna ließ sich nicht gerne ins Handwerk pfuschen.

Das Ansehen ihrer Chefin färbte auch auf die junge Assistentin ab. Sie genoss eine ausgezeichnete Ausbildung in den Hexenkünsten und hatte jederzeit Zugriff auf die umfangreichste Bibliothek ihrer Zunft. Damit standen ebenso die Assistentinnen in dem Ruf, weise und mächtige Hexen zu sein, wenn ihre Dienstzeit endete. Kehrten sie dann in ihre Zirkel zurück, war ihnen eine angesehene Beraterposition sicher. Dafür lohnten sich die arbeitsreichen Jahre in den Diensten der Grauen Mutter. Und in ihrem Fall war es ein besonderer Glücksfall, denn Josephine Rodotier war eine gütige und jederzeit freundliche Dienstherrin.

Auf eine herzliche und warme Begrüßung folgte ein kurzer Rundgang durch das Gebäude. Sie durchquerten die große Bibliothek, in der einige Frauen saßen und über alten Büchern sinnierten. Sie folgten einem langen Gang, der gesäumt war mit alten Ritterfiguren und Porträts von Frauen und Männern unterschiedlichster Epochen der Geschichte. In Vitrinen lagen angelaufene Schmuckstücke und vergilbte Dokumente. Durch einen offenen Durchgang sah man in einen Speisesaal. Die Tafel war groß genug, um mindestens zwölf Personen Platz zu bieten, aber gedeckt war sie nur für zwei. Der Stuhl vor Kopf und der zur Rechten. Eine Hausangestellte war gerade dabei das Besteck ordentlich auszurichten.

Schließlich gelangten sie zu einer geschlossenen Tür. Die junge Assistentin öffnete sie und bat die Besucherin hinein. Es würde nicht lange dauern bis Mutter Josephine bereit war, sie zu empfangen. In der Zwischenzeit dürfe sie es sich gerne bequem machen. ‚Nicht lange' war in dem Fall eine halbe Stunde. Zeit genug, sich mit allerlei Gedanken den Kopf zu zerbrechen.

„Schwester Anne?", die junge, namenlose Assistentin, die sie hergebracht hatte, rief sie wieder auf. Sie war bestenfalls am Beginn ihrer 20er Jahre. So gesehen, fast in ihrem Alter, aber doch so ohne Lebenserfahrung. Sie hatte keine Ahnung, wie die Welt funktionierte, in der sie lebte oder was auf sie zukommen mochte. Weder im Schlechten noch im Guten. Nur theoretisches Wissen, das sie hier gelernt hatte, dass sah man ihr deutlich an.

Anne stand auf, richtete ihren Rock und trat einen Schritt auf die junge Frau zu. Sie war die Einzige im Vorraum, die darauf wartete in Empfang genommen zu werden. Der Raum an sich war geschmackvoll eingerichtet, wenn auch nicht modern. Viel Holz, hauptsächlich massive Eiche und andere gedeckte Erdfarben. Es war im Groben eine Mischung aus Ess- und Wohnzimmer einer sehr alten Frau. Es war warm und an allem haftete der seltsame Geruch vergangener Jahrzehnte. Auf einem Ecktisch stand ein silbernes Tablett mit einem Teeservice, in der Kanne zog eine Mischung aus Minze und Alraune. Es roch furchtbar, viel zu viel dieser grässlichen Wurzel.

Hier saß sie nun, allein auf einem harten Holzstuhl an einem Esstisch und wartete darauf, dass sie vorgelassen wurde. Die Unsinnigkeit ihrer Frage schien der Assistentin im Angesicht des ansonsten leeren Zimmers bewusst zu werden. Sie nickte Anne zu und zwang sich ein freundliches, leicht beschämtes Lächeln auf die Lippen.

„Mutter Josephine empfängt dich jetzt."

Erneut richtete sie ihren Rock, um ganz sicher zu gehen und strich sich auch die Bluse glatt. Es war ihr erster Termin mit Mutter Josephine, daher hatte sie viel Respekt vor der Frau. Sie war alt und sehr erfahren. Sie hatte viel vom Leben gesehen und erlebt. Aber das Wichtigste war, dass sie mit einer seltenen Gabe beschenkt war. Diese Gabe war es, die ihren Respekt einforderte und dazu führte, dass alle Hexenzirkel sie ehrten. Doch sie hatte ihren Preis: Mutter Josephine war blind.

Als Anne sich davon überzeugt hatte, dass sie einen vernünftigen Anblick abgab, näherte sie sich der Tür zum Nebenzimmer. Noch stand die andere Frau dort und versperrte Sicht und Durchgang, aber sie trat zur Seite und bat sie herein. Der Raum war ähnlich eingerichtet, immer noch viel Holz in warmen, gedeckten Farben. Doch statt eines Esszimmers war dies eine Mischung aus Bibliothek und Büro. Ein massiver Schreibtisch, dahinter ein riesiger Bücherschrank, der die ganze Wand einnahm. Gegenüber dem großen Fenster war ein enormer gemauerter Kamin mit zwei gemütlichen Sesseln davor, dazwischen ein passender Tisch.

Mutter Josephine selbst stand, ihr den Rücken zugewandt, am Fenster an dem großen Lesesockel, auf dem ein übergroßer Foliant aufgeschlagen lag. Anne konnte nicht erkennen, was darin geschrieben war und würde es nicht wagen, ungefragt näher zu kommen. Sie stand einfach im Raum und wartete darauf beachtet zu werden. Ohne sich umzudrehen, sprach die Mutter mit der festen Stimme der Autorität.

„Danke, Laura, sei so gut und bring uns in fünf Minuten den Tee herein."

„Sehr gerne, ehrwürdige Mutter", damit schloss die Assistentin die Tür hinter sich und ließ Anne allein mit der alten Frau zurück.

Sobald die Tür ins Schloss fiel, drehte sich Josephine - die Graue Mutter - Rodotier um und deutete zielsicher auf die Sessel vor dem Kamin. Auch auf die Entfernung zwischen den beiden Frauen, die gut fünf Meter betrug, konnte Anne die komplett grauen Augen sehen. Es war ein unheimlicher Anblick, den die alte Hexe im Ganzen bot. Ein grauer, in die Jahre gekommener Rock, aufgebauscht mit diversen Unterröcken. Darüber eine ebenso graue Tunika und eine graue, gehäkelte Umhängedecke. Die weißgrauen Haare zu einem strengen Dutt gedreht und das aschfahle Gesicht mit unzähligen Falten, Grübchen und Narben rundeten das Bild der Grauen Mutter ab.

„Bitte setz dich, Schwester… äh?"

„Anne, ehrwürdige Mutter, Anne Bergmann."

„Richtig", die alte Frau kaum auf sie zu, „Verzeih mir bitte, ich glaube, ich werde alt."

Sie lachte heiser über ihren eignen Witz, während sie sich ihren Weg zwischen Schreibtisch und Bücherregal suchte. Dabei hielt sie sich an einem Regalboden fest und wie Anne sah, tat sie das immer. Das Holz an der Stelle war blankpoliert von unzähligen Gängen hin und her. Einen Moment war Anne unentschlossen, ob sie der alten Frau helfen sollte, doch dann erinnerte sie sich daran, dass Mutter Josephine keinesfalls so hilflos war, wie sie schien. Denn sie fand sicher ihren Weg zu den Sesseln und setzte sich.

Auf dem Weg zu dem anderen Sessel musterte Anne ehrfürchtig das riesige Bücherregal. Die Buchrücken und Folianten, die sie dort sah, waren durchgehend Antiquitäten. Geheimnisse der Alchemie, Zauberformeln, Wissen über Natur, Kräuter und Heilpflanzen, Abhandlungen über die arkane Struktur der Zauberei, Diskurse über die Beschaffenheit eines Fluches und Erfahrungsberichte über die Welt der Geister. So viel altes Wissen war hier versammelt.

Schließlich setzte sich Anne und suchte nach einem Einstieg in das Gespräch. Sollte sie ihr Anliegen vortragen oder würde die Mutter mit dem Aufschlag beginnen? Sie war unsicher und daher dankbar, als die alte Frau ihr die Entscheidung abnahm.

„Frag ruhig, Kind. Deine Neugierde blockiert dein Denken."

Erschrocken sah sie zu der Grauen Mutter herüber. Sie sah nicht zurück, sondern starrte in die niedrigen Flammen des Kamins. Doch da man die ehrwürdige Mutter weder warten ließ noch ihr widersprach, öffnete Anne ihr Herz. Aber was sie beschäftigte glich mehr einem Smalltalk und war nicht der Grund ihres Besuches.

„Was macht eine blinde Frau mit all den Büchern?"

Von der Seite sah sie, wie sich die Mundwinkel Josephines zu einem wissenden Lächeln verzogen.

„Ja, das scheint widersprüchlich zu sein, nicht wahr? Zumal ich doch schon immer blind war. Was mache ich dann nur mit den Büchern, die ich nicht lesen kann?", sie setzte eine Pause ein und drehte den Kopf in Annes Richtung, „Es ist richtig, ich kann die Bücher nicht lesen. Nicht so wie du. Aber sie sprechen zu mir. Wenn ich die Buchrücken im Regal berühre, dann rufen sie mir ihren Namen zu. Wenn ich eines auswähle und auf den Tisch lege, dann können sie sich vor Freude kaum zügeln. Und jede Seite, auf die ich diese alten Hände stütze, flüstert mir ihre Geheimnisse zu. Bücher haben Charakter, meine Liebe, behandle sie wie Freunde, dann werden sie dir welche sein."

Wenn die Graue Mutter sprach, dann fühlte Anne förmlich, wie Weisheit den Raum erfüllte. Sie nickte verstehend. Es stimmte, die Frage hatte in ihrem Geist gebrannt. Jetzt da sie eine Antwort hatte, waren ihre Gedanken wieder frei.

„Ehrwürdige Mutter", begann sie, „Ich bin auf der Suche, doch kann ich nichts finden. Vor einiger Zeit habe ich meine Liebe an den Tod verloren. Das ist nicht schön, doch auch nicht ungewöhnlich. Und bisher hatte ich immer die Gewissheit, dass ich sie dereinst wiederfinden werde. So zuverlässig, wie die Sonne jeden Morgen aufgeht, so sicher habe ich meine Liebe immer wieder gefunden. Doch nun ist mir diese Gewissheit abhandengekommen. Mit ihrem Tod scheine ich die Zuversicht verloren zu haben. Es fühlt sich so an, als hätte man mir gewaltsam etwas genommen und nun ist dort eine quälende Leere."

„Du verlierst deine Liebe immer wieder an den Tod?", grübelte Josephine, „Sag, Kind, du bist keine Schwarze Witwe, das spüre ich. Aber wie meinst du das dann?"

„Nein, Mutter, mit den Schwarzen Schwestern habe ich nichts zu tun. Ich…", Anne zögerte verlegen, die Wahrheit musste auf den Tisch, erst recht, wenn es unangenehm war, „Ich bin eine Tochter der Zeit."

Ihre Offenheit wurde zunächst mit Schweigen beantwortet.

„Ein Kind der Zeit also", sagte die Mutter nach einer gefühlten Ewigkeit, „Die sind selten geworden. Dann bist du sicherlich älter als ich."

Sie lächelte bei diesen Worten, als erinnerte sie sich an längst vergangene Zeiten.

„In Summe der gelebten Jahre wahrscheinlich ja, doch halte ich euch für weiser."

Die alte Frau starrte wieder ins Feuer und setzte zu einer Antwort an, als die Tür geöffnet wurde. Laura kam herein und brachte den Tee. Sie stellte das Tablett auf den Tisch zwischen den beiden Frauen und goss ihnen ein. Mutter Josephine bedankte sich freundlich und die Assistentin zog sich wieder zurück.

„Die Zirkel begegnen dir mit Ablehnung, nicht wahr?"

Die jüngere Frau griff ebenfalls nach ihrer Tasse und nahm einen Schluck, bevor sie antwortete. Er schmeckte so scheußlich wie er roch, da würde kein Zucker der Welt mehr helfen. Sie wusste, dass Alraunen giftig waren, immerhin schrie alles an der Pflanze „Achtung ich bin ungesund", aber sie vertraute der alten Hexe und trank daher unbesorgt das widerliche Gebräu.

„Ja, sie haben Angst. Angst vor meinem Schicksal. Vor dem, was sein könnte. Was ICH werden könnte."

„Und nicht zu Unrecht, will ich meinen, wenn du selbst sagst, dass du eine schmerzhafte Leere in dir spürst", sie setzte erneut eine Pause, bevor sie ihren Gedanken weiterführte, „Deswegen bist du zu mir gekommen, nicht wahr, Kind?"

„Ja. Ich habe selbst Angst davor, dass nun der Moment gekommen ist, da sich mein Schicksal erfüllt."

„Eine Banshee zu werden", die Alte nickte verständnisvoll.

Sie nahm einen großen Schluck aus ihrer Tasse. Kurz verzog sie das Gesicht und Griff dann nach Annes Hand.

„Wie viele Leben hast du schon gelebt?"

Darüber musste Anne einen Moment nachdenken, bevor sie antwortete. Dabei fuhr sie sich gedankenverloren mit dem Zeigefinger über die Tätowierung hinter ihrem Ohr.

„23, ehrwürdige Mutter. Dies ist mein 24. Leben. Manche waren kürzer, andere länger. Erinnern kann ich mich aber an die meisten davon in irgendeiner Art."

„Hmmmm, du hast 23mal geliebt und bist 23mal gestorben? Immer nach deiner Liebe?"

Anne nahm noch einen Schluck des ekelhaften Tees. Das Atropin der Alraune wirkte bereits. Deutlich spürte sie, wie ihr Herzschlag zunahm und das Atmen ihr leichter fiel. Außerdem schien der Raum ein gutes Stück heller geworden zu sein und zugleich wurde ihr Mund so trocken.

„Nein, ich denke, das hielt sich die Waage, Mutter Josephine."

„Aber die Leere war nie zuvor da?"

„Nein, nie. Wenn ich sterben musste und die Gelegenheit hatte, dann habe ich meiner Liebe gesagt, dass wir uns wiedersehen werden. Wenn sie vor mir starb, dann sagte ich es auf ihrem Totenbett oder am Grab. Getrauert habe ich, aber ich wusste immer, dass wir uns wieder begegnen werden. In einem anderen Leben."

Kurz überlegte die alte Frau eine Antwort, während sie erneut einen Schluck Tee nahm. Dann wandte sie sich wieder Anne zu.

„Und hast du nun deinen Verlust betrauert?"

Doch jetzt war es an der jungen Frau eine Pause einzulegen. Auf diese Frage hatte sie keine zufriedenstellende Antwort.

„Ich… ich weiß es ehrlich gesagt nicht. In diesem Leben haben wir nicht so recht zueinandergefunden. Ich bin ihr begegnet und wusste, dass sie es ist, aber…"

„Sie?", unterbrach sie Josephine.

„Ja, in diesem Leben war sie ebenfalls eine Frau. Das ist Ok, war nicht das erste Mal. Aber ich traf sie zu spät und wir hatten keine Chance, die Verbundenheit zu wecken."

„Es muss sehr interessant sein, so viele Leben gelebt zu haben und trotzdem immer wieder den gleichen Partner zu finden. Wie funktioniert das?"

Anne senkte ratlos den Blick.

„Ich muss gestehen, dass ich es nicht weiß. Ich treffe früher oder später auf diesen einen Menschen und weiß, das ist die Liebe, die mich schon in meinem letzten Leben begleitete. Diese Person ahnt in der Regel nichts davon, aber oft hat sie das Gefühl, dass wir uns schon länger kennen, als es für ein Leben möglich ist. Es ist keine echte Reinkarnation, wie bei uns Kindern der Zeit. Eher so, als würde ein Teil der Erinnerungen übertragen. Der Teil, der uns verbindet."

Die Graue Mutter murmelte etwas, das Anne aber nicht verstand. Vielleicht war es gar nicht an sie gerichtet, sondern nur laut überlegt. Schließlich hob sie aber die Stimme an.

„Entschuldigung, Kind, ich hatte dich eben unterbrochen. Du wolltest gerade erklären, ob du dieses Mal deinen Verlust betrauertest."

„Ja, richtig", Anne räusperte sich, „Das Problem ist, dass ich es nicht sicher weiß. Wie gesagt, ich traf sie spät und wir konnten keine Verbindung aufbauen. Dann starb sie. Aber… ich… ich weiß noch, dass sie gestorben ist und dass mich die Nachricht sehr getroffen hatte. Aber dann ist es so dunkel in meinen Erinnerungen. So, als wäre da noch mehr, dass ich nur nicht mehr sehen kann. Als hätte man die Gedanken in einen dunklen Raum gesperrt. Ich hätte sicherlich getrauert und dann müsste ich mich daran erinnern. Aber ich kann es nicht! Ich weiß nicht, was passiert ist, nachdem ich von ihrem Tod erfahren hatte. Dabei sollte ich das doch. Schon allein von Berufswegen her!"

Sie merkte, dass die alte Frau ihr gegenüber neugierig wurde. Etwas hatte ihr Interesse geweckt.

„Von Berufswegen? Als was genau arbeitest du, mein Kind?"

„Ich bin Assistentin einer leitenden Ärztin in der Rechtsmedizin. Wir hatten die Leiche meiner Liebe in Empfang genommen, so zumindest haben es einige Studenten bestätigt, aber weder meine Chefin noch ich können uns daran erinnern. Es ist, als läge die Wahrheit unter einem dicken schwarzen Schleier."

Wieder brummte die Graue Mutter etwas vor sich hin und wandte ihr Gesicht dem Kaminfeuer zu. Eine Weile schwiegen beide. Anne hatte das Gefühl alles gesagt zu haben, weitere Wiederholungen brachten keine neuen Erkenntnisse.

„Du möchtest also, dass ich am Faden des Schicksals zurückschaue, wie die Begegnung mit deiner Liebe in diesem Leben war? Oder nach vorne, um zu sehen, was das Schicksal für dich bereithält?"

Erneut zögerte Anne. Die Antwort darauf war nicht leicht zu finden. Zu wissen was war, könnte den Knoten lösen und die gefürchtete Leere in ihr wieder mit Hoffnung füllen. Ein Blick nach vorne hingegen die Frage beantworten, ob ihr das Schicksal als Banshee blühte oder sie noch Zeit hatte. Doch Wissen um die Zukunft war gefährlich. Vermeiden ließ sich ihre Vorsehung nicht, das war ihr klar, aber sie wollte Fortuna auch nicht zu sehr herausfordern. Das lief letztlich immer schief.

„Bitte", begann Anne flehentlich, „Bitte helft mir, die Lücken zu füllen, ehrwürdige Mutter."

Zustimmend nickte die Alte und wandte sich wieder vom Feuer ab. Ihr grauer Blick hatte etwas Mütterliches an sich, Verständnis und Mitgefühl. Sie sah eine junge Frau vor sich, die in vielen Leben vieles erlebt hatte und doch an nichts mehr hing als an ihrem Herzen, das die Hoffnung auf etwas Besseres trug. Aber irgendetwas war passiert, das ihr diese Zuversicht genommen hatte. Ihr Herz war leer und wurde mit Trauer angefüllt. Quoll es über, war die Zeit der Banshee gekommen.

Dann würde sie das allseits gefürchtete Vorzeichen des nahenden Todes werden. Ihr Weinen, Wehklagen, Toben und Schreien würde andere in den Wahnsinn treiben. Wenn Anne mit dieser Trauer im Herzen starb, war es für sie keine Erlösung. Es befreite lediglich ihre wahre Gestalt. Dann würde sie als trauernder Geist, verfallen in ewigem Wehklagen, an Flüssen sitzen und blutige Leichenhemden waschen. Eines für jeden, dem sie den baldigen Tod brachte. Ein ebenso schreckliches, wie unvermeidliches Schicksal jedes Kindes der Zeit. Glaube, Hoffnung und Liebe waren die einzigen Mittel, die ihnen halfen, das Unabwendbare hinauszuzögern. Aber aufhalten ließ sich die Vorherbestimmung nicht. Doch diese Hexe hier hatte bereits 23 Zyklen überstanden, ohne ihre Anker im Leben zu verlieren. Das war eine sehr lange Zeit.

Die Töchter und Söhne der Zeit, so wusste es Josephine, waren äußerst seltene Hexen. Im Umgang mit Magie brachten sie nicht viel zustande, aber auf Grund ihrer zusätzlichen Leben, deren Wissen sie mit ins Nächste nahmen, waren sie oft sehr weise und erfahren. Was ihnen an Magie fehlte, machten sie mit jahrhundertelanger Expertise in der Alchemie wieder wett. Früher hatte man sie dafür geschätzt und respektiert. Heute wusste man, dass sie zu den berüchtigten Banshees wurden, wenn ihre Leben aufgebraucht waren. Daher fürchteten die meisten Hexen sie bereits zu Lebzeiten. Wer wollte schon freiwillig mit einem Vorzeichen des Todes und wahnsinnigen Geist bekannt sein?

„Steh auf und schließ die Augen, mein Kind“, wies die alte Frau sie an, „Dann werde ich den Schicksalsfaden suchen, den die Parzen für dich seit so langer Zeit schon spinnen. Mag sein, dass dir einige deiner Erinnerungen abhandengekommen sind, aber das macht das Vergangene nicht ungeschehen. Ich werde nachsehen, was Fortuna dereinst für dich bereithielt.“

Als sie zu Ende gesprochen hatte, standen beide Frauen auf und stellten sich vor dem Kamin einander gegenüber. Josephine Rodotier nahm Annes Hände in ihre und fixierte die jüngere Frau. Wie beim Tee übergab sie sich voll Vertrauen in die Obhut der alten Hexe. Was hatte sie schon zu verlieren?

Den gesuchten Faden des Schicksals zu finden war nicht schwierig. Er war so unfassbar lang und dick, dass ihre 23 bisherigen Leben für mindestens 1000 gelebte Jahre ausreichen mussten. Und dennoch ließ sich diese Tochter der Zeit kommentarlos ‚Kind' von ihr nennen? Im Vergleich zu Anne war sie das unerfahrene Kind. Was gab es alles von dieser jungen Frau zu lernen? Welche Geheimnisse der Welt hatten sich ihr offenbart?

Josephine nahm den Faden auf und folgte ihm zurück. Obwohl es sie reizte, einen Blick nach vorne zu werfen und zu schauen, was dieser seltenen Hexe bevorstand, blieb sie bei ihrem Plan. Sie wagte es nicht, die Privatsphäre der alten Frau im jungen Körper zu missachten. Doch würde sie wahrscheinlich nie wieder die Gelegenheit haben, das Schicksal einer Banshee zu sehen. Aber es war auch gefährlich. Zu gefährlich, um die Neugierde nicht zu überwältigen. Wenn sie es wusste, könnte es sein, dass sie Anne versehentlich etwas sagte, dass sie besser nicht preisgab. Zeit und Fortuna, beides waren gefährliche Spielpartner, die man nicht folgenlos herausforderte.

Von Annes Emotionen ließ sich die Graue Mutter leiten. Sie folgte der bedingungslosen Liebe und Hingabe, der Freude eines Wiedersehens und der Trauer um einen Verlust. Kurz darauf fand sie den Moment, denn Anne angesprochen hatte.

Der Faden verlor sich in einem ungewöhnlichen, schwarzen Nebel. Dick, fast greifbar, war er. Noch ein wenig dichter und er hätte die Konsistenz von klebrigem Öl erreicht. Undurchdringliche Dunkelheit, die jeden Zugriff abperlen ließ, ob nun bewusst oder unbewusst. Etwas wurde hier versteckt, es war keine Erinnerungslücke. Nein, wie die alte-junge Hexe schon vermutet hatte, es war da, sie sah es nur nicht. Wie recht sie doch hatte.

Der Nebel war undurchlässig, aber nicht unauflösbar, da war sich die alte Frau sicher. Immerhin war er künstlich geschaffen worden. Seltsam war jedoch die Art des Dunstes. Es war keine Magie, die Hexen verwendeten. Es war überhaupt keine Magie. Aber was es war, vermochte sie nicht mit Sicherheit zu sagen. Es kam ihr nur ungewöhnlich vertraut vor. Diese Art der Verschleierung war einfach herbeizurufen und dabei furchtbar effektiv. Dennoch war sie ebenso leicht zu zerstreuen. Es genügte ein einfacher Zauberspruch, um den Nebel zu lichten und Annes verborgene Erinnerungen wieder zu befreien. Doch was sie dann selbst zu sehen bekam, war kaum weniger erstaunlich.

Der Schicksalsfaden der jungen Hexe kreuzte in dieser versteckten Erinnerung den ihrer Liebe, wie sie es selbst beschrieben hatte. Doch ging der, ihrer jüngst verstorbenen Geliebten weiter, statt zu enden. Das war unmöglich! Tote hatten kein Schicksal, die Parzen schnitten den Faden im Zeitpunkt des Todes ab und beendeten das Leben. Was also war hier passiert? War Anne einem üblen Scherz aufgesessen?

Als sie dem Faden zurück ins Jetzt folgte, widerstand sie nun nicht mehr, zu sehr war ihre Neugierde geweckt. Fast von allein glitt ihr Blick das leuchtende Band des Schicksals entlang in Richtung Zukunft. Josephine ignorierte all die kleinen Begebenheiten, die auf das Kind der Zeit warteten, bis sie es schließlich sah. In unbestimmter Entfernung lag ein großes Ereignis, das Annes Leben grundlegend verändern würde. Es zeigte sich als ein helles Leuchten, eine Explosion des Lichts, in dessen Zentrum ihr Lebensfaden verlief. Es war so hell, dass es alles in seiner Nähe überstrahlte.

Doch ein anderer Faden fiel ihr auf und sie erkannte ihn wieder. Auch er führte in die Strahlwirkung der Explosion, aber ob er Annes Faden kreuzte oder nur in der Nähe war und überstrahlt wurde, konnte Josephine aus dem Jetzt heraus nicht beantworten. Diese Ereignisse blendeten sie, hier lag eine Zukunft, die sie nicht zu lesen vermochte.

Als Anne die Augen wieder öffnete, stand sie der alten Hexe gegenüber, die sie freundlich lächelnd ansah. Nein, sie strahlte sie förmlich an, als hätte sie eine ausnehmend gute Nachricht für sie. Im selben Moment fühlte sie die Veränderung in sich, welche die Graue Mutter bewirkt hatte.

„Sie ist wieder da. Die Erinnerung“, stammelte Anne, „ich erinnere mich wieder. An Clara, die Leichenhalle. Ich habe sie gesehen, habe die Formulare ausgefüllt und mit meiner Chefin über sie gesprochen. Es ist alles wieder da!“ Anne überschlug sich fast vor Freude und Überwältigung.

„Das ist gut, mein Kind“, Josephine ließ ihre Hände los, „Das ist gut.“

Doch die Freude schlug schnell in Trauer um. Denn mit den Gedanken an die Umstände in der Leichenhalle, kamen auch die Bilder zurück. Der Anblick und der Geruch von Claras verbranntem Fleisch, die dornengespickte Haut, von all den Splittern und Trümmern, die bei der Explosion umhergeflogen waren. Es war schrecklich, aber notwendig, so viel verstand Anne bereits von der Trauerbewältigung. Jetzt würde sie bewusst trauern und sich anschließend daran erinnern können. Einmal hatte sie ihre Liebe auf dem Scheiterhaufen verloren und ein anderes Mal hatte sie mit angesehen, wie sie zu Tode gefoltert wurde. Das war damals so furchtbar gewesen, wie es jetzt in ihrer Erinnerung war. Aber sie hatte es überwunden und im Vertrauen auf eine bessere Zeit in einem neuen Leben ihre Stärke daraus gezogen. Daher wusste sie, dass sie ebenso den Verlust in diesem überwinden würde.

„Ich danke Euch, Mutter Josephine. Der Schmerz sitzt tief, aber ich werde zurechtkommen. Und in einem anderen Leben werden wir eine neue Chance bekommen. Ich danke Euch, dass Ihr mir helft, mein unglückliches Schicksal mit etwas Würde zu begegnen."

Die alte Frau lächelte, doch sah sie dann beschämt zu Boden. Anne stockte sofort, denn sie spürte, dass da mehr unausgesprochen im Raum stand. Erneut griff sie nach den knochigen Händen der Grauen Mutter, um ihre Aufmerksamkeit wieder auf sich zu ziehen.

„Was ist es, Mutter Josephine?", fragte sie ernst.

„Kind, ich sollte es dir nicht sagen, aber…"

„Wenn es um mein Ende geht, dann sagt es nicht!", unterbrach Anne sie sofort.

Einen Moment schwieg die Alte, doch letztlich hob sie den trüben Blick und sah ihr fest in die Augen.

„Nein, das ist es nicht. Es ist nur… nun… In diesem Leben bist du noch jung, vieles liegt noch vor dir. Manche Lebensfäden kreuzen sich öfter als andere. Und einige finden immer wieder zueinander. So, wie du und deine Geliebte."

Anne runzelte die Stirn. Das war keine bahnbrechende neue Erkenntnis für sie.

„Ja, ich weiß, man begegnet sich öfter im Leben. Aber was wollt Ihr mir damit sagen?"

Es gab widerstrebende Gefühle in Josephine. Einerseits wollte sie der jungen Frau sagen, was sie gesehen hatte, selbst wenn es nur sehr vage war. Aber auf der anderen Seite war es gefährlich, eine Hoffnung zu wecken, die dann unter Umständen nicht erfüllt wurde. Für ein Kind der Zeit mehr als für alle anderen Menschen.

„Warte nicht auf ein anderes Leben, Kind", seufzte die Alte schließlich.

Einen Moment herrschte Stille im Raum, nur unterbrochen durch das leise Prasseln und Knacken des Feuers im Kamin. Dann weiteten sich Annes Augen, als sie verstand.

Zur gleichen Zeit saß Dr. Christiane Metzen an ihrem Schreibtisch und las ein paar E-Mails durch. Terminanfragen von Studenten, die würde Anne später bearbeiten, wenn sie aus dem Urlaub zurück war. Nichts Dringendes und nicht so wichtig. Eine Einladung zu einer Konferenz der Kriminalmediziner und -psychologen. Interessant, aber da war sie selbst im Ausland mit ein paar Freundinnen. Die Bitte ihres Chefs an die Kollegen und sie, sich doch besser abzustimmen, was die Belegung der Sektionssäle anging. Noch einmal ihr Vorgesetzter, dieses Mal nur an sie, ihn zu einem Treffen an der Charité in Berlin zu begleiten. Würde sie Anne prüfen lassen, sollte aber machbar sein. Terminplanungen und Laborergebnisse, soweit alles normal.

Schnell überflog sie einige der elektronischen Nachrichten, die aus dem Labor kamen. Der offizielle Bericht würde bald auch auf dem Papierweg zu ihr finden. Aber sie zog es vor, schon die Vorabversionen zu sehen. Der einzige Unterschied war ohnehin nur, dass sie nicht mit Tinte unterschrieben waren.

Ein Bericht war interessanter als die anderen. Es handelte sich nur um die Analyseergebnisse von Bluttests eines Tatortes, aber was dort geschrieben stand, war unmöglich. Dr. Metzen las den Bericht erneut und auch ein drittes Mal in der vagen Hoffnung, dass sie schlicht zu müde war und sich immer wieder verlesen hatte.

Die Hoffnung wurde enttäuscht. Es konnte sich also nur um einen Fehler im Labor handeln. Man hatte die Ergebnisse falsch interpretiert und so diesen Unfug hier verbrochen. Vielleicht hatten sie wieder einen Studenten, oder schlimmer noch, einen Praktikanten die Daten auswerten lassen. Oder er hatte sich verschrieben und die Labortechniker hatten vergessen gegenzuprüfen. Denn dass jemand sich in einem kompletten Analysebericht so ausschweifend vertippte, war unmöglich. Eine Fehlinterpretation war dann am wahrscheinlichsten, selbst wenn der Verfasser mit erstaunlicher Beharrlichkeit bei den Schlussfolgerungen geblieben war.

Entrüstet griff sie mit einer Hand nach dem Telefon, während sie mit der anderen die Kurzwahl des Labors drückte. Doch sie hielt inne und hob den Hörer nicht ab. Stattdessen las sie den Bericht ein viertes Mal und öffnete das beigefügte PDF mit den Messergebnissen der

Geräte. Das hier ein Fehler verborgen lag, war nahezu ausgeschlossen. Dann hatte Dr. Metzen ein paar Argumente in der Hand, um die Fehler aufzuzeigen. Das war besser, als nur zu behaupten, man sei mit dem Ergebnis nicht einverstanden. Sie las ruhiger und versuchte, emotionalen Abstand zu dem Text zu gewinnen.

Als sie fertiggelesen hatte, griff sie nach ihrer Tasse und leerte den letzten Rest kalten Tees in einem Zug. Sie fand keinen Fehler. Ihre Hände zu beschäftigen half, um nicht versehentlich doch im Labor anzurufen.

Aber sie musste jemanden anrufen. Dringend. Und wenn es nur dazu führte, dass sie sich eine zweite Meinung einholte. Doch dieses Mal ergriff sie ihr Handy und wählte die Nummer auswendig. Nur Sekunden später lauschte sie dem Freizeichen, zweimal, dreimal. Dann wurde ihr Anruf angenommen.

„Hallo Christiane. Was kann ich an diesem schönen und sonnigen Freitagnachmittag für dich tun?"

Es war Markus Schütter, den sie sprechen musste. Seine Stimme klang gepresst. Vor ihrem geistigen Auge stand er in der Sonne unten im Raucherbereich des Polizeipräsidiums, in der einen Hand sein Handy, in der anderen ein Kaffee und die Zigarette im Mundwinkel. Er hatte keine Hand frei sie zu halten und deswegen presste er sie zwischen die Lippen und versuchte gleichzeitig zu sprechen. Aber er klang auch gut gelaunt. Er hatte anscheinend bisher einen guten Tag.

„Markus, ich weiß nicht, wie ich es sagen soll", versuchte sie einen Anfang zu finden, „aber... könntest du zu mir ins Büro kommen?"

„Keine Begrüßung? Kein dummer Witz? Was ist los? Sprachlosigkeit passt nicht zu dir."

„Ja, nein, ich weiß nicht. Es..."

„Ist etwas passiert? Bitte sag mir nicht, dass dir schon wieder eine Leiche abhandengekommen ist."

Seine Stimme war jetzt deutlicher und klang verbindlich. Wahrscheinlich hatte er den Kaffee abgestellt und die Zigarette aus dem Mund genommen. Oder die Kippe auf den Boden gespuckt.

„Was? Nein, ich... sieh mal... ich fang nochmal von vorne an", Dr. Metzen seufzte und holte tief Luft, „Euer Verdächtiger, dieser von Beuren..."

„Van Bouren", warf Markus schnell ein.

„Meinetwegen. Also, er war ja nicht in einer guten Verfassung, als er zu euch kam. Und als ihr sein Anwesen durchsucht habt, habt ihr ja überall Blut gefunden. Das habe ich für dich im Labor priorisiert und gerade den Bericht dazu erhalten. Ich habe keine Besonderheiten erwartet. Drogen oder Alkohol vielleicht, aber sonst…“

Sie zucke mit den Schultern und im gleichen Moment wurde ihr bewusst, dass Markus die Bewegung nicht sehen konnte. Noch einmal zuckte sie, das war nun auch egal.

„Das klingt gut. Aber wenn du so durch den Wind bist, dann steht da mehr drin als nur, dass er auf Koks war. Richtig?“

„Richtig. Es gibt noch eine weitere Person, die nachweislich dort gewesen ist und verletzt wurde.“

„Ja, van Bouren hatte ausgesagt, in einen Kampf verwickelt worden zu sein. Großer, kräftiger Kerl, wie er sagte. Und so wie der aussah, konnte er sich nicht allein bei einem Treppensturz derart verletzt haben.“

„Ja, ja. Es geht aber weiter. Die zweite Person haben wir auch der Datenbank und konnten sie identifizieren.“

„Sehr gut. Nach van Bourens Aussage und den Beweisen, die er geliefert hat, gehen uns zwar langsam die Zellen aus, aber sei's drum. Wer ist es?“

„Sitzt du?“

Markus stockte. Christiane verhielt sich seltsam. Dieses Rumdrucksen und verwirrte Faseln passten nicht zu ihr. Etwas machte ihr zu schaffen. Wessen Blut hatten sie denn dort gefunden? Seines? Ihres? Egal, es würde sich sicherlich erklären lassen.

„Nein, ich stehe im Garten Eden und pflücke Äpfel“, versuchte er zu scherzen, bevor er sehr ernst wurde, „Was zum Teufel ist los, Christiane? Wessen Name steht da im Bericht?“

„Das wirst du mir nicht glauben. Ich glaube es selbst nicht. Die zweite Person kann nicht dort gewesen sein…“

„Warum nicht? Wessen Name?“, langsam wurde er ungeduldig.

Dr. Metzen griff nochmals nach ihrer leeren Tasse und suchte auch nach anderen Möglichkeiten, sich abzulenken, um nicht antworten zu müssen. Aber es gab keine. Sie war so weit gegangen, jetzt würde sie auch den letzten Schritt wagen. Sie holte tief Luft.

„Wir hatten nicht viel für eine Probe. Es war stark verwässert. Jemand hat sich alle Mühe gegeben, seine Anwesenheit zu verschleiern und das Blut weggewischt…“

„Den Namen“, unterbrach Markus sie barsch.

„Clara“, Christiane seufzte, „Das Blut stammt von Clara.“

## Epilog

Ein kleines Städtchen in den österreichischen Alpen. Im Tal zwischen steinernen Riesen, die selbst schon Jahrtausende anstandslos haben über sich ergehen lassen, war die Welt noch in Ordnung. Das Schlimmste, was hier passierte war ein Verkehrsdelikt und die meistens von unkundigen Touristen.

Auf der Terrasse eines Cafés saß Clara zusammen mit Roxy in der Sonne und genoss den Sommer. Trotz der brennenden Glut wich der Ghoul nicht von ihrer Lieblingsfarbe ab. Dafür war der Rock etwas kürzer und das Oberteil etwas luftiger. Beide genossen ihre Eisbecher und beobachteten die vorbeischlendernden Touristen.

„Ein toller Ort, Clara. Es ist schön hier. Es ist ruhig und friedlich. Danke, dass du mich mitgenommen hast."

Clara hob die tiefschwarze Sonnenbrille an und sah zu Roxy herüber.

„Gerne. Seit ich ein kleines Mädchen war, sind wir hier in einem Nachbarort immer zum Skifahren gewesen. Hier haben wir damals hin und wieder Kuchen gegessen und Kaffee getrunken. Später hatte es sich eingespielt, dass wir immer, wenn wir in der Nähe waren, nachmittags hergekommen sind. Als junge Erwachsene war ich dann auch mit Sabine hier", sie stockte kurz, als ihr etwas einfiel, „Aber du bist doch Österreicherin. Ich hätte nicht gedacht, dass es für dich so etwas großartiges Neues ist."

„Ich komme aus Wien. Das sind Welten, kulturell und geographisch."

„Das ist wohl wahr."

„Aber ist es dann nicht gefährlich, herzukommen? Du hattest versprochen nichts zu unternehmen, was dich in die Nähe von Sabine bringt."

Roxys Ton war streng. Sie war aufrichtig besorgt, dass die beiden einen kapitalen Fehler begingen, indem sie Orte aus Claras früherem Leben aufsuchten.

„Das stimmt. Aber Sabine und ich waren nie zusammen im Sommer hier. Immer nur im Winterurlaub. Sie fand Österreich im Sommer langweilig und wollte dann lieber ans Meer."

„Pah! Langweilig, das nehme ich persönlich", Roxy schnaubte künstlich und lachte kurz darauf in ihrer gewohnten Art.

Damit ließen sie es dabei bewenden. Die Sonnenbrille klappte wieder herunter und Clara löffelte die Reste aus ihrem Eisbecher. Sie lauschte den sorglosen Gesprächen auf der Terrasse und der Straße. Die Menschen hier hatten keine Ahnung von der Welt unter der Oberfläche und hier draußen zwischen den Bergen waren eine Vampirin und ihr Ghoul wohl die einzigen Vertreter ihre Gattungen. Hier unterhielt man sich über die anstehenden Wahlen und was dieser oder jener Pensionsherr letztens für seltsame Gäste hatte. Wann der Metzger dieses Jahr die Wildsaison eröffnete oder wie die Vorbereitungen für das Sommerfest liefen.

Die Touristen planten die Ausflüge der nächsten Tage, beschwerten sich über die drückende Hitze und dass im Tal ja kein Lufthauch wehte. Sie fragten die Bedienungen nach interessanten Ausflugszielen und was sie im nahegelegenen Salzburg empfehlen konnten.

Hin und wieder schnappte sie Gesprächsfetzen auf, in denen über andere Touristen gelästert wurde. Über Kleidung und Aussehen. Sie wusste, dass Roxy und sie das eine oder andere Mal in den Fokus einer solchen Diskussion gerieten. So ganz in schwarz war ihr Gegenüber an diesem sonnigen Tag schon auffällig. Sich blass zu schminken hatte sie aufgegeben, dafür hatte sie zu viel Sommerbräune angenommen. Aber das war Ok, sie waren nur Fremde hier. Niemand kannte sie, niemand würde sie je wiedersehen und wahrscheinlich hatte man sie vergessen, sobald sie die Terrasse verließen.

Hinter den dunklen Gläsern schloss Clara die Augen. Sie wurde ein wenig nostalgisch und versank in Erinnerungen. Sabine und sie saßen dick eingepackt im Schnee hier auf dem Anbau und tranken Kaffee. Sie waren die einzigen, alle anderen Gäste bevorzugten den warmen Innenraum des Cafés. Aber Sabine hatte darauf bestanden, draußen zu sitzen. Warum wusste sie nicht mehr. Aber es war ein lustiges Erlebnis, weil es ihnen damals schon egal war, was andere über sie dachten.

Ein anderer Gedanke. Zu zweit waren sie auf der Piste und hatten einen grandiosen Tag. Auf der Hütte zur Mittagspause wurden sie dann von einem Typen angesprochen. Zunächst wollte er sich nur zum Essen zu ihnen setzen, was absolut verständlich war, denn es war furchtbar voll. Schnell kamen sie ins Gespräch. Wie sie hießen, wo man herkam, wo man hier wohnte, was sie so vorhatten. Das Übliche, netter Smalltalk. Doch aus heiterem Himmel fragte er dann, ob eine der beiden Lust hätte sich abends auf ein Stelldichein zu treffen. Einfach so, keine Fragen, keine Verpflichtungen. Clara erinnerte sich daran, dass sie es damals beleidigend gefunden hatte, dass er sich nicht mal Mühe gab, eine von ihnen gezielt zu umwerben. Er fragte nur platt und geradeheraus. Damals hatte Sabine die Situation aufgelöst, als sie demonstrativ nach ihrer Hand griff und behauptete, dass wäre nichts für sie beide. Dann beugte sie sich über den Tisch und gab ihr einen Kuss auf den Mund. Den Einwand, dass sein Bett groß genug für drei wäre, hatte sie dann einfach weggelacht. Bei dem Gedanken an die Situation damals schmunzelte Clara auch jetzt wieder.

So ging es weiter. Viele Erinnerungen kamen ihr in den Sinn. Clara war bewusst, dass ihre Aufmerksamkeit schwand. Aber in diesem Augenblick war es ihr wichtig, noch einmal in ihr altes Leben zurückzukehren. Seit zwei Jahren war sie nun offiziell tot und hatte Sabine ebenso lange nicht mehr gesehen. Wie es ihr wohl ging? Hatte sie wochenlang damit gerungen, den Tod ihrer besten Freundin zu verarbeiten? Oder sogar länger? Hatte sie wieder zurück ins Leben gefunden? Clara dachte an all die Briefe, die sie seither an ihre Freundin geschrieben hatte. Keinen hatte sie jemals abgeschickt, wie sie es dem Alten versprochen hatte. Aber sie hatte sie alle aufbewahrt und nicht verbrannt.

Doch plötzlich war da etwas. Im Hintergrund. Sie hatte es gehört, aber nicht wahrgenommen. Als hätte jemand ihren Namen genannt, während sie am Träumen war. Überrascht sah sie zu Roxy herüber. Ja, auch sie wirkte irritiert, schaute sich um und setzte ihre Kaffeetasse heftiger als geplant ab. Das Klirren sorgte ungewollt für die nötige Aufmerksamkeit und Clara blickte in ein ihr bestens bekanntes Gesicht, das nur zwei Tische entfernt stand.

„Oh mein Gott, Clara. Du lebst!“

## Anhang: Die 13 Clans

Die Clans der Vampirgesellschaft sind vielschichtig, sowohl in ihrer Ausrichtung als auch in der Gesamtheit ihrer Eigenschaften. Jeder Einzelne verfolgt eigene Ziele. Unter ihnen herrscht eine Konkurrenz um Macht und Einfluss und zugleich sind sie durch den Schwarzen Schleier in einer Allianz verbunden. Während der individuelle Vampir relativ unbeeindruckt von den politischen Ränkespielen sein Dasein fristet, nehmen diese deutlich zu, sobald auch nur das kleinste Amt bekleidet wird.

Jeder Clan rekrutiert seine Mitglieder handverlesen. Sie haben ihre Eigenarten, Einstellungen und Weltanschauungen. Da will es wohl überlegt sein, wen man in seinen innersten Kreis lässt. Eine gewisse Übereinstimmung mit den Werten und Prinzipien des Clans sollte schon vorher gegeben sein. So finden sich in dem einen vorrangig Künstler, in einem anderen Manager und in einem dritten Mediziner und Sozialarbeiter. Je nach den bevorzugten Interessen.

Alle Clans tragen international den gleichen Namen, der sie verbindet. Dennoch sind die regionalen Niederlassungen in sich autonom. Die Siddy in München z.B. hegen freundschaftliche Beziehungen zu ihren Clansleuten in Hamburg, Berlin und weiteren Städten, sind aber in ihren Entscheidungen von den anderen Repräsentanzen unabhängig. Gleiches gilt länderübergreifend.

Da es aber international nur einen Obersten Rat gibt, hat es sich etabliert, dass sich die nationalen Gruppen eines Clans lose zusammenschließen und einen Botschafter ernennen. Dieser pflegt die übergreifenden Kontakte. Im Gegensatz zu einem Enklavenleiter oder der Mitgliedschaft im Obersten Rat, ist dies keine politische Funktion, sondern nur eine formelle. Der Botschafter darf auch kein Enklavenleiter sein, um Vetternwirtschaft zu erschweren.

Der Oberste Rat wird daher nicht aus den Diplomaten gewählt, sondern jeder einzelne Leiter einer Enklave weltweit hat das Recht sich zur Wahl zu stellen. Diese Abstimmungen finden jedoch nur sehr selten statt, so dass nach menschlichen Maßstäben wenig Fluktuation in diesem Gremium herrscht.

Im Folgenden soll nun eine knappe Liste der Clans und ihrer Eigenarten einen Überblick verschaffen:

**Abarera**, ergötzen sich an Kunst und Kultur und am Schönen, wobei die Definition von „schön“ oft weit auseinandergehen. Sie haben den Ruf, weltfremd zu sein. Ihr Vertreter im Obersten Rat ist Salvator Coralicus.

**Malghlin**, leben eher in kleinen Gruppen und zurückgezogen. Oft sehr ländlich oder ganz im Wald, da sie sich der Natur verbunden fühlen. Gerne würden sie dem Tier nachgeben, da sie es als Teil ihres Wesens akzeptieren. Ihr Vertreter im Obersten Rat ist Quentin.

**Mormog**, sind hilfsbereit allen Menschen gegenüber. Sie fühlen eine alte Schuld auf ihren Schultern, die sie versuchen wieder gut zu machen. Sie arbeiten oft und viel mit den *Smimog* zusammen, so dass die Clans oft als Schwesternclans betrachtet werden. Die Legende besagt, dass die Gründerinnen ebenfalls Schwestern waren. Dennoch bestehen sie auf ihre Individualität. Ihre Vertreterin im Obersten Rat ist Eliane Beatrix Levke.

**Siddy**, haben starke wirtschaftliche und wissenschaftliche Interessen. Oft gehen sie normalen Bürojobs nach und versuchen, in der Welt der Menschen Karriere zu machen. Darunter leidet ihr Ansehen bei den anderen Clans. Ihr Vertreter im Obersten Rat ist Jesko Kilic.

**Mestoban**, spirituelle Führer der Gesellschaft. Sie sind oft in geistlichen Positionen, selbst unter den Menschen. Meist verhalten sie sich passiv und halten sich aus der Politik raus. Dafür werden sie aber oft um Rat gefragt. Ihre Vertreterin im Obersten Rat ist Yezzica Al'Zhani.

**Wimog**, treten sehr aggressiv auf und versuchen Interessen oft mit Drohungen durchzusetzen. Auch ist Gewalt für sie ein probates Mittel, auch gegen Menschen, die sie nur als Nahrungsquelle betrachten. Sie leben stark hierarchische Strukturen. Ihr Vertreter im Obersten Rat ist Angelo Diamantez.

**Ifera**, bestehen ausschließlich aus Frauen. Selbst bei Ghoulen oder Dienern weichen sie davon nicht ab. Sie treten arrogant auf, sind es aber nicht. Arbeiten dafür oft als Tatortreiniger und Geheimdienst, wenn eine Verletzung des Schleiers vorliegt. Ihre Vertreterin im Obersten Rat ist Isabelle Pasierb.

**Wayanka**, suchen nach Wissen und Wahrheit. Sie vermuten immer einen Sinn und Zweck hinter allem, verlieren sich daher oft in Theorien. In der Praxis setzen sie wenig um. Ihre Vertreterin im Obersten Rat ist Samantha Rosenbaum.

**Calam**, sehen sich selbst als Nachfahren der Bewohner Atlantis, obwohl keiner alt genug ist, um diese Theorie belegen zu können. Für diese Überzeugung werden sie von den anderen belächelt und wenig ernst genommen. Nur ihre Größe und das Alter des Clans sichert ihnen einen Sitz im Rat. Ihr Vertreter im Obersten Rat ist Cassady der Bixxer.

**Kokasher**, leben im Untergrund und zeigen sich nur, wenn der Rat einberufen wird. Sie sind eine geheime Gesellschaft in der Geheimgesellschaft. Vorrangig handeln sie mit Informationen, wenn sich ein Vorteil für sie ergibt. Sie sind Spione und Hacker. Ihr Vertreter im Obersten Rat ist El Niño Ayaz.

**Hophelia**, neutrale Beobachter und „Erfinder" des Schwarzen Schleiers. Sie sind sehr philosophisch orientiert. Auf Grund ihrer Neutralität und ihrer Fähigkeit, mehrere Sichten zu einem Thema zu akzeptieren, stellen sie oft Moderatoren und Versammlungsleiter dar. Ihre Vertreterin im Obersten Rat ist Deliah Prill.

**Fornvis**, sind kalkulierend und kalt. Der eigene Vorteil ist immer mehr wert als das höhere Ziel. Einzige Ausnahme: Der Schleier. Sie sind eine Gruppe von Individualisten, die gerne mal intrigieren, um die persönlichen Ziele zu erreichen. Ihr Vertreter im Obersten Rat ist Alrik Lesso.

**Smimog**, gutmütig und sanft. Sie arbeiten oft und viel mit den *Mormog* zusammen, so dass die Clans oft für Schwesternclans gehalten werden. Die Legende besagt, dass die Gründerinnen tatsächlich Schwestern waren. Im Gegensatz zu den *Mormog* würden sie einen Zusammenschluss begrüßen. Ihre Vertreterin im Obersten Rat ist Livian O'Brien.

## Danksagung

Dies ist mein erster Roman, meine erste Veröffentlichung und ich muss sagen, dass ich schnell von der Geschichte überholt wurde. Am Anfang sah ich auf meine Notizen und dachte mir: Mensch, wenn das für 300 Seiten reicht, dann ist ja schon viel dabei rumgekommen. Nach 250 Normseiten - nicht Romanseiten ;-) - musste ich feststellen, dass ich gerade den Anfang fertig gestellt hatte. Schnell war mir bewusst geworden, dass ich mich von der ausschweifenden Erzählweise eines Stephen Kings beeinflussen ließ. Aber lernt man das Handwerk nicht immer vom Meister?

Ich habe schon immer gerne King gelesen. Jeder Charakter dort hat seinen Platz und eine persönliche Geschichte. So wollte ich es für mich auch haben. Charaktere sollen eben Charakter haben und mehr als nur Stichwortgeber sein.

Im Prozess des Werdens habe ich viel gelernt. Über mich, über das Schreiben und nicht zuletzt über all das, was ich recherchiert habe (nicht jedoch über Rechtschreibung, das kann ich immer noch nicht). Insofern waren die letzten zwei Jahre auch eine Bildungskur für mich selbst. Es war nicht nur ein kreativer Schaffensprozess, sondern auch ein ständiges Hinterfragen. Ist das die Botschaft, die ich vermitteln möchte? Ist das die Geschichte, die ich schreiben will? Ist es konsistent? Ist es schlüssig? Wie schreibt man das Wort denn jetzt richtig?

Die Entscheidung, kein reines High Fantasy zu schreiben und stattdessen den Plot in der realen Welt anzusiedeln, brachte natürlich einige Besonderheiten mit sich. Zum einen brauchte ich mir um die Welt im Großen und Ganzen keine Gedanken zu machen, die ist ja schon vorgefertigt. Auf der anderen Seite musste ich viel mehr Rechercheaufwand betreiben, wenn sich der Text stimmig einfügen soll. Dennoch, es hat furchtbar viel Freude bereitet.

Doch fairerweise möchte ich zurück zum ‚Danke sagen'. Mein Dank gilt meiner Frau, die nicht nur das Privileg der ersten Lektüre hatte, sondern mich in vielen kleinen und großen Dingen unterstützt. Das war das wichtige Feedback und die vielen Hinweise, die in unzähligen Überarbeitungen in den Text eingeflossen sind. Aber auch die Freiräume, die sie mir geschaffen hat, damit ich mich mit der Geschichte, rund um Clara befassen konnte. Und trotz aller kontroversen Diskussionen, ihren Anmerkungen und meiner sturen Gegenrede, hatte sie dennoch die Muse behalten weiterzulesen. Mich zu unterstützen und zwischenzeitlich sogar zu heiraten.

Auch wenn sie noch zu jung sind, um das hier zu lesen – wenn sie es denn jemals lesen werden – möchte ich mich auch bei meinen Kindern bedanken. Ihr unermüdlicher Spieltrieb, ihre Phantasie und die Kreativität selbst in einfachsten Dingen Neues zu entdecken, hat mich oft beeindruckt. Und vor allem, wenn ich mal wieder entsetzlich gefrustet war, von Unstimmigkeiten, Schreibblockaden oder einer schlichten Unlust, habe sie mir immer wieder ein Lächeln ins Gesicht gezaubert.

Ich sehe ein, dass ein echtes Korrektorat sein Geld wert ist. Aber für ein Hobbyprojekt sind das leider Kosten, die den Rahmen dieses Selfpublishers sprengen. Daher danke ich meinen fleißigen Lektorinnen, die sich in Windeseile das Manuskript angeschaut und noch so vieles gefunden haben. Peinlich für mich: Erst nach der ersten Veröffentlichung (ja, ich schäme mich und werde das nächste Mal ihre Hilfe rechtzeitig in Anspruch nehmen).

Und auch bedanke ich mich bei allen, die mir hilfreiches Feedback gegeben haben. Sowohl in der Entstehungsphase als auch danach. Ihre Anmerkungen und Hinweise habe ich gerne angenommen und in einer weiteren Überarbeitung einfließen lassen. Selbstverständlich werde ich das auch in den Folgebänden berücksichtigen.

Mein Dank gilt der Musik, die für mich eine große Inspirationsquelle war und ist. Viele Lieder und Texte brachten mich zum Nachdenken und schufen Bilder in meinem Kopf, die ebenfalls in die Geschichte eingeflossen sind. Insbesondere möchte ich mich an dieser Stelle bei der Band Blackbriar bedanken. Ihr Song „Until Eternity“ hat mich wie kein anderer inspiriert und Teile der Erzählung beeinflusst. Man denke nur an Annes tragische Hoffnung auf ein Wiedersehen im nächsten Leben. Es ist bis heute mein Lieblingslied der Band. Also, Zora, René, Bart, Robin, Frank und Ruben, seid herzlich bedankt! Ich wünsche euch weiterhin viel Erfolg!

Und natürlich Danke ich jedem Menschen, der die Geschichte gelesen hat. Wer auch immer sich bis hier durch den Text kämpfte: Sei bedankt! Danke für die Geduld, die Ausdauer und das Wohlwollen. Ich hoffe, das Lesen hat so viel Freude bereitet, wie mir das Schreiben (nicht das Überarbeiten, das war furchtbar). Und ich hoffe, ich konnte euch auf Claras Reise mitnehmen. Eine Reise über die Suche nach einem Sinn, der Erkenntnis, dass die Welt größer ist, als der eigene Kosmos, die Entscheidung und die Offenheit, diese Einsicht zu vertiefen und schließlich die ersten wackeligen Gehversuche auf unbekanntem Terrain.

Eine Reise durch das Leben, den Tod und wieder zurück (in gewisser Weise). Ein Weg, auf dem alte Freundschaften beendet und neue Bande geknüpft werden. Eine Gratwanderung zwischen dem Licht des Lebens und der Dunkelheit des Todes. Und der Finsternis, die dahinter lauert.

Eine Reise, die noch nicht beendet ist.

August 2018 – November 2020

Printed in Poland
by Amazon Fulfillment
Poland Sp. z o.o., Wrocław
07 March 2023

3024a387-202c-48af-ae52-a6d1e5f99655R01